CLIVE CUSSLER
DIRK CUSSLER

GEHEIMCODE MAKAZE

EIN DIRK-PITT-ROMAN

Aus dem Amerikanischen von
Oswald Olms

Weltbild

Die amerikanische Originalausgabe erschien 2004 unter dem Titel
Black Wind bei G.P. Putnam's Sons, New York.

Besuchen Sie uns im Internet:
www.weltbild.de

Genehmigte Lizenzausgabe
für Verlagsgruppe Weltbild GmbH,
Steinerne Furt, 86167 Augsburg

Übersetzung: Oswald Olms
Umschlaggestaltung: Johannes Frick, Augsburg
Umschlagmotiv: Getty Images, München (© Boris Starosta)
Gesamtherstellung: Bagel Roto-Offset GmbH & Co.KG, Schleinitz
Printed in the EU
ISBN 978-3-8289-8850-7

2010 2009 2008 2007
Die letzte Jahreszahl gibt die aktuelle Lizenzausgabe an.

Im Gedenken an meine Mutter Barbara, deren Liebe,
Mitgefühl, Güte und Unterstützung allen schmerzlich fehlen,
die sie kannten.
D. E. C.

Das letzte U-Boot

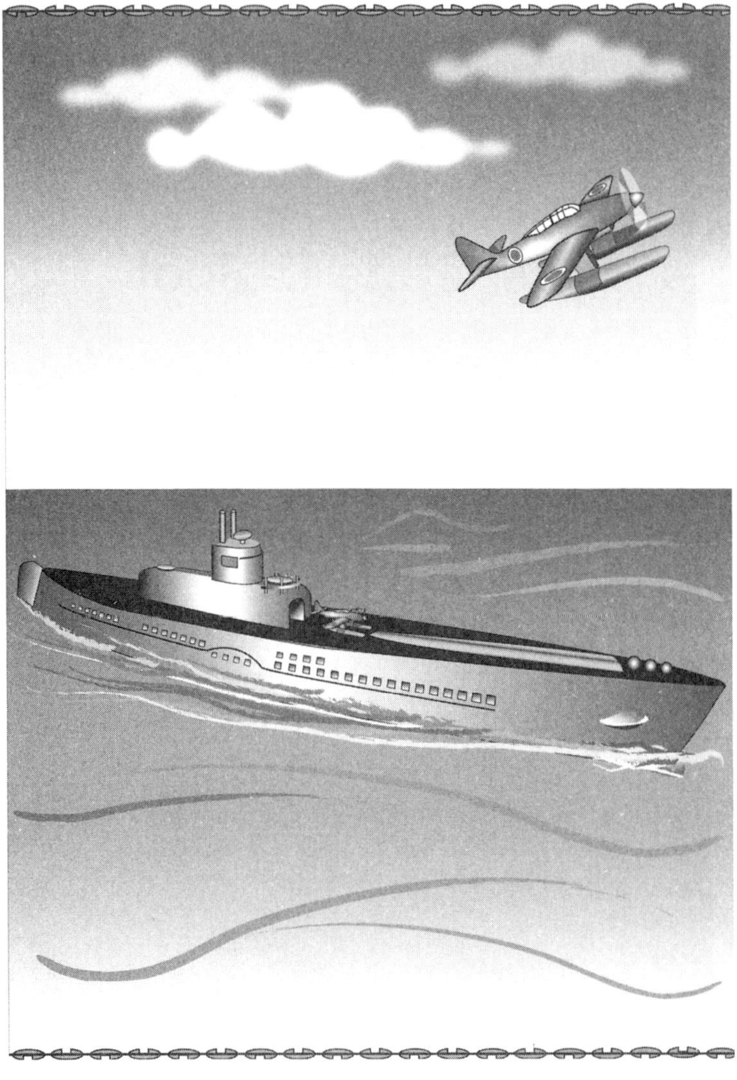

Japanisches U-Boot I-403 und
Seiran-Wasserflugzeug

12. Dezember 1944
Marinestützpunkt Kure, Japan

Kapitänleutnant Takeo Ogawa warf einen Blick auf seine Armbanduhr und schüttelte unwirsch den Kopf.

»Schon halb eins«, murmelte er besorgt. »Drei Stunden Verspätung, und wir warten noch immer.«

Ein junger, übernächtigt wirkender Fähnrich mit glasigen, vom Schlafmangel gezeichneten Augen nickte auf die Beschwerde seines Vorgesetzten hin kurz, sagte aber nichts. Die beiden Männer, die auf dem Kommandoturm der Unterseebootes *I-403* der kaiserlichen japanischen Marine standen, blickten über das Hafengelände hinweg und hielten Ausschau nach der angekündigten Abordnung. Jenseits des weitläufigen Marinestützpunkts funkelte eine Unzahl von Lichtern über der malerischen japanischen Stadt Kure. Ein leichter Nieselregen fiel und sorgte zu dieser späten Stunde für eine geradezu unheimliche Ruhe, durch die von weitem Hammerschläge, das Surren der Kräne und das Zischen der Schweißbrenner drangen. Rund um die Uhr wurden in anderen Teilen der Werft auf Feindfahrt beschädigte Schiffe repariert und neue gebaut, ein vergebliches Aufbäumen gegen die zusehends trostlosere Situation der japanischen Truppen.

Kurz darauf hallte von weitem das Heulen eines Dieselmotors übers Wasser und wurde allmählich lauter, als sich das Fahrzeug den U-Bootkais näherte. Ein schiefergrauer Isuzu-Lastwagen kam hinter der Ziegelmauer eines Lagerhauses hervor und hielt auf den Kai zu. Vorsichtig tastete sich der Fahrer, der im schmalen Lichtstrahl der abgedunkelten Scheinwerfer kaum die Ränder des Piers erkennen konnte, zum Liegeplatz des

U-Boots vor. Mit quietschenden Bremsen kam der Laster neben einer breiten Gangway zum Stehen.

Einen Moment lang kehrte Stille ein, dann sprangen sechs schwer bewaffnete Soldaten von der Ladefläche, umringten das Fahrzeug und sicherten nach außen ab. Als Ogawa vom Kommandoturm zum Kai hinabstieg, meinte er zu spüren, wie einer der Wachposten die Waffe auf ihn richtete. Es waren keine gewöhnlichen Soldaten der kaiserlichen Armee, stellte er fest, sondern Elitetruppen der gefürchteten Kempei Tai, der Militärpolizei.

Zwei Männer in Uniform stiegen aus dem Führerhaus des Lastwagens und kamen auf Ogawa zu. Als er erkannte, dass er es mit einem Vorgesetzten zu tun hatte, nahm Ogawa Haltung an und salutierte zackig.

»Ich habe auf Sie gewartet, Kapitän«, sagte Ogawa mit leicht säuerlichem Unterton.

Kapitän Miyoshi Horinouchi ging nicht darauf ein. Als Stabsoffizier der Sechsten Flotte war er mit ernsteren Angelegenheiten beschäftigt. Die japanische U-Bootflotte im Pazifik wurde allmählich dezimiert, ohne dass die kaiserliche Marine der von den amerikanischen Streitkräften eingesetzten Technologie zur Bekämpfung von Unterseebooten etwas entgegenzusetzen hatte. Die verzweifelten Gefechte, die sich die Flotte mit einem übermächtigen Feind lieferte, führten immer wieder zu zahlreichen Verlusten an Booten samt ihrer Besatzung, und das machte Horinouchi schwer zu schaffen. Seine kurz geschorenen Haare waren vorzeitig weiß geworden, und tiefe Sorgenfalten zogen sich wie trockene Flussbette durch sein Gesicht.

»Kapitänleutnant, das ist Dr. Hisaichi Tanaka von der Medizinischen Forschungsabteilung der Armee. Er wird Sie bei diesem Einsatz begleiten.«

»Sir, ich nehme für gewöhnlich keine Passagiere auf eine Patrouillenfahrt mit«, erwiderte Ogawa, ohne den kleinen Mann mit der Brille, der neben Horinouchi stand, eines Blickes zu würdigen.

»Ihr Einsatzbefehl wurde widerrufen«, versetzte Horinouchi

und händigte Ogawa einen braunen Hefter aus. »Sie haben neue Befehle. Sie sollen Dr. Tanaka und seine Fracht an Bord nehmen und sich auf Anweisung der Flottenführung unverzüglich zu einem Einsatzgebiet unmittelbar vor der Haustür des Feindes begeben.«

»Das ist höchst ungewöhnlich, Kapitän«, wandte Ogawa mit einem kurzen Blick auf einen der Wachposten ein, der eine Maschinenpistole, eine deutsche Bergmann MP34, auf ihn gerichtet hatte.

Horinouchi neigte den Kopf kurz zur Seite und ging ein paar Schritte nach rechts. Ogawa folgte ihm. Als sie außer Hörweite von Tanaka waren, fuhr Horinouchi leise fort.

»Ogawa, unsere Hochseeflotte wurde im Leyte-Golf vernichtet. Wir wollten die Amerikaner mit einer alles entscheidenden Schlacht aufhalten, aber stattdessen wurden unsere Streitkräfte geschlagen. Es ist nur noch eine Frage der Zeit, bis wir alle Kräfte zur Verteidigung unseres Heimatlandes aufbieten müssen.«

»Wir werden den Amerikanern einen schweren Blutzoll abverlangen«, versetzte Ogawa grimmig.

»Wohl wahr, aber sie sind ohne jeden Zweifel zu einem Eroberungsfeldzug bereit, ohne Rücksicht auf Verluste. Unser Volk wird ein entsetzliches Gemetzel über sich ergehen lassen müssen.« Horinouchi dachte kurz an den Opfergang seiner Familie und schwieg einen Moment.

»Die Armee hat sich an uns gewandt und um unsere Unterstützung bei einem kühnen Unternehmen gebeten«, fuhr er fort. »Dr. Tanaka gehört zur Abteilung 731. Sie werden ihn und seine Fracht über den Pazifik bringen und einen Angriff auf das amerikanische Festland unternehmen. Sie haben unter allen Umständen darauf zu achten, dass Sie unterwegs nicht entdeckt werden und Ihr Boot unversehrt bleibt. Wenn Ihr Einsatz erfolgreich verläuft, Ogawa, werden sich die Amerikaner auf einen Waffenstillstand einlassen, und unser Heimatland wird verschont werden.«

Ogawa verstand überhaupt nichts mehr. Die meisten anderen U-Bootkommandanten waren fast ausschließlich in Abwehrgefechte verwickelt, um die Überreste der Hochseeflotte zu schützen, doch er sollte ganz allein den Pazifik überqueren und einen Angriff unternehmen, der den Krieg beenden würde. Normalerweise hätte er über so einen Befehl gelacht, wenn er ihm nicht von einem sichtlich verzweifelten Stabsoffizier mitten in der Nacht überbracht worden wäre.

»Ihr Vertrauen ehrt mich sehr, Kapitän Horinouchi. Ich versichere Ihnen, dass meine Offiziere und Besatzungsmitglieder dem Kaiser alle Ehre erweisen werden. Darf ich fragen, worum es sich bei Dr. Tanakas Fracht handelt?«, erkundigte sich Ogawa.

Horinouchi ließ den Blick ein paar Sekunden lang gedankenverloren über die Bucht schweifen. »*Makaze*«, murmelte er schließlich vor sich hin. »Ein garstiger Wind.«

Unter den aufmerksamen Blicken von Dr. Tanaka wurde ein halbes Dutzend rechteckiger Kisten von den Kempei-Tai-Wachen vorsichtig im vorderen Torpedoraum der *I-403* verstaut und festgezurrt. Anschließend ließ Ogawa die vier Dieselmotoren des U-Boots anwerfen und die Vertäuleinen lösen. Um halb drei Uhr morgens schob sich das Boot langsam ins Hafenbecken, vorbei an etlichen anderen U-Booten der Flotte, die im Stützpunkt lagen. Ogawa stellte verwundert fest, dass Horinouchi schweigend in dem dunklen Lastwagen am Pier saß und nicht wegfuhr, bis die *I-403* außer Sicht war.

Mit langsamer Fahrt lief das U-Boot an den Kais und Lagerhäusern vorbei und näherte sich bald darauf einem riesigen Schattenriss, der sich vor ihnen aus der Dunkelheit schälte. Wie ein Ungetüm ragte das gewaltige Schlachtschiff *Yamato*, das in einem Reparaturdock lag, über dem Unterseeboot auf. Mit seinen neun schweren 46-cm-Geschützen und der bis zu 80 Zentimeter starken Panzerung war die 283 Meter lange *Yamato* das meistgefürchtete Schiff der kaiserlichen Kriegsflotte. Ogawa bewunderte im Vorbeifahren die Linienführung und die Bewaffnung des größten Schlachtschiffes der Welt, aber mit einem Mal hatte er auch Mitleid mit ihm. Wie ihr Schwesterschiff, die unlängst bei den Philippinen gesunkene *Musashi*, war auch – so befürchtete er – die *Yamato* zum Untergang verurteilt, noch ehe der Krieg vorüber war.

Allmählich verblassten die Lichter von Kure, als das U-Boot, vorbei an mehreren großen Inseln, in das Seto-Binnenmeer gelangte. Ogawa ließ schnellere Fahrt machen, sobald die Bergkuppen der Inseln zurückwichen und das erste Morgengrau den Himmel im Osten färbte. Als er mit dem Navigator der *I-403* im Kommandoturm den Kurs absteckte, kam sein Erster Offizier nach oben.

»Heißer Tee, Kapitän«, sagte Leutnant Yoshi Motoshita und hielt dem Kommandanten eine kleine Tasse hin. Motoshita, ein schlanker, stets freundlicher Mann, brachte sogar um fünf Uhr morgens ein Grinsen zustande.

»Ja, danke«, erwiderte Ogawa kurz angebunden, bevor er einen Schluck trank. Der heiße Tee war ein willkommenes Mittel gegen die frostige Dezemberluft, und Ogawa trank die Tasse rasch aus.

»Die See ist heute Morgen ungewöhnlich ruhig«, stellte Motoshita fest.

»Gutes Wetter für den Fischfang«, sagte Ogawa nachdenklich. Er war als Sohn eines Fischers in einem kleinen Dorf auf Kiuschu aufgewachsen, der japanischen Südinsel. Ogawa, der das harte Leben auf dem Wasser gewohnt war, hatte sich trotz seiner bescheidenen Herkunft mit einer ausgezeichneten Aufnahmeprüfung für die Etajima qualifiziert, die japanische Marineakademie. Nach der Ernennung zum Offizier hatte es ihn noch vor dem Krieg zu der immer stärker werdenden U-Bootwaffe gezogen. Er hatte auf zwei Booten gedient, bevor man ihm Ende 1943 das Kommando über die *I-403* übertragen hatte. Unter seiner Führung hatte die *I-403* ein halbes Dutzend Handelsschiffe sowie vor den Philippinen einen australischen Zerstörer versenkt. Ogawa galt als einer der besten U-Bootkommandanten, die der rasch schrumpfenden Unterwasserflotte geblieben waren.

»Yoshi, wir gehen auf Zickzack-Kurs, wenn wir die Meerenge erreichen, und tauchen dann, bevor wir das Binnenmeer verlassen. Wir dürfen uns mit keinem der feindlichen U-Boote anlegen, die vor unserer Küste patrouillieren.«

»Ich werde die Besatzung verständigen, Kapitän.«

»Und sehen Sie zu, dass Dr. Tanaka bequem untergebracht ist.«

»Ich habe ihm meine Kabine angeboten«, sagte Motoshita mit gequältem Blick. »Dem Stapel Bücher nach zu urteilen, die er mitgebracht hat, wird er meiner Meinung nach beschäftigt sein und uns nicht im Weg stehen.«

»Sehr gut«, erwiderte Ogawa, der sich insgeheim über seinen unerwünschten Passagier wunderte.

Als die Sonne rot am östlichen Horizont aufging, lief die *I-403* in die Bungo-Straße ein, ein Schifffahrtsweg, der oberhalb der japanischen Südinsel Kiuschu in den Pazifik führte. Ein grauer Zerstörer, der nach einer unangenehmen Begegnung mit zwei Hellcats der US-Navy eine Unmenge klaffender Löcher aufwies, schleppte sich mit schwerer Schlagseite an dem U-Boot vorbei in Richtung Hafen. Mehrere Unteroffiziere versammelten sich auf dem Kommandoturm der *I-403*, um einen letzten Blick auf die grünen Inseln ihres Heimatlandes zu werfen, wussten sie doch nicht – wie alle Seeleute, die zum Kampfeinsatz ausliefen –, ob sie jemals wieder nach Hause zurückkehren würden.

Als der Ausguck die Einfahrt in den Pazifik erkennen konnte, erteilte Ogawa den Befehl zum Tauchen. Eine Glocke schrillte, worauf die Seeleute in aller Eile sämtliche Decks und Luken sicherten.

»Wir tauchen auf fünfzehn Meter«, befahl Ogawa von der Brücke aus.

Große Ballasttanks wurden mit Seewasser geflutet und die Tiefenruder nach vorn geneigt. Unter dem Rauschen des einströmenden Wassers senkte sich der Bug der *I-403*, und binnen kürzester Zeit wurde das ganze U-Boot von der trüben grünen See verschluckt.

In den tiefen pazifischen Gewässern vor der Bungo-Straße lauerten angriffslustige amerikanische U-Boote, die Jagd auf auslaufende Handels-, Nachschub- und Kriegsschiffe vom Marinestützpunkt Kure machten. Auch Unterseeboote waren schon attackiert worden, und Ogawa hatte nicht vor, eine leichte Beute für sie zu werden. Als die *I-403* in den Pazifischen Ozean vorstieß, ging er daher auf Nordwestkurs, fort von den viel befahrenen Seewegen in Richtung Süden, zu den Philippinen.

Wie die meisten Unterseeboote ihrer Zeit wurde die *I-403* von Diesel- und Elektromotoren angetrieben. Tagsüber ging die *I-403* auf Tauchstation und schaltete die batteriebetriebenen Elektromotoren ein, die es mit lahmen sechs Knoten pro Stunde vorwärts bewegten. Im Schutz der Dunkelheit indessen tauchte das Boot auf und warf die Dieselmotoren an, mit denen die *I-403* mehr als 18 Knoten Fahrt machte und gleichzeitig ihre Batterien auflud. Mit über 120 Meter Länge war die *I-403* eines von einer Hand voll Unterseebooten der Sen-toku-Klasse, die größten, die seinerzeit gebaut wurden. Der schwere eiserne Schiffskörper hatte eine Wasserverdrängung von 5200 Tonnen und wurde von vier Dieselmotoren mit jeweils 7700 PS fortbewegt. Das Einzigartige an der *I-403* aber waren die Flugzeuge, mit denen es bestückt war. Das Unterseeboot konnte drei Wasserflugzeuge vom Typ Seiran befördern, kleine, umgebaute Sturzkampfbomber, die mithilfe eines Katapults am Bug gestartet wurden. Während der Fahrt waren die Maschinen zerlegt und in einem 35 Meter langen wasserdichten Hangar verstaut, der sich unter dem Deck des U-Boots befand. Wegen des Mangels an Flugzeugen hatte Ogawa allerdings eines seiner Wasserflugzeuge an die Küstenaufklärung abtreten müssen, daher hatte sein Boot zurzeit nur zwei Seiran-Maschinen an Bord.

Sobald die *I-403* in den Pazifischen Ozean vorgestoßen war, zog sich Ogawa in seine Kabine zurück und las noch einmal den kurzen Einsatzbefehl, den Horinouchi ihm gegeben hatte. Die knappen Anweisungen besagten lediglich, dass er auf nördlichem Kurs über den Pazifik fahren und auf den Aleuten Treibstoff fassen sollte. Anschließend sollte er die Nordwestküste der Vereinigten Staaten ansteuern, wo seine beiden Flugzeuge Luftangriffe auf die Städte Tacoma, Seattle, Victoria und Vancouver durchführen sollten.

Auf den ersten Blick wirkt das wie ein vergebliches Unterfangen, dachte Ogawa. Japan brauchte seine Unterseeboote eher zur Verteidigung der heimischen Gewässer als für einen ohnmächtigen Angriff mit zwei kleinen Flugzeugen. Aber immerhin war da noch die Frage, was es mit Dr. Tanaka und seiner unbekannten Fracht auf sich hatte.

Als er in Ogawas Kabine gerufen wurde, verbeugte sich Tanaka höflich, bevor er die enge Unterkunft betrat und an einem kleinen Holztisch Platz nahm. Der schmächtige Wissenschaftler wirkte mürrisch und missmutig. Durch den ausdruckslosen Blick und die dicke Brille, die er trug, wurde dieser düstere Eindruck noch verstärkt.

Ogawa verzichtete auf alle Förmlichkeiten und kam sofort zur Sache.

»Dr. Tanaka, laut meinen schriftlichen Befehlen soll ich mich zur Westküste von Nordamerika begeben und einen Luftangriff auf vier Städte unternehmen. Ihre Aufgaben und die Beschaffenheit Ihrer Fracht werden mit keinem Wort erwähnt. Ich muss Sie fragen, welche Rolle Sie bei diesem Einsatz spielen.«

»Kapitän Ogawa, ich darf Ihnen versichern, dass mein Auftrag von höchster Stelle genehmigt wurde«, erwiderte Tanaka mit leiser, monotoner Stimme. »Ich werde Ihnen beim Angriff technische Unterstützung leisten«, fuhr er fort.

»Dies ist ein Kriegsschiff. Mir ist nicht ganz klar, inwieweit mich ein Stabsarzt bei einem Seekriegseinsatz unterstützen soll«, entgegnete Ogawa.

»Kapitän, ich bin in der Forschungsgruppe für Seuchenprävention am militärmedizinischen Institut tätig. Wir haben von einem Laboratorium in China Materialien erhalten, die es uns ermöglichten, eine äußerst wirksame Waffe gegen den Feind zu entwickeln. Ihr U-Boot wurde dazu auserkoren, diese Waffe zum ersten Mal zum Einsatz zu bringen. Ich bin für die ordnungsgemäße Durchführung dieses Einsatzes verantwortlich.«

»Diese ›Materialien‹... werden die von meinen Flugzeugen abgeworfen?«

»Ja, in speziellen Kanistern, die von Ihren Bombern befördert werden können. Ich habe mit dem Bodenpersonal Ihrer Marineflieger bereits die entsprechenden Vorkehrungen getroffen.«

»Und die Männer auf meinem Boot – sind sie durch diese Waffe in irgendeiner Weise gefährdet?«

»Nicht im geringsten.« Tanaka schaute ihn mit ausdrucksloser Miene an.

Ogawa glaubte ihm nicht, aber seiner Ansicht nach drohte seinem Boot durch die Zerstörer der amerikanischen Marine mehr Gefahr als durch irgendetwas, das es an Bord hatte. Trotzdem versuchte er ein bisschen mehr in Erfahrung zu bringen, doch Tanaka gab sich zugeknöpft. Was es mit dieser geheimnisvollen Waffe wirklich auf sich hatte, behielt der Stabsarzt für sich. Der Mann hatte etwas Undurchsichtiges an sich, stellte Ogawa fest, und ihm war dabei ganz und gar nicht wohl zumute. Nachdem sie rasch eine Tasse Tee getrunken hatten, entließ er den unheimlichen Wissenschaftler. Ogawa verfluchte das Flottenkommando dafür, dass man sein Boot für diesen Einsatz ausgewählt hatte. Es war ein Auftrag, der ihm ganz und gar nicht gefiel.

Anfangs waren ihnen gelegentlich noch Handelsschiffe und Fischerboote begegnet, doch es wurden immer weniger, je weiter sich das U-Boot vom japanischen Mutterland entfernte und langsam im nördlichere Breiten vordrang. In den nächsten zwölf Tagen und Nächten gewöhnte sich die Besatzung allmählich an die Einsatzbedingungen, während das Boot weiter nach Nordosten steuerte und nur nachts auftauchte, um schnellere Fahrt zu machen. Im Nordostpazifik war die Gefahr, von einem alliierten Schiff oder Flugzeug entdeckt zu werden, eher gering, doch Ogawa ging kein Risiko ein und blieb den ganzen Tag über auf Tauchstation. Unter Wasser aber wurde es im Boot brütend heiß. Durch die Abwärme der Maschinen stieg die Innentemperatur auf weit über dreißig Grad, und die Atemluft wurde von

Stunde zu Stunde stickiger. Daher wartete die gesamte Besatzung begierig auf den Abend, wusste doch jeder, dass das Boot mit Einbruch der Dunkelheit endlich auftauchen würde, worauf die Luken geöffnet wurden und kalte, frische Seeluft in die muffigen Innenräume strömen konnte.

In U-Booten herrschte ein auffallend lockerer Umgangston, selbst bei der japanischen Marine, und auf der *I-403* war das nicht anders. Offiziere und Mannschaften verkehrten zwanglos miteinander, nahmen die gleichen Mahlzeiten zu sich und litten auf dem engen Boot unter den gleichen Entbehrungen. Die *I-403* hatte schon drei Wasserbombenangriffe überstanden, und die gemeinsam erlebte Todesgefahr hatte die Besatzung zusammengeschweißt. Sie waren Überlebende eines mörderischen Katz-und-Maus-Spiels und hatten das Gefühl, dass die *I-403* ein glückliches Boot war, das jedem Feind trotzen konnte.

In der vierzehnten Nacht tauchte die *I-403* nahe der Aleuteninsel Amchitka auf und entdeckte binnen kurzer Zeit das Versorgungsschiff *Morioka*, das in einer kleinen Bucht vor Anker lag. Vorsichtig brachte Ogawa sein Boot längsseits neben das Mutterschiff, worauf die Vertäuleinen ausgeworfen und festgezurrt wurden. Während der Dieseltreibstoff in die Tanks des Unterseebootes gepumpt wurde, flachsten die Besatzungen beider Schiffe in der eisigen Kälte miteinander.

»Ist es in eurer Sardinenbüchse nicht ein bisschen zu eng?«, fragte ein dick eingemummter Maat, der an der Reling des Schiffes lehnte.

»Nein, wir haben jede Menge Platz für Obstkonserven, Kastanien und Sake!«, brüllte ein U-Bootfahrer zurück, der mit der besseren Verpflegung prahlte, die der Unterwasserflotte zuteil wurde.

Das Auftanken dauerte knapp drei Stunden. Unterdessen wurde ein Besatzungsmitglied des U-Boots, das an einer akuten Blinddarmentzündung litt, zur ärztlichen Behandlung auf das Mutterschiff gebracht. Nachdem man der Besatzung des Versorgungsschiffes zum Dank für ihre Dienste einen Karton Bonbons abgetreten hatte, legte die *I-403* ab und ging auf östlichen

Kurs, in Richtung Nordamerika. Der Himmel wurde immer schwärzer, und weiße Gischt brodelte auf dem graugrünen Ozean, als die *I-403* in einen der ersten Winterstürme geriet. Drei Nächte lang wurde das U-Boot heftig von den Wogen durchgeschüttelt, die das tief liegende Deck überfluteten und sich am Kommandoturm brachen, während die Batterien aufgeladen wurden. Einmal wäre ein Ausguck beinahe in die eisige See gespült worden, und viele erfahrene Besatzungsmitglieder wurden seekrank. Der starke Westwind hatte allerdings auch sein Gutes, denn er schob das Boot mit flotter Fahrt durch die Dünung und verkürzte die Reise in Richtung Osten.

Dann ließ der Wind allmählich nach, und die See wurde wieder ruhiger. Zufrieden stellte Ogawa fest, dass sein Boot das Wüten von Mutter Natur unbeschadet überstanden hatte. Die durchgeschüttelte Besatzung kam wieder auf die Beine und fand zu ihrer alten Kampfmoral zurück, als sich das Wetter besserte und das U-Boot sich dem feindlichen Festland näherte.

»Kapitän, ich habe den Kurs zur Küste abgesteckt«, meldete Seiji Kakishita und rollte eine Seekarte des nordöstlichen Pazifischen Ozeans vor Ogawa aus. Der Navigator der *I-403* hatte sich wie viele Besatzungsmitglieder seit dem Auslaufen nicht mehr rasiert und trug jetzt einen struppigen Kinnbart, durch den er aussah wie einem Comic entsprungen.

»Wie ist unsere derzeitige Position?«, erkundigte sich Ogawa, während er die Karte studierte.

»Wir sind genau hier«, erwiderte Kakishita und deutete mit einem Zirkel auf einen Punkt auf der Karte. »Ungefähr zweihundert Kilometer westlich von Vancouver Island. Wir haben noch zwei Stunden Dunkelheit vor uns, in denen wir Überwasserfahrt machen können. Auf unserem derzeitigen Kurs sind wir bei Tagesanbruch etwa 150 Kilometer vom Land entfernt.«

Ogawa studierte ein paar Minuten lang eingehend die Karte, bevor er das Wort ergriff. »Wir sind zu weit nördlich. Ich möchte den Angriff von einem Punkt aus unternehmen, der auf halber Höhe zwischen den vier Zielorten liegt, damit die Flugzeit möglichst kurz ist. Bringen Sie uns weiter südlich, dann stoßen wir etwa hier zur Küste vor«, sagte er und deutete mit dem Finger auf die Karte. Unter seiner Fingerspitze lag der nordwestliche Zipfel des Staates Washington, eine Halbinsel, die wie die Schnauze eines hungrigen Hundes in den Pazifischen Ozean ragte. Unmittelbar nördlich davon befand sich die Juan-de-Fuca-Straße, die Hauptschifffahrtsroute von Vancouver und Seattle in den Pazifischen Ozean, die eine natürliche Grenze zu British Columbia darstellte.

Kakishita steckte in aller Eile einen neuen Kurs ab und überschlug die Entfernungen. »Meinen Berechnungen zufolge können wir in vierundzwanzig Stunden fünfzehn Kilometer vor der mit ›Kap Alava‹ gekennzeichneten Stelle in Position gehen.«

»Ausgezeichnet, Kakishita«, erwiderte Ogawa zufrieden und warf einen Blick auf den Chronographen neben ihm. »Damit bleibt uns genügend Zeit, um den Angriff vor Anbruch der Morgendämmerung durchzuführen.« Der Zeitplan war gut. Ogawa wollte sich möglichst kurz in viel befahrenen Seegebieten aufhalten, in denen sie entdeckt werden könnten, bevor sie den Angriff unternahmen. Allem Anschein nach klappt die Sache, dachte er. Mit etwas Glück könnten sie in gut vierundzwanzig Stunden nach erfolgreich abgeschlossenem Einsatz wieder auf der Heimfahrt sein.

Auf der *I-403* herrschte hektisches Treiben, nachdem das Boot an diesem Abend aufgetaucht war und die Vorbereitungen für den Luftangriff getroffen wurden. Mechaniker holten die Rümpfe, die Tragflächen und die Schwimmer der Maschinen hervor und setzten die Teile zusammen. Seeleute bauten das hydraulische Katapult auf und erprobten das Gerät, mit dem die Flugzeuge gestartet werden sollten. Die Piloten studierten aufmerksam die topographischen Karten der Region und steckten den Kurs zu den Abwurfgebieten und zurück ab. Und die für die Bewaffnung zuständigen Mannschaften befestigten unter Anweisung von Dr. Tanaka die Bombenhalterungen an den Seirans, an denen die zwölf silbernen Kanister aufgehängt werden sollten, die noch immer im vorderen Torpedoraum verstaut waren.

Um drei Uhr morgens hatte sich die *I-403* unbemerkt zu ihrem Einsatzort vor der Küste von Washington vorgepirscht. Ein leichter Nieselregen fiel, sodass die fünf Männer, die Ogawa an Deck postiert hatte, um Ausschau nach anderen Schiffen zu halten, in der schlierigen Dunkelheit kaum etwas erkennen konnten. Ogawa selbst ging nervös auf der Brücke hin und her und wartete ungeduldig darauf, dass die Flugzeuge starteten, damit er mit seinem U-Boot auf Tauchstation gehen konnte.

Eine Stunde war vergangen, als ein gedrungener und sichtlich gehetzter Mann in einem ölverschmierten Overall zögernd auf Ogawa zukam.

»Sir, ich muss Ihnen leider melden, dass wir Schwierigkeiten mit den Maschinen haben.«

»Woran hapert es denn noch?«, versetzte Ogawa ungehalten.

»Bei Flugzeug Nummer eins funktioniert der Magnetzünder nicht. Wir müssen ihn austauschen, damit der Motor läuft. Bei Flugzeug Nummer zwei ist das Höhenruder beschädigt. Offenbar ist es im Sturm irgendwo angeschlagen. Aber auch das können wir reparieren.«

»Und wie lange wird die Reparatur dauern?«

Der Mechaniker blickte einen Moment lang zum Himmel und dachte über eine Antwort nach. »Etwa eine Stunde für die Reparaturarbeiten, Sir, und danach noch zwanzig Minuten für die Bewaffnung.«

Ogawa nickte grimmig. »Machen Sie sich schleunigst an die Arbeit.«

Aus einer Stunde wurden zwei, und die Maschinen waren noch immer nicht startbereit. Ogawa wurde zusehends ungeduldiger, als er die grauen Streifen am östlichen Himmel bemerkte, die die anbrechende Morgendämmerung ankündigten. Der Nieselregen hatte mittlerweile aufgehört, und stattdessen war ein leichter Nebel aufgezogen, der das Schiff umgab und die Sicht auf rund 500 Meter beschränkte. Möglicherweise sitzen wir hier wie auf dem Präsentierteller, dachte Ogawa, aber zumindest haben wir ein bisschen Deckung.

Dann hallte der laute Ruf des Horchpostens unter Deck durch die stille Morgenluft.

»Kapitän, ich habe ein Echo empfangen!«

»Diesmal hab ich dich, großer Bruder!«, schrie Steve Schauer in das Funkgerät, grinste dann und schob die beiden Gashebel bis zum Anschlag vor. Die beiden halbwüchsigen Besatzungsmitglieder, die erschöpft und nach totem Fisch stinkend neben ihm im Ruderhaus des Trawlers standen, schauten einander an und verdrehten die Augen. Schauer achtete nicht auf ihre Blicke, während er mit leichter Hand das hölzerne Ruderrad des stampfenden Fischerbootes drehte und ein altes Trinklied pfiff.

Die Brüder Steve und Doug Schauer, beide über vierzig, aber noch immer voll jugendlichen Ungestüms, hatten ihr Leben lang in den Gewässern im und um den Puget Sound Fische gefangen. Ihr durch Geschick und harte Arbeit verdientes Geld hatten sie in immer größere Fischerboote gesteckt, bis sie schließlich zwei nahezu baugleiche 15 Meter lange Trawler mit Holzrumpf erstanden hatten. Sie arbeiteten im Team und hatten einen geradezu unheimlichen Riecher, wenn es darum ging, große Heilbuttschwärme aufzuspüren. Wie zwei Jungs auf Rollschuhen lieferten sie sich jetzt, da die Frachträume nach dreitägiger Fahrt voller Fische und sämtliche Bierflaschen in den Kühlboxen leer waren, ein Wettrennen zum Heimathafen.

»Es ist erst vorbei, wenn die Bordwand an den Kai schrammt«, meldete sich Doug mit knisternder Stimme über Funk. Nach einem besonders ergiebigen Fischzug im Jahr 1941 hatten sie sich zwei Funkgeräte für ihre Boote geleistet. Eigentlich waren sie zur Verständigung beim Fang gedacht, aber meistens frotzelten die Brüder miteinander oder spornten sich gegenseitig an.

Während Schauers Boot mit seiner Höchstgeschwindigkeit von zwölf Knoten durchs Wasser pflügte, hellte sich der Himmel allmählich auf, und der Strahl des Suchscheinwerfers am Bug verlor seine Leuchtkraft. Im Dunst voraus meinte Schauer die undeutlichen Umrisse von etwas Großem, Schwarzem zu sehen, das tief im Wasser lag. Im nächsten Moment leuchtete in der Mitte des Dings ein orangefarbener Lichtblitz auf.

»Ist das ein Wal an Steuerbord voraus?« Er hatte die Worte kaum ausgesprochen, als irgendetwas mit schrillem Heulen am Ruderhaus vorbeirauschte, dann stieg neben dem Backbordbug eine hohe Wassersäule auf und ergoss sich über den Trawler.

Schauer war einen Moment lang wie vom Donner gerührt, konnte kaum fassen, was er soeben gesehen und gehört hatte. Erst als ein zweiter orangefarbener Blitz aufleuchtete, reagierte er.

»Hinlegen!«, rief er den beiden Männern im Ruderhaus zu und riss das Ruderrad des Schiffes hart nach Backbord. Der schwer beladene Trawler gehorchte nur langsam, aber es genügte, um der zweiten Granate aus der 14-cm-Deckskanone der *I-403* auszuweichen, die mit lautem Heulen unmittelbar hinter dem Heck des Bootes ins Wasser schlug. Diesmal wurde der ganze Trawler von der Wucht der Explosion aus dem Wasser gehoben und prallte dann so heftig wieder auf, dass sein Ruder brach.

Während er das Blut wegwischte, das ihm aus einer Schramme an der Schläfe in die Augen lief, griff Schauer zum Mikrofon des Funkgeräts.

»Doug, da draußen ist ein japanisches U-Boot. Es macht uns die Hölle heiß. Kein Witz. Halt nach Norden und hol Hilfe.«

Er war noch auf Sendung, als die dritte Granate ihr Ziel traf, in den vorderen Frachtraum das Fischerboots einschlug und detonierte. Ein Hagel aus Holzsplittern, Glasscherben und zerfetztem Heilbutt fegte durch das Ruderhaus und schleuderte die drei Männer an die hintere Wand. Schauer rappelte sich wieder auf, blickte durch ein klaffendes Loch in der Vorderseite des Ruderhauses und sah, dass der ganze Bug des Trawlers auseinander barst. Instinktiv hielt er sich am Ruderrad fest und schaute ungläubig auf die Überreste des Bootes, das unter seinen Füßen wegsank.

Ogawa, der das Fernglas angesetzt hatte, verfolgte mit grimmiger Zufriedenheit, wie der Trawler inmitten eines Teppichs aus

Treibgut unterging. Die Rettung der Überlebenden kam nicht in Frage, daher verschwendete er keine Zeit mit der Suche nach Schiffbrüchigen.

»Motoshita, haben wir noch weitere Geräusche empfangen?«, fragte er seinen Ersten Offizier.

»Nein, Sir. Der Sonarmann meldete ein mögliches zweites Ziel, bevor wir das Feuer eröffneten, aber das Signal ist abgerissen. Entweder waren es Hintergrundgeräusche, oder es handelte sich um ein sehr kleines Boot.«

»Lassen Sie ihn weiterhorchen. Bei dieser Sicht hören wir ein Schiff viel eher, als dass wir es sehen. Und schicken Sie die Chefmechaniker der Flugzeuge zu mir. Wir müssen die Maschinen starten.«

Als Motoshita davonstürmte, starrte Ogawa in Richtung der verhangenen Küste von Washington. Vielleicht haben wir Glück, dachte er. Der Trawler war höchstwahrscheinlich ein einsames Fischerboot, das kein Funkgerät hatte. Die Kanonenschüsse könnte man an der Küste gehört haben, aber auf diese Entfernung klangen sie vermutlich nur wie ein dumpfes, harmloses Grollen. Außerdem lebten seinen Informationen zufolge nur wenige Menschen an diesem Küstenstreifen. Vielleicht konnten sie den Auftrag dennoch durchführen, ohne entdeckt zu werden.

Gene Hampton, seines Zeichens Funker auf dem Zerstörer *Theodore Knight*, spürte, wie sich seine Nackenhaare aufstellten. Die Stimme, die aus seinen Kopfhörern schallte, klang so eindringlich und überzeugend, dass er ihr einfach Glauben schenken musste. Nachdem er die Nachricht zweimal bestätigt hatte, sprang Hampton von seinem Stuhl auf und stürmte auf die Brücke.

»Sir, ich habe gerade einen zivilen Notruf empfangen«, stieß er aufgeregt hervor. »Ein Fischer sagt, da draußen vor der Küste ist ein japanisches U-Boot, das seinen Bruder beschießt.«

»Klang er glaubwürdig?«, erwiderte der bärtige, schwergewichtige Kommandant des Schiffes mit skeptischem Unterton.

»Ja, Sir. Er hat gesagt, er konnte das U-Boot wegen des Nebels nicht sehen, aber er hat einen Funkspruch von seinem Bruder erhalten, der in einem zweiten Fischerboot unterwegs war. Er hat zwei Schüsse aus einem schweren Geschütz gehört, dann ist die Verbindung zu seinem Bruder abgerissen. Ich habe einen Funkspruch von einem anderen Fischerboot empfangen, auf dem man ebenfalls Geschützfeuer hörte.«

»Haben sie uns eine Position übermittelt?«

»Ja, Sir. Neun Meilen südwestlich von Kap Flattery.«

»Sehr gut. Setzen Sie sich mit der *Madison* in Verbindung und sagen Sie Bescheid, dass wir wegen einer gemeldeten Feindberührung die Meerenge verlassen. Danach liefern Sie der Navigation eine Peilung. Mr. Baker«, fuhr er fort und wandte sich an den großen Lieutenant, der neben ihm stand, »lassen Sie gefechtsbereit machen.«

Als die Alarmglocke durch das Schiff schrillte, eilten die Besatzungsmitglieder der USS *Theodore Knight* zu ihren Kampfstationen, setzten die Helme auf und legten im Laufen ihre Splitterwesten an. Es war nicht das erste Mal, dass der Zerstörer der Farragut-Klasse ins Gefecht zog. Die 1931 bei Bath Iron Works in Maine vom Stapel gelaufene *Theodore Knight* hatte zu Beginn des Krieges erste Kampferfahrungen beim Schutz von Geleitzügen im Nordatlantik gesammelt. Nachdem der 103 Meter lange Zerstörer mehrere U-Bootangriffe auf Handelsschiffkonvois abgewehrt hatte, wurde er zum Patrouillen- und Geleitschutzdienst an die amerikanische Westküste beordert, wo er in den Gewässern zwischen San Diego und Alaska eingesetzt wurde.

Drei Meilen weiter hinten, in der Juan-de-Fuca-Straße, befand sich die *Madison*, die mit einer Ladung Bauholz und Lachskonserven nach San Francisco unterwegs war. Die *Theodore Knight* ließ das ihr zugewiesene Frachtschiff zurück und stieß auf Befehl ihres Kapitäns, Lieutenant Commander Roy Baxter, mit voller Fahrt in den Pazifik vor. Von seinen beiden Dieselmotoren angetrieben, pflügte das schnittige graue Schiff durch das Wasser wie ein Windhund, der ein Kaninchen hetzt. Die Besatzung war nach der eintönigen Routine des Patrouillendienstes ungemein kampflustig und brannte regelrecht darauf, den Feind zu stellen.

Selbst Baxter spürte, wie sein Herz einen Takt schneller schlug. Er war seit zwanzig Jahren bei der Navy und hatte zwar im Atlantik manches Gefecht erlebt, aber der Dienst an heimatlichen Gestaden hatte ihn zuletzt etwas gelangweilt. Er genoss die Aussicht, wieder Pulverdampf zu riechen, auch wenn er immer noch skeptisch war, was die Funkmeldung anging. Seit über einem Jahr waren keine japanischen U-Boote mehr vor der Westküste gesichtet worden, und er wusste, dass sich die kaiserliche Marine inzwischen eindeutig in der Defensive befand.

»Radar?«, fragte er mit lauter Stimme.

»Sir, ich habe drei kleine Boote gesichtet, die sich der Wasserstraße nähern, zwei von Norden, eins von Westen«, erwiderte der Radarbeobachter, ohne den Blick vom Sichtgerät zu nehmen. »Ich sehe ein weiteres, unbekanntes Ziel im Südwesten, das sich offenbar nicht von der Stelle bewegt.«

»Bringen Sie uns zu dem Echo im Südwesten«, rief Baxter. »Und halten Sie die vorderen Batterien bereit.« Der Kommandant musste sich ein aufgeregtes Grinsen verkneifen, als er seine Befehle erteilte. Vielleicht verdienen wir uns heute unseren Sold, dachte er, als er seinen Helm festschnallte.

Im Gegensatz zu ihren amerikanischen Widersachern waren die meisten japanischen U-Boote im Zweiten Weltkrieg nicht mit Radar ausgerüstet. Die Frühwarntechnik wurde von der kaiserlichen U-Bootwaffe erst Mitte 1944 eingesetzt, und auch dann wurden nur wenige Boote damit ausgestattet. Die meisten japanischen Unterseeboote verließen sich stattdessen auf ihr Sonar, um den Feind ausfindig zu machen. Das Sonar hatte zwar eine geringere Reichweite als das Radar, konnte aber unter Wasser eingesetzt werden und hatte schon manch ein Boot vor tödlichen Wasserbombenangriffen bewahrt.

Da die *I-403* nicht über Radar verfügte, war es der Mann am Sonar, der den nahenden Zerstörer zuerst bemerkte.

»Schiff nähert sich von vorn… Lautstärke eins«, meldete er, als die erste Anzeige an seinem Gerät auftauchte.

Unterdessen waren beide Flugzeuge aus den Hangars geholt worden und standen mit montierten Tragflächen und Schwimmern an Deck, doch die Reparaturen waren noch nicht abgeschlossen. Genau das hatte Ogawa unter allen Umständen vermeiden wollen. Wenn die Maschinen zusammengebaut, aber nicht flugbereit waren, musste er sie opfern, wenn das Boot ein Alarmtauchmanöver durchführen musste.

»Deckskanone bereitmachen«, befahl er, hoffte aber immer noch, dass es sich nur um ein Fischerboot handelte.

»Lautstärke zwei, zunehmend«, meldete der Sonarposten ruhig. »Es ist ein größeres Schiff«, fügte er hinzu.

»Lassen Sie die Maschinen sichern und das Flugdeck räumen«, befahl Ogawa einem Fähnrich, der sich eilends hinab auf das große Deck begab und laut rufend auf die Mechaniker und die Piloten zurannte. Die Flieger vertäuten die beiden Maschinen, schnappten sich ihre Werkzeuge und stürmten zum Hangar. Die wasserdichten Hangartore wurden verschlossen und versiegelt, dann stiegen die Männer durch eine andere Luke und brachten sich im Rumpf des U-Boots in Sicherheit.

»Lautstärke drei, unmittelbar voraus. Möglicherweise ein Zerstörer«, meldete der Sonarmann, der die Geräusche der beiden Schrauben richtig deutete.

Wie auf ein Stichwort tauchte das graue Schiff in etwa einer halben Meile Entfernung aus dem Nebel auf und kam angeprescht wie ein stählernes Gespenst, den Bug in wirbelnde weiße Gischt gehüllt, während dunkler Rauch aus dem Schornstein quoll. Das schlanke Schiff jagte genau auf das U-Boot zu, wie ein Lanzenreiter, der sich durch nichts aufhalten lässt.

Im nächsten Moment brüllte die Deckskanone der *I-403* auf, als die erfahrenen Geschützmannschaften des U-Boots versuchten, den anrückenden Derwisch abzuwehren. Doch das schlanke Schiff bot ein schlechtes Ziel, und die Granate flog seitlich vorbei, ohne irgendwelchen Schaden anzurichten. In aller Eile luden die Kanoniere nach und feuerten erneut.

Sobald er erkannte, dass er es mit einem Zerstörer zu tun hatte, wurde Ogawa klar, dass ein Überwasserduell mit diesem überlegenen Gegner aussichtslos war, und er gab den Befehl zum Alarmtauchen. Der Einsatz musste abgebrochen werden, wenn er Boot und Besatzung retten wollte, falls es dazu nicht schon zu spät war.

Als der Tauchalarm ertönte, feuerte die Geschützmannschaft einen letzten verzweifelten Schuss ab, bevor sie sich eilends in Sicherheit brachte. Diesmal stimmte die Schussrichtung fast genau, aber der Kanonier hatte die Geschwindigkeit des nahenden Schiffes überschätzt. Die Granate schlug knapp fünfzehn Meter vor dem Bug des amerikanischen Zerstörers ins Wasser, schleuderte eine Gischtfontäne empor, die sich über das Deck ergoss, aber keinerlei Schaden anrichtete.

Die beiden vorderen Batterien der *Theodore Knight* erwachten zum Leben und feuerten ihre 12,7-cm-Granaten auf das japanische U-Boot ab. Doch die unerfahrenen und aufgeregten Kanoniere zielten zu hoch, sodass die Geschosse hinter dem allmählich Fahrt aufnehmenden Boot einschlugen, ohne Schaden anzurichten.

Ogawa, der auf der äußeren Brücke der *I-403* stand, zögerte einen Moment und warf einen letzten Blick auf den nahenden Angreifer, bevor er die Luke schloss. Er bemerkte eine Bewegung auf dem Vordeck und sah zu seiner Überraschung, dass sich ein Mitglied seiner Besatzung zu einem der Flugzeuge begab. Es war ein Pilot, der den Tauchbefehl missachtete und in seine Maschine stieg. Er konnte den Gedanken nicht ertragen, sein Flugzeug zu verlieren, und wollte bei einem Kamikaze-Angriff mit ihm sterben. Ogawa verfluchte diesen törichten Heldenmut, dann stieg er hinab zur Brücke.

Die Ballasttanks wurden geöffnet, worauf ein Schwall Seewasser einströmte, der das Boot nach unten zog. Bei diesem Manöver war es besonders anfällig, denn es dauerte eine ganze Weile, bis es abgetaucht war. Während Ogawa wartete und das Boot quälend langsam tiefer ging, spielte er eine letzte Karte aus.

»Torpedos feuerbereit machen!«, befahl er.

Es war ein reines Glücksspiel, aber es könnte klappen. Da der Zerstörer unmittelbar voraus lag, konnte er dem Schiff einen Schuss in den Bug verpassen und dafür sorgen, dass der Jäger seiner vermeintlichen Beute zum Opfer fiel.

»Rohre geladen«, meldete der Torpedooffizier.

»Rohre eins und zwei bereithalten«, befahl Ogawa.

Der Zerstörer war nur noch knapp hundert Meter entfernt und feuerte noch immer aus seinen 12,7-cm-Kanonen. Erstaunlicherweise verfehlten die Schüsse nach wie vor ihr Ziel. Allmählich sank der Bug des U-Boots tiefer, und Seewasser spülte über das Vordeck, als der Rumpf langsam im Wasser verschwand.

»Rohr eins, Feuer!«, rief Ogawa. Lautlos zählte er drei Sekunden ab, hielt kurz inne und befahl dann: »Rohr zwei, Feuer!«

Von Pressluft getrieben, schossen die beiden Torpedos aus den vorderen Rohren und zogen ihre tödliche Blasenspur auf den Zerstörer zu. Die sieben Meter langen Torpedos, jeder mit einem 400 Kilogramm schweren Sprengkopf bestückt, wurden rasch schneller und rasten mit über 45 Knoten auf die *Theodore Knight* zu. Ein Fähnrich, der auf der Brückennock des Zerstörers stand, bemerkte die weißen Schaumstreifen, die auf das Schiff zuhielten.

»Torpedos an Steuerbord und Backbord voraus!«, schrie er, blieb aber wie erstarrt stehen und blickte gebannt auf die rasend schnell näher kommenden Sprengkörper.

Im nächsten Augenblick waren die Torpedos auf Höhe des Bugs. Aber aufgrund einer Fehlberechnung, vielleicht auch durch göttliche Fügung oder schieres Glück, verfehlten die tödlichen Aale ihr Ziel. Der reglose Fähnrich sah fassungslos zu, wie die beiden Torpedos links und rechts am Bug des Zerstörers vorbeischossen, in einem Abstand von allenfalls drei Metern den ganzen Schiffsrumpf entlangrasten und achteraus verschwanden.

»Sie tauchen, Sir«, stellte der Rudergänger des Zerstörers fest, als er sah, wie die Wogen über den Bug des U-Boots schwappten.

»Steuern Sie auf den Kommandoturm zu«, befahl Baxter. »Wir gehen ihnen an die Gurgel.«

Die vorderen Batterien hatten das Feuer eingestellt, da die Geschütze nicht mehr auf ein so tief im Wasser liegendes Ziel ausgerichtet werden konnten. Jetzt wurde das Gefecht zu einem Wettlauf, bei dem der Zerstörer wie ein anstürmender Widder auf die *I-403* zuhielt und sie zu rammen versuchte. Doch das U-Boot tauchte immer tiefer, und einen Moment lang sah es so aus, als könnte es unter dem angreifenden Schiff hindurchgleiten. Die *Theodore Knight* fuhr über den Bug des Boots hinweg, doch ihr Kiel verfehlte das Oberdeck um wenige Zentimeter. Aber der Zerstörer stieß weiter vor, wild entschlossen, den Feind zu zermalmen.

Die hintereinander auf dem mittlerweile schräg stehenden Deck vertäuten Flugzeuge bekamen den scharfen Bug des Zerstörers zuerst zu spüren. Er erfasste sie in der Rumpfmitte, zerschnitt sie regelrecht und hinterließ lediglich verbogenes Metall, zerfetzte Bespannung und Trümmer. Der tollkühne Pilot, der ins Cockpit der vorderen Maschine gestiegen war, konnte nichts mehr ausrichten, bevor er mitsamt seiner Maschine von dem tödlichen Rammstoß erwischt wurde.

Die *I-403* war jetzt halb untergetaucht und hatte bislang keine Schäden am Rumpf erlitten. Aber der Kommandoturm des U-Boots ragte zu hoch auf, als dass er dem wild voranpreschenden Schiff hätte entgehen können. Mit ungeheurer Wucht bohrte sich der Bug des Zerstörers in die Stahlplatten und zerschnitt sie wie eine Sense. Ogawa und seine Offiziere wurden auf der Stelle getötet, als das Schiff die Brücke zermalmte. Der gesamte Turm wurde abgerissen, doch der Zerstörer raste weiter und schlitzte das ganze hintere Oberdeck der *I-403* auf. Die dem Untergang geweihte Besatzung hörte das Kreischen und Mahlen des geschundenen Metalls, bevor Unmassen von Seewasser einbrachen und sämtliche Abteile überfluteten. Die Männer starben rasch, aber dennoch qualvoll, als das Schiff zur Seite rollte und auf den Meeresboden sank. Aufsteigendes Öl und ein paar vereinzelte Luftblasen markierten die Position des Schiffsgrabes, dann war alles vorüber.

Die Mannschaften und Offiziere an Bord der *Theodore Knight* brachen in Jubel aus, als sie die Öl- und Treibstofflachen sahen, die sich wie eine Todeswolke über dem gesunkenen japanischen U-Boot auf dem Meer ausbreiteten und von der Vernichtung des Gegners kündeten. Obwohl ihr Widersacher tapfer gekämpft hatte, war es ein müheloser Sieg gewesen. Aber sie hatten Glück gehabt, dass sie ein feindliches Boot unmittelbar vor der heimischen Küste aufgespürt und zerstört hatten, ohne dass es auf ihrem Schiff Verluste gab. Die Männer würden wie Helden gefeiert werden, wenn sie in ihren Heimathafen zurückkehrten, und sie konnten ihren Kindern und Kindeskindern die Geschichte ihrer Ruhmestat erzählen. Keiner der Männer auf dem Zerstörer ahnte jedoch, welch unvorstellbares Grauen ihren Landsleuten widerfahren wäre, wenn die *I-403* ihren Auftrag erfolgreich ausgeführt hätte. Und sie wussten auch nicht, dass dieser Horror noch immer in dem zerschmetterten Bootswrack am Meeresgrund lauerte.

ERSTER TEIL

Pesthauch des Todes

Verdächtiger Trawler und NUMA-Helikopter

22. Mai 2007
Aleuten, Alaska

1

Der Wind strich um die verblichene gelbe Wellblechhütte, die auf einer kleinen Klippe über der See stand. Ein paar vereinzelte Schneeflocken tanzten um das vorspringende Dach, bevor sie auf dem Boden landeten und zwischen Gras und Tundrakraut schmolzen. Auf einem kiesigen, von der Sonne beschienenen Streifen Land lag ein sibirischer Husky und schlief, ohne sich vom Surren eines Dieselgenerators stören zu lassen. Eine weiß gefiederte arktische Seeschwalbe stieß herab und landete kurz auf dem niedrigen Gebäude. Nachdem er neugierig die sonderbaren Antennen, Baken und Satellitenschüsseln auf dem Dach betrachtet hatte, ließ sich der kleine Vogel von einer Windbö emportragen und flog davon, um sich irgendwo anders etwas Genießbares zu suchen.

Die Wetterstation der Küstenwache auf der Insel Yunaska war ebenso ruhig wie abgeschieden. Yunaska, eine von rund einem Dutzend vulkanischer Erhebungen, lag etwa in der Mitte der Inselkette der Aleuten, die sich wie ein gekrümmter Tentakel von der Küste Alaskas in den Nordpazifik zog. Zwei untätige Vulkankegel, zwischen denen sich grasbewachsenes Hügelland erstreckte, erhoben sich zu beiden Seiten der knapp siebzehn Meilen langen Insel. Obwohl hier keinerlei Bäume oder höhere Sträucher wuchsen, ragte das grüne Eiland im Frühling wie ein Smaragd aus dem eiskalten Ozean.

Da sie inmitten der nordpazifischen Meeresströmungen lag, war Yunaska ein idealer Ort zum Erfassen meteorologischer Daten, denn hier bildeten sich die schweren Wetterfronten, die dann gen Osten zogen, in Richtung Nordamerika. Daneben diente der Stützpunkt der Küstenwache als Warn- und Notrufstation für die Fischer, die in diesen fischreichen Gewässern ihre Netze auswarfen.

Für die beiden Männer, die in der Station Dienst taten, waren die Bedingungen nicht gerade paradiesisch. Zur nächsten Ortschaft musste man neunzig Meilen übers offene Wasser fahren, und ihr Heimatstützpunkt Anchorage war über tausend Meilen entfernt. Die Bewohner waren drei Wochen lang auf sich allein gestellt, bis die nächsten beiden Freiwilligen eingeflogen wurden. Fünf Monate im Jahr musste die Station wegen der brutalen winterlichen Witterungsbedingungen geschlossen bleiben – in dieser Zeit wurden nur ein paar wenige Daten über Funk abgerufen. Aber von Mai bis November war die zweiköpfige Besatzung rund um die Uhr im Einsatz.

Trotz der Abgeschiedenheit waren der Meteorologe Ed Stimson und der Techniker Mike Barnes von ihrem Dienst begeistert. Stimson genoss es, dass er hier Feldforschung betreiben konnte, und Barnes freute sich auf die Freizeit nach der dreiwöchigen Schicht in der Station, die er zur Goldsuche im Inneren von Alaska nutzen wollte.

»Ich sag dir eins, Ed. Nach dem nächsten Urlaub musst du dir einen neuen Partner suchen. Ich habe in den Chugach Mountains einen Quarzgang entdeckt, der haut dich von den Socken. Ich weiß, dass genau darunter eine fette, ergiebige Goldader liegt.«

»Klar, genau wie bei dem Fund am McKinley River, auf den du angeblich gestoßen bist«, versetzte Stimson.

»Warte nur, bis du mich in Anchorage in ’nem Hummer rumfahren siehst, dann wirst du mir schon glauben«, erwiderte Barnes etwas ungehalten.

»Meinetwegen«, sagte Stimson. »Kannst du unterdessen das Anemometer überprüfen? Die Windmessungen wurden schon wieder nicht aufgezeichnet.«

»Aber mach keine Ansprüche auf meine Goldmine geltend, während ich auf dem Dach bin«, gab Barnes grinsend zurück und zog sich eine dicke Jacke an.

»Keine Sorge, mein Freund. Nur keine Sorge.«

Zwei Meilen weiter westlich fluchte Sarah Matson leise vor sich hin, weil sie ihre Handschuhe im Zelt gelassen hatte. Die Temperatur lag zwar bei zehn Grad plus, aber wegen des Windes, der übers Meer wehte, kam es ihr viel kälter vor. Sie hatte nasse Hände, nachdem sie über ein paar von der See überspülte Felsblöcke gekrochen war, und allmählich wurden ihre Fingerspitzen taub. Sie versuchte, nicht an ihre eiskalten Hände zu denken, als sie über einen tief eingeschnittenen Bachlauf kletterte, und sich stattdessen auf ihre Aufgabe zu konzentrieren. Mit leisen Schritten ging sie einen mit Geröll übersäten Pfad entlang und näherte sich langsam ihrem Beobachtungsplatz neben einer flachen Felsmulde.

Knapp zehn Meter entfernt befand sich eine Kolonie von Stellerschen Seelöwen, die sich dicht am Wasser tummelten. Ein gutes Dutzend Meeressäuger lagen dicht an dicht nebeneinander, wie Touristen am Strand von Rio, und weitere vier oder fünf sah sie in der Brandung schwimmen. Zwei junge Bullen blökten einander an und buhlten um die Aufmerksamkeit eines nahen Weibchens, das nicht das geringste Interesse für eines der beiden Männchen zeigte. Etliche Jungtiere hatten sich an die Bäuche ihrer Mütter gekuschelt und schliefen, ohne den Lärm wahrzunehmen.

Sarah holte einen kleinen Block aus ihrer Jackentasche und notierte die Eigenheiten der einzelnen Tiere, versuchte ihr Alter, ihr Geschlecht und ihren Gesundheitszustand einzuschätzen. Sie betrachtete die Seelöwen so genau wie möglich, achtete auf Anzeichen von Muskelkrämpfen, Augennässen, Schleimfluss oder ungewöhnliches Schniefen. Nach fast einer Stunde steckte sie den Notizblock wieder in die Tasche und hoffte, dass sie das Gekrakel, das sie mit ihren klammen Fingern zu Papier gebracht hatte, später noch lesen konnte.

Dann zog sich Sarah langsam von der Kolonie zurück und überquerte wieder den Bachlauf. Sie stieß auf die Fußabdrücke, die sie beim Herweg im kurzen Gras hinterlassen hatte, und folgte ihnen mühelos über einen sanft ansteigenden Hügel hinweg landeinwärts. Die kühle Seeluft tat ihrer Lunge gut, und die karge Schönheit der Insel hatte etwas Erfrischendes und Belebendes an sich. Die schlanke Figur und die zarten Züge der dreißigjährigen Frau mit den flachsblonden Haaren konnten einen leicht darüber hinwegtäuschen, dass sie die Arbeit in der freien Natur genoss. Sarah war im ländlichen Wyoming aufgewachsen, wo sie den ganzen Sommer über mit ihren beiden übermütigen Brüdern zu Fuß oder hoch zu Ross durch die Teton Mountains gezogen war. Aus Liebe zur Natur und Tierwelt hatte sie schließlich an der Colorado State University Veterinärmedizin studiert. Nach einer Reihe von Forschungsaufträgen an der Ostküste war sie ihrem Lieblingsprofessor an die Centers for Disease Control gefolgt, die Bundesseuchenbekämpfungszentrale, nachdem man ihr versprochen hatte, dass sie ihre Tage nicht im Labor zubringen müsste. Als Epidemiologin in Diensten der CDC konnte sie bei der Feldforschung einerseits ihrer Leidenschaft für das Leben in freier Natur frönen und zugleich ansteckende Tierkrankheiten aufspüren, die auch für die Menschen gefährlich werden könnten.

Der Einsatz auf den Aleuten war genau das Abenteuer, nach dem sie sich gesehnt hatte, auch wenn der Anlass für eine Tierliebhaberin wie sie eher bedrückend war. Entlang der Westküste der Halbinsel Alaska war eine ganze Reihe toter Seelöwen gefunden worden, die unter mysteriösen Umständen gestorben waren, obwohl allem Anschein nach keinerlei Umweltkatastrophe oder eine andere Sünde wider die Natur vorlag. Sarah und ihre beiden Begleiter waren von Seattle aus losgeschickt worden, um Ausmaß und Verbreitung des Seelöwensterbens festzustellen. Das Team hatte auf Attu angefangen, der äußersten Aleuteninsel, war dann von Insel zu Insel nach Osten, in Richtung Alaska gezogen und hatte nach Anzeichen der Krankheit gesucht. Alle drei Tage wurde das Team von einem kleinen Wasserflugzeug abgeholt und anschließend mit frischen Vorräten auf dem nächsten Eiland abgesetzt. Auch am zweiten Tag auf Yunaska hatten sie noch keinerlei Krankheitsfall unter der hiesigen Seelöwenpopulation festgestellt, was Sarah zumindest etwas erleichterte.

Die hübsche Wissenschaftlerin mit den hohen Wangenknochen und den braunen Augen wanderte zügig die zwei Meilen zum Camp zurück, wo sie schon von weitem die drei hellroten Zelte sah. Ein gedrungener, bärtiger Mann, der ein Flanellhemd und eine abgewetzte Baseballkappe der Seattle Mariners trug, kramte in einer großen Kühlbox herum, als Sarah sich dem Lager näherte.

»Sarah, da bist du ja. Sandy und ich haben übers Mittagessen nachgedacht«, sagte Irv Fowler lächelnd. Er war ein unkomplizierter Mittfünfziger, der dem Aussehen und Benehmen nach gut zehn Jahre jünger hätte sein können.

Eine zierliche rothaarige Frau, die einen Topf und eine Schöpfkelle in der Hand hatte, kroch aus einem der Zelte. »Irv denkt ständig übers Essen nach«, entgegnete Sandy Johnson mit einem Grinsen und verdrehte die Augen.

»Wie ist es euch beiden heute Morgen ergangen?«, erkundigte sich Sarah, während sie sich einen freien Campingstuhl schnappte und sich setzte.

»Sandy hat die Statistiken beisammen. Wir haben eine Kolonie Stellers an der Ostküste überprüft, aber die sahen alle gesund und proper aus. Ich habe einen Kadaver gefunden, aber allem Anschein nach ist der Bursche an Altersschwäche gestorben. Sicherheitshalber habe ich trotzdem eine Gewebeprobe fürs Labor entnommen.« Während er sprach, drehte Fowler das Ventil an einem Campingkocher auf und hielt sein Sturmfeuerzeug an das ausströmende Propangas, das sich mit einer fauchenden blauen Flamme entzündete.

»Das stimmt mit dem überein, was ich festgestellt habe. Anscheinend hat sich die Krankheit noch nicht unter den Seelöwen hier auf Yunaska ausgebreitet«, sagte Sarah, während sie den Blick über die grüne Landschaft rundum schweifen ließ.

»Wir können heute Nachmittag noch die Kolonie an der Westküste der Insel überprüfen, da uns der Pilot nicht vor morgen früh abholt.«

»Das wird ein ziemlicher Marsch. Aber wir können ja auf einen kurzen Plausch bei der Station der Küstenwache vorbeischauen. Wenn ich mich recht entsinne, hat unser Pilot gesagt, dass sie um diese Jahreszeit bemannt ist.«

»Unterdessen«, gab Fowler bekannt, während er den großen Topf auf den Campingkocher stellte, »gibt's die Spezialität des Hauses.«

»Nicht dieses Feuerspeier ...«, versuchte Sarah einzuwenden, bevor er ihr ins Wort fiel.

»Aber ja doch. Cajun-Chili du jour«, versetzte Fowler grinsend, während er den klumpigen braunen Inhalt einer großen Konservendose in den heißen Topf schaufelte.

»Wie sagt man doch in New Orleans?«, meinte Sarah lachend. »*Laissez le bon temps rouler.*«

Ed Stimson blickte gespannt auf das Sichtgerät des Wetterradars und betrachtete die weißen elektronischen Wolken, die sich im oberen Teil des grünen Bildschirms zusammenbrauten. Es war eine mittelstarke Sturmfront, die rund zweihundert Meilen südwestlich stand und ihrer Insel etliche Tage lang Schmuddelwetter bescheren würde, wie Stimson genau voraussagen konnte. Er wurde von einem lauten Klopfen über ihm aus seinen Berechnungen gerissen. Barnes war immer noch oben auf dem Dach und bastelte am Anemometer herum.

Plötzlich dröhnten aus dem Funkgerät an der Wand Wortfetzen, unterbrochen von statischem Rauschen. Ein Großteil des Funkverkehrs, den sie auf der Insel empfingen, stammte von Fischerbooten in der Gegend, deren Kapitäne sich über das Wetter ausließen. Stimson versuchte das Geplapper auszublenden, so gut es ging, daher bemerkte er den sonderbaren Fauchton zunächst nicht. Es war eine Art dumpfer Hall, der von draußen kam. Dann verstummte der Funkverkehr einen Moment lang, und er hörte deutlich eine Art Rauschen in der Ferne, als fliege ein Düsenflugzeug vorbei. Der sonderbare Lärm hielt ein paar Sekunden an, dann schien er allmählich leiser zu werden, bis er schließlich mit einem lauten Knall abriss.

Da er dachte, es könnte ein Donnerschlag gewesen sein, stellte Stimson die Reichweite des Wetterradars auf zwanzig Meilen ein. Das Sichtgerät zeigte lediglich ein paar vereinzelte Wolken in der näheren Umgebung an, aber keinerlei Anzeichen eines Gewitters. Vermutlich treibt die Air Force wieder irgendwelche Spielchen, dachte er, da er sich noch gut an den starken Flugverkehr erinnern konnte, der zu Zeiten des Kalten Krieges über Alaska geherrscht hatte.

Er wurde aus seinen Gedanken gerissen, als Max, der Husky, draußen vor der Tür laut aufjaulte.

»Was ist denn los, Max?«, rief Stimson und öffnete die Hüttentür.

Der sibirische Husky stieß ein jämmerliches Heulen aus, als er sich zitternd zu seinem Herrn unter der Tür umdrehte. Stimson erschrak, als er die glasigen Augen des Hundes und den dicken weißen Schaum sah, der aus seinem Maul quoll. Der Hund stand einen Moment lang torkelnd da, dann kippte er um und schlug am Boden auf.

»Herrgott! Mike, komm schnell runter«, brüllte Stimson seinem Partner zu.

Barnes war bereits auf der Leiter und wollte vom Dach herabsteigen, hatte aber offenbar Mühe, mit den Füßen die Sprossen zu finden. Als er fast unten war, verpasste er die letzte, stürzte herab und konnte sich im letzten Moment mit einem beherzten Griff am Leiterholm abfangen und halbwegs aufrecht halten.

»Mike, der Hund ist gerade… Ist alles in Ordnung?«, fragte Stimson, dem klar wurde, dass irgendetwas nicht stimmte. Er rannte zu seinem Partner und stellte fest, dass Barnes mühsam um Atem rang und fast genauso glasige Augen hatte wie Max. Stimson schlang den Arm um die Schultern des jüngeren Mannes, schleppte ihn die Hütte und setzte ihn auf einen Stuhl.

Barnes beugte sich vornüber und würgte heftig, hielt sich dann an Stimsons Arm fest und setzte sich auf. Keuchend und mit heiserer Stimme flüsterte er: »Irgendwas ist in der Luft.«

Er hatte die Worte kaum ausgesprochen, als er die Augen verdrehte und tot umfiel.

Stimson stand fassungslos da, dann stellte er fest, dass sich der ganze Raum vor seinen Augen drehte. Ein pochender Schmerz fuhr ihm durch den Schädel und gleichzeitig hatte er das Gefühl, als lege sich eine Schraubzwinge um seinen Brustkorb und drücke ihm die Luft aus der Lunge. Er schleppte sich zum Funkgerät und konnte gerade noch einen kurzen Hilferuf absetzen, obwohl schon sein ganzes Gesicht taub war. Eine Hitzewelle erfasste ihn, als verzehre ein unsichtbares Feuer seine inneren Organe. Er rang um Luft und konnte nichts mehr sehen, geriet dann ins Torkeln, kippte um und war tot, bevor er am Boden aufschlug.

Vier Meilen östlich von der Station der Küstenwache beendeten die drei Wissenschaftler der CDC gerade ihr Mittagessen, als der Tod zuschlug. Sarah spürte zuerst, dass irgendetwas nicht stimmte, als zwei Vögel über ihnen mitten im Flug erstarrten, als hätten sie eine unsichtbare Wand gerammt, und dann zuckend zu Boden fielen. Im nächsten Moment erwischte es Sandy, die ihre Hände um den Bauch schlang und sich vor Schmerzen krümmte.

»Komm schon, so schlecht war mein Chili nun auch nicht«, witzelte Fowler, bevor auch ihm schwindlig und übel wurde.

Sarah stand auf und ging ein paar Schritte auf die Kühlbox zu, um eine Flasche Mineralwasser zu holen, als ihr ein Feuerstoß durch die Beine schoss und ihre Oberschenkelmuskeln verkrampften.

»Was ist denn los?«, japste Fowler, der Sandy beistehen wollte, dann torkelte auch er von Schmerzen gepeinigt zu Boden.

Sarah hatte das Gefühl, als schwänden ihr die Sinne und die Zeit bliebe stehen. Benommen sank sie zu Boden, als ihre Muskeln erschlafften und ihr nicht mehr gehorchen wollten. Ihre Lunge schien sich zusammenzukrampfen, sodass sie bei jedem Atemzug stechende Schmerzen hatte. Wie Hammerschläge hallte es in ihren Ohren, als sie auf den Rücken fiel und mit verschwommenem Blick zum grauen Himmel aufschaute. Sie spürte, wie die Grashalme unter ihrem Körper tanzten und raschelten, aber sie war wie erstarrt, konnte sich nicht regen.

Allmählich umfing sie dichter Nebel, und schwarze Schleier

trübten ihr Blickfeld. Doch mit einem Mal meinte sie eine Bewegung wahrzunehmen. Inmitten des grauen Waberns tauchte eine Erscheinung auf, eine Art Gespenst mit einem schwarzen Haarschopf über einem gummiartigen Gesicht, das wegzuschmelzen schien wie Plastik. Sie spürte, wie das fremde Wesen sie mit Furcht erregend riesigen, gut zehn Zentimeter großen Kristallaugen musterte. Aber offenbar befanden sich hinter den Kristallgläsern noch andere Augen, die sie eingehend betrachteten, mitleidig und freundlich. Ein leuchtend grünes Augenpaar. Dann wurde alles schwarz.

2

Als Sarah die Augen aufschlug, sah sie das graue Firmament über sich, nur dass es völlig wolkenlos war. Dann wurde ihr Blick allmählich klarer, und sie erkannte, dass sich über ihr nicht der Himmel befand, sondern eine Decke. Außerdem stellte sie fest, dass sie auf etwas Weichem lag, offenbar in einem Bett, und ein dickes Kissen unter dem Kopf hatte. Ihr Gesicht wurde von einer Sauerstoffmaske bedeckt, die sie abnahm, doch die Kanüle, die in ihrem Arm steckte, rührte sie nicht an. Als sie sich vorsichtig umblickte, bemerkte sie, dass sie sich in einem kleinen, schlicht eingerichteten Zimmer befand, in dessen einer Ecke ein Schreibtisch stand, über dem ein eindrucksvolles Gemälde von einem Ozeandampfer hing. Auf der anderen Seite war ein kleines Badezimmer. Das Bett, in dem sie lag, war an der Wand verankert, die Tür zum Gang war offen, hatte aber eine hohe Schwelle. Der ganze Raum schien zu schaukeln, aber möglicherweise war das nur Einbildung, eine Folge der pochenden Schmerzen, die ihre Schläfen malträtierten.

Sie bemerkte eine Bewegung, wandte sich wieder der Tür zu und stellte fest, dass dort jemand stand, der sie mit einem leichten Grinsen anschaute. Es war ein großer, breitschultriger Mann, der aber zugleich durchtrainiert und drahtig wirkte. Er war jung, etwa Ende zwanzig, schätzte sie, wirkte aber erstaunlich reif und selbstbewusst. Seine Haut war tief gebräunt, als verbrächte er einen Gutteil seines Lebens unter freiem Himmel. Er hatte wellige schwarze Haare und ein Gesicht, das eher interessant als im klassischen Sinne schön war. Doch es waren vor allem die Augen, die dem Mann eine besondere Ausstrahlung verliehen. Sie waren leuchtend dunkelgrün und verrieten Intelligenz, Abenteuerlust und zugleich Ehrlichkeit. Es waren die Augen eines Mannes, dem man vertrauen konnte. Und Sarah entsann sich, dass sie diese grünen Augen schon einmal gesehen hatte, kurz bevor sie im Camp das Bewusstsein verloren hatte.

»Oh, hallo, Dornröschen.« Seine Stimme war tief und voller Wärme.

»Sie … Sie sind der Mann, der im Lager war«, stammelte Sarah.

»Ja. Ich bitte um Entschuldigung, dass ich mich auf der Insel nicht richtig vorgestellt habe, Sarah. Ich heiße Dirk Pitt.« Das »Junior« ließ er weg, obwohl er den gleichen Namen wie sein Vater trug.

»Kennen Sie mich etwa?«, fragte sie immer noch leicht verwirrt.

»Nun ja, nicht näher«, erwiderte Dirk lächelnd, »aber ein Wissenschaftler namens Irv hat mir ein bisschen was über Sie und Ihr Projekt auf Yunaska erzählt. Irv meint anscheinend, er hätte euch alle mit seinem Chili vergiftet.«

»Irv und Sandy! Sind sie am Leben?«

»Ja. Sie haben ein bisschen geschlafen, genau wie Sie, aber jetzt geht's ihnen wieder gut. Sie ruhen sich in einer der Nachbarkabinen aus«, sagte Dirk und deutete mit dem Daumen den Korridor entlang. Er sah Sarahs verständnislosen Blick und legte ihr beruhigend die Hand auf die Schulter.

»Keine Sorge, Sie sind in guten Händen. Sie befinden sich an Bord der *Deep Endeavor*, einem Forschungsschiff der National Underwater and Marine Agency. Wir waren gerade auf der Rückfahrt von einer Unterwasservermessung des Aleutenbeckens, als wir einen Notruf von der Wetterstation der Küstenwache auf Yunaska empfingen. Ich bin mit einem Helikopter, den wir an Bord haben, zur Station geflogen, und habe auf dem Rückweg zum Schiff zufällig Ihr Camp gesehen. Ich habe Sie und Ihre Freunde zu einem kostenlosen Rundflug über Yunaska mitgenommen, aber Sie haben die ganze Sache verschlafen«, fügte Dirk mit leicht frotzelndem Unterton hinzu.

»Tut mir Leid«, murmelte Sarah, die etwas verlegen war. »Ich nehme an, ich bin Ihnen zu tiefem Dank verpflichtet, Mr. Pitt.«

»Nennen Sie mich bitte Dirk.«

»Okay, Dirk«, erwiderte Sarah lächelnd, aber sie hatte ein sonderbares Kribbeln im Bauch, als sie seinen Namen aussprach. »Was ist mit den Leuten von der Küstenwache?«

Dirks Miene wurde düster, und eine Sorgenfalte zog sich über seine Stirn. »Wir sind leider zu spät gekommen. Wir haben zwei Männer und einen Hund bei der Station gefunden. Alle waren tot.«

Sarah lief es eiskalt über den Rücken. Zwei Männer waren tot, und ihr und ihren Begleitern wäre es beinahe ebenso ergangen. Sie konnte das nicht begreifen.

»Was, um alles auf der Welt, ist da passiert?«, fragte Sarah erschrocken.

»Wir wissen es nicht genau. Unsere Schiffsärzte nehmen ein paar Untersuchungen vor, aber wie Sie sich sicher vorstellen können, sind unsere Möglichkeiten etwas begrenzt. Offenbar handelte es sich um irgendwelche Dämpfe oder Giftstoffe, die in die Luft gelangten. Wir wissen lediglich, dass die Männer von der Station der Küstenwache meinten, irgendetwas sei in der Luft. Wir sind mit Gasmasken hingeflogen und blieben unversehrt. Wir haben sogar ein paar weiße Mäuse aus unserem Schiffslabor mitgenommen. Alle haben überlebt und wiesen keinerlei Symptome auf. Vermutlich hatte sich dieses Zeug, was immer es gewesen sein mag, bereits aufgelöst, als wir bei der Station der Küstenwache landeten. Sie und Ihr Team waren offenbar so weit entfernt, dass Sie weniger schwer betroffen waren. Sie haben möglicherweise nicht die volle Dosis abbekommen.«

Sarah senkte den Blick und schwieg. Das Grauen und der Schmerz kehrten mit einem Mal wieder, und zugleich befiel sie eine tiefe Müdigkeit. Sie wollte nur noch schlafen und darauf hoffen, dass alles nur ein böser Traum war.

»Sarah, ich lasse Sie von unserem Arzt untersuchen, danach können Sie noch ein bisschen schlafen. Darf ich Sie später vielleicht zu einem Teller Königskrabbenbeine einladen?«, fragte Dirk lächelnd.

Sarah erwiderte das Lächeln kurz. »Aber gern«, murmelte sie, dann schlief sie wieder ein.

Kermit Burch stand am Ruder und las eine Faxmitteilung, als Dirk durch die Steuerbordtür auf die Brücke trat. Der erfahrene Kapitän der *Deep Endeavor* schüttelte kurz den Kopf, während er das Dokument las, und wandte sich dann mit unwirscher Miene an Dick.

»Wir haben die Küstenwache und das Ministerium für Heimatschutz verständigt, aber keiner will was unternehmen, bis die Behörden vor Ort ihren Bericht eingereicht haben. Der örtliche Sicherheitsbeauftragte von Atka ist zugleich auch der Ordnungshüter hier in der Gegend und kann vor morgen früh nicht auf die Insel kommen«, schnaubte Burch. »Zwei Männer sind tot, und die behandeln das wie einen kleinen Unfall.«

»Wir haben kaum Anhaltspunkte«, erwiderte Dirk. »Ich habe mit Carl Nash gesprochen, unserem Umweltspezialisten und Salzwasseranalytiker, der sich auch mit Giftstoffen gut auskennt. Laut Nash treten auch natürliche Schadstoffemissionen auf, zum Beispiel in Form von vulkanischen Schwefelwasserstoffen, durch die diese Männer umgekommen sein könnten. Hohe Konzentrationen von industriellen Schadstoffen könnten ebenfalls in Frage kommen, auch wenn es meines Wissen nirgendwo auf den Aleuten irgendwelche chemischen Betriebe gibt.«

»Der örtliche Sicherheitsbeauftragte hat zu mir gesagt, seiner Ansicht nach klinge das nach einer typischen Kohlenmonoxidvergiftung durch den Stromgenerator der Station. Natürlich erklärt das nicht, weshalb unsere Freunde von der CDC vier Meilen entfernt ebenfalls betroffen waren.«

»Nein, und es erklärt auch nicht, weshalb der Hund gestorben ist, den ich vor der Station gefunden habe«, wandte Dirk ein.

»Na ja, vielleicht kann das CDC-Team ein bisschen Licht in die Sache bringen. Wie geht's unseren drei Gästen übrigens?«

»Sie sind noch ein bisschen groggy. Sie können sich an nicht viel erinnern, außer dass es sie ziemlich schnell erwischt hat.«

»Je früher wir sie in eine ordentliche Klinik bringen, desto besser. Der nächste Flugplatz ist auf Unalaska. In knapp vierzehn Stunden könnten wir dort sein. Ich sage vorher über Funk Bescheid, dass man ein Sanitätsflugzeug bereitstellen soll, das sie nach Anchorage überführt.«

»Captain, ich würde gern noch mal mit dem Helikopter zurückfliegen und die Insel erkunden. Wir hatten beim letzten Mal kaum Gelegenheit, uns dort umzusehen. Vielleicht haben wir irgendwas übersehen. Irgendwelche Einwände?«

»Nein… solange Sie den texanischen Witzbold mitnehmen«, erwiderte Burch mit einem gequälten Grinsen.

Als Dirk auf dem Pilotensitz des NUMA-Hubschraubers vom Typ Sikorsky S-76C+ saß und vor dem Start die Checkliste durchging, schlenderte ein rotblonder Mann mit einem buschigen Schnurrbart über die Helikopterplattform. Mit seinen abgewetzten Cowboystiefeln, den muskulösen Armen und der stets missmutigen Miene, hinter der sich ein bissiger Humor verbarg, wirkte Jack Dahlgren wie ein Rodeoreiter, der sich auf dem Weg zum Bullengehege verlaufen hat. Er war ein berüchtigter Witzbold, der Burch bereits seit der ersten Nacht auf See auf den Geist ging, als er den Kaffeespender in der Messe mit einer Flasche billigem Rum versetzt hatte. Der im Westen von Texas aufgewachsene Dahlgren war ein Technikfreak, der sich mit Pferden und Schusswaffen ebenso gut auskannte wie mit sämtlichen Geräten für den Einsatz über und unter Wasser.

»Ist das der Inselrundflug, den mir mein Reisebüro empfohlen hat?«, fragte er Dirk, als er den Kopf durch die Schiebetür ins Cockpit steckte.

»Steig ein, mein Sonnenschein, du wirst nicht enttäuscht werden. Nichts als Wasser, Felsen und Seelöwen, an denen du dich ergötzen kannst.«

»Klingt klasse. Ich geb dir auch ein bisschen Trinkgeld, wenn du 'ne Bar mit einer knackigen Bedienung im Minirock findest.«

»Mal sehen, was ich tun kann«, versetzte Dirk grinsend, als Dahlgren auf dem Kopilotensitz Platz nahm.

Die beiden Männer hatten sich vor Jahren rasch miteinander angefreundet, als sie an der Florida Atlantic University Meerestechnologie studiert hatten. Beide waren leidenschaftliche Taucher, die oft gemeinsam die Seminare geschwänzt hatten, um in den Korallenriffen vor Boca Raton mit der Harpune auf Jagd zu gehen und anschließend mit den frischen Fischen ihre Kommilitoninnen zu Grillabenden am Strand zu locken. Nach dem Studienabschluss war Jack zur Navy gegangen und hatte sich zum Reserveoffizier ausbilden lassen, während Dirk am New York Maritime College seinen Master erworben und als Tauchlehrer gearbeitet hatte. Sie waren wieder zusammengekommen, als Dirk bei der NUMA eingestiegen war, wo er wie sein Vater als Direktor für Spezialprojekte tätig war und seinen alten Freund dazu überredet hatte, ihm bei der renommierten Forschungsbehörde Gesellschaft zu leisten.

Da sie jahrelang gemeinsam getaucht waren, verstanden sich die beiden Männer blind und ohne Worte. Sie wussten, dass sie sich aufeinander verlassen konnten und zu Hochform aufliefen, wenn es kitzlig wurde. Dahlgren hatte den entschlossenen Blick in Dirks Augen schon öfter gesehen und kannte dessen verbissene Beharrlichkeit. Die rätselhaften Vorfälle auf Yunaska machten seinem Freund zu schaffen, stellte Dahlgren fest, und er wollte die Sache nicht auf sich beruhen lassen.

Der Hauptrotor des Sikorsky lief auf vollen Touren, als Dirk den Hubschrauber behutsam von der kleinen Landeplattform hochzog, die mittschiffs auf der *Deep Endeavor* montiert war. Er ging auf dreißig Meter Höhe, hielt den Helikopter einen Moment lang in der Schwebe und bewunderte das Forschungsschiff der NUMA aus der Vogelperspektive. Das breite, türkis gestrichene Schiff wirkte trotz seiner 82 Meter Länge behäbig.

Aber auch wenn es alles andere als schnittig aussah, war es doch eine stabile Arbeitsplattform, bestens für den Einsatz der zahllosen Kräne und Winden geeignet, die auf dem großen, offenen Achterdeck verteilt waren. Wie ein Juwel funkelte ein hellgelbes, in der Mitte des Decks auf einem Holzbock gelagertes Tauchboot, an dessen Strahlrudern und elektronischen Geräten sich etliche Techniker zu schaffen machten. Einer der Männer stand da und winkte dem Helikopter mit seiner Mütze zu. Dirk winkte kurz zurück, zog den Hubschrauber dann in eine Kurve und flog nach Nordosten, in Richtung der knapp zehn Meilen entfernten Insel Yunaska.

»Zurück nach Yunaska?«, fragte Dahlgren.

»Zu der Station der Küstenwache, bei der wir uns heute Morgen umgesehen haben.«

»Großartig«, ächzte Dahlgren. »Spielen wir den fliegenden Leichenwagen?«

»Nein, wir checken bloß, was die beiden Männer und den Hund getötet haben könnte.«

»Suchen wir dabei nach Tieren, Gemüse oder Mineralien?«, fragte Dahlgren über sein Kopfhörermikrofon, während er sich einen dicken Streifen Kaugummi in den Mund schob.

»Nach allen dreien«, erwiderte Dirk. »Carl Nash hat mir erklärt, dass eine Giftwolke durch alles Mögliche verursacht werden kann, vom Vulkanausbruch bis zur Algenblüte, von allerlei industriellen Schadstoffen gar nicht zu sprechen.«

»Lande einfach beim erstbesten Walross, dann erkundige ich mich nach der nächsten Pestizidfabrik.«

»Das erinnert mich an was. Wo ist Basil?«, fragte Dirk und blickte sich im Cockpit um.

»Hier, sicher und wohlbehalten«, erwiderte Dahlgren, holte einen kleinen Käfig unter dem Sitz hervor und hielt ihn vor sein Gesicht. In ihm saß eine weiße Maus, die Dahlgren anschaute und mit den Schnurrhaaren zuckte.

»Tief durchatmen, mein kleiner Freund, und dass du uns ja nicht einschläfst«, sagte Dahlgren zu dem Nager. Anschließend befestigte er den Käfig mit einer Schnur an der Decke, wie einen

Kanarienvogel in einem Kohlebergwerk, sodass sie jederzeit sehen konnten, ob die Maus auf irgendwelche Giftstoffe in der Luft reagierte.

Die von Gras überwucherte Insel Yunaska ragte vor ihnen aus dem grau-grünen Wasser. Ein paar vereinzelte Nebelschleier trieben um den größeren der beiden erloschenen Vulkane. Dirk ging mit dem Hubschrauber langsam tiefer, als sie sich der zerklüfteten Küste näherten, dann zog er ihn nach links und flog über dem Brandungssaum entgegen dem Uhrzeigersinn um das Eiland. Nach fünf Minuten sahen sie das gelbe Stationsgebäude der Küstenwache. Nachdem er den Helikopter in die Schwebe gebracht hatte, suchten Dirk und Dahlgren sorgfältig den Boden rund um die Station ab. Dirk betrachtete den Kadaver von Max, dem Husky, der immer noch vor der Hüttentür lag, und wieder musste er an die verzerrten Gesichter der Männer denken, die er und Dahlgren gefunden hatten, als sie vor mehreren Stunden zum ersten Mal auf der Insel gelandet waren. Er verdrängte die Erinnerung daran und konzentrierte sich auf die Suche nach dem Ausgangspunkt des tödlichen Giftes.

Dirk deutete mit dem Kopf nach rechts durch die Cockpitverglasung. »Der Wind weht hier hauptsächlich von Westen, also müsste der Ausgangspunkt weiter oben an der Küste sein. Möglicherweise sogar auf See.«

»Klingt plausibel. Das CDC-Team hatte sein Lager weiter östlich aufgeschlagen, und die haben offenbar eine nicht ganz so heftige Dosis von dem geheimnisvollen Gas abgekriegt«, erwiderte Dahlgren, während er den Boden mit einem Feldstecher absuchte.

Dirk schob den Steuerknüppel behutsam nach vorn, worauf sich der Hubschrauber von dem gelben Gebäude entfernte. In der nächsten Stunde suchten die beiden Männer die ganze grasige Insel nach Anzeichen eines natürlichen oder von Menschen hergestellten Giftes ab. Dirk flog die Insel systematisch von Nord nach Süd ab und arbeitete sich allmählich in Richtung Westen vor, bis sie die dortige Küste erreichten und wieder in der Nähe der Wetterstation waren.

»Nichts als Gras und Felsen«, grummelte Dahlgren. »Meinetwegen können sie die Robben behalten.«

»Apropos, schau mal da runter«, sagte Dirk und deutete auf einen schmalen, mit Kieselsteinen übersäten Strand vor ihnen.

Ein halbes Dutzend brauner Seelöwen lag ausgestreckt am Boden und genoss anscheinend die Strahlen der Spätnachmittagssonne. Dahlgren betrachtete sie genauer, dann runzelte er mit einem Mal verdutzt die Stirn.

»Jesses, die bewegen sich nicht. Die hat's auch erwischt.«

»Demnach ist das Gift nicht von Yunaska gekommen, sondern von der See oder der Nachbarinsel.«

»Amukta ist der nächste Felshaufen im Westen«, erwiderte Dahlgren, während er mit dem Finger über die Karte fuhr.

Dirk konnte die schmutzig grauen Umrisse der Insel deutlich am Horizont erkennen. »Müssten von hier aus etwa zwanzig Meilen sein.«

Er warf einen Blick auf die Treibstoffanzeige des Helikopters und fuhr fort: »Ich glaube, wir haben noch ein bisschen Zeit für einen kurzen Abstecher, bevor uns der Sprit ausgeht. Einverstanden, auch wenn du deine Pediküre im Schiffssalon verpasst?«

»Klar, ich verlege sie einfach auf morgen. Da krieg ich eh meine Ganzkörperpackung«, erwiderte Dahlgren.

»Ich sag Burch Bescheid, wohin wir fliegen«, sagte Dirk und wählte die Funkfrequenz des Schiffes an.

»Sag ihm, er soll uns was vom Abendessen aufheben«, warf Dahlgren ein und rieb sich den Bauch. »Beim Anblick dieser Landschaft kriege ich allmählich Hunger.«

Während Dirk das Forschungsschiff anfunkte, steuerte er den Sikorsky im Tiefflug über das Wasser und hielt auf die Insel Amukta zu. Der leistungsstarke Hubschrauber, der für die Versorgung von Ölbohrinseln konstruiert war, ließ sich mühelos auf Kurs halten. Nachdem sie etwa zehn Minuten geflogen waren, hob Dahlgren die Hand und deutete durch das Cockpitfenster auf einen weißen Fleck am Horizont, der mit jeder Sekunde größer wurde, bis sie schließlich ein großes Boot mit langem Kielwasser erkennen konnten. Ohne ein Wort zu sagen, trat Dirk behutsam aufs linke Steuerpedal und brachte den Hubschrauber auf eine Linie mit dem Boot. Als sie näher kamen, sah er, dass es ein Fischtrawler mit einem Stahlrumpf war, der mit voller Fahrt in Richtung Südwesten dampfte.

»Na, der Pott könnte auch mal 'ne Politur gebrauchen«, stellte Pitt fest, während er das Gas zurücknahm, um sich der Geschwindigkeit des Bootes anzupassen.

Obwohl es nicht unbedingt alt wirkte, war das Fischerboot im Lauf der Jahre offensichtlich hart rangenommen worden. Allerlei Schrammen, Dellen und Schmierflecken überzogen den Rumpf und das offene Deck. Der ursprünglich weiße Anstrich war auch an den Stellen, wo sich der Rost noch nicht durchgesetzt hatte, dünn und verwittert. Der Kahn sah genauso fertig aus wie die abgefahrenen, ausgefransten Reifen, die wie eine Reihe Donuts an der Bordwand hingen. Doch wie bei vielen rein äußerlich verwahrlost wirkenden Arbeitsbooten waren die beiden Dieselmotoren offenbar bestens intakt und trieben das Boot mit voller Kraft durch die Wogen, ohne dass mehr als eine dünne schwarze Rauchfahne aus dem Schornstein drang.

Dirk musterte das Boot eingehend und stellte fest, dass keine Flagge am Mast wehte, die Aufschluss auf die Nationalität hätte geben können. Nirgendwo, weder am Bug noch am Heck, war ein Schiffsnamen oder der Heimathafen angegeben. Als er das Achterdeck betrachtete, traten zwei Asiaten in blauen Overalls heraus und schauten mit ängstlichem Blick auf den Helikopter.

»Die wirken nicht gerade freundlich, was?«, bemerkte Dahlgren und winkte ihnen dann grinsend zu. Die beiden Männer in Overalls zogen lediglich eine finstere Miene.

»Das wärst du auch nicht, wenn du auf so 'nem Schrottkahn arbeiten müsstest«, versetzte Dirk, während er den Sikorsky unmittelbar hinter dem dahindampfenden Boot im Schwebeflug hielt. »Kommt dir an diesem Fischerboot irgendwas sonderbar vor?«, fragte er, während er das Achterdeck musterte.

»Meinst du damit, dass nirgendwo Fischereigeräte zu sehen sind?«

»Genau«, erwiderte Dirk und steuerte den Helikopter näher an das Boot. Er bemerkte ein sonderbares, etwa viereinhalb Meter hohes Gestell, das in der Deckmitte montiert war. Keinerlei Rostfleck war an dem Metallgestell zu sehen, was darauf hindeutete, dass es erst unlängst aufgebaut worden war. Am Fuß des Gestells sah er einen sternförmigen, pulvergrauen Fleck, der aussah, als sei dort das Deck versengt.

Als der Helikopter näher kam, plapperten die beiden Männer am Deck aufgeregt miteinander und verschwanden dann in einem Niedergang, neben dem die Kadaver von fünf Seelöwen lagen, aufgereiht wie Ölsardinen in der Dose. Links daneben befand sich ein kleiner Stahlkäfig, in den drei lebende Seelöwen gepfercht waren.

»Seit wann ist denn Robbentran begehrter als Krabbenbeine?«, sagte Dahlgren.

»Keine Ahnung, aber ich glaube, Nanuk der Eskimo wäre alles andere als begeistert darüber, dass ihm diese Jungs sein Mittagessen klauen.«

Dann blitzte Mündungsfeuer auf. Dirk bemerkte es aus dem Augenwinkel, trat instinktiv das linke Steuerpedal durch und riss den Helikopter rasch herum. Das rettete ihnen das Leben. Als sich der Hubschrauber drehte, prasselte ein Kugelhagel gegen die Maschine. Doch statt frontal ins Cockpit einzuschlagen, drangen die Geschosse vor den Piloten ein und bohrten sich ins Instrumentenbrett. Die Konsole, die Armaturen und das Funkgerät wurden zertrümmert, doch die Piloten und die wichtigen technischen Teile blieben unversehrt.

»Vermutlich hat ihnen der Spruch von wegen Nanuk nicht gefallen«, sagte Dahlgren mit ausdrucksloser Miene, während er die beiden Männer in den Overalls betrachtete, die wieder an Deck aufgetaucht waren und mit Schnellfeuergewehren auf den Helikopter schossen.

Dirk sagte nichts, als er Vollgas gab und den Sikorsky außer Schussweite zu bringen versuchte. Die beiden Männer, die an der Backbordseite des Trawlers standen, feuerten unterdessen mit ihren russischen AK-74 weiter auf den Hubschrauber. Doch sie zielten auf die Zelle statt auf die weitaus empfindlicheren Rotoren. Im Inneren des Helikopters wurde das Rattern der Schnellfeuergewehre vom Heulen der Turbine und dem Knattern der Rotoren übertönt. Dirk und Dahlgren hörten lediglich leise Schläge, als die Kugeln hinter ihnen in den Rumpf einschlugen.

Dirk zog den Hubschrauber in weitem Bogen auf die Steuerbordseite des Trawlers und brachte das Ruderhaus zwischen sich und die Schützen. Sobald sie halbwegs geschützt waren, richtete er den Helikopter wieder aus und hielt auf die in der Ferne aufragende Insel Amukta zu.

Doch die Maschine war beschädigt. Während sich das Cockpit allmählich mit Rauch füllte, kämpfte Dirk mit der Steuerung. Der Geschosshagel hatte die Elektronik zertrümmert, hydraulische Leitungen zerfetzt und die Instrumente durchsiebt. Dahlgren spürte, wie ihm etwas Warmes über den Unterschenkel rann, tastete sein Bein ab und stellte fest, dass er ein Loch in der Wade hatte. Auch die Turbine hatte etliche Treffer abbekommen, aber der Rotor lief noch, wenn auch mit kleinen Aussetzern.

»Ich versuche zur Insel zu kommen, aber bereite dich schon mal auf ein Bad vor«, rief Dirk im Jaulen und Rattern der sich in ihre Einzelteile auflösenden Turbine. Stickiger blauer Rauch drang ins Cockpit, durchsetzt vom beißenden Gestank kokelnder Kabel. Vor lauter Qualm konnte Dirk kaum noch die Insel und den schmalen Strand vor ihnen erkennen.

Der Steuerknüppel in seiner Hand bockte wie ein Presslufthammer, sodass Dirk seine ganze Kraft aufbieten musste, um die allmählich auseinander fallende Maschine auf Kurs zu halten. Unmittelbar vor sich sah er den rettenden Küstensaum, während sich die qualmende Maschine, deren Fahrwerk fast die Wogen streifte, schlingernd und schwankend über die See schleppte. Doch kurz vor der Küste gab die zerschossene Turbine den Geist auf. Sie saugte eine Hand voll ihrer eigenen Teile an, jaulte dann auf und blieb mit einem lauten Knall stehen.

Als die Turbine ausfiel, brachte Dirk den Kollektivhebel sofort in die unterste Stellung und versuchte die Nase des Hubschraubers oben zu halten. Doch dann tauchte der Heckrotor ins Wasser und wirkte wie ein Anker, der die Vorwärtsbewegung der Maschine bremste. Einen Moment lang hing der Sikorsky in der Luft, bis die Zelle von der Schwerkraft nach unten gezogen wurde und auf die Wogen schlug. Der Hauptrotor peitschte das Wasser auf, als wollte er es zu Schaum schlagen, doch durch den Aufprall brach die Welle, und der ganze Rotor riss ab, wirbelte gut fünfzehn Meter seitlich davon und versank in einer Gischtwolke.

Die Zelle des Sikorsky überstand den Absturz erstaunlich gut und schaukelte noch einen Moment lang auf den Wogen, bevor sie sank. Durch die zertrümmerte Cockpitverglasung sah Dirk noch, wie sich eine Welle am Sandstrand brach, dann drang eisiges Wasser ein, das wie Nadelstiche auf seiner Haut brannte. Dahlgren versuchte die Seitentür nach außen zu treten, als das grüne Wasser sie umfing und immer höher stieg. Beide Männer reckten wie auf ein Kommando den Kopf und schnappten ein letztes Mal nach Luft, bevor das trübe Wasser über sie schwappte. Dann verschwand der türkisfarbene Helikopter endgültig in den Wogen und sank binnen kürzester Zeit in einem Blasenstrudel auf den felsigen Meeresboden.

3

Kapitän Burch leitete sofort eine Such- und Rettungsaktion ein, als die Funkverbindung zu Dirk und Dahlgren abriss. Er brachte die *Deep Endeavor* zu der von Dirk zuletzt gemeldeten Position, steuerte dann auf Zickzackkurs von Yanuska aus in Richtung Westen, nach Amukta, und ließ Ausschau nach den beiden Männern halten. Jedes verfügbare Besatzungsmitglied wurde an Deck beordert und suchte den Horizont nach den Männern und dem Helikopter ab, während der Schiffsfunker die verschollene Maschine unermüdlich zu erreichen versuchte.

Nach dreistündiger Suche hatte man immer noch keine Spur von dem Hubschrauber gefunden, und allmählich befürchtete die Besatzung das Schlimmste. Die *Deep Endeavor* hatte sich mittlerweile bis dicht an die Insel Amukta vorgearbeitet, die kaum mehr als ein steil aus der See aufragender Vulkankegel war. Die Dämmerung nahte, und der Himmel am westlichen Horizont verfärbte sich purpurrot, während das Tageslicht langsam schwand. Leo Delgado, der Erste Offizier, musterte gerade die Umrisse der bergigen Insel, als ihm ein dünner Dunststreifen auffiel.

»Captain, da drüben an der Küste ist Rauch«, meldete er und deutete mit dem Finger auf den undeutlichen grauen Fleck.

Burch setzte das Fernglas an und suchte die Stelle ein paar Sekunden lang ab.

»Brennende Trümmer, Sir?«, fragte Delgado, als hätte er Angst vor der Antwort.

»Vielleicht. Es könnte aber auch ein Signalfeuer sein. Kann ich von hier aus nicht erkennen. Delgado, nehmen Sie sich ein Zodiac und zwei Männer und sehen Sie sich an der Küste um. Ich bringe das Schiff so nah ran, wie ich kann.«

»Ja, Sir«, erwiderte Delgado, der bereits auf der anderen Seite der Brücke war, noch ehe der Kapitän den Satz beendet hatte.

Der Wind hatte aufgefrischt, und die See war ziemlich kabbelig, als das Zodiac zu Wasser gelassen wurde. Delgado und die beiden Besatzungsmitglieder wurden von kalter Gischt durchnässt, als sie bangen Muts durch die Dünung pflügten. Der Himmel war nahezu dunkel, sodass der Rudergänger alle Mühe hatte, den Rauchschleier im Auge zu behalten, der sich vor der schwarz aufragenden Insel abzeichnete. Das Eiland war offenbar von einer steilen Felsenküste umgeben, und Delgado fragte sich, ob sie überhaupt an Land gehen konnten. Schließlich bemerkte er einen schwachen Feuerschein und dirigierte das Zodiac zu der Stelle. Dann tat sich vor ihnen eine schmale Fahrrinne auf, die zu einem mit Kieselsteinen übersäten Strand führte. Der Rudergänger jagte den Motor hoch und steuerte einen Wellenkamm an, der das dreieinhalb Meter lange Boot durch die Enge trug, bis die Bodenplatte knirschend über ein paar kleinere Felsbrocken schrammte und das Boot liegen blieb.

Delgado sprang aus dem Schlauchboot und rannte in Richtung des qualmenden Feuers. Er sah zwei dunkle Gestalten, die ihm den Rücken zugekehrt und sich über ein schwelendes Treibholzfeuer gebeugt hatten, um sich zu wärmen.

»Pitt? Dahlgren? Fehlt euch beiden irgendwas?«, rief Delgado zögerlich, während er sich ihnen näherte.

Die beiden klatschnassen Gestalten, die aussahen wie zwei Penner nach einem Wolkenbruch, drehten sich langsam um, als hätte Delgado sie bei einem wichtigen Gespräch gestört. Dahlgren hatte eine halbe Krabbenschere in der Hand, und aus der Brusttasche seines Hemds spitzte eine weiße Maus, die keck in die Nachtluft schnüffelte. Dirk stand da und hielt die Spinnenbeine einer großen, auf einen Stock gespießten Alaskakönigskrabbe über das offene Feuer.

»Na ja«, sagte Dirk, während er ein dampfendes Bein von dem Krustentier riss, »wir könnten ein bisschen Butter und Zitronensaft brauchen.«

Nachdem sie Burch von ihrer Begegnung mit dem Trawler berichtet hatten, humpelten Dirk und Dahlgren ins Schiffslazarett, wo sie ihre Wunden behandeln ließen und trockene Kleidung anzogen. Die Kugel, von der Dahlgren getroffen worden war, hatte lediglich eine Fleischwunde an seiner linken Wade hinterlassen, aber glücklicherweise weder Knochen noch Sehnen in Mitleidenschaft gezogen. Während der Arzt die Wunde nähte, lag Dahlgren auf dem Untersuchungstisch und zündete sich lässig eine Zigarre an. Beinahe hätte der Arzt die Naht wieder aufgerissen, als ihm der Qualm in die Nase stieg, dann befahl er Dahlgren, den stinkenden Stumpen auszudrücken. Anschließend reichte er ihm grinsend zwei Krücken und erklärte ihm, dass er sein Bein drei Tage lang nicht belasten dürfe.

Dirk, dem beim Absturz des Helikopters etliche Glassplitter ins Gesicht gespritzt waren, ließ die Schrammen und Schnitte an seiner Wange und Stirn reinigen und verpflastern. Wie durch ein

Wunder hatte keiner der beiden Männer ernsthafte Verletzungen davongetragen, als der Sikorsky aufschlug und im Meer versank. Doch bei der Bruchlandung war eine der Türen abgerissen. Nachdem der Hubschrauber vollgelaufen war, hatte Dirk Dahlgren durch die Öffnung gezogen und war mit ihm aufgetaucht. Mithilfe von Dahlgrens unverwüstlichem Zippo und einem Arm voll halbwegs trockenem Treibholz hatten sie am Strand ein Feuer gemacht, an dem sie sich wärmen konnten, bis Delgado mit dem Schlauchboot eintraf.

Kapitän Burch hatte unterdessen die NUMA-Zentrale vom Verlust des Helikopters unterrichtet und den Zwischenfall der Küstenwache sowie dem öffentlichen Sicherheitsbeauftragten von Atka gemeldet. Allerdings war das nächste Patrouillenboot der Küstenwache hunderte von Meilen entfernt auf der Insel Attu. Die Chancen, dass man den Trawler abfangen konnte, waren daher trotz einer genauen Beschreibung nur gering.

Nachdem er in einen schwarzen Rollkragenpullover und Jeans geschlüpft war, begab sich Dirk ins Ruderhaus. Burch war über den Kartentisch gebeugt und steckte einen Kurs durch die Aleuten ab.

»Wollen wir nicht Yunaska anlaufen und die Leichen der beiden Männer von der Küstenwache bergen?«, fragte Dirk.

Burch schüttelte den Kopf. »Nicht unsere Aufgabe. Wir lassen sie lieber liegen, damit die zuständigen Behörden die Sache genauer untersuchen können. Ich habe vor, den Fischereihafen auf Unalaska anzulaufen und dort die Wissenschaftler von der CDC abzusetzen.«

»Ich würde mir lieber den Trawler vornehmen«, sagte Dirk.

»Wir haben unseren Helikopter verloren, und die haben acht Stunden Vorsprung. Die finden wir nur mit viel Glück, vorausgesetzt, wir können sie überhaupt einholen. Die Navy, die Küstenwache und die hiesigen Behörden haben unsere Beschreibung erhalten. Die finden den Trawler eher als wir.«

»Vielleicht, aber in diesem Teil der Welt sind deren Möglichkeiten beschränkt. Die Chancen stehen eher schlecht.«

»Wir können nicht viel tun. Unsere Vermessungsarbeiten sind

abgeschlossen, außerdem müssen wir zusehen, dass die Wissenschaftler ordentliche medizinische Behandlung bekommen. Es hat keinen Sinn, wenn wir uns hier noch länger aufhalten.«

Dirk nickte. »Sie haben natürlich Recht.« Obwohl er wünschte, sie könnten den Trawler ausfindig machen, stieg er den Niedergang zur Messe hinab, um sich eine Tasse Kaffee zu besorgen. Das Abendessen war längst vorüber, und ein Putztrupp räumte die Messe auf, bevor sie geschlossen wurde. Dirk füllte an dem großen, silbernen Kaffeespender eine Tasse, drehte sich dann um und entdeckte Sarah, die in einem Rollstuhl allein an einem Tisch am anderen Ende der Messe saß und durch ein großes Bullauge auf das mondbeschienene Wasser blickte. Sie trug einen einfarbig grauen Baumwollpyjama, den man ihr auf der Krankenstation gegeben hatte, dazu Pantoffeln und einen Morgenmantel, strahlte aber trotzdem vor Lebhaftigkeit. Als Dirk zu ihr ging, blickte sie auf, und ihre Augen leuchteten.

»Komm ich zu spät zum Abendessen?«, fragte er.

»Leider. Sie haben die Spezialität des Küchenchefs verpasst, einen Heilbutt Oscar, der ganz ausgezeichnet war.«

»Mein Pech«, erwiderte Dirk, zog sich einen Stuhl heran und setzte sich ihr gegenüber.

»Was ist denn mit Ihnen passiert?«, fragte Sarah mit besorgtem Unterton, während sie Dirks verpflastertes Gesicht musterte.

»Bloß ein kleiner Unfall mit dem Hubschrauber«, sagte er und verzog das Gesicht beim Gedanken an den teuren Helikopter, der jetzt am Meeresboden lag. Dann schilderte er ihr, was bei dem Flug vorgefallen war, ohne den Blick von ihren braunen Augen abzuwenden.

»Meinen Sie, das Fischerboot hat etwas mit unserer Erkrankung und dem Tod der beiden Männer von der Küstenwache zu tun?«, fragte sie.

»Das lässt sich nur vermuten. Jedenfalls waren sie nicht allzu begeistert, dass wir sie bei der Seelöwenjagd ertappt haben. Oder was sie sonst noch vorhatten.«

»Die Seelöwen«, murmelte Sarah. »Haben Sie an der Westküste irgendwelche Seelöwen gesehen, als Sie die Insel überflogen?«

»Ja, Jack hat südlich der Wetterstation ein paar entdeckt. Sie waren offenbar alle tot.«

»Meinen Sie, die *Deep Endeavor* könnte einen der Kadaver zu Studienzwecken bergen? Ich könnte ihn zu dem staatlichen Labor in Washington schicken lassen, in dem wir arbeiten.«

»Captain Burch will möglichst schnell von hier weg, aber ich kann ihn bestimmt überreden, einen zu bergen«, sagte Dirk, bevor er einen großen Schluck Kaffee trank. »Wir sind sowieso auf der Rückfahrt nach Seattle, könnten ihn also in ein paar Tagen dort abliefern.«

»Wir könnten eine Autopsie vornehmen und so vielleicht relativ rasch die Todesursache feststellen. Ich bin mir sicher, dass sich die zuständigen Behörden von Alaska Zeit lassen, bevor sie bekannt geben, woran die beiden Männer von der Küstenwache gestorben sind. Und möglicherweise wollen sie nicht, dass ihnen die CDC auf die Finger guckt.«

»Glauben Sie, es könnte ein Zusammenhang zu den toten Seelöwen bestehen, die man auf den anderen Aleuteninseln gefunden hat?«

»Ich weiß es nicht. Wir nehmen an, dass die toten Tiere, die wir an der Küste des Festlandes gefunden haben, an einem Virus eingegangen sind, der Hundestaupe.«

»An Staupe? Durch Hunde?«

»Ja. Wahrscheinlich kam es durch den Kontakt eines kranken Haushundes mit einem oder mehreren Seelöwen zu einer Virusübertragung. Die Staupe ist hochgradig ansteckend und könnte sich in einer dichten Seelöwenpopulation rasch ausbreiten.«

»Kam es nicht vor ein paar Jahren in Russland zu einer ähnlichen Epidemie?«, fragte Dirk nachdenklich.

»In Kasachstan, genauer gesagt. Im Jahr 2000 starben tausende Kaspi-Ringelrobben im Mündungsgebiet des Ural ins Kaspische Meer.«

»Irv hat mir erzählt, dass Sie auf Yunaska gesunde, nicht infizierte Seelöwen gefunden haben.«

»Ja, die Staupe ist offenbar noch nicht so weit nach Westen vorgedrungen. Umso interessanter wäre eine Untersuchung der toten Seelöwen, die Sie vom Hubschrauber aus gesehen haben.«

Danach herrschte einen Moment lang Schweigen, und Sarah erkannte an Dirks abwesendem Blick, dass er in Gedanken versunken war.

»Die Männer auf dem Boot«, sagte sie schließlich. »Wer waren die Ihrer Meinung nach? Was haben sie gemacht?«

Dirk starrte eine ganze Zeit lang aus dem Bullauge. »Ich weiß es nicht«, erwiderte er leise. »Aber ich habe vor, es rauszufinden.«

4

Zum zwölften Loch des Kasumigaseki-Golfclubs erstreckte sich ein 265 Meter langes, schmales Fairway, das dann nach links abknickte und bergauf zum Grün führte, das unmittelbar hinter einem tückischen Bunker lag. Edward Hamilton, der amerikanische Botschafter in Japan, holte mehrmals aus, bevor er mit seinem schweren Treiber den Golfball abschlug und ihn vom Tee aus 251 Meter weit schnurgerade über das Fairway spielte.

»Guter Schlag, Ed«, meinte David Monaco, der britische Botschafter in Japan und seit drei Jahren Hamiltons wöchentlicher Golfpartner. Der schlaksige Brite legte seinen Ball aufs Tee und schlug ihn dann in hohem Bogen ab, worauf er gut zwanzig Meter weiter rollte als der von Hamilton, bevor er ins hohe Gras links neben dem Fairway kullerte.

»Kräftiger Schlag, Dave, aber ich glaube, Sie sind im Rough gelandet«, sagte Hamilton, als er den Ball seines Spielpartners entdeckte. Die beiden Männer schritten das Fairway hinab, während zwei weibliche Caddys, entsprechend der einzigartigen Tradition in den japanischen Country Clubs, ihre Golftaschen in gebührendem Abstand hinter ihnen herschleppten. Vier nicht gerade unauffällige Bodyguards der Regierung, die sich stets in ihrer Nähe aufhielten, schirmten das Duo ab, als es über den Platz spazierte.

Der allwöchentliche Abstecher zu dem südlich von Tokio gelegenen Golfplatz diente in erster Linie dem inoffiziellen Meinungsaustauch über die Vorgänge in ihrem Gastland und dessen Beziehungen zu seinen Nachbarn. Die beiden alliierten Botschafter waren sogar davon überzeugt, dass sie ihre Zeit kaum besser nutzen könnten.

»Ich habe gehört, dass Sie beim Aushandeln eines Wirtschaftsabkommens mit Tokio gut vorankommen«, stellte Monaco fest, als sie das Fairway entlanggingen.

»Eine Aufhebung der Handelsbeschränkungen wäre doch für alle Beteiligten sinnvoll. Wobei das Abkommen nach wie vor an unseren Stahlzöllen scheitern könnte. Allerdings ändert sich hierzulande allmählich die Haltung bezüglich der Handelsbeziehungen. Ich glaube, Südkorea wird in Kürze eine partnerschaftliche Übereinkunft mit Japan treffen.«

»Apropos Korea, meines Wissens wollen ein paar Jungs in Seoul nächste Woche in der koreanischen Nationalversammlung einen weiteren Antrag zum Abzug sämtlicher US-Truppen stellen«, sagte Monaco leise, aber nachdrücklich.

»Ja, wir haben das auch schon gehört. Die südkoreanische Demokratische Arbeiterpartei will dieses Thema nutzen, um Zwietracht zu säen und ihrerseits politisch mehr Macht zu gewinnen. Glücklicherweise stellen sie nach wie vor nur eine Minderheit in der Nationalversammlung.«

»Für mich ist es ohnehin ein Rätsel, wie sie auf diese Idee kommen, wenn man bedenkt, wie aggressiv sich der Norden in der Vergangenheit verhalten hat.«

»Wohl wahr, aber Sie treffen damit einen wunden Punkt in ihrem nationalen Selbstverständnis. Die Arbeiterpartei versucht uns mit anderen Besatzungsmächten in der Geschichte Koreas gleichzustellen, den Japanern und den Chinesen, und beim Mann auf der Straße kommt sie damit an.«

»Ja, aber ich würde mich trotzdem wundern, wenn die Führer der Partei aus rein altruistischen Motiven handeln«, sagte Monaco, als sie sich Hamiltons Ball näherten.

»Mein Kollege in Seoul sagt, wir haben zwar keine eindeutigen Beweise, sind uns aber ziemlich sicher, dass zumindest einige Parteifunktionäre vom Norden unterstützt werden«, erwiderte Hamilton. Er ließ sich von seinem Caddy ein 3er Eisen geben, nahm Ziel und schlug den Ball ein weiteres Mal kerzengerade ab, um den Knick des Fairway herum und über den Bunker hinweg, sodass er am anderen Ende des Grüns landete.

»Meines Wissen geht die Unterstützung für diese Maßnahme weit über die Arbeiterpartei hinaus«, fuhr Monaco fort. »Die wirtschaftlichen Vorteile, die man aus einer Wiedervereinigung ziehen würde, haben alle möglichen Leute aufhorchen lassen. Ich habe gehört, wie der Präsident der südkoreanischen Hyko Tractor Industries bei einem Wirtschaftsseminar in Osaka darauf hingewiesen hat, dass er die Arbeitskosten deutlich senken und international weitaus wettbewerbsfähiger wäre, wenn ihm die Arbeitskräfte des Nordens zur Verfügung stünden.«

Monaco suchte eine Minute lang das hohe Gras des Rough ab, bevor er seinen Ball fand, und schlug ihn dann mit einem 5er Eisen aufs Grün, wo er knapp zehn Meter am Loch vorbeirollte.

»Vorausgesetzt, bei einer Wiedervereinigung würde die freie Marktwirtschaft erhalten bleiben«, erwiderte Hamilton. »Es ist doch wohl klar, dass der Norden den größten Vorteil aus einer Wiedervereinigung beider Länder ziehen würde, und dies umso mehr, wenn die amerikanischen Streitkräfte nicht mehr im Weg stünden.«

»Ich werde zusehen, ob meine Leute irgendwelche Verbindungen feststellen können«, erklärte Monaco, als sie sich dem Grün näherten. »Aber im Moment bin ich froh, dass wir diesseits des Japanischen Meeres Dienst tun.«

Hamilton nickte beifällig, als er zu einem kurzen Schlag aus dem Handgelenk ansetzte. Der Schläger schrammte über den Boden, bevor er den Ball traf, sodass dieser etwa viereinhalb Meter vor dem Loch liegen blieb. Er wartete, bis Monaco mit zwei Schlägen zum Par eingeputtet hatte, beugte sich dann ebenfalls mit einem Putter über den Ball und versuchte seinerseits zum Par zu kommen. Doch als er den Ball traf, gab sein Schädel einen dumpfen Schlag von sich, gefolgt von einem lauten Knall in der Ferne. Hamilton verdrehte die Augen, und ein Schwall Blut und Gewebe schoß aus seiner linken Schläfe und spritzte über Monacos Hose und die Schuhe. Entsetzt musste der britische Diplomat mit ansehen, wie Hamilton inmitten einer Blutlache in die Knie sank, aber immer noch den Putter umklammerte. Er versuchte zu sprechen, brachte aber lediglich ein Gurgeln hervor, bevor er auf den gepflegten Rasen fiel. Einen Sekundenbruchteil später rollte sein blutiger Golfball über den Rand des Loches und fiel mit einem leisen Scheppern hinein.

Sechshundert Meter entfernt richtete sich ein stämmiger, blau gekleideter Asiate im Bunker des achtzehnten Loches auf. Die Sonne spiegelte sich auf seinem kahlen Schädel und ließ die leblosen, kohlschwarzen Augen aufleuchten, die durch den langen, dünnen Fu-Manchu-Schnurrbart noch bedrohlicher wirkten. Die gedrungene, kräftige Statur passte eher zu einem Ringer als zu einem Golfspieler, doch seine Bewegungen verrieten, dass er nicht nur stark, sondern auch flink und geschmeidig war. Teilnahmslos wie ein gelangweiltes Kind, das seine Spielsachen aufräumt, nahm er ein Präzisionsgewehr vom Typ M40 auseinander und verstaute die Einzelteile in einem Geheimfach seiner Golftasche. Dann holte er einen Sandwedge heraus und trieb seinen Ball mit einem mächtigen Schlag, bei dem der Sand hoch aufspritzte, aus dem Bunker. Anschließend brachte er seine Runde mit drei Putts zu Ende, ging seelenruhig zu seinem Auto und verstaute die Schläger im Kofferraum. An der Ausfahrt des Parkplatzes wartete er geduldig und ließ die Polizei- und Krankenwagen vorbei, die mit heulenden Sirenen zum Clubhaus rasten, bog dann auf die Straße ein und verschwand binnen kürzester Zeit im Verkehrsstrom.

5

Zwei Techniker in Schutzkleidung steuerten das Zodiac der *Deep Endeavor* zur Westküste von Yunaska, wo sie die am Strand verstreuten Seelöwen inspizierten und schließlich ein junges Männchen auswählten. Das Tier wurde sorgfältig in eine Plastikplane eingerollt und dann zum Transport aufs Schiff in einen schweren Leichensack gepackt. Das Forschungsschiff der NUMA lag vor der Küste, hatte die Scheinwerfer aufs Wasser gerichtet und lotste das Schlauchboot binnen kürzester Zeit zurück. Ein Teil der Kombüse wurde ausgeräumt und der versiegelte Kadaver für die Rückfahrt in einem Kühlraum verstaut, unmittelbar neben einer Kiste Sorbet.

Sobald alles gesichert war, jagte Burch das Forschungsschiff mit hoher Fahrt zu der über zweihundert Meilen weit entfernten Insel Unalaska und deren gleichnamiger Hafenstadt. Am nächsten Morgen steuerte er die *Deep Endeavor* kurz vor zehn Uhr in den Fischereihafen. Ein von Wind und Wetter gezeichneter Krankenwagen wartete am Kai, um Sarah, Irv und Sandy zu dem kleinen Flugplatz der Stadt zu befördern, wo eine Chartermaschine bereitstand, die sie nach Anchorage bringen sollte. Dirk bestand darauf, Sarah im Rollstuhl zum Krankenwagen zu schieben, wo er ihr einen Kuss auf die Wange gab, bevor sie eingeladen wurde.

»Wir gehen in Seattle zusammen aus, ja? Ich schulde Ihnen noch ein Krabbenessen«, sagte er lächelnd.

»So was lass ich mir doch nicht entgehen«, erwiderte Sarah leicht verlegen. »Sandy und ich kommen runter, sobald wir Anchorage verlassen dürfen.«

Nachdem sie das CDC-Team verabschiedet hatten, trafen sich Dirk und Burch mit dem örtlichen Sicherheitsbeauftragten und berichteten ihm ausführlich von dem Zwischenfall. Dirk steuerte eine genaue Beschreibung des geheimnisvollen Trawlers bei und überredete den Sicherheitsbeauftragten dazu, ihm eine Auflistung sämtlicher Fischerboote zu besorgen, die bei der staatlichen Registrierungsbehörde eingetragen waren. Außerdem erklärte sich der Sicherheitsbeauftragte dazu bereit, bei den örtlichen Fischereigenossenschaften vorzusprechen und sie um Auskünfte zu bitten. Doch er versprach sich nicht viel davon. Ab und zu, so erklärte er, drangen bekanntlich japanische und sogar russische Trawler auf der Suche nach ergiebigen Fanggründen in die amerikanischen Hoheitsgewässer ein und verschwanden für gewöhnlich, sobald sie von der Küstenwache verfolgt wurden.

Burch hielt sich nicht lange in der Hafenstadt auf, sondern lief so schnell wie möglich wieder aus und ging mit der *Deep Endeavor* auf Südkurs, in Richtung Seattle. Wie alle anderen Betroffenen fragten sich auch die Besatzungsmitglieder des Schiffes, was die Ereignisse des Vortages zu bedeuten hatten, aber bislang gab es darauf noch kaum eine Antwort.

Sarah, Irv und Sandy erlebten einen ebenso lauten wie unruhigen Flug, als sie mit einer der zweimotorigen Maschinen, die zwischen den Inseln verkehrten, nach Anchorage gebracht wurden, wo sie am späten Abend auf dem internationalen Flughafen landeten. Zwei Praktikanten der regionalen CDC-Niederlassung nahmen sie am Flughafen in Empfang und brachten sie zum Alaska Regional Hospital, wo sie eine ganze Reihe toxikologischer Untersuchungen über sich ergehen lassen mussten. Mittlerweile waren alle drei wieder zu Kräften gekommen und wiesen keinerlei Anzeichen einer Erkrankung auf. Seltsamerweise konnten die Ärzte bei keinem der drei irgendwelche auffälligen Giftstoffbelastungen oder andere Beschwerden feststellen. Nachdem man sie über Nacht zur Beobachtung in der Klinik behalten hatte, wurden sie am nächsten Tag für kerngesund befunden und entlassen.

Sechs Tage später lief die *Deep Endeavor* in den Puget Sound ein und ging auf Ostkurs in die nördlich von Seattle gelegene Shilshole Bay. Das Forschungsschiff legte kurz an den Ballard Locks an, wo es mittels der Schleuse angehoben wurde, stieß dann durch den Binnenkanal in den Lake Union und hielt langsam auf das Nordufer zu. Burch steuerte das Schiff zu einem Privatkai, der von einem kleinen, modern wirkenden Gebäude, das die NUMA-Außenstelle Nordwest beherbergte, ins Wasser ragte. Etliche Frauen und Kinder der Besatzungsmitglieder scharten sich auf dem Ableger und winkten begeistert, als das Schiff näher kam.

»Sieht so aus, als hätten Sie ein Empfangskomitee, Dirk«, stellte Burch fest und deutete auf zwei winkende Gestalten am Ende des Piers. Dirk blickte aus dem Brückenfenster und sah Sarah und Sandy inmitten der ausgelassenen Meute stehen, die das Schiff begrüßte. Sarah sah hinreißend aus in ihrer blauen Caprihose und einer maisgelben Bluse, die ihre Figur hervorragend zur Geltung brachte.

»Ihr zwei seht ja aus wie das blühende Leben«, sagte Dirk, als er die beiden begrüßte.

»Was wir hauptsächlich Ihnen zu verdanken haben«, versetzte Sandy. »Eine Nacht im Alaska Regional Hospital, dann waren wir wie neu geboren.«

»Wie geht's Irv?«

»Dem geht's gut«, erwiderte Sarah. »Er bleibt noch ein paar Wochen in Anchorage, um die Ergebnisse unserer Untersuchungen an den Seelöwen mit der Jagd- und Fischereibehörde von Alaska abzusprechen. Sie haben sich bereit erklärt, uns zu unterstützen, damit wir unsere Feldforschungen zum Abschluss bringen können.«

»Ich bin ja so froh, dass es allen gut geht. Und was haben die Mediziner in Anchorage festgestellt?«

Sandy und Sarah warfen sich einen kurzen Blick zu, dann zuckten beide die Achseln und schüttelten den Kopf.

»Sie haben nichts gefunden«, sagte Sarah schließlich. »Es ist irgendwie rätselhaft. Wir hatten offenbar eine leichte Entzündung der Atemwege, aber das war alles. Die Blut- und Urinproben ergaben gar nichts. Falls wir einen Giftstoff eingeatmet haben sollten, war er bereits ausgeschieden, als wir in Anchorage ankamen.«

»Deswegen sind wir hier. Wir wollen den Seelöwen abholen. Möglicherweise lassen sich in seinem Gewebe noch Hinweise feststellen«, sagte Sandy.

»Dann seid ihr also nicht hier, weil ihr mich sehen wolltet«, versetzte Dirk mit einem übertriebenen Stirnrunzeln.

»Tut mir Leid, Dirk«, erwiderte Sarah lachend. »Aber warum treffen wir uns nicht heute Nachmittag im Labor, wenn wir mit der Untersuchung fertig sind. Wir könnten danach Krabben essen gehen.«

»Ich würde gern die Ergebnisse erfahren«, sagte er, dann führte er die beiden an Bord und übergab ihnen den tiefgefrorenen Seelöwen.

Sobald das Tier abtransportiert war, halfen Dirk und Dahlgren beim Sichern des Schiffes und trugen die empfindlichen Hightech-Messgeräte an Land, wo sie in einem nahen Lagerhaus verstaut wurden. Als das Schiff fest vertäut war, zog die Besatzung der *Deep Endeavor* nach und nach von dannen, um sich ein paar Tage Urlaub zu gönnen, bevor das nächste Projekt anstand.

Dahlgren hatte einen Rucksack über der Schulter und zwei Krücken unter den Arm geklemmt, als er sich von Dirk verabschiedete. Die Wunde an seiner Wade war so weit verheilt, dass man nur noch ein leichtes Humpeln bemerkte, wenn er ging.

»Dirk, ich zisch ab. Ich bin mit einer Bankkassiererin verabredet, die ich kennen gelernt habe, bevor wir ausgelaufen sind. Soll ich sie fragen, ob sie 'ne schnucklige Freundin hat?«

»Nein danke. Ich glaube, ich mach erst mal klar Schiff und erkundige mich dann, was Sarah und Sandy bei der Untersuchung unseres Seelöwen entdeckt haben.«

»Du hattest schon immer was für die Schlauen übrig«, erwiderte Dahlgren glucksend.

»Was willst du mit den Krücken? Du brauchst die Dinger doch schon seit drei Tagen nicht mehr.«

»Man sollte das Mitgefühl der Frauen nie unterschätzen«, versetzte Dahlgren grinsend, klemmte sich eine Krücke unter den Arm und tat so, als könne er nur mühsam humpeln.

»An deiner Stelle würde ich die Fähigkeit der Frauen, einen schlechten Schauspieler zu erkennen, nicht unterschätzen«, erwiderte Dirk lachend. »Weidmannsheil.«

Dirk besorgte sich die Schlüssel eines türkisfarbenen Jeep Cherokee der NUMA und fuhr das kurze Stück zu seinem Haus mit Blick auf den Lake Washington. Obwohl er in Washington, D. C., zu Hause war, genoss er die zeitweilige Versetzung in den Nordwesten. Die dichten Wälder, die kalten, klaren Gewässer und die aufgeweckte und temperamentvolle Bevölkerung, die in diesem Landstrich mit seinem mitunter etwas rauen, feuchten Wetter lebten, stellten ein erfrischend neues Umfeld für ihn dar.

Dirk duschte sich und zog eine dunkle Hose und einen dünnen Pulli an, gönnte sich dann ein Erdnussbuttersandwich und ein Olympia-Bier und hörte die zahllosen Nachrichten auf seinem Anrufbeantworter ab. Nachdem er sich davon überzeugt hatte, dass die Erde während seiner Abwesenheit nicht stehen geblieben war, sprang er in den Jeep und fuhr auf dem I-5 in Richtung Norden. Er bog am üppig grünen Jackson Park Golf Course in Richtung Osten ab, steuerte dann wieder nach Norden und stieß bald darauf auf das parkartige Gelände des Fircrest Campus. Fircrest war eine alte Militäranlage, die dem Staat Washington übertragen worden war und in der jetzt die Büros und Niederlassungen einer Vielzahl staatlicher Regierungsbehörden untergebracht waren. Dirk entdeckte einen von hohen Bäumen umgebenen weißen Gebäudekomplex und parkte auf einem angrenzenden Parkplatz vor einem großen Schild mit der Aufschrift WASHINGTON STATE PUBLIC HEALTH LABORATORIES.

Eine flotte Empfangsdame rief in dem kleinen Büro an, das die staatliche Gesundheitsbehörde der CDC überlassen hatte, und kurz darauf kamen Sarah und Sandy ins Foyer. Sie wirkten weit weniger gut gelaunt als noch vor ein paar Stunden.

»Dirk, gut, dass Sie kommen. Ein paar Häuser weiter ist ein ruhiges italienisches Restaurant, in dem wir reden können. Und die Pasta Alfredo ist großartig«, schlug Sarah vor.

»Na klar. Ladys first«, erwiderte Dirk und hielt den beiden Wissenschaftlerinnen die Tür auf.

Nachdem sich alle drei in eine mit rotem Vinyl gepolsterte Sitznische des Restaurants gequetscht hatten, erklärte Sarah, was sie gefunden hatten.

»Bei der Untersuchung des Seelöwen fanden wir eindeutige Hinweise darauf, dass der Tod durch Atemstillstand eintrat. Zunächst konnten wir allerdings im Blut des Tieres keinerlei Giftstoffe feststellen.«

»So ähnlich wie bei eurer Untersuchung in Anchorage«, warf Dirk ein, während er sich ein Stück Brot abbrach.

»Genau. Rein organisch fehlte uns nichts, obwohl wir immer noch unter Schwächegefühlen, Kopfschmerzen und Reizung der Atemwege litten, als wir in Anchorage ankamen«, fügte Sandy hinzu.

»Deshalb haben wir von vorn angefangen und Blut und Gewebe des Tieres noch einmal genau untersucht, und schließlich fanden wir Spuren des Giftstoffes«, fuhr Sarah fort. »Wir sind uns zwar nicht hundertprozentig sicher, aber trotzdem sind wir einigermaßen überzeugt, dass der Seelöwe an einer Blausäurevergiftung starb.«

»Blausäure?«, fragte Dirk mit hochgezogenen Augenbrauen.

»Ja«, erwiderte Sandy. »Das ist durchaus nachvollziehbar. Blausäure oder Zyanwasserstoff enthält, wie der Name sagt, Zyanide, und die werden vom menschlichen Körper relativ schnell abgebaut. Sarah, Irv und ich hatten den Großteil, wenn nicht alle giftigen Zyanide auf natürliche Weise ausgeschieden, als wir in das Krankenhaus in Anchorage kamen. Daher konnte man keine Spuren mehr finden, als man unsere Blutproben untersucht hat.«

»Ich habe mich mit der staatlichen Pathologie von Alaska in Verbindung gesetzt und von unserem Fund berichtet«, sagte Sarah mit bedrücktem Unterton. »Sie haben den Bericht über die Autopsie der beiden Männer von der Küstenwache noch nicht fertig, aber sie wissen jetzt, wonach sie suchen müssen. Ich bin davon überzeugt, dass sie daran gestorben sind.«

»Ich dachte immer, Zyanid müsste eingenommen werden, um tödlich zu wirken«, wandte Dirk ein.

»Das ist allgemein bekannt. Jeder kennt die Zyankalikapseln, die Spione im Zweiten Weltkrieg bei sich hatten, die von Jim Jones mit Zyankali versetzte Limonade, an der in Jonestown, Guyana, hunderte Sektenanhänger starben, und die Tylenol-Vergiftungen, bei denen Zyanide verwendet wurden. Aber Zyanidgas kann ebenfalls ein tödliches Gift sein. Die Franzosen haben es bei den Grabenkämpfen im Ersten Weltkrieg gegen die Deutschen eingesetzt. Die Deutschen wiederum haben es zwar nie auf dem Schlachtfeld angewandt, aber in den Gaskammern der Konzentrationslager benutzten sie eine Zyanverbindung.«

»Das berüchtigte Zyklon B«, entsann sich Dirk.

»Ja, ein Atemgift, das ursprünglich zur Schädlingsbekämpfung dienen sollte«, fuhr Sarah fort. »Und in jüngerer Zeit verdächtigte man Saddam Hussein, bei Angriffen auf kurdische Dörfer im Norden seines Landes Zyanidgas eingesetzt zu haben.«

»Da wir unsere eigenen Nahrungsmittel und Wasservorräte dabei hatten«, schaltete sich Sandy ein, »käme ein in der Luft enthaltenes Gift durchaus in Frage. Das würde auch die toten Seelöwen erklären.«

»Könnte das Zyanid auch aus einer natürlichen Quelle stammen?«, erkundigte sich Dirk.

»Zyanid findet man in einer Vielzahl von Pflanzen und Nahrungsmitteln, von Limabohnen bis zu Würgkirschen. Aber hauptsächlich ist es in industriellen Lösungsmitteln enthalten«, erklärte Sarah. »Jedes Jahr werden Tonnen von dem Zeug für die Galvanisierung, zur Gold- und Silbergewinnung und für Schädlingsbekämpfungsmittel hergestellt. Die meisten Menschen kommen alltäglich mit geringen Dosen von Zyanid in Berührung. Aber um Ihre Frage zu beantworten – es ist äußerst unwahrscheinlich, dass ein auf natürlichem Weg entstandenes Zyanidgas in irgendeiner Form tödlich sein könnte. Sandy, was hast du in der Statistik über die Anzahl der Zyanidvergiftungen in den Vereinigten Staaten gefunden?«

»Es gab eine ganze Menge, aber meistens handelte es sich um

Einzelpersonen, die – bei Unglücksfällen, Mord oder Selbstmord – durch die Einnahme von Zyanidsalzen starben.« Sandy bückte sich nach einem gelben Aktenordner, den sie mitgebracht hatte, und blätterte die eingehefteten Seiten durch.

»Der einzige Fall, bei dem mehrere Todesopfer zu beklagen waren, war auf eine Tylenolvergiftung zurückzuführen, bei der sieben Menschen umkamen, die das Zeug zu sich genommen hatten. Ich fand nur zwei Hinweise auf multiple Todesfälle, die möglicherweise durch Zyanidgas verursacht wurden. Im Jahr 1942 starb in der Kleinstadt Warrenton in Oregon eine vierköpfige Familie, und 1964 kamen in Butte, Montana, drei Männer um. Der Vorfall in Montana wurde durch giftige Lösungsmittel bei der Edelmetallgewinnung ausgelöst. Der Fall in Oregon ist ungeklärt. Und ich bin auf so gut wie keinen Fall in und um Alaska gestoßen.«

»Eine natürliche Freisetzung von Giftgasen wäre also nicht besonders wahrscheinlich«, stellte Dirk fest.

»Wenn es durch menschliche Einwirkung in die Luft gelangt ist, wer hat es dann getan, und warum?«, fragte Sandy, während sie ihre Gabel in eine Portion Engelshaar-Pasta stieß.

»Ich glaube, es waren unsere Freunde auf dem Fischerboot«, sagte er trocken.

»Hat man sie noch nicht aufgegriffen?«, fragte Sarah.

Dirk schüttelte unwirsch den Kopf. »Nein, der Trawler ist verschwunden. Als die dortigen Behörden in der betreffenden Gegend aufkreuzten, hatte er sich längst abgesetzt. Nach offizieller Darstellung handelte es sich vermutlich um ausländische Wilddiebe.«

»Wäre schon möglich. Ich halte das zwar für ziemlich gefährlich, aber meiner Meinung nach könnten sie das Gas in Windrichtung zu einer Seelöwenkolonie freigesetzt haben«, erwiderte Sarah kopfschüttelnd.

»Man kann in kürzester Zeit fette Beute machen«, fügte Dirk hinzu. »Wilddiebe mit AK-74 finde ich allerdings etwas extrem. Und ich frage mich nach wie vor, was Seelöwen am Markt wert sind.«

»Es ist kaum vorstellbar. Ich habe so was noch nie gehört.«

»Ich hoffe nur, dass ihr beide nicht irgendwelche Folgeschäden davontragt«, sagte Dirk mit einem besorgten Blick auf Sarah.

»Das hoffe ich auch«, erwiderte Sarah. »Wir haben eine kurzzeitige Vergiftung durchgemacht, aber jetzt geht's uns wieder gut. Und gefährliche Langzeitwirkungen wurden bislang nicht nachgewiesen.«

Dirk schob den leeren Teller weg und rieb sich genüsslich den Bauch.

»Die Pasta Alfredo war ausgezeichnet.«

»Wir essen immer hier«, sagte Sarah und nahm die Rechnung an sich, bevor Dirk zugreifen konnte.

»Ich würde mich gerne revanchieren«, sagte Dirk und schaute Sarah lächelnd an.

»Sandy und ich müssen ein paar Tage zum Forschungslabor der CDC in Spokane, aber danach nehme ich Sie beim Wort«, erwiderte sie und ließ Sandy bewusst außen vor.

Dirk nickte lächelnd. »Ich kann warten.«

6

Wie ein Skalpell schnitten die Tragflächen des Gulfstream V durch die feuchte, dunstige Luft, als der elegante Luxusjet, der bis zu neunzehn Passagiere befördern konnte, die Landebahn ansteuerte, das Fahrwerk ausfuhr und mit quietschenden Reifen und einer dünnen Rauchfahne aufsetzte. Anschließend rollte der Pilot zu dem für Privatjets bestimmten Terminal des modernen Narita International Airport von Tokio und stellte die heulenden Turbinen ab. Während das Bodenpersonal die Räder blockierte, fuhr eine schwarze Limousine vor und hielt genau am Fuß der Gangway.

Chris Galvin blinzelte ins grelle Sonnenlicht, als er, gefolgt von einer Schar Assistenten und diverser Kollegen aus dem Management, aus dem Jet trat, die Treppe hinab und in den Wagen stieg.

Als Vorstandsvorsitzender von SemCon Industries herrschte er über den größten Halbleiterhersteller der Welt. Der ebenso extravagante wie spendable Industrielle, der die Firma von seinem Vater, einem wahren Visionär, geerbt hatte, hatte es sich mit vielen seiner Landsleute in den Vereinigten Staaten verscherzt, als er profitable Betriebe geschlossen und kurzerhand tausende von Arbeitern entlassen hatte, um die Produktion ins billigere Ausland zu verlagern. Dort wären die Profite höher, versprach er seinen Aktionären, gleichzeitig aber genoss er es auch, seinem aufwendigen Lebensstil fortan auf weltweiter Bühne frönen zu können.

Von dem rund sechsundsechzig Kilometer nordöstlich von Tokio gelegenen Flughafen aus fuhr der Chauffeur mit den Managern in seiner Limousine zunächst über den Higashi Kanto Expressway, der zur japanischen Hauptstadt führte. Zwanzig Minuten später, etwa zwanzig Kilometer vor Tokio, bog er von der Schnellstraße in Richtung Osten ab. Kurz darauf erreichte die Limousine das Industriegebiet von Tschiba, einer großen Hafenstadt an der Ostküste der Tokio-Bay. Sie fuhr an einer Reihe großer, schmuckloser Fabrikgebäude vorbei und hielt dann vor einem eleganten Glasbau mit Blick auf die Bucht. Das vier Stockwerke hohe Gebäude mit seinen golden schimmernden Spiegelglasfenstern wirkte eher wie die Verwaltungszentrale eines Unternehmens, nicht wie eine Fabrik. Auf dem Dach prangte in großen blauen Neonblockbuchstaben der Schriftzug SEMCON, der kilometerweit zu sehen war. Eine Menschenmenge, hauptsächlich Arbeiter, die allesamt blaue Laborkittel trugen, wartete ungeduldig auf die Ankunft ihres Vorstandsvorsitzenden, der die neue Produktionsstätte offiziell eröffnen wollte.

Die Menge jubelte, als Galvin im Blitzlichtgewitter aus der Limousine stieg und der versammelten Arbeiterschaft und den Medien mit breitem Jacketkronenlächeln zuwinkte. Nach zwei langatmigen Begrüßungsansprachen durch den Bürgermeister und den Leiter der neuen Fabrik bedankte er sich mit ein paar Worten, wandte sich mit einer kurzen, aufmunternden Rede an seine Angestellten und schnitt dann mit einer überdimensionalen Schere ein dickes Band durch, das vor dem Eingang des Neubaus gespannt war. Als die Menge höflich applaudierte, ertönte irgendwo im Innern des Gebäudes ein dumpfer Knall. Manch einer dachte zunächst, jemand hätte zur Feier des Tages einen Feuerwerkskörper gezündet, doch dann wurde das Bauwerk von einer Reihe lauterer Explosionen erschüttert, und die versammelte Arbeiterschaft hielt verdutzt den Atem an.

Im Herzen des Gebäudes, mitten in der Zentrale zur Silikonchip-Herstellung, war eine kleine, mit einem Zeitzünder versehene Sprengladung hochgegangen, die an einem Monosilantank angebracht war, einem leicht entzündlichen Stoff, der zur Herstellung von Siliziumkristallen diente. Der Tank zerbarst wie eine Bombe, sodass Metallsplitter mit hoher Geschwindigkeit auf einige weitere Monosilan- und Sauerstofftanks in der Nähe prallten, die nacheinander explodierten und einen gewaltigen Feuerball im Innern des Gebäudes verursachten. Unter der Hitze und dem Druck platzten schließlich die Fenster, worauf ein Hagel aus Glassplittern und Trümmern auf die fassungslose Menge herabprasselte.

Als das Gebäude in seinen Grundfesten erschüttert wurde und Flammen aus dem Dach schlugen, rannten die entsetzten Angestellten in alle Himmelsrichtungen davon. Galvin, der noch immer die riesige Schere in der Hand hatte, stand da wie vom Donner gerührt. Plötzlich zuckte er zusammen, als er einen jähen, stechenden Schmerz am Nacken spürte. Unwillkürlich betastete er die Stelle und stellte erschrocken fest, dass sich eine kleine, mit Widerhaken besetzte Kugel in seine Haut gebohrt hatte. Als er das blutige Geschoss herauszog, schrie neben ihm eine Frau auf, aus deren Schulter eine große Scherbe Fensterglas ragte, und rannte an ihm vorbei. Zwei erschrockene Assistenten ergriffen Galvins Arme, führten ihn zu der Limousine und schirmten ihn vor den Fotografen ab, die nur zu gern ein Foto von dem Firmenchef vor seiner brennenden Fabrik geschossen hätten.

Als er zur Limousine geleitet wurde, knickten plötzlich Galvins Beine ein. Er wandte sich an einen seiner Assistenten und wollte etwas sagen, brachte aber kein Wort heraus. Vor dem offenen Wagenschlag kippte er vornüber und landete bäuchlings auf dem Teppichboden. Ein verdutzter Assistent warf sich über ihn und stellte entsetzt fest, dass der Chef nicht mehr atmete. Hektisch versuchte er ihn wiederzubeleben, als die Limousine mit quietschenden Reifen losfuhr und zum nächsten Krankenhaus raste, doch es war vergebens. Der ebenso umtriebige wie egozentrische Leiter einer Weltfirma war tot.

Nur wenige Menschen hatten auf den kahlköpfigen Mann mit den dunklen Augen und dem herabhängenden Schnurrbart geachtet, der sich zur Bühne vorgedrängt hatte. Er trug einen blauen Laborkittel mit einer Plastikkarte an der Brust und sah aus wie ein Mitarbeiter von SemCon. Kaum einer hatte wahrgenommen, dass er einen Plastikbecher in der Hand hielt, aus dem ein dünnes Bambusrohr ragte. Und im allgemeinen Chaos, das nach den Explosionen herrschte, hatte auch niemand bemerkt, wie er das Rohr herauszog, an den Mund setzte und eine Giftkugel auf den mächtigen Gebieter über ein riesiges Unternehmen abschoss.

Dann tauchte der kahlköpfige Killer im Getümmel unter und ging gemächlich zum Ausgang des Firmengeländes, wo er den Becher und den Laborkittel in einen Mülleimer warf. Er sprang auf ein Fahrrad, hielt kurz inne, als ein Feuerwehrwagen die Straße entlangraste und auf das in Flammen stehende Gebäude zuhielt. Dann radelte er davon, ohne sich noch einmal umzublicken.

Helle Glockenschläge hallten in Dahlgrens Schädel wider, wie von einem Bahnübergang in weiter Ferne. Zunächst hoffte er inständig, es möge nur ein Traum sein, doch dann kam er langsam zu sich und begriff, dass das Telefon auf dem Nachttisch klingelte. Er nahm den Hörer ab und gähnte ein müdes Hallo.

»Jack, bist du etwa noch am Sägen?«, meldete sich Dirk lachend.

»Yeah, danke für den Weckruf«, erwiderte er schlaftrunken. »Ich dachte, Bankerbräute stehen nicht auf lange Nächte.«

»Die hier schon. Und auf Wodka steht sie auch«, sagte Dahlgren und rülpste kurz. »Ich habe einen Geschmack im Mund, als hätte mir heut Nacht ein Dinosaurier reingekackt.«

»Ich fühle mit dir. Aber hör mal, ich will rauf nach Portland fahren, ein bisschen ausspannen und mir eine Oldtimer-Ausstellung anschauen. Hast du Lust mitzukommen?«

»Nein danke. Ich muss heute mit der Bankerbraut auf Kajaktour gehen. Falls ich überhaupt stehen kann.«

»Okay. Ich schicke dir einen Bombay-Martini vorbei, damit du in die Gänge kommst.«

»Alles klar«, erwiderte Dahlgren und verzog das Gesicht.

Dirk fuhr mit dem NUMA-Jeep auf dem Interstate Highway 5 von Seattle aus nach Süden und genoss den Anblick der dichten Wälder, die hier im Westen des Bundesstaates Washington wucherten. Er fand diese Überlandfahrten ungemein entspannend, weil er seinen Gedanken freien Lauf lassen konnte, während er die Landschaft auf sich einwirken ließ. Als er feststellte, dass er gut vorankam, entschied er sich für einen kleinen Umweg zur Küste, bog auf die Straße zur Willapa Bay ab und fuhr dann am Pazifik entlang zur großen Bucht. Bald darauf kam er zu der breiten blauen Mündung des Columbia und rollte an den gleichen Gestaden dahin, auf die Lewis und Clarke im Jahr 1805 als erste Weiße den Fuß gesetzt hatten.

Auf der vier Meilen langen Astoria-Megler Bridge überquerte er den mächtigen Strom und kam in den historischen Fischerhafen Astoria. Als er an der Abfahrt von der Brücke vor einer roten Ampel hielt, fiel ihm ein Wegweiser auf. WARRENTON stand dort in weißen Lettern auf grünem Grund. Aus purer Neugier bog er von der nach Portland führenden Straße Richtung Westen ab und gelangte binnen kurzer Zeit nach Warrenton.

Die am nordwestlichen Zipfel von Oregon gelegene Kleinstadt mit ihren rund 4000 Einwohnern war ursprünglich im Marschland angelegt worden und diente als Anlaufhafen für Fischer- und Sportboote. Dirk musste nur ein paar Minuten herumfahren, bis er das fand, wonach er Ausschau gehalten hatte. Er parkte seinen Jeep neben einem weißen Dienstfahrzeug des Clatsop County und ging auf dem betonierten Gehsteig zur Eingangstür der Warrenton Community Library.

Es war eine kleine Bibliothek, die aussah, als gäbe es sie schon seit sechs, sieben Jahrzehnten. Ein muffiger Geruch nach Staub und alten Büchern hing in der Luft. Dirk ging geradewegs auf einen großen Metallschreibtisch zu, an dem eine etwa fünfzigjährige Frau mit einer modernen Brille und kurzen Haaren saß, die argwöhnisch aufblickte. Eine an ihre Bluse geheftete grüne Plastikkarte verriet ihren Namen: MARGARET.

»Guten Morgen, Margaret. Ich heiße Dirk«, sagte er mit einem Lächeln. »Haben Sie hier Lokalzeitungen aus den vierziger Jahren des vorigen Jahrhunderts?«

Die Bibliothekarin taute etwas auf. »Die *Warrenton News*, die 1964 eingestellt wurde. Wir haben Originalausgaben von den dreißiger bis zu den sechziger Jahren. Hier entlang«, sagte sie.

Margaret ging zu einer mit allerlei Mobiliar vollgestellten Ecke der Bibliothek, wo sie etliche Schubladen aus einem Aktenschrank zog, bis sie auf die Ausgaben aus den vierziger Jahren des 20. Jahrhunderts stieß.

»Wonach suchen Sie denn?«, fragte sie eher aus Neugier denn aus Hilfsbereitschaft.

»Ich interessiere mich für einen Artikel über eine einheimische Familie, die im Jahr 1942 an einer Vergiftung starb.«

»Oh, das dürfte Leigh Hunt sein«, rief Margaret, die sichtlich stolz auf ihr Wissen war. »Er war ein Freund meines Vaters. Die Leute hier in der Gegend waren ziemlich entsetzt. Mal sehen, ich glaube, das ist im Sommer passiert«, sagte sie, während sie das Archiv durchblätterte. »Kannten Sie die Familie?«, fragte sie Dirk, ohne aufzublicken.

»Nein, ich bin bloß ein Geschichtsfreak, der sich für rätselhafte Todesfälle interessiert.«

»Da haben wir's«, sagte die Bibliothekarin und holte eine Tageszeitung vom 21. Juni 1942 heraus. Es war ein dünnes Blatt, das hauptsächlich den Wetterbericht, Gezeitentabellen und Lachsfangstatistiken enthielt, dazu ein paar Lokalnachrichten und Werbung. Margaret breitete die Zeitung auf dem Aktenschrank aus, damit Dirk die Titelgeschichte lesen konnte.

VIER TODESOPFER AM DELAURA BEACH

Leigh Hunt, ein Bürger unserer Stadt, seine Söhne Tad (13) und Tom (11) sowie ein Neffe namens Skip wurden am Samstag, dem 20. Juni, am DeLaura Beach tot aufgefunden. Die vier wollten nach Aussage von Hunts Frau Marie an diesem Nachmittag Muscheln sammeln und kehrten nicht zum Abendessen zurück. Bezirkssheriff Kit Edwards entdeckte die Leichen, die keinerlei Verletzungen oder Anzeichen eines Kampfes aufwiesen. »Als wir keinerlei äußere Spuren fanden, nahmen wir sofort an, dass sie an einer Vergiftung, möglicherweise durch Rauch, gestorben waren. Außerdem hatte Leigh eine Menge zyanidhaltiger Stoffe in seiner Werkstatt, die er zum Ledergerben verwendete«, erklärte Edwards. »Er und die Jungen müssen eine starke Dosis abbekommen haben, bevor sie zum Strand gingen, und dort hat dann die Wirkung eingesetzt«, konstatierte er. Die Beerdigung wird stattfinden, sobald der Bezirks-Coroner die Leichen untersucht hat.

»Gibt es noch einen weiteren Artikel über den Befund des Coroners?«, fragte er.

Margaret blätterte ein weiteres Dutzend Ausgaben der *News* durch, bis sie einen kleinen Artikel fand, der sich auf die vier Todesfälle bezog. Laut las sie den Text vor, demzufolge der Coroner bestätigte, dass der Tod vermutlich durch ein versehentliches Einatmen von Zyaniddämpfen verursacht worden war.

»Mein Vater hat nie geglaubt, dass es ein Unfall war«, fügte Margaret zu Dirks Erstaunen hinzu.

»Es ist auch nicht nachvollziehbar, dass sie am Strand gestorben sind, wenn sie die Dämpfe in Hunts Werkstatt eingeatmet haben«, sagte Dirk nachdenklich.

»Papa hat das Gleiche gesagt«, erwiderte Margaret, die allmählich etwas zugänglicher wurde. »Und er hat gesagt, die Behörden hätten die Vögel außer Acht gelassen.«

»Vögel?«

»Ja. In der Gegend, in der man die Leichen entdeckte, wurden etwa hundert tote Möwen am Strand gefunden. Fort Stevens, der Army-Stützpunkt, war gleich in der Nähe. Papa hatte immer den Verdacht, dass sie bei irgendeinem Experiment der Army versehentlich umgekommen sind. Ganz genau wird das vermutlich nie einer erfahren.«

»Kriegsgeheimnisse lassen sich manchmal nur schwer knacken«, erwiderte Dirk. »Danke für Ihre Hilfe, Margaret.«

Dirk kehrte zum Jeep zurück, fuhr durch die Stadt, bis er auf die Küstenstraße stieß, und hielt sich dann in Richtung Süden. Kurz darauf bog er auf eine kleine Seitenstraße ab, die als DELAURA BEACH ROAD ausgewiesen war. Sie führte durch ein offenes Tor mit der Aufschrift FORT STEVENS STATE PARK, wurde dann schmaler und zog sich durch dichtes Unterholz. Dirk schaltete herunter, fuhr dann über eine Anhöhe zu einer großen, längst aufgegebenen Geschützstellung über dem Ozean hinab. Die Russell Battery war einer von zahlreichen Verteidigungsposten an der Küste gewesen, die im Bürgerkrieg angelegt, im Zweiten Weltkrieg dann mit schweren, weit tragenden Geschützen bestückt wurden und die Zufahrt zum Columbia sichern sollten. Dirk hatte von hier aus freie Sicht auf das blau schimmernde Wasser an der Mündung des Columbia wie auch auf den DeLaura Beach, an dem sich an diesem Nachmittag zahlreiche Ausflügler tummelten. Dirk atmete ein paarmal tief durch und genoss die frische Seeluft, dann fuhr er auf der schmalen Straße zurück und wäre einmal fast im Gestrüpp gelandet, als er einen entgegenkommenden Cadillac vorbeilassen musste. Etwa vierhundert Meter danach hielt er an einem großen Gedenkstein am Straßenrand. In den mächtigen grauen Granitblock war die detailgenaue Abbildung eines Unterseeboots gehauen, und darunter stand:

Am 21. Juni 1942 explodierte hier eine 14-cm-Granate. Eine von 17, die von dem japanischen Unterseeboot I-25 auf die River Harbor Defense Installations abgefeuert wurden. Der einzige feindliche Beschuss eines Militärstützpunkts auf dem amerikanischen Festland im Zweiten Weltkrieg und der erste seit dem Krieg von 1812.

Während er die Inschrift las, trat er instinktiv von der Straße, als der Cadillac zurückkehrte und langsam an ihm vorbeifuhr, als wolle er keinen Staub aufwirbeln. Dirk musterte eine Zeit lang das in den Stein gehauene U-Boot und wollte dann weggehen. Aber irgendetwas fiel ihm auf, und er schaute erneut hin. Es war das Datum. Der 21. Juni, ein Tag nachdem man Hunt und die drei Jungs tot am Strand gefunden hatte.

Dirk griff in das Handschuhfach des Jeeps und holte ein Handy heraus, lehnte sich dann an die Motorhaube und wählte eine Nummer. Nach viermaligem Läuten dröhnte eine tiefe, muntere Stimme aus dem Hörer.

»Perlmutter.«

»Julien, ich bin's, Dirk. Wie geht's meinem Lieblingsmarinehistoriker?«

»Dirk, mein Junge, schön, dass du dich meldest! Ich habe mich gerade an ein paar eingelegten grünen Mangos gütlich getan, die mir dein Vater von den Philippinen geschickt hat. Aber sag mir doch bitte eins: Wie gefällt es dir im großen, weißen Norden?«

»Wir haben unsere Vermessungen vor den Aleuten gerade beendet, daher bin ich wieder an der nordwestlichen Pazifikküste. Die Inseln waren schön, aber für meinen Geschmack war's dort ein bisschen zu kalt.«

»Herrgott, das kann ich mir vorstellen«, versetzte Perlmutter mit polterndem Bass. »Also, was hast du auf dem Herzen, Dirk?«

»Zweiter Weltkrieg, japanische Unterseeboote, genauer gesagt. Ich möchte wissen, wie viele Angriffe sie auf das amerikanische Festland unternommen haben und ob sie irgendwelche ungewöhnlichen Waffen hatten.«

»Kaiserliche U-Boote, was? Soweit ich mich entsinne, haben

sie ein paar eher harmlose Angriffe an der Westküste unternommen, aber ich habe mich seit einiger Zeit nicht mehr mit meinen japanischen Unterlagen aus den Kriegsjahren befasst. Ich werde für dich ein bisschen herumschnüffeln.«

»Danke, Julien. Und noch was. Sag mir Bescheid, wenn du auf irgendeinen Hinweis stößt, dass man Zyanid als Kampfstoff eingesetzt hat.«

»Zyanid? Na, das wäre aber was ganz Scheußliches, nicht wahr?«, versetzte Perlmutter und legte auf.

Nachdenklich betrachtete St. Julien Perlmutter die riesige Sammlung seltener marinehistorischer Bücher und Manuskripte, die er in seiner Remise in Georgetown verwahrte, fand dann aber binnen weniger Sekunden das Material, das er suchte. Mit seinen funkelnden blauen Augen, dem mächtigen grauen Bart und dem ausladenden Bauch, mit dem er rund dreieinhalb Zentner auf die Waage brachte, ähnelte er einem überdimensionalen Weihnachtsmann. Abgesehen davon, dass er ein großer Gourmet und Bonvivant war, galt Perlmutter auch als einer der besten Marinehistoriker der Welt, was zu einem nicht geringen Teil auf seine unvergleichliche Sammlung maritimer Werke zurückzuführen war.

Perlmutter, der wie üblich einen Seidenpyjama und einen seidenen Hausmantel mit rot-goldenem Paisley-Muster trug, tappte über den dicken Perserteppich zu einem Mahagonibücherschrank, wo er etliche Titel musterte, bevor er mit seinen fleischigen Händen ein Buch und zwei Ordner herauszog. Nachdem er sich davon überzeugt hatte, dass es sich um das gesuchte Material handelte, kehrte der hünenhafte Mann zu einem schweren Ledersessel zurück, neben dem ihn ein Teller Trüffel und eine heiße Tasse Tee erwartete.

Dirk fuhr nach Portland weiter, wo er feststellte, dass die Oldtimer-Auktion, die er besuchen wollte, auf der weiten Rasenfläche eines Messegeländes am Stadtrand stattfand. Scharen von Menschen liefen zwischen den glänzenden Automobilen umher, die meisten davon aus den vierziger, fünfziger und sechziger Jahren stammend, die in Reih und Glied im Gras standen. Dirk schlenderte an den Autos vorbei und bewunderte die hervorragende Restaurierung, was Lack und Technik anging, bevor er sich zu dem großen, weißen Zelt begab, in dem die Auktion stattfand.

Drinnen dröhnte die schneidende Stakkatostimme des Auktionators aus den Lautsprechern, als er wie ein Maschinengewehr die Angebote herunterrasselte. Dirk schnappte sich einen Sitzplatz am Rand, etwas abseits des Rummels, und verfolgte amüsiert, wie ein Auktionatorenteam in lachhaftem Aufzug, bestehend aus Fräcken im Stil der siebziger Jahre und billigen Cowboyhüten, auf dem Podium umherstolzierte und vergebens versuchte, die Spannung zu steigern und die Preise nach oben zu treiben. Nachdem mehrere Corvettes und einer der ersten Thunderbirds an den Mann gebracht worden waren, setzte er sich auf, als ein 1958er Chrysler 300-D auf die Bühne rollte. Der große Wagen war im originalen Aztec-Türkis gespritzt, mit Unmengen blinkendem Chrom verziert und hatte hoch aufragende Haifischflossen am Heck. Dirk spürte, wie sein Herz beim bloßen Anblick des Wagens einen Takt schneller schlug, eine Reaktion, die nur ein Autonarr verstehen kann.

»Bester Zustand, perfekt restauriert von Pastime Restorations aus Golden, Colorado«, schrie der Auktionator. Dann ging er wieder zu seinem Stakkato über, doch schon nach kurzer Zeit stieg ein Bieter nach dem anderen aus. Dirk hob die Hand, und kurz darauf hatte er nur noch einen Konkurrenten im Kampf um das Auto, einen übergewichtigen Mann mit gelben Hosenträgern. Dirk konterte die Angebote seines Widersachers unverzüglich und zeigte damit seine ernste Absicht. Die Taktik funktionierte. Nach seinem dritten Gebot schüttelte der Mann mit den gelben Hosenträgern den Kopf und steuerte die Bar an.

»Verkauft an den Mann mit der NUMA-Mütze«, brüllte der Auktionator, während die Menschen rundum höflich klatschten. Obwohl ihn der Wagen mehrere Monatsgehälter kostete, war es Dirks Ansicht nach ein guter Kauf, wusste er doch, dass

1958 nur knapp zweihundert Chrysler 300-D Kabrioletts gebaut worden waren.

Er besprach gerade mit dem Veranstalter, dass man ihm den Wagen nach Seattle liefern sollte, als sein Handy klingelte.

»Dirk, Julien hier. Ich habe ein paar Informationen für dich.«

»Das ging ja schnell.«

»Nun ja, ich wollte mich vor dem Abendessen zurückmelden«, erwiderte Perlmutter, der sich schon auf die nächste Mahlzeit freute.

»Was hast du rausgekriegt, Julien.«

»Nach Pearl Harbor hatten die Japaner neun bis zehn Unterseeboote vor der Westküste postiert, aber sie wurden nach und nach abgezogen, als sich das Kampfgeschehen in den Südpazifik verlagerte. Die japanischen U-Boote waren überwiegend im Aufklärungseinsatz, sie sollten die großen Buchten und Häfen beobachten und die großen Schifffahrtswege überwachen. Zu Kriegsanfang konnten sie eine Hand voll Handelsschiffe versenken, und sie jagten der Bevölkerung entlang der Küste eine Heidenangst ein. Der erste Angriff aufs Festland erfolgte Anfang 1942, als die *I-17* in der Nähe von Santa Barbara ein paar Granaten abfeuerte, die einen Pier und einen Ölbohrturm beschädigten. Im Juni 1942 nahm die *I-25* Fort Stevens, in der Nähe von Astoria, Oregon, unter Beschuss, und die *I-26* beschoss eine Funkstation auf Vancouver Island. Bei keinem dieser Angriffe gab es Verluste. Im August kehrte die *I-25* zurück und startete bei Cape Blanco, Oregon, ein mit Brandbomben bestücktes Wasserflugzeug, das die nahe gelegenen Wälder in Brand setzen sollte. Der Angriff schlug fehl, da die Bomben nur ein kleines Feuer verursachten.«

»Klingt so, als wären das hauptsächlich Störangriffe gewesen«, bemerkte Dirk.

»Ja, große Unternehmungen von strategischer Tragweite waren es nicht. Nach dem Brandbombenangriff beruhigte sich die Lage allmählich, da die U-Boote zur Unterstützung des Aleuten-Feldzugs nach Norden verlegt wurden. Die kaiserlichen Unterseeboote leisteten einen großen Beitrag bei der Eroberung und später, im Zuge der Kämpfe im Frühjahr 1943, bei der Evakuierung der Inseln Attu und Kiska. Die Japaner verloren bei den Aleuten fünf U-Boote, da unsere Sonargeräte sie immer besser aufspüren konnten. Nach dem Fall von Kiska waren im Nord- und Ostpazifik nur noch wenige kaiserliche Unterseeboote im Einsatz. Im April 1944 wurde die *I-180* vor Kodiak, Alaska, angegriffen und versenkt. Danach wurde es an der Heimatfront ziemlich ruhig, bis zum Januar 1945, als die *I-403* vor Cape Flaherty, Washington, versenkt wurde.«

»Irgendwie merkwürdig, dass man das Boot in den letzten Kriegsmonaten zur Westküste geschickt hat, als die kaiserliche Marine auf dem letzten Loch pfiff.«

»Es ist sogar mehr als absonderlich, wenn man bedenkt, dass die *I-403* eines der großen Boote war. Offenbar hatte es einen Luftangriff vor, als es von einem amerikanischen Zerstörer überrascht wurde.«

»Kaum zu glauben, dass sie damals U-Boote gebaut haben, die ein Flugzeug an Bord mitführen konnten«, meinte Dirk.

»Ihre großen Boote konnten nicht nur eins, sondern drei Flugzeuge mitführen. Das waren gewaltige Dinger.«

»Hast du irgendeinen Hinweis darauf gefunden, dass die kaiserliche Kriegsflotte Zyanidwaffen eingesetzt hat?«

»Ein Kampfeinsatz ist nirgendwo verzeichnet, aber es gab sie. Die kaiserliche Armee war es – beziehungsweise deren Sondereinheit für biologische Kriegsführung –, die in China mit biologischen und chemischen Kampfstoffen experimentierte. Sie erprobten unter anderem mit Zyanid gefüllte Artilleriegranaten, daher wäre es möglich, dass die Marine ebenfalls an diesen Experimenten beteiligt war, aber es gibt keinerlei offizielle Unterlagen über einen Einsatz.«

»Ich glaube nicht, dass es sich beweisen lässt, aber ich habe den Verdacht, dass die *I-25* am Tag vor ihrem Angriff auf Fort Stevens eine Zyanidgranate abgefeuert hat, der vier Menschen zum Opfer gefallen sind.«

»Durchaus möglich. Aber wahrscheinlich schwer zu beweisen, da die *I-25* später im Südpazifik verschollen ist, vermutlich

1943 vor der Insel Espiritu Santu versenkt. Aber von einer Ausnahme möglicherweise einmal abgesehen, deuten alle Berichte, die ich eingesehen habe, darauf hin, dass die japanischen Boote nur mit konventionellen Waffen ausgerüstet waren.«

»Und was ist die Ausnahme?«

»Die *I-403* wiederum. Ich habe in einem nach dem Krieg aufgefundenen Armeeprotokoll einen Hinweis darauf gefunden. Man hatte der Marine eine Ladung *Makaze*-Kampfstoff für dieses U-Boot überlassen, das kurz darauf von Kure zu seiner letzten Fahrt auslief. Ich habe die Bezeichnung *Makaze* allerdings noch nirgendwo gesehen und konnte auch in meinen Unterlagen über Munition und Kampfmittel keinen anderen Hinweis darauf finden.«

»Irgendeine Ahnung, was damit gemeint ist?«

»Die beste Übersetzung, die mir dazu einfällt, lautet ›Schwarzer Wind‹.«

Dirk telefonierte kurz mit Leo Delgado, dann traf er Dahlgren in einer Lounge mit Blick auf den Lake Washington, wo er sich nach seiner morgendlichen Kajaktour mit der Bankerfrau ein Bier gönnte.

»Jack, hast du Lust auf einen Tauchgang morgen früh?«, fragte Dirk.

»Klar. Speerfischen im Sund?«

»Mir schwebt was Größeres vor.«

»Königslachs ist genau mein Kaliber.«

»Der Fisch, um den es mir geht«, fuhr Dirk fort, »ist seit über sechzig Jahren nicht mehr geschwommen.«

7

Irv Fowler wachte mit rasenden Kopfschmerzen auf. Zu viel Bier gestern Abend, dachte der Wissenschaftler, als er sich aus dem Bett quälte. Er würgte eine Tasse Kaffee und ein Donut hinunter und redete sich dann ein, dass es ihm besser ginge. Doch im Lauf des Tages wurden die Schmerzen eher schlimmer und ließen auch nicht nach, obwohl er etliche Aspirin schluckte. Allmählich griffen sie auf seinen Rücken über, bis ihm jede Bewegung wehtat. Am frühen Nachmittag war er so schlapp und müde, dass er vorzeitig sein derzeitiges Büro bei den Alaska State Health & Social Services verließ und nach Hause fuhr, um sich hinzulegen.

Nachdem er einen Teller Hühnersuppe zu sich genommen hatte, bekam er stechende Bauchschmerzen, die nach allen Seiten ausstrahlten. So viel zum Thema alte Hausmittel, dachte er. Er nickte ein paarmal ein, fuhr aus unruhigem Schlaf wieder hoch und schleppte sich schließlich ins Badezimmer, wo er ein weiteres Aspirin nahm, um die Schmerzen zu lindern. Als er das müde, abgespannte Gesicht mit den glasigen Augen betrachtete, das ihm aus dem Spiegel entgegenblickte, bemerkte er den leichten, roten Nesselausschlag, der auf seiner Wange aufblühte.

»Die verfluchteste Grippe, die ich je hatte«, murmelte er vor sich hin und ließ sich wieder ins Bett sinken.

Die Sicherheitsvorkehrungen bei dem großen Privatbankett im Tokyo Hilton waren streng, und die Gäste mussten drei Kontrollen über sich ergehen lassen, bevor sie in den prachtvollen Speisesaal eingelassen wurden. Das alljährliche Festdiner der Japan Export Association war eine noble Veranstaltung, bei der die besten Küchenchefs und Unterhaltungskünstler für das leibliche und seelische Wohl der höchsten Würdenträger und Wirtschaftsführer des Landes sorgten. Die Vorstände der großen japanischen Exportunternehmen gaben dieses Gastmahl zu Ehren ihrer wichtigsten Handelspartner. Außerdem waren neben den Großabnehmern auch die Diplomaten sämtlicher westlichen und asiatischen Länder geladen, mit denen Japan Handelsbeziehungen pflegte.

Die Ermordung des amerikanischen Botschafters und der Anschlag auf SemCon hatten unter den Anwesenden für viel Unruhe gesorgt, daher wandten sich alle raunend um, als Robert

Bridges, der stellvertretende Leiter der US-Gesandtschaft, in Begleitung zweier Leibwächter den Saal betrat.

Bridges war zwar Karrierediplomat, aber das politische Taktieren und wirtschaftliche Strippenziehen hinter den Kulissen sagte ihm mehr zu als große gesellschaftliche Auftritte. Hamilton hat sich weitaus besser auf Schmeicheleien verstanden, dachte Bridges, als er ein paar unverbindliche Worte mit einem Vertreter des japanischen Handelsministeriums wechselte. Kurz darauf kam einer der Gastgeber und geleitete ihn zu einem kleinen Tisch, wo er neben einer Reihe europäischer Diplomaten Platz nahm.

Während man traditionelle japanische Gerichte, Sashimi und Soba-Nudeln, auftrug, schwebte eine Truppe japanischer Geishas mit leuchtend bunten Kimonos und wirbelnden Bambusfächern tanzend über die Bühne. Bridges kippte sich einen Becher warmen Sake hinter die Binde, um das endlose Genöle des französischen Botschafters leichter zu ertragen, der sich über die schlechte Qualität der asiatischen Weine ausließ, während er den Pirouetten der Tänzerinnen zusah.

Als der erste Gang vorüber war, trat eine ganze Reihe von Firmenchefs auf die Bühne, die ihre eigene Bedeutung in schwungvollen Reden unterstrichen. Bridges nutzte die Gelegenheit und ging, von einem Bodyguard begleitet, durch einen Seitengang zur Herrentoilette.

Der Bodyguard suchte die gekachelten Räume ab, sah aber nur einen Kellner, der sich am Becken im Vorraum die Hände wusch. Nachdem er Bridges vorbeigelassen hatte, schloss der Leibwächter die Tür zu den Urinalen und baute sich davor auf.

Der kahlköpfige Kellner wusch seine Hände gründlich und trocknete sie mit einem Papiertuch ab. Als er sich wieder zur Tür umdrehte, sah der Bodyguard zu seinem Entsetzen eine 25er Automatik in der Hand des Kellners. Ein Schalldämpfer steckte auf dem Lauf der kleinen Handfeuerwaffe, deren Mündung auf das Gesicht des Leibwächters gerichtet war. Der griff sofort zu seiner eigenen Waffe, hatte aber kaum die Hand bewegt, als die 25er ein dumpfes Husten von sich gab. Unmittelbar über der linken Augenbraue des Bodyguards zeichnete sich ein kreisrundes rotes Loch ab, und der große Mann wurde kurz hochgerissen und zurückgeschleudert, ehe er zusammenbrach und in einer Blutlache am Boden liegen blieb.

Bridges hatte den gedämpften Schuss nicht gehört, aber er hatte mitbekommen, wie der Bodyguard zusammenbrach. Als er sich umwandte und sah, dass der Kellner die Waffe auf ihn richtete, murmelte er nur: »Was zum Teufel?«

Der kahlköpfige Mann im Kellnerfrack starrte ihn mit seinen kalten, schwarzen Augen an, dann verzog er den Mund zu einem sadistischen Grinsen und zeigte eine Reihe schiefer, gelber Zähne. Ohne ein Wort zu sagen, drückte er zweimal ab und sah zu, wie sich Bridges an die Brust griff und zu Boden ging. Anschließend zog der Killer eine mit Schreibmaschine getippte Nachricht aus der Jackentasche, rollte sie zusammen, bückte sich und steckte sie in den Mund des toten Diplomaten. Dann schraubte er den Schalldämpfer ab und steckte ihn in die Tasche, trat vorsichtig über die beiden Leichen, ging aus der Tür, den Flur entlang und verschwand in Richtung Küche.

8

Der Fiberglasbug des sechs Meter langen Parker-Arbeitsbootes pflügte durch die starke Dünung und zog einen weißen Gischtstreifen durch das Wellental, bevor er den Kamm der nächsten Woge in Angriff nahm. Im Vergleich mit den meisten anderen Schiffen der NUMA-Flotte war es zwar winzig, doch das unverwüstliche kleine Boot, an dessen Heck der Name *Grunion* prangte, war ideal zur Vermessung von Binnen- und Küstenwasserwegen wie auch für Taucheinsätze in seichten Gewässern geeignet.

Leo Delgado drehte das Ruderrad nach rechts, worauf die *Grunion* sofort nach Steuerbord zog und einem großen roten Frachter auswich, der nahe der Einfahrt zur Juan-de-Fuca-Straße auf sie zuhielt.

»Wie weit von der Straße aus?«, fragte er und drehte das Rad im nächsten Moment hart nach Steuerbord, um mit dem Bug voraus ins Kielwasser das Frachters zu stoßen.

Dirk und Dahlgren waren über einen kleinen Tisch neben dem engen Ruderhaus gebeugt und studierten eine Seekarte der Gegend, in der sie sich derzeit befanden – etwa 125 Meilen westlich von Seattle.

»Ungefähr zwölf Meilen südwestlich von Kap Flattery«, sagte Dirk nach hinten gewandt, dann teilte er Delgado den genauen Längen- und Breitengrad mit. Der Erste Offizier der *Deep Endeavor* griff zum Keyboard und gab die Position in den kleinen Navigationscomputer des Bootes ein. Kurz darauf tauchte am oberen Rand des an der Decke hängenden Flachbildschirms ein winziges weißes Quadrat auf. Am unteren Rand des Monitors blinkte ein kleines, weißes Dreieck auf, das die *Grunion* darstellte. Mithilfe des Global-Positioning-Systems konnte Delgado das Boot auf direktem Weg zu der markierten Position steuern.

»Na, seid ihr euch sicher, dass Captain Burch nicht dahinterkommt, dass wir uns sein Arbeitsboot ausgeborgt haben und seinen Treibstoff für einen Tauchausflug verbrauchen?«, fragte Delgado etwas betreten.

»Meinst du etwa, das ist Burchs Privatboot?«, erwiderte Dirk mit gespieltem Entsetzen.

»Wenn er uns auf die Schliche kommt, sagen wir einfach, Bill Gates hätte vorbeigeschaut und uns für ein paar Millionen Aktienoptionen angeboten, wenn er mit der *Grunion* einen kleinen Törn machen darf«, schlug Dahlgren vor.

»Danke. Ich habe doch gewusst, dass ich mich auf euch verlassen kann«, murmelte Delgado kopfschüttelnd. »Übrigens, wie zuverlässig ist die Positionsangabe, die ihr von dem U-Boot habt.«

»Stammt direkt aus dem Navy-Bericht über die Versenkung, den Perlmutter mir gefaxt hat«, erwiderte Dirk und hielt sich am Türrahmen des Ruderhauses fest, als das Boot über einen hohen Wellenkamm rollte. »Wir fangen bei der Position an, die der Zerstörer vermerkt hat, nachdem er die *I-403* versenkt hatte.«

»Schade, dass die Navy 1945 noch kein GPS hatte«, maulte Delgado.

»Ja, die Einsatzberichte aus dem Zweiten Weltkrieg waren nicht immer genau, vor allem, was die Positionsangaben angeht. Aber der Zerstörer war nicht weit von der Küste entfernt, als er auf das U-Boot stieß, daher dürfte seine Positionsbestimmung halbwegs hinhauen.«

Als die *Grunion* die markierte Position erreichte, nahm Delgado das Gas zurück und gab die Koordinaten des Suchgebiets in den Navigationscomputer ein. Auf dem Achterdeck holten Dirk und Dahlgren das Sidescan-Sonar vom Typ Klein Model 300 aus der Plastikkiste. Während Dirk die Kabel am Betriebssystem anschloss, ließ Dahlgren den zylindrischen gelben Sonaraal über die hintere Bordwand zu Wasser.

»Der Aal ist draußen«, brüllte Dahlgren vom Achterdeck aus, worauf Delgado leicht Gas gab und das Boot langsam vorwärts steuerte. Nach wenigen Minuten hatte Dirk das Gerät kalibriert, sodass ein steter Strom kontrastierender Schattenbilder über den Farbmonitor lief. Diese Bilder entstanden durch die Echos der Schallwellen, die der vom Boot geschleppte Sonaraal aussandte und die wiederum vom Meeresboden zurückgeworfen, aufgefangen und in visuelle Aufzeichnungen umgesetzt wurden, auf denen jede Unebenheit am Grund zu erkennen war.

»Ich habe ein Suchgebiet von genau einer Meile rund um die von der *Theodore Knight* angegebene Position abgesteckt«, sagte Delgado.

»Das ist ein guter Ausgangspunkt«, erwiderte Dirk. »Notfalls können wir das Gebiet ja ausdehnen.«

Delgado steuerte das Boot auf der am Monitor vorgegebenen weißen Linie entlang, bis sie das Ende des Suchgebiets erreichten, dann drehte er das Rad herum, lotste das Boot zur nächsten weißen Linie und folgte ihr in entgegengesetzter Richtung. Ein ums andere Mal zog die *Grunion* im Abstand von jeweils zweihundert Metern ihre Bahn und arbeitete sich langsam durch das Suchgebiet vor, während Dirk den Blick nicht vom Monitor löste und nach einem langen, dunklen Schatten Ausschau hielt, der das am Meeresgrund liegende U-Boot darstellen würde.

Eine Stunde verstrich, und bislang waren am Bildschirm des Sonars lediglich zwei große Zweihundert-Liter-Fässer aufgetaucht. Nach zwei Stunden holte Dahlgren die Tunfischsandwiches aus der Kühlbox und versuchte, ihnen die Zeit mit einer Reihe eher lahmer, wenn auch ziemlich derber Witze zu vertreiben. Dann endlich, nach dreistündiger Suche, schnitt Dirks Stimme durch die feuchte Luft.

»Objekt! Markier die Position!«

Allmählich schob sich ein undeutlicher, länglicher Schatten über den Bildschirm, dazu zwei kleinere Ausbuchtungen am einen Ende und ein großer Gegenstand, der mittschiffs daneben lag.

»Herr im Himmel!«, rief Dahlgren, während er das Bild betrachtete. »Das sieht wie ein U-Boot aus.«

Dirk warf einen Blick auf die Maßangaben am unteren Bildschirmrand. »Es ist etwa einhundertfünf Meter lang, genau wie in Perlmutters Unterlagen angegeben. Leo, fahr noch mal vorbei, damit wir eine Positionsbestätigung kriegen, und sieh zu, dass du uns anschließend genau darüber bringst.«

»Wird gemacht«, erwiderte Delgado grinsend, drehte mit der *Grunion* bei und steuerte sie ein weiteres Mal über das Objekt. Beim zweiten Mal sahen sie, dass der Rumpf des U-Boots offenbar intakt war und aufrecht am Meeresboden lag. Während Delgado die genaue Position ins GPS-System eingab, holten Dirk und Dahlgren den Sonaraal ein und packten dann ihre Tauchausrüstung aus.

»Welche Tiefe haben wir hier, Leo?«, rief Dahlgren, während er mit den Füßen in einen schwarzen Neopren-Tauchanzug schlüpfte.

»Rund fünfzig Meter«, erwiderte Delgado mit einem kurzen Blick auf das summende Echolot.

»Dann haben wir unten nur zwanzig Minuten Zeit, weil wir beim Auftauchen fünfundzwanzig Minuten Dekopause einlegen müssen«, sagte Dirk, während er in Gedanken die Auftauchtabellen überschlug.

»Nicht viel Zeit bei so einem großen Fisch«, stellte Dahlgren fest.

»Mich interessiert vor allem die Bewaffnung der Flugzeuge«, erwiderte Dirk. »Dem Bericht der Navy zufolge waren beide Maschinen an Deck, als der Zerstörer angriff. Jede Wette, dass die zwei Sonarechos neben dem Bug die Seiran-Bomber sind.«

»Mir soll's recht sein, wenn wir nicht in diesen Sarg reinmüssen.« Dahlgren schüttelte beim bloßen Gedanken daran kurz den Kopf, dann schnallte er seinen altbewährten Bleigurt um.

Als Dirk und Dahlgren ihre Tauchausrüstung angelegt hatten, brachte Delgado die *Grunion* genau über die markierte Position und warf eine kleine Boje aus, an der eine sechzig Meter lange Ankerleine hing. Die beiden Männer in den schwarzen Neoprenanzügen stiegen auf die hintere Taucherplattform und sprangen mit den Flossen voran in den Ozean.

Dirk hatte das Gefühl, als ob seine Haut zu Eis erstarrte, als er in das kalte Pazifikwasser eintauchte. Er hielt kurz inne und wartete, bis sich die dünne Wasserschicht, die in seinen Tauchanzug eingedrungen war, seiner Körperwärme anglich.

»Verdammt, ich wusste doch, dass wir unsere Trockentauchanzüge hätten mitnehmen sollen«, meldete sich Dahlgren mit knisternder Stimme über Dirks Kopfhörer. Die beiden Männer trugen Vollgesichtsbrillen vom Typ AGA Divator MKII mit integriertem drahtlosem Kommunikationssystem, sodass sie unter Wasser miteinander sprechen konnten.

»Was hast du denn, das ist doch wie vor den Keys«, frotzelte Dirk in Anspielung auf die warmen Gewässer rund um die Inselkette an der Südspitze von Florida.

»Ich glaube, du hast zu viel Räucherlachs gefuttert«, versetzte Dahlgren.

Dirk ließ Luft aus seiner Tarierweste ab, nahm einen ersten Druckausgleich vor, kippte vornüber und schwamm entlang der Bojenleine nach unten. Dahlgren hielt sich dicht hinter ihm. Die leichte Strömung trieb sie nach Osten ab, daher schwamm er dagegen an und versuchte in etwa die Richtung zum Wrack zu halten. Als sie tiefer tauchten, kamen sie durch eine Kaltwasserschicht und spürten, wie die Temperatur mit einem Mal deutlich sank. Bei etwa dreißig Metern wurde das trübe Wasser zusehends dunkler, da immer weniger Sonnenlicht durchdrang. Bei fünfunddreißig Metern schaltete Dirk eine kleine Unterwasserlampe ein, die er wie ein Bergmann um die Kopfhaube seines Anzugs geschnallt hatte. Als sie ein paar Meter tiefer vorstießen, zeichneten sich vor ihnen die Umrisse des japanischen U-Boots ab.

Das mächtige schwarze Unterseeboot lag unberührt am Boden, wie ein eisernes Mausoleum für die Seeleute, die darin umgekommen waren. Es war auf dem Kiel gelandet, als es gesunken war, und stand stolz und aufrecht am Meeresgrund, als wolle es jeden Moment auf große Fahrt gehen. Als Dirk und Dahlgren näher kamen, staunten sie zunächst über die Ausmaße des Bootes. Vom Bug aus konnten sie kaum ein Viertel des Rumpfes überblicken, dessen gesamter hinterer Teil in der trüben Dunkelheit verschwand. Dirk schwebte einen Moment lang über dem Bug und bewunderte dessen Umfang, dann nahm er sich die Katapulte vor, deren Rampen schräg vom Hauptdeck aufragten.

»Dirk, da drüben liegt eine der Maschinen«, sagte Dahlgren und deutete auf einen Haufen Trümmer, die backbords neben dem Bug lagen. »Ich schau sie mir mal an.«

»Die zweite Maschine müsste den Sonaraufzeichnungen zufolge weiter hinten sein«, erwiderte Dirk und schwamm über dem Deck entlang.

Dahlgren stieß mit ein paar Flossenschlägen zu dem Wrack vor, bei dem es sich, wie er trotz der dicken Schlickschicht sofort erkannte, um die Überreste eines einmotorigen Wasserflugzeugs handelte. Die Aichi M6A1 Seiran war ein schnittig wirkender Einsitzer, ein Bomber, der eigens für den Einsatz von U-Booten aus umgerüstet worden war. Doch die kühne, an eine Messerschmitt erinnernde Konstruktion, wurde durch zwei große, unter den Tragflächen angebrachte Schwimmer verhunzt, die wie zwei überdimensionale Clownsschuhe nach vorn ragten. Dahlgren konnte allerdings nur einen Bruchteil des einen Schwimmers sehen, da der andere mitsamt der linken Tragfläche von dem angreifenden amerikanischen Zerstörer abrasiert worden war. Der Rumpf war ebenso unversehrt wie die schräg aufragende rechte Tragfläche. Dahlgren sank zum Meeresboden hinab und sah sich Rumpf und Tragfläche von unten an. Er schwamm näher und wedelte den Schlick weg, unter dem mehrere Bombenhalterungen zum Vorschein kamen. In keiner hing eine Bombe.

Dahlgren glitt am Rumpf entlang, schwamm zu dem eingedrückten Cockpit und wischte den Schlick von der Kanzel. Als er den Lichtstrahl durchs Glas richtete, schlug sein Herz einen Takt schneller. Ein menschlicher Schädel glotzte ihn vom Pilotensitz aus mit grausigem Grinsen an. Er ließ den Lichtstrahl durchs Cockpit wandern und sah ein Paar halb verrottete Fliegerstiefel am Boden liegen, samt einem ziemlich großen Knochen, der aus dem einen ragte. Der Pilot war offenbar in seiner Maschine gestorben, als sie mitsamt dem Boot untergegangen war.

Dahlgren zog sich langsam von der Maschine zurück, dann meldete er sich per Funk bei Dirk.

»Sag mal, mein Guter, ich habe hier eins der Wasserflugzeuge vor mir, aber allem Anschein nach hatte es keine Bomben geladen, als es unterging. Flieger Blankschädel lässt aber schön grüßen.«

»Ich habe die Überreste der zweiten Maschine gefunden, und die ist auch nicht beladen«, erwiderte Dirk. »Wir treffen uns beim Kommandoturm.«

Dirk hatte den zweiten Bomber knapp dreißig Meter neben dem U-Boot entdeckt, wo er umgekippt am Meeresboden lag. Die beiden Schwimmer der Seiran waren offenbar beim Rammstoß des Zerstörers abgerissen worden, und der Rumpf samt den Tragflächen war mit dem Boot gesunken. Er sah sofort, dass die Maschine nicht munitioniert war, und fand auch keinerlei Anzeichen dafür, dass sich eine Bombe oder ein Torpedo gelöst hatte, als sie untergegangen war.

Er schwamm zum Oberdeck des U-Bootes zurück und an der

gut fünfundzwanzig Meter langen Katapultrampe am Bug entlang, bis er auf eine große, runde Luke stieß. Die vertikal angebrachte Luke befand sich am Ende einer etwa dreieinhalb Meter durchmessenden und über dreißig Meter langen Röhre, die am Fuß des Kommandoturms montiert war. Die wasserdichte Röhre war der Hangar gewesen, in dem die zerlegten Seiran-Maschinen verstaut waren, bis sie einsatzbereit gemacht wurden. Auf dem hinteren Teil der Röhre befand sich eine kleine Plattform mit einem 25-mm-Flugabwehrgeschütz, dessen Drillingsläufe zum Himmel gerichtet waren, als erwarteten sie einen unsichtbaren Feind.

Statt eines hohen Metallaufbaus fand Dirk mittschiffs der *I-403* nur ein riesiges Loch und die ausgezackten Überreste des Kommandoturms, der beim Rammstoß abgerissen worden war. Ein kleiner Schwarm Seehechte, die sich von kleinerem Meeresgetier ernährten und etwas Farbe in die Düsternis brachten, schwamm um den ausgefransten Kraterrand.

»Wow, durch das Loch könntest du glatt mit deinem Chrysler fahren«, stellte Dahlgren fest, als er zu Dirk stieß und den Krater musterte.

»Mit Leichtigkeit. Das Boot muss im Nu untergegangen sein, als der Turm abgerissen wurde.« Schweigend stellten sich die beiden Männer die Wucht des Zusammenpralls beider Kriegsschiffe und die Verzweiflung der hilflosen Besatzung der *I-403* vor, als das Unterseeboot sank.

»Jack, warum schwimmst du nicht durch den Hangar und siehst nach, ob du irgendwelche Bewaffnung entdeckst?«, sagte Dirk und deutete auf einen Riss an der Oberseite der langen Röhre. »Ich gehe unter Deck und sehe mich dort um.«

Dirk warf einen Blick auf das orangefarbene Zifferblatt seiner Doxa-Taucheruhr, ein Geschenk seines Vaters zu seinem letzten Geburtstag. »Wir haben nur noch acht Minuten Zeit. Beeilen wir uns.«

»Wir treffen uns hier in sechs«, sagte Dahlgren und verschwand dann mit einem kurzen Flossenschlag durch den Spalt in der Hangarwand.

Dirk drang zwischen den ausgezackten Rändern aus verbogenem und zerfetztem Stahl in die düstere Höhlung neben dem Hangar vor. Als er tiefer sank, erkannte er die beiden ungewöhnlichen, nebeneinander liegenden Druckkörper, die sich am Kiel entlangzogen. Er stieß auf eine offene Abteilung, bei der es sich, wie er anhand des großen, mit Rankenfußkrebsen überwucherten Ruderrades rasch erkannte, um den Kommandoraum handelte. An der einen Seite waren allerlei Funkgeräte angebracht, aus der anderen Wand und aus der Decke ragten diverse Hebel und Armaturen. Er richtete den Lichtstrahl auf eine Reihe von Ventilen, die mit weißen Lettern als BARASUTO TANKU gekennzeichnet waren, was vermutlich Ballasttanks hieß.

Mit leichten Flossenschlägen bewegte sich Dirk behutsam voran, um keinen Schlick aufzuwirbeln. Er meinte förmlich die Stimmen der japanischen Seeleute zu hören, als er von einer Abteilung zur nächsten schwamm. Teller und Bestecke waren am Boden der engen Kombüse verstreut, auf den Regalen der Wohnräume standen noch Porzellanflaschen mit Sake. Er glitt durch einen geräumigen Messeraum, an den die Unterkünfte der Offiziere grenzten, und bewunderte einen kleinen Shinto-Schrein an der einen Wand.

Obwohl er wusste, dass die Zeit ablief, drang er noch weiter vor und schaute sich alles genau an. Er schob sich an einem Wirrwarr aus Rohren, Kabeln und Hydraulikleitungen vorbei und stieß auf die Unterkunft des Chefmaschinisten im vorderen Teil des Boots. Schließlich näherte er sich seinem eigentlichen Ziel, dem vorderen Torpedoraum, der sich unmittelbar vor ihm auftat. Mit einem kräftigen Scherenschlag stieß er zum Eingang vor und wollte eindringen. Dann hielt er mit einem Mal inne.

Er kniff die Augen zusammen, dachte zunächst, sie spielten ihm einen Streich. Dann schaltete er die Lampe aus und schaute noch mal durch die Luke. Es war keine Einbildung.

Im tintenschwarzen Bauch des rostenden Kriegsschiffes, das seit über sechzig Jahren am Meeresboden lag, wurde Dirk von einem schwachen, aber deutlich erkennbaren, grün blinkenden Licht empfangen.

9

Dirk zog sich durch die Luke in den Torpedoraum, in dem es bis auf den schwachen Lichtschein stockfinster war. Als sich seine Augen an die Dunkelheit gewöhnt hatten, konnte er das blinkende grüne Licht deutlicher erkennen. Offenbar handelte es sich um zwei Lämpchen, die in Augenhöhe an der entgegengesetzten Seite des Raumes angebracht waren.

Dirk schaltete seine Unterwasserlampe wieder ein und untersuchte das Gelass. Er befand sich im oberen Torpedoraum, einem von zweien, die sich übereinander am Bug des Bootes befanden. Nahe dem vorderen Schott sah er die runden Klappen der vier jeweils einen Meter durchmessenden Torpedorohre. In den Gestellen zu beiden Seiten des Raumes lagerten sechs Torpedos vom Typ 95, ebenso große wie tödliche Aale, die sowohl zuverlässiger waren als auch eine höhere Sprengkraft hatten als ihre amerikanischen Pendants im Zweiten Weltkrieg. Dirk richtete den Lichtstrahl auf das Durcheinander am Boden und sah zwei weitere Torpedos, die sich aus ihren Halterungen gerissen hatten, als das U-Boot auf den Meeresboden geprallt war. Der eine war an die vordere Schottwand gerollt. Der andere war auf irgendwelchen Trümmern gelandet, sodass die Spitze schräg nach oben wies. Unmittelbar über diesem zweiten Torpedo blinkte das unheimliche grüne Licht.

Dirk schwamm dorthin. Es war lediglich eine kleine, mit einem Magneten versehene Digitaluhr, die an dem Torpedogestell angebracht war. Fluoreszierende grüne Ziffern blinkten ein ums andere Mal, lauter Nullen, was darauf hindeutete, dass die eingestellte Zeit vor mehr als vierundzwanzig Stunden abgelaufen war. Möglicherweise schon vor Tagen, Wochen oder Monaten, genau ließ sich das nicht mehr feststellen. Aber mit Sicherheit war die Uhr nicht seit sechzig Jahren hier.

Dirk löste den Timer und steckte ihn in eine Tasche seiner Tarierweste, dann blickte er nach oben. Seine Luftblasen sammelten sich nicht wie erwartet unter der Decke, sondern stiegen durch einen Schacht auf, durch den fahles Licht einfiel. Er stieß sich mit einem Flossenschlag ab und stellte fest, dass eine große Luke am Oberdeck aufgestemmt worden war, durch die ein Taucher mühelos in den Torpedoraum gelangen konnte.

Plötzlich drang eine knisternde Stimme aus seinem Kopfhörer.

»Dirk, wo bist du? Wird Zeit, dass wir aufsteigen«, meldete sich Dahlgren.

»Ich bin im vorderen Torpedoraum. Ich brauche noch eine Minute. Wir treffen uns am Bug.«

Dirk blickte auf seine Uhr und stellte fest, dass die acht Minuten abgelaufen waren, dann schwamm er zu dem Torpedogestell zurück.

Zwei Holzkisten waren von einem der heruntergefallenen Torpedos getroffen worden und aufgeplatzt. Die aus hartem Mahagoni gezimmerten Kisten hatten sowohl dem Salzwasser als auch den Mikroorganismen erstaunlich gut widerstanden und waren kaum verfault. Verwundert stellte er fest, dass die geborstenen Kisten nicht von Schlick bedeckt waren, im Gegensatz zu allen anderen Gegenständen in dem Unterseeboot. Jemand musste unlängst die Ablagerungen weggewischt haben, um den Inhalt der Kisten freizulegen.

Dirk schwamm zur nächsten Kiste und schaute hinein. Sechs Fliegerbomben lagen in passgenau gefertigten Fächern, wie Eier in einem Karton. Jede Bombe war knapp einen Meter lang, rund wie eine Wurst und hatte hinten Flossen. Die Hälfte der Bomben war noch immer unter dem Torpedo eingeklemmt, aber alle sechs waren unter dem Gewicht des Aals zerbrochen. Seltsamerweise waren sie offenbar nicht zermalmt worden, sondern zersprungen. Dirk fuhr mit der Hand über eine unbeschädigte Stelle, die sich zu seiner Überraschung glatt wie Glas anfühlte.

Mit leichten Flossenschlägen schwamm er zur anderen Kiste, wo sich ihm ein ähnlicher Anblick bot. Auch die Bomben in diesem Behältnis waren von dem herunterfallenden Torpedo zerschlagen worden. Aber in dieser Kiste zählte er nur fünf Bomben, keine sechs. Eines der Fächer war leer. Dirk ließ den Strahl seiner Lampe umherwandern und suchte den Boden ab. Nirgendwo war etwas zu sehen, nicht einmal Bruchstücke fand er in dem leeren Fach. Eine der Bomben fehlte.

»Der Aufzug fährt nach oben«, meldete sich Dahlgren.

»Halt die Tür auf, ich bin gleich da«, erwiderte Dirk, warf einen Blick auf seine Uhr und sah, dass sie ihre Tauchzeit um fast fünf Minuten überzogen hatten. Er musterte ein letztes Mal die zertrümmerten Kisten, zog dann an einer der weniger beschädigten Bomben. Sie glitt aus dem Fach, zerbrach aber in drei Teile. Er verstaute die Trümmer, so gut es ging, in einem Netzbeutel, dann brachte er sich mit einem Flossenschlag nach oben, zu der offenen Luke. Nachdem er den Beutel hinter sich durch die Öffnung gezogen hatte, sah er Dahlgren, der ein paar Meter vor ihm über dem Bug des U-Boots schwebte. Er schwamm zu ihm, worauf die beiden Taucher unverzüglich zu ihrer ersten Dekopause aufstiegen.

Nach einem kurzen Blick auf den Tiefenmesser breitete Dirk bei zwölf Metern Arme und Beine wie ein Fallschirmspringer aus, um seinen Aufstieg zu verzögern, und ließ etwas Luft aus seiner Tarierweste ab. Dahlgren tat es ihm gleich, bis sie in sechs Metern Tiefe innehielten, um den erhöhten Stickstoffanteil in ihrem Blut abzubauen.

»Die fünf Minuten, die wir überzogen haben, kosten uns zusätzliche dreizehn Minuten Dekompressionszeit. Mein Tank ist leer, bevor die achtunddreißig Minuten um sind«, sagte Dahlgren mit einem Blick auf seinen Finimeter. Bevor Dirk antworten konnte, hörten sie ein dumpfes, metallisches Scheppern.

»Keine Angst, Leo ist auf Zack«, stellte Dirk fest und deutete nach rechts.

Zwölf Meter neben ihnen hingen zwei silberne Pressluftflaschen, die an einer Leine befestigt waren. Das andere Ende des Seils hatte Delgado in der Hand, der eine Banane mampfend am Achterdeck der *Grunion* stand, die Blasenspur der Männer verfolgte und sich davon überzeugte, dass sie sich nicht zu weit vom Boot entfernten. Nachdem sie in sechs Metern Tiefe ihre fünfzehnminütige Dekopause eingelegt hatten, schnappten sich die beiden Männer die Atemregler an den beiden im Wasser hängenden Reserveflaschen und stiegen bis auf drei Meter auf, wo sie eine weitere, fünfundzwanzigminütige Pause einlegten. Als Dirk und Dahlgren endlich auftauchten und an Bord kletterten, empfing sie Delgado lediglich mit einem kurzen Winken und steuerte das Boot in Richtung Land.

Als sie in die ruhigeren Gewässer der Juan-de-Fuca-Straße einfuhren, packte Dirk die Trümmer der Bombe aus und legte sie aufs Deck.

»Hast du an den Maschinen oder im Hangar eins von den Dingern gesehen?«, fragte Dirk.

»Bestimmt nicht. Im Hangar lagen zwar alle möglichen Teile, Werkzeuge und Trümmer rum, aber nichts, das auch nur annähernd so aussah«, erwiderte Dahlgren, während er die Stücke musterte. »Wie konnte denn diese Bombe zerbrechen?«

»Weil sie aus Porzellan ist«, erwiderte Dirk und hielt Dahlgren eine Scherbe hin.

Dahlgren strich mit dem Finger darüber und schüttelte den Kopf. »Eine Porzellanbombe. Ziemlich praktisch für einen Angriff auf Kaffekränzchen, nehme ich an.«

»Es muss etwas mit der Ladung zu tun haben.« Dirk sortierte die Bruchstücke und fügte sie aneinander, bis eins zum andern passte, wie die Einzelteile eines Puzzles. Die Ladung war vom Wasser längst weggespült worden, aber sie konnten deutlich erkennen, dass der Innenraum in mehrere Kammern unterteilt war.

»Sieht so aus, als ob beim Aufschlag mehrere brisante Stoffe miteinander reagieren sollten.«

»Eine Brandbombe?«, fragte Dahlgren.

»Vielleicht«, erwiderte Dirk leise. Dann griff er in die Seitentasche seiner Tarierweste und zog die Digitaluhr hervor. »Irgendjemand hat sich ziemlich ins Zeug gelegt, um die Bomben zu bergen«, sagte er und warf Dahlgren den Timer zu.

Dahlgren fing das Gerät auf und drehte es um.

»Vielleicht war es der Besitzer«, sagte er schließlich ernst. Er hob die Hand und zeigte Dirk die Rückseite der Uhr. Auf dem

Plastikgehäuse prangte in erhabener Schrift eine Reihe nicht entzifferbarer asiatischer Zeichen.

10

Wie ein Rudel Hyänen, die sich um ein frisch erlegtes Zebra balgen, keiften und fauchten die Sicherheitsberater des Präsidenten einander an und versuchten, sich die Verantwortung für die Vorfälle in Japan gegenseitig in die Schuhe zu schieben. Dementsprechend gereizt war die Stimmung in dem im Westflügel des Weißen Hauses gelegenen Cabinet Room.

»Es ist schlicht und einfach ein Armutszeugnis für die Geheimdienste. Unsere Gesandtschaften erhalten nicht die notwendige nachrichtendienstliche Unterstützung, und infolgedessen sind zwei meiner Leute tot«, beklagte sich der Außenminister in schroffem Tonfall.

»Wir hatten keinerlei Erkenntnisse, die auf eine zunehmende Terrorgefahr in Japan hingedeutet hätten«, versetzte der stellvertretende Direktor der CIA. »Unsere diplomatischen Quellen berichten, dass die Japaner ebenfalls im Dunkeln tappen.«

»Meine Herren, was geschehen ist, ist geschehen«, warf der Präsident ein, während er versuchte, eine große, altmodische Tabakspfeife anzuzünden. Präsident Garner Ward, der rein äußerlich an Theodore Roosevelt erinnerte und zugleich so nüchtern wie Harold Truman wirkte, wurde wegen seines gesunden Menschenverstands und seiner pragmatischen Art allgemein bewundert. Der aus Montana stammende Präsident, der seit knapp zweieinhalb Jahren im Amt war, hatte nichts gegen lebhafte Debatten im Kreise seiner Mitarbeiter und Kabinettsmitglieder, aber gegenseitige Schuldzuweisungen und Selbstbeweihräucherungen konnte er nicht ausstehen.

»Wir müssen uns darüber klar werden, worin die Gefahr besteht und welches Motiv unsere Widersacher haben, und uns anschließend die entsprechenden Maßnahmen überlegen«, sagte der Präsident. »Außerdem hätte ich gern einen Rat, ob und inwieweit der Heimatschutz die Sicherheitsvorkehrungen im Inland verschärfen sollte.« Er nickte Dennis Jiménez zu, dem Minister für Heimatschutz, der auf der anderen Seite des Konferenztisches saß. »Aber zunächst müssen wir erfahren, wer diese Leute sind. Martin, berichten Sie uns doch bitte, was Sie bislang in Erfahrung gebracht haben«, sagte der Präsident an FBI-Direktor Martin Finch gewandt.

Finch, der einst Militärpolizist bei der Marineinfanterie gewesen war, trug noch immer Bürstenhaarschnitt und klang so barsch wie ein Spieß bei der Grundausbildung.

»Sir, die Mordanschläge auf Botschafter Hamilton und seinen Stellvertreter Bridges wurden offenbar von der gleichen Person verübt. Auf den Videos der Überwachungskameras in dem Hotel, in dem Bridges ermordet wurde, ist ein Verdächtiger zu sehen, der wie ein Kellner gekleidet war, aber nicht zum Personal des Hauses gehörte. Die Videoaufnahmen decken sich mit den Beschreibungen einer Person, die Augenzeugen kurz vor dem Schuss auf Botschafter Hamilton auf dem Golfplatz im Raum Tokio gesehen haben.«

»Irgendeine Verbindung zu dem Anschlag auf Chris Galvin und die Explosion bei SemCon?«, hakte der Präsident nach.

»Bislang konnten wir noch keine erkennen, auch wenn die Nachricht, die bei Bridges hinterlassen wurde, möglicherweise darauf hindeutet. Wir behandeln die Fälle natürlich so, als bestünde ein Zusammenhang.«

»Und wie sieht's mit Verdächtigen aus?«, fragte der Außenminister.

»Die japanischen Behörden wurden in ihren Straftäterdateien bislang nicht fündig, und sie konnten den Mann auch nicht identifizieren. Er ist nicht als Mitglied einer Zelle der Japanischen Roten Armee bekannt. Offenbar handelt es sich um so was wie den großen Unbekannten. Die japanischen Sicherheitsbehörden gewähren uns bei der Fahndung ihre volle Unterstützung, und ihre Pass- und Grenzkontrollposten wurden in höchste Alarmbereitschaft versetzt.«

»Auch wenn vorher keine Verbindung zu erkennen war, scheint es meiner Meinung nach kaum Zweifel daran zu geben, dass er im Auftrag der Japanischen Roten Armee handelt«, fügte der stellvertretende CIA-Chef hinzu.

»Die Nachricht, die er bei Bridges hinterließ – was besagt die?«, fragte Jiménez.

Flinch blätterte in einem Ordner und zog einen Computerausdruck heraus.

»Die Übersetzung aus dem Japanischen lautet folgendermaßen: ›Unterwerft euch, ihr amerikanischen Imperialisten, die Nippon mit Habgier beflecken, sonst wird der süße, kalte Hauch des Todes an die Gestade Amerikas ziehen. JRA.‹ Der typische Schwulst der Radikalen.«

»Welche Rolle spielt denn die Japanische Rote Armee noch? Ich dachte, die wäre im Großen und Ganzen schon vor einigen Jahren zerschlagen worden«, fragte Präsident Ward. Er legte den Kopf zurück und blies eine Wolke Tabakqualm mit Kirscharoma zu der getäfelten Decke, während er auf Finchs Antwort wartete.

»Wie Sie sicher wissen, ist die Japanische Rote Armee eine radikale Terrorgruppe, die sich in den siebziger Jahren aus einer Reihe kommunistischer Splittergruppen gebildet hat. Sie schlagen scharfe antiimperialistische Töne an und versuchen sowohl mit legitimen als auch mit kriminellen Mitteln den Sturz der japanischen Regierung und der Monarchie herbeizuführen. Die JRA, der Verbindungen in den Nahen Osten und zu Nordkorea nachgesagt werden, steckte hinter einer ganzen Anzahl von Bombenanschlägen, Entführungen und anderen Straftaten, deren Höhepunkt der versuchte Sturm auf die US-Botschaft in Kuala Lumpur im Jahr 1975 darstellte. In den neunziger Jahren verlor sie allem Anschein nach ihre Unterstützung, und im Jahr 2000 waren sämtliche bekannten Anführer der Gruppe dingfest gemacht. Obwohl viele Menschen diese Gruppe schon für erledigt hielten, gab es in den letzten beiden Jahren Hinweise, die auf neuerliche Umtriebe hindeuteten. Mit politischen Grundsatzprogrammen sowie aktivem Einfluss auf die Berichterstattung in den japanischen Medien machten sie erneut von sich reden, zumal sie angesichts einer schwächelnden Wirtschaft wieder mehr Zuspruch erhielten. Sie vertreten heute in erster Linie antiamerikanische und antikapitalistische Tendenzen, statt in alter anarchistischer Manier zum Sturz der Regierung aufzurufen, und erfahren dabei vor allem bei Teilen der Jugend einen gewissen Grad an Unterstützung. Seltsamerweise ist keine Leitfigur dieser Gruppierung in Erscheinung getreten.«

»Ich kann Martys Ausführungen nur bestätigen, Mr. President«, erklärte der stellvertretende CIA-Chef. »Bis zu den Anschlägen auf unsere Männer hatten wir seit Jahren keine eindeutigen Erkenntnisse über das Treiben dieser Leute. Die uns bekannten Anführer sitzen allesamt hinter Gittern. Offen gestanden wissen wir nicht, wer momentan das Sagen hat.«

»Wissen wir denn genau, dass es keine Verbindung zu El Kaida gibt?«

»Möglich wäre es, aber ich halte es für unwahrscheinlich«, erwiderte Finch. »Diese Morde tragen eindeutig nicht ihre Handschrift, zumal der radikale Islamismus in Japan bislang kaum auf den Plan getreten ist. Zum gegenwärtigen Zeitpunkt haben wir nicht die geringsten Hinweise, die auf eine solche Verbindung hindeuten.«

»Wie sieht es bei der Zusammenarbeit mit den Japanern aus?«, fragte der Präsident.

»Wir haben ein Anti-Terrorteam des FBI im Land, das eng mit der nationalen japanischen Polizeibehörde zusammenarbeitet. Die Japaner sind sich der besonderen Ruchlosigkeit dieser Taten in ihrem Land durchaus bewusst und haben eine starke Zielfahndungsgruppe aufgestellt, die mit den Ermittlungen befasst ist. Bislang bleiben, was die Unterstützung angeht, so gut wie keine Wünsche offen.«

»Ich habe über unser Außenamt beim japanischen Außenministerium vorsprechen lassen und um eine aktuelle Erhebung über gefährliche Ausländer gebeten«, warf Jiménez ein. »Außerdem werden wir in Absprache mit dem FBI unsere Grenzschutzbehörden in erhöhte Alarmbereitschaft versetzen.«

»Und was unternehmen wir, um weitere Anschläge in anderen Ländern zu verhindern?«, fragte der Präsident an den Außenminister gewandt.

»Wir haben unsere sämtlichen Botschaften alarmiert«, erwiderte der Minister. »Außerdem haben wir für unsere hochrangigen Diplomaten verstärkten Personenschutz angeordnet und vorübergehende Reisebeschränkungen für das gesamte Personal des Außenamtes innerhalb der jeweiligen Gastländer erlassen. Unsere Botschafter im Ausland sind vorerst von der Außenwelt abgeschirmt.«

»Irgendwelche Hinweise, dass uns auch im Inland Gefahr drohen könnte, Dennis?«

»Derzeit nicht, Mr. President«, erwiderte der Leiter des Heimatschutzministeriums. »Wir haben unsere Kontrollen bei der Ein- und Ausreise von und nach Japan verstärkt, halten es aber nicht für notwendig, die Sicherheitsbestimmungen im Inland zu verschärfen.«

»Stimmen Sie zu, Marty?«

»Ja, Sir. Ich schließe mich Dennis an. Alles deutet darauf hin, dass diese Vorfälle auf Japan beschränkt sind.«

»Na gut. Und was hat es mit dem Tod der beiden Meteorologen der Küstenwache in Alaska auf sich?«, fragte der Präsident und zog ein weiteres Mal an seiner Pfeife.

Finch blätterte einige Unterlagen durch, bevor er antwortete. »Das geschah auf der Aleuten-Insel Yunaska. Wir haben derzeit ein Ermittlungsteam vor Ort, das mit den einheimischen Behörden zusammenarbeitet. Sie untersuchen außerdem die Zerstörung eines Hubschraubers der NUMA, da es einen Zusammenhang geben könnte. Erste Erkenntnisse deuten darauf hin, dass Wilderer dafür verantwortlich sind, die mit Zyanidgasen auf Seelöwenjagd gingen. Wir versuchen einen russischen Trawler aufzuspüren, von dem bekannt ist, dass er illegal in den dortigen Gewässern auf Fischfang ging. Die Behörden vor Ort sind zuversichtlich, dass sie das Boot dingfest machen können.«

»Zyanidgas für die Seelöwenjagd? Es gibt doch überall Irre. Na schön, meine Herren, geben wir alle unser Bestes, damit wir die Mörder ausfindig machen. Ich möchte draußen in der Welt nicht den Eindruck hinterlassen, dass man unsere diplomatischen Vertreter erschießen kann, ohne dass die Täter die ganze Härte der Gesetze zu spüren bekommen. Außerdem kannte ich Hamilton und Bridges persönlich. Beide waren tüchtige Männer.«

»Wir werden die Täter finden«, versprach Finch.

»Sorgen Sie dafür«, sagte der Präsident und klopfte seine Pfeife in einem Edelstahlaschenbecher aus. »Ich befürchte, dass diese Kerle noch mehr in der Hinterhand haben, und ich möchte keine weiteren unliebsamen Überraschungen erleben.« Während er sprach, landete ein brennender Tabakklumpen im Aschenbecher, aber niemand sagte etwas.

11

Obwohl Keith Catana erst seit drei Monaten in Südkorea war, hatte er bereits seine Lieblingskneipe außerhalb des Stützpunkts gefunden. Chang's Saloon sah kaum anders aus als rund ein Dutzend andere Bars in »A-Town«, einem zwielichtigen Vergnügungsviertel am Stadtrand von Kunsan, in denen die auf der Kunsan Air Force Base stationierten amerikanischen Soldaten verkehrten. Im Chang's verzichtete man auf die dröhnend laute Musik, die aus den anderen Bars drang, und schenkte zu einem anständigen Preis OB aus, eine koreanische Biersorte. Zudem, und das war nach Catanas Ansicht noch wichtiger, gab es im Chang's die hübschesten Freudenmädchen von A-Town.

Nachdem ihn seine zwei Kumpel allein gelassen hatten, um einer Gruppe weiblicher amerikanischer Militärangehöriger nachzustellen, die einen Tanzclub um die Ecke aufsuchen wollten, saß Catana schweigend vor seinem vierten Bier und genoss das leichte Rauschgefühl, das sich allmählich einstellte. Der dreiundzwanzigjährige Mastersergeant war als Elektronikspezialist für die Wartung der F-16-Düsenjäger des Eighth Fighter Wing zuständig. Seine Staffel, deren Stützpunkt nur wenige Flugminuten von der entmilitarisierten Zone entfernt lag, befand sich in ständiger Bereitschaft für einen Gegenschlag aus der Luft, falls Nordkorea den Süden angreifen sollte.

Die rührseligen Gedanken an seine Familie in Arkansas verflogen mit einem Mal, als die Tür aufging und die hinreißendste Koreanerin hereinkam, die Catana jemals gesehen hatte. Auch die vier Biere konnten ihn nicht täuschen; sie war eine echte Schönheit. Die langen glatten Haare betonten das anmutige Porzellan-Gesicht mit der zierlichen Nase und dem kleinen Mund, aber atemberaubend kecken schwarzen Augen. Ein enger Lederrock und ein Seidentop brachten ihre schlanke Figur gut zur Geltung, zu der die überproportionierten, chirurgisch vergrößerten Brüste nicht recht passen wollten.

Wie eine Tigerin auf der Suche nach Beute ließ die Frau den Blick durch die überfüllte Bar schweifen und verharrte schließlich bei dem einsamen Flieger, der allein in einer Ecke saß. Sie ging auf Blickkontakt, begab sich hüftschwingend zu Catanas Tisch und ließ sich anmutig auf einen Stuhl gegenüber von ihm sinken.

»Hallo, Joe. Du sein Freund und spendieren mir einen Drink?«, gurrte sie.

»Aber gern«, erwiderte Catana stammelnd. Die spielt eindeutig in einer anderen Liga als die üblichen Nutten von A-Town, dachte er. Und sie war auch nicht der Typ, der sich mit einfachen Soldaten abgab. Aber ihm sollte es recht sein. Wenn ihm der Himmel ausgerechnet am Zahltag so ein köstliches Wesen schickte, dann war ihm tatsächlich das Glück hold.

Nach nur einem schnellen Bier lud ihn die Frau in ihr Hotelzimmer ein. Catana war angenehm überrascht, dass sie nicht um den Preis schacherte, ja nicht einmal darauf zu sprechen kam.

Sie führte ihn zu einem billigen Motel ganz in der Nähe, wo sie Arm in Arm den schäbigen, ganz in rotes Licht getauchten Flur entlanggingen. Am Ende des Ganges schloss die Frau die

Tür zu einem kleinen, heißen Eckzimmer auf. Dieses Zimmer war nicht zum Schlafen da, wie Catana anhand des Kondomautomaten neben dem Bett erkennen konnte.

Nachdem sie die Tür geschlossen hatte, streifte die Frau rasch ihr Top ab, umarmte Catana und gab ihm einen langen, leidenschaftlichen Kuss. Er achtete nicht auf das Geräusch, das aus der Nähe des Kleiderschranks kam, sondern ließ die Wärme dieser exotischen Frau auf sich einwirken und berauschte sich an ihrer Schönheit und dem teuren Parfüm. Ein heftiger Schlag auf seinen Hintern, gefolgt von einem heißen, stechenden Schmerz riss ihn jäh aus seinem Sinnestaumel. Als er herumfuhr, stellte er erschrocken fest, dass ein anderer Mann im Zimmer war. Der stämmige, kahlköpfige Mann mit dem langen Schnurrbart grinste ihn mit einem schiefen Lächeln an und musterte ihn mit einem durchdringenden Blick seiner dunklen, kalten Augen. Er hatte eine leere Spritze in der Hand.

Als der Schmerz nachließ, bemerkte Catana verdutzt, dass sein ganzer Körper schlaff wurde. Er versuchte die Hände zu heben, konnte aber seine Gliedmaßen nicht mehr bewegen. Auch sein Mund gehorchte ihm nicht mehr, als er wütend aufschreien wollte. Ein paar Sekunden später wurde ihm schwarz vor Augen, dann schwanden ihm die Sinne.

Erst Stunden später riss ihn ein ununterbrochenes Hämmern aus der Besinnungslosigkeit. Das Hämmern kam nicht von seinem Kopf, wie er zunächst gemeint hatte, sondern von draußen, von der Tür des Motelzimmers. Er bemerkte, dass er in etwas Warmem, Klebrigem lag, während er gegen den Nebel ankämpfte, der ihm den Blick trübte. Was sollte das Gehämmer? Was hatte die Nässe zu bedeuten? Aber er hatte das Gefühl, als hätte er Spinnweben im Kopf, konnte kaum einen klaren Gedanken fassen, und sehen konnte er in dem schummrigen Zimmer auch nichts.

Das Hämmern hörte einen Moment lang auf, dann ertönte ein lauter Schlag, die Tür flog auf und helles Licht fiel herein. Blinzelnd sah er, wie eine Schar Polizisten in das Zimmer gestürmt kam, begleitet von zwei Männern mit Kameras. Und als sich seine Augen an die jähe Helligkeit gewöhnt hatten, konnte er auch erkennen, was das klebrig-nasse Zeug war.

Blut. Es war überall – auf den Laken, auf den Kissen, an seinem ganzen Körper. Hauptsächlich aber sammelte es sich rund um die nackte Frau, die tot neben ihm lag.

Beim Anblick der Leiche fuhr Catana erschrocken zurück. Entsetzt schrie er auf, als zwei Polizisten ihn aus dem Bett zerrten und ihm Handschellen anlegten.

»Was ist passiert? Wer hat das getan?«, sagte er benommen.

Schockiert sah er zu, wie ein Polizist die Decke wegzog, die über die untere Körperhälfte der Toten gebreitet war, und den scheußlich zugerichteten Leib bloßlegte. Und noch fassungsloser war er, als er feststellte, dass es sich nicht um die schöne Frau handelte, der er am Vorabend begegnet war, sondern um ein junges Mädchen, das er nicht kannte.

Catana sank förmlich in sich zusammen, als er inmitten eines Blitzlichtgewitters aus dem Zimmer geschleppt wurde. Als sich mittags die Nachricht von der brutalen Vergewaltigung und Ermordung eines dreizehnjährigen koreanischen Mädchens durch einen Angehörigen der amerikanischen Streitkräfte verbreitete, herrschte im ganzen Land Entsetzen. Bis zum Abend war daraus helle Empörung geworden. Und als das Mädchen zwei Tage später bestattet wurde, hatte sich dieser Mordfall zu einer schweren Belastung für die koreanisch-amerikanischen Beziehungen entwickelt.

12

Gleißend spiegelte sich die Mittagssonne auf dem saphirblauen Wasser der Bohol-See, sodass Raul Biazon die Augen zusammenkneifen musste, als er zu dem großen Forschungsschiff blickte, das ein gutes Stück vor ihm vor Anker lag. Einen Moment lang meinte der in den Diensten der philippinischen Regierung stehende Biologe, seine Augen spielten ihm einen

Streich. Kein anständiges Forschungsschiff konnte mit einer derart leuchtenden Farbe gestrichen sein. Doch als die kleine, verwitterte Barkasse, in der er saß, näher kam, sah er, dass er keiner optischen Täuschung aufgesessen war. Das Schiff war vom Bug bis zum Heck leuchtend türkis gestrichen, sodass es aussah wie ein Unterwasserwesen. Den Amerikanern fällt doch immer etwas Ungewöhnliches ein, das muss man ihnen lassen, dachte er.

Der Bootsführer lotste die hölzerne Barkasse neben die Jakobsleiter, die über die Bordwand hing. Biazon wechselte ein paar Worte mit ihm in Tagalog, drehte sich dann um, kletterte die Leiter hoch und sprang an Deck, wo er beinahe mit einem großen, kräftigen Mann zusammengestoßen wäre, der an der Reling stand. Der Mann mit den schütteren blonden Haaren und der strammen Statur hatte etwas Wikingerhaftes an sich, auch wenn er eine makellose weiße Tropenuniform mit Kapitänslitzen trug.

»Dr. Biazon? Willkommen an Bord der *Mariana Explorer*. Ich bin Captain Bill Stenseth«, sagte er lächelnd und mit einem aufmunternden Blick seiner grauen Augen.

»Danke, dass Sie mich so kurzfristig empfangen, Captain«, erwiderte Biazon, der sich allmählich wieder fasste. »Als mir ein Fischer mitteilte, dass ein Forschungsschiff der NUMA in der Gegend gesichtet worden sei, dachte ich, Sie könnten mir vielleicht etwas Unterstützung gewähren.«

»Gehen wir doch auf die Brücke, dort ist es nicht so heiß«, schlug Stenseth vor. »Dann können Sie uns Näheres über die Umweltschäden berichten, die Sie über Funk erwähnt haben.«

»Hoffentlich störe ich Sie nicht bei Ihrer Forschungsarbeit«, sagte Biazon, als die beiden Männer eine Treppe hinaufstiegen.

»Ganz und gar nicht. Wir haben gerade eine seismische Kartographierung vor Mindanao abgeschlossen und gönnen uns eine kurze Pause, um ein paar Geräte zu erproben, bevor wir Manila anlaufen. Außerdem«, sagte Stenseth mit einem Grinsen, »halte ich an, wenn mein Boss ›anhalten‹ sagt.«

»Ihr Boss?«, fragte Biazon mit verdutztem Blick.

»Ja«, erwiderte Stenseth, als sie auf die Brückennock kamen, und zog eine Seitentür auf. »Er begleitet uns auf dieser Fahrt.«

Biazon trat durch die Tür auf die Brücke und schauderte unwillkürlich, als ein Schwall kühler Luft seinen verschwitzten Körper traf. Er bemerkte einen großen, vornehm wirkenden Mann in Shorts und Polohemd, der im hinteren Teil der Brücke über einen Kartentisch gebeugt war.

»Dr. Biazon, darf ich Ihnen Dirk Pitt vorstellen, den Direktor der NUMA«, sagte Stenseth. »Dirk, das ist Dr. Raul Biazon, Spezialist für Giftmüll bei der philippinischen Umweltschutzbehörde.«

Biazon konnte es zunächst kaum fassen, dass der Leiter einer derart großen Regierungsbehörde auf See war, statt in Washington an seinem Schreibtisch zu sitzen. Doch nachdem er Pitt kurz gemustert hatte, wusste er, dass er es nicht mit einem Verwaltungsmenschen zu tun hatte. Der Chef der NUMA war gut einen Kopf größer als er, braun gebrannt, schlank und muskulös und wirkte ganz und gar nicht wie ein Schreibtischhengst. Außerdem, doch das konnte Biazon nicht wissen, war Pitt senior nahezu das Ebenbild seines gleichnamigen Sohnes. Das Gesicht war wettergegerbt, und die schwarzen Haare waren an den Schläfen grau meliert, doch die leuchtend grünen Augen funkelten vor Temperament. Diese Augen haben schon allerhand gesehen, dachte Biazon, als er den Blick sah, in dem sich eine Mischung aus Intelligenz, Frohsinn und Beharrlichkeit widerspiegelte.

»Willkommen an Bord«, begrüßte ihn Pitt und schüttelte Biazons Hand mit festem Griff. »Al Giordino, mein Direktor für Unterwassertechnologie«, fügte er hinzu und deutete mit dem Daumen nach hinten, in die andere Ecke des Ruderhauses. Dort lag ein kleiner, dicker Mann auf einer Bank und schlief. Bei jedem Atemzug drang ein leises Schnarchen aus seinem Mund. Seine kräftige Statur mit der breiten Brust erinnerte Biazon an ein Rhinozeros.

»Al, komm zu uns«, brüllte Pitt quer durch die Brücke.

Giordino riss die Augen auf und war sofort hellwach. Er stand rasch auf und wirkte ganz und gar nicht schläfrig, als er sich zu den anderen Männern an den Tisch gesellte.

»Wie ich Ihrem Kapitän schon erklärt habe, bin ich dankbar für Ihr Angebot, uns zu helfen«, sagte Biazon.

»Die philippinische Regierung hat uns bei unseren Forschungsarbeiten in ihren Hoheitsgewässern stets unterstützt«, erwiderte Pitt. »Daher waren wir sofort einverstanden, als Sie uns per Funk um Hilfe beim Identifizieren eines Giftstoffes im Meerwasser baten. Vielleicht können Sie uns etwas Genaueres dazu mitteilen.«

»Vor ein paar Wochen wandte sich der Direktor eines Ferienhotels auf der Insel Panglao an unsere Behörde. Die Hotelleitung war außer sich, weil eine große Anzahl toter Fische an den hauseigenen Strand gespült wurde.«

»Ich kann mir gut vorstellen, dass so was den Urlaubern die Laune verdirbt«, versetzte Giordino grinsend.

»In der Tat«, sagte Biazon streng. »Wir haben die Küste überwacht und ein Fischsterben von beunruhigendem Ausmaß festgestellt. Mittlerweile werden auf einem zehn Kilometer langen Strandstück tote Meerestiere angespült, und es werden von Tag zu Tag mehr. Die Inhaber der Ferienanlagen sind in heller Aufregung, und wir machen uns natürlich Sorgen, dass möglicherweise die Korallenriffe in Mitleidenschaft gezogen werden.«

»Konnten Sie feststellen, was die Fische tötet?«,fragte Stenseth.

»Noch nicht. Wir konnten lediglich schlussfolgern, dass es sich um einen Giftstoff handelt. Wir haben Wasserproben entnommen und zur Untersuchung an unser Labor auf Cebu geschickt, aber wir warten noch auf die Auswertung.« Biazons Blick verriet, wie unzufrieden er mit der langsamen Arbeit des Labors war.

»Irgendwelche Vermutungen, was die Ursache angeht?«, fragte Pitt.

Biazon schüttelte den Kopf. »Zunächst nahmen wir an, dass es sich um Industrieschadstoffe handeln könnte, was in meinem Land leider eine alltägliche Ursache von Umweltschäden ist.

Aber mein Forschungsteam und ich haben die betroffene Küstenregion abgesucht, ohne dass wir in dieser Gegend irgendwelche Schwerindustrie ausfindig machen konnten. Wir haben auch nach Abwasseranlagen und illegalen Müllkippen Ausschau gehalten, aber ergebnislos. Ich glaube, dass die Ursache des Fischsterbens irgendwo auf See sein muss.«

»Vielleicht eine rote Flut?«, sagte Giordino.

»In philippinischen Gewässern kommt es zwar zu giftigen Phytoplanktonbildungen«, sagte Biazon, »aber normalerweise treten sie nur in den warmen Spätsommermonaten auf.«

»Es könnte sich auch um eine heimliche Verklappung von Industrieabfällen handeln«, erwiderte Pitt. »Dr. Biazon, wo genau befindet sich das betroffene Gebiet?«

Biazon warf einen Blick auf die Karte, auf der Mindanao und die südlichen Inseln der Philippinen zu sehen waren. »Vor Bohol«, sagte er und deutete auf eine große, runde Insel nördlich von Mindanao. »Panglao ist eine kleine Ferieninsel vor der Südwestküste. Bis dorthin sind es etwa fünfzig Kilometer.«

»Ich kann uns in knapp zwei Stunden hinbringen«, sagte Stenseth, während er die Entfernung abschätzte.

Pitt deutete mit dem Kopf auf die Karte. »Wir haben jede Menge Wissenschaftler an Bord, die uns bei der Lösung helfen können. Bill, nimm Kurs auf Panglao. Wir sehen uns die Sache mal an.«

»Danke«, sagte Biazon sichtlich erleichtert.

»Doktor, darf ich Sie vielleicht durchs Schiff führen, während wir uns auf den Weg begeben?«

»Aber gern.«

»Al, hast du Lust mitzukommen?«

Giordino schaute versonnen auf seine Uhr. »Nein danke. Zwei Stunden reichen gerade, um mein Projekt abzuschließen«, erwiderte er, ließ sich wieder auf die Bank sinken und war im Nu eingeschlafen.

In der ruhigen See erreichte die *Mariana Explorer* nach gut neunzig Minuten die Insel Panglao. Pitt musterte die elektronische Seekarte auf einem Farbmonitor, während Biazon ein rechteckiges Areal absteckte, in dem das Fischsterben auftrat.

»Bill, die Strömung verläuft hier von Ost nach West, was darauf hindeutet, dass sich die heiße Zone östlich von Dr. Biazons Kasten befindet. Vielleicht sollten wir im Westen anfangen, uns gegen die Strömung nach Osten vorarbeiten und im Abstand von fünfhundert Metern Wasserproben entnehmen.«

Stenseth nickte. »Ich gehe auf Zickzackkurs, damit wir feststellen können, wo sich die höchste Giftstoffkonzentration vor der Küste befindet.«

»Und wir bringen das Sidescan-Sonar aus. Vielleicht sehen wir irgendwas, das auf menschliche Einwirkung hindeutet.«

Dr. Biazon sah gespannt zu, als der an einer Trosse hängende Sonaraal vom Heck aus zu Wasser gelassen wurde. Danach folgte die *Mariana Explorer* einem am Navigationscomputer abgesteckten Kurs von einem Punkt zum anderen. In regelmäßigen Abständen nahmen Meeresbiologen Wasserproben aus unterschiedlicher Tiefe. Während sich das Schiff zur nächsten Position begab, wurden die Proben ins Labor gebracht und umgehend untersucht.

Giordino überwachte von der Brücke aus die eingehenden Signale des Sidescan-Sonars. Auf den elektronischen Bildern vom Meeresgrund sah er zerklüftete Korallenstöcke und dazwischen flachen Sandboden, als das Schiff über die Ausläufer eines Riffs fuhr. Binnen kurzer Zeit hatten seine geübten Augen bereits einen Schiffsanker und einen Außenbordmotor entdeckt, die unter diesen viel befahrenen Gewässern lagen. Jedes Mal, wenn auf dem Monitor ein Objekt auftauchte, griff Giordino zum Keyboard und drückte auf die Taste mit der Aufschrift MARK, um die Stelle zur späteren Auswertung zu kennzeichnen.

Pitt und Biazon standen neben ihm und bewunderten die knapp eine Meile entfernten tropischen Strände der Insel Panglao. Pitt warf einen Blick auf das Wasser neben dem Schiff, wo er eine Meeresschildkröte und Unmengen toter Fische sah, die kieloben im Ozean trieben.

»Wir sind in der giftigen Zone«, sagte Pitt. »In Kürze müssten wir die ersten Untersuchungsergebnisse bekommen.«

Als das Forschungsschiff weiter in Richtung Westen pflügte, ließ die Zahl der toten Fische allmählich nach, bis schließlich ringsum nur noch klares, blaues Wasser zu sehen war.

»Wir sind eine halbe Meile hinter dem von Dr. Biazon abgesteckten Gebiet«, meldete Stenseth. »Dem Wasser nach zu urteilen, sind wir aus der giftigen Zone raus.«

»Ganz meine Meinung«, erwiderte Pitt. »Wir bleiben hier und warten, was man im Labor gefunden hat.«

Als das Schiff zum Stehen kam und der Sonaraal eingeholt wurde, begaben sich Pitt, Giordino, Stenseth und Biazon ein Deck tiefer in einen mit Teakholz getäfelten Konferenzraum. Biazon betrachtete die Porträts der Unterwasserforscher, die die eine Wand säumten, und erkannte William Beebe, Sylvia Earle und Don Walsh. Als sie Platz genommen hatten, kamen zwei Meeresbiologen in den vorschriftsmäßigen weißen Laborkitteln in den Konferenzraum. Eine kleine, attraktive Frau, deren brünettes Haar zu einem Pferdeschwanz gerafft war, ging zu einem von der Decke hängenden Bildschirm an der Stirnseite des Raumes, während ihr Assistent Befehle in eine computergesteuerte Projektionsanlage eingab.

»Wir haben uns insgesamt vierundvierzig Wasserproben vorgenommen, die wir mittels Molekulartrennung auf vorhandene Giftstoffe untersuchten«, sagte sie mit heller Stimme. Während sie sprach, tauchte am Bildschirm hinter ihr eine ähnliche Grafik auf wie am Monitor des Navigationscomputers. Eine Zickzacklinie, die über vierundvierzig große Punkte parallel zur Küste der Insel Panglao verlief. Jeder Punkt war mit einer Farbe versehen, die meisten allerdings waren, wie Biazon feststellte, leuchtend grün.

»Wir haben den Giftgehalt des Wassers bis auf ein Milliardstel Teil pro Einheit gemessen und sind bei fünfzehn der Proben zu positiven Ergebnissen gelangt«, erklärte die Biologin und deutete auf eine Reihe gelber Punkte. »Wie Sie anhand der Karte ersehen können, nimmt die Konzentration nach Osten hin zu, wobei die höchsten Werte in diesem Bereich festgestellt wurden«, sagte sie und fuhr mit dem Finger über ein paar orangefarbene Punkte bis zu einem roten Punkt ganz oben auf der Karte.

»Dann stammt das Zeug also von einer bestimmten Stelle«, sagte Pitt.

»Die hinter dem roten Punkt entnommenen Proben erbrachten negative Ergebnisse, was darauf hindeutet, dass wir es mit einem Ausgangspunkt zu tun haben, von dem sich das Gift mit der Strömung nach Osten ausbreitet.«

»Damit scheint mir die Vermutung, dass es sich um eine rote Flut handelt, hinfällig zu sein. Al, haben wir mit dem Sonar irgendwas erfasst, das mit den Ergebnissen in Zusammenhang stehen könnte?«

Giordino ging zu der Projektionsanlage, beugte sich über die Schulter des Assistenten und gab eine Reihe von Befehlen ein. Entlang der Zickzacklinie auf dem Bildschirm tauchte in unregelmäßigem Abstand ein Dutzend mit einem *X* markierte Stellen auf. Jedes *X* war mit einem Buchstaben versehen, angefangen mit einem *A* im unteren Abschnitt bis zu einem *L* am oberen Rand.

»Ein ›dreckiges Dutzend‹«, sagte Giordino lächelnd und nahm wieder Platz. »Wir haben zwölf Objekte entdeckt, die offenbar von Menschenhand stammen. Meistens Rohrstücke, rostige Anker und dergleichen. Drei davon kamen mir verdächtig vor«, sagte er und blickte auf einen Zettel mit handschriftlichen Notizen. »Bei Markierung *C* lagen drei Zweihundert-Liter-Fässer im Sand.«

Aller Augen richteten sich auf das mit *C* gekennzeichnete *X* auf dem Bildschirm. Zu beiden Seiten der Markierungen leuchteten grüne Punkte auf, was wiederum anzeigte, dass die Untersuchung der dort entnommenen Wasserproben negativ verlaufen war.

»In der Gegend wurde kein Gift festgestellt«, sagte Pitt. »Das nächste.«

»Bei Markierung *F* handelt es sich allem Anschein nach um

ein Segelboot, möglicherweise ein einheimisches Fischerboot. Es liegt aufrecht am Meeresboden, und die Masten stehen noch.«

Dieses *X* befand sich neben dem ersten gelben Punkt. Pitt wies darauf hin, dass es in Strömungsrichtung noch immer unterhalb der höchsten gemessenen Konzentration lag.

»Zweiter Streich. Aber allmählich wird's wärmer.«

»Die letzte Markierung ist ein bisschen sonderbar, weil sich das Objekt gerade noch in Sonarreichweite befand«, sagte Giordino zögernd.

»Wie sah es aus?«, fragte Stenseth.

»Wie eine Schiffsschraube, die aus dem Riff ragt. Das dazugehörige Schiff konnte ich allerdings nirgendwo entdecken. Vielleicht handelt es sich nur um eine Schraube, die bei der Kollision mit dem Riff abgerissen wurde. Ich habe die Stelle mit *K* gekennzeichnet.«

Alle verstummten, als sie den Blick auf das mit *K* markierte *X* am Bildschirm richteten. Es befand sich genau oberhalb des roten Punktes.

»Kommt mir so vor, als ob da mehr als nur eine Schraube liegt«, sagte Pitt schließlich. »Austretender Treibstoff von einem untergegangenen Schiff? Oder vielleicht die Fracht?«

»Wir konnten bei der Untersuchung der Wasserproben keine ungewöhnlich hohen Anteile an Erdölverbindungen feststellen«, konstatierte die NUMA-Biologin.

»Sie haben uns überhaupt noch nicht gesagt, was Sie gefunden haben«, sagte Giordino, der sich mit hochgezogenen Augenbrauen an die Biologin wandte.

»Ja, Sie haben doch gesagt, Sie konnten den Giftstoff im Wasser identifizieren, nicht wahr?«, fragte Biazon gespannt. »Was haben Sie gefunden?«

»Etwas, auf das ich im Salzwasser noch nie gestoßen bin«, erwiderte sie und schüttelte nachdenklich den Kopf. »Arsen.«

13

Das Korallenriff schillerte in sämtlichen Farben des Regenbogens und entfaltete eine Pracht, die jede Landschaft von Monet in den Schatten stellte. Träge wogten die Tentakel der leuchtend roten Seeanemonen inmitten magentafarbener Schwämme in der Strömung. Zarte grüne Fächerkorallen ragten anmutig neben massigen, violett getönten Hirnkorallen auf. Blaue Seesterne funkelten wie Neonreklamen aus den Tiefen des Riffes, während Dutzende von Seegurken den Meeresboden wie ein Teppich aus rosafarbenen Nadelkissen bedeckten.

Es gibt in der Natur nur wenig, das mit der Schönheit eines gesunden Korallenriffs konkurrieren kann, dachte Pitt, während er den Anblick dieser zahllosen Farbtöne genoss. Er schwebte dicht über dem Grund und beobachtete amüsiert zwei Clownsfische, die in eine Spalte huschten, als ein getüpfelter Rochen auf der Suche nach einem Imbiss vorüberzog. Obwohl er viele großartige Tauchgründe kannte, hatte er immer den Eindruck, dass es in den warmen Gewässern des westlichen Pazifik die atemberaubendsten Korallenriffe der Welt gab.

»Das Wrack müsste kurz vor uns liegen, aber etwas weiter nördlich«, meldete sich Giordinos knisternde Stimme inmitten der Stille. Nachdem die *Mariana Explorer* an der Stelle mit der höchsten Giftstoffkonzentration vor Anker gegangen war, hatten Pitt und Giordino ihre gummierten Trockentauchanzüge mit Vollgesichtsbrillen angelegt, die sie vor chemischen oder biologischen Schadstoffen schützten. Anschließend waren sie über die Bordwand in das klare, warme Wasser gesprungen, das hier rund fünfunddreißig Meter tief war.

Der hohe Arsengehalt des Wassers hatte alle überrascht. Dr. Biazon hatte berichtet, dass seiner Behörde etliche Fälle bekannt seien, bei denen durch Bergbauunternehmen Arsen freigesetzt worden war. Zudem gebe es auf der Insel Bohol mehrere Manganbergwerke, allerdings kein einziges in der Nähe von Panglao, fügte er hinzu. Arsen werde auch zur Herstellung von Insektiziden verwendet, entgegnete die NUMA-Biologin. Möglicherweise habe ein Schiff einen Container mit Insektiziden verloren oder absichtlich ins Meer gekippt. Es gebe nur eine Möglichkeit, das festzustellen, hatte Pitt erklärt, nämlich runtergehen und sich die Sache ansehen.

Pitt warf einen Blick auf seinen Kompass, dann trieb er sich, begleitet von Giordino, mit einem kurzen Flossenschlag schräg durch die unsichtbare Strömung. Die Sicht betrug gut zwanzig Meter, sodass Pitt genau erkennen konnte, wie das Riff vom Meeresboden aus allmählich anstieg. Schon nach kurzer Zeit schwitzte er in dem dicken Trockentauchanzug, unter dem sich ein wärmeisolierendes Luftpolster bildete, das in diesen tropischen Gewässern gar nicht nötig war.

»Kann mal jemand die Klimaanlage einschalten«, hörte er Giordino grummeln, dem es offenbar genauso ging wie ihm.

Er hatte den Blick nach vorn gerichtet, sah aber immer noch kein Schiffswrack, bemerkte jedoch, dass der mit Korallen übersäte Meeresboden jäh anstieg. Rechts von ihm hatte sich eine große Unterwasserdüne am Riff aufgetürmt, deren geriffelter Sand sich bis weit außerhalb des Blickfelds erstreckte. Als er zu der hoch aufragenden Korallenwand kam, richtete er sich auf und schoss mit einem kräftigen Scherenschlag nach oben, über die scharfe Kante hinweg. Erstaunt stellte er fest, dass das Riff auf der anderen Seite senkrecht in eine tiefe Schlucht abfiel. Und noch erstaunlicher war das, was er an ihrem Boden sah. Da unten lag der Bug samt dem vorderen Teil eines Schiffes.

»Was zum Geier ist das?«, grummelte Giordino, der das Wrack ebenfalls entdeckt hatte.

Pitt musterte einen Moment lang die Überreste des Schiffes, dann lachte er in das Unterwassermikrofon. »Ging mir genauso. Es ist eine optische Täuschung. Der hintere Teil vom Schiff ist auch da, er liegt bloß unter der Sanddüne.«

Giordino musterte das Wrack und sah, dass Pitt Recht hatte. Die große Sanddüne am Riff hatte sich teilweise in die Schlucht vorgeschoben und bedeckte die hintere Hälfte des Schiffes. Die Strömung, die in dem Korallengraben herrschte, hatte wiederum ein weiteres Vordringen des Sandes verhindert, sodass es aussah, als wäre das Wrack mittschiffs auseinander gebrochen und nur der vordere Teil läge da unten.

Pitt wandte sich von dem Wrack ab und schwamm mehrere Meter über die Sanddüne, bevor sie unter ihm jäh abfiel.

»Hier hast du deine Schraube, Al«, sagte er und deutete nach unten.

Unter seinen Flossen sah er ein kleines Stück vom Achterschiff. Die mit braunem Bewuchs verkrustete Stahlhaut wölbte sich nach unten bis zu einer großen Messingschraube, die wie eine Windmühle aus der Sanddüne ragte. Giordino paddelte mit ein paar leichten Flossenschlägen zu ihm und betrachtete die Schraube, schwamm dann zum Achtersteven hinauf und wischte die Sandschicht weg. Am Neigungswinkel des abgerundeten Hecks erkannte er, dass das Schiff starke Schlagseite nach Backbord hatte. Pitt ließ sich über ihn treiben und sah, wie Giordino die letzten Buchstaben des Schiffsnamens bloßlegte, die am Heckspiegel prangten.

»Irgendwas mit MARU, mehr krieg ich nicht raus«, sagte Giordino, während er mühsam den nachrieselnden Sand wegschaufelte.

»Ein Japaner«, sagte Pitt, »und dem Rost nach zu schließen, liegt er schon 'ne ganze Weile hier. Wenn aus dem Schiff Giftstoffe austreten, dann müsste es irgendwo im vorderen Teil sein.«

Giordino gab das Sandschaufeln auf und folgte Pitt zum freiliegenden Vorschiff. Der aus der Düne ragende Vorderteil wirkte geradezu unwirklich, so als wäre das Schiff in Höhe des nahezu waagerecht liegenden Schornsteins, dessen oberer Rand mit der Korallenwand verwachsen war, auseinander geschnitten. Anhand der kleinen Brücke und des langen Vordecks erkannte Pit, dass es sich um einen herkömmlichen Hochseefrachter handelte. Seiner Schätzung nach war er etwa sechzig Meter lang. Als sie über das schräg liegende Wrack hinwegschwammen, sah er, dass die hölzernen Decksplanken in den warmen philippinischen Gewässern längst verfault und zersetzt waren.

»Die Geräte da sehen ja ziemlich altertümlich aus«, stellte

Giordino fest, während er zwei rostige Kräne betrachtete, deren Ausleger wie ausgestreckte Arme übers Deck ragten.

»Wenn ich schätzen müsste, würde ich sagen, es wurde in den zwanziger Jahren gebaut«, erwiderte Pitt, als er an der Reling entlangschwamm, die offenbar aus Messing bestand.

Pitt glitt über das Vorschiff hinweg, bis er auf zwei große, verschlossene Luken stieß, unter denen die vorderen Frachträume liegen mussten. Er hatte damit gerechnet, dass die Lukendeckel aufgrund der starken Schlagseite abgerissen waren, doch dem war nicht so. Gemeinsam schwammen die beiden Männer um jede Luke und suchten nach Schäden und Lecks.

»Fest verschlossen und dicht wie ein Teerfass«, sagte Giordino, als sie zu ihrem Ausgangspunkt zurückkehrten.

»Irgendwo muss doch ein Loch sein.«

Schweigend dachte Pitt nach, dann stieg er auf, bis er die Steuerbordseite unter sich sah. Zu beiden Seiten des Schiffsrumpfes ragten steile Korallenwände auf. Er schwamm an der Steuerbordwand hinab bis zu dem teilweise freiliegenden Kiel und arbeitete sich langsam in Richtung Bug vor. Kurz darauf hielt er plötzlich inne. Unmittelbar vor ihm zog sich ein fast anderthalb Meter breiter und gut sechs Meter langer Riss an der Steuerbordwand entlang bis zur Bugspitze. Ein lauter Pfiff gellte ihm in die Ohren, als Giordino zu ihm stieß und das klaffende Leck betrachtete.

»Genau wie bei der *Titanic*«, sagte er staunend. »Nur dass es nicht von einem Eisberg aufgeschlitzt wurde, sondern von Korallen.«

»Es muss absichtlich auf Grund gesetzt worden sein«, vermutete Pitt.

»Auf der Flucht vor einem Taifun möglicherweise.«

»Vielleicht auch vor einem Zerstörer der Navy. Der Leyte-Golf, wo 1944 die japanische Flotte vernichtend geschlagen wurde, ist ganz in der Nähe.«

Die Philippinen waren, wie Pitt sich entsann, im Zweiten Weltkrieg heiß umkämpft gewesen. Mehr als sechzigtausend Amerikaner hatten bei der vergeblichen Verteidigung und späteren

Wiedereroberung der Inseln ihr Leben verloren, ein nahezu in Vergessenheit geratener Blutzoll, der die Verluste in Vietnam weit überstieg. Nach dem Überraschungsangriff auf Pearl Harbor waren japanische Truppen in der Nähe von Manila gelandet und hatten die auf Luzon, Bataan und Corregidor stationierten amerikanischen und philippinischen Streitkräfte binnen kürzester Zeit überrannt. Nach General MacArthurs eiligem Rückzug hielten die Japaner das Land drei Jahre lang besetzt, bis die Amerikaner im Zuge ihres Gegenangriffs im Oktober 1944 auf der im Süden des Landes gelegenen Insel Leyte Fuß fassten.

Die rund hundert Meilen von Panglao entfernte Provinz Leyte und vor allem der Golf waren der Schauplatz der größten Luft- und Seeschlacht der Geschichte gewesen. Wenige Tage nach der Landung von MacArthurs Invasionstruppen war die kaiserliche Marine aufgetaucht, der es gelungen war, die zur Unterstützung dienenden amerikanischen Seestreitkräfte zu trennen. Um ein Haar hätten die Japaner die Siebte Flotte vernichtet, wurden aber letztlich doch zurückgeschlagen und aufgerieben, wobei sie vier Flugzeugträger und drei Schlachtschiffe verloren, darunter auch die gewaltige *Musashi*. Die schweren Verluste bedeuteten das Ende der japanischen Herrschaft im Pazifik und führten zum militärischen Zusammenbruch des Landes im darauffolgenden Jahr.

Die Seewege rund um die südlichen Inseln Leyte, Samar, Mindanao und Bohol waren regelrecht mit gesunkenen Frachtern, Truppentransportern und Kriegsschiffen übersät. Daher wäre Pitt nicht weiter überrascht gewesen, wenn das Gift von irgendwelchen Kampfstoffen stammen würde. Der Riss im Rumpf deutete jedenfalls darauf hin, dass dieses Schiff dem Krieg zum Opfer gefallen war.

Pitt konnte sich gut vorstellen, wie der unter japanischer Flagge fahrende Frachter aus der Luft angegriffen wurde, wie der verzweifelte Kapitän sich dazu entschied, das Schiff auf Grund zu setzen, um Besatzung und Ladung zu retten. Nachdem die Korallen die Bordwand aufgeschlitzt hatten, war der Bug in kurzer Zeit vollgelaufen, worauf das Schiff starke Schlagseite nach Backbord bekommen und sich, da es immer noch unter Volldampf fuhr, buchstäblich in den Grund gebohrt hatte. Seither hatte die Fracht, die der Kapitän retten wollte, jahrzehntelang am Meeresgrund gelegen.

»Ich glaube, wir haben ins Schwarze getroffen«, sagte Giordino mit missmutigem Unterton.

Pitt drehte sich um und sah, dass Giordino auf das angrenzende Riff deutete. Die rot, blau und grün leuchtende Meeresfauna, die er zuvor gesehen hatte, war verschwunden. Rund um den Schiffsbug wirkten sämtliche Korallen wie mit einer mattweißen Tünche überzogen. Grimmig stellte Pitt fest, dass in dieser Gegend auch kein Fisch zu sehen war.

Dann wandte er sich wieder dem Wrack zu, nahm eine kleine Taschenlampe, die an seiner Tarierweste hing, und schob sich durch den klaffenden Riss in der Schiffswand. Langsam drang er in den Bauch des Schiffes vor, schaltete das Licht ein und richtete den Strahl in den dunklen Innenraum. Der untere Bugraum war leer, bis auf eine dicke Ankerkette, die aufgerollt dalag wie eine riesige eiserne Schlange. Pitt orientierte sich nach achtern und schwamm zur hinteren Schottwand. Giordino zwängte sich ebenfalls durch den Riss und folgte ihm. Am Schott angekommen, ließ Pitt den Lichtstrahl über die stählerne Wand streichen, die sie vom vorderen Frachtraum trennte. An der unteren Naht mit der Steuerbordwand fand er das, wonach er gesucht hatte. Durch die Wucht des Aufpralls auf das Riff war eine Stahlplatte am Frachtraumschott abgeplatzt. Durch das verzogene Metall war eine gut anderthalb Meter breite, waagerechte Öffnung zum Frachtraum entstanden.

Pitt stieg langsam zu dem Loch auf, achtete darauf, dass er keinen Schlick aufwirbelte, steckte dann den Kopf hindurch und leuchtete hinein. Ein riesiges, lebloses Auge glotzte ihn aus nächster Nähe an, sodass er fast zurückgezuckt wäre, bis er sah, dass es zu einem großen Barsch gehörte. Der gut zwanzig Kilo schwere Fisch trieb langsam hin und her und hatte den grauen Bauch nach oben gekehrt. Als er an dem toten Fisch vorbeispähte und die Fracht sah, hatte er das Gefühl, als gefriere ihm das Blut. Hier lagerten hunderte von Artilleriegranaten, teils aufgetürmt wie Hühnereier, teils kreuz und quer verstreut. Die achtzehn Kilo schweren Granaten waren für die 105-mm-Kanonen bestimmt, eine tödliche Waffe, die von der kaiserlichen Armee im Krieg eingesetzt worden war.

»Ein Begrüßungsgeschenk für General MacArthur?«, fragte Giordino, als er einen Blick hineinwarf.

Pitt nickte schweigend, dann zückte er einen mit Plastik gefütterten Tauchbeutel. Giordino reagierte sofort, beugte sich vor, hob eine Granate auf und schob sie in den Beutel, worauf Pitt ihn eng um das Geschoss schlang und verschloss. Dann ergriff Giordino eine weitere, stark verrostete Granate und hob sie ein paar Zentimeter hoch. Beide Männer blickten erstaunt auf die ölige braune Substanz, die aus dem Projektil sickerte.

»Das sieht aber ganz und gar nicht wie hochbrisanter Sprengstoff aus«, sagte er und setzte das Geschoss vorsichtig wieder ab.

»Ich glaube, das sind auch keine gewöhnlichen Artilleriegranaten«, erwiderte Pitt, als er die Lache aus zähflüssigem braunem Schlamm bemerkte, die sich unter einem Munitionsstapel gebildet hatte. »Bringen wir das Zeug ins Schiffslabor, dann erfahren wir schon, womit wir's zu tun haben«, sagte er und klemmte die eingepackte Munition wie einen Football unter den Arm. Er schwamm durch den Bugraum zu dem Riss im Rumpf und dann hinaus in das glitzernde, sonnendurchflutete Wasser.

Pitt war sich ziemlich sicher, dass sie auf einen geheimen Munitionstransporter gestoßen waren, der im Zweiten Weltkrieg gesunken war. Aber was es mit dem Arsen auf sich hatte, wusste er nicht. Die Japaner waren findig gewesen, was neue Kriegswaffen anging, und die mit Arsen versetzten Granaten stammten möglicherweise aus ihren Werkstätten des Todes. Durch den Verlust der Philippinen war den Japanern klar geworden, dass sich der Krieg dem Ende zuneigte, und vielleicht waren sie bereit gewesen, diese Waffe als letztes, verzweifeltes Mittel gegen einen siegesgewissen Feind einzusetzen.

Pitt war seltsam erleichtert, als sie mit der geheimnisvollen Granate auftauchten. Die tödliche Fracht, die dieses Schiff vor vielen Jahren befördert hatte, hatte nie ihren Bestimmungshafen erreicht. Irgendwie war er froh, dass sie hier am Riff in der Tiefe versunken war und nie im Kampf hatte eingesetzt werden können.

ZWEITER TEIL

Chimäre

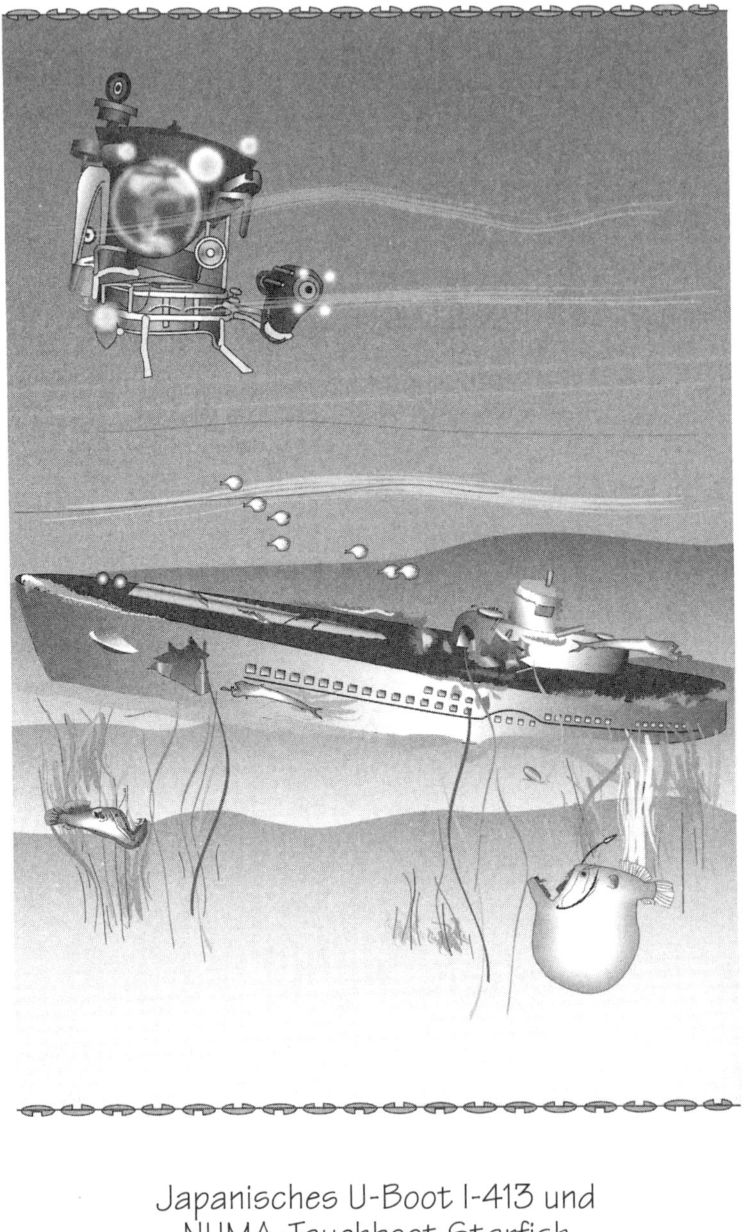

Japanisches U-Boot I-413 und
NUMA-Tauchboot Starfish

4. Juni 2007
Kyodongdo, Südkorea

14

Die fünfundfünfzig Meter lange Benetti-Yacht mit ihrem schnittigen Stahlrumpf hätte selbst in Monte Carlo Aufsehen erregt. Die nach den besonderen Wünschen des Auftraggebers gebaute italienische Yacht war mit prachtvollen Marmorböden, Perserteppichen und kostbaren chinesischen Antiquitäten ausgestattet, die den Kabinen und Salons eine unaufdringliche Eleganz verliehen. Eine Sammlung von Gemälden aus dem fünfzehnten Jahrhundert, allesamt von dem flämischen Meister Hans Memling stammend, zierte die Wände und trug ein Übriges zu dem erlesenen Ambiente bei. Von außen betrachtet wirkte die glänzend kastanienbraun und weiß gestrichene Yacht, um die sich ein breites Band dunkel getönter Panoramafenster zog, hingegen eher traditionell, was durch die Teakholzplanken und Messingbeschläge auf den Oberdecks und Veranden noch betont wurde. Alles in allem stellte sie eine ebenso gelungene wie geschmackvolle Verbindung aus altbewährten Stilelementen mit dem Schwung und der Funktionalität von modernem Design und Technik dar. Das Schiff zog denn auch stets bewundernde Blicke auf sich, wenn es auf dem Fluss Han in und um Seoul unterwegs war. In den gehobenen Kreisen der einheimischen Gesellschaft war eine Einladung an Bord äußerst begehrt, zumal man dadurch die seltene Gelegenheit hatte, dem geheimnisvollen Eigner des Bootes zu begegnen.

Dae-jong Kang war einer der Vorzeigeunternehmer der südkoreanischen Wirtschaft und schien so gut wie überall die Hände im Spiel zu haben. Über die Herkunft des umtriebigen Industriellen wusste man indes nur wenig, abgesehen davon, dass er während des Wirtschaftsbooms der neunziger Jahre erstmals als Chef eines regionalen Bauunternehmens in Erscheinung getreten war. Doch nachdem er die Zügel in die Hand genommen hatte, entwickelte sich die kleine Firma zu einer Art wirtschaftlichem Pac-Man und schluckte durch eine Reihe von Aufkäufen und feindlichen Übernahmen, die ausnahmslos mit Fremdkapital finanziert wurden, eine Vielzahl anderer Unternehmen, seien es Werften, Elektronikfirmen, Halbleiterhersteller oder Telekommunikationsunternehmen. Sämtliche Geschäftszweige waren unter der Federführung von Kang Enterprises zusammengeschlossen, einem im Privatbesitz befindlichen Firmenimperium, das von Kang höchstpersönlich geleitet und beherrscht wurde. Kang, der das Licht der Öffentlichkeit keineswegs scheute, verkehrte sowohl mit Politikern als auch mit anderen Spitzenkräften der Wirtschaft, was ihm zusätzlichen Einfluss in den Vorstandsgremien der größten südkoreanischen Unternehmen verschaffte.

Sein Privatleben jedoch hütete der fünfundfünfzigjährige Junggeselle wie ein Staatsgeheimnis. Häufig zog er sich auf sein großes Grundstück in einem abgeschiedenen Teil von Kyodongdo zurück, einer üppig grünen, bergigen Insel an der Westküste von Korea, nahe der Mündung des Han gelegen. Dort vertrieb er sich nach Aussage der wenigen Gäste, die auf seinen Besitz eingeladen worden waren, die Zeit mit seinen österreichischen Dressurpferden oder arbeitete an seinem Handicap im Golf. Größtes Stillschweigen aber wahrte der unkonventionelle Unternehmer über eine dunkle Seite seines Daseins, die selbst seine Geschäftspartner und politischen Fürsprecher schockiert hätte. Denn nicht einmal seine engsten Bekannten wussten, dass Kang über fünfundzwanzig Jahre lang als Agent in Diensten der Demokratischen Volksrepublik Korea – beziehungsweise Nordkorea, wie es in aller Welt genannt wurde – tätig gewesen war.

Kang war kurz nach dem Koreakrieg in der nordkoreanischen Provinz Hwanghae geboren. Als er drei Jahre alt war, kamen seine Eltern bei einem Eisenbahnunglück um, das man südkoreanischen Partisanen zur Last legte, worauf der Junge von seinem Onkel mütterlicherseits adoptiert wurde. Der Onkel, 1945 ein Gründungsmitglied der koreanischen Arbeiterpartei, hatte im Zweiten Weltkrieg mit Kim Il Sung und dessen Guerillatruppen von ihren Stützpunkten in der Sowjetunion aus gegen die Japaner gekämpft. Als Kim Il Sung in Nordkorea an die Macht kam, wurde der Onkel mit der Ernennung zum Provinzgouverneur und anderen Posten belohnt, verschaffte sich im Laufe der Zeit immer mehr Einfluss und errang schließlich einen Sitz im Zentralkomitee, dem obersten Führungsgremium von Nordkorea, in dem alle wichtigen politischen Entscheidungen des Landes getroffen werden.

Während sein Onkel zu Amt und Würden aufstieg, wurde Kang gründlich in der Lehre der koreanischen Arbeiterpartei geschult und erhielt zugleich die beste, vom Staat finanzierte Ausbildung, die das noch junge Land zu bieten hatte. Da man frühzeitig seine schnelle Auffassungsgabe und seinen Lerneifer erkannte, wurde er durch Fürsprache seines Onkels zum Agenten für den Auslandseinsatz ausgebildet.

Kang, der über finanziellen Scharfsinn, hervorragende Führungsqualitäten und die nötige Rücksichtslosigkeit verfügte, wurde mit zweiundzwanzig nach Südkorea geschleust, wo er als Arbeiter bei einer kleinen Baufirma unterkam. Durch Tüchtigkeit und harten Einsatz diente er sich bald zum Vorarbeiter hoch, dann arrangierte er eine Reihe von »Arbeitsunfällen«, bei denen der Präsident und die Topmanager des Unternehmens umkamen. Anschließend fälschte er etliche Besitzübertragungsurkunden und übernahm knapp zwei Jahre nach seiner Ankunft die Leitung der Firma. Auf Anweisung von Pjönjang und mithilfe des ihm von dort gewährten Kapitals kaufte er im Lauf der Jahre immer mehr Unternehmen auf, wobei er sich vor allem auf Produkte und Dienstleistungen konzentrierte, die für den Norden von Nutzen waren. Mit dem Einstieg in die Telekommunikationsindustrie verschaffte er sich Zugang zu westlichen Kommunikationstechnologien, die für die militärischen Leit- und Kommandosysteme des Nordens wichtig waren. In seinen Halbleiterfabriken wurden heimlich Chips für den Einsatz in

Kurzstreckenraketen hergestellt. Und mithilfe seiner Frachterflotte konnte er der Regierung seines Heimatlandes unter der Hand Flug- und Raketenabwehrsysteme auf dem neuesten Stand der Technik liefern. Mit den Profiten seines Firmenimperiums, sofern sie nicht in Form von westlichen Handelswaren und Technologie in den Norden geschmuggelt wurden, schmierte er wichtige Politiker, damit sie ihm Regierungsaufträge zuschanzten oder sich für die feindliche Übernahme anderer Unternehmen einsetzten. Doch Kangs Streben nach Macht und immer neueren Technologien war eher nebensächlich, jedenfalls in Anbetracht seines eigentlichen Ziels, das ihm von seinen Führungskadern vor vielen Jahren vorgegeben worden war. Kang hatte den Auftrag, die Wiedervereinigung der beiden koreanischen Staaten voranzutreiben, aber zu den Bedingungen des Nordens.

Die Maschinen der schnittigen Benetti-Yacht wurden gedrosselt, als sie in eine schmale Fahrrinne gelangte, die vom Han abzweigte und sich bis zu einer geschützten Bucht schlängelte. Sobald er das Boot durch die Rinne gesteuert hatte, gab der Steuermann wieder Gas und preschte über das ruhige Wasser der Lagune. Das gelbe Schwimmdock, das auf der anderen Seite sanft in der Dünung schaukelte, wurde rasch größer, als sich die Yacht näherte. Das Schiff hielt auf den Anlegesteg zu, drehte bei und ging längsseits, bevor die Maschinen abgestellt wurden. Zwei Männer in schwarzen Uniformen ergriffen die Leinen an Bug und Heck und vertäuten die Yacht, während der Rudergänger sie mit viel Gefühl die letzten anderthalb bis zwei Meter zum Anleger lotste. Dann rollte die Empfangscrew eine Gangway an die Bordwand, bis die oberste Stufe genau in Höhe des Hauptdecks lag.

Eine Kabinentür ging auf, und drei farblos wirkende Männer in dunkelblauen Anzügen stiegen auf den Anlegesteg herab und blickten unwillkürlich zu dem großen, steinernen Gebäude auf, das über ihnen thronte. Wie ein riesiges Schwalbennest schmiegte sich das teils überhängende, teils in den Fels gehauene Haus an die Spitze einer nahezu senkrecht über dem Dock aufragenden

Klippe. Durch die dicken Mauern, die es umgaben, wirkte es fast wie eine mittelalterliche Burg, obwohl das Haus selbst eindeutig im asiatischen Stil gebaut war, mit einem spitzen, tief herabgezogenen Ziegeldach, das die braunen Sandsteinwände krönte. Der gesamte Bau lag gut fünfzig Meter über dem Wasser und war über eine steile, aus dem Fels gehauene Treppe zu erreichen. Die drei Männer bemerkten, dass sich die dreieinhalb Meter hohe Steinmauer bis zum Wasser herunterzog und das Anwesen nach außen hermetisch abschirmte. Für weiteren Schutz sorgte ein Wachposten, der ein Sturmgewehr geschultert hatte und mit verkniffenem Mund am Ufer stand.

Als die drei Männer den Pier entlangliefen, ging die Tür eines kleinen Gebäudes am Fuß der Klippe auf, und ihr Gastgeber kam heraus, um sie zu begrüßen. Dae-jong Kang war zweifellos eine imposante Gestalt. Mit einer Körpergröße von einem Meter achtzig und neunzig Kilo Gewicht war er für einen Koreaner geradezu massig. Aber es waren vor allem die strenge Miene und der stechende Blick, die von einem unbändigen Willen kündeten. Ein einstudiertes, aber unechtes Lächeln half ihm, wenn nötig, manches Hindernis zu überwinden, doch er wirkte auch stets distanziert, strahlte eine Eiseskälte aus, die ihn wie eine Wolke umgab. Er war ein Mann, der jeden seine Macht spüren ließ und keine Angst hatte, sie einzusetzen.

»Willkommen, meine Herren«, sagte Kang mit aalglatter Stimme. »Ich hoffe doch, Sie hatten eine angenehme Reise?«

Die drei Männer, allesamt führende Parteifunktionäre und Mitglieder der südkoreanischen Nationalversammlung, nickten einhellig. Der älteste der drei Politiker, ein kahlköpfiger Mann namens Jungnok Rhee, antwortete in ihrer aller Namen. »Mit so einem herrlichen Boot ist eine Fahrt auf dem Han der reinste Genuss.«

»Es ist mein bevorzugtes Transportmittel, wenn ich nach Seoul muss«, erwiderte Kang, als wolle er durchklingen lassen, wie sehr ihn der Flug mit seinem Privathubschrauber langweilte. »Hier entlang«, sagte er und deutete auf das kleine Gebäude am Fuß der Klippe.

Die drei Politiker folgten ihm gehorsam an einem Kontrollposten vorbei und durch einen schmalen Gang zu einem Aufzug, dessen Schacht aus dem Felsgestein gehauen war. Die Besucher bewunderten ein altes Gemälde von einem Tiger, das an der Rückwand hing, während der Fahrstuhl sie rasch nach oben beförderte. Als die Tür aufging, traten sie in ein weitläufiges, prachtvoll ausgestattetes Esszimmer. Durch die vom Boden bis zur Decke reichende Glaswand hinter einem eleganten Mahagonischreibtisch bot sich ein atemberaubender Ausblick auf das Delta des Han, wo der große Strom ins Gelbe Meer mündete. Zahllose verwitterte Sampans und kleine Frachtboote, die sich mit ihren Handelswaren flussaufwärts nach Seoul kämpften, säumten den Horizont. Die meisten Boote hielten sich dicht am Südufer des Flusses, weit weg von der unsichtbaren Demarkationslinie zu Nordkorea, die mitten durch den Fluss verlief.

»Ein unglaublicher Ausblick, Mr. Kang«, stellte der größte der drei Politiker fest, ein Mann namens Won Ho.

»Ich genieße ihn sehr, da er freien Blick auf beide Teile unseres Vaterlandes gewährt«, erwiderte Kang mit einem gewissen Nachdruck. »Nehmen Sie bitte Platz.« Er winkte ihnen zu, dann setzte er sich an die Kopfseite des Tisches. Eine Schar livrierter Diener trug edle Weine und köstliche Gerichte auf, während sich die Gespräche der Männer mehr und mehr um Politik drehten. Würzige Düfte verbreiteten sich in dem Raum, als sich die Männer an *Daiji-bulgogi*, mariniertem Schweinefleisch in scharfer Knoblauchsoße, und *Jachae gui* gütlich taten, diversem mariniertem Gemüse. Kang spielte den geselligen Gastgeber, bis seine Gäste genügend intus hatten und allmählich auftauten, dann setzte er das Messer an.

»Meine Herren, es wird höchste Zeit, dass wir uns ernsthaft um die Wiedervereinigung unseres Vaterlandes bemühen«, sagte er langsam und betont. »Ich als Koreaner weiß, dass wir ein Volk sind, eine Sprache sprechen, eine Kultur pflegen und in unserem Herzen vereint sind. Als Geschäftsmann wiederum weiß ich, wie viel stärker wir wirtschaftlich auf dem globalen Markt auftreten könnten. Die chinesisch-amerikanische Gefahr, die lange

Zeit als Rechtfertigung dafür diente, dass unser Land als Faustpfand der Supermächte herhalten musste, besteht nicht mehr. Wir hätten die Ketten der Fremdherrschaft längst abwerfen und das tun sollen, was für Korea das einzig Richtige ist. Die Bestimmung unseres Landes liegt in der Einheit, und wir sollten jetzt die Gelegenheit dazu ergreifen.«

»Uns allen liegt die Wiedervereinigung unseres Heimatlandes am Herzen, doch die unbesonnene politische Führung und das gewaltige Militärpotential des Nordens erfordern ein vorsichtiges Vorgehen«, erwiderte der dritte Politiker, ein wachsam wirkender Mann namens King.

Kang tat den Einwand mit einer unwirschen Handbewegung ab. »Wie Sie wissen, habe ich unlängst an einer vom Ministerium für die Wiedervereinigung veranstalteten Besichtigungsreise durch Nordkorea teilgenommen. Wir stellten fest, dass die Wirtschaft in einem hoffnungslosen Zustand ist, was zu weit verbreiteter und rasch zunehmender Nahrungsmittelknappheit führt. Der wirtschaftliche Niedergang fordert auch beim nordkoreanischen Militär seinen Tribut. Die Truppen, die wir sahen, wirkten schlecht ausgerüstet und demoralisiert«, log er.

»Ja, diese Schwierigkeiten kann ich nur bestätigen«, warf Won Ho ein. »Aber glauben Sie wirklich, dass eine Wiedervereinigung unserer Wirtschaft zugute kommen würde?«

»Die nördlichen Provinzen verfügen über eine Vielzahl billiger Arbeitskräfte, die uns jederzeit zur Verfügung stünden. Wir könnten auf dem Weltmarkt augenblicklich weitaus konkurrenzfähiger werden, da unsere Durchschnittslöhne deutlich sinken würden. Ich habe die Auswirkungen auf mein eigenes Unternehmen ausrechnen lassen und will auch kein Geheimnis daraus machen, dass meine Profite deutlich steigen würden. Darüber hinaus stünde uns mit den nördlichen Provinzen ein neuer, noch unerschlossener Markt zur Verfügung, den die südkoreanische Wirtschaft bedienen könnte. Nein, meine Herren, es steht außer Frage, dass die Wiedervereinigung vor allem dem Süden einen erheblichen Wirtschaftsaufschwung bescheren würde.«

»Aber der Knackpunkt ist doch nach wie vor die ablehnende

Haltung der nordkoreanischen Hardliner«, stellte Won Ho fest. »Wir können einfach keine einseitigen Vorbedingungen für eine Wiedervereinigung akzeptieren.«

»Genau«, fügte Kim hinzu. »Sie haben wiederholt darauf bestanden, dass erst die amerikanischen Truppen aus unserem Land abgezogen werden müssen, bevor man über eine Wiedervereinigung verhandeln kann.«

»Ebendeshalb«, fuhr Kang ungerührt fort, »bitte ich Sie alle drei, die unlängst in der Nationalversammlung eingebrachte Resolution zu unterstützen, in der der Abzug sämtlicher amerikanischen Truppen aus Südkorea gefordert wird.«

Die drei Politiker, die Kangs Worte erst einmal verdauen mussten, schwiegen einen Moment lang betroffen. Kang hatte sie aus einem bestimmten Grund hierher kommen lassen, darüber waren sie sich im Klaren, aber sie hatten gedacht, der Großindustrielle wollte um einen Steuernachlass oder irgendeine andere Unterstützung für sein Unternehmen ersuchen. Nicht einer von ihnen hatte damit gerechnet, dass er eine Forderung stellen würde, die ihren weiteren politischen Werdegang gefährden könnte. Schließlich räusperte sich Rhee, der Älteste und Erfahrenste der drei, und ergriff das Wort.

»Diese Resolution wurde von radikalen Kräften im Parlament eingebracht«, sagte er bedächtig. »Es ist kaum zu erwarten, dass ihr die Mehrheit des Hauses zustimmt.«

»Durchaus, wenn Sie alle drei öffentlich dafür eintreten«, erwiderte Kang.

»Das ist unmöglich«, versetzte Kim. »Ich kann nicht für eine Schwächung unserer Landesverteidigung eintreten, während der Norden nach wie vor seine ganze Wirtschaftskraft in den Ausbau seiner militärischen Macht steckt.«

»Sie können es und Sie werden es auch tun. Seit dem Mord an dem Mädchen in Kusan, der unlängst von einem Angehörigen der amerikanischen Streitkräfte begangen wurde, herrscht in weiten Kreisen der Bevölkerung helle Empörung über das amerikanische Militär. Sie haben die Aufgabe, unseren Präsidenten unter Druck zu setzen, damit er handelt, und zwar sofort.«

»Aber die amerikanischen Streitkräfte sorgen für unsere Sicherheit. Sie haben mehr als fünfunddreißigtausend Soldaten stationiert, die uns verteidigen«, entgegnete Kim, bevor ihm das Wort abgeschnitten wurde.

»Darf ich Sie daran erinnern«, zischte Kang mit boshaft hämischer Miene, »dass ich Sie bezahlt und Ihnen den Aufstieg in die Position ermöglicht habe, die Sie derzeit bekleiden.« Seine Augen glühten vor mühsam beherrschter Wut.

Rhee und Won Ho ließen sich zurücksinken und nickten ernst. Sie waren sich darüber klar, dass sie politisch erledigt waren, wenn die Presse etwas von den Zuwendungen erfuhr, die sie im Lauf der Jahre erhalten hatten. »Ja, wir werden uns dafür einsetzen«, sagte Won Ho unterwürfig.

Kim jedoch schien Kangs Wut nicht wahrzunehmen. Er schüttelte den Kopf und erwiderte entschieden: »Tut mir Leid, aber ich kann mich nicht für eine Forderung verwenden, die unser Land gefährdet und möglicherweise zu einer militärischen Niederlage führt. Ich werde nicht für diese Resolution stimmen.« Er wandte sich um und musterte seine Politikerkollegen mit verächtlichem Blick.

Wieder herrschte eine Zeit lang Stille, dann kehrten die Diener zurück und trugen das Geschirr ab. Kang beugte sich vor und flüsterte einem der Diener etwas ins Ohr, worauf sich dieser raschen Schrittes in die Küche begab. Kurz darauf wurde eine Seitentür geöffnet und zwei hünenhafte, von Kopf bis Fuß schwarz gekleidete Wachmänner traten ein. Wortlos schritten sie zu Kims Stuhl und bauten sich links und rechts von ihm auf, packten ihn an den Armen und rissen ihn hoch.

»Was soll das, Kang?«, schrie er.

»Ich kann Ihre Dummheit nicht mehr ertragen«, erwiderte Kang mit eiskaltem Tonfall. Er winkte den beiden Gorillas kurz zu, worauf sie Kim zu einer Glastür schleiften, die auf einen Balkon führte. Kim, der um sich trat und sich vergeblich gegen die viel stärkeren Männer zu wehren versuchte, wurde zur Brüstung des Balkons gezerrt, der über die Klippe hinausragte. Er stieß wilde Flüche aus, verlangte, dass sie ihn loslassen sollten.

Entsetzt mussten Rhee und Won Ho mit ansehen, wie Kim von den beiden Männern hochgehoben und kurzerhand über die Brüstung geworfen wurde.

Sie hörten seinen gellenden Aufschrei, als er die Klippe hinabstürzte. Unmittelbar darauf ertönte ein leiser, dumpfer Schlag, und der Schrei riss jäh ab. Rhee und Won Ho wurden kreidebleich, als die beiden Gorillas seelenruhig ins Esszimmer zurückkehrten. Kang trank einen Schluck Wein, dann wandte er sich mit gleichmütigem Tonfall an die Wachmänner.

»Bergt die Leiche und schafft sie nach Seoul. Legt ihn in der Nähe seines Wohnsitzes auf die Straße und sorgt dafür, dass es aussieht wie ein Unfall mit Fahrerflucht«, befahl er.

Als sie den Raum verließen, wandte er sich an die erschrockenen Politiker und fragte ebenso höflich wie eiskalt: »Sie bleiben doch zum Dessert, nicht wahr?«

Kang blickte aus dem Esszimmerfenster und sah zu, wie sich Rhee und Won Ho hastig an Bord der Yacht begaben. Kims Leichnam war in eine braune Decke gewickelt und kurzerhand aufs Achterdeck geschleift worden, wo man eine Plane über ihn geworfen hatte. Trotzdem konnten ihn die beiden Männer deutlich erkennen. Nachdem er mit angesehen hatte, wie die Yacht ablegte und zu der fünfzig Meilen langen Fahrt flussaufwärts nach Seoul auslief, drehte Kang sich um. Ein Mann betrat das Zimmer. Er war hager, hatte glatt zurückgekämmte schwarze Haare und einen fahlen Teint, so als käme er nur selten in die Sonne. Sein blauer Anzug war abgewetzt, die Krawatte altmodisch, doch das weiße Hemd war frisch gestärkt. Kangs Assistent mochte etwas unbeholfen wirken, doch das machte er durch Fleiß und Tüchtigkeit wieder wett.

»War Ihre Besprechung erfolgreich?«, fragte er Kang.

»Ja, Kwan. Rhee und Won Ho werden unsere Initiative zum Abzug der US-Streitkräfte in der Nationalversammlung unterstützen. Leider mussten wir Kim eliminieren, aber offenbar hatte er das Vertrauen in uns verloren. Sein Tod wird den beiden anderen als abschreckendes Beispiel dienen.«

»Eine vernünftige Entscheidung. Sir, heute Abend trifft ein Kurier per Boot aus Jonan ein, um den Prototyp des Steuerchips für das Raketenleitsystem in Empfang zu nehmen, nachdem die abschließende Erprobung in unserer Halbleiterfabrik erfolgreich verlief. Möchten Sie ihm auch eine Nachricht mitgeben?«

Wie Botschafter im feindlichen Ausland verließen sich Kang und seine Vorgesetzten in Nordkorea auf Kuriere, wenn es darum ging, Informationen, Technologie oder Schmuggelwaren vom Süden aus in den anderen Teil des Landes zu schaffen. Obwohl mittlerweile das Internet der beste Freund des Spions geworden war, was das Weiterleiten von Nachrichten betraf, war man nach wie vor auf persönliche Kontakte angewiesen, wenn man Waren und Güter befördern wollte. Ein alter Fischer in einem heruntergekommenen Sampan wurde von den Marinepatrouillen kaum beachtet, daher nutzten die Agenten vorzugsweise diese Tarnung, um unbehelligt durch die entmilitarisierte Zone zu gelangen.

»Ja, wir können berichten, dass die Nationalversammlung in den nächsten Wochen über die Resolution zum Truppenabzug abstimmen wird und dass sich große Fortschritte abzeichnen, was die Verabschiedung angeht. Die von uns organisierten Studentenproteste kommen allmählich in Schwung, und unsere Leute in den Medien werden dafür sorgen, dass sich die Presse auch weiterhin mit diesem von einem US-Soldaten begangenen Mord befasst und in unserem Sinne darüber berichtet«, sagte Kang mit einem verschlagenen Lächeln. »Unsere externen Störmanöver erweisen sich als höchst effektiv. Nun müssen wir nur noch zusehen, dass wir das Unternehmen Chimäre schnell genug in die Tat umsetzen können, um den Druck auf die Amerikaner zu verstärken. Was gibt es Neues aus unserem biochemischen Labor?«

»Die Nachrichten sind sehr vielversprechend. Das Laborteam hat die Untersuchungen der Testergebnisse auf den Aleuten abgeschlossen und festgestellt, dass die Revitalisierung der Viren bei der Freisetzung während des Fluges gelang. Darüber hinaus wurden die Viren durch den Zerstäubungsmechanismus der Rakete, bei der es sich ja nur um ein Modell handelte, über ein weitaus größeres Areal verteilt als erwartet. Die mit dem Projekt betrauten Ingenieure sind sehr zuversichtlich, dass das größere, für den endgültigen Einsatz bestimmte System einwandfrei funktionieren wird.«

»Vorausgesetzt, wir können entsprechende Mengen von dem Virus herstellen. Umso bedauerlicher war es, dass die Behältnisse in der *I-403* bis auf eine Ausnahme allesamt zerstört waren.«

»Ein unvorhersehbares Erschwernis. Da ein Großteil des geborgenen Wirkstoffes bei dem Testabschluss auf den Aleuten verbraucht wurde, stehen uns nur noch geringe Mengen für die Zuchtkulturen im Labor zur Verfügung. Dr. Sarchow hat mir mitgeteilt, dass es über drei Monate dauern wird, die für unser Programm benötigten Mengen zu kultivieren. Deshalb haben wir auf Ihre Bitte hin veranlasst, dass man versuchen soll, auch das zweite japanische Munitionsdepot zu bergen.«

»Ein zweites japanisches Unterseeboot«, murmelte Kang, während er sich das kaiserliche U-Boot vorstellte, das seit Jahrzehnten am Meeresgrund lag. »Eine erstaunliche nachrichtendienstliche Erkenntnis, dass nicht nur eines, sondern zwei U-Boote zerstört wurden, die eine derart tödliche Fracht beförderten. Wann können wir mit der Bergung beginnen?«

»Erst müssen wir das U-Boot finden. Wir haben die *Baekje* nach Yokohama geschickt, wo sie ein geleastes Tauchboot an Bord nehmen soll, das für die Tiefseebergung erforderlich ist. Wir rechnen damit, dass die Suche vor Ort etwa zwei Tage dauern wird. Das ganze Bergungsunternehmen sollte innerhalb von zehn Tagen abgeschlossen sein.«

»Und Tongju?«

»Er wird sich in Yokohama an Bord des Bergungsschiffes begeben und die Sicherheitsvorkehrungen beaufsichtigen.«

»Sehr gut«, sagte Kang und rieb sich zufrieden die Hände. »Wir kommen bestens voran. In Bälde werden die Amerikaner auch daheim unter Druck geraten, und das Unternehmen Chimäre wird ihnen einen schweren Schlag versetzen. Wir müssen uns darauf vorbereiten, in die Offensive zu gehen und den Wiederaufbau unseres Landes unter unserer Flagge in Angriff zu nehmen.«

»Sie werden im neuen Korea einen hohen Ehrenrang einnehmen«, schmeichelte Kwan.

Kang widmete sich wieder dem Panoramablick nach Norden. Auf der anderen Seite des Han lag das sanfte Hügelland von Nordkorea, das sich bis zum Horizont erstreckte.

»Es wird höchste Zeit, dass wir unser Land zurückbekommen«, murmelte er leise.

Kwan schickte sich an, das Zimmer zu verlassen, blieb dann aber stehen und drehte sich um.

»Sir, es gibt da noch etwas, das sich in Zusammenhang mit dem Unternehmen Chimäre ergeben hat.«

Kang gab seinem Assistenten mit einem kurzen Nicken zu bedeuten, dass er fortfahren sollte.

»Der Hubschrauber, der bei den Aleuten abgeschossen wurde, stammte von einem Forschungsschiff der National Underwater and Marine Agency. Unsere Bootsbesatzung nahm an, dass der Pilot und seine Begleiter getötet wurden, was zunächst durch einen Bericht in der Lokalpresse bestätigt wurde. Allerdings meldeten unsere in den USA eingesetzten Agenten, die die Reaktion der Amerikaner auf den Test überwachen sollten, dass der Pilot, ein gewisser Pitt, seines Zeichens Direktor für Spezialprojekte, und sein Kopilot den Absturz überlebten.«

»Das sollte keine große Rolle spielen«, erwiderte Kang gereizt.

Kwan räusperte sich nervös. »Nun ja, Sir, ich habe den Piloten bei der Rückkehr nach Seattle von unseren Leuten beschatten lassen. Zwei Tage nach ihrer Rückkehr wurden die Männer der NUMA dabei beobachtet, wie sie in einem kleinen Erkundungsboot das Gebiet ansteuerten, in dem die *I-403* liegt.«

»Was? Das ist doch nicht möglich«, stieß Kang hervor, den mit einem Mal die Wut packte; eine dicke Zornesader schwoll an seiner Stirn. »Wie können sie denn etwas davon erfahren haben?«

»Ich verstehe es auch nicht. Sie sind professionelle Meeresforscher. Vielleicht wurden wir bei unserem Bergungsunternehmen beobachtet, und sie wollten die *I-403* lediglich überwachen, um Plünderungen zu verhindern. Vielleicht handelt es sich auch nur um einen Zufall. Möglicherweise wollten sie ein technisches oder archäologisches Projekt vorbereiten.«

»Möglicherweise. Aber unser Unternehmen darf jetzt nicht mehr gefährdet werden. Sorgen Sie dafür, dass man sich um die beiden kümmert«, befahl Kang.

»Ja, Sir«, erwiderte Kwan, während er sich rasch zurückzog. »Es wird sofort erledigt werden.«

15

Die alten Azteken, die einst vom zentralen Hochland aus über Mexiko herrschten, bezeichneten es als den »großen Aussatz«. Die schreckliche Seuche brach nach der Ankunft von Hernando Cortés und seinen Truppen im Jahr 1518 aus. Manche glaubten, ein verfeindeter Konquistador namens Narváez, der aus Kuba kam, habe sie eingeschleppt. Wer immer es auch gewesen war, die Folgen waren entsetzlich. Als Cortés 1521 nach viermonatiger Belagerung die Streitmacht des Montezuma besiegte und in Tenochtitlan, dem heutigen Mexico City einmarschierte, war er schockiert über das, was er dort vorfand. Überall in der Stadt lagen haufenweise verwesende Leichen, in den Häusern, auf den Straßen, wohin man auch blickte. Die Toten waren nicht bei den Kämpfen umgekommen, sondern einer Krankheit zum Opfer gefallen.

Niemand weiß, woher *Variola major* ursprünglich stammt, doch das tödliche Virus, besser bekannt unter der Bezeichnung Pocken, hat eine tödliche Spur rund um den Globus hinterlassen. Pockenepidemien sind bereits aus dem Altertum bekannt, unter anderem bei den Ägyptern, doch in die Geschichte gingen sie als die Geißel Amerikas ein, da sie bei den besonders anfälligen Ureinwohnern der Neuen Welt ihre ganze mörderische

Kraft entfalteten. Nachdem die Pocken von den Matrosen des Christoph Kolumbus eingeschleppt worden waren, wüteten sie zunächst auf den karibischen Inseln und dezimierten die einheimischen Indianerstämme, die Kolumbus auf seiner ersten Reise empfangen hatten.

An den von Cortés beziehungsweise Narváez nach Mexiko eingeschleppten Pocken starb 1521 nach vorsichtigen Schätzungen fast die Hälfte der dreihunderttausend Einwohner von Tenochtitlan. Insgesamt dürften der hoch ansteckenden Krankheit allein in Mexiko Millionen von Menschen zum Opfer gefallen sein. Ähnliche Verheerungen richtete sie in Südamerika an. Als Pizarro 1531 auf der Suche nach Gold in Peru landete, wütete das Pockenvirus bereits unter der Inka-Bevölkerung. Mit seinem knapp zweihundert Mann starken Abenteurertrupp hätte Pizarro niemals das Inka-Reich erobern können, wenn es nicht in einen aussichtslosen Kampf gegen die verheerende Krankheit verwickelt gewesen wäre. Mehr als fünf Millionen Inkas dürften an den Pocken gestorben sein; ihre gesamte Zivilisation wurde nahezu ausgelöscht.

Auch die nordamerikanischen Indianer waren nicht gegen die Seuche gefeit. Zahlreiche Stämme der so genannten Hügelbauer im Flusstal des Mississippi gingen durch die Pocken zugrunde, die Massachusetts und die Narragansett wurden fast vollständig vernichtet. Schätzungen deuten darauf hin, dass die Bevölkerungszahl der Neuen Welt in dem Jahrhundert nach der Ankunft von Kolumbus um fünfundneunzig Prozent zurückging, was in erster Linie auf die Pocken zurückzuführen war.

Doch auch in Europa brachen immer wieder Pockenepidemien aus, denen in den nächsten zweihundert Jahren tausende Menschen erlagen. Ruchlose Militärs setzten den Erreger später als Kampfstoff ein, um gegnerische Truppen vorsätzlich zu infizieren. Historiker behaupten, die Briten hätten den kriegerischen amerikanischen Ureinwohnern um das Jahr 1760 mit Pockenviren verseuchte Decken geliefert und ähnliche Mittel auch bei der Schlacht um Quebec im Unabhängigkeitskrieg gegen amerikanische Truppen eingesetzt.

Anfang des neunzehnten Jahrhunderts wurde schließlich eine einfache Impfmethode entdeckt, bei der man den verwandten Erreger der Kuhpocken verwendete und damit ein Mittel in die Hand bekam, mit dem sich die Krankheit eindämmen ließ. Gelegentliche Ausbrüche und die allgemeine Angst, die während des Kalten Krieges herrschte, führten dazu, dass in den Vereinigten Staaten bis in die siebziger Jahre des zwanzigsten Jahrhunderts eine allgemeine Pockenschutzimpfung durchgeführt wurde. Vor allem dem weltweiten Kampf der World Health Organization gegen die Krankheit war es zu verdanken, dass die Pocken 1977 offiziell für ausgerottet erklärt werden konnten. Bis auf ein paar wenige Proben bei den U.S. Centers for Disease Control und einer unbekannten Anzahl an Erregern, die in der ehemaligen Sowjetunion für den militärischen Einsatz gezüchtet worden waren, hat man sämtliche Virenstämme vernichtet. Die Pocken waren eine nahezu in Vergessenheit geratene Krankheit, bis im Zusammenhang mit den Terroranschlägen zu Beginn des 21. Jahrhunderts erneut die Angst vor einer tödlichen Epidemie aufkam.

Die Verheerungen, die die Pocken im Lauf der Geschichte angerichtet hatten, interessierten Irv Fowler im Moment herzlich wenig. Nachdem er seine ganze Kraft aufgeboten hatte und zur Notaufnahme des Alaska Regional Hospital gefahren war, hoffte er nur noch auf ein ruhiges Zimmer und eine attraktive Schwester, die ihm dabei half, die Killergrippe zu überstehen, die ihn schier umhaute. Selbst als ein ernst dreinblickender Mediziner nach dem anderen vor seinem Bett aufmarschierte, ihn untersuchte und dann darauf bestand, dass er unter Quarantäne gestellt werden musste, war er noch viel zu schwach, um sich Sorgen zu machen. Erst als ihm zwei vermummte Ärzte mitteilten, dass man bei ihm eine Pockenerkrankung diagnostiziert habe, überschlugen sich seine Gedanken. Zweierlei ging ihm durch den Sinn, bevor er wieder ins Delirium verfiel: Konnte er die Krankheit trotz einer Sterblichkeitsrate von dreißig Prozent überstehen? Und wen hatte er sonst noch angesteckt?

16

»Dirk, ich habe eine schreckliche Nachricht erhalten.« Sarahs Angst war regelrecht zu spüren, selbst am Telefon.

»Was ist los?«

»Es geht um Irv. Er liegt in Anchorage im Krankenhaus. Die Ärzte sagen, er ist an Pocken erkrankt. Ich kann es einfach nicht fassen.«

»Pocken? Ich dachte, die wären ausgemerzt.«

»Praktisch ja. Wenn die Diagnose der Ärzte zutrifft, wäre das der erste Fall, der seit dreißig Jahren in den USA aufgetreten ist. Die Gesundheitsbehörden wahren Stillschweigen, aber die CDC schafft bereits Impfstoffe nach Alaska, falls eine Epidemie ausbrechen sollte.«

»Wie steht es um ihn?«

»Sein Zustand ist kritisch«, erwiderte Sarah, die kaum ein Wort herausbrachte. »In den nächsten zwei Tagen wird sich entscheiden, ob er es übersteht. Er liegt im Alaska Regional Hospital unter Quarantäne, ebenso wie drei andere Leute, mit denen er Kontakt hatte.«

»Das tut mir Leid«, erwiderte Dirk betroffen. »Irv ist ein zäher alter Knabe. Ich bin mir sicher, dass er die Sache übersteht. Haben Sie irgendeine Ahnung, wie er sich die Pocken zugezogen haben könnte.«

»Na ja«, erwiderte Sarah schluckend, »die Inkubationszeit beträgt vierzehn Tage. Das hieße, dass er sich etwa zu der Zeit angesteckt haben müsste, als wir auf Yunaska waren … und an Bord der *Deep Endeavor*.«

»Könnte er sich auf dem Schiff angesteckt haben?«, fragte Dirk.

»Ich weiß es nicht. Entweder auf dem Schiff oder auf der Insel, aber darauf kommt es jetzt nicht an. Das Pockenvirus ist hochgradig ansteckend. Wir müssen so schnell wie möglich alle Leute untersuchen, die an Bord der *Deep Endeavor* waren, und diejenigen isolieren, die infiziert sind. Die Zeit drängt.«

»Was ist mit Ihnen und Sandy? Sie haben doch mit Irv gearbeitet, mit ihm zusammengelebt. Fehlt Ihnen nichts?«

»Da wir in Diensten der CDC stehen, wurden Sandy und ich vor zwei Jahren geimpft, als erste Befürchtungen aufkamen, Terroristen könnten biologische Kampfstoffe in ihren Besitz bringen und einen Anschlag mit Pockenerregern verüben. Irv wurde uns von der staatlichen Seuchenschutzbehörde von Alaska zugeteilt. Er war noch nicht geimpft.«

»Kann die Besatzung der *Deep Endeavor* noch geimpft werden?«

»Das würde leider nichts mehr nützen. Eine Impfung ist nur bis ein, zwei Tage nach der Ansteckung sinnvoll, danach nicht mehr. Es ist eine schreckliche Krankheit. Wenn sie ausbricht, kann man nichts mehr dagegen tun, bis sie sich ausgetobt hat.«

»Ich setze mich sofort mit Captain Burch in Verbindung und sorge dafür, dass alle Besatzungsmitglieder so schnell wie möglich untersucht werden.«

»Ich komme heute Abend aus Spokane zurück. Wenn Sie die Besatzung zusammentrommeln, kann ich dem Schiffsarzt morgen früh bei der Untersuchung helfen.«

»Wird gemacht. Sarah, Sie könnten mir noch einen Gefallen tun. Ist es Ihnen recht, wenn ich Sie morgen früh abhole?«

»Klar, sehr recht sogar. Und noch was, Dirk ... ich hoffe inständig, dass Sie nicht infiziert sind.«

»Keine Sorge«, erwiderte er. »Ich habe viel zu viel Rum im Blut, das überstehen die Viecher nicht.«

Dirk rief sofort Kapitän Burch an und setzte sich dann mit Leo Delgados Hilfe mit jedem Besatzungsmitglied der *Deep Endeavor* in Verbindung. Zu ihrer Erleichterung berichtete ihnen keiner von irgendwelchen Anzeichen einer Krankheit, aber trotzdem fanden sich am nächsten Morgen alle bei der Außenstelle der NUMA ein.

Wie versprochen wurde Sarah frühmorgens von Dirk abgeholt, der sich entschlossen hatte, mit dem großen 58er Chrysler bei ihrem Apartment vorzufahren.

»Meine Güte, ist das Auto riesig«, rief Sarah, als sie in das breitflossige Ungetüm stieg.

»Das ist Schwermetall im wahrsten Sinn des Wortes«, erwiderte Dirk grinsend, als er den Parkplatz verließ und zum NUMA-Gebäude fuhr.

Viele Besatzungsmitglieder der *Deep Endeavor* begrüßten Sarah herzlich. Und sie stellte ihrerseits fest, dass sich die gesamte Besatzung eher wie eine große Familie benahm, nicht wie Kollegen.

»Ich freue mich sehr, dass ich meine Freunde von der NUMA wiedersehe«, sagte sie an die Besatzung gewandt. »Wie Sie vielleicht schon wissen, hat man bei meinem Kollegen Irv Fowler, der mit uns auf dem Schiff war, eine Pockenerkrankung festgestellt. Das Pockenvirus ist hochgradig ansteckend, daher müssen alle, die sich infiziert haben, so schnell wie möglich unter Quarantäne gestellt werden. Ich muss wissen, ob irgendjemand von Ihnen unter folgenden Symptomen litt, seit Irv, Sandy und ich das Schiff verlassen haben: Fieber, Kopfschmerzen, Rückenschmerzen, starke Bauchschmerzen, Übelkeit, Schwindelgefühle und Ausschlag im Gesicht, an Armen oder Beinen.«

Anschließend untersuchte sie ein Besatzungsmitglied nach dem anderen, maß die Temperatur und fragte jeden, ob Mann oder Frau, nach Anzeichen der tödlichen Krankheit. Nachdem sich Sarah auch Dirk und Burch vorgenommen hatte, seufzte sie sichtlich erleichtert auf.

»Captain, nur drei Mitglieder Ihrer Besatzung weisen leichte, grippeartige Anzeichen einer Erkrankung auf, bei der es sich möglicherweise um erste Symptome einer Ansteckung mit dem Virus handeln könnte. Ich bitte Sie darum, diese Männer vorerst zu isolieren, bis wir ihre Blutproben untersucht haben. Die übrigen Besatzungsmitglieder sollten zumindest ein paar Tage lang öffentliche Veranstaltungen meiden. Ich möchte Ende der Woche eine Nachuntersuchung vornehmen, aber meiner Ansicht nach ist es ein gutes Zeichen, dass unter der Schiffsbesatzung keine Epidemie ausgebrochen ist.«

»Das sind ja gute Nachrichten«, erwiderte Burch hörbar erleichtert. »Obwohl es mir seltsam vorkommt, dass sich das Virus auf einem Schiff nicht weiter ausgebreitet hat.«

»Die Ansteckungsgefahr ist dann am größten, wenn die ersten Pusteln auftreten, was normalerweise zwölf bis vierzehn Tage nach der Infizierung der Fall ist. Irv war längst wieder in Anchorage, als dieses Stadium eintrat, daher könnte es sein, dass sich das Virus nicht weiterverbreitet hat, als wir an Bord waren. Captain, an Ihrer Stelle würde ich dafür sorgen, dass seine Kabine auf der *Deep Endeavor* gründlich desinfiziert wird, dazu sicherheitshalber sämtliche Bettwäsche, die Tischdecken und das Essgeschirr.«

»Ich werde mich gleich darum kümmern.«

»Ich habe den Eindruck, dass Yunaska der Ausgangspunkt der Krankheit ist«, vermutete Dirk.

»Ganz meine Meinung«, erwiderte Sarah. »Es grenzt an ein Wunder, dass Sie und Jack sich nicht angesteckt haben, als Sie uns auf der Insel fanden.«

»Möglicherweise haben uns die Schutzanzüge davor bewahrt.«

»Gott sei Dank«, sagte sie.

»Kommt mir fast so vor, als ob unsere geheimnisvollen Freunde auf dem Fischerboot mit irgendwas rumgepfuscht haben, das noch scheußlicher als Zyanid ist. Was mich daran erinnert... ich habe Sie doch um einen Gefallen gebeten.«

Dirk führte Sarah zum Chrysler, wo er den großen Kofferraumdeckel hochklappte. In ihm lag die sorgfältig eingewickelte und in einem Milchkarton verstaute Bombe aus Porzellan. Sarah betrachtete sie mit fragender Miene.

»Okay, ich geb's auf. Was ist das?«

Dirk berichtete ihr kurz von seinem Abstecher nach Fort Stevens und dem Tauchgang zu dem japanischen U-Boot.

»Kann Ihr Labor feststellen, ob noch irgendwelche Rückstände vorhanden sind? Ich habe so eine Ahnung, dass da etwas im Busch ist.«

Sarah stand einen Moment lang schweigend da.

»Ja, wir können sie untersuchen«, sagte sie ernst. »Aber dafür müssen Sie mich zum Essen einladen«, fügte sie mit einem verschmitzten Lächeln hinzu.

17

Dirk fuhr mit Sarah zum Labor der Gesundheitsbehörde auf dem Fircrest-Campus, wo sie die zerbrochene Bombe vorsichtig in ein kleines Labor brachten. Nach ein paar Vorhaltungen, weil sie Sprengstoff in das Gebäude gebracht hätten, erklärte sich einer der Wissenschaftler – ein leutseliger Mann mit schütter werdendem Haar, der sich als Hal vorstellte – dazu bereit, die Trümmer nach der Mitarbeiterbesprechung zu untersuchen.

»Sieht so aus, als könnten wir uns eine lange Mittagspause gönnen. Wohin gehen wir?«, fragte Sarah.

»Ich kenne ein ruhiges Lokal mit hübschem Blick aufs Wasser«, erwiderte Dirk mit einem schelmischen Grinsen.

»Dann nimm mich mit in deinem grünen Ungetüm«, sagte sie lachend und stieg in den türkisfarbenen Chrysler.

Als Dirk vom schmalen Parkplatz des Laboratoriums fuhr, kam er an einem schwarzen Cadillac CTS vorbei, der mit laufendem Motor an der Ausfahrt stand und ihm irgendwie bekannt vorkam. Vom Campus aus fuhr er in Richtung Süden, an der geschäftigen Innenstadt von Seattle vorbei, und folgte dann einem Wegweiser nach Fauntleroy. An der Küste des Puget Sound bog Dirk zum Fauntleroy Ferry Terminal ab, steuerte den Chrysler über eine Laderampe und auf das Parkdeck der Autofähre. Als sie den Chrysler inmitten der dicht an dicht stehenden Pendlerfahrzeuge abstellten, ergriff Sarah seine Hand und drückte sie.

»Ein Imbiss auf der Fähre? Donuts und Kaffee?«, fragte sie.

»Ich glaube, wir finden was Besseres. Gehen wir nach oben und genießen den Ausblick.«

Sarah folgte ihm über eine Treppe, die auf ein offenes Oberdeck führte, wo sie eine freie Bank mit Blick nach Norden über den weiten Puget Sound fanden. Mit einem lauten Tuten und einem sanften Ruck legte das 100 Meter lange, von zwei 2500 PS starken Dieselmotoren angetriebene Schiff ab.

Es war einer dieser strahlend schönen Tage, an denen den Einheimischen immer wieder bewusst wurde, weshalb sie die langen, nasskalten Winter an der pazifischen Nordwestküste durchstanden und ihrer Heimat treu blieben. Funkelnd zeichneten sich in der Ferne die Bergketten der Cascades und des Mount Olympus vor dem azurblauen Himmel ab, so scharf und klar, dass man meinte, man könnte sie berühren. Gleißend spiegelten sich Stahl und Glas der Skyline von Seattle in der Sonne, dazwischen ragte das Wahrzeichen der Stadt, die Space Needle, wie ein futuristischer Monolith aus einem Comic von George Jetson auf. Dirk deutete auf ein halbes Dutzend anderer Fähren, die mit ihren Passagieren durch den Hafen pflügten und den großen Frachtern auswichen, die auf den internationalen Schifffahrtsstraßen unterwegs waren.

Die Fahrt zu ihrem Ziel, der Insel Vashon, dauerte nur fünfzehn Minuten, und als der Kapitän den Kai ansteuerte, begaben sich Dirk und Sarah zurück zum Chrysler. Als er Sarah die Beifahrertür aufhielt, ließ Dirk den Blick über die hinter ihm stehenden Fahrzeuge schweifen. Ein schwarzer Cadillac, der vier Stellplätze weiter hinten parkte, fiel ihm auf. Derselbe Cadillac, der mit laufendem Motor vor dem Labor der Gesundheitsbehörde gestanden hatte. Und jetzt fiel ihm auch ein, dass er diesen Cadillac bei seiner Fahrt nach Fort Stevens gesehen hatte.

»Ich glaube, dahinten parkt ein Freund von mir«, sagte Dirk in aller Ruhe zu Sarah. »Ich geh mal hin und sag kurz hallo. Bin gleich wieder da.«

Lässig schlenderte er an den in Reih und Glied stehenden Autos vorbei und sah zwei Asiaten, die im Cadillac saßen und ihn anstarrten. Als er auf Höhe der Fahrertür war, bückte er sich unverhofft und steckte den Kopf durch das offene Fenster.

»Entschuldigung, Jungs, wisst ihr zufällig, wo das Klo ist?«, fragte er in arglos tölpelhaftem Tonfall.

Der Fahrer, ein schwergewichtiger Schlägertyp mit missglücktem Bürstenhaarschnitt, schaute stur geradeaus und schüttelte langsam den Kopf. Dirk musterte ihn und sah die leichte Ausbuchtung unter der Jacke, unmittelbar neben der Achselhöhle – ein eindeutiges Zeichen, dass er ein Schulterholster samt Waffe trug. Sein Komplize auf dem Beifahrersitz war nicht so schüchtern wie der Fahrer. Er war dürr, hatte lange Haare, einen zottigen Ziegenbart und schaute Dirk mit giftigem Grinsen an. Eine halb aufgerauchte Zigarette klemmte in seinem Mund. Zwischen seinen Füßen stand ein großer Lederkoffer, in dem sich, wie Dirk vermutete, mehr als ein Taschenrechner und ein Handy befanden.

»Haben Sie Ihre Freunde gefunden?«, fragte Sarah, als er zum Chrysler zurückkehrte.

»Nein«, erwiderte Dirk kopfschüttelnd. »Ich habe mich geirrt.«

Ein langes Tuten des Schiffshorns, gefolgt von zwei kurzen Hornstößen, kündigte das Anlegen der Fähre an, und kurz darauf steuerte Pitt den Chrysler vom Parkdeck in den strahlenden Sonnenschein. Er fuhr die Rampe hinab, einen langen Pier entlang und verließ dann den Fährhafen.

Vashon Island, am unteren Ende des Puget Sound gelegen, ist eine 95 Quadratkilometer große Oase der Ruhe, landschaftlich reizvoll und nur wenige Minuten vom Lärm und Getümmel von Seattle und Tacoma entfernt. Die nur per Boot erreichbare Insel hat trotz der benachbarten Metropolen ihre geruhsame, ländliche Atmosphäre bewahrt. Üppig grüne Wälder, dazwischen Himbeer- und Erdbeerfelder, prägten diesen Flecken Erde, der hauptsächlich von Farmern, Intellektuellen und Computerspezialisten bewohnt wurde, die ein etwas gemächlicheres Leben führen wollten.

Dirk klappte das Verdeck auf, damit sie den Ausblick und die Düfte besser genießen konnten, und fuhr dann auf dem Vashon Highway in Richtung Süden, weg von dem an der Nordspitze der Insel gelegenen Fährhafen. Er warf einen Blick in den Rückspiegel und sah, wie der schwarze Cadillac den Fährhafen verließ und ihm folgte, aber etwa eine Meile Abstand zu dem alten Wagen hielt. Sie kutschierten weiter in Richtung Süden, an malerischen Hütten und Farmhäusern vorbei, zwischen denen dichte Kiefernwälder aufragten.

»Das ist ein wunderbares Gefühl«, rief Sarah, die ihre Arme hochreckte und den kühlen Fahrtwind über ihre Finger streichen ließ. Dirk lächelte vor sich hin. Er hatte viele Frauen kennen gelernt, die eine Fahrt mit offenem Verdeck nicht ausstehen konnten, weil ihre Haare zerzaust wurden. Für ihn hingegen war eine rasante Fahrt im Kabrio so, als würde er draußen auf See einen Sturm abwettern oder zu einem unerforschten Wrack tauchen. Es war ein Gefühl von Freiheit und Abenteuer, mit dem das Leben mehr Spaß machte.

Als er einen Wegweiser mit der Aufschrift BURTON sah, bremste er, bog vom Highway in Richtung Osten ab und fuhr auf einer schmalen Seitenstraße ein kurzes Stück zurück, bis zu einem kleinen Weiler. Die kurvige Straße führte an ein paar Häusern vorbei und endete an der Auffahrt eines malerischen Restaurants im viktorianischen Stil, das direkt am Wasser lag. Der zweistöckige Bau, um die Jahrhundertwende von einem Zeitungszaren aus Seattle als Sommerwohnsitz errichtet, schimmerte in zarten Grün- und Lavendeltönen. Leuchtend bunte Blumen wuchsen auf den Beeten rundum und in den großen Kübeln, die neben dem Eingang standen.

»Dirk, das ist ja herrlich«, sagte Sarah strahlend, als er den Wagen neben einem verschnörkelten Pavillon abstellte. »Wie haben Sie das entdeckt?«

»Einer unserer Wissenschaftler hat ein Sommerhaus auf der Insel. Er behauptet, hier gibt's den besten Königslachs im ganzen Staat, und ich will das überprüfen.«

Dirk führte Sarah in ein gemütliches Restaurant, das ebenfalls im viktorianischen Stil eingerichtet war. Sie stellten fest, dass es fast leer war, und setzten sich an einen Tisch neben einem großen Panoramafenster mit Blick nach Osten, auf den Sund. Nachdem sie einen einheimischen Chardonnay bestellt hatten, genossen sie den Blick über den Quartermaster Harbor bis zu einer kleinen Insel namens Maury. Im Südosten sahen sie den Mount Rainier majestätisch in der Ferne aufragen.

»Erinnert mich ein bisschen an die Grand Tetons«, sagte Sarah, die immer wieder gern an die zerklüfteten Gipfel ihrer Heimat im Nordwesten von Wyoming dachte. »Ich bin früher immer um den Lake Jackson am Fuß der Tetons geritten.«

»Sie sind bestimmt auch eine ziemlich gute Skifahrerin«, wagte sich Dirk vor.

»Ich habe ein paar Mal Spitzensalat gebaut, als ich noch klein war«, versetzte sie lachend. »Woher haben Sie das gewusst?«

»Jackson Hole ist ganz in der Nähe. Vor ein paar Jahren war ich dort Skifahren. Klasse Schnee.«

»Ich bin liebend gern dort«, rief Sarah aus, und ihre haselnussbraunen Augen leuchteten auf. »Aber ich wundere mich, dass Sie am Jackson waren. Ich dachte, ein Direktor der NUMA dürfte sich nicht so weit vom Meer entfernen.«

Jetzt lachte Dirk. »Nur im Urlaub. Die Wüste Gobi war in diesem Jahr zufällig ausgebucht«, erwiderte er grinsend. »Und jetzt verraten Sie mir doch, wie ein hübsches Mädchen aus Wyoming beim Zentrum für Seuchenbekämpfung landet?«

»Eben weil ich ein hübsches Mädchen aus Wyoming bin«, gurrte sie. »Auf der Farm meiner Eltern, wo ich aufgewachsen bin, habe ich ständig irgendein krankes Kalb gepflegt oder ein lahmendes Pferd kuriert. Mein Vater sagte immer, ich wäre ein Softie, aber ich war einfach gern mit Tieren zusammen und wollte ihnen helfen. Deshalb habe ich Tiermedizin studiert. Anschließend hatte ich mal hier, mal dort einen Job und bin schließlich als Epidemiologin in der Feldforschung am CDC untergekommen. Jetzt reise ich in der Welt herum, helfe kranken Tieren und verhindere den Ausbruch von Seuchen. Und ich kriege auch noch Geld dafür«, sagte sie lächelnd.

Dirk spürte, dass ihr Mitgefühl und die Begeisterung für ihren Beruf echt waren. Sarah hatte eine Herzensgüte an sich, die sich in ihrer ganzen Art widerspiegelte. Wenn sie nicht in Diensten der CDC stünde, würde sie vermutlich ein Hundeasyl leiten oder im Naturschutz arbeiten, mit oder ohne Gehalt. Als er den zärtlichen Blick sah, den sie ihm zuwarf, war er froh, dass er sie mitgenommen hatte.

Ein Kellner kam und störte ihre traute Zweisamkeit, brachte aber ein köstliches Mahl. Dirk ließ sich die auf Mesquite-Holz gegrillten Königslachsfilets munden, während Sarah Alaska-Kammmuscheln aß, die so zart waren, dass sie fast auf der Zunge zergingen. Nachdem sie beide Käsekuchen mit frischen Himbeeren zum Dessert genommen hatten, spazierten sie Hand in Hand am Wasser entlang. Dirk hielt Ausschau nach den beiden Männern in dem Cadillac, den er schließlich ein Stück weiter hinten, in Burton, stehen sah.

»Hier ist es hinreißend, aber ich glaube, wir sollten allmählich zurückfahren«, sagte Sarah schließlich. »Die Ergebnisse der Blutuntersuchung Ihrer kranken Besatzungsmitglieder müssten mittlerweile vorliegen, und Hal dürfte auch mit der Analyse der Bombe fertig sein.«

Als sie zum Auto gingen, drehte sie sich um und umarmte Dirk.

»Danke für das zauberhafte Essen«, flüsterte sie.

»Schöne Frauen zum Lunch zu entführen, ist eine Spezialität von mir«, sagte er lächelnd, schloss sie dann in die Arme und gab ihr einen langen, leidenschaftlichen Kuss. Sie schlang ebenfalls die Arme um ihn und drückte ihn an sich.

Dirk wendete auf dem Parkplatz und fuhr langsam den kurvenreichen, einspurigen Fahrweg nach Burton zurück. Er warf den beiden Männern, die im Cadillac saßen und in einer Nebenstraße auf sie warteten, im Vorbeifahren einen funkelnden Blick zu. Trotzdem war er etwas überrascht, als er im Rückspiegel sah, dass sie ihnen unverzüglich folgten. Die bemühen sich nicht mal, es unauffällig zu machen, dachte er. Was kein gutes Zeichen war.

Der Cadillac folgte ihnen bis zur Kreuzung mit dem Vashon Highway. Als Dirk vor dem Abbiegen auf den Highway kurz anhielt, warf er erneut einen Blick in den Rückspiegel. Er sah, wie sich der Beifahrer mit dem Ziegenbart nach unten beugte und irgendetwas aus dem Lederkoffer zog.

Mit einem Mal wurde ihm mulmig zumute, und ohne auch nur einen Moment zu zögern, trat er das Gaspedal durch. Mit quietschenden Reifen schoss der Chrysler auf den Highway und raste in Richtung Norden.

»Dirk, was machst du da?«, fragte Sarah mit verdutzter Miene, als sie in den Sitz gedrückt wurde.

Im nächsten Moment schoss der Cadillac auf den Highway, dass der Kies aufspritzte. Diesmal blieb er nicht hinter dem alten Chrysler, sondern scherte auf die freie Gegenspur aus, um sich neben ihn zu setzen.

»Runter mit dir!«, brüllte Dirk Sarah zu, während er im Seitenspiegel sah, wie der schwarze Wagen näher kam. Sarah, die zunächst verdutzt war, aber den drängenden Unterton wahrnahm, rutschte in den riesigen Fußraum und rollte sich ein. Dirk ging leicht vom Gas und schaute nach links, als der Cadillac längsseits zog. Das Fenster auf der Beifahrerseite war heruntergekurbelt, und der Junggorilla grinste Dirk spöttisch an. Dann hob er eine Maschinenpistole vom Typ Ingram Mac-10 und richtete sie auf Dirks Kopf.

Der Killer mochte jünger sein, aber Dirk reagierte schneller. Als der Schütze den Finger um den Abzug legte, stand Dirk bereits auf der Bremse. Der kurze Feuerstoß traf nicht einmal die Haube des Chrysler, als Dirk in einer Wolke aus verbranntem Gummi zurückfiel. Die schmalen Reifen des Chrysler kreischten auf, als einen Moment lang die Räder blockierten, bis Dirk wieder von der Bremse ging. Er wartete einen Moment, wollte sehen, wie der Cadillac reagierte, dann sah er es. Als die Bremslichter des Cadillac aufleuchteten, schob er den Hebel des Automatikgetriebes in den zweiten Gang und trat das Gaspedal durch.

Ein Benzinschwall schoss in den Schlund des Quadrajet-Doppelvergasers, der das explosive Luft-Treibstoffgemisch in die hemisphärischen Brennkammern des gierigen 6,4-Liter-Motors spritzte. Mit über 380 PS war der Chrysler 300-D im Jahr 1958 der schnellste und stärkste Serienwagen des Landes gewesen. Der schwere Wagen legte einen Raketenstart hin und donnerte die Straße entlang wie ein angreifendes Rhinozeros.

Die Möchtegernmörder wurden von dem plötzlich beschleunigenden Chrysler auf dem falschen Fuß erwischt und beschimpften einander, als der große, grüne Wagen wie ein Pfeil vorbeischoss. Der Beifahrer versuchte einen weiteren Feuerstoß abzugeben, brachte die Waffe aber zu spät in Anschlag und jagte die ganze Magazinladung in den Wald. Da noch immer kein Gegenverkehr kam, scherte Dirk auf die linke Spur aus, nachdem er am Cadillac vorbeigezogen war, um dem Schützen auf dem Beifahrersitz das Zielen zu erschweren.

»Was ist los? Wieso schießen die auf uns?«, rief Sarah von unten.

»Das sind bestimmt Verwandte von unseren alten Freunden aus Alaska«, brüllte Dirk über das Röhren des Motors hinweg. »Die verfolgen uns schon 'ne ganze Weile.«

»Können wir sie abhängen?«, fragte Sarah mit bangem Unterton.

»Solange es geradeaus geht, können wir den Vorsprung halten, aber in den Kurven holen sie auf. Wenn wir uns bis in die Nähe des Fährhafens durchschlagen, wo mehr Leute sind, verziehen sie sich vermutlich«, erwiderte er und hoffte, dass er Recht hatte.

Der Chrysler hatte einen großen Vorsprung, aber der Cadillac schob sich Stück für Stück näher. Als Dirk an einer engen Kurve vom Gas gehen musste, damit der über zwei Tonnen schwere Koloss nicht von der Straße flog, holte der Cadillac wertvolle Meter auf. Der Schütze, wütend und unbeherrscht, wie er war, verballerte blindlings ein weiteres Magazin. Die meisten Kugeln schlugen in den Kofferraumdeckel ein und durchsiebten das Blech. Dirk duckte sich tief in den Sitz, zog den Wagen mal nach links, mal nach rechts und fuhr wilde Schlangenlinien.

»Wie weit noch?«, fragte Sarah, die sich nach wie vor im Fußraum zusammenkauerte.

»Nur noch ein paar Meilen. Wir schaffen es«, erwiderte Dirk und zwinkerte ihr aufmunternd zu.

Aber insgeheim verfluchte er sich. Er machte sich bittere Vorwürfe, weil er Sarah in Gefahr gebracht hatte, statt Hilfe zu holen, als er bemerkt hatte, dass sie verfolgt wurden. Und er verfluchte sich, weil er keine Waffe dabei hatte, mit der er sich hätte wehren können – nur ein fast fünfzig Jahre altes Auto.

Wie ein Geier, der seine Beute beschleicht, äffte der schwarze Cadillac jede Bewegung des Chrysler nach und versuchte unentwegt aufzuschließen. Als die beiden Wagen auf eine lange Gerade des Vashon Highway rasten, warf Dirk einen Blick nach unten und sah, dass die Tachonadel fast bei 125 Meilen pro Stunde stand. Als ihm ein blauer Pick-up entgegenkam, zog er auf die rechte Spur, ohne den Fuß vom Gaspedal zu nehmen. Der Fahrer des Cadillac, der den Chrysler unbedingt überholen wollte, bemerkte den rasch näher kommenden Pick-up zu spät, scherte im letzten Moment rechts ein und trat vor lauter Schreck auf die Bremse. Wieder konnte der Chrysler ein paar kostbare Meter Vorsprung gewinnen.

Aber Dirks Überlegenheit war nur von kurzer Dauer. An der Nordspitze der Insel führte der Vashon Highway in einer Reihe scharfer Kurven und Serpentinen zum Fährenterminal hinab, und hier kam es nicht mehr auf die Geschwindigkeit an, sondern auf die Straßenlage. Dirk bremste scharf ab, als er aus einer langen Geraden in eine lang gezogene Linkskurve schoss, und hatte trotzdem alle Hände voll zu tun, um das schwere Kabrio auf der Straße zu halten. Der leichtere Cadillac holte mühelos auf und war kurz darauf nur noch wenige Meter hinter Dirks Stoßstange. Wieder hörte er die Maschinenpistole rattern und zog rasch den Kopf ein. Der Feuerstoß durchschlug die Windschutzscheibe und hinterließ eine Reihe pockennarbiger Löcher und Sprünge, die sich kreuz und quer durch das Glas zogen. Eine Kugel flog so tief, dass Dirk regelrecht spürte, wie sie an seiner Wange vorbeizischte, bevor sie sich ins Armaturenbrett bohrte.

»Ich habe mich heute schon rasiert, ihr Mistkerle«, knurrte er und wurde so sauer, dass die Wut jede Angst verdrängte. Als er den Chrysler in die nächste Kurve wuchtete, kreischten die alten Diagonalreifen auf und hinterließen eine qualmende schwarze

Spur auf dem Straßenbelag. Der Schütze, der bereits zwei Magazine verbraucht hatte, ging jetzt sparsamer mit seiner Munition um. Er wartete, bis der Chrysler in die Rechtskurve stieß, und deckte ihn dann mit ein paar kurzen Feuerstößen aus nächster Nähe ein. Aber er zielte auf den Fahrer, statt einfach die Reifen zu zerschießen.

Glasscherben, Plastik- und Metallsplitter prasselten auf Dirk und Sarah herab, als der Kugelhagel in den Wagen einschlug. Dirk hielt das Auto, so gut es ging, in der Mitte der Straße und schaute immer wieder in den Rückspiegel, um sich davon zu überzeugen, dass sich der Cadillac nicht neben sie setzte. Mehrmals zog er den Chrysler scharf nach rechts und hätte beinahe die Frontpartie des Cadillac eingedrückt, bevor sich der Fahrer zurückfallen ließ und an sein Heck hängte.

Dirk kam sich vor wie ein Boxer im Ring, als er sich fortwährend duckte, den Kopf hochreckte, im nächsten Moment wieder einzog und von einer Seite zur anderen drehte, um die Straße im Auge zu behalten und gleichzeitig den Kugeln auszuweichen. Er zuckte zusammen, als er mit dem Wagen durch eine Rechtskurve driftete und plötzlich eine Reihe Löcher in der Motorhaube sah. Die Kugeln durchschlugen den Kühler, worauf sofort eine Wolke aus zischendem Dampf unter der Haube hervorquoll. Jetzt wurde es eng. Ohne Kühler würde der Motor rasch heiß laufen und ausfallen. Dann wären Sarah und er eine leichte Beute.

Als sie sich der Nordspitze der Insel näherten, versuchte er einen letzten Schachzug. Vor einer scharfen Linkskurve zog er in die Mitte der Straße und bremste leicht ab, damit der Cadillac noch dichter aufschloss. Dann trat er mit aller Kraft das Bremspedal durch. Mit quietschenden Reifen und qualmendem Gummi rammte der Cadillac das Heck des Chrysler. Doch Dirks Versuch, die Frontpartie des Cadillac einzudrücken, schlug fehl. Gegen die vier Scheibenbremsen und das Antiblockiersystem des Cadillac kam der Chrysler mit seinen alten Bremstrommeln nicht an, sodass der neue Wagen schon fast stand, als das schwere Kabrio noch immer quer über die Fahrbahn schlitterte. Zudem durchschaute der Fahrer des Cadillac jetzt Dirks Taktik und hielt den entsprechenden Sicherheitsabstand. Dirk ging von der Bremse, trat das Gaspedal durch und hoffte, wieder Vorsprung zu gewinnen. Viel mehr konnte er jetzt nicht mehr tun.

Die beiden Fahrzeuge hatten die letzte Anhöhe im nördlichen Teil der Insel erreicht. Von hier aus schlängelte sich die Straße nach unten zum Wasser, führte an ein paar Ladenzeilen und Häusern vorbei und endete am Fährenterminal. Dirk bemerkte etliche Autos, die ihm entgegenkamen. Ausflügler, die frisch von der Fähre kamen, vermutete er.

Trotz des Gegenverkehrs wurden sie weiter unter Beschuss genommen. Die beiden Killer waren jetzt fest entschlossen, Dirk und Sarah zu töten, ohne Rücksicht darauf, wer ihnen in die Quere kam. Dirk warf Sarah einen kurzen Blick zu und rang sich ein Grinsen ab. Sie schaute ihn mit einer Mischung aus Angst und Vertrauen an. Vertrauen darauf, dass er sie irgendwie retten würde. Er fasste das Lenkrad mit fester Hand, war mehr denn je entschlossen, sie zu beschützen.

Aber er hatte nicht mehr viel Zeit. Der alte Chrysler, der jetzt aussah wie das Übungsziel eines B-2-Bombers, lag in den letzten Zügen. Rauch quoll unter der Haube hervor, begleitet von einem ständigen Mahlen und Klopfen des überhitzten Motors. Funken stoben unter der Karosserie davon, wenn der kaputte Auspuff mit markerschütterndem Kreischen über den Asphalt schrammte. Zudem waren die Reifen durch das harte Abbremsen stellenweise so abgefahren, dass sie kaum noch griffen. Und die Temperaturanzeige stand, wie Dirk bemerkte, schon seit mehreren Minuten im roten Bereich.

Inmitten des Getöses hörte er das Tuten des Fährhorns vor ihnen. Von hinten drangen das Reifenquietschen des Cadillac und das Rattern der Maschinenpistole an sein Ohr. Dann bockte der schwere Chrysler mit einem Mal, als der Motor endgültig heiß lief. Fieberhaft suchte Dirk den Straßenrand ab, hielt Ausschau nach einem Polizeiwagen, einer Bank, die möglicherweise einen bewaffneten Wachmann beschäftigte, irgendjemandem, der ihnen beistehen könnte. Aber er sah lediglich die malerischen kleinen Häuser mit ihren Blumengärten an der Bucht.

Dann, als er bergabwärts zum Fährenterminal blickte, kam ihm eine Idee. Höchst unwahrscheinlich, dass es gelingt, dachte er, aber in diesem Moment hatten sie nichts mehr zu verlieren.

Sarah blickte auf und bemerkte, wie seine Miene mit einem Mal zuversichtlich und entschlossen wurde.

»Was ist, Dirk?«, rief sie ihm inmitten des Lärms zu.

»Sarah, meine Liebe«, erwiderte er aufmunternd, »ich glaube, unser Schiff ist eingelaufen.«

18

Larry Hatala sah, wie das letzte Auto in der Schlange, ein erbsengrüner 68er VW-Bus, über die Rampe auf die Fähre rollte. Der grauhaarige Aufseher am Fährenterminal von Vashon Island, der seit über dreißig Jahren in Diensten des Washington State Department of Transportation stand, schüttelte den Kopf und lächelte dem Fahrer des alten Hippiewagens zu, einem bärtigen Mann mit Stirnband und runder Omabrille. Als der VW-Bus an Bord der Fähre war, senkte Hatala eine orange-weiße Holzschranke am Ende des Piers. Nachdem er seine Pflicht bis zur Ankunft der nächsten Fähre getan hatte, nahm er seine verblichene Baseballkappe ab, wischte sich mit dem Ärmel über die Stirn und winkte einem Kollegen auf der ablegenden Fähre zu. Der junge Mann im grauen Overall klappte die Reling am Heck des Schiffes zu und erwiderte Hatalas Winken mit einem zackigen Salutieren. Als der Kapitän das Schiffshorn betätigte, löste Hatala eine Vertäuleine und warf sie auf die Fähre, wo sein Kollege sie fing und ordentlich aufrollte.

Das Tuten des Schiffshorns war kaum verhallt, als Hatala ein anderes, ungewohntes Geräusch vernahm – ein lautes Quietschen und Kreischen überlasteter Autoreifen. Er blickte die Straße entlang, konnte aber zwischen den Bäumen nur den gelegentlich aufblinkenden Lack zweier Autos erkennen, die bergabwärts rasten. Das Reifenquietschen und Motorengeheul kam näher, durchsetzt von einem trockenen Rattern, das er aus seiner Dienstzeit bei der Navy nur zu gut kannte. Schließlich rasten die Autos hinter den Bäumen hervor und hielten auf das Terminal zu. Hatala riss ungläubig die Augen auf.

Der große grüne Chrysler, in feurigen Rauch und aus dem Kühlergrill quellenden Dampf gehüllt, sah aus wie ein Drache in vollem Galopp. Ein schwarzhaariger Mann, der sich tief in den Sitz duckte, hielt das qualmende Ungetüm trotz der hohen Geschwindigkeit, für die es eindeutig nicht gebaut war, gekonnt auf der Straße. Knapp zehn Meter dahinter kam ein schnittiger schwarzer Cadillac, der es offenbar verfolgte. Ein junger Asiate hing halb aus dem Fenster auf der Beifahrerseite und feuerte wie wild mit einer automatischen Waffe, richtete aber mehr Schaden an den Bäumen am Straßenrand an als an seinem eigentlichen Ziel. Zu Hatalas Entsetzen driftete das schwere Kabrio in die Einfahrt zum Fähranleger und hielt auf den Pier zu.

Normalerweise hätte der alte Chrysler längst den Geist aufgeben müssen. Das vordere Auto war mit einem verheerenden Kugelhagel eingedeckt worden, der Kabel, Schläuche und Riemen zerfetzt und zahllose Löcher in Karosserie und Fenster gestanzt hatte. Ein Gemisch aus Öl und Kühlflüssigkeit spritzte aus dem glühend heißen Motor, in dem kaum noch ein Tropfen Schmiermittel war. Aber der alte Chrysler hatte offenbar seinen eigenen Willen und war nicht bereit aufzugeben, sondern wuchs über sich hinaus und bot seine letzte Kraft auf.

»Dirk, wo sind wir?«, fragte Sarah, die vom Boden aus nichts sehen konnte. Nur das Rattern der Reifen auf den Holzplanken verriet ihr, dass sie nicht mehr auf dem Highway waren.

»Wir müssen unser Boot erreichen«, erwiderte Dirk mit verkniffener Miene. »Halt dich fest.«

Rund fünfzig Meter vor sich sah er einen wild winkenden Mann am Ende des Piers stehen. Und anhand des von den Schiffsschrauben aufgewühlten Wassers erkannte er, dass die Fähre gerade ablegte. Es könnte eng werden.

Der Cadillac hinter ihm verpasste um ein Haar die Einfahrt und verlor kurz an Boden, als Dirk auf den Pier raste. Doch der Fahrer war wild entschlossen, sich nicht abhängen zu lassen, und gab Vollgas, ohne zu bemerken, dass die Fähre ablegte. Auch der Schütze war vom Jagdfieber gepackt und achtete nur noch auf das Auto vor ihm, dessen Fahrer er endlich eine Kugel verpassen wollte, nachdem dieser seine Feuerstöße bislang irgendwie überlebt hatte.

Dirk trat das Gaspedal ebenfalls durch, aber aus einem anderen Grund. Er hielt die Luft an und hoffte, dass der Chrysler noch ein paar Sekunden durchhielt. Obwohl das Ende des Piers nur noch wenige Meter entfernt war, kam es ihm wie eine halbe Ewigkeit vor, bis er endlich dort war. Unterdessen schob sich die Fähre weiter in den Sund hinaus.

Zwei Jungs, die am Ende des Piers angeln wollten, opferten kurzerhand ihre Ruten und warfen sich hinter einem Poller in Deckung, als die beiden Autos vorbeischossen. Zu Dirks Verwunderung hörte der Mann am Ende des Piers auf zu winken und öffnete die orange-weiße Schranke. Offenbar hatte er eingesehen, dass er den rasenden Stahlkoloss, der auf ihn zukam, ohnehin nicht aufhalten konnte. Dirk bedankte sich mit einem kurzen Nicken und winkte Hatala zu, als er an ihm vorbeidonnerte. Hatala starrte ihn nur verblüfft an.

Der mächtige Motor des Chrysler klopfte jetzt wie ein Vorschlaghammer, doch die alte Kiste hielt durch und bot noch einmal ihre ganze Kraft auf. Das schwere Kabriolett raste die Rampe am Ende des Piers hinauf und schoß wie eine Kanonenkugel durch die Luft. Dirk schloss die Hände ums Lenkrad, als er den gut zehn Meter breiten Streifen Wasser unter dem Wagen vorbeihuschen sah, und machte sich auf den Aufprall gefasst. Schreie hallten durch die Luft, als die erschrockenen Passagiere am Heck der Fähre davonstoben und sich vor dem grünen Ungetüm, das auf sie zugeflogen kam, in Sicherheit brachten. Durch die schräge Rampe und den Schwung des schweren Wagens schoss der Chrysler in hohem Bogen durch die Luft, bevor er von der Schwerkraft nach unten gezogen wurde. Aber sie waren über das offene Wasser hinweg und landeten auf der Fähre.

Nur zwei bis zweieinhalb Meter hinter dem offenen Heck prallten die Vorderreifen des Chrysler auf das Deck und platzten augenblicklich. Im nächsten Moment schlugen die Hinterräder auf und zertrümmerten die niedrige Heckreling. Ein Stück Reling flog in den Radkasten und verklemmte sich, als der Wagen mit voller Wucht auf das Deck knallte. Es rettete ihnen das Leben, denn das Stahlrohr bohrte sich in die Decksplanken und wirkte wie ein Anker. Statt mitten in die Autos zu schlittern, die auf dem Parkdeck standen, wurde der mächtige alte Wagen nur zweimal durchgerüttelt, ehe er nach knapp einem halben Meter stehen blieb und lediglich dem erbsengrünen VW-Bus einen leichten Schubs versetzte.

Dem schwarzen Cadillac erging es nicht so gut. Zu spät sah der Fahrer, dass die Fähre abgelegt hatte, und vor lauter Schreck ließ er den Fuß auf dem Gaspedal und hob hinter dem Chrysler vom Pier ab. Aber mittlerweile hatte sich die Fähre zu weit entfernt.

Der Schütze gab einen markerschütternden Schrei von sich, als der Cadillac in hohem Bogen durch die Luft flog und dann mit einem Donnerschlag gegen das Heck der Fähre prallte. Der ganze Wagen wurde zusammengestaucht wie eine Ziehharmonika, als die vordere Stoßstange knapp über der Wasserlinie auf die Stahlplatten traf, genau in Höhe des Schiffsnamens *Issaquah*. Dann spritzte eine hohe Fontäne auf, als das Wrack ins Wasser fiel, zehn Meter tief sank und seine zermalmten Insassen mit sich in ihr nasses Grab riss.

Dirk saß einen Moment lang benommen im Chrysler, dann tastete er seine Gliedmaßen ab. Er stellte fest, dass er sich das Knie verdreht und die Hüfte geprellt hatte, außerdem blutete seine Unterlippe, die er sich am Lenkrad aufgeschlagen hatte. Aber ansonsten schien alles heil geblieben zu sein. Sarah blickte mit schmerzverzerrtem Gesicht vom Boden auf, rang sich dann ein Lächeln ab.

»Ich glaube, mein Bein ist gebrochen«, sagte sie ruhig, »aber sonst fehlt mir nichts.«

Dirk hob sie aus dem Auto und legte sie behutsam auf das Deck, worauf sich etliche Passagiere vorwagten und ihm Hilfe anboten. Dann flog die Tür des VW-Busses vor ihnen auf und der Fahrer stieg aus, ein Althippie mit Pferdeschwanz und Bierbauch, über den sich ein scheckig gefärbtes Grateful-Dead-T-Shirt spannte. Er bekam große Augen, als er das qualmende, nach verbranntem Öl und Gummi stinkende Wrack des Chrysler sah. Das Blech war von vorn bis hinten mit Einschusslöchern übersät, der Innenraum lag voller Glassplitter und zerfetzter Polsterung. Die Vorderreifen waren beim Aufprall geplatzt und aus dem linken hinteren Radkasten ragte ein Stück Reling. Ein tiefer Riss zog sich vom Wrack aus über die Decksplanken bis zum Heck der Fähre. Dirk rang sich ein mattes Lächeln ab, als der Mann näher kam und das Ganze begutachtete.

»Abgefahren, Mann«, meinte der alte Hippie schließlich kopfschüttelnd. »Hoffentlich hast du 'ne gute Versicherung.«

Es dauerte nur ein paar Stunden, bis die Behörden ein Bergungsschiff beschafft und vor dem Fähranleger in Position gebracht hatten. Mühelos hob sein Zwanzig-Tonnen-Kran den zusammengestauchten Cadillac vom Meeresgrund und setzte ihn auf dem ölverschmierten Deck des alten Kahns ab. Danach holte ein Trupp Sanitäter die zerquetschten Leichen vorsichtig aus dem Fahrzeug und brachte sie ins Leichenschauhaus des Bezirks, wo als Todesursache stumpfe Gewalteinwirkung infolge eines Autounfalles angegeben wurde.

Auf Bitten der NUMA hin schaltete sich das FBI ein und nahm die Ermittlungen auf. Zunächst konnte man die beiden Männer nicht identifizieren, da sie keinerlei Ausweispapiere bei sich hatten. Bei dem Cadillac handelte es sich, wie man feststellte, um einen gestohlenen Mietwagen. Schließlich bestätigte die Einwanderungsbehörde, dass die beiden Männer japanische Staatsbürger waren, die illegal über Kanada eingereist waren.

Der Chefpathologe im Bezirksleichenschauhaus von Seattle/King County schüttelte gereizt den Kopf, als ein weiterer Ermittler eintraf und sich die Toten ansehen wollte.

»Ich komme nicht zu meiner Arbeit, solange wir diese so genannten japanischen Gangster hier liegen haben«, grummelte er einem Untergebenen zu, als zwei weitere Bundespolizisten die Pathologie verließen.

Der stellvertretende Pathologe, ein ehemaliger Stabsarzt, der einst ein Jahr lang in Seoul stationiert gewesen war, nickte.

»Wir sollten gleich eine Drehtür zum Kühlraum einbauen«, witzelte er.

»Ich bin heilfroh, wenn endlich die Unterlagen für die Rückführung nach Japan eintreffen.«

»Hoffentlich ist das auch ihr Heimatland«, sagte der stellvertretende Pathologe, während er die Leichen wieder in ihre Kühlfächer schob. »Meiner Ansicht nach sehen die wie Koreaner aus.«

19

Nachdem er zwölf Stunden an Sarahs Bett verbracht hatte, konnte Dirk die Ärzte im Swedish Providence Medical Center von Seattle endlich dazu überreden, Sarah zu entlassen. Zwar hätte sie wegen des gebrochenen Beins nicht über Nacht im Krankenhaus bleiben müssen, doch die Mediziner waren vorsichtig, befürchteten, dass sie ein Unfalltrauma erlitten haben könnte, und wollten sie zur Beobachtung dort behalten. Immerhin hatte sie Glück gehabt und einen glatten Bruch des Schienbeins davongetragen, der weder genagelt noch verschraubt werden musste. Die Ärzte legten ihr Bein lediglich in Gips, verpassten ihr eine kräftige Dosis schmerzstillender Mittel und entließen sie dann.

»Ich glaube, in nächster Zeit kann ich nicht mit dir tanzen gehen«, scherzte Dirk, als er sie im Rollstuhl aus der Klinik schob.

»Es sei denn, du willst dir den Fuß prellen«, erwiderte sie und warf einen scheelen Blick auf ihren eingegipsten Unterschenkel.

Trotz Sarahs Beteuerungen, dass sie arbeiten könnte, brachte

Dirk sie in ihr schickes Apartment unweit des Capitol Hill von Seattle. Dort trug er sie behutsam zu einer Ledercouch und bettete ihr Bein auf ein großes Kissen.

»Ich bin leider nach Washington zitiert worden«, sagte er und streichelte ihre seidigen Haare, während sie die Kissen hinter ihrem Rücken zurechtschob. »Ich muss noch heute Nacht aufbrechen. Ich sorge dafür, dass Sandy bei dir vorbeischaut.«

»Wahrscheinlich kann ich sie sowieso nicht abwimmeln«, erwiderte sie grinsend. »Aber was ist mit den kranken Besatzungsmitgliedern der *Deep Endeavor*? Wir müssen feststellen, ob mit ihnen alles in Ordnung ist«, sagte sie und versuchte von der Couch aufzustehen. Durch die Schmerzmittel hatte sie das Gefühl, als wäre sie von Kopf bis Fuß in Zuckerwatte eingepackt, und musste ständig darum kämpfen, wach zu bleiben, obwohl sie am liebsten auf der Stelle eingeschlafen wäre.

»Okay«, sagte er, drückte sie behutsam wieder aufs Sofa und brachte ihr ein Telefon. »Du darfst einen Anruf machen, aber danach ist Funkstille.«

Während sie im Labor der Gesundheitsbehörde anrief, sah er nach, ob sie genügend Lebensmittel in der Küche hatte. Als er einen Blick in den spärlich gefüllten Kühlschrank warf, fragte er sich einmal mehr, weshalb allein stehende Frauen offenbar grundsätzlich weniger Essen im Haus hatten als die ledigen Männer, die er kannte.

»Gute Nachricht«, rief sie mit schwerer Zunge, nachdem sie aufgelegt hatte. »Die Untersuchung der kranken Besatzungsmitglieder verlief negativ. Keine Spur von einem Pockenvirus.«

»Das ist ja eine großartige Nachricht«, sagte Dirk, der zu ihr zurückkehrte. »Ich sage Burch Bescheid, bevor ich zum Flughafen fahre.«

»Wann sehen wir uns wieder?«, fragte sie und drückte seine Hand.

»Ich muss nur kurz in die Zentrale. Eh du dich versiehst, bin ich wieder zurück.«

»Das will ich hoffen«, erwiderte sie und schloss die Augen. Dirk beugte sich über sie, strich ihre Haare beiseite und küsste sie dann sanft auf die Stirn. Als er aufstand, sah er, dass sie bereits eingeschlafen war.

Dirk schlief auf dem nächtlichen Flug zur Ostküste und wachte frisch und munter auf, als der NUMA-Jet kurz nach acht Uhr morgens auf dem Ronald Reagan National Airport in Washington landete. Am Terminal für Regierungsangestellte stieg er in einen für ihn bereitstehenden Wagen der Meeresforschungsbehörde und fuhr bei leichtem Nieselregen vom Parkplatz. Als er das Flughafengelände verließ, warf er einen langen Blick zu einem baufällig wirkenden Hangar, der etwas abseits der Rollbahnen stand. Sein Vater war zwar außer Landes, aber dennoch hätte er gern den Unterschlupf seines alten Herrn aufgesucht und sich einen der vielen Oldtimer, die dort untergestellt waren, für eine Spritztour ausgeborgt. Erst die Arbeit, dann das Vergnügen, sagte er sich und steuerte den Dienstwagen in Richtung Stadtautobahn.

Vom Flughafen aus fuhr er auf dem George Washington Memorial Parkway nach Norden, am Ufer des Potomac entlang und vorbei am Pentagon, das er links liegen ließ. Kurz darauf bog er von der Schnellstraße ab und hielt auf ein hoch aufragendes grünes Glasgebäude zu, in dem sich die Zentrale der NUMA befand. Er passierte ein bewachtes Tor, rollte in die Tiefgarage und stellte den Wagen ab. Dann klappte er den Kofferraum auf, lud sich einen großen Seesack auf die Schulter, fuhr mit dem Aufzug für Angestellte in den zehnten Stock und trat in einen großen Raum, der vom leisen Summen zahlloser Computer erfüllt war.

Die Datenverarbeitungszentrale der NUMA, die über einen Etat verfügte, bei dem manch ein Dritte-Welt-Diktator vor Neid in Tränen ausgebrochen wäre, war das reinste Wunderwerk moderner Rechnertechnologie. Hier war das weltweit beste Archiv ozeanographischer und meeresbiologischer Daten gespeichert. Zudem wurden fortwährend Echtzeit-Daten zu Witterungs- und Strömungsverhältnissen, Temperaturen oder Artenvielfalt erfasst, die via Satellit von Mess- und Forschungsstationen in aller Welt eingingen, sodass man sich jederzeit ein Bild über den Istzustand der Ozeane sowie sich abzeichnende Entwicklungen machen konnte. Verbindungen zu den führenden Universitäten und Forschungsinstituten lieferten ständig neueste Erkenntnisse über Geologie und Meeresbiologie, Unterwasserflora und -fauna wie auch über technische Fortschritte und Errungenschaften. Die historischen Sammlungen der NUMA enthielten ihrerseits Millionen von Daten, die Forschungseinrichtungen in aller Welt stets zur Verfügung standen.

Dirk sah den Herrscher über dieses elektronische Reich an einer hufeisenförmigen Konsole sitzen, wo er sich mit der einen Hand einen Bagel in den Mund schob und mit der anderen ein Keyboard bediente. Mit seinen langen grauen Haaren, die er zum Pferdeschwanz gebunden hatte, wirkte Hiram Yeager für alle, die ihn nicht kannten, wie ein in die Jahre gekommener Fan bei einem Bob-Dylan-Konzert. Er war schlank, trug eine verblichene Levi's, eine dazu passende Jeansjacke über einem weißen T-Shirt und abgewetzte Cowboystiefel. Doch sein Äußeres täuschte – immerhin lebte er in einer noblen Wohngegend in Maryland, war mit einem Exmodel verheiratet und fuhr einen BMW der 7er-Reihe. Er betrachtete Dirk über den Rand seiner runden Omabrille hinweg und lächelte zum Gruß.

»Aha, der junge Mr. Pitt«, sagte er mit einem freundlichen Grinsen.

»Hiram, wie geht's?«

»Ich würde sagen, ganz gut, da ich weder ein Auto zerlegt noch einen Diensthubschrauber ruiniert habe«, erwiderte er. »Übrigens, ist unser werter Direktor schon über den Verlust eines Fluggeräts der NUMA informiert?«

»Ja. Zum Glück sind Dad und Al noch auf den Philippinen, daher bin ich einigermaßen glimpflich davongekommen.«

»Du hast den richtigen Zeitpunkt erwischt, da sie wegen eines Giftstoffes, auf den sie in der Nähe von Mindanao gestoßen sind, alle Hände voll zu tun haben«, sagte Yeager. »Also erzähl mir, was mir die Ehre deines Besuches verschafft?«

»Nun ja«, erwiderte Dirk zögernd. »Es geht um deine Töchter. Ich würde gern mit ihnen ausgehen.«

Yeager dachte einen Moment lang, Dirk meine das ernst, und wurde kreidebleich. Yeagers Zwillingstöchter, die gerade das letzte Jahr auf einer privaten High School absolvierten, waren sein ganzer Stolz. Siebzehn Jahre lang hatte er sämtliche Verehrer vergrault, die auch nur die geringsten Anstalten machten, seine Mädchen anzurühren. Gott behüte ihn vor der Schwärmerei, die sie für einen Typ mit Dirks Ausstrahlung an den Tag legen würden.

»Wenn du in meiner Gegenwart auch nur noch einmal ihre Namen erwähnst, tilge ich dich aus der Personaldatei und belaste dein Konto mit einem Überziehungskredit, den du in tausend Jahren nicht abzahlen kannst«, drohte Yeager.

Jetzt lachte Dirk, der sich lauthals über Yeagers wunden Punkt amüsierte. Das Computergenie beruhigte sich und grinste ebenfalls über Dirks Scherz.

»Okay, die Mädchen sind tabu. Eigentlich wollte ich ein bisschen Zeit mit dir und Max zubringen, bevor ich mich später mit Rudi treffe.«

»Nun, damit kann ich dienen«, erwiderte Yeager mit einem entschiedenen Nicken. Nachdem er seinen Bagel vertilgt hatte, ließ er beide Hände über das Keyboard tanzen und rief seine virtuelle Vertraute.

Trotz ihrer menschlichen Gestalt war Max keine Kollegin in Yeagers Computerimperium, sondern eine künstliche Intelligenz in Form eines Hologramms. Sie war ein Produkt von Yeagers Genie und half ihm bei seinen Recherchen und der Verwaltung seiner umfassenden Daten, aber er hatte sie darüber hinaus nach dem Vorbild seiner Frau Elsie gestaltet und mit einer sinnlichen Stimme und einem freizügig-frechen Charakter ausgestattet. Auf einem Podest vor der hufeisenförmigen Konsole erschien plötzlich eine attraktive Frau mit rotbraunen Haaren und topasfarbenen Augen. Sie trug einen extrem kurzen Lederrock und ein knappes Trägertop, das den Nabel freiließ.

»Guten Morgen, die Herren«, gurrte das dreidimensionale Abbild.

»Hi, Max. Erinnerst du dich noch an den jungen Dirk Pitt?«

»Natürlich. Schön, Sie wiederzusehen, Dirk.«

»Gut sehen Sie aus, Max.«

»Ich würde noch viel besser aussehen, wenn Hiram mich nicht ständig in diesen Britney-Spears-Fummel stecken würde«, erwiderte sie verächtlich und strich sich mit den Händen über den Oberkörper.

»Na schön. Morgen gibt's was von Prada«, versprach Yeager.

»Danke.«

»Dirk, was möchtest du Max fragen?«, hakte Yeager nach.

»Max, was können Sie mir über die biologischen und chemischen Kampfstoffe der Japaner im Zweiten Weltkrieg sagen?«, fragte Dirk, der mit einem Mal ernst wurde.

Max zögerte einen Moment, während sie ihre Suche durch tausende von Datenbanken startete. Yeager, der sich nicht nur auf die Meeresforschung beschränken wollte, hatte das Netzwerk der NUMA mit einer Vielzahl von Regierungsstellen und mehr oder weniger öffentlichen Dateien verbunden, von der Kongressbibliothek bis zur Securities & Exchange Commission. Und Max wühlte sich nicht nur durch eine Masse an Informationen, sondern wertete sie auch aus und fasste sie zu einem Gesamtüberblick zusammen.

»Das japanische Militär führte sowohl vor als auch während des Zweiten Weltkriegs umfangreiche Forschungen und Experimente für chemische und biologische Waffen durch. Sowohl die Forschung als auch die Anwendung fanden hauptsächlich in der Mandschurei statt, und zwar unter der Leitung der kaiserlichen Armee, nachdem sie 1931 den Nordosten Chinas besetzt hatte. Zur Erprobung dieser Stoffe wurden in der ganzen Region zahlreiche Anlagen gebaut, die man teils als Sägewerke, teils als Fabriken tarnte. In diesen Anlagen wurden chinesische Gefangene als menschliche Versuchskaninchen allerlei Experimenten mit Krankheitserregern und chemischen Stoffen unterzogen. Die Anlage in Qiqihar, die der Armeeabteilung 516 unterstand, war die größte japanische Forschungs- und Erprobungsstätte für chemische Waffen, auch wenn die eigentliche Herstellung chemischer Waffen nur auf japanischem Boden stattfand. Chanchun, unter Aufsicht der Armeeabteilung 100, und die weitläufige Anlage von Ping Fan, die Armeeabteilung 731 unterstand, waren die wichtigsten Forschungs- und Erprobungseinrichtungen für die biologische Kriegsführung. Genau genommen handelte es sich bei diesen Anlagen um riesige Gefängnisse, in die Kriminelle und Obdachlose gesteckt und als Versuchsobjekte missbraucht wurden; nur wenige Häftlinge überlebten die Gefangenschaft.«

»Über die Abteilung 731 habe ich gelesen«, warf Dirk ein. »Einige Experimente, die die gemacht haben, lassen die Nazis wie Pfadfinder aussehen.«

»Den Japanern und vor allem Abteilung 731 wurden zahllose unmenschliche Experimente vorgeworfen. Chinesischen Häftlingen, aber auch alliierten Kriegsgefangenen spritzte man regelmäßig eine ganze Reihe gefährlicher Krankheitserreger, da ihre Häscher feststellen wollten, welche Dosis tödlich wirkte. Man warf mit biologischen Kampfmitteln bestückte Bomben auf Häftlinge ab, um die Einsatzmöglichkeiten zu erproben. Viele Experimente fanden auch außerhalb der Forschungsanlagen statt. So versetzte man Dorfbrunnen vorsätzlich mit Typhusbazillen, was zum Ausbruch von fiebrigen Erkrankungen und zahlreichen Todesfällen führte. Man setzte mit Pesterregern infizierte Ratten samt der die Krankheit übertragenden Flöhe in dicht besiedelten Gegenden aus, um festzustellen, wie schnell und heftig sich die Seuche ausbreitete. Sogar Kinder unterzog man solchen Experimenten. Einmal gab man Dorfkindern mit Anthrax versetzte Schokolade, die sie natürlich gierig verschlangen. Mit entsetzlichen Folgen.«

»Das ist ja abscheulich«, sagte Yeager kopfschüttelnd. »Ich hoffe doch, die Täter mussten für ihre Verbrechen büßen.«

»In den meisten Fällen nicht«, fuhr Max fort. »Fast keiner der für diese chemischen und biologischen Experimente verantwortlichen Offiziere wurde als Kriegsverbrecher verurteilt. Die

Japaner zerstörten vor der Kapitulation einen Großteil der Lager und nahezu alle Unterlagen. Die mit der Untersuchung betrauten Amerikaner hatten entweder keine Ahnung von dem ganzen Ausmaß des Grauens oder wollten sich die Ergebnisse dieser grässlichen Experimente zunutze machen, daher drückten sie beide Augen zu. Viele kaiserliche Militärärzte, die in den Todeslagern tätig gewesen waren, wurden nach dem Krieg hoch geachtete Führungskräfte in der pharmazeutischen Industrie Japans.«

»Obwohl sie Blut an den Händen haben«, warf Dirk ein.

»Niemand kennt die genauen Zahlen, aber Experten schätzen, dass in den dreißiger und vierziger Jahren mindestens zweihunderttausend Chinesen infolge der japanischen Experimente umgekommen sind. Ein großer Prozentsatz der Opfer waren unschuldige Zivilisten. Es war eines der großen Kriegsverbrechen, aber erst in jüngster Zeit befassen sich Historiker und Gelehrte damit.«

»Man staunt doch immer wieder, was der Mensch seinem Mitmenschen antun kann«, sagte Yeager mit finsterer Miene.

»Max, mit welchen Krankheitserregern und Chemikalien haben die Japaner gearbeitet?«, fragte Dirk.

»Die Frage, mit welchen sie nicht gearbeitet haben, ließe sich leichter beantworten. Soweit man weiß, haben sie mit einer ganzen Reihe von Bakterien und Viren geforscht, von Milzbrand, Cholera und Beulenpest bis zu Maul- und Klauenseuche, Pocken und Typhus, aber es gab auch noch zahlreiche andere Experimente. Bei den chemischen Kampfstoffen befasste man sich vor allem mit Phosgenen, Blausäure, Senfgas und Lewisit. Man weiß nicht, wie viel davon zum Einsatz kam, was wiederum daran liegt, dass die Japaner bei ihrem Abzug aus China am Ende des Krieges einen Großteil ihrer Unterlagen vernichteten.«

»Wie wollte man diese Kampfstoffe auf dem Schlachtfeld einsetzen?«

»Chemikalien sind, da sie sich lange einlagern lassen, als Kampfstoff bestens geeignet. Die Japaner haben eine große Anzahl von Munition für den Einsatz von chemischen Kampfstoffen produziert, hauptsächlich Handgranaten, Mörsergranaten, aber auch Artilleriegranaten mit großer Reichweite. Tausende dieser Waffen wurden bei Kriegsende in der Mandschurei zurückgelassen. Deutlich weniger Erfolg hatte man, was die Einsatzmöglichkeit biologischer Kampfstoffe anging, da diese naturgemäß empfindlicher sind. Die Entwicklung einer mit Biokampfstoff bestückten Granate erwies sich als ausgesprochen kompliziert, daher konzentrierten sich die Japaner auf einen möglichen Einsatz mittels Fliegerbomben. Die Unterlagen, soweit bekannt, deuten allerdings darauf hin, dass die japanischen Wissenschaftler mit der Wirkung der von ihnen entwickelten Bomben nie ganz zufrieden waren.«

»Max, wissen Sie, ob man Bomben mit einer Porzellanhülle für den Einsatz chemischer oder biologischer Kampfstoffe benutzen wollte?«

»O ja, durchaus. Da bei der Explosion einer stählernen Bombenhülle eine außerordentliche Hitze entsteht, die jeden biologischen Kampfstoff zerstört hätte, versuchten es die Japaner mit Keramikbehältern. Man weiß, dass in China diverse Fliegerbomben mit Porzellangehäuse für den Einsatz biologischer Kampfstoffe erprobt wurden.«

Dirk wurde mit einem Mal flau im Magen. Die *I-403* war 1945 tatsächlich in tödlicher Mission unterwegs gewesen, mit einer Ladung biologischer Bomben. Glücklicherweise war das U-Boot versenkt worden, aber war die Sache damit wirklich ein für alle Mal ausgestanden?

Yeager riss ihn aus seinen Gedanken. »Max, für mich ist das alles Neuland. Ich hatte keine Ahnung, dass die Japaner tatsächlich chemische und biologische Kampfstoffe benutzten. Wurden sie auch außerhalb von China eingesetzt, gegen amerikanische Truppen?«

»Beim Einsatz chemischer und biologischer Waffen beschränkten sich die Japaner in erster Linie auf den chinesischen Kriegsschauplatz. Berichten zufolge sollen sie in geringem Umfang auch in Burma, Thailand und Malaysia verwendet worden sein. In den von mir durchsuchten Dateien fand sich jedoch kein

Hinweis auf einen Einsatz biologisch-chemischer Kampfstoffe gegen alliierte Truppen, was vielleicht auf die Angst vor Vergeltungsmaßnahmen seitens der Japaner zurückzuführen ist. Man vermutet jedoch, dass sie zur Abwehr einer Invasion auf japanischem Boden eingesetzt worden wären. Der Fund Ihres Vaters beweist natürlich, dass man chemische Kampfstoffe auf den Philippinen lagern und bei der Verteidigung der Inseln auch einsetzen wollte.«

»Der Fund meines Vaters?«, fragte Dirk. »Ich begreife überhaupt nichts.«

»Tut mir Leid, Dirk, ich erkläre es Ihnen. Ich habe von der *Mariana Explorer* das toxikologische Ergebnis der Untersuchung von Kriegsmunition erhalten, die Ihr Vater und Al Giordino entdeckt haben.«

»Bist du mit deinem Datenabgleich der Arsenproben etwa schon fertig?«, fragte Yeager das Hologramm. »Ich dachte, du hast gesagt, deine Nachforschungen dauern bis nach der Mittagspause.«

»Manchmal bin ich eben unheimlich tüchtig«, erwiderte sie und reckte die Nase.

»Was hat das eine mit dem anderen zu tun?«, fragte Dirk, der immer noch nicht ganz durchblickte.

»Ihr Vater und Al haben die Ursache eines Fischsterbens untersucht und sind dabei auf einen alten Frachter gestoßen, der offenbar im Zweiten Weltkrieg an einem Korallenriff in der Nähe von Mindanao gesunken ist. Im Frachtraum des Schiffes waren Artilleriegranaten gelagert, aus denen Arsen sickerte«, erklärte Yeager.

»Hundertfünf-Millimeter-Granaten, genauer gesagt«, fügte Max hinzu. »Die Standardmunition für die Artilleriegeschütze der kaiserlichen Armee. Nur dass sie normalerweise kein Arsen enthielten.«

»Was hast du rausgefunden?«, fragte Yeager.

»Eigentlich handelte es sich bei dem Inhalt um eine Mischung aus Senfgas und Lewisit. Eine Kampfstoffmixtur aus den dreißiger Jahren, die sich bei Militärs großer Beliebtheit erfreute.

Das dabei freigesetzte Gas führt zu Hautverätzungen, Pustelbildung und schließlich zum Tod. Lewisit ist ein Arsenderivat, daher der ursprüngliche toxikologische Befund von den Philippinen. Die Japaner haben in der Mandschurei tausende Senfgas- und Lewisit-Granaten hergestellt und manche auch gegen die Chinesen eingesetzt. Noch heute werden manchmal Munitionsfunde mit chemischen Kampfstoffen ausgegraben.«

»Hat die japanische Marine diese Waffen ebenfalls eingesetzt?«, fragte Dirk.

»Die kaiserliche Marine hatte auf dem Stützpunkt Sagami eine eigene Produktionsstätte zur Herstellung chemischer Waffen, und man nimmt an, dass sie darüber hinaus über Lagerhäuser und Arsenale in Kure, Yokosuka, Hiroshima und Sasebo verfügte. Aber die Marine besaß nur einen Bruchteil der schätzungsweise rund 1,7 Millionen Bomben und Granaten, die im Laufe des Krieges produziert wurden, und nichts deutet darauf hin, dass sie jemals zur Seekriegsführung eingesetzt wurden. Die Erforschung biologischer Kampfstoffe wurde von der kaiserlichen Armee finanziert und erfolgte, wie ich bereits erwähnte, vor allem in China. Federführend für diese Forschungsarbeiten war in erster Linie das Militärmedizinische Institut der Armee in Tokio. Man weiß nicht, ob und inwieweit die Marine darin verwickelt war, da das Institut 1945 bei einem Bombenangriff zerstört wurde.«

»Es gibt also keinerlei Unterlagen aus dieser Zeit, die beweisen, dass Kriegsschiffe mit chemischen oder biologischen Waffen ausgerüstet waren?«

»Keine, die veröffentlicht wurden«, sagte Max kopfschüttelnd. »Ein Großteil der japanischen Kriegsakten, darunter auch die Unterlagen des Marineministeriums, wurde dem US-Nationalarchiv übergeben. Als Zeichen der Aussöhnung wurden die meisten Unterlagen später an die japanische Regierung zurückgegeben. Nur ein Bruchteil der Akten wurde kopiert, und noch weitaus weniger wurden übersetzt.«

»Max, ich würde gern erfahren, ob in den Unterlagen des Marineministeriums irgendetwas über den Einsatz eines japanischen U-Bootes steht, der *I-403*. Können Sie feststellen, ob darüber noch irgendwelche Aufzeichnungen vorliegen?«

»Tut mir Leid, Dirk, aber zu diesem Bereich des Nationalarchivs habe ich keinen Zugang.«

Dirk wandte sich mit hochgezogenen Augenbrauen an Yeager und bedachte ihn mit einem langen, wissenden Blick.

»Das Nationalarchiv, was? Tja, das sollte sich schon anzapfen lassen; das ist weitaus weniger gefährlich als Langley«, räumte Yeager achselzuckend ein.

»Das ist der alte Silicon-Valley-Hacker, wie ich ihn kenne und mag«, erwiderte Dirk lachend.

»Gib mir zwei Stunden Zeit, dann wollen wir sehen, was sich tun lässt.«

»Max«, sagte Dirk und blickte der holographischen Frau in die Augen, »danke für die Auskunft.«

»Es war mir ein Vergnügen, Dirk«, erwiderte sie verführerisch. »Ich stehe Ihnen jederzeit und gern zu Diensten.«

Im nächsten Moment war sie verschwunden. Yeager hatte sich bereits vorgebeugt, ließ die Finger über ein Keyboard flitzen und war völlig in seine nicht ganz legale Aufgabe vertieft.

Pünktlich um zehn Uhr betrat Dirk, der immer noch den Seesack über der Schulter trug, ein elegant eingerichtetes Sitzungszimmer. Auf dem dicken, azurblauen Teppichboden stand ein langer Tisch aus dunklem Kirschholz, passend zu den ebenfalls mit Holz getäfelten Wänden, an denen Ölgemälde von alten amerikanischen Kriegsschiffen hingen. An der einen Seite des Raumes erstreckte sich eine breite Glasfront, durch die man freien Blick auf den Potomac und die Washington Mall auf der anderen Seite des Flusses hatte. An dem Tisch saßen zwei Männer in dunklen Anzügen und hörten aufmerksam, aber mit versteinerter Miene einem kleinen Mann mit Hornbrille zu, der von den jüngsten Ereignissen auf den Aleuten berichtete. Rudi Gunn brach mitten im Satz ab und sprang auf, als Dirk den Raum betrat.

»Dirk, schön, dass du so rasch nach Washington gekommen bist«, begrüßte er ihn und strahlte ihn mit seinen blauen Augen durch die dicken Brillengläser an. »Ich bin froh, dass du bei der Landung auf der Fähre keine schweren Verletzungen davongetragen hast«, fügte er hinzu, während er Dirks geschwollene Lippe und die verpflasterte Wange musterte.

»Meine Begleiterin hat sich das Bein gebrochen, aber ich bin mit einer dicken Lippe davongekommen. Uns ist es ein bisschen besser ergangen als den anderen Typen«, sagte er grinsend, »wer immer sie auch waren. Schön, dich wiederzusehen, Rudi«, fügte er hinzu und schüttelte dem langjährigen stellvertretenden Direktor der NUMA die Hand.

Gunn geleitete ihn zum Tisch und stellte ihn den beiden anderen Männern vor.

»Dirk, das ist Jim Webster vom Ministerium für Heimatschutz, zuständig für Informationsanalyse und Sicherung der Infrastruktur«, sagte er, dann deutete er auf einen blassen Mann mit kurzen blonden Haaren. »Und das ist Rob Jost, stellvertretender Direktor für Land und Meeressicherheit bei der Verkehrssicherheitsbehörde.« Der massige, hünenhaft wirkende Mann mit der roten Nase nickte Dirk zu, ohne eine Miene zu verziehen.

»Wir diskutieren gerade Captain Burchs Bericht über die Rettung des CDC-Teams auf Yunaska«, fuhr Gunn fort.

»Ein Glück, dass wir zufällig in der Gegend waren. Leider konnten wir die beiden Männer von der Küstenwache nicht rechtzeitig erreichen.«

»In Anbetracht der hohen Giftdosis, die offenbar unweit der Station freigesetzt wurde, hatten sie von Anfang an keine große Überlebenschance«, sagte Webster.

»Steht inzwischen fest, dass sie an einer Zyanidvergiftung gestorben sind?«, fragte Dirk.

»Ja. Woher wissen Sie das? Das wurde bislang noch nicht öffentlich bekannt gegeben.«

»Wir haben auf der Insel einen toten Seelöwen geborgen, den ein CDC-Team nach unserer Rückkehr in Seattle untersucht hat. Sie haben festgestellt, dass er durch das Einatmen von Zyanidgas starb.«

»Das deckt sich mit den Ergebnissen, die bei der Autopsie der beiden Männer von der Küstenwache herauskamen.«

»Haben Sie irgendetwas über das Boot erfahren, das uns beschossen und vermutlich das Zyanid freigesetzt hat?«

Webster schwieg einen Moment, dann erwiderte er: »Wir konnten bislang keine weiteren Erkenntnisse gewinnen. Leider passte die Beschreibung auf tausend andere Fischerboote dieses Bautyps. Wir nehmen allerdings an, dass es sich nicht um ein von dort stammendes Boot handelte, und arbeiten jetzt mit den japanischen Behörden zusammen, da es Hinweise gibt, dass es aus ihrem Land stammen könnte.«

»Sie glauben also, dass es eine Verbindung zu Japan gibt. Irgendeine Ahnung, weshalb jemand einen Giftangriff auf eine abgelegene Wetterstation auf den Aleuten unternehmen sollte.«

»Mr. Pitt«, mischte sich Jost ein. »Kannten Sie die Männer, die Sie in Seattle töten wollten?«

»Ich habe sie noch nie gesehen. Meiner Ansicht nach waren das nicht nur gedungene Ganoven, sondern Halbprofessionelle.«

Webster schlug einen Aktenordner auf, der vor ihm lag, und schob ihm ein knapp postkartengroßes, zerknittertes Foto zu. Schweigend betrachtete Dirk die Schwarzweißaufnahme einer verbittert wirkenden Japanerin, die mit wütendem Blick in die Kamera schaute.

»Eine Ansichtskarte von Fusako Shigenobu, ehemals Revolutionsführerin der JRA«, fuhr Webster fort. »Wir haben es in der Brieftasche eines der Möchtegernattentäter gefunden, nachdem wir sie aus dem Sund gefischt haben.«

»Was ist die JRA?«, fragte Dirk.

»Die Japanische Rote Armee. Eine internationale Terrorgruppe, die in den siebziger Jahren gegründet wurde. Man meinte, sie wäre nach der Festnahme von Shigenobu im Jahr 2000 zerschlagen, aber offenbar hat sie ihr mörderisches Treiben wieder aufgenommen.«

»Ich habe gelesen, die anhaltenden wirtschaftlichen Probleme würden dazu führen, dass sich die japanische Jugend neuerdings wieder radikalen Randgruppen zuwendet«, warf Gunn ein.

»Die JRA hat nicht nur ein paar gelangweilte Jugendliche angelockt. Sie hat sich zu den Morden an unserem Botschafter in Japan und seinem Stellvertreter bekannt, und sie hat auch die Verantwortung für die Explosion der SemCon-Fabrik in Tschiba übernommen. Das waren Anschläge, die von Profis durchgeführt wurden. Die allgemeine Empörung darüber belastet, wie Ihnen sicherlich bewusst ist, unsere Beziehungen zu Japan.«

»Wir vermuten, dass die JRA möglicherweise auch hinter dem Zyanidanschlag auf Yunaska steckt. Möglicherweise ist das nur das Vorspiel zu einem weitaus tödlicheren Schlag in einem städtischen Ballungsgebiet«, fügte Jost hinzu.

»Und auch hinter der Pockeninfektion, die sich ein Wissenschaftler namens Irv Fowler vermutlich auf Yunaska zugezogen hat«, stellte Dirk fest.

»Diese Verbindung konnten wir bislang nicht nachweisen«, entgegnete Webster. »Unsere Analytiker nehmen an, dass sich der Wissenschaftler die Krankheit möglicherweise auf Unalaska zugezogen hat, von einem Einheimischen. Die japanischen Behörden glauben nicht, dass die JRA in der Lage ist, Pockenviren in ihren Besitz zu bringen und für Anschläge einzusetzen.«

»Da wäre ich mir nicht so sicher«, warnte Dirk.

»Mr. Pitt, wir sind nicht hier, um Verschwörungstheorien auszutauschen«, bemerkte Jost herablassend. »Wir wollen herausfinden, was zwei Mitglieder der JRA in diesem Land gemacht haben und weshalb sie einen Taucher der NUMA töten wollten.«

»Einen Direktor für Spezialprojekte«, berichtigte ihn Dirk, während er seinen Seesack auf den Konferenztisch wuchtete. Dann versetzte er ihm einen kräftigen Schubs, sodass er auf Jost zukippte. Der hochnäsige Direktor von der Verkehrssicherheitsbehörde brachte schleunigst seine Kaffeetasse in Sicherheit, bevor ihm der Sack an die Brust prallte.

»Die Lösung steckt da drin«, sagte Dirk in barschem Tonfall.

Jost und Gunn schauten gespannt zu, als Webster aufstand und den Seesack öffnete. Er holte ein großes, sorgfältig in Schaumgummi eingewickeltes Bruchstück der Bombe heraus, die Dirk aus der *I-403* geborgen hatte. Die silberne Porzellanhülle war aufgesprungen, sodass der in mehrere leere Kammern unterteilte Innenraum zu sehen war.

»Was ist das?«, fragte Gunn.

»Eine sechzig Jahre alte schmutzige Bombe«, erwiderte Dirk. Dann erzählte er ihnen vom Angriff auf Fort Stevens im Zweiten Weltkrieg, von der Entdeckung des U-Boots und der Bergung der Bombe.

»Eine raffinierte Waffe«, fuhr Dirk fort. »Ich habe sie im Labor der Gesundheitsbehörde des Staates Washington auf Spurenelemente untersuchen lassen, um festzustellen, womit sie bestückt war.«

»Sie ist aus Porzellan«, stellte Webster fest.

»Für den Einsatz von biologischen Kampfstoffen. In der Spitze befand sich ein simpler Zeitzünder, der in einer vorgegebenen Höhe explodieren sollte, damit der Inhalt weit verstreut wird. Wie Sie sehen, muss es eine ziemlich schwache Sprengladung gewesen sein. Gerade so stark, dass das Porzellan zerbricht, aber der Inhalt nicht durch zu viel Hitze- oder Druckentwicklung zerstört wird.«

Dirk deutete auf die zigarrenförmigen Kammern im Inneren, die sich bis zu den Schwanzflossen zogen.

»Mir ist nicht ganz klar, wie die einzelnen Stoffe beim Flug oder nach der Explosion miteinander vermischt wurden. Aber offenbar enthielt die Bombe mehrere Verbindungen. Es könnte sich um einen oder mehrere biologische Kampfstoffe mit einem Booster oder auch um eine Mischung aus biologischen und chemischen Kampfstoffen gehandelt haben. Im Labor konnte man lediglich in einer Kammer dieser Bombe Chemikalienspuren finden.«

»Zyanid?«, fragte Gunn.

»Ganz genau«, erwiderte Dirk.

»Aber warum verwendete man mehr als einen Stoff?«, hakte Webster nach.

»Um ein ganzes Gebiet in eine Todeszone zu verwandeln, und vielleicht auch zur Ablenkung. Sagen wir mal, man hat

Zyanid in Verbindung mit einem biologischen Kampfstoff verwendet. Das Zyanidgas wirkt nur in einem begrenzten Umkreis absolut tödlich, während der biologische Kampfstoff nach und nach ein größeres Gebiet verseucht hätte. Außerdem verfliegt Zyanidgas rasch, folglich könnten Überlebende die Abwurfzone betreten, ohne etwas von der zweiten Gefahr zu ahnen. Aber das ist reine Spekulation. Möglicherweise diente die Bombe auch einem anderen Zweck, zum Beispiel für einen Angriff mit einem Gemisch aus mehreren Chemikalien oder mit biologischen Kampfstoffen, die eine tödlichere Wirkung entfalten, wenn sie sich verbinden.«

»Und welche weiteren Stoffe waren in dieser Bombe enthalten?«, fragte Gunn.

Dirk schüttelte langsam den Kopf. »Das wissen wir nicht. Die Wissenschaftler konnten in den anderen Kammern keine Spuren finden. Wir wissen, dass Porzellanbomben für den Einsatz von biologischen Kampfstoffen hergestellt wurden, aber die Japaner haben mit allerlei Erregern experimentiert, folglich könnte es sich um alles Mögliche gehandelt haben, von der Beulenpest bis zum Gelbfieber.«

»Beziehungsweise Pocken?«, fragte Gunn.

»Beziehungsweise Pocken«, bestätigte Dirk.

Josts Gesicht war rot angelaufen. »Das ist doch pure Fantasie«, knurrte er. »Die historischen Ausführungen sind interessant, aber unerheblich. Eine moderne Terrorgruppe soll sich Waffen von einem im Zweiten Weltkrieg gesunkenen U-Boot beschaffen? Eine hübsche Geschichte, aber wie sollen Ihre biologischen Kampfstoffe sechzig Jahre lang unter Wasser überlebt haben, Mr. Pitt? Wir kennen die Japanische Rote Armee. Es ist eine kleine, verschworene Gemeinschaft mit begrenztem technischem Spielraum. Politische Morde und Sprengstoffanschläge liegen im Rahmen ihrer Möglichkeiten. Mikrobiologie und Tiefseebergung nicht.«

»Ich muss Rob beipflichten«, wandte Webster ein. »Die Zyanidspuren in der Bombe deuten zwar darauf hin, dass ein Zusammenhang mit den Vorfällen auf Yunaska bestehen könnte, andererseits aber ist Zyanid ein Stoff, den man sich jederzeit aus zahlreichen Quellen beschaffen kann. Sie haben ja eingeräumt, dass man keine Hinweise auf den Pockenerreger gefunden hat. Außerdem wissen wir nicht genau, ob die fehlende Bombe in dem U-Boot nicht anderweitig verloren ging, wenn sie sich überhaupt an Bord befand.«

Dirk griff nach seinem Seesack, öffnete eine Seitentasche und holte den noch immer blinkenden Timer heraus, den er im Torpedoraum gefunden hatte. »Vielleicht können Sie wenigstens feststellen, woher der stammt«, sagte er und reichte ihn Webster.

»Den könnte ein Sporttaucher zurückgelassen haben«, stellte Jost fest.

»Ein Sporttaucher, der offenbar eine ausgesprochen besitzergreifende Art hat«, bemerkte Dirk trocken. »Man hat mittlerweile zweimal auf mich geschossen. Ich weiß nicht, wer diese Typen sind, aber die meinen es ernst.«

»Ich versichere Ihnen, dass wir umfassende Ermittlungen in die Wege geleitet haben«, sagte Webster. »Ich werde die Bombe von unserem Labor in Quantico noch einmal untersuchen lassen und mir den Timer vornehmen. Wir werden die Täter finden, die für den Tod von zwei Männern der Küstenwache verantwortlich sind.« Es sollte entschlossen klingen, doch sein Tonfall verriet, dass er nicht allzu zuversichtlich war.

»Wir können Ihnen eine sichere Bleibe anbieten, Mr. Pitt, bis wir die Schuldigen dingfest gemacht haben«, fügte er hinzu.

»Nein, danke. Wenn es sich tatsächlich um die Leute handelt, von denen Sie gesprochen haben, sollte ich nichts mehr zu befürchten haben. Wie viele Helfershelfer kann denn die JRA schon in diesem Land haben?«, fragte Dirk mit durchdringendem Blick.

Webster und Jost schauten sich schweigend an. Gunn, stets der Diplomat, schaltete sich ein.

»Wir sind Ihnen sehr dankbar dafür, dass Sie wegen des Verlusts unseres Hubschraubers ermitteln«, sagte er, während er die Männer höflich hinauskomplimentierte. »Halten Sie uns bitte auf dem Laufenden, wenn sich etwas Neues ergeben sollte. Und natürlich ist Ihnen die NUMA gern behilflich, soweit wir das können.«

Dirk saß schweigend da und schüttelte den Kopf, nachdem sie das Zimmer verlassen hatten.

»Sie haben den Vorfall auf Yunaska vertuscht, weil sie wegen der ungeklärten Anschläge in Japan unter Beschuss stehen«, sagte Gunn. »Der Heimatschutz und das FBI kommen nicht voran und sind darauf angewiesen, dass die japanischen Behörden den entscheidenden Durchbruch in dieser Sache schaffen. Jetzt wollen sie nicht auch noch zugeben müssen, dass diese Pockenerkrankung ebenfalls von einem Anschlag herrührt, zumal es nur ein Opfer gibt und weit und breit keine Terrorverdächtigen.«

»Die Beweislage mag zwar schwach sein«, stellte Dirk fest, »aber das ist noch lange kein Grund, einem Anschlag in unserem eigenen Land keine Beachtung zu schenken.«

»Ich spreche mit dem Admiral darüber. Der Direktor des FBI ist ein alter Tennispartner von ihm. Er wird dafür sorgen, dass die Sache nicht unter den Teppich gekehrt wird.«

Sie wurden von einem Klopfen unterbrochen, und im nächsten Moment steckte Yeager den Kopf durch die Tür.

»Entschuldigt die Störung. Dirk, ich habe etwas für dich.«

»Komm rein, Hiram. Rudi und ich haben bloß den Sturz der Regierung geplant. Konnte sich Max Zugang zu den geheimen Unterlagen des Nationalarchivs verschaffen?«

»Gibt's bei McDonald's Pommes?«, erwiderte Yeager, der den Beleidigten spielte.

Gunn warf Dirk einen schiefen Blick zu, dann schüttelte er den Kopf. »Wenn ihr zwei bei einem Verstoß gegen die Datenschutzbestimmungen erwischt werdet, dann tut mir den Gefallen und schiebt es auf deinen Vater, ja?«

Dirk lachte. »Klar, Rudi. Was hast du rausgefunden, Hiram?«

»Die Unterlagen des Marineministeriums sind nicht allzu umfangreich. Ein Jammer, dass ein Großteil der Originaldokumente in den fünfziger Jahren an die japanische Regierung zurückgegeben wurde. Die im Archiv liegenden Akten sind natürlich alle auf Japanisch abgefasst, und zwar in diversen Dialekten, daher musste ich mehrere Übersetzungsprogramme anwenden, bevor ich mit der Suche beginnen konnte.«

Yeager hielt kurz inne und goss sich aus der großen Silberkanne eine Tasse Kaffee ein, dann fuhr er fort.

»Jedenfalls hast du Glück. Ich habe eine Zusammenstellung von Einsatzbefehlen der japanischen Sechsten Flotte in den letzten sechs Monaten des Jahres 1944 gefunden.«

»Einschließlich derer für die *I-403*?«, fragte Dirk.

»Jawohl. Ihrem Einsatz im Dezember 1944 wurde offenbar höchste Bedeutung beigemessen. Er wurde vom Flottenadmiral persönlich bewilligt. Der Einsatzbefehl war kurz und bündig.«

Yeager nahm ein Blatt Papier aus einem dünnen Ordner und las laut vor. »Begeben Sie sich nach Amchitka (*Morioka*), wo Sie Treibstoff fassen, und von dort aus auf nördlichem Kurs zur amerikanischen Westküste. Führen Sie zum frühestmöglichen Zeitpunkt einen Luftangriff mit *Makaze*-Waffen durch. Hauptziele: Tacoma, Seattle, Vancouver, Victoria. Ausweichziele: Alameda, Oakland, San Francisco. Mit kaiserlichem Segen.«

»Das sind ziemlich viele Ziele für nur zwei Flugzeuge«, bemerkte Gunn.

»Aber denk mal drüber nach«, sagte Dirk. »Die Städte liegen so dicht beieinander, dass man sie in einem Zug überfliegen kann. Zwei oder drei biologische Bomben pro Stadt könnten Tod und Verderben bringen, wenn es denn tatsächlich welche waren. Hiram, du hast gesagt, die Waffen wurden als *Makaze* bezeichnet. St. Julien Perlmutter ist bei seinen Nachforschungen auf den gleichen Begriff gestoßen. Hast du irgendeine Ahnung, was das sein könnte?«

»Das wollte ich selber wissen«, erwiderte Yeager. »Ich habe festgestellt, dass es wörtlich übersetzt so viel wie ›übler Wind‹ oder ›schwarzer Wind‹ heißt. Aber in den offiziellen Unterlagen der Marine stand nichts Näheres darüber.«

Yeager hielt inne und lehnte sich mit wissendem Blick zurück.

»Und, hast du noch irgendwas anderes gefunden?«, hakte Gunn schließlich nach.

»Genau genommen war es Max«, erwiderte Yeager stolz. »Nachdem das Nationalarchiv nichts mehr hergab, habe ich sie die öffentlich zugänglichen Datenbanken in den USA und Japan durchforsten lassen. In einer genealogischen Datenbank in Japan wurde sie fündig. Dort stieß sie auf ein bislang unbekanntes Tagebuch eines Matrosen, der im Krieg auf der *I-403* diente.« Er holte einen Ausdruck heraus und fuhr fort. »Mechaniker Hiroshi Sakora vom kaiserlichen Marinefliegercorps war ein Glückspilz. Er bekam eine Blinddarmentzündung, während das U-Boot im Dezember 1944 zur amerikanischen Westküste unterwegs war, und wurde beim Nachtanken auf den Aleuten aufs Versorgungsschiff gebracht. Alle seine Bordkameraden kamen natürlich um, als das U-Boot vor der Küste von Washington versenkt wurde.«

»Und er hat sich über den Einsatz der *I-403* ausgelassen?«, fragte Dirk.

»In allen Einzelheiten. Wie sich herausstellte, war der junge Mr. Sakora nicht nur Flugzeugmechaniker, sondern auch verantwortlich für die Munitionierung der Flugzeuge des U-Boots. Er schrieb, dass damals kurz vor dem Auslaufen ein Armeeoffizier namens Tanaka ungewöhnliche Bomben habe verladen lassen, die bei dieser Feindfahrt eingesetzt werden sollten. Die Moral an Bord sei augenblicklich gestiegen, fügte er hinzu, als die Besatzung erfuhr, dass sie einen Angriff auf die Vereinigten Staaten durchführen sollten. Aber um diese unbekannten Waffen habe es allerhand Rätselraten und Mutmaßungen gegeben.«

»Hat er erfahren, worum es sich handelte?«, hakte Gunn nach.

»Er hat's versucht, aber die Zusammenarbeit mit diesem Tanaka gestaltete sich schwierig. ›Ein finsterer, hoffärtiger und halsstarriger Leuteschinder‹, schrieb er über den Offizier. Der übliche Zwist zwischen Armee und Marine, nehme ich an. Außerdem passte es den U-Bootfahrern nicht, dass er im letzten Moment zur Besatzung stieß. Jedenfalls wollte er Tanaka ein paar Auskünfte entlocken, doch vergebens. Zu guter Letzt aber konnte er, kurz bevor er krank wurde und auf den Aleuten vom U-Boot auf die Milchkuh gebracht wurde, einem der Piloten etwas aus der Nase ziehen. Der Pilot, so schreibt er, hatte mit Tanaka ein paar Sake gekippt, worauf der ihm anvertraut hatte, was die Bomben enthielten. Es waren Pockenerreger.«

»Guter Gott, dann stimmt es also?«, rief Gunn.

»Offenbar schon. Er schrieb, dass es sich bei der Ladung um gefriergetrocknete Viren handelte, die bei der Explosion der Bombe in großer Höhe über den jeweiligen Städten verstreut werden sollten. Man rechnete damit, dass innerhalb von zwei Wochen an der ganzen Westküste eine Pockenepidemie ausbrechen würde. Bei einer Sterblichkeitsrate von dreißig Prozent hätte es massenhaft Tote gegeben. Die Japaner dachten, dass daraufhin eine allgemeine Panik ausbräche, die es ihnen ermöglichen würde, einen Friedensvertrag zu ihren Bedingungen auszuhandeln.«

»Gut möglich, dass sich viele Leute, die fest entschlossen waren, den Krieg zu einem guten Ende zu bringen, hätten umstimmen lassen, wenn die Gefahr weiterer Bombenangriffe mit Pockenerregern bestanden hätte«, sagte Gunn versonnen.

Beim Gedanken daran, dass die Geschichte einen ganz anderen Verlauf hätte nehmen können, wenn die *I-403* ihren Einsatz erfolgreich durchgeführt hätte, wurde den drei Männern mehr als mulmig zumute. Dann aber wandten sie sich wieder der aktuellen Gefahr zu.

»Du hast gesagt, die Viren waren gefriergetrocknet. Dann konnte man sie also lange Zeit lagern und danach wiederbeleben?«, warf Dirk ein.

»Für eine lange Seefahrt war das auch notwendig«, fuhr Yeager fort. »Nach Aussage von Max taten sich die Japaner schwer, die Viren in ihrer Munition über längere Zeit am Leben zu erhalten. Dann beherrschten sie schließlich das Gefriertrocknen, wodurch sich die Viren leichter handhaben und länger lagern ließen, bis man sie für den Einsatz wieder aktivieren musste. Man gebe ein bisschen H_2O zu, und schon sind sie wieder frisch und munter.«

»Die Erreger könnten also nach wie vor gefährlich sein, auch wenn sie seit sechzig Jahren am Meeresgrund liegen«, warf Gunn ein. »Ich glaube, damit ist Josts Frage beantwortet.«

»In gefriergetrocknetem Zustand hätten die Pockenerreger selbstverständlich überleben können, wenn die Bomben beim Untergang des U-Boots nicht zerbrochen wären. Porzellangefäße halten sich unter Wasser jahrhundertelang«, sagte Dirk. »Das erklärt möglicherweise auch die diversen Kammern in der Bombe. Man brauchte Wasser, um die Viren wiederzubeleben.«

»Vielleicht können wir von Glück sagen, dass alle anderen Bomben der *I-403* zerstört wurden«, bemerkte Gunn.

»Trotzdem wissen wir nicht, wo die eine Bombe geblieben ist«, erwiderte Dirk.

»Genau«, warf Yeager ein. »Und das gilt auch für die Munition des anderen Bootes.«

Dirk und Gunn schauten einander an. »Welches andere Boot?«, fragte Gunn schließlich.

»Die *I-411*.«

Yeager spürte förmlich die bohrenden Blicke, die sie ihm zuwarfen.

»Habt ihr das nicht gewusst?«, fragte er. »Sie hatten ein zweites U-Boot eingesetzt, die *I-411*. Es war ebenfalls mit *Makaze*-Waffen ausgerüstet und sollte die Ostküste der Vereinigten Staaten angreifen«, sagte Yeager leise, als ihm klar wurde, dass er soeben seinerseits eine Bombe hatte hochgehen lassen.

20

Takeo Yoshida hatte einen langen Tag hinter sich. Als Kranführer bei der Yokohama Port Development Corporation hatte er seit sechs Uhr morgens einen betagten spanischen Frachter beladen – ein Container nach dem anderen, alle voll gepackt mit japanischer Unterhaltungselektronik, die für den Export bestimmt war. Er hatte gerade den letzten auf das Schiffsdeck abgelassen, als das Funkgerät im Führerhaus knisterte.

»Yoshida, Takagi hier«, meldete sich sein Vorarbeiter mit tiefem Grummeln. »Melde dich auf Dock D-5, sobald du mit der *San Sebastian* fertig bist. Ein Stück Frachtgut für die *Baekje*. Takagi, over.«

»Verstanden, Takagi-san«, antwortete Yoshida, der seinen Missmut nur mühsam verhehlen konnte. Nur noch knapp zwanzig Minuten bis zum Ende der Schicht, aber Takagi musste ihn jetzt noch durch den halben Hafen hetzen. Er schloss den Kran ab, lief die achthundert Meter quer durch das Honmoku Port Terminal zu Dock D-5 und verfluchte Takagi bei jedem Schritt. Als er sich dem Ende des Piers näherte, warf er einen kurzen Blick über das Hafenbecken von Yokohama, in dem zahllose Handelsschiffe die Liegeplätze zum Löschen und Beladen anliefen.

Am Containerterminal D-5 mit seinem dreihundert Meter langen Kai konnten selbst die größten Frachter abgefertigt werden. Yoshida war denn auch überrascht, als er sah, dass dort nicht etwa ein riesiges Containerschiff vertäut war, sondern ein Kabelleger. Er meinte die *Baekje* sogar zu kennen. Soweit er sich erinnern konnte, war sie auf der nahe gelegenen Werft von Mitsubishi Heavy Industries gebaut worden. Das 133 Meter lange und 40 Meter breite Schiff war eigens für das Verlegen von Glasfaserkabeln am Meeresboden konstruiert und so stabil, dass es auch den mächtigen Sturzseen des Nordpazifik trotzen konnte. Anhand der modernen Aufbauten und des glänzend weißen Anstrichs konnte Yoshida feststellen, dass noch nicht allzu viele Jahre vergangen waren, seitdem das Hightech-Schiff in der Bucht von Yokohama vom Stapel gelaufen war. Am Brückenmast hing die koreanische Flagge, und über den Schornstein zog sich ein blauer Blitz, das Kennzeichen der Schiffe von Kang Enterprises, wie Yoshida sich entsann. Da er mit der koreanischen Geschichte nicht vertraut war, wusste der Kranführer nicht, dass *Baekje* der Name eines alten koreanischen Stammeskönigreichs war, das im dritten nachchristlichen Jahrhundert über die ganze Halbinsel geherrscht hatte.

Zwei Hafenarbeiter befestigten Trossen unter einem rechteckigen Stück Frachtgut, das auf einem Tieflader lag. Einer der beiden Männer wandte sich um und begrüßte Yoshida, als dieser sich den beiden näherte.

»Hey, Takeo, schon mal ein Unterseeboot hochgehievt?«, brüllte der Mann.

Yoshida warf ihm einen verdutzten Blick zu, dann erkannte er, dass es sich bei dem Frachtgut auf dem Laster um ein kleines weißes Tauchboot handelte.

»Takagi sagt, unsere Schicht ist vorbei, sobald wir es an Bord haben«, fuhr der Mann grinsend fort und zeigte die große Lücke zwischen seinen Schneidezähnen. »Verlade sie, und danach genehmigen wir uns ein paar Sapporo.«

»Ist es fest verzurrt?«, fragte Yoshida und deutete auf das Tauchboot.

»Alles klar«, erwiderte der zweite Mann, ein neunzehnjähriger Junge, der, wie Yoshida wusste, erst seit ein paar Wochen im Hafen arbeitete.

Ein paar Meter weiter, neben der Gangway des Schiffes, sah Yoshida einen stämmigen Mann stehen, der sie beobachtete. Er hat etwas Bedrohliches an sich, dachte Yoshida. Er war in den umliegenden Hafenbars schon oft genug in Scherereien geraten und erkannte auf Anhieb, ob jemand wirklich ein harter Typ war oder ob er nur so tat. Dieser Mann war seiner Schätzung nach kein Angeber.

Er verkniff sich jeden Gedanken an ein kaltes Sapporo-Bier, stieg über die hohe Leiter in das Führerhaus eines am Kai stehenden Containerkrans und ließ den Dieselmotor an. Gekonnt wie ein Klavierspieler betätigte er die Hebel, brachte Ausleger und Gleitblock in Position und ließ dann den Haken ab, bis er nur mehr wenige Zentimeter über dem Tauchboot hing. Die beiden Hafenarbeiter schoben zwei Trossen über den Haken und winkten Yoshida mit hochgerecktem Daumen zu. Behutsam betätigte der Kranführer die Winde, bis sich das Tragseil spannte. Dann hievte er das vierundzwanzig Tonnen schwere Tauchboot langsam bis auf fünfzehn Meter an und wartete einen Moment, um es auspendeln zu lassen, bevor er es an seinem Platz auf dem Achterdeck der *Baekje* absetzte. Aber dazu kam er nicht mehr.

Noch bevor es tatsächlich passierte, spürte der erfahrene Kranführer anhand des Hebeldrucks, dass etwas nicht in Ordnung war. Eine der Trossen war nicht richtig am Tauchboot befestigt, dessen Heck plötzlich aus der Schlinge rutschte. Im nächsten Augenblick sackte der hintere Teil ab, und die weiße Metallzelle hing senkrecht in der Luft, nur noch von der um den Bug geschlungenen Trosse gehalten. Yoshida stockte der Atem, aber einen Moment lang sah es so aus, als würde sich das schwingende Tauchboot wieder stabilisieren. Doch noch ehe er es einen Zentimeter weiter bewegen konnte, riss mit einem lauten Knall die zweite Trosse. Wie ein Betonkübel fiel das Tauchboot auf den Kai, wo es mit dem Heck aufprallte und dann umkippte.

Yoshida verzog gequält das Gesicht, als er an den Ärger dachte, den Takagi ihm machen würde, und auch an die Unmengen von Papieren, die er für die Versicherung ausfüllen musste. Glücklicherweise war am Kai niemand verletzt worden. Als er vom Führerhaus hinabstieg, um den Schaden zu begutachten, warf Yoshida einen kurzen Blick zu dem kahlköpfigen Mann an der Gangway. Er rechnete damit, dass er vor Wut schäumte, doch der geheimnisvolle Mann schaute ihn nur mit versteinerter Miene an. Die Blicke jedoch, die er ihm aus seinen dunklen Augen zuwarf, schienen ihn regelrecht zu durchbohren.

Der hintere Teil des dreisitzigen Shinkai-Tauchbootes war eingedrückt und schwer beschädigt. Es musste zum japanischen Marine Science & Technology Center zurückgebracht werden; die Reparatur würde mindestens drei Monate dauern.

Noch schlimmer erging es den beiden Hafenarbeitern. Yoshida fiel auf, dass sie am nächsten Tag nicht zur Arbeit erschienen, obwohl man sie nicht gefeuert hatte, und er sah sie auch nie wieder.

Zwanzig Stunden später und 250 Meilen weiter südwestlich landete eine amerikanische Passagiermaschine auf dem modernen Kansai International Airport von Osaka und rollte zur Teleskopbrücke. Dirk reckte sich erleichtert, als er ausstieg, froh darüber, dass er sich mit seinen ein Meter dreiundneunzig nicht mehr länger in den engen Flugzeugsitz klemmen musste, den nur ein Jockey bequem finden konnte. Er passierte rasch die Zollkontrolle und betrat das Hauptterminal, in dem zahllose Menschen herumwuselten, die ihre Flüge erreichen wollten. Er blieb kurz stehen, ließ den Blick durch die Halle schweifen und entdeckte schließlich inmitten der Menschenmenge die Frau, nach der er Ausschau hielt.

Mit ihren ein Meter achtzig und den feuerroten Haaren ragte Dirks Zwillingsschwester Summer wie ein Leuchtturm inmitten einer Meeres schwarzhaariger Japaner auf. Ihre perlgrauen Augen leuchteten auf und ihr anmutiger Mund verzog sich zu einem Grinsen, als sie ihren Bruder entdeckte und ihm zuwinkte.

»Willkommen in Japan«, rief sie und umarmte ihn. »Wie war dein Flug?«

»Ich kam mir vor wie in einer Sardinendose mit Flügeln.«

»Gut, dann wirst du dich in der Schlafkoje, die ich auf der *Sea Rover* für dich ergattert habe, wie zu Hause fühlen«, sagte sie lachend.

»Ich hatte befürchtet, dass du noch gar nicht hier bist«, bemerkte Dirk, als sie sein Gepäck abholten und sich zum Parkplatz begaben.

»Als Captain Morgan von Rudi Bescheid bekam, dass wir unsere Schadstoffmessungen an der japanischen Ostküste abbrechen und bei einer dringenden Such- und Bergungsaktion aushelfen sollten, hat er sofort reagiert. Glücklicherweise waren wir nicht weit von Shikoku entfernt, als wir den Funkspruch erhielten, daher konnten wir heute Morgen in Osaka einlaufen.«

Genau wie ihr Bruder liebte Summer die See seit ihrer Kindheit. Sie hatte am Scripps Institute ihren Magister in Ozeanographie erworben und war wie ihr Bruder zur NUMA gegangen, nachdem sie ihren bis dato unbekannten und seinerseits ahnungslosen Vater kennen gelernt hatten, der mittlerweile die Meeresforschungsbehörde leitete. Ebenso eigensinnig und einfallsreich wie ihr Bruder, hatte sie sich mit ihrem Wissen und ihrer zupackenden Art bei Besatzungsmitgliedern und Forscherkollegen rasch Achtung verschafft, und außerdem verdrehte sie mit ihrem Aussehen ohnehin allen den Kopf.

Summer führte Dirk an einer Reihe geparkter Autos vorbei und blieb dann vor einem kleinen, orangefarbenen Suzuki stehen.

»O nein, nicht noch eine Quetschkiste«, rief Dirk, als er das winzige Fahrzeug sah.

»Von der Hafenmeisterei ausgeliehen. Du wirst dich wundern.«

Nachdem er sein Gepäck vorsichtig in den Minikofferraum gezwängt hatte, öffnete Dirk die Tür auf der linken Seite und bereitete sich auf allerlei Verrenkungen vor, damit er auf den Beifahrersitz passte. Zu seinem Erstaunen war der rechts gesteuerte Wagen innen ziemlich geräumig, zumal die Sitze so tief lagen, dass sogar groß gewachsene Menschen noch genügend Platz hatten. Summer sprang auf den Fahrersitz, verließ den Parkplatz und fädelte sich auf den Hanshin Expressway ein. Während der zwölf Kilometer langen Fahrt nach Norden, die zunächst in Richtung Innenstadt und dann zum Hafen von Osaka führte, nahm sie den Suzuki hart ran, trat tüchtig aufs Gas und wechselte fortwährend die Spur. Schließlich bog sie von der Schnellstraße auf das Hafengelände des South Port Intermodal Terminal von Osaka ab, wo sie einen Seitenkai ansteuerte und vor der *Sea Rover* hielt.

Das Forschungsschiff der NUMA war etwas neuer und größer als die *Deep Endeavor*, trug aber den gleichen türkisfarbenen Anstrich. Dirks Blick blieb am Achterdeck hängen, wo ein leuchtend orangefarbenes Tauchboot namens *Starfish* im Schein der untergehenden Sonne funkelte.

»Willkommen an Bord, Dirk«, ertönte die tiefe Stimme von Robert Morgan, dem Kapitän der *Sea Rover*. Morgan, ein Seebär mit Vollbart, sah aus wie ein muskelbepackter Doppelgänger von Burl Ives. Der leutselige Kapitän war ein erfahrener Seemann, der schon fast jeden Schiffstyp kommandiert hatte, vom Mississippi-Schlepper bis zum saudischen Öltanker. Das üppige Ruhestandsgeld, das er sich als Handelsschiffskapitän verdient hatte, hatte Morgan auf die hohe Kante gelegt und war zur NUMA gegangen, aus purer Lust am Abenteuer und weil man ihm dort die Gelegenheit bot, einzigartige Flecken dieser Erde anzulaufen. Der von seiner Besatzung regelrecht verehrte Skipper der *Sea Rover* war ein hervorragender Organisator, hatte hohe Führungsqualitäten und ein feines Gespür für entscheidende Kleinigkeiten.

Nachdem Dirk sein Gepäck verstaut hatte, begaben sich alle drei in einen Konferenzraum an Steuerbord, dessen Bullaugen einen herrlichen Blick auf den Hafen von Osaka boten. Kurz darauf stieß Tim Ryan zu ihnen, der Erste Offizier, ein schlaksiger Mann mit eisblauen Augen. Dirk organisierte sich eine Tasse Kaffee, um nach dem langen Flug wieder halbwegs wach zu werden, während Morgan zur Sache kam.

»Erzählen Sie uns etwas über diese Such- und Bergungsaktion. Gunn war am Satellitentelefon etwas zugeknöpft, was die Einzelheiten anging.«

Dirk berichtete von dem Vorfall auf Yunaska und der Bergung der Bombe von der *I-403* und rekapitulierte dann, was sie über den Auftrag des Bootes in Erfahrung gebracht hatten.

»Als Hiram Yeager die im Nationalarchiv gelagerten japanischen Marineakten durchforstete, entdeckte er, dass ein zweites U-Boot, die *I-411*, einen nahezu gleichlautenden Einsatzbefehl erhalten hat. Es hatte den gleichen Auftrag, sollte aber über den Atlantik vorstoßen und New York und Philadelphia angreifen.«

»Was ist aus der *I-411* geworden?«, fragte Summer.

»Das herauszufinden ist unsere Aufgabe. Yeager konnte keinerlei Hinweise auf den Verbleib der *I-411* finden, nur dass sie nicht zum vorgesehenen Nachtanken in der Nähe von Singapur auftauchte und vermutlich im Südchinesischen Meer verschollen ist. Ich habe mich mit St. Julien Perlmutter in Verbindung gesetzt, der mich einen Schritt weiterbrachte. Er fand Unterlagen einer offiziellen Untersuchung der japanischen Marine, denen zufolge das Boot in den ersten Wochen des Jahres 1945 irgendwo mitten im Ostchinesischen Meer verloren ging. Perlmutter stellte fest, dass sich diese Annahme mit einer Meldung des amerikanischen Unterseeboots *Swordfish* deckt, das etwa zu dieser Zeit in dieser Region ein großes feindliches U-Boot gestellt und versenkt hat. Leider wurde die *Swordfish* kurz darauf vernichtet, sodass kein vollständiger Einsatzbericht vorliegt. Allerdings wurden bei der Funkmeldung die ungefähren Koordinaten der Untergangsstelle durchgegeben.«

»Dann müssen wir also die *I-411* finden«, stellte Morgan nüchtern fest.

Dirk nickte. »Wir müssen sichergehen, dass sämtliche Biobomben zerstört wurden, als das U-Boot sank – oder sie bergen, wenn sie noch intakt sind.«

Summer schaute durch das Bullauge auf die fernen Wolkenkratzer im Stadtzentrum von Osaka. »Dirk, Rudi Gunn hat uns über die Japanische Rote Armee informiert. Könnte es sein, dass sie die biologischen Waffen der *I-411* bereits geborgen hat?«

»Ja, möglich wäre es. Der Heimatschutz und das FBI meinen offenbar, dass die JRA nicht in der Lage ist, ein Tiefseebergungsunternehmen durchzuführen, und wahrscheinlich haben sie Recht. Aber andererseits braucht man dazu nur das nötige Kleingeld, und wer weiß schon genau, über welche Finanzen die JRA oder eine verbündete Terrorgruppe verfügt. Rudi ist der Meinung, dass wir lieber auf Nummer Sicher gehen sollten.«

Danach schwiegen alle, stellten sich das tödliche Arsenal biologischer Waffen vor, das am Meeresgrund lag, und dachten an die Folgen, falls es in die falschen Hände geraten sollte.

»Ihnen steht das beste Schiff der NUMA samt seiner Besatzung zur Verfügung«, sagte Morgan schließlich. »Wir schaffen das schon.«

»Wir haben es mit einem ziemlich großen Suchgebiet zu tun. Wann können wir auslaufen?«, fragte Dirk.

»Wir müssen noch Treibstoff fassen. Außerdem sind noch zwei, drei Besatzungsmitglieder an Land und beschaffen Proviant. Meiner Meinung nach können wir in sechs Stunden unterwegs sein«, sagte Morgan mit einem kurzen Blick auf die Wanduhr.

»Bestens. Ich besorge mir die Koordinaten des Suchgebiets und gebe sie dem Navigator.«

Als sie den Konferenzraum verließen, zupfte Summer Dirk am Ellbogen.

»Und was hat Perlmutter für seine Auskunft verlangt?«, erkundigte sie sich, da sie den berüchtigten Feinschmecker kannte und wusste, dass er für seine Dienste vorzugsweise kulinarische Köstlichkeiten einforderte.

»Nicht viel. Bloß ein Glas eingelegte Seegurken und eine Flasche achtzigjährigen Sake.«

»Hast du das in Washington, D.C., aufgetrieben?«

Dirk warf seiner Schwester einen ebenso hilflosen wie flehenden Blick zu.

»Tja«, sagte sie lachend, »wir liegen ja noch sechs Stunden im Hafen.«

21

»Aber Dae-jong, mit den ungelernten Arbeitskräften, die mir nach einer Öffnung des Nordens zur Verfügung stehen, kann ich nichts anfangen«, stellte der Vorstandsvorsitzende des größten südkoreanischen Automobilherstellers fest, bevor er an einer dicken kubanischen Zigarre zog.

Dae-jong Kang, der ihm an dem Mahagonitisch gegenübersaß, schüttelte höflich den Kopf, als eine langbeinige Bedienung die nächste Runde brachte, worauf beide schwiegen, bis sie die Gläser abgestellt hatte. Der Chaebel Club war ein Refugium der Superreichen und Mächtigen, ein sicherer und neutraler Treffpunkt, an dem bei Kimchi und Martinis Millionendeals ausgehandelt wurden. Seinem Rang entsprechend befand sich der noble Club im hundertsten Stockwerk des höchsten Gebäudes der Welt, dem erst unlängst fertig gestellten International Business Center im Westen von Seoul.

»Sie müssen die niedrigen Arbeitslöhne in Betracht ziehen.

Die Kosten für die Umschulung wären nur gering und ließen sich in kürzester Zeit wieder hereinholen. Meine Mitarbeiter, die diese Möglichkeiten überprüft haben, erklärten mir, dass ich zwanzig Millionen Dollar Lohnkosten im Jahr einsparen könnte, wenn uns Arbeitskräfte aus dem Norden zur Verfügung stünden, zu deren derzeitigem Gehaltsniveau. Ich kann mir nicht einmal annähernd vorstellen, wie viel Geld Sie in Ihren Automobilwerken sparen würden. Angenommen, Sie würden Ihre Fabrik in Ulsan nicht erweitern, sondern ein neues Werk in einer der Nordprovinzen bauen, in Janggang zum Beispiel. Würde das Ihre Konkurrenzfähigkeit auf dem globalen Markt nicht deutlich steigern, zumal Sie im Norden neue Käuferschichten gewinnen könnten.«

»Ja, aber so einfach geht das nicht. Ich muss mich sowohl mit Gewerkschaften auseinander setzen als auch Kapitalinteressen bedienen. Ich kann doch die Leute in Ulsan nicht einfach auf die Straße setzen und Arbeiter aus dem Norden einstellen, weil die nur halb so viel kosten. Darüber hinaus hätten wir es mit einer ganz anderen Mentalität zu tun, wenn wir Arbeitskräfte aus dem Norden einstellen. Sozialistische Staaten waren schließlich noch nie berühmt für qualitativ hochwertige Produkte.«

»Mit ein bisschen Schulung und einem kleinen Vorgeschmack auf die Segnungen des Kapitalismus ließe sich das binnen kurzer Zeit lösen«, entgegnete Kang.

»Möglicherweise. Aber Sie sehen doch sicher ein, dass es im Norden keinen Markt für Automobile gibt. Das Land ist so heruntergewirtschaftet, dass die breite Masse der Bevölkerung hauptsächlich damit beschäftigt ist, etwas Essbares auf den Tisch zu bekommen. Bei dem Einkommen, das den Leuten zur Verfügung steht, ist dort für meinen Industriezweig nichts zu holen.«

»Ja, aber Sie sehen nur die Gegenwart, nicht die Zukunft. Unsere beiden Länder steuern unaufhaltsam auf die Wiedervereinigung zu, und diejenigen, die bereits heute darauf vorbereitet sind, werden morgen reiche Ernte einfahren. Sie haben Weitsicht bewiesen, als Sie Werke in Indien und den Vereinigten Staaten bauten, und wurden so zu einem der großen Automobilhersteller. Beweisen Sie die gleiche Weitsicht, wenn es um die Wiedervereinigung von Korea geht, und tragen Sie dazu bei, dass unser Heimatland eines der führenden Völker der Welt wird.«

Der Automobilmanager blies einen Schwall Zigarrenrauch zur Decke, während er über Kangs Worte nachdachte. »Ihre Überlegungen sind sicherlich bedenkenswert. Ich werde die Mitarbeiter meiner strategischen Abteilung darauf ansetzen, vielleicht fallen denen ein paar Möglichkeiten ein. Ich bin mir allerdings nicht sicher, ob ich angesichts der politischen Verwicklungen derzeit gewillt wäre, mich im Norden anzusiedeln, denn dazu bedarf es der Bereitschaft beider Regierungen«, fügte er vorsichtshalber hinzu.

Kang stellte seinen Wodka-Gimlet ab und lächelte. »Ich habe einflussreiche Freunde im Süden wie im Norden, die Sie unterstützen können, wenn es so weit ist«, erwiderte er bescheiden.

»Ich bin Ihnen sehr dankbar für das Angebot. Kann ich mich dafür irgendwie revanchieren, mein Freund?«, erwiderte der Autoboss.

»Die Resolution zum Abzug der US-Truppen aus unserem Land findet in der Nationalversammlung zunehmend Unterstützung«, antwortete Kang. »Wenn Sie sich dafür einsetzen würden, könnte das manch anderen Politiker ebenfalls umstimmen.«

»Die Presseberichte über das beschämende Verhalten amerikanischer Soldaten sind unseren Geschäften gewiss nicht förder lich. Andererseits meine ich, dass auch die Sorgen um die Sicherheit unseres Landes nicht ganz unbegründet sind, falls die Amerikaner abziehen sollten.«

»Aber natürlich sind sie das«, log Kang. »Der Norden gebärdet sich doch nur wegen der Amerikaner so aggressiv. Wenn sie abziehen, werden sich die Beziehungen unserer beider Länder normalisieren, was letztlich zu einer Wiedervereinigung führt.«

»Halten Sie das wirklich für richtig?«

»Wir könnten dadurch sehr reich werden, Song-woo«, erwiderte Kang.

»Das sind wir doch schon«, versetzte der Autofabrikant lachend, während er seine Zigarre in einem Porzellanaschenbecher ausdrückte. »Das sind wir doch schon.«

Kang verabschiedete sich per Handschlag von dem anderen Industriellen und fuhr dann mit dem Expressaufzug in das hundert Stockwerke tiefer gelegene Foyer des weitläufigen Handelscenters. Ein schwarz gekleideter Leibwächter, der ihn begleitete, sprach in ein Walkie-Talkie, worauf wenige Sekunden später ein Bentley Arnage RL vorfuhr und sie abholte. Als Kang auf dem mit rotem Leder gepolsterten Rücksitz saß und sich schweigend durch die Stadt fahren ließ, beglückwünschte er sich insgeheim.

Die Umsetzung seiner Pläne lief besser als erwartet. Der inszenierte Mord an einem jungen Mädchen, angeblich verübt von einem amerikanischen Flieger, hatte allgemeine Empörung im ganzen Land ausgelöst. Mütter organisierten zahlreiche Demonstrationen vor amerikanischen Militärstützpunkten, und eine aufgebrachte Meute lärmender Studenten war zur Botschaft der USA gezogen. Kangs Mitarbeiter in der Unternehmensverwaltung hatten eine umfassende Briefaktion in die Wege geleitet und Dutzende Politiker mit Protestschreiben bombardiert, in denen die Ausweisung ausländischer Truppen verlangt wurde. Und durch die Erpressung mehrerer führender Mitglieder der Nationalversammlung war die entsprechende Resolution eingebracht worden, mit der sich der südkoreanische Präsident demnächst auseinander setzen musste. Jetzt bearbeitete Kang dic Wirtschaftsführer des Landes, die den größten Einfluss auf die Medien und die Nationalversammlung hatten.

Die nordkoreanische Führung in Pjöngjang wirkte ihrerseits an dem Täuschungsmanöver mit, indem sie bei jeder sich bietenden Gelegenheit in aller Öffentlichkeit von einer möglichen Wiedervereinigung sprach. Als Zeichen dafür, dass man gewillt sei, die beiderseitigen Beziehungen zu verbessern, hatte sie sogar zahlreiche Einreisebeschränkungen in den Norden vorübergehend aufgehoben. Darüber hinaus hatte man mit viel Trara bekannt gegeben, dass zur Bekräftigung der eigenen Friedensbereitschaft eine Panzerdivision aus der entmilitarisierten Zone abgezogen worden sei, dabei allerdings geflissentlich verschwiegen, dass sie nur ein paar Kilometer weiter nach Norden verlegt wurde. Stattdessen strich man das eigene Bestreben um Frieden und Freundschaft so gekonnt heraus, dass jeder Werbefachmann an der Madison Avenue gestaunt hätte.

Der Bentley rollte durch die Innenstadt von Seoul und passierte dann das Tor eines unscheinbaren flachen Glasbaus, an dem lediglich ein kleines Schild mit der Aufschrift KANG ENTERPRISES – HALBLEITERHERSTELLUNG prangte. Der luxuriöse Wagen fuhr über einen überfüllten Parkplatz und danach eine schmale Gasse entlang, die zur Rückseite des Gebäudes und dem Ufer des Han führte. Der Fahrer hielt an einem Privatkai, an dem Kangs italienische Yacht vertäut war. Ein Diener hieß den Boss und seinen Leibwächter an Bord willkommen, dann wurden die Maschinen gestartet, und noch ehe Kang die Kabine betrat, hatte die Yacht abgelegt und war unterwegs zu seinem Anwesen.

Kangs Assistent Kwan verbeugte sich, als der Industriemagnat eine kleine Kabine betrat, die er als Büro nutzte, wenn er an Bord war. Wie üblich erstattete Kwan seinem Boss am Ende eines jeden Arbeitstages Bericht, sei es auf der Yacht oder auf dem Anwesen. Ein Stapel zweiseitiger Mitteilungen, die viele Lageberichte westlicher Geheimdienste in den Schatten stellten, lag auf dem Tisch. Kang überflog die Bulletins, in denen alle wichtigen Einzelheiten aufgeführt wurden, von den voraussichtlichen Quartalserlösen seines Telekommunikationsunternehmens über Manöver des südkoreanischen Militärs bis zu persönlichen Vermerken darüber, welcher Politiker seine Frau betrog. Mitteilungen, die sich auf subversive Tätigkeiten bezogen oder von geheimen Quellen stammten, waren auf einem speziellen orangefarbenen Papier gedruckt, das sich in Wasser auflöste, und wurden umgehend vernichtet, sobald Kang sie in Augenschein genommen hatte.

Nachdem er eine Reihe geschäftlicher Angelegenheiten angesprochen hatte, rieb sich Kang die Augen und fragte: »Was haben wir von Tongju auf der *Baekje* gehört?«

Kwan wurde sichtlich blasser. »Wir haben Schwierigkeiten mit dem Gerät für die Bergungsaktion«, erwiderte er zögerlich. »Das japanische Tauchboot, das wir geleast haben, wurde beim Verladen auf die *Baekje* beschädigt. Ein paar Hafenarbeiter haben nicht aufgepasst.«

Kwan sah, wie die Ader an Kangs Schläfe schwoll. Doch er bezähmte seine Wut und gab lediglich ein leises Zischen von sich.

»Diese Patzer müssen aufhören! Erst verlieren wir zwei unserer Agenten, die mit einem simplen Anschlag in Amerika betraut waren, und jetzt das. Wie lange dauert es, bis der Schaden behoben ist?«

»Mindestens drei Monate. Das Shinkai fällt aus«, sagte Kwan leise.

»Wir müssen unseren Zeitplan einhalten«, erwiderte Kang aufgebracht. »Es geht um Tage, nicht um Monate.«

»Ich habe bereits veranlasst, dass man nach verfügbaren Tauchbooten in der betreffenden Region sucht. Aber alle anderen japanischen Tauchboote werden zurzeit überholt, und sämtliche russischen Boote sind in westlichen Gewässern im Einsatz. Das einzige, das sowohl verfügbar als auch für die Bergung geeignet wäre, ist ein ukrainisches Boot, das derzeit im Indischen Ozean eingesetzt wird. Es wird allerdings drei Wochen dauern, bis es vor Ort ist.«

»Das ist zu spät«, murmelte Kang. »Die Stimmung, die wir in der Nationalversammlung zugunsten der Resolution aufgebaut haben, strebt ihrem Höhepunkt zu. Innerhalb weniger Wochen wird es zu einer Abstimmung kommen. Dann müssen wir handeln. Ich muss Sie wohl nicht daran erinnern, dass wir während der Konferenz der G 8 losschlagen wollten«, sagte er mit funkelndem Blick.

Einen Moment lang herrschte banges Schweigen. Dann ergriff Kwan das Wort.

»Sir, es gäbe noch eine andere Möglichkeit. Wir haben erfahren, dass ein amerikanisches Forschungsschiff mit einem Tauchboot in japanischen Gewässern im Einsatz ist. Ich konnte das Schiff heute Morgen aufspüren, als es in Osaka Treibstoff fasste. Es ist ein NUMA-Schiff, das sich hervorragend für eine Tiefseebergung eignet.«

»Die NUMA schon wieder?«, sagte Kang versonnen. Mit verkniffener Miene dachte er über den Aufwand nach, mit dem er dieses Projekt in die Wege geleitet hatte, und an die Gefahr, die im Falle einer Verzögerung drohte. Schließlich nickte er.

»Wir müssen diese Bergung so schnell wie möglich in Angriff nehmen. Beschaffen Sie das amerikanische Tauchboot, aber ohne Aufsehen oder Zwischenfälle.«

»Tongju ist vor Ort und leitet den Einsatz«, erwiderte Kwan zuversichtlich. »Er wird Ihren Anweisungen gemäß vorgehen. Auf ihn können wir uns verlassen.«

»Kümmern Sie sich darum«, erwiderte Kang, während er Kwan einen stechenden Blick zuwarf, der keinen Widerspruch duldete.

22

Mannshohe Wellen mit weißen Gischtkronen rollten auf die *Sea Rover* zu, die stampfend durch die aufgewühlte See pflügte. Aber die Hochdruckfront zog langsam aus dem Ostchinesischen Meer ab, und Kapitän Morgan stellte zufrieden fest, dass der starke südliche Wind nachgelassen hatte, seit sie in das südöstlich von Japan gelegene Seegebiet eingelaufen waren. Von der Brücke aus sah er, wie eine graue Morgendämmerung anbrach und das Schiff in ein fahles Licht tauchte. Nahe dem sich unentwegt hebenden und senkenden Bug entdeckte er eine einsame Gestalt, die an der Reling stand und den Horizont absuchte. Über dem hochgeschlagenen Kragen der marineblauen Schlechtwetterjacke wehten wellige schwarze Haare im Wind.

In tiefen Zügen atmete Dirk die Seeluft ein und genoss den

feuchten Salzgeschmack auf der Zunge. Der Ozean regte ihn stets aufs Neue an, sowohl geistig als auch körperlich, als enthielte diese endlose blaue Weite ein Tonikum, das ihn klarer denken und handeln ließ. Für Schreibtischarbeit, stellte er einmal mehr fest, war er einfach nicht geschaffen. Er war geradezu süchtig nach Wind, Luft und Sonne und blühte förmlich auf, wenn er sich eins mit der Natur fühlte.

Nachdem er eine Weile zwei Möwen betrachtet hatte, die auf der Suche nach einem Morgenmahl träge über dem Schiff kreisten, ging er nach hinten und stieg zur Brücke hinauf. Morgan drückte ihm eine dampfende Tasse Kaffee in die Hand, als er das Ruderhaus des Schiffes betrat.

»Sie sind früh auf«, rief der Kapitän, der selbst um diese Tageszeit schon ein joviales Grinsen zustande brachte.

»Ich wollte mir doch nichts entgehen lassen«, erwiderte Dirk und trank einen tüchtigen Schluck Kaffee. »Meiner Meinung müssten wir das Suchgebiet kurz nach Anbruch der Dämmerung erreichen.«

»So in etwa«, sagte Morgan. »In vierzig Minuten sind wir an der Position, an der die *Swordfish* das japanische U-Boot versenkt hat.«

»Wie tief ist es hier?«

Ein junger Rudergänger in einem blauen Overall warf einen Blick auf das Echolot und meldete kurz und knapp: »Tiefe zweihundertachtzig Meter, Sir.«

»Sieht nach einer Tiefseesuche mit dem AUV aus«, sagte Dirk.

»Ich sag Summer Bescheid, dass sie Audry aufwecken und klar zur Arbeit machen soll«, erwiderte Morgan grinsend.

Audry war eine Weiterentwicklung des Autonomous Underwater Vehicle oder AUV, dem die NUMA-Wissenschaftler, die es gebaut hatten, die Bezeichnung »Autonomous Underwater Data Recovery Vehicle« gegeben hatten – ein hochmoderner Tauchroboter mit Eigenantrieb, der über Sidescan-Sonar, Magnetometer und einen Sub-Bottom-Profiler zum Abtasten des Meeresbodens verfügte. All das steckte in einem torpedoförmigen Gehäuse, das einfach über die Bordwand abgelassen wurde. Mithilfe ihrer Sensoren konnte Audry nicht nur ein genaues Bild vom Meeresboden liefern, sondern auch Anomalien unter den Sedimenten aufspüren. Das stromlinienförmige Datenerfassungsgerät konnte bis auf 1500 Meter Tiefe tauchen und wurde von starken Batterien angetrieben, sodass es sich frei bewegen konnte und nicht auf ein langes, unhandliches Kabel angewiesen war.

Während sich die *Sea Rover* dem Suchgebiet näherte, half Dirk seiner Schwester beim Herunterladen der Positionskoordinaten in Audrys Navigationscomputer.

»Wir setzen nur das Sidescan-Sonar ein, damit wir breitere Suchbahnen fahren können«, erklärte Dirk. »Wenn die *I-411* da draußen ist, müssten wir sie am Grund liegen sehen.«

»Da wir nur die ungefähren Positionsangaben der *Swordfish* haben, müssen wir wahrscheinlich ziemlich viel Grund beackern. Lass uns zunächst ein Suchgebiet von fünf mal fünf Meilen abstecken.«

»Das ist noch in Reichweite des Datenübertragungssystems. Ich checke die Geräte kurz durch, dann müssten wir klar zum Ausbringen sein.«

Während Audrys Software konfiguriert wurde, ließ die Besatzung der *Sea Rover* zwei Wandlerbojen, die von selbst ihre Position hielten, an beiden Seiten des Suchgebiets zu Wasser. Mithilfe ihres eingebauten GPS-Empfängers versorgten sie Audry mit den nötigen Navigationsdaten und lotsten sie auf schnurgeradem Kurs ein ums andere Mal über den Meeresboden. Audry wiederum versorgte die Wandlerbojen in regelmäßigem Abstand mit den Daten, die ihr Sonar erfasst hatte.

»Winde ist bereit«, rief ein Besatzungsmitglied.

Dirk reckte den Daumen hoch, dann sahen er und Summer zu, wie das zweieinhalb Meter lange, zitronengelbe Gerät aus einem Gestell am Achterdeck gehievt und über die Bordwand zu Wasser gelassen wurde. Eine weiße Gischtspur verriet, dass Audrys kleine Schraube lief, dann wurde die Trossenhalterung gelöst. Wie ein Vollblutpferd beim Start des Galopperderbys preschte der torpedoförmige Tauchroboter an der *Sea Rover* entlang, bevor er in eine Welle eintauchte und in die Tiefe vorstieß.

»Audry ist ganz schön flott«, stellte Dirk fest.

»Sie ist unlängst umgebaut worden, und kann jetzt mit einer Geschwindigkeit von neun Knoten auf Erkundung gehen.«

»Bei dem Tempo komme ich ja nicht mal zu meiner Lieblingsbeschäftigung bei einer Suchaktion.«

»Als da wäre?«, fragte Summer mit spöttischem Blick.

»Mir ein Bier und ein Erdnussbuttersandwich zu gönnen, während ich auf die Ergebnisse warte.«

Während Audry dreißig Meter über dem Meeresboden ihre präzisen, imaginären Rasterbahnen zog, überwachte Summer die Suche an einem Computermonitor an Bord der *Sea Rover*. Im Abstand von zwanzig Minuten wurden von den Wandlerbojen die neuesten digitalen Daten per Funk zum Schiff übermittelt, wo sie wiederum per Rechner in graphische Bilder umgesetzt wurden. Dirk und Summer, die sich bei der Überwachung der Sonaraufzeichnungen abwechselten, hielten Ausschau nach geraden oder kantigen Umrissen, die auf ein Schiffswrack hindeuten könnten.

»Sieht aus wie eine Pizza mit Pepperoni«, sagte Dirk versonnen, als er den mit Felsen übersäten Meeresboden betrachtete und die sonderbar geformten Blöcke sah, die runde Schatten auf den flachen Grund warfen.

»Sag bloß nicht, du hast schon wieder Hunger«, versetzte Summer kopfschüttelnd.

»Nein, aber Audry bestimmt. Wie weit kommt sie mit einem Tank Batteriesäure?«

»Bei Hochgeschwindigkeit halten die Batterien nur acht Stunden. Aber wir lassen sie grundsätzlich nicht länger als sieben Stunden laufen, um sicherzugehen, dass sie noch aus eigener Kraft auftauchen kann. Sie ist jetzt seit etwa sechs Stunden unterwegs«, sagte Summer mit einem kurzen Blick auf ihre Uhr. »Innerhalb der nächsten Stunde müssen wir sie also zurückholen und die Batterien austauschen.«

Plötzlich tauchte ein Popup-Fenster am Bildschirm auf und zeigte an, dass die neuesten Daten eingegangen waren.

»Nur noch eine Bahn, dann haben wir das erste Suchgebiet durch«, warf Dirk ein, stand auf und streckte die Arme. »Ich sollte lieber schon mal das nächste abstecken. Kannst du dir die nächste Portion Daten vornehmen?«

»Klar, ich halte mich ran und besorge sie dir«, flachste Summer, als sie sich auf seinen Stuhl setzte und eine Reihe von Befehlen eingab. Neue Bilder tauchten am Monitor auf, als weitere fünfhundert Meter Meeresboden von unten nach oben über den Bildschirm liefen, wie Luftaufnahmen von einer Wüstenpiste. Summer hatte die Farben so eingestellt, dass die Bilder eine leichte Goldtönung hatten und die gelegentlichen Felsen und Erhebungen am Meeresboden bräunliche Schatten warfen. Sie schaute unverwandt auf den Monitor, sah die immer gleichen Bilder vom Meeresboden vorbeilaufen. Plötzlich tauchte rechts oben ein Fleck auf, der zusehends größer wurde, als weitere Bilder durchliefen. Der Fleck war ein Schatten, stellte sie im nächsten Moment fest, ein langer, schmaler Schatten, geworfen von einem großen, röhrenartigen Objekt, das sich in einer dunklen Rosttönung deutlich abzeichnete.

»Meine Güte, da ist es!«, kreischte sie und erschrak über ihre eigene Stimme.

Im nächsten Moment war Summer von etlichen Mitarbeitern umringt, die ihr über die Schulter blickten, als sie die Sequenz mehrmals in Zeitlupe ablaufen ließ. Deutlich waren die Umrisse eines U-Bootes zu erkennen, samt dem Kommandoturm, der einen langen Schatten warf. Summers Schätzung nach war das Objekt gut hundert Meter lang.

»Das sieht eindeutig nach einem U-Boot aus, und zwar einem großen«, sagte sie, war sich aber immer noch nicht sicher, ob sie ihren Augen trauen konnte.

»Das ist unser Boot«, rief Dirk im Brustton der Überzeugung. »Sieht auf dem Sonarbild genauso aus wie die *I-403*.«

»Gute Arbeit, Summer«, sagte Morgan, der sich durch das Getümmel drängte.

»Danke, Captain, aber Audry hat die ganze Arbeit allein gemacht. Wir sollten sie lieber an Bord holen, bevor sie China ansteuert.«

Summer gab eine Reihe neuer Befehle ein, worauf die Wandlerbojen dem Tauchroboter ein Funksignal sandten. In Sekundenschnelle brach Audry ihre Suche ab, steuerte nach oben und tauchte knapp fünfhundert Meter neben der *Sea Rover* auf. Summer, Dirk und Morgan sahen zu, als ein Bergungstrupp in einem Zodiac zu dem im Wasser treibenden gelben Apparat raste und ihn an der Bordwand vertäute. Dann kehrten die Männer langsam zum Forschungsschiff zurück, wo Audry aus dem Wasser gehievt und wieder in ihrer Halterung am Achterdeck festgezurrt wurde.

Als die beiden Wandlerbojen eingeholt wurden, fiel Dirk ein großes Schiff auf, das etwa eine Meile hinter ihnen lag. Am Göschstock wehte die japanische Flagge.

»Ein Kabelleger«, sagte Morgan, als er Dirks Blick folgte. »Der ist schon eine ganze Weile hinter uns.«

»Ein Prachtschiff. Scheint es aber gar nicht eilig zu haben«, sagte Dirk, als er feststellte, wie langsam das Schiff lief.

»Die arbeiten offenbar auf Tagessatz«, erwiderte Morgan lachend, dann wandte er sich ab und achtete darauf, dass die Wandlerbojen ordentlich verstaut wurden.

»Vielleicht«, erwiderte Dirk lächelnd, aber er hatte ein ungutes Gefühl dabei. Er verdrängte die Irritation und konzentrierte sich auf die bevorstehende Aufgabe. Jetzt musste die *I-411* von nahem in Augenschein genommen werden.

23

Die Besatzung der *Sea Rover* bereitete sich unverzüglich darauf vor, das Wrack zu untersuchen. Kapitän Morgan ließ das Schiff beidrehen und brachte es mithilfe der von Audry ermittelten GPS-Koordinaten genau über dem U-Boot in Position. Die computerisierte Querstrahlsteuerung wurde aktiviert, die dafür sorgte, dass die *Sea Rover* trotz Wind und Strömung allenfalls ein paar Zentimeter abgetrieben wurde.

Auf dem Achterdeck gingen Dirk, Summer und Ryan, der Erste Offizier, sorgfältig die Checkliste für die *Starfish* durch. Die *Starfish* war ein eigens für die Tiefseeerkundung konstruiertes, hochmodernes Tauchboot, das in bis zu zweitausend Meter Tiefe eingesetzt werden konnte. Auf den ersten Blick ähnelte es einem Gabelstabler mit einer durchsichtigen Kugel, die aus fünfzehn Zentimeter dickem, verstärktem Acryl bestand und einen Rundumblick auf die See bot; zwei Personen fanden darin Platz. Sie war an einen leuchtend orangefarbenen Bootskörper montiert und enthielt eine Vielzahl von Sensoren, diverse Kameras für Foto- und Videoaufnahmen sowie Geräte zum Entnehmen von Bohrproben. Vier Strahlruder, die hinter und unter der Glaskanzel montiert waren, sorgten für eine hohe Manövrierfähigkeit. Hinzu kamen zwei stählerne Gelenkarme zu beiden Seiten des Cockpits, mit denen man diverse Proben einsammeln oder Messgeräte bedienen konnte. Da der rechte Arm größer als der linke war, wirkte das Tauchboot wie eine Krabbe, wenn es am Meeresboden im Einsatz war.

»Ich glaube, wir sind so weit«, sagte Summer, während sie die letzte Eintragung auf ihrem Klemmbrett musterte. »Bist du bereit?«

»Nur, wenn ich fahren darf«, erwiderte Dirk grinsend.

Die beiden Geschwister, die türkisfarbene NUMA-Overalls trugen, zwängten sich durch eine Luke an der Rückwand in die kleine Kanzel. Obwohl es im Inneren eng war, saßen Dirk und Summer auf den nach vorn gerichteten Polstersitzen ziemlich bequem. Dirk setzte sich die Kopfhörer mit dem Funkmikrofon auf und meldete sich beim Ersten Offizier.

»Hier *Starfish*«, sagte er, um die Anlage zu überprüfen. »Von uns aus kann's losgehen, Tim.«

»Bereit zum Ausbringen«, gab Ryan zurück.

Die an zwei Ösen befestigte Trosse straffte sich, dann wurde das Tauchboot vom Bordkran angehoben. Als die *Starfish* etwa einen Meter hoch in der Luft hing, drückte Ryan auf einen Knopf an einer Steuerkonsole, worauf sich das Deck unter dem Tauchboot öffnete und nach beiden Seiten auseinander glitt. Darunter kam das hellgrüne Wasser des Ostchinesischen Meeres zum Vorschein. Ryan betätigte einen weiteren Knopf, worauf rund um den in das Achterdeck der *Sea Rover* eingelassenen »Moon Pool« eine Reihe von Unterwasserstrahlern aufleuchtete. Ein großer Barsch, der vom jähen Lichtschein erfasst wurde, erstarrte einen Moment lang und schoss dann davon. Anschließend wurde das orangefarbene Tauchboot langsam zu Wasser gelassen und die Trosse gelöst, nachdem Dirk bestätigt hatte, dass alle Systeme an Bord der *Starfish* einwandfrei funktionierten.

»Trosse ist gelöst«, meldete sich Ryan über Dirks Kopfhörer. »Ihr könnt losschwimmen. Weidmannsheil, Leute.«

»Danke fürs Absetzen«, antwortete Dirk. »Ich hupe kurz, wenn wir zurück sind.«

Dirk prüfte ein letztes Mal die Strahlruder, während Summer einen Ballasttank mit Salzwasser flutete. Binnen kurzer Zeit war das Tauchboot so schwer, dass es langsam in die Tiefe sank.

Das hellgrüne Wasser wurde allmählich braun, dann tintenschwarz, als die *Starfish* tiefer ging. Summer betätigte einen Schalter, worauf eine Reihe starker Xenonlampen anging und nach vorn strahlte, doch in dem trüben Wasser war nicht viel zu erkennen. Da das Boot nur aufgrund der Schwerkraft nach unten gezogen wurde, dauerte es rund fünfzehn Minuten, bis es den etwa 300 Meter tiefen Meeresboden erreichte. Trotz der eisigen Wassertemperatur draußen wurde es durch die Elektronik, die rundum in der von Acryl umschlossenen Kammer eingebaut war, so warm, dass Summer schließlich die Klimaanlage einschaltete. Damit die Zeit schneller verging, gab Dirk ein paar von Jack Dahlgrens alten Witzen zum Besten, während Summer ihrerseits von den Ergebnissen der Schadstoffmessungen vor der japanischen Ostküste berichtete.

In 275 Meter Tiefe blies Summer einen Ballasttank an, damit das Boot langsamer sank und nicht zu hart am Meeresboden auftraf. Dirk stellte fest, dass das Wasser klarer geworden war, doch viele Lebewesen gab es in dieser Tiefe nicht. Dann bemerkte er im Dämmerlicht die dunklen, vertrauten Umrisse, die unter ihnen aufragten.

»Da ist es. Wir sind genau drüber.«

Der schattenhafte schwarze Kommandoturm der *I-411* streckte sich ihnen wie ein kleiner Wolkenkratzer entgegen, als die *Starfish* mittschiffs auf das riesige Unterseeboot hinabsank. Dirk stellte fest, dass die *I-411* ähnlich wie die *I-403* aufrecht am Meeresboden lag und nur etwa fünfzehn Grad Schlagseite hatte. Der Bewuchs war weit weniger stark als bei der *I-403*, sodass das große U-Boot aussah, als läge es erst seit ein paar Monaten unter Wasser. Dirk betätigte die Strahlruder der *Starfish* und stieß ein Stück zurück, während Summer den Ballasttank noch einmal anblies, bis das Tauchboot in 292 Meter Tiefe in der Schwebe blieb, genau auf Höhe des U-Bootdecks.

»Das ist ja riesig«, rief Summer, während sie den mächtigen Rumpf betrachtete. Trotz der grellen Lampen der *Starfish* konnten sie nur einen Teil des Bootes sehen.

»Nicht gerade der übliche U-Boottyp aus dem Zweiten Weltkrieg«, erwiderte er. »Mal sehen, wo es getroffen wurde.«

Mithilfe der Strahlruder steuerte Dirk das Tauchboot an der Steuerbordseite des U-Boots entlang, unmittelbar über dem leicht gewölbten Deck. Als sie das Heck umrundeten, deutete Summer auf die Spitzen der beiden mächtigen, bronzenen Schiffsschrauben der *I-411*, die aus dem schlickigen Grund ragten. Sie schoben sich über der Backbordwand nach vorn, bis nach rund fünfzehn Metern ein großer Riss in Höhe der Wasserlinie auftauchte.

»Torpedotreffer Nummer eins«, rief Dirk, während er das Loch musterte, das einer der Torpedos der *Swordfish* gerissen hatte. Er zog die *Starfish* herum, sodass die Scheinwerfer in die ausgezackte Öffnung leuchteten, in der Unmengen von verzogenem, schartigem Metall schimmerten, wie eiserne Zähne im aufgerissenen Maul eines Haies. Dann drehte er wieder bei und steuerte das Tauchboot weitere zehn Meter an dem Wrack entlang nach vorn, bis eine zweite Öffnung auftauchte.

»Torpedotreffer Nummer zwo«, sagte Dirk.

Der zweite Riss in der Backbordwand lag höher, an der Kante des Oberdecks, fast so, als hätte der Torpedo von oben eingeschlagen.

»Du hast Recht, das muss der zweite Torpedotreffer gewesen sein«, sagte Summer. »Anscheinend ist das Heck bereits weggesackt, und das Boot ist nach der Wucht des ersten Einschlags zurückgerollt, als der zweite Torpedo es erwischt hat.«

»Die *Swordfish* hat ziemlich gut gezielt. Die müssen es bei Nacht überrascht haben, als es aufgetaucht fuhr.«

»Ist das der Flugzeughangar?«, fragte Summer und deutete auf einen großen, röhrenartigen Aufbau, der sich über das Achterdeck zum Kommandoturm zog.

»Ja. Sieht so aus, als wäre er durch die Explosion aufgerissen worden«, sagte er, als sie auf die Öffnung zuglitten. Ein etwa fünf Meter großes, ans Oberdeck angrenzendes Stück war einfach verschwunden. Im Schein der Lampen konnten sie einen dreiblättrigen Flugzeugpropeller erkennen, der an der Rückwand des Hangars hing. Dirk betätigte die Strahlruder, drehte das Tauchboot herum und steuerte es nach vorn, am Kommandoturm und den Geschützen der *I-411* vorbei, die noch an Ort und Stelle standen. Dann ließ er die *Starfish* neben einem der großen Tiefenruder am Bug schweben, das wie ein riesiger Flügel aus dem Rumpf ragte.

»Damit wäre die Rundreise abgeschlossen«, sagte Dirk. »Mal sehen, ob wir die Ladung finden.«

»Wir sollten uns erst oben melden«, sagte Summer, setzte ihre Kopfhörer auf und drückte auf die Sendetaste.

»*Sea Rover*, hier *Starfish*. Wir haben den Osterhasen gefunden und suchen jetzt die Eier.«

»Roger«, drang Ryans Stimme knisternd über den Bordfunk. »Seid vorsichtig mit dem Korb.«

»Ich glaube, der macht sich mehr Sorgen um sein Tauchboot als um uns«, flachste Dirk.

»Typisch Mann«, erwiderte Summer kopfschüttelnd. »Investiert Gefühle in ein seelenloses Objekt.«

»Ich weiß überhaupt nicht, was du damit sagen willst«, erwiderte Dirk grinsend.

Dann steuerte er die *Starfish* über den Bug des U-Boots. Nach mehreren Minuten entdeckte er das, was er gesucht hatte.

»Dort ist die vordere Luke zum oberen Torpedoraum. Wenn es genauso gebaut ist wie die *I-403*, ist dort die Munition mit dem biologischen Kampfstoff verstaut.«

Dirk manövrierte die *Starfish* vor die Luke, setzte das Tauchboot dann auf das Deck der *I-411* und stellte die Strahlruder ab.

»Wie sieht es mit deinen Einbrechkünsten aus?«, fragte er Summer.

Anders als bei der *I-403* war die vordere Luke verschlossen und mit einem flachen Handrad verriegelt. Summer aktivierte einen Joystick, der in der Armlehne ihres Sitzes untergebracht war, und schaltete die Hydraulik für den rechten Arm des Tauchboots ein. Mithilfe des Joysticks fuhr sie den Arm aus, betätigte einen Kippschalter und dirigierte ihn langsam nach unten, zur Luke, öffnete dann mit viel Feingefühl die Klauenhand und schob sie beim ersten Versuch chirurgisch genau in das Handrad.

»Gut gemacht«, lobte Dirk.

»Tja, erst mal sehen, ob sie aufgeht«, erwiderte Summer. Sie betätigte einen zweiten Kippschalter, worauf sich der Gelenkarm mitsamt der Klaue zu drehen begann. Dirk und Summer drückten das Gesicht an das Acrylglas und warteten gespannt, ob sich das Rad bewegte. Doch die Verriegelung saß seit sechzig Jahren fest und gab keinen Millimeter nach. Summer ruckelte mit dem Arm ein paar Mal hin und her, aber es nützte nichts.

»So viel zu meiner hydraulischen Kraft«, murmelte sie schließlich.

»Halt das Rad fest«, wies Dirk sie an. »Wir versuchen's mal mit ein bisschen Hebelwirkung.«

Im nächsten Moment betätigte er die Strahlruder und hob die *Starfish* ein paar Zentimeter an. Während Summer das Rad mit der Klauenhand festhielt, gab Dirk volle Schubkraft rückwärts und versuchte die Verriegelung mit dem Schwung und der Kraft des ganzen Tauchboots zu lösen. Das Rad rührte sich nicht, daher schaukelte er mit der *Starfish* vor und zurück, um die Luke aufzuhebeln.

»Ich glaube, du reißt eher den Arm ab«, warnte ihn Summer.

Wortlos und entschlossen machte er weiter. Beim nächsten Versuch sah er, wie sich das Handrad kaum wahrnehmbar bewegte. Er betätigte erneut die Strahlruder, worauf sich die Verriegelung löste und das Rad eine Viertelumdrehung nachgab.

»Dem hast du aber gezeigt, wer der Boss ist«, sagte Summer.

»Aber verrate Ryan nicht, dass der rechte Arm von seinem Lieblingsspielzeug ein paar Zentimeter länger ist als vorher«, erwiderte Dirk lächelnd.

Während sie über der Luke schwebten, drehte Summer das Rad mit der Klauenhand bis zum Anschlag auf. Dann setzte Dirk die *Starfish* ein Stück zurück, ohne dass Summer den Griff löste, und endlich ließ sich die Luke aufklappen. Nachdem er das Tauchboot vor die Öffnung gesteuert hatte, schauten sie beide hinein, konnten aber nicht das Geringste erkennen.

»Ich glaube, jetzt ist *Snoopy* dran. Du hast die Steuerung«, sagte Summer.

Dirk holte einen Laptop heraus und schaltete ihn ein. Eine Reihe grüner Lämpchen leuchtete auf, als das Steuermodul einsatzbereit war. »Los, bring das Stöckchen«, murmelte er und betätigte einen Kippschalter, der ein kleines Strahlruder aktivierte.

Ein kleiner, ferngesteuerter Tauchroboter, ein so genanntes Remote Operated Vehicle oder ROV, löste sich aus einer außen unter dem Cockpit angebrachten Halterung. Das ROV, kaum größer als ein Aktenkoffer, war im Grunde genommen nicht mehr als eine Videokamera, die mit elektronischen Strahlrudern ausgestattet war. Aber da *Snoopy* in engste Räume vordringen konnte, war es das ideale Gerät zum Erkunden gefährlicher Winkel und Nischen in versunkenen Wracks.

Summer sah, wie *Snoopy* in Sicht kam und einen Schwall kleiner Blasen hinter sich herzog, als er in die offene Luke huschte. Dirk drückte auf einen anderen Knopf, worauf auf dem Farbmonitor in Echtzeit die Aufnahmen der Videokamera des ROV auftauchten. Anhand des Bildschirms steuerte er den Roboter durch den Torpedoraum, in dem er sich mittlerweile ganz gut auskannte. *Snoopy* schnurrte an einer Reihe Torpedos vorbei, die alle in ihren Halterungen ruhten. Das gleiche Bild erfasste die Videokamera auf der anderen Seite des Raumes. Die *I-411* hatte offensichtlich nicht mit einem Gefecht gerechnet, als sie von der *Swordfish* entdeckt und versenkt worden war.

Aber Dirk interessierte sich nicht für die Torpedos. Ein ums andere Mal steuerte er *Snoopy* zum vorderen Schott des Torpedoraums und wieder zurück, suchte systematisch Boden und Wände ab, bis er sich davon überzeugt hatte, dass er jeden Quadratmeter gesehen hatte.

»Nirgendwo eine Spur von den Kisten mit den Bomben. Aber darunter ist ein zweiter Torpedoraum, in dem sie ebenfalls verstaut sein könnten.«

»Kriegst du *Snoopy* da runter?«, fragte Summer.

»Im Boden ist eine Luke zum Nachladen der Torpedos, aber ich glaube nicht, dass *Snoopy* sie aufkriegt. Ich weiß möglicherweise einen anderen Weg.«

Er suchte den Raum mit *Snoopys* Kameraauge ab und entdeckte die Tür an der hinteren Wand, die zur Unterkunft des Chefmaschinisten führte. Die Luke war offen, sodass Dirk das ROV ein paar Sekunden später hindurchsteuern konnte.

»Da drüben«, sagte Summer und deutete auf die eine Ecke des Monitors. »Dort ist eine Leiter, die so aussieht, als ob sie nach unten führt.«

Dirk lotste das ROV um einen Haufen Trümmer herum und durch eine offene Luke im Boden. Ein Deck tiefer stieß *Snoopy* auf die Tür zum unteren Torpedoraum und drang ein. Er war zwar etwas kleiner als der obere, weil sich der Rumpf des U-Boots nach unten verjüngte, aber ansonsten sein genaues Gegenstück. Auch hier waren alle tödlichen Torpedos vom Typ 95 friedlich in ihren Halterungen verstaut. Obwohl das Verbindungskabel, über das *Snoopy* gesteuert wurde und seinen Saft bezog, schon fast vollständig abgewickelt war, manövrierte Dirk das ROV vorsichtig durch den ganzen Raum. Doch außer den Torpodos gab es hier nichts zu sehen.

»Kommt mir fast so vor«, sagte Summer und schüttelte enttäuscht den Kopf, »als ob es hier keine Eier zu holen gibt.«

24

Als Dirk das kleine ROV vorsichtig zurück zur *Starfish* dirigierte, pfiff er den alten Stephen-Foster-Song »Swanee River«.

»Du scheinst ja ziemlich gut gelaunt zu sein, wenn man bedenkt, dass die Bomben offenbar abhanden gekommen sind«, sagte sie.

»Schwesterherz, wir wissen zwar nicht genau, wo sie sein könnten, aber dafür wissen wir jetzt, wo sie nicht sind. Tja, wenn du mich fragst, ich würde die Eier in der Nähe der Henne aufbewahren.«

Summer musste einen Moment nachdenken, dann aber leuchteten ihre Augen auf.

»Der Hangar? Wo die Flugzeuge verstaut sind?«

»Der Hangar«, erwiderte Dirk. »Und die *Swordfish* war sogar so freundlich und hat für uns die Tür geöffnet.«

Sobald *Snoopy* wieder sicher in seiner Halterung verstaut war, betätigte Dirk die Hauptstrahlruder, worauf die *Starfish* am Oberdeck entlang bis zur Einschlagsstelle des zweiten Torpedos glitt. Das Loch war so groß, dass die *Starfish* mühelos ins Innere vordringen konnte, doch viel weiter kam sie in dem nur knapp dreieinhalb Meter durchmessenden Hangar nicht. Dirk musterte die klaffende Einschlagsstelle und lotste die *Starfish* durch die Öffnung. Das Deck war stellenweise aufgerissen und mit zahlreichen Löchern übersät, durch die man in die verrottenden Eingeweide des U-Boots blicken konnte. Langsam steuerte Dirk die *Starfish* tiefer, bis er an der vorderen Kante des Loches ein Stück Oberdeck sah, das groß und stabil genug war, um das Tauchboot zu tragen. Aus dem Augenwinkel bemerkte er den rechts von ihnen hängenden Flugzeugpropeller, der ihm vorhin schon aufgefallen war. Behutsam setzte er die *Starfish* auf das Deck.

Als er die Strahlruder der *Starfish* ausschaltete, kehrte einen Moment lang Stille ein. Gemeinsam spähten sie in den engen Hangar, der sich wie ein endloser Tunnel vor ihnen erstreckte. Dann hallte ein dumpfes Scheppern im Wasser wider.

»Dirk, der Propeller!«, rief Summer und deutete durch die Kanzelverglasung nach rechts.

Die Halterung, an der der dreiblättrige Ersatzpropeller des Seiran-Bombers aufgehängt war, war im Salzwasser längst verrostet, hatte aber wie durch ein Wunder sechzig Jahre lang gehalten. Erst durch die leichte Erschütterung und das von der *Starfish* aufgewühlte Wasser zerbröselte sie und gab nach. Im nächsten Moment krachte der Propeller herab und landete mit einem lauten Scheppern auf den Spitzen der beiden unteren Blätter.

Aber das war noch nicht alles. Ohnmächtig mussten sie zusehen, als der Propeller wie in Zeitlupe vornüber kippte und das obere Blatt haarscharf am Acrylfenster der *Starfish* vorbeischrammte, nur Zentimeter von Summers Gesicht entfernt. Dann hallte ein zweites lautes Scheppern durch das Wasser, als der Propeller aufschlug, über den rechten Roboterarm des Tauchboots rutschte und auf den Vorderkufen landete. Eine Wolke aus braunen Ablagerungen stieg auf und raubte ihnen die Sicht. Dann, als das Wasser wieder klarer wurde, bemerkte Summer einen dünnen Faden aus dunkler Flüssigkeit, der vor ihnen aufstieg, so als würde die *Starfish* bluten.

»Wir sitzen fest«, stieß Summer mit einem Blick auf den schweren Propeller aus, der quer über den Vorderkufen lag.

»Versuch, den Arm zu bewegen. Sieh zu, ob du ihn anheben kannst, während ich zurücksetze«, rief Dirk ihr zu und aktivierte die Strahlruder.

Summer ergriff den Joystick und betätigte den Kippschalter, um den Arm zu heben. Das stählerne Anhängsel bewegte sich ein Stück, dann sank es schlaff nach unten. Ein ums andere Mal zog sie den Joystick vor und zurück, doch der Arm reagierte nicht.

»Geht nicht«, sagte sie ruhig. »Das Propellerblatt hat offenbar die Hydraulik beschädigt. Der rechte Arm ist so gut wie amputiert.«

»Daher die Flüssigkeit, die wir gesehen haben. Probier's mit dem linken Arm«, erwiderte Dirk.

Summer ergriff einen zweiten Joystick und aktivierte den linken Arm des Tauchboots. Dann versuchte sie, ihn an dem Fenster vorbei zu dem herabgestürzten Propeller zu dirigieren. Da der linke Arm kürzer und weniger gelenkig war, ließ er sich auch nicht so leicht bedienen. Nachdem sie ihn mehrere Minuten lang gebeugt und hin und her gedreht hatte, bekam sie mit der Klaue endlich die Kante eines Propellerblatts zu fassen.

»Ich habe ihn, aber der Winkel ist ungünstig. Ich glaube nicht, dass ich genügend Druck aufbieten kann«, sagte sie.

Als sie die Steuerung betätigte, zeigte sich, dass sie Recht hatte. Der Arm versuchte den Propeller wegzuziehen, doch der rührte sich nicht von der Stelle. Sie versuchte es noch ein paar Mal, aber es lief immer auf das Gleiche hinaus.

»Ich glaube, wir müssen uns mit roher Gewalt nach draußen kämpfen«, erwiderte Dirk und biss die Zähne zusammen.

Dann gab er mit den Strahlrudern vollen Schub, versuchte die *Starfish* anzuheben und von dem herabgestürzten Propeller wegzugleiten. Die elektronischen Strahlruder summten und vibrierten, als sie ihre ganze Kraft aufboten, doch der Propeller war einfach zu schwer. Das Tauchboot wirbelte nur eine dichte Wolke aus Schlick auf, rührte sich aber nicht von der Stelle. Dirk ließ die Strahlruder vorwärts und rückwärts laufen, versuchte sie herauszuschaukeln, doch es nützte nichts. Nach mehreren vergeblichen Anläufen schaltete er die Strahlruder ab und wartete, bis sich die braune Wolke verzogen hatte.

»Wir verbrauchen lediglich unseren Saft, wenn wir so weitermachen«, sagte er missmutig. »Wir haben einfach nicht genug Schubkraft, um uns von dem Propeller zu befreien.«

Summer sah, dass ihr Bruder fieberhaft nachdachte. Es war

nicht das erste Mal, dass sie mit Dirk unter Wasser festsaß, und normalerweise fand sie es beruhigend, wenn er bei ihr war. Erst vor ein paar Monaten waren sie vor der Navidad-Bank beinahe umgekommen, als ihr Unterwasserlabor von einem mörderischen Hurrikan in eine Korallenschlucht gestürzt worden war. Buchstäblich im letzten Moment waren ihr Vater und Al Giordino gekommen und hatten sie vor einem qualvollen Erstickungstod gerettet. Aber diesmal waren ihr Vater und Giordino tausend Meilen weit weg.

In der Düsternis draußen meinte sie leise Stimmen zu hören. Die tote Besatzung der *I-411* schien ihnen zuzuflüstern, dass sie ihnen Gesellschaft leisten sollten in ihrem kalten, nassen Grab dreihundert Meter unter der Wasseroberfläche. Das versunkene schwarze U-Boot hatte etwas Grusliges an sich, und Summer lief es eiskalt über den Rücken.

Auch als sich das aufgewühlte Wasser wieder beruhigte und sie in den Hangar blicken konnte, wurde sie den Gedanken nicht los, dass sie mit Dutzenden tapferer kaiserlicher Seeleute in einer eisernen Gruft festsaßen. Sie musste sich regelrecht dazu zwingen, die düsteren Gedanken zu verdrängen und sich wieder darauf zu konzentrieren, wie sie aus dieser Klemme herauskommen könnten.

»Wie viel Zeit haben wir noch?«, fragte sie mit bangem Unterton.

Dirk blickte auf eine Reihe von Anzeigen neben seinem Sitz. »Solange die Batterien noch Saft haben, kann uns nichts passieren. Aber in etwa drei Stunden gehen die Lichter aus, danach haben wir noch rund eine Stunde Luft. Wir sollten uns lieber bei der *Sea Rover* melden.« Er sprach leise, aber nüchtern und sachlich.

Summer schaltete die Funkanlage ein und rief Ryan auf der *Sea Rover*, erhielt aber keine Antwort. Nach etlichen weiteren Versuchen drang ein Knistern aus ihren Kopfhörern.

»*Starfish*, hier *Sea Rover*. Wir verstehen euch nicht, bitte wiederholen, over«, meldete sich Ryan mit leiser, verzerrter Stimme.

»Unsere Funksignale werden offenbar durch die Stahlwand

des U-Boots gedämpft«, sagte Dirk. »Wir können sie hören, aber sie hören uns nicht.«

»Ich versuch's weiter. Vielleicht empfangen sie irgendwann doch ein Signal.«

Zehn Minuten lang rief Summer ein ums andere Mal die *Sea Rover*, sprach mit lauter, deutlicher Stimme, erhielt aber immer nur die gleiche frustrierende Antwort von Ryan.

»Das bringt nichts. Sie können uns nicht verstehen. Wir müssen allein klarkommen«, stellte Summer schließlich fest.

Dirk legte etliche Schalter an der Konsole um und stellte sämtliche nicht lebensnotwendigen elektronischen Geräte ab, um Batteriestrom zu sparen. Er griff zur Steuerung von *Snoopy*, zögerte dann.

»Was dagegen, wenn wir *Snoopy* kurz Gassi gehen lassen?«

»Wir sind hier, weil wir den Hangar erkunden wollten, also können wir die Sache auch zu Ende bringen. Wir müssen immer noch feststellen, ob die biologischen Waffen an Bord sind oder ob es irgendwelche Hinweise gibt, dass sie entfernt wurden.«

»Ganz meine Meinung«, sagte Dirk und aktivierte das ROV. Dann steuerte er den Tauchroboter aus seiner Halterung, über den Propeller hinweg, und ließ ihn dann auf Augenhöhe steigen. Vor ihnen erstreckte sich die lange, dunkle Röhre des Hangars in Richtung Kommandoturm. Er betätigte die Strahlruder des ROV und ließ *Snoopy* in die Düsternis vorstoßen.

Als sich *Snoopy* vom Tauchboot entfernte, wandten sie den Blick von dem beleuchteten ROV ab und beobachteten die Bilder der Videokamera auf dem Farbmonitor. Zunächst sah es so aus, als wäre der Hangar leer, doch als sich *Snoopy* vorwärts bewegte, tauchten von Schlick überzogene Gegenstände auf. Die Kameralinse erfasste ein großes, mit allerlei Bewuchs verkrustetes Objekt, das auf einer Art Podest an der einen Seitenwand lag. Dahinter ragten Schränke aus der Hangarwand.

»Ein Flugzeugmotor«, stellte Dirk fest, als er *Snoopys* elektronisches Auge auf den langen Metallblock richtete.

»Da drin sind bestimmt noch andere Ersatzteile und Werkzeuge verstaut«, sagte Summer und deutete auf die Schränke.

»Irgendwo ist garantiert auch eine Hebevorrichtung«, warf Dirk ein, der genau wusste, dass sie keine Chance hatten, an irgendwelche Werkzeuge zu kommen, mit denen sie sich befreien konnten.

Langsam lotste er *Snoopy* durch den höhlenartigen Hangar und hätte ihn fast in eine Reihe dünner, senkrecht herabhängender Metallplatten gesteuert. Als Dirk das ROV ein Stück zurücksetzte, erkannte er, dass es sich um das Heck eines Flugzeugs handelte, dessen Seitenflosse ebenso wie die beiden Höhenflossen nach unten geklappt waren. Dann lenkte er *Snoopy* seitlich daran vorbei, worauf sie deutlich sehen konnten, dass dies der Rumpf eines Wasserflugzeugs vom Typ Aichi M6A1 Seiran war.

»Wow«, murmelte Summer, die sowohl von der Größe als auch vom Zustand des zweisitzigen Bombers beeindruckt war. »Kaum zu glauben, dass sie ein Flugzeug zusammenklappen und hier reinschieben konnten.«

Dirk steuerte *Snoopy* am Rumpf entlang, damit sie sich die Maschine von der Seite ansehen konnten. Die Kamera zeigte, dass die Tragflächen ebenfalls vorhanden waren, allerdings zurückgeklappt wie die Flügel einer Ente. Sogar die verblichenen und von Schlick bedeckten roten japanischen Hoheitszeichen waren noch zu erkennen.

»Ich staune nach wie vor, dass sie auf einem U-Boot Flugzeuge verstauen, starten und anschließend wieder bergen konnten«, sagte Summer versonnen.

»Sie mussten sie lediglich aufs Vordeck schieben, Höhen- und Seitenflossen hochklappen, Tragflächen und Schwimmer anbringen und sie per Katapult starten. Ein gut ausgebildeter, vierköpfiger Mechanikertrupp konnte eine Maschine in knapp einer halben Stunde startklar machen.«

»Vermutlich war es gut, dass diese großen Sen-Toku-Boote erst gegen Kriegsende in Dienst gestellt wurden«, erwiderte Summer.

Als Dirk *Snoopy* weiter in den Hangar vordringen ließ, erfasste die Kamera hinter dem Rumpf die beiden riesigen Schwimmer der Maschine, die auf eine hölzerne Palette geschnallt waren.

Die Strahlruder des ROV wirbelten den abgelagerten Schlick auf, unter dem der Anstrich zum Vorschein kam – oben laubgrün, unten haifischgrau. Rumpf und Tragflächen waren vermutlich in den gleichen Tarnfarben bemalt.

Das ROV ließ die Schwimmer hinter sich und drang durch eine abgeteilte leere Kammer weiter vor. Wie sein Namensvetter, der berühmte Beagle, untersuchte *Snoopy* auf Dirks Fingerdruck hin jeden Quadratmeter Boden und »beschnüffelte« allerlei mit Schlick überzogene Gegenstände und Trümmer. Dann tauchten zu beiden Seiten des Hangars zwei niedrige Regale auf, in denen, wie Dirk sofort erkannte, jeweils vier Torpedos gelagert waren. Diese hier waren für den Flugzeugeinsatz gedacht und erheblich kleiner als die schweren Aale im Unterdeck, die vom U-Boot abgefeuert wurden.

Dirk und Summer starrten auf den Monitor und hielten Ausschau nach weiteren Waffen. Aber nirgendwo waren welche zu erkennen. Dirk drehte sich um und sah, dass Summer auf die Uhr blickte, um festzustellen, wie viel Zeit ihnen noch blieb.

»Lass uns weitermachen. Hier drin müsste mindestens noch ein Flugzeug sein«, sagte er, um sie von ihren düsteren Gedanken abzulenken. Wieder bewegte sich das ROV durch eine leere Kammer, bevor es in den nächsten Hangarbereich vorstieß. Kurz darauf kamen Heck und Rumpf eines zweiten Seiran-Bombers in Sicht, samt der zurückgeklappten Tragflächen. Unmittelbar dahinter lagerten zwei weitere Schwimmer, die mit Stahlseilen am Boden verzurrt waren. Anschließend erfasste die Kamera etliche an der Wand angebrachte Werkzeugschränke, und danach kam ein etwa fünf Meter langer leerer Raum. Schließlich stieß *Snoopy* auf das riesige runde Tor, das zum Vorderdeck des U-Boots führte.

»Tja, das war's«, sagte Dirk. »Wir haben den ganzen Hangar abgesucht, aber nirgendwo sind irgendwelche Bomben zu sehen.«

Summer schwieg einen Moment lang und biss sich bedrückt auf die Unterlippe. »Tja… nichts deutet darauf hin, dass jemand gewaltsam hier eingedrungen ist. Auch der Schlick ist in letzter

Zeit nicht aufgewühlt worden. Vielleicht wurden sie bei der Explosion der Torpedos zerstört.«

»Schon möglich. Aber hinter uns ist noch ein kleines Stück Hangar, das wir uns anschauen könnten.«

Dirk steuerte *Snoopy*, der sein Verbindungskabel automatisch einrollte, zum Tauchboot zurück. Im Cockpit kehrte Stille ein, als Bruder und Schwester über ihre Lage nachdachten. Dirk verfluchte sich insgeheim, weil er sie in diese Klemme gebracht und die Bomben nicht gefunden hatte. Als das ROV den Rumpf des zweiten Flugzeugs passierte und sich den Schwimmern der ersten Maschine näherte, blickte Summer verdutzt auf.

»Dirk, warte mal einen Moment«, sagte sie leise und wandte sich dann wieder dem Monitor zu.

»Was ist?«, fragte er, während er das ROV anhielt.

»Schau dir die Schwimmer an. Fällt dir irgendwas auf?«

Dirk betrachtete einen Moment lang das Bild am Monitor, dann schüttelte er den Kopf.

»Die beiden anderen, am Ende des Hangars, waren am Boden festgezurrt«, sagte Summer. »Aber die hier stehen auf Paletten.«

Stirnrunzelnd musterte er das Bild. Jeder der beiden Schwimmer ruhte auf einer viereckigen Holzpalette, die rund einen halben Meter hoch war.

Dirk steuerte das ROV um die Unterseite der Schwimmer herum und lotste sie dann neben die Palette. Anschließend drehte er das ROV und ließ die Strahlruder mit voller Kraft laufen, um Ablagerungen, Schlick und Bewuchs wegzublasen. Danach brachte er das ROV wieder in Position und wartete, bis sich die Wolke verzogen hatte. Durch das trübe Wasser konnten sie einen bloßgelegten Teil der Palette sehen. Allem Anschein nach handelte es sich um eine Holzkiste, die aus Mahagoni gezimmert war. Dirk musterte sie genau.

»Mein Gott, das müssen sie sein.«

»Bist du dir sicher?«, fragte Summer.

»Na ja, ich kann nicht reinschauen, aber von außen sehen sie genauso aus wie die aufgesprungenen Bombenkisten, die ich in der *I-403* gefunden habe.«

Dirk untersuchte die Kiste von allen Seiten, dann überzeugte er sich davon, dass ihr genaues Gegenstück unter den zweiten Schwimmer geschoben war. Summer machte sich eine Notiz zu der Videoaufzeichnung und vermerkte die Stelle, an der sie die Kisten gefunden hatten. Dirk stellte fest, dass die Kisten offenbar durch das Gewicht der Schwimmer festgehalten wurden, die ihrerseits mit einem halben Dutzend Stahlseilen am Boden verzurrt waren.

»Gutes Auge, Summer. Dafür hast du ein Bier gut.«

»Eine Flasche Martin Ray Chardonnay wäre mir lieber«, erwiderte sie mit einem leichten Lächeln. »Jetzt wissen wir wenigstens, wo sie sind.«

»Aber irgendjemand muss sie da rausholen, und das wird nicht so einfach.«

»Uns übrigens auch«, erwiderte Summer geknickt.

Dirk überlegte nach wie vor fieberhaft, wie sie sich befreien könnten, während er das ROV zurück zum Tauchboot steuerte. Er passte einen Moment lang nicht auf; plötzlich leuchteten *Snoopys* helle Unterwasserlampen gleißend hell ins Cockpit und blendeten ihn. Unwillkürlich steuerte er das ROV nach unten, in Richtung Hangarboden. Aber kurz vor dem Tauchboot blieb das ROV plötzlich hängen und rührte sich nicht mehr von der Stelle.

»Dirk, *Snoopys* Nabelschnur hat sich irgendwo verheddert«, rief Summer und deutete durch die Acrylscheibe nach vorn.

Dirk spähte durch das trübe Wasser und sah, dass sich das Kabel des ROV rund fünf Meter weiter vorn an irgendwelchen Trümmern verhakt hatte, die am Boden des Hangars lagen.

»Ich wundere mich, dass wir bei diesem Hindernisparcours überhaupt so weit gekommen sind«, erwiderte er.

Er setzte das ROV zurück, bis sich das Kabel löste, das sich allem Anschein nach an einem kleinen Motor verheddert hatte, der auf einem knapp anderthalb Meter hohen, röhrenartigen Gehäuse saß.

»Ein benzinbetriebener Kompressor«, sagte er, als er die beiden vom Salzwasser zerfressenen Schläuche bemerkte, die hinten an den Motor angeschlossen waren.

»Wozu ist der große Griff da?«, fragte Summer, während sie einen langen Metallstab mit einem runden, schaufelartigen Griff musterte, der seitlich aus dem Gehäuse ragte.

»Er hat einen alten mechanischen Anlasser. So ähnlich wie das Starterseil an einem Rasenmäher, nur dass man hier kurbeln muss, bis der Motor anspringt. Ich habe mal auf einem Taucherboot einen Schweizer Kompressor gesehen, der genauso funktionierte.« Dirk starrte einen Moment lang auf den Griff, ohne das ROV von der Stelle zu bewegen.

»Willst du *Snoopy* nicht heimholen?«, fragte Summer schließlich.

»Doch«, erwiderte er, dann strahlte er mit einem Mal. »Aber erst muss er uns hier raushelfen.«

Bange Vorahnungen beschlichen unterdessen den Kapitän und die Besatzung der *Sea Rover*. Seit neunzig Minuten hatten sie keinerlei Funkspruch von der *Starfish* empfangen, und allmählich musste sich Morgan auf eine Notrettung vorbereiten. Die *Sea Rover* hatte kein zweites Tauchboot an Bord, und bis die NUMA eines hergeschafft hatte, würden mindestens zwölf Stunden vergehen.

»Ryan, setzen Sie sich mit der Deep Submergence Unit der Navy in Verbindung. Schildern Sie die Lage und fordern Sie ein Tiefseerettungsboot an«, befahl er, auch wenn ihm beim bloßen Gedanken daran graute.

Ihm war klar, dass es um Minuten ging, nicht um Stunden, wenn Dirk und Summer ernsthaft in der Klemme steckten. Eigentlich konnte sie keiner mehr retten.

25

»Okay, Summer, stell die Kabelwinde ab.«

Dirk hatte *Snoopy* etwa anderthalb Meter hinter dem Kompressor dicht unter die Hangardecke gesteuert, als er Summer

Bescheid gab. Mit einem Knopfdruck an der Konsole stoppte sie die Winde, die das Kabel des ROV automatisch aufspulte. Dann lotste Dirk das ROV vorsichtig zu dem Kompressor, bis das schlaffe Kabel unter dem Griff durchhing. Er ließ den Tauchroboter ein paar Mal über dem Kompressor kreisen, wie eine Anakonda, die zum tödlichen Würgegriff ansetzt. Sobald er fünf lockere Schlingen um den Griff gelegt hatte, steuerte er das ROV nach oben und zog das Kabel straff.

»Okay, du schaltest die Winde ein, und ich ziehe mit *Snoopy*.«

»Der Kompressor wiegt mindestens drei Zentner. Den kannst du nicht mal unter Wasser von der Stelle bewegen«, erwiderte Summer, die sich fragte, ob ihr Bruder noch bei Sinnen war.

»Mir geht's nicht um den Kompressor, sondern um den Griff.«

Er richtete *Snoopy* auf das Tauchboot aus und gab ihm volle Schubkraft. Das ROV schoss nach vorn, bis sich das um den Griff geschlungene Kabel straffte. Die Strahlruder verwirbelten das Wasser, liefen auf vollen Touren, aber sie brachten nicht genügend Kraft auf. Jetzt griff Summer ein, die mit der automatischen Winde den hinteren Teil des Kabels einholte, bis es sich unmittelbar neben dem Gehäuse stramm um die Kurbelstange legte. Und mit einem Mal klappte es. Die Stange glitt aus den Zähnen des Schwungrads, worauf sich der ganze Griff vom Kompressor löste und auf die *Starfish* zuschwebte. Dirk brachte ihn geschickt in die Horizontale, damit er nicht aus dem Kabel rutschte und zog ihn behutsam auf das Tauchboot zu.

»Ich glaube, Ryan wäre alles andere als begeistert, wenn er wüsste, was du mit seinem ROV anstellst«, sagte Summer.

»Ich kauf ihm ein neues, wenn das hier hinhaut.«

»Und was genau hast du vor?«, fragte Summer, der noch immer nicht ganz klar war, worauf ihr Bruder hinauswollte.

»Ach, bloß ein bisschen Hebelkraft einsetzen, Schwesterherz. Wenn du so freundlich wärst, mein Brecheisen mit dem linken Arm zu ergreifen, wirst du schon sehen, was ich meine.«

Dirk steuerte das ROV mitsamt dem Griff zur linken Seite

der *Starfish*. Dann fuhr Summer den linken Arm aus, öffnete die Greifhand und führte sie vorsichtig auf die Eisenstange zu, bis sie den Griff zu fassen bekam. Dirk lotste das ROV langsam zurück, bis sich das mehrmals um den Griff geschlungene Kabel löste. Sobald es freikam, schaltete er die Winde ein und holte *Snoopy* zur *Starfish* zurück.

»Für einen Beagle kann *Snoopy* ziemlich gut apportieren«, sagte Summer.

»Mal sehen, ob sich unser mechanischer Arm als Wagenheber eignet«, erwiderte Dirk.

Er musterte eine Reihe von Amperemetern am Armaturenbrett des Tauchboots. Sie hatten das ROV über eine Stunde lang eingesetzt und nurmehr dreißig Prozent ihrer ursprünglichen Batterieleistung übrig. Die Zeit wurde allmählich knapp, wenn sie es aus eigener Kraft nach oben schaffen wollten.

»Lass uns noch einen Versuch unternehmen. Tanks leeren«, sagte er, betätigte zwei Knöpfe und pumpte das Wasser aus den Ballasttanks, damit sie mehr Auftrieb hatten. Anschließend schaltete er die Hauptstrahlruder des Tauchboots ein. Summer, die den mechanischen Arm der *Starfish* mittlerweile auf volle Länge ausgefahren hatte, betrachtete den Propeller. Er musste ein Stück angehoben und nach vorn geschoben werden, damit sie freikamen, aber sie hatte nur wenig Platz, um den Griff anzusetzen. Nachdem sie ihn an eine der Kufen gelehnt und kürzer gefasst hatte, konnte sie die Eisenstange rund zwanzig Zentimeter unter den Propeller schieben.

»Fertig«, sagte sie zögernd und wischte sich die schweißnasse Hand am Hosenbein ab. Auch Dirk schwitzte, denn mittlerweile war es im Cockpit ziemlich heiß geworden, seit er die Klimaanlage ausgeschaltet hatte, um Strom zu sparen.

»Hebel uns raus«, sagte er und legte die Hand an die Strahlruderregler. Vorsichtig bewegte Summer die Steuerung des mechanischen Arms. Mit der hydraulischen Kraft allein hätte sich der Arm nicht heben lassen, doch mithilfe der Hebelwirkung durch die am Boden verkeilte Griffstange bewegte er sich. Langsam hob sich der Propeller, erst zwei Zentimeter, dann fünf und schließlich zehn. Dirk spürte, wie sich das Heck des Tauchboots durch den Auftrieb leicht hob. Als Summer das Propellerblatt in Höhe der Kufenspitzen gestemmt hatte, schob er die Regler der Strahlruder auf vollen Rückschub.

Die *Starfish* beschleunigte nicht etwa wie eine Rakete, sondern ruckte lediglich leicht zurück. Dann glitten die Kufen des Tauchboots unter dem Propellerblatt hervor, worauf es vom Kompressorgriff rutschte und nur Zentimeter vor der *Starfish* mit einem dumpfen Scheppern auf den Boden schlug.

»Gut gemacht, Schwesterherz. Was hältst du davon, wenn wir uns ein bisschen frische Luft gönnen?«, fragte Dirk, während er die Strahlruder der *Starfish* betätigte, um sie aus dem Hangar und dann nach oben zu steuern.

»Ich bin dabei«, erwiderte Summer sichtlich erleichtert.

Sie hatten den Hangar kaum verlassen, als Ryans tiefe Stimme aus ihren Kopfhörern drang.

»*Starfish*, hier *Sea Rover*. Hört ihr uns, over«, meldete er sich mit monotoner Stimme. Offensichtlich hatte er den Spruch in den letzten anderthalb Stunden tausendmal wiederholt.

»Hier *Starfish*«, antwortete Summer. »Wir hören euch laut und deutlich. Haben Aufstieg eingeleitet. Bitte bereithalten zur Bergung.«

»Roger, *Starfish*«, erwiderte Ryan, der mit einem Mal aufgeregt klang. »Hier oben haben sich ein paar Leute Sorgen um euch gemacht. Braucht ihr Hilfe?«

»Negativ. Haben uns hier unten nur die Zehen angestoßen. Alles in Ordnung. Wir sind in Kürze oben.«

»Verstanden. Halten uns zur Bergung bereit.«

Der Aufstieg, der durch den Auftrieb unterstützt wurde, ging schneller vonstatten als das Abtauchen, und nach zehn Minuten sahen sie bereits die gleißenden Lichter im Moon Pool der *Sea Rover*. Als das Tauchboot näher kam, erkannten sie auch die Umrisse des Schiffes, worauf Dirk mit dem letzten verbliebenen Strom die Strahlruder betätigte und die *Starfish* genau in die Mitte des Lichterkranzes steuerte. Sowohl Dirk als auch Summer atmeten erleichtert auf, als sie durch die Öffnung im Schiffsboden stießen und auftauchten. Morgan, Ryan und ein halbes Dutzend Besatzungsmitglieder standen um den Moon Pool und sahen gespannt zu, als die *Starfish* per Kran aus dem Wasser gehoben und behutsam am Deck abgesetzt wurde. Nachdem Dirk sämtliche Geräte abgeschaltet hatte, öffnete Summer die Luke im Heck, dann stiegen sie beide aus und atmeten dankbar die frische Luft ein.

»Wir hatten schon befürchtet, dass ihr euch da unten verirrt habt«, sagte Morgan lächelnd, dann blickte er verdutzt auf den Kompressorgriff, der immer noch im Greifer des linken mechanischen Arms klemmte.

»Das ist unser Gehstock«, erklärte Summer. »Wir haben einen Spaziergang in schwierigem Gelände unternommen und hatten Mühe, wieder rauszukommen.«

»Nun ja«, sagte Morgan, der sofort wieder an ihre eigentliche Aufgabe dachte. »Was habt ihr gefunden?«

»Zwei Kartons mit Eiern, beide abholbereit«, erwiderte Dirk grinsend.

Die Besatzung der *Sea Rover* machte sich sofort an die Reparatur des mechanischen Arms und tauschte die Batterien der *Starfish* aus, während Dirk, Summer und Morgan einen Bergungsplan ausarbeiteten. Sie sahen sich die Videoaufzeichnung von *Snoopy an* und berechneten den genauen Standort, an dem sich die Bombenkisten befanden. Anhand der Aufnahmen stellten sie fest, dass die Hangarwände aus jeweils drei Meter breiten Platten bestanden.

»Wenn wir die alten Schweißnähte auftrennen können, müssten wir in der Lage sein, eine der Platten neben den Schwimmern rauszuheben«, sagte Dirk und tippte mit dem Stift auf eines der Bilder, nachdem sie das Video angehalten hatten. »Die *Starfish* ist knapp zweieinhalb Meter breit, sodass wir genügend Platz haben, um an die Bomben heranzukommen und sie mit dem mechanischen Arm rauszuholen.«

»Glücklicherweise beträgt die Strömungsgeschwindigkeit rund um das Wrack nur ein bis zwei Knoten, sodass wir kaum abgetrieben werden. Trotzdem müssen wir mindestens zwei Tauchgänge unternehmen«, warf Summer ein.

»Ryan kann abwechselnd mit euch tauchen«, sagte Morgan. »Warum ruht ihr euch nicht ein bisschen aus, während wir das Tauchboot ummodeln und zum Schweißen vorbereiten?«

»Darum lass ich mich nicht zweimal bitten«, erwiderte Summer gähnend.

Ihr Schlaf war allerdings nur von kurzer Dauer, denn Dirk weckte sie schon drei Stunden später, worauf sie sich auf einen weiteren Tauchgang vorbereiteten. Die mit frischen Batterien bestückte *Starfish* wurde wieder zu Wasser gelassen und sank langsam zu dem U-Boot hinab. Dirk steuerte das Tauchboot vor das Loch in der Hangarwand und lotste es dann langsam seitwärts in Richtung Kommandoturm. Im Abstand von zwei Metern, die er mit den halb ausgestreckten mechanischen Armen abmaß, stieß er mit dem Tauchboot ein Stück nach vorn und ritzte eine Markierung in die mit allerlei Bewuchs überzogene Wand. Beim zehnten Mal, zwanzig Meter hinter dem von dem Torpedo gerissenen Loch, kratzte er ein *X* in das Metall.

»Hier schweißen wir sie auf«, sagte er zu Summer. »Mal sehen, ob wir die Nähte finden.«

Dirk zog einen der Greifer über das Metall, steuerte das Tauchboot seitwärts und hinterließ eine lange Schramme in der Wand. Dann steuerte er zurück und untersuchte die abgekratzte Stahlplatte, von der schmutziger Rost abblätterte. Binnen kurzer Zeit fanden sie die senkrechte Naht, an der zwei Platten des wasserdichten Hangars miteinander verschweißt waren. Wie erwartet, stießen sie drei Meter weiter auf die nächste. Während Dirk die *Starfish* in der Schwebe hielt, schabte Summer mit dem Greifer das Metall blank und legte die Nähte bloß. Als sie fertig war, hatte sie die Umrisse eines etwa garagentorgroßen Quadrats in die Hangarwand gekratzt.

»So viel zum leichten Teil«, sagte Dirk. »Bist du bereit zum Schweißen?«

»Nimm die hier, dann können wir loslegen«, erwiderte Summer, reichte ihm eine Schweißerbrille und setzte ebenfalls eine auf. Dann übernahm sie die Steuerung der beiden Arme, griff in einen zwischen den Vorderkufen angebrachten Korb und holte mit dem rechten Greifer einen Elektrodenhalter heraus, der über ein Kabel an eine 230 Ampere starke Gleichstromquelle im Tauchboot angeschlossen war. Mit dem linken Greifer steckte sie eine nonexotherme Schweißelektrode aus Eisenoxid in den Halter und schaltete den Strom ein. Im Gegensatz zum üblichen Schweißbrenner, der mit Sauerstoff und Brenngas betrieben wird, braucht man beim Elektroschweißen lediglich eine Stromquelle, um den mehrere tausend Grad heißen Lichtbogen zu erzeugen. Diese einfachere Konstruktion war beim Schweißen in großer Tiefe praktischer.

»Wir fangen an der oberen rechten Ecke an und arbeiten uns nach unten vor«, sagte Summer, als ein gleißender gelber Lichtbogen an der Spitze der Elektrode aufflammte.

Dirk steuerte das Tauchboot zur rechten Naht und hielt es in der Schwebe, während Summer den rechten mechanischen Arm ausfuhr, bis die Flamme auf die Hangarwand traf und durch die sechzig Jahre alte Stahlplatte schnitt. Anfangs kam sie nur zentimeterweise voran, da die *Starfish* ein ums andere Mal von der Strömung erfasst wurde und ins Schwanken geriet. Aber allmählich zeichnete sich eine präzise Linie in der Hangarwand ab, die zusehends länger wurde, als Dirk die *Starfish* langsam tiefer lotste. Nach einer Viertelstunde war die Elektrode bis auf einen kurzen Stummel abgebrannt. Summer stellte den Strom ab, tauschte die Elektrode aus, schaltete ihn wieder ein und schweißte weiter. Die mühselige und ermüdende Arbeit ging weiter, bis sich ein feiner Schnitt rund um die ganze Platte der Hangarwand zog. Als nur noch ein paar Zentimeter übrig waren, schob Summer den linken Metallgreifer in den Spalt und packte die Platte. Dann trennte sie das letzte Stück Schweißnaht auf und zerrte mit dem Greifer am Metall. Die herausgeschnittene Platte löste sich und fiel auf das Deck des U-Boots, wo sie eine Schlickwolke aufwirbelte.

Dirk setzte die *Starfish* zurück und wartete, bis das Wasser wieder klar wurde, bevor er zu dem neu geschaffenen Eingang steuerte. Als er hineinmanövrierte, stellte er fest, dass sie Maßarbeit geleistet hatten. Die beiden Schwimmer befanden sich genau hinter der Öffnung, und unter ihnen standen die Kisten. Er brachte das Tauchboot so nahe wie möglich heran und stieß ein-, zweimal an die Hangardecke, bevor er es neben einer großen eisernen Öse auf den Boden setzte. Durch die Öse waren mehrere Stahlseile gezogen, mit denen der Schwimmer am Boden festgezurrt war.

»Wir durchtrennen die Seile mit dem Schweißapparat und überlegen uns dann, wie wir den Schwimmer aus dem Weg schaffen«, schlug er vor.

Summer schaltete den Unterwasserschweißapparat wieder ein und kappte im Nu das erste der drei Stahlseile. Die rostigen Stränge lösten sich unter dem heißen Lichtbogen der Elektrode binnen kürzester Zeit auf, worauf sie sich das zweite Seil vornahm. Sie wunderte sich, dass der Schwimmer leicht ins Schaukeln geriet, als sich das zweite Seil löste. Kaum hatte sie das dritte gekappt, erschrak sie fürchterlich, denn mit einem Mal stieg der Schwimmer auf und trieb unter die rund dreieinhalb Meter hohe Decke des Hangars.

»Das ist immer noch Luft drin«, rief sie.

»Ein dickes Kompliment an die Ingenieure, die ihn gebaut haben. Das erleichtert uns die Sache«, erwiderte Dirk, während er die *Starfish* neben die Holzkisten manövrierte. Summer betätigte beide Metallarme und führte die Greifer über eines der Behältnisse. Dann bekam sie den Deckel auf beiden Seiten zu fassen und hob die Arme. Der einst aus unverwüstlichem Hartholz gezimmerte Deckel löste sich wie ein nasser Pfannkuchen und zerbrach in zwei Teile, als Summer ihn neben der Kiste ablegen wollte.

»So viel zum Thema Verpackung«, stellte Dirk trocken fest.

Im Innern jedoch sahen sie ihren Fund. Sechs Bomben aus silbernem Porzellan, alle heil und unversehrt, lagen in Reih und Glied nebeneinander. Dirk und Summer warfen sich einen erleichterten Blick zu.

»Ich glaube, das ist doch unser Glückstag«, sagte Summer triumphierend. »Alle sind da, sicher und in einem Stück.«

Dirk steuerte die *Starfish* langsam näher an die Kiste, während sich Summer auf die gefährliche Aufgabe vorbereitete, die zerbrechlichen Bomben aus der verrotteten Kiste zu bergen.

»Sei vorsichtig, Schwesterherz. Denk dran, die sind aus Glas«, warnte er sie.

Summer musste nicht eigens gewarnt werden. Behutsam führte sie die Metallarme zu der nächstbesten Bombe, zog sie ein Stück von den anderen weg und schob dann die Greifer von beiden Seiten darunter. Langsam und bedächtig hob sie die Bombe dann hoch und legte sie in einen ausgepolsterten Maschendrahtkorb, der in aller Eile vorn am Tauchboot angebracht worden war. Nachdem sie sich davon überzeugt hatte, dass sie sicher verstaut war, führte sie die Arme zurück zur Kiste und hob die nächste Bombe heraus. Nachdem auch die verstaut war, fasste sie mit dem einen Greifer die Flosse an der Hinterseite, führte den anderen an die Flosse der ersten Bombe und arretierte die Arme.

»Bombenschütze an Pilot. Wir sind startbereit«, sagte sie. Da sie ihre gefährliche Fracht unter keinen Umständen beschädigen wollten, konnte die *Starfish* jeweils nur zwei Bomben abtransportieren.

Dann tauchte die *Starfish* langsam zum Moon Pool auf, wo die Bomben vorsichtig entladen und in einer Kiste verstaut wurden, die der Schiffszimmermann in aller Eile hergestellt hatte.

»Zwei hätten wir, bleiben noch zehn«, meldete Dirk Morgan und Ryan. »Mit den mechanischen Armen kommen wir an beide Kisten gut ran. Wenn die zweite Ladung ebenfalls heil geblieben ist, sollten wir alle zwölf Bomben bergen können.«

»Das Wetter hält«, sagte Morgan. »Wenn wir in dem Tempo die ganze Nacht durcharbeiten, müssten wir morgen früh mit der Bergung fertig sein.«

»Meinetwegen gern«, erwiderte Dirk grinsend. »Bei dem ständigen Auf- und Abtauchen komme ich mir allmählich vor wie ein Jo-Jo.«

Knapp eine Meile entfernt spähte Tongju durch ein starkes Fernglas auf das NUMA-Schiff. Seit fast vierzig Minuten beobachtete Kangs Mann fürs Grobe die *Sea Rover* und prägte sich die Auf- und Niedergänge, die Luken und andere Einzelheiten des Schiffes ein, soweit er sie von weitem erkennen konnte. Als er meinte, alles Wichtige gesehen zu haben, begab sich der kahlköpfige Killer auf die Brücke der *Baekje* und betrat einen kleinen Vorraum. Ein mopsgesichtiger Mann mit kurz geschorenen Haaren saß auf einem Holzstuhl und musterte eine Reihe von Schiffsplänen. Er fuhr kurz hoch, als Tongju hereinkam.

»Sir, der Sturmtrupp hat sich die Pläne des NUMA-Forschungsschiffs genau angesehen, die uns von Mr. Kangs Reederei zur Verfügung gestellt wurden. Wir haben uns eine Angriffstaktik zum Entern des Schiffes zurechtgelegt und sind bereit, auf Ihre Anweisung hin loszuschlagen.« Ki-Ri Kims Tonfall war knapp und barsch, wie man es von einem ehemaligen Einzelkämpfer der koreanischen Volksarmee erwartete.

»Wir konnten zwar nur Bruchstücke des Unterwasserfunkverkehrs abfangen, aber anscheinend haben sie die Bomben gefunden und sind gerade dabei, sie vom Meeresgrund zu bergen«, sagte Tongju leise. »Ich habe dem Kapitän mitgeteilt, dass wir den Einsatz heute Nacht durchführen.«

Ein breites Grinsen zog sich über das Gesicht des Einzelkämpfers. »Ausgezeichnet«, sagte er dann.

»Wie vereinbart«, fuhr Tongju fort, »werde ich Trupp A leiten, der die Steuerbordseite und das Vorschiff in seine Gewalt bringt, und Sie nehmen mit Trupp B die Backbordseite und das Achterschiff. Lassen Sie Ihre Männer um ein Uhr zu einer letzten Einweisung antreten. Um zwei Uhr schlagen wir los.«

»Meine Männer werden bereit sein. Sie würden allerdings gern wissen, ob wir mit Widerstand rechnen müssen.«

»Nicht im Geringsten«, schnarrte Tongju im Brustton der Überzeugung.

Kurz nach Mitternacht tauchte die *Starfish* im Moon Pool auf, wo sich ihr orangefarbener Anstrich golden im Schein der Unterwasserlampen spiegelte. Dirk und Summer standen an Deck und sahen zu, wie das Tauchboot aus dem Wasser gehievt und vorsichtig auf einer Plattform gelagert wurde. Zwei Mechaniker, die Nachtschicht hatten, rollten eine fahrbare Winde zu den Vorderkufen des Tauchboots und nahmen behutsam die beiden Porzellanbomben aus dem Maschendrahtkorb.

Dirk ging nach hinten, half beim Öffnen der Einstiegsluke und reichte Ryan und einem Ingenieur namens Mike Farley die Hand, als sie sich aus dem engen Cockpit wanden.

»Gute Arbeit, Tim. Damit hätten wir schon acht. Ich nehme an, ihr seid problemlos an die zweite Kiste rangekommen«, sagte Dirk.

»Das war kinderleicht. Als wir die Stahlseile am zweiten Schwimmer gekappt hatten, ist er genau wie der erste davongetrieben. Mike gebührt allerdings die Ehre. Er betätigt die mechanischen Arme wie ein Chirurg.«

Farley, ein liebenswürdiger, stets freundlicher Mann, grinste bescheiden. »Die zweite Kiste ist auseinandergefallen, als wäre sie aus Kartoffelpüree. Aber alle sechs Bomben waren unversehrt. Wir haben uns die ersten zwei gegriffen. An die anderen vier kommt ihr mühelos ran. Aber passt auf die Strömung auf. Ich habe den Eindruck, dass sie seit unserem letzten Tauchgang stärker geworden ist.«

»Danke, Mike. Wird gemacht.«

Anschließend half Dirk den Mechanikern beim Austauschen der Batterien der *Starfish*, ging dann die Checkliste durch und überzeugte sich davon, dass alle Geräte an Bord einwandfrei funktionierten. Kurz nach ein Uhr morgens zwängten er und Summer sich wieder in das Boot und wurden zu einem weiteren Tauchgang zur *I-411* in den Moon Pool gesetzt. Während des langsamen Abstiegs wechselten sie kaum ein Wort miteinander. Die wiederholten Tauchgänge rund um die Uhr forderten allmählich ihren Tribut, und dementsprechend müde waren sie beide. Aber der Gedanke daran, dass sie die Bomben unversehrt bergen konnten und bald herausfinden würden, welchen biologischen Kampfstoff sie enthielten, hielt Dirk in Schwung.

Summer gähnte laut. »Ich wünschte, ich wäre in meiner Koje und könnte pennen wie die übrige Besatzung«, murmelte sie. »Wir haben die letzten beiden Tauchgänge hinter uns, bevor alle anderen aufwachen.«

»Sieh's doch von der angenehmen Seite«, sagte Dirk lächelnd. »Beim Frühstück sind wir die Ersten.«

26

Wie Dämonen kamen sie aus der Dunkelheit und glitten lautlos über das Wasser. Schwarz gekleidete Männer, die in schwarzen Schlauchbooten über die nachtschwarze See schossen. Tongju führte den Angriff vom ersten Boot aus, begleitet von fünf entschlossen wirkenden und schwer bewaffneten Elitekämpfern, während Kim ihm in einem zweiten Boot mit einem weiteren Trupp folgte. Gemeinsam rasten sie in ihren Zodiacs auf die *Sea Rover* zu. Angetrieben wurden die Boote von leistungsstarken Elektromotoren, auffrisierten Versionen der Motoren, die Angler einsetzten, wenn sie leise über einen See schippern wollten. Allerdings schafften diese Boote bis zu 30 Knoten und gaben dabei lediglich ein kaum vernehmbares Summen von sich. Nur das Klatschen der Wellen an die Bootsrümpfe kündete von ihrem Nahen.

Der Rudergänger an Bord der *Sea Rover* warf einen Blick zum Radarsichtgerät auf der Brücke und betrachtete den Leuchtpunkt, der das Schiff an Steuerbord voraus darstellte. Der große Kabelleger hatte sich nicht von der Stelle bewegt. Dann sah er irgendwo zwischen den beiden Schiffen in regelmäßigem Abstand zwei schwache weiße Punkte auf dem grünen Schirm auftauchen. So weit ab von der Küste zu schwach für ein Schiff, dachte er. Eher ein paar Brecher, die vom Radargerät erfasst wurden.

Die beiden Schlauchboote, die der Rudergänger für Brecher hielt, drosselten das Tempo, als sie sich dem NUMA-Schiff bis auf hundert Meter genähert hatten, und krochen das letzte Stück heran. Tongju ging mit seinem Boot an Steuerbord der *Sea Rover* längsseits und wartete kurz, bis Kim um das Heck des Schiffes gekurvt war, um auf die andere Seite zu gelangen. Wie auf ein unsichtbares Zeichen flogen zwei mit Gummi beschichtete Wurfanker von beiden Seiten zum Schiff hinauf und verhakten sich an der Reling des Unterdecks. Schmale Strickleitern fielen von den Wurfankern nach unten, worauf die Sturmtruppen eilig über die schwankenden Fallreeps nach oben kletterten.

Ein Meeresbiologe, der nicht schlafen konnte, stand an der Backbordreling und betrachtete den Nachthimmel, als er hörte, wie irgendetwas an das Schiff stieß. Im nächsten Moment tauchte nur wenige Zentimeter neben ihm ein Fanghaken auf. Verwundert beugte er sich über die Bordwand, um nach unten zu blicken, doch im gleichen Augenblick kam ihm von der anderen Seite eine schwarze Kappe entgegen. Beide Männer waren so überrascht, dass sie krachend mit den Köpfen zusammenstießen. Der erschrockene Wissenschaftler torkelte zurück, rang um Luft und wollte einen Schrei ausstoßen, aber mit einem Satz kam der Einzelkämpfer an Bord. Mit dem Kolben seines Sturmgewehrs erwischte er den unglücklichen Biologen an der Kinnlade, worauf der bewusstlos zu Boden ging.

Die zwei Sturmtrupps sammelten sich zu beiden Seiten des Schiffs und rückten dann unabhängig voneinander über das Deck vor. Sie wollten zuerst die Brücke und den Funkraum in ihre Gewalt bringen, bevor irgendwelche Hilferufe abgesetzt werden konnten. Lautlos schlichen sie über das schlafende Schiff, auf dem um zwei Uhr morgens eine geradezu gespenstische Stille herrschte.

Auf der Brücke der *Sea Rover* tranken der Rudergänger und der Zweite Offizier gerade eine Tasse Kaffee und unterhielten sich über Football, als Tongju und zwei seiner Männer ohne jede Vorwarnung durch die Tür zur Steuerbordbrückennock hereingestürmt kamen und ihre Waffen auf die Gesichter der beiden Männer richteten.

»Hinlegen!«, bellte Tongju in klar verständlichem Englisch.

Der Zweite Offizier kniete sich sofort hin, aber der Rudergänger drehte durch. Er ließ seine Tasse fallen und wollte über die Steuerbordnock flüchten. Noch ehe Tongju und seine Männer ihn aufhalten konnten, tauchte einer von Kims Kämpfern unter der Tür auf, rammte dem Mann den Kolben seines Sturmgewehrs in die Brust und und verpasste ihm anschließend noch einen Tritt in den Unterleib. Schmerzstöhnend stürzte der Rudergänger zu Boden.

Tongju suchte kurz die Brücke ab, sah, dass der angrenzende Funkraum unbesetzt war, und gab einem seiner Kämpfer mit einem kurzen Nicken zu verstehen, dass er die Anlage bewachen sollte. Dann ging er zur Tür der Kapitänskajüte, die sich hinter der Brücke befand. Mit einem weiteren knappen Nicken befahl er einem seiner Männer vorzurücken.

Morgan lag in seiner Koje und schlief, als der Elitekämpfer in seine Kabine stürmte, das Licht einschaltete und sein Sturmgewehr vom Typ AK-74 auf den Kopf des Kapitäns richtete. Der alte Seebär wachte sofort auf, sprang in Boxershorts und T-Shirt aus dem Bett und ging auf den Mann mit der Waffe los.

»Was soll das?«, brüllte er und stürmte in Richtung Brücke. Der verdutzte Kämpfer zögerte kurz, als der stämmige Kapitän auf ihn zukam. Mit einer kurzen Armbewegung stieß er die Mündung der Waffe zur Decke, dann schob er den Elitekämpfer mit der freien Hand aus der Tür, wie ein Güterzug unter Volldampf. Der erschrockene Soldat flog quer durch die Brücke, ging rücklings zu Boden und schlitterte an die vordere Schottwand.

Der Einzelkämpfer rutschte immer noch über den Boden, als Tongju seine halbautomatische Glock 22 anlegte und einen Schuss auf Morgan abgab. Die 40er Kugel durchschlug Morgans linken Schenkel, aus dem sofort Blut an die dahinter liegende Wand spritzte. Morgan fluchte, griff sich ans Bein und ging zu Boden.

»Dieses Schiff ist Eigentum der Regierung der Vereinigten Staaten«, zischte er trotzig.

»Jetzt ist es mein Schiff«, erwiderte Tongju kühl. »Und wenn

Sie sich noch eine weitere Unverschämtheit herausnehmen, Captain, jage ich Ihnen die nächste Kugel in den Kopf.« Um seinen Worten Nachdruck zu verleihen, holte er mit dem Fuß aus und erwischte Morgan mit dem Absatz seines schwarzen Stiefels am Jochbein, worauf er quer über den Boden flog. Der stolze Kapitän rappelte sich langsam wieder auf die Knie und starrte seinen Häscher ruhig, aber mit hasserfülltem Blick an.

Ohne seine Besatzung warnen zu können, musste Morgan ohnmächtig mit ansehen, wie der kleine Angreifertrupp das Schiff in seinen Besitz brachte. Es gab kaum Widerstand, als die Elitekämpfer die schlafenden Seeleute aufweckten und mit vorgehaltener Waffe zusammentrieben. Nur im Maschinenraum überraschte ein kräftiger Maat einen der Einzelkämpfer und zog ihm einen Schraubenschlüssel über den Schädel. Der Maschinist wurde von mehreren Kugeln getroffen, die ein anderer Angreifer auf ihn abfeuerte, trug aber keine tödlichen Verletzungen davon. Gelegentlich hallten Schüsse wider, als sich die Kommandotrupps durch die *Sea Rover* vorarbeiteten. In knapp zwanzig Minuten hatten die Angreifer das 105 Meter lange Forschungsschiff in ihre Gewalt gebracht.

Tim Ryan und Mike Farley waren im Tiefseekontrollraum und überwachten den Tauchgang der *Starfish*, als zwei Elitekämpfer hereinstürmten. Ryan konnte über den Unterwasserfunk nur noch »Was zum Teufel…« ausstoßen, bevor er und Farley mit vorgehaltener Waffe vom Monitor weggezerrt wurden.

Wie Schafe, die man zur Schlachtbank trieb, wurde die Besatzung danach in Dreier- und Vierergruppen aufs Achterdeck der *Sea Rover* gebracht. Hinter dem Moon Pool befand sich ein Frachtraum, in dem das Tauchboot und andere Geräte verstaut wurden, wenn man sie nicht brauchte. Auf Kims Anweisung hin wurde der schwere stählerne Lukendeckel des Frachtraums mit einem der Kräne der *Sea Rover* angehoben. Danach mußten die erschrockenen Gefangenen über die Stahlleiter in den dunklen Stauraum steigen.

Tongju kam zu Kim aufs Achterdeck, begleitet von einem seiner Männer, der den humpelnden und gefesselten Schiffskapitän mit dem Lauf seines Sturmgewehrs vor sich hertrieb.

»Meldung?«, fragte Tongju schroff.

»Alle Ziele erreicht«, berichtete Kim stolz. »Ein Opfer im Maschinenraum, Ta-Kong, aber sämtliche Abteilungen des Schiffes sind in unserer Gewalt. Wir haben die Gefangenen in den hinteren Frachtraum gebracht. Jin-chul meldet, dass acht intakte Kampfstoffbehälter im Hilfslabor des Schiffes gefunden wurden«, fügte er hinzu und deutete auf einen drahtigen Kämpfer, der auf dem Deck stand. »Das Tauchboot ist zurzeit zur Bergung weiterer Bomben im Einsatz.«

»Sehr gut«, erwiderte Tongju mit einem Lächeln, bei dem er eine Reihe vergilbter Zähne entblößte. »Setzen Sie sich mit der *Baekje* in Verbindung. Sagen Sie Bescheid, dass sie längsseits gehen und sich zur Übernahme der Munition bereithalten soll.«

»Ihr werdet nicht weit kommen«, knurrte Morgan und spie einen Klumpen Blut aus.

»Aber, Kapitän«, erwiderte Tongju mit einem boshaften Grinsen, »das sind wir doch bereits.«

Dreihundert Meter unter der *Sea Rover* legte Summer gerade die zehnte Bombe vorsichtig in den behelfsmäßigen Korb, in dem sich bereits Bombe Nummer neun befand. Wieder sicherte sie die beiden Bomben mit den mechanischen Armen und wandte sich dann an Dirk.

»Zehn haben wir, bleiben noch zwei. Du darfst uns jetzt heimbringen, Skipper.«

»Jo, Mylady«, erwiderte er mit Cockney-Akzent, dann schaltete er die Strahlruder des Tauchbootes ein und stieß rückwärts aus dem Hangar. Sobald sie das Deck der *I-411* verlassen hatten, meldete sich Summer über Funk im Kontrollraum der *Sea Rover*.

»*Sea Rover*, hier *Starfish*. Haben den nächsten Schwung geborgen und bereiten uns zum Aufstieg vor, over.«

Niemand meldete sich. Sie versuchte es während des Aufstiegs noch ein paar Mal, bekam aber keine Antwort.

»Ryan muss am Steuer eingeschlafen sein«, sagte Dirk.

»Kann ich ihm nicht verübeln«, erwiderte Summer, während sie ein Gähnen unterdrückte. »Es ist halb drei Uhr morgens.«

»Hoffentlich ist der Typ am Kran wach«, sagte er feixend.

Als sie sich der Oberfläche näherten, sahen sie den vertrauten Lichtschein des Moon Pools und steuerten die *Starfish* mitten in den gleißenden Ring, wo sie behutsam auftauchten. Dirk und Summer waren mit dem Abschalten der elektronischen Geräte beschäftigt und achteten nicht weiter auf die dunklen Gestalten an Deck, als das Zuggeschirr des Krans abgelassen und am Tauchboot befestigt wurde. Erst als sie mit einem jähen Ruck aus dem Wasser gehoben und mit einem wilden Schwung, bei dem sie fast die Backbordwand gerammt hätten, aufs Achterdeck befördert wurden, begriffen sie, dass irgendetwas nicht stimmte.

»Wer, zum Teufel, bedient den Kran?«, fluchte Summer, als sie unsanft am Deck landeten. »Wissen die nicht, dass wir zwei Bomben an Bord haben?«

»Ein herzlicher Empfang wird das mit Sicherheit nicht«, sagte Dirk trocken, als er durch das Acrylfenster schaute.

Unmittelbar vor ihnen stand ein Asiate in einer schwarzen Uniform und hatte eine Pistole auf den Bauch von Kapitän Morgan gerichtet. Dirk musterte kurz den langen Fu-Manchu-Schnurrbart und den zu einem boshaften Grinsen verzogenen Mund mit den gelben Zähnen, konzentrierte sich dann auf die Augen, kalte, dunkle Augen, die bedrohlich und bar jeden Gefühls waren. Es waren, wie Dirk sofort erkannte, die Augen eines abgefeimten Killers.

Summer keuchte auf, als sie Morgan sah. Ein provisorischer Verband war um seinen linken Oberschenkel geschlungen, konnte aber das getrocknete Blut nicht verdecken, das an seinem Bein heruntergelaufen war. Sein Jochbein war zerschrammt und dick angeschwollen, das Auge lief bereits blau an. Auch sein T-Shirt war mit Blut verkrustet, das ihm offenbar aus dem Mund getropft war. Doch der Kapitän wirkte so bärbeißig, aufrecht und unerschrocken, dass Summer nicht einmal auffiel, dass er noch immer Boxershorts trug.

Im nächsten Moment tauchten zwei weitere Mitglieder des Kommandotrupps vor dem Acrylfenster der *Starfish* auf, fuchtelten mit ihren AK-74 herum und bedeuteten Dirk und Summer, dass sie aussteigen sollten. Sie waren kaum aus dem Tauchboot geklettert, als ihnen die Männer die Mündungen ihrer Gewehre ins Gesicht drückten und sie zu Morgan und Tongju brachten.

»Mr. Pitt«, sagte Tongju mit tiefer Stimme. »Schön, dass Sie uns Gesellschaft leisten.«

»Ich glaube nicht, dass ich schon mal das Vergnügen hatte, Sie kennen zu lernen«, erwiderte Dirk spöttisch.

»Ein bescheidener Diener der Japanischen Roten Armee, dessen Name keine Rolle spielt«, erwiderte Tongju mit gespielter Höflichkeit und verbeugte sich leicht.

»Mir war gar nicht klar, dass noch irgendeiner von euch auf freiem Fuß ist.«

Tongju grinste einfach weiter, ohne eine Miene zu verziehen. »Sie und Ihre Schwester haben fünfzehn Minuten Zeit, um die Batterien des Tauchboots auszutauschen und sich zur Bergung der beiden letzten Bomben vorzubereiten«, sagte er ruhig.

»Die sind beide beschädigt und zerbrochen«, log Dirk, der fieberhaft über einen Schlachtplan nachdachte.

Tongju hob seelenruhig die Glock und richtete sie auf Morgans rechte Schläfe. »Sie haben vierzehn Minuten Zeit, danach werde ich Ihren Kapitän töten. Anschließend töte ich Ihre Schwester. Und dann werde ich Sie töten«, sagte er mit eiskaltem Unterton und verzog den Mund zu einem selbstgefälligen Grinsen.

Dirk spürte, wie das Blut in seinen Adern kochte, während er den Wahnsinnigen wütend anstarrte. Doch als Summer ihm besänftigend die Hand auf die Schulter legte, riss er sich zusammen, statt sich kurzerhand auf den Mann zu stürzen.

»Komm schon, Dirk, wir haben nicht viel Zeit«, sagte sie und lotste ihn zu einem bereits aufs Deck gezogenen Wagen mit den Ersatzbatterien für das Tauchboot. Morgan schaute Dirk an und nickte ihm zu. Widerwillig trug er die Batterien zur *Star-*

fish, ohne den Anführer des Enterkommandos auch nur einen Moment aus den Augen zu lassen. Er wollte sich einfach nicht damit abfinden, dass sie völlig ohnmächtig waren.

Als sie das Boot zum letzten Tauchgang klar machten, wurden die letzten Besatzungsmitglieder vorbeigetrieben und mit vorgehaltener Waffe dazu gezwungen, in den hinteren Frachtraum zu steigen. Summer verzog grimmig die Miene, als sie die ängstlichen Blicke zweier Laboranten bemerkte, die mit grober Hand in den Niedergang geschubst wurden.

Dirk und Summer arbeiteten, so schnell sie konnten, und hatten die Batterien des Tauchboots in etwas über zwölf Minuten ausgetauscht. Für die üblichen Systemchecks, die sie normalerweise vor jedem Einsatz vornahmen, war keine Zeit. Sie mussten sich einfach darauf verlassen, dass die *Starfish* einen weiteren Tauchgang durchstand.

Tongju kam gemessenen Schrittes auf die beiden Amerikaner zu, die ihn um mehr als Haupteslänge überragten, und blickte mit funkelnden Augen zu ihnen auf.

»Sie werden unverzüglich die übrigen Bomben bergen und danach ohne irgendwelche Sperenzchen wieder auftauchen. Sie haben neunzig Minuten Zeit, um Ihren Tauchgang erfolgreich zu Ende zu bringen, danach werde ich ernste Maßnahmen ergreifen.«

»An Ihrer Stelle würde ich mir eher Gedanken darüber machen, welche Maßnahmen unser Militär gegen Sie ergreift, nachdem Sie ein Schiff der Regierung gekapert haben«, versetzte Summer wütend.

»Nicht die geringsten«, erwiderte Tongju mit einem schmalen Lächeln. »Nicht wegen eines Schiffes, das es nicht mehr gibt.«

Bevor Summer etwas erwidern konnte, machte Tongju auf dem Absatz kehrt und ging weg. Zwei Männer aus seiner Truppe, die ihre Sturmgewehre im Anschlag hatten, lösten ihn ab.

»Komm, Schwesterherz«, murmelte Dirk. »Es hat keinen Sinn, sich mit einem Psychopathen anzulegen.«

Dirk und Summer zwängten sich wieder in die *Starfish* und wurden vom Kranführer mit einem heftigen Ruck hochgehievt. Kurz vor dem Ausklinken sah Dirk durch das Acrylfenster, wie Morgan von zwei Männern gepackt, zum hinteren Frachtraum geschleppt und in den Niedergang gedrückt wurde. Einer der Angreifer, der den Achterdeckskran bediente, zog den schweren Lukendeckel hoch und ließ ihn auf den Zugang zum Frachtraum nieder. Jetzt saß die ganze Besatzung da drunten in der Dunkelheit fest.

Im nächsten Moment wurde die *Starfish* so ruppig im Moon Pool ausgesetzt, dass ringsum das Wasser aufspritzte, dann wurden die Trossen gelöst.

»Er will die *Sea Rover* versenken«, sagte Dirk zu Summer, als sie den langsamen Abstieg zum Meeresgrund einleiteten.

»Mitsamt der im Frachtraum eingesperrten Besatzung?«, fragte sie mit einem ungläubigen Kopfschütteln.

»Ich glaube, ja«, sagte er ernst. »Und wir können nicht mal um Hilfe rufen.«

»Unser Unterwasserfunk nützt uns nicht viel, und selbst oben erreichen wir in dieser Gegend allenfalls ein paar chinesische Fischerboote.«

»Oder den Kabelleger, von dem diese Typen allem Anschein nach kommen«, warf er kopfschüttelnd ein.

»Unsere Nachrichtendienste haben die Japanische Rote Armee offenbar unterschätzt«, sagte Summer. »Diese Typen wirken nicht wie eine dahergelaufene Bande ideologischer Extremisten, die sich Dynamitgürtel um den Bauch schnallen.«

»Nein, das sind offensichtlich militärisch hervorragend ausgebildete Profis. Derjenige, der diese Aktion leitet, versteht sein Handwerk und ist finanziell gut ausgestattet.«

»Ich frage mich, was sie mit den Bomben vorhaben.«

»Ein Anschlag in Japan wäre durchaus denkbar. Aber offensichtlich steckt hinter dieser Japanischen Roten Armee noch mehr, daher würde ich nicht unbedingt eine Wette eingehen, was deren Absichten betrifft.«

»Ich glaube, darüber sollten wir uns im Moment keine Gedanken machen. Wir müssen uns was einfallen lassen, wie wir die Besatzung retten können.«

»Ich habe insgesamt acht Mann gezählt, aber wahrscheinlich sind noch ein paar auf der Brücke und anderswo auf dem Schiff postiert. Zu viele jedenfalls, als dass wir sie mit zwei Schraubenziehern überwältigen könnten«, sagte Dirk, während er den Inhalt des kleinen Werkzeugkastens durchging, der hinter seinem Sitz montiert war.

»Wir müssen heimlich ein paar Besatzungsmitglieder aus dem Frachtraum holen. Wenn wir genügend Leute haben, können wir sie vielleicht überwältigen.«

»Mir graut schon beim bloßen Gedanken daran, unbewaffnet gegen ein AK-74 antreten zu müssen, doch mit der entsprechenden Anzahl von Leuten haben wir vielleicht eine Chance. Aber den Lukendeckel vom Frachtraum aufzukriegen, dürfte schwierig werden. Dazu müsste ich ein paar Minuten lang an den Kran rankommen, ohne dass mich jemand stört. Und ich glaube nicht, dass unsere Freunde in Schwarz mir den Gefallen tun.«

»Es muss doch einen anderen Ausweg aus dem Frachtraum geben«, sagte Summer.

»Nein, leider nicht. Das ist die gleiche Konstruktion wie auf der *Deep Endeavor*. Er dient nur als Stauraum und hat wegen des Moon Pools keinerlei Verbindung nach vorn.«

»Ich dachte, Ryan hat mal ein Stromkabel reingezogen, und zwar nicht durch die Deckluke.«

Dirk überlegte einen Moment lang und versuchte seinem Gedächtnis auf die Sprünge zu helfen. Nach einer Minute kam es ihm.

»Du hast Recht. Unmittelbar hinter dem Moon Pool ist eine Belüftungsluke im Schott. Eigentlich ist es eher eine Art Luftschacht, damit giftige Dämpfe entweichen können, falls da hinten mal irgendwelche Chemikalien verstaut sind. Ich bin mir ziemlich sicher, dass sich ein Mensch durchzwängen könnte. Der Haken ist bloß, dass der Schacht von außen verschlossen ist.«

»Dann müssen wir uns eben was einfallen lassen, wie wir ihn aufkriegen«, versetzte Summer.

Gemeinsam gingen sie etliche Möglichkeiten durch und einigten sich schließlich auf einen Schlachtplan, der darauf beruhte, dass sie die erstbeste Gelegenheit nutzen würden, sobald sie wieder an Bord der *Sea Rover* waren. Sie mussten den richtigen Zeitpunkt abpassen, sich geschickt anstellen und mit dem entsprechenden Wagemut vorgehen. Vor allem aber brauchten sie Glück.

27

Dirk und Summer brüteten schweigend vor sich hin, hatten ständig ein Bild der untergehenden *Sea Rover* vor Augen, die mit ihren im Frachtraum eingeschlossenen Freunden und Kollegen im Meer versank. Dann schälten sich vor ihnen plötzlich die Umrisse der *I-411* aus der Dunkelheit, und sie verdrängten die düsteren Gedanken. Die Zeit war knapp, daher machten sie sich sofort daran, die letzten beiden Werkzeuge des Todes zu bergen.

Dirk lotste das Tauchboot in den Hangar und setzte die *Starfish* in Reichweite der letzten Bomben aufs Deck. Während Summer durch das Acrylfenster schaute und die mechanischen Arme betätigte, behielt Dirk den Monitor der Videokamera im Auge, die die ganze Bergung aufzeichnete. Er sah, wie Summer die erste Bombe behutsam hochhob und im Korb verstaute, dann schaltete er die Stromzufuhr zu *Snoopy* ein und griff zur Steuerung des Roboters. Im nächsten Moment hob er das ROV ein paar Zentimeter aus seiner Halterung, zog das Gerät dann herum, bis seine Nase an die Kufenverstrebungen des Tauchboots stieß, und gab volle Schubkraft. Das ROV kam nicht von der Stelle, aber seine Strahldüsen wirbelten eine dichte Wolke aus Schlamm und Sedimenten vor der *Starfish* auf. Binnen kürzester Zeit sank die Sicht auf Null.

»Was machst du da?«, herrschte Summer ihn an und arretierte die mechanischen Arme.

»Das wirst du schon sehen«, sagte er, obwohl überhaupt nichts mehr zu sehen war. Nachdem er sich rübergebeugt und einen Moment lang mit Summers Reglern herumgefummelt hatte, schaltete er die Strahlruder des ROVs aus. Es dauerte zwei Minuten, bis das Seewasser wieder so klar war, dass Summer die letzte Bombe ergreifen konnte.

»Willst du den Trick noch mal versuchen?«, fragte sie, nachdem sie die Bombe im Korb verstaut hatte.

»Warum nicht?«, erwiderte er, schaltete wieder das Strahlruder des ROV ein und wirbelte erneut eine Schlammwolke auf.

Sobald das Wasser wieder klar wurde und beide Bomben im Korb gesichert waren, lotste Dirk die *Starfish* von dem Unterseeboot weg, und sie begannen ihren langsamen Aufstieg. Auf halber Höhe zwängten sie sich aneinander vorbei und tauschten die Sitzplätze, sodass Summer jetzt das Tauchboot steuerte, während Dirk die Regler der beiden mechanischen Arme übernahm.

»Okay, bring uns nach oben«, wies Dirk sie an. »Sobald sie uns an Deck absetzen, musst du sie ablenken.« Während er sprach, hob er den linken mechanischen Arm aus dem Korb mit den Bomben und fuhr ihn nach vorn aus, sodass er wie eine Lanze von der *Starfish* wegragte.

Summer vertraute der Intuition ihres Bruders bedingungslos, außerdem hatte sie sowieso keine Zeit für irgendwelche Einwände, denn kurz darauf kam der Lichterkranz des Moon Pools in Sicht. Summer steuerte die *Starfish* genau in die Mitte der Öffnung und tauchte dann inmitten eines Ringes aus Blasen und Gischt auf. Ein metallisches Scheppern ertönte, als der Kranhaken angebracht und das kleine Tauchboot aus dem Wasser gehievt wurde. Tongju und ein halbes Dutzend seiner Leute warteten neben dem Pool, als das Boot durch die Luft geschwungen wurde. Dirk blickte gespannt nach draußen und regulierte behutsam die Position des Arms. Als sie von dem unerfahrenen Kranführer ruppig abgesetzt wurden, schob er die Armregler bis zum Anschlag nach vorn. Die Metallklaue schrappte übers Deck und blieb nahe der hinteren Schottwand liegen. Knapp anderthalb Meter daneben befand sich die kleine, verschlossene Lüftungsluke, die in den Frachtraum führte.

»Unser Junge am Kran hat es hingekriegt«, murmelte Dirk. »Wir sind in Reichweite.«

»Ich nehme an, dann wird's Zeit für den großen Auftritt«, erwiderte Summer mit einem nervösen Blick.

Rasch streifte sie ihren NUMA-Overall ab, unter dem sie ein großes T-Shirt und einen knappen Bikini trug. Sie griff unter das Shirt, hakte ihr Oberteil auf und ließ es zu Boden fallen, dann band sie unmittelbar über dem Nabel einen Knoten in ihr T-Shirt. Unter dem straff gezogenen Hemd waren ihr schlanker, wohlgeformter Körper und die Umrisse ihrer vollen Brüste deutlich zu erkennen. Dirk half ihr beim Öffnen der Ausstiegsluke, setzte sich dann sofort wieder und ergriff die Steuerung des mechanischen Arms.

Tongju unterhielt sich gerade mit dem Kranführer und hatte dem Tauchboot den Rücken zugekehrt, als Summer herauskroch. Als sie sah, dass er sich von ihr abgewandt hatte, ging sie rasch auf den nächsten Mann zu, der sie mit anzüglichem Grinsen anglotzte. Im nächsten Moment verzog er erschrocken das Gesicht, als Summer lauthals losschrie: »Nimm die Finger weg, du Widerling!«

Dann verpasste sie dem Mann eine Ohrfeige, die ihn fast umgerissen hätte. Hatte sie bislang mit ihrem Bikini und dem engen T-Shirt nur unter den Umstehenden Aufsehen erregt, so richteten jetzt, nachdem sie einem ihrer Kameraden eine geknallt hatte, alle den Blick auf sie.

Alle außer Dirk. Er nutzte das Durcheinander, bewegte den Arm so weit wie möglich zur Seite und erreichte mit dem ausgestreckten Greifer gerade noch die Lüftungsklappe. Er bekam den Riegel zu fassen, schob ihn auf und hob die Klappe einen Millimeter an, um sicherzugehen, dass sie sich öffnen ließ. Sofort löste er den Griff wieder, fuhr den Arm ein und schaltete ihn ab. Dann stieg er rasch aus dem Tauchboot und blieb lässig hinter der Luke stehen, als wäre er schon die ganze Zeit dort gewesen.

»Was ist da los?«, zischte Tongju, der auf Summer zuging und die Pistole auf ihren Bauch richtete.

»Der Perversling wollte mich betatschen«, schrie Summer und deutete mit dem Daumen auf den Mann, der mit offenem Mund dastand. Tongju deckte ihn mit einem Schwall wüster Beschimpfungen ein, bis der verdutzte Kämpfer förmlich in sich zusammensank. Dann wandte sich der Anführer des Enterkommandos wieder an Summer und Dirk, der jetzt hinter seiner Schwester stand.

»Zurück ins Tauchboot, ihr zwei«, befahl er auf Englisch und deutete mit der Mündung seiner Glock auf die Einstiegsluke.

»Jesses, darf man sich hier nicht mal die Beine vertreten?«, beschwerte sich Dirk, als wäre das momentan seine größte Sorge. Erst als sie wieder in die *Starfish* stiegen, bemerkten sie, dass der japanische Kabelleger beigedreht hatte und sich neben das NUMA-Schiff schob. Obwohl der Japaner nur wenig länger als die *Sea Rover* war, hatte er viel höhere Aufbauten und überragte sie. Die *Baekje* war kaum längsseits gegangen, als ein mächtiger Kran auf ihrem Achterdeck eine Palette auf die *Sea Rover* beförderte und neben dem Tauchboot absetzte. Dann karrten drei schwarz gekleidete Männer mehrere Behälter aus dem Hilfslabor der *Sea Rover* und zurrten sie auf der Palette fest. In jedem der mit Schaumstoff gepolsterten Behälter lag, wie Dirk und Summer wussten, eine Bombe mit biologischem Kampfstoff.

Binnen kurzer Zeit beförderte der Kranführer der *Baekje* die Palette in der frühmorgendlichen Dunkelheit mehrmals hin und her, bis sämtliche Bomben auf das japanische Schiff umgeladen waren. Anschließend hockten sich jeweils fünf Kämpfer auf die Palette und ließen sich aufs Schiff verfrachten. Dann kam ein weiterer schwarz gekleideter Mann aus einem Niedergang und unterhielt sich kurz mit Tongju. Dirk bemerkte, dass Tongju kurz lächelte, dann auf das Tauchboot deutete und einen Befehl erteilte, worauf der Kranhaken von der Palette gelöst und an der *Starfish* befestigt wurde.

»Ich glaube, wir müssen umsteigen«, stellte Dirk fest, als sich das Zugseil straffte.

Bevor sie hochgehoben wurden, fuhr Dirk rasch den mechanischen Arm aus und schlug dreimal mit dem Greifer an das hintere Schott. Dann wurden sie elegant über das Wasser gehievt und auf dem Achterdeck der *Baekje* abgesetzt. Als sie aus dem Tauchboot stiegen, wurden sie von zwei Bewaffneten in Empfang genommen, die sie mit ihren AK-74 zur Reling stießen.

»Allmählich habe ich genug von dieser Knarrenschwingerei«, grummelte Dirk.

»Die kommen sich bestimmt nackt vor, wenn sie keine Waffe in der Hand haben«, erwiderte Summer.

Von ihrem Standort aus sahen sie zu, wie die übrigen Männer per Palette aufs Schiff verfrachtet wurden. Tongju kam als Letzter an die Reihe.

»Dirk, täusche ich mich oder liegt die *Sea Rover* tiefer im Wasser?«, fragte Summer mit bangem Unterton.

»Du hast Recht«, bestätigte er, als er das Schiff musterte. »Sie müssen die Seeventile geöffnet haben. Sie krängt auch leicht nach Steuerbord.«

Die Palette, auf der Tongju saß, wurde auf dem Deck abgesetzt, worauf der Anführer des Enterkommandos absprang und leichtfüßig landete. Sofort ging er auf die beiden Gefangenen zu.

»Sie sollten sich von Ihrem Schiff verabschieden«, sagte er mit eiskalter Stimme.

»Die Besatzung sitzt im Frachtraum fest, du mörderisches Schwein!«, schrie Summer.

Von jäher Wut gepackt, wollte sich Summer auf Tongju stürzen. Der durchtrainierte Killer reagierte blitzschnell und verpasste Summer mit dem rechten Fuß einen heftigen Tritt in den Bauch, der sie zurückschleuderte. Aber er war nicht schnell genug für Dirk, der unverhofft auf ihn zusprang und ihm einen trockenen linken Haken versetzte. Der Schlag erwischte Tongju an der rechten Schläfe, worauf er auf ein Knie sank und benommen schwankte. Die in der Nähe stehenden Bewaffneten warfen sich sofort auf Dirk, zwei rissen ihm die Arme nach hinten und ein dritter rammte ihm das Sturmgewehr in den Bauch.

Tongju kam allmählich wieder zur Besinnung, erhob sich und baute sich dann vor Dirk auf, sodass sein Gesicht unmittelbar vor dessen Kinn war.

»Ich werde den Anblick genießen, wenn Sie genauso elend sterben wie Ihre Bordkameraden«, sagte er mit ruhigem, aber umso giftigerem Unterton. Dann drehte er sich um und ging weg.

Die übrigen Männer trieben Dirk und Summer einen Niedergang hinab, einen schmalen Korridor entlang und stießen sie in eine enge Kabine. Die Tür wurde zugeschlagen und von außen abgeschlossen, dann bezogen draußen zwei Mann Posten.

Ohne sich um ihre Schmerzen zu kümmern, drängten sich Dirk und Summer zwischen zwei Betten hindurch, die man in die winzige Kabine gezwängt hatte, und drückten die Gesichter an das kleine Bullauge an der Bordwand.

»Sie liegt tiefer im Wasser«, stellte Summer mit beklommenem Unterton fest.

Durch das Bullauge sahen sie, dass die *Sea Rover* nach wie vor neben der *Baekje* lag, doch das große Forschungsschiff hatte sichtlich Schlagseite, und das Wasser kroch unaufhaltsam aufs Schandeck zu. Vergeblich suchten Dirk und Summer das Achterdeck ab und hielten Ausschau nach einem Lebenszeichen. Die *Sea Rover* wirkte wie ein Geisterschiff.

»Entweder haben sie den Lüftungsschacht wieder verriegelt, oder Morgan kommt nicht ran«, fluchte Dirk.

»Vielleicht weiß er nicht, dass es einen Schacht gibt«, flüsterte Summer.

Dann hörten sie von unten ein Grollen, das rasch lauter wurde, als die Maschinen der *Baekje* auf Touren kamen und der große Kabelleger von dem NUMA-Schiff abdrehte. Noch war die Morgendämmerung nicht angebrochen, und es dauerte nur ein paar Minuten, bis von der *Sea Rover* lediglich eine Reihe Lichter zu sehen war.

Dirk und Summer hielten weiter Ausschau nach dem NUMA-

Schiff, während die *Baekje* Fahrt aufnahm. Schließlich wurden die funkelnden Lichter undeutlicher und verschwanden dann endgültig am Horizont.

28

»Sir, wir haben offenbar jede Verbindung zur *Sea Rover* verloren.«

Rudi Gunn blickte langsam von seinem Schreibtisch auf, rückte seine Brille zurecht und richtete die blauen Augen auf den Einsatzanalytiker der NUMA, der nervös vor seinem Schreibtisch stand.

»Seit wann?«, erkundigte sich Gunn.

»Wir haben seit etwas über drei Stunden keine Rückmeldung mehr erhalten. Die GPS-Positionsmeldung haben wir weiter empfangen. Demnach lag die *Rover* bis vor kurzem noch immer am Einsatzort im Ostchinesischen Meer. Doch dieses Signal ist vor ungefähr zwanzig Minuten abgerissen.«

»Hat sie einen Notruf abgesetzt?«

»Nein, Sir, wir haben keinen empfangen.« Obwohl er schon seit zehn Jahren in Diensten der Meeresforschungsbehörde stand, fühlte sich der Analytiker sichtlich unwohl wegen der schlechten Nachricht, die er dem stellvertretenden Direktor überbringen musste.

»Was ist mit dem Navy-Schiff? Man hat doch einen Geleitschutz für sie abgestellt.«

»Sir, die Navy hat die Geleitfregatte wegen eines Manövers mit der taiwanischen Marine abgezogen, bevor die *Sea Rover* den Hafen von Osaka verließ.«

»Ist ja toll«, rief Gunn unwirsch aus.

»Sir, wir haben beim National Reconnaissance Office Satellitenfotos angefordert. Innerhalb einer Stunde müssten wir etwas vorliegen haben.«

»Ich möchte, dass sofort Such- und Rettungsmaschinen starten«, brüllte Gunn. »Setzen Sie sich mit der Air Force und der Navy in Verbindung. Stellen Sie fest, wessen Einsatzkräfte am nächsten postiert sind, und sorgen Sie dafür, dass sie in Marsch gesetzt werden. Und zwar schnell!«

»Ja, Sir«, erwiderte der junge Mann, der förmlich aus Gunns Büro rannte.

Gunn dachte über die Lage nach. Die Forschungsschiffe der NUMA waren mit modernsten Satelliten-Kommunikationssystemen ausgestattet. Sie verschwanden nicht einfach spurlos. Und die *Sea Rover* hatte zudem eine der erfahrensten und tüchtigsten Besatzungen der ganzen NUMA-Flotte. Dirk hatte wahrscheinlich Recht, dachte er besorgt. Irgendeine mächtige Organisation war hinter den biologischen Kampfstoffen an Bord der *I-411* her.

Von düsteren Vorahnungen heimgesucht, griff Gunn zum Telefon und meldete sich bei seiner Sekretärin.

»Darla, stellen Sie mich zum Vizepräsidenten durch.«

Kapitän Robert Morgan war nicht der Mann, der schnell klein beigab. Trotz eines zertrümmerten Oberschenkelknochens und eines gebrochenen Jochbeins tat er so, als hätte er nur ein paar Schrammen abbekommen, und übernahm sofort das Kommando über seine demoralisierte Besatzung, nachdem er rüde in den Frachtraum geworfen worden war. Sekunden später war die schwere stählerne Lukenklappe zugeschlagen worden, worauf der ganze Raum in Dunkelheit getaucht wurde. Ängstliches Geflüster hallte von den Stahlwänden wider, und die feuchte Luft roch durchdringend nach Dieseltreibstoff.

»Keine Panik«, brüllte Morgan, um das Gemurmel zu unterbinden. »Ryan, sind Sie da?«

»Hier drüben«, meldete sich der Erste Offizier aus der einen Ecke.

»Da hinten müsste ein leichtes Ersatz-ROV verstaut sein. Suchen Sie ein paar Batterien und sehen Sie zu, dass Sie die Beleuchtung in Gang kriegen«, befahl er.

Plötzlich leuchtete hinten im Frachtraum ein schwaches Licht auf, der dünne Strahl einer Taschenlampe, die der Chefmaschinist der *Sea Rover* in der Hand hatte.

»Wir kriegen das schon hin, Captain«, knurrte der Maschinist, ein rothaariger Seebär namens McIntosh.

Ryan und McIntosh fanden die Kiste, in der das ROV verstaut war, kramten dann im Schummerlicht weiter herum und stießen schließlich auf eine Reihe von Batterien. Ryan kappte das Stromkabel des ROV, spleißte etliche Drähte und schloss sie an die Batterien an. Kurz darauf strahlten die blau-weiß gleißenden Xenonlampen des ROV auf. Etliche Mitglieder der Besatzung, die in der Nähe standen, kniffen die Augen zusammen, als plötzlich blendendes Licht durch den Frachtraum fiel. Jetzt konnte Morgan seine Besatzung und die Wissenschaftler, die in kleinen Gruppen beisammenstanden, in Augenschein nehmen. Eine Mischung aus Angst und Verständnislosigkeit spiegelte sich auf den Mienen der meisten Männer und Frauen.

»Gute Arbeit, Ryan. McIntosh, bringen Sie die Lichter bitte zur anderen Seite. Nun denn, ist jemand verletzt?«, sagte der Kapitän, ohne sich um seine eigenen Wunden zu kümmern.

Ein rascher Appell ergab, dass etliche Leute Risse, Prellungen und andere Blessuren erlitten hatten. Aber abgesehen von dem angeschossenen Maschinisten und einem Geologen, der sich beim Sturz in den Frachtraum ein Bein gebrochen hatte, war niemand ernsthaft verletzt.

»Wir werden hier wieder rauskommen«, erklärte Morgan im Brustton der Überzeugung. »Diese Gauner wollten nur die Sachen, die wir aus dem japanischen U-Boot geborgen haben. Möglicherweise lassen sie uns raus, sobald sie das Zeug auf ihr Schiff umgeladen haben«, sagte er, doch insgeheim glaubte er selbst nicht daran. »Aber für alle Fälle müssen wir uns was einfallen lassen, wie wir die Luke aus eigener Kraft aufbringen. Genug kräftige Männer haben wir ja. McIntosh, leuchten Sie mal herum, damit wir sehen, was wir hier für Werkzeuge haben.«

McIntosh und Ryan hoben das ROV hoch und gingen damit in die Mitte des Frachtraums, dann schwenkten sie es einmal im Kreis herum und ließen die gleißenden Strahlen über die Menschen und Gegenstände wandern. Der Frachtraum, in dem normalerweise die *Starfish* verstaut war, sah aus wie das Lager eines Elektroladens. Kabelrollen hingen an den Schotten, und in den zahlreichen Schränken an der Rückwand wurden elektronische Ersatzteile aufbewahrt. Regale mit Testgeräten säumten die eine Seitenwand, und im vorderen Teil ruhte ein fünf Meter langes Zodiac-Schlauchboot auf einem Holzbock. In der einen Ecke lagerte ein halbes Dutzend Benzinfässer, jedes 250 Liter fassend, neben zwei Ersatz-Außenbordmotoren. Ryan richtete das Licht mehrere Minuten lang auf die Fässer, hinter denen eine Reihe eiserner Sprossen nach oben führte.

»Captain, dort ist eine Belüftungsluke, die hinter dem Moon Pool aufs Achterdeck führt«, sagte Ryan. »Normalerweise ist sie von außen verschlossen, aber es besteht die Möglichkeit, dass sie offen gelassen wurde.«

»Männer«, brüllte Morgan drei Wissenschaftlern zu, die neben den Fässern hockten. »Einer von euch klettert die Leiter hoch und sieht nach, ob die Luke offen ist.«

Ein barfüßiger Ozeanograph, der einen blauen Pyjama trug, sprang auf, kletterte die Eisensprossen hinauf und verschwand in einem engen Belüftungsschacht. Wenig später tauchte er wieder auf, kletterte jetzt aber sichtlich geschickter.

»Fest verschlossen, Captain«, sagte er mit enttäuschtem Unterton.

McIntosh meldete sich zu Wort.

»Captain, meiner Meinung nach können wir aus dem Holzbock unter dem Zodiac ein paar Spieren zimmern«, sagte er und deutete auf das Schlauchboot. »Wenn jeweils sechs bis acht Mann eine übernehmen, müssten wir eine Ecke des großen Lukendeckels anheben können.«

»Das Ding mit ein paar langen Zahnstochern hochdrücken, was? Das könnte tatsächlich klappen. Halten Sie sich ran, McIntosh. Ihr Männer da drüben, fasst das Zodiac mit an«, knurrte er einige Besatzungsmitglieder an, die beim Boot standen.

Dann humpelte er hin, packte am Bug an und half, das Boot herunterzuwuchten. Etliche Männer gingen McIntosh beim

Zerlegen des Holzbocks zur Hand, während der Schiffszimmermann überlegte, wie er die einzelnen Teile zu Spieren zusammensetzen konnte.

Während sie arbeiteten, hörten sie die gedämpften Stimmen des Enterkommandos an Deck und das Surren und Scheppern des Krans, der die Munition der *I-411* auf die *Baekje* verlud. Einmal drang ein leises Knattern, offenbar Schüsse aus einem Schnellfeuergewehr, aus dem vorderen Teil des Schiffes an ihre Ohren. Kurz darauf erkannte Morgan anhand der Geräusche von oben, dass die *Starfish* aus dem Moon Pool gehievt und auf dem Deck abgesetzt wurde. Dann vernahm er den schrillen Schrei einer Frau, bei der es sich nur um Summer handeln konnte. Nach ein paar Schlägen an das Schott über ihnen wurde es ruhiger, bis schließlich weder Stimmen noch das Summen des Krans zu hören waren. Als klar wurde, dass das Enterkommando das Schiff verlassen hatte, fragte sich Morgan insgeheim, was aus Dirk und Summer geworden war. Ein jähes Grollen, das durch den Frachtraum hallte, als die Maschinen der *Baekje* anliefen und der Kabelleger von der *Sea Rover* abdrehte, riss ihn aus seinen Gedanken.

»Wie kommen wir voran, McIntosh?«, fragte er mit lauter Stimme, um das Geräusch zu übertönen, obwohl er deutlich sehen konnte, wie weit sie waren.

»Wir haben zwei Spieren fertig und die dritte fast«, schnaubte der Chefmaschinist. Zu seinen Füßen lagen drei krumm und schief wirkende, etwa drei Meter lange Holzstangen. Jede war aus drei Stücken zusammengesetzt, die an beiden Enden mit Hämmern und Schraubenziehern bearbeitet und ineinander geschoben waren. Anschließend hatte man der Festigkeit halber Blechstreifen von einem ausgeschlachteten Regal um die Anschlussstellen gehämmert und Klebeband darüber gewickelt.

Als McIntosh die verbliebenen Holzteile durchging, drang plötzlich ein Rauschen aus dem Bauch des Schiffes. Nach wenigen Minuten wurde es lauter; es erinnerte an das Tosen eines Wildwassers. McIntosh stand langsam auf und wandte sich an den Kapitän.

»Sir, die haben die Seeventile geöffnet. Sie wollen das Schiff versenken«, sagte er in nüchternem, sachlichem Tonfall.

Etliche Besatzungsmitglieder keuchten bei McIntoshs Worten entsetzt auf. Morgan beachtete sie nicht.

»Sieht so aus, als müssten wir's mit drei Spieren schaffen«, erwiderte der Kapitän ruhig. »Ich brauche sieben Mann pro Stange. Packen wir's an.«

Als die Männer vortraten und die Spieren ergriffen, sickerten die ersten Tropfen Seewasser durch die Bilgenablasslöcher im Boden des Frachtraums. Innerhalb weniger Minuten stieg es bis auf Knöchelhöhe. Unterdessen hatten die Männer die Spitzen der Spieren an der vorderen Kante des Lukendeckels angesetzt, unmittelbar neben der Ausstiegsleiter. Auf deren oberster Sprosse hielt sich ein weiterer Mann mit einem etwa armlangen Holzkeil bereit, mit dem er den Lukendeckel abstützen sollte, sobald er angehoben war.

»Fertig … hievt!«, rief Morgan.

Mit vereinten Kräften drückten die drei Trupps die Spitzen der Spieren gegen den Lukendeckel, der sich etwa zweieinhalb Meter über ihnen befand. Zu ihrer aller Überraschung gab er nach und ließ sich so weit anheben, dass der gedämpfte Schein der Decklichter durch den Spalt fiel. Dann aber rutschte eine der Spieren ab, und der schwere Deckel knallte wieder herab.

Der Mann oben auf der Leiter zögerte einen Moment, den Holzkeil in den Spalt zu schieben, und dann war es zu spät. Der Deckel krachte unmittelbar über seinem Kopf herab und hätte ihm fast die Finger der rechten Hand abgeklemmt, als er den Keil unter die Kante rammen wollte. Einen Moment lang war er erschrocken, dann holte er tief Luft und gab Morgan mit einem kurzen Nicken zu verstehen, dass er zu einem weiteren Versuch bereit war.

»In Ordnung, probieren wir's noch mal«, befahl Morgan, der mittlerweile bis zu den Knien im Salzwasser stand, ohne auf seine brennende Beinwunde zu achten. »Eins … zwei … drei!«

Ein lautes Knacken hallte durch den Frachtraum, als eine der Spieren brach und der obere Teil ins Wasser fiel. McIntosh watete hin, musterte die beschädigte Spitze und stellte fest, dass der provisorisch zurechtgezimmerte Zapfen zersplittert war.

»Sieht nicht gut aus, Sir!«, meldete er. »Wird einige Zeit dauern, bis wir die repariert haben.«

»Tun Sie Ihr Bestes«, versetzte Morgan. »Wir machen mit zwei Spieren weiter ... Hievt an!«

Die übrigen Männer setzten die Stangen wieder an, aber sie standen auf verlorenem Posten. Mit nur zwei Spieren konnten sie nicht genügend Kraft aufbieten. Weitere Männer stießen hinzu und packten mit an, obwohl kaum Platz für ihre Hände war. Schließlich gelang es ihnen, den Deckel ein paar Zentimeter anzuheben, aber der Spalt reichte nicht aus, damit man den Keil dazwischenschieben, geschweige denn aus der Luke steigen konnte. Morgan, der mittlerweile bis zur Taille im Wasser stand, sah den Besatzungsmitgliedern am Gesicht an, dass sie aus Angst vor dem Ertrinken bald in Panik ausbrechen würden.

»Noch ein Versuch, Männer«, drängte er.

Mit aller Kraft stemmten die Männer die beiden Spieren ein letztes Mal gegen den Lukendeckel. Diesmal schien er endlich nachzugeben. Doch dann hallte ein weiteres lautes Knacken durch den Frachtraum. Eine zweite Spiere zerbrach, und mit einem dumpfen Knall fiel der Deckel wieder zu.

Irgendwo in einer dunklen Ecke schrie jemand: »Das war's, wir sind erledigt.«

Prompt verlor der Koch, der zitternd neben den Benzinfässern stand, die Nerven.

»Ich kann nicht schwimmen«, rief er, als ihm das Wasser bereits bis zur Brust reichte.

In heller Panik schwang er sich auf die Eisensprossen, die zu der Lüftungsklappe hinaufführten und kletterte in den dunklen Schacht. Oben angekommen, hämmerte er, lauthals um Hilfe schreiend, mit beiden Fäusten an die runde Klappe. Plötzlich spürte er, wie sie nachgab. Vor lauter Entsetzen konnte er es zunächst kaum glauben, dann wand er sich aus der Luke und stellte verblüfft fest, dass er neben dem Moon Pool am Deck stand. Es dauerte fast eine Minute, bis sein rasender Puls langsamer wurde und er allmählich wieder zur Besinnung kam. Als ihm klar wurde, dass er noch nicht sterben musste, zwängte er sich wieder durch die Luke und stieg ein paar Sprossen tiefer.

»Die Luke ist offen!«, schrie er, so laut er konnte. »Die Luke ist offen! Hier geht's raus!«

Wie eine Armee aufgeschreckter Feuerameisen stürmten die Besatzungsmitglieder zur Leiter und behinderten sich gegenseitig. Inzwischen mussten die meisten Männer und Frauen Wasser treten, soweit sie sich nicht an dem Zodiac festhielten. Auch das kleine ROV trieb mittlerweile frei umher und tauchte den Frachtraum in einen gespenstischen Lichtschein.

»Die Frauen zuerst«, schrie Morgan, der auch in höchster Not darauf achtete, dass die Regeln der christlichen Seefahrt eingehalten wurden.

Ryan, der auf den Zehenspitzen neben der Leiter stand und gerade noch den Kopf über Wasser halten konnte, versuchte inmitten des allgemeinen Durcheinanders halbwegs für Ordnung zu sorgen.

»Ihr habt den Captain gehört. Erst die Frauen. Zurück mit euch«, herrschte er zwei Biologen an, die schreiend verlangten, er solle sie zur Leiter lassen. Als die weiblichen Besatzungsmitglieder in aller Eile in den Schacht hinaufkletterten und aus der Luke stiegen, konnte er sich so weit durchsetzen, dass wieder einigermaßen Disziplin einkehrte und jeder wartete, bis er an der Reihe war. Morgan, der sich auf der anderen Seite des Frachtraums befand, sah, dass das Wasser immer schneller stieg. Wenn es so weiter ging, kamen nicht alle rechtzeitig raus, bevor das Schiff sank.

»Ryan, steigen Sie die Leiter rauf. Sehen Sie zu, dass Sie den großen Lukendeckel aufkriegen«, befahl Morgan.

Ohne sich lange mit einer Antwort aufzuhalten, stürmte Ryan hinter einer Schiffskrankenschwester die Leiter hinauf, so schnell ihn die Beine trugen. Als er sich durch die Luke wand und aufs Deck trat, erschrak er zunächst über den Anblick, der sich ihm bot. Im ersten Licht der Morgendämmerung sah er, dass das Heck der *Sea Rover* rasch tiefer sank. Schon spülte das

Seewasser über den Achtersteven, während der Bug im Zwanzig-Grad-Winkel zum Himmel aufragte. Er sprang auf, als er eine junge Funkerin sah, die anderen Besatzungsmitgliedern über einen Aufgang nach oben half.

»Melissa, gehen Sie in den Funkraum und setzen Sie ein Mayday ab«, schrie er ihr im Vorbeilaufen zu.

Er stieg einen kurzen Niedergang zur hinteren Frachtraumluke hinab, als er weit weg, in Richtung Norden, ein Licht aufblitzen sah – der Kabelleger, der auf den Horizont zuhielt. Dann stürmte er weiter, hielt einen Moment inne und seufzte erleichtert auf. Das Wasser auf dem Achterdeck war bislang weder zur Luke noch bis zum Kran vorgedrungen. Außerdem hatte es das Enterkommando offenbar so eilig gehabt, das Schiff zu verlassen, dass die Männer den Kranhaken nicht vom Lukendeckel gelöst hatten.

Er sprintete zum Kran, sprang ins Führerhaus, warf den Dieselmotor an und schob sofort die Hebel nach vorn, um das Zugseil zu straffen. Unerträglich langsam hob sich der Ausleger und zog den schweren Deckel hoch. Dann schwenkte er ihn knapp anderthalb Meter nach Steuerbord, sprang wieder aus dem Führerhaus und ließ den Deckel einfach in der Luft hängen.

Er stürmte zur offenen Luke, sah, dass das Wasser nurmehr dreißig Zentimeter unter der Kante stand und dass da unten dreißig Männer trieben, die um ihr Leben kämpften. Noch zwei Minuten, schätzte er, dann wären sie alle ertrunken. Er beugte sich hinab, packte zu und zog einen nach dem anderen heraus. Diejenigen, die bereits an Deck waren, halfen ihm, sodass innerhalb kürzester Zeit alle gerettet wurden. Den letzten Mann allerdings, Kapitän Morgan, barg Ryan persönlich.

»Gute Arbeit, Tim«, sagte der Kapitän, der kurz zusammenzuckte, als er sich mit wackligen Beinen aufrichtete.

»Tut mir Leid, dass ich die Belüftungsluke nicht gleich überprüft habe, Sir. Wir hätten alle viel früher rausschaffen können, wenn wir gewusst hätten, dass sie nicht verriegelt war.«

»Aber das war sie doch zuvor. Verstehen Sie das denn nicht?

Dirk hat sie entriegelt. Er hat uns ein Klopfzeichen gegeben, aber wir haben es nicht kapiert.«

Ryan blickte kurz auf, als würde ihm mit einem Mal alles klar. »Ihm und Summer sei's gedankt. Die armen Teufel. Aber ich fürchte, wir sind noch nicht aus dem Schneider, Sir. Das Schiff sinkt schnell.«

»Sagen Sie allen Bescheid, dass wir das Schiff aufgeben müssen. Und sorgen Sie dafür, dass die Rettungsboote zu Wasser gelassen werden«, erwiderte Morgan und humpelte über das schräg ansteigende Deck in Richtung Bug. »Ich sehe zu, dass wir einen Notruf absetzen.«

Wie auf ein Stichwort kam Melissa, die Funkerin auf sie zugerannt.

»Sir«, japste sie atemlos. »Sie haben die Funkanlage zerschossen ... und die Satellitenkommunikation. Wir können kein Mayday funken.«

»Na schön«, erwiderte Morgan ruhig. »Wir bringen unsere Seenotfunkbojen aus und warten, bis uns jemand sucht. Begeben Sie sich zu Ihrem Rettungsboot. Wir müssen sofort alle vom Schiff bringen.«

Erst jetzt, als er davonrannte, um bei den Rettungsbooten auszuhelfen, bemerkte Ryan, dass die *Starfish* nicht da war. Er lief kurz ins Hilfslabor, wo er feststellte, dass die geborgenen Bomben fortgeschafft worden waren. Damit war endgültig klar, weshalb das Schiff geentert worden war.

Nach den Todesängsten, die sie im Frachtraum hatte durchmachen müssen, verhielt sich die Besatzung ungewöhnlich gelassen, als sie das Schiff verließ. Ruhig und gefasst begaben sich die Männer und Frauen zu ihren Rettungsbooten, froh darüber, dass sie noch einmal mit dem Leben davongekommen waren, auch wenn das Schiff zusehends schneller sank. Schon stand das ganze Achterdeck unter Wasser, und die beiden Rettungsboote am Heck wurden überflutet, bevor sie aus den Davits gelöst werden konnten. Die Besatzungsmitglieder, die ihnen zugewiesen waren, wurden rasch auf die anderen Boote verteilt, die in aller Eile zu Wasser gelassen wurden.

Morgan humpelte über das abschüssige Deck, das mittlerweile um gut dreißig Grad nach hinten abfiel, zu seinem Kapitänsboot, das bemannt und bereit zum Ausbringen war. Er hielt kurz inne und ließ den Blick ein letztes Mal über das Deck seines Schiffes schweifen, wie ein Zocker, der alles gesetzt und verloren hat. Das Schiff knirschte und ächzte unter der Last des eindringenden Wassers, das die unteren Abteilungen überflutete und die Statik überforderte. Das Schiff strahlte eine ungeheure Trauer aus, fast so, als wüsste es, dass es viel zu früh im Meer versank.

Nachdem er sich davon überzeugt hatte, dass sämtliche Besatzungsmitglieder in Sicherheit waren, entbot Morgan seinem Schiff einen kurzen, zackigen Salut, stieg in das Rettungsboot und ging als Letzter von Bord. Das Boot wurde rasch ausgefiert und von dem unglücklichen Schiff weggesteuert. In diesem Moment kroch die Sonne über den Horizont und tauchte das Forschungsschiff, das in den letzten Zügen lag, in ihren ersten goldenen Schein. Morgans Rettungsboot war erst ein paar Meter weit weg, als der Bug der *Sea Rover* jäh emporstieg, dann glitt das türkisfarbene Schiff anmutig und mit dem Heck voran inmitten eines brodelnden Blasenschwalls unter die Wogen.

Als das Schiff versunken war, wurden die Besatzungsmitglieder geradezu überwältigt von der sonderbaren Stille, dem Schweigen, das sie mit einem Mal umgab.

29

»Etwas ist faul im Staate Dänemark.«

Summer achtete nicht auf den Spruch ihres Bruders. Nachdem sie fast den ganzen Tag eingeschlossen gewesen waren, war plötzlich die Tür aufgerissen worden, und ein Koch, der eine weiße Schürze umgebunden hatte, hatte ein Tablett mit der Suppe, einer Schüssel Reis und einer Kanne Tee hereingetragen. Ein bewaffneter Wachmann hatte vom Gang aus mit drohenden

Blicken aufgepasst, und der nervöse Koch war rasch wieder gegangen, ohne ein Wort zu sagen. Summer war hungrig und musterte gierig das Essen, als die Tür wieder von außen verriegelt wurde.

Sie schnüffelte an der Fischsuppe und rümpfte die Nase.

»Ich glaube, da drin ist auch irgendwas Fauliges«, sagte sie.

Dann nahm sie sich den Reis vor, stieß die Essstäbchen in die Schale und mampfte die gedünsteten Körner. Nachdem sie den schlimmsten Hunger gestillt hatte, wandte sie sich wieder ihrem Bruder zu, der dasaß und aus dem Bullauge spähte.

»Mal davon abgesehen, dass wir in einer engen Zwischendeckskabine hocken – was macht dir sonst noch zu schaffen?«

»Nagle mich nicht drauf fest, aber ich glaube nicht, dass wir Japan anlaufen.«

»Woher willst du das wissen?«, fragte Summer, während sie sich eine weitere Ladung Reis in den Mund schaufelte.

»Ich habe die Sonne beobachtet und die Schatten, die das Schiff wirft. Wenn wir nach Japan unterwegs wären, müssten wir Kurs Nordnordost fahren, aber meiner Meinung nach sind wir eher auf nordwestlichem Kurs.«

»Das kann man doch mit bloßem Auge gar nicht so genau erkennen.«

»Einverstanden. Aber ich glaube nur, was ich sehe. Wenn wir in Nagasaki einlaufen, darfst du mich noch mal auf die Navigationsschule schicken.«

»Das hieße ja, dass wir in Richtung Gelbes Meer unterwegs sind«, erwiderte sie, während sie in Gedanken die Geographie Ostasiens durchging. »Meinst du, wir sind nach China unterwegs?«

»Könnte schon sein. China und Japan mögen einander jedenfalls nicht besonders. Vielleicht hat die Japanische Rote Armee eine Operationsbasis in China. Das könnte auch eine Erklärung dafür sein, weshalb die Behörden in Japan bislang keine Verdächtigen aufspüren konnten.«

»Möglich. Aber dann könnten sie nur mit Wissen oder Unterstützung von Seiten des Staates aktiv werden, und ich hoffe doch, dass es sich die Chinesen zweimal überlegen, bevor sie ein amerikanisches Forschungsschiff versenken.«

»Stimmt. Aber gibt auch noch eine andere Möglichkeit.«

Summer nickte und wartete darauf, dass Dirk fortfuhr.

»Die beiden Killer, die meinen Chrysler zusammengeschossen haben. Ein Pathologe im Bezirksleichenschauhaus meinte, dass die Männer wie Koreaner aussahen.«

Summer aß den letzten Klumpen Reis und stellte die Schale samt Stäbchen ab.

»Korea?«, fragte sie stirnrunzelnd.

»Korea.«

Ed Coyle war müde, nachdem er stundenlang die flache graue See abgesucht hatte. Daher traute er seinen Augen kaum, als er etwas zu sehen meinte. Er richtete den Blick zum Horizont und konnte gerade noch den kleinen Lichtpunkt am Himmel erkennen, der eine dünne weiße Rauchfahne hinter sich herzog. Genau danach hatte der Kopilot der Such- und Rettungsmaschine vom Typ Lockheed HC-130 Hercules Ausschau gehalten.

»Charlie, ich sehe eine Leuchtrakete auf zwei Uhr«, meldete er über sein Helmmikrofon, sicher und selbstbewusst wie ein Sportreporter. Unwillkürlich deutete er durch die Kanzelverglasung auf die Stelle, an der er den weißen Punkt hatte aufflammen sehen.

»Ich hab sie«, erwiderte Major Charles Wight mit leicht gedehntem Südstaatenakzent. Der Pilot der HC-130, ein schlaksiger Texaner, der sich durch nichts aus der Ruhe bringen ließ, zog die Maschine elegant herum, drosselte sie leicht und steuerte den verwehenden Rauchfaden an.

Sechs Stunden nach ihrem Start von der Kadena Air Base auf Okinawa hatten sich die Piloten der Such- und Rettungsmaschine bereits gefragt, ob man sie einfach ins Blaue geschickt hatte. Jetzt aber saßen sie aufrecht auf der Sitzkante und fragten sich, was sie dort im Wasser vorfinden würden. Dann tauchten etliche weiße Punkte am Horizont auf, die allmählich größer wurden, als sich das Flugzeug näherte.

»Sieht so aus, als ob wir's mit Rettungsbooten zu tun haben«, stellte Wight fest, als die Punkte allmählich Form annahmen.

»Sieben insgesamt«, bestätigte Coyle, nachdem er die in einer Reihe nebeneinander liegenden Boote gezählt hatte. Morgan hatte dafür gesorgt, dass die Rettungsboote miteinander vertäut wurden, jeweils Bug an Heck, damit die Überlebenden beisammen blieben. Als die Hercules im Tiefflug über sie hinwegzog, winkte die Besatzung der *Sea Rover* wie wild und johlte laut.

»Zirka sechzig Mann«, schätzte Coyle, während Wight die Maschine in einer weiten Kurve herumzog. »Scheinen in ziemlich guter Verfassung zu sein.«

»Dann halten wir die PJs zurück, werfen ein paar Erste-Hilfe-Packs ab und sehen zu, dass wir ein Rettungsschiff auftreiben.«

Die PJs oder Pararescue Jumpers waren Sanitäter, ausgebildete Fallschirmjäger allesamt, die hinten in der Maschine saßen und jederzeit bereit zum Absprung waren. Da die Besatzung der *Sea Rover* allem Anschein nach nicht in unmittelbarer Gefahr schwebte, entschied Wight, die Männer vorerst nicht abzusetzen. Stattdessen senkte ein Lademeister auf Coyles Befehl hin die große hydraulische Klappe am Heck der Hercules und warf etliche Erste-Hilfe-Kästen und Eiserne Rationen hinaus, die an kleinen Fallschirmen hinab aufs Meer schwebten.

Unterdessen hatte ein Bordfunker einen Notruf über die Seefunkfrequenz abgesetzt. In kürzester Zeit meldeten sich mehrere Schiffe, die in dem Seegebiet unterwegs waren, unter anderem ein Containerschiff aus Osaka mit Kurs auf Hongkong, das ganz in der Nähe war. Wight und Coyle kreisten noch zwei Stunden über den Rettungsbooten, bis das Containerschiff vor Ort war und die ersten Überlebenden an Bord nahm. Nachdem er sich davon überzeugt hatte, dass sie in Sicherheit waren, flog Wight ein letztes Mal über die Schiffbrüchigen hinweg und wackelte mit den Flügelspitzen. Die Männer und Frauen in den Rettungsbooten brachen trotz aller Müdigkeit und Erschöpfung in laute Jubelrufe aus, obwohl sie wussten, dass die Piloten sie nicht hören könnten.

»Glückspilze«, stellte Coyle zufrieden fest.

Wight nickte stumm, dann zog er die Hercules herum und steuerte in Richtung Südosten, zu ihrem Stützpunkt auf Okinawa.

Der große Frachter stieß einen Willkommensgruß aus seinem Kahlenberg-Horn aus, als er auf die Rettungsboote zuglitt. Dann wurde ein Walfangboot ausgebracht, das die Schiffbrüchigen zu einer Bordleiter am Heck lotste, über die die meisten Besatzungsmitglieder der *Sea Rover* aus eigener Kraft aufs Oberdeck steigen konnten. Morgan und ein paar weitere Verletzte wurden vom Walfangboot übernommen und auf das Containerschiff gehievt. Nachdem der malaysische Kapitän des Schiffes ihn kurz begrüßt und ihm ein paar Fragen gestellt hatte, wurde Morgan auf die Sanitätsstation gebracht, wo man seine Wunden versorgte.

Ryan suchte ihn auf, kurz nachdem der Schiffsarzt den NUMA-Kapitän behandelt, in eine Koje neben dem Geologen mit dem gebrochenen Bein gepackt und ihm strenge Bettruhe verordnet hatte.

»Wie sieht's aus, Sir?«

»Das Knie ist im Eimer, aber ich werd's überleben.«

»Heutzutage kann man mit künstlichen Gelenken wahre Wunder bewirken«, sagte Ryan.

»Allem Anschein nach werde ich mich davon persönlich überzeugen können. Na ja, besser als ein Holzbein, nehme ich an. Wie steht's um die Besatzung?«

»Wieder bester Dinge. Mit Ausnahme von Dirk und Summer sind sämtliche Besatzungsmitglieder der *Sea Rover* an Bord. Ich habe mir Kapitän Malakas Satellitentelefon ausgeliehen und in Washington angerufen. Dort habe ich mit Rudi Gunn persönlich gesprochen, ihm vom Verlust unseres Schiffes berichtet und ihm die Lage geschildert. Außerdem habe ich ihm mitgeteilt, dass sich die von uns geborgene Fracht sowie Dirk, Summer und das Tauchboot vermutlich an Bord eines japanischen Kabellegers befinden. Er bat mich, Ihnen seinen Dank für die Rettung der Besatzung auszusprechen, und versicherte mir, dass er auf höchster Regierungsebene alle Hebel in Bewegung setzen wird, damit die Verantwortlichen dingfest gemacht werden.«

Morgan starrte mit ausdrucksloser Miene auf die weiße Wand, während er in Gedanken noch einmal die Ereignisse der letzten Stunden durchging. Wer waren diese Piraten, die sein Schiff geentert und versenkt hatten? Was hatten sie mit den biologischen Waffen vor? Und was war aus Dirk und Summer geworden? Schließlich schüttelte er den Kopf, nachdem ihm nichts Vernünftiges dazu eingefallen war.

»Hoffentlich ist es nicht schon zu spät.«

30

Nachdem sie anderthalb Tage lang in Richtung Norden gefahren war, ging die *Baekje* auf Ostkurs. Kurz vor der Abenddämmerung kam Land in Sicht, worauf das Schiff bis Einbruch der Dunkelheit wartete und dann bei leichtem Nebel langsam in einen großen Hafen einlief. Dirk und Summer vermuteten, dass sie tatsächlich nach Korea gebracht worden waren, und aufgrund der zahlreichen Frachter und Containerschiffe mit Flaggen aus aller Herren Länder nahmen sie an, dass sie sich in Inchon befanden, der großen Hafenstadt des Südens.

Der Kabelleger schob sich langsam an den weitläufigen Kaianlagen vorbei, an denen rund um die Uhr Containerschiffe be- und entladen wurden. Dann drehte die *Baekje* nach Norden, passierte ein Tanklager und wich einem rostigen Tanker aus, bevor sie in ein dunkleres und weniger dicht bebautes Hafenareal stieß. Das Schiff fuhr an einer verfallenden Werft vorbei, in der etliche verrottende Hulks lagen, wurde dann langsamer und näherte sich einem schmalen Seitenkanal, der nach Nordwesten führte. Eine Wachhütte, vor der ein kleines Rennboot lag, stand an der Einfahrt des Kanals unter einem rostigen Schild mit der koreanischen Aufschrift KANG SCHIFFFAHRTSSERVICE – PRIVAT.

Der Kapitän der *Baekje* manövrierte das Schiff behutsam in den Kanal, fuhr dann etliche hundert Meter weiter und steuerte langsam um eine Biegung. Der Kanal führte in eine kleine Lagune, zu deren beiden Seiten sich mächtige, überdachte Docks befanden. Das Schiff glitt in einen der riesigen Hangars, dessen Dach gut fünfzehn Meter über der Back aufragte. Im Schein zahlloser gleißender Halogenlampen, die von der Decke hingen, wurde das Schiff vertäut; gleichzeitig schloss sich hinter ihm ein mächtiges hydraulisches Tor und verbarg es vor der Außenwelt.

Sofort wurde ein Kran ausgeschwenkt, und ein halbes Dutzend Besatzungsmitglieder entlud die Bomben, die unter Tongjus Aufsicht am Kai gelagert wurden. Sobald sie zu einer ordentlichen Pyramide gestapelt waren, fuhr ein großer, weißer Kastenwagen rückwärts auf den Kai. Mehrere Männer, die taubenblaue Laborkittel trugen, luden die Waffen vorsichtig in den Laster und fuhren dann weg. Als er am Ende des Kais abbog, konnte Tongju das vertraute blaue Blitzzeichen auf der Seitenwand des Lieferwagens sehen, darunter die Aufschrift KANG SATELLITEN-TELEKOMMUNIKATION.

Als Tongju dem Lastwagen hinterherblickte, kam Kim durch eine von Posten bewachte Tür auf ihn zu.

»Mr. Kang wird sehr zufrieden sein, wenn er erfährt, dass wir sämtliche Bomben geborgen haben«, sagte Kim.

»Ja, auch wenn zwei der insgesamt zwölf nutzlos sind. Der Pilot des Tauchbootes hat die letzten beiden Bomben zerbrochen und den Kampfstoff im Wasser freigesetzt. Ein Versehen, behaupten sie, wegen der schlechten Sicht.«

»Ein unwesentlicher Verlust. Alles in allem war die Aktion sehr erfolgreich.«

»Stimmt, aber noch liegt ein schwieriger Auftrag vor uns. Ich werde die Gefangenen zu Kang bringen, damit er sie vernehmen kann. Ich verlasse mich darauf, dass Sie die entsprechenden Vorkehrungen am Schiff zufriedenstellend erledigen«, sagte er. Es war eher eine Feststellung als eine Frage.

»Der Umbau des Schiffes sowie das Auftanken und Verproviantieren werden unverzüglich in Angriff genommen. Ich werde dafür sorgen, dass das Schiff bereit zum Auslaufen ist, sobald sich die Fracht wieder an Bord befindet.«

»Sehr gut. Je früher wir in See stechen, desto besser sind unsere Erfolgsaussichten.«

»Wir haben das Überraschungsmoment auf unserer Seite. Wir können gar nicht scheitern«, sagte Kim zuversichtlich.

Aber Tongju war sich nicht so sicher. Er zündete sich eine Zigarette an, nahm einen langen Zug und dachte über das Überraschungsmoment nach. Es konnte in der Tat über Leben und Tod entscheiden.

»Hoffen wir, dass Ihr Täuschungsmanöver von Dauer ist«, erwiderte er schließlich nachdenklich.

Unterdessen fesselte ein stiernackiger Wachmann Dirk und Summer die Hände auf den Rücken und stieß sie dann grob aus ihrer Kabine. Mit vorgehaltener Waffe wurden sie zu einer Gangway gebracht, wo Tongju stand und sie mit hämischem Grinsen betrachtete.

»Es war eine reizende Kreuzfahrt. Allerdings haben Sie uns den Spielsalon nicht gezeigt«, sagte Dirk zu dem Killer.

»Nun sei mal ehrlich«, mischte sich Summer ein. »Das Essen entsprach auch nicht gerade einem Fünf-Sterne-Standard.«

»Der amerikanische Humor ist nicht besonders amüsant«, schnaubte Tongju, während er sie mit kaltem Blick musterte.

»Übrigens, was macht die Japanische Rote Armee eigentlich in Inchon, Korea?«, fragte Dirk unverblümt.

Tongju zog kurz und kaum wahrnehmbar die Augenbrauen hoch.

»Sehr aufmerksam, Mr. Pitt.« Ohne die Gefangenen eines weiteren Blickes zu würdigen, wandte er sich dann an den Stiernackigen, der ein AK-74 auf die beiden gerichtet hatte.

»Bring sie zum Schnellboot und schließe sie unter Bewachung in der vorderen Kabine ein«, befahl er, dann machte er auf dem Absatz kehrt und ging auf die Brücke.

Dirk und Summer wurden die Gangway hinab und quer über den Kai zu einem kleineren Anlegeplatz gebracht, an dem eine schnittige Motoryacht vertäut war. Es war ein einunddreißig Meter langer, leuchtend blau gestrichener Hochgeschwindigkeits-Katamaran von South Pacific Marine. Das ursprünglich für den Fährdienst konstruierte Boot war zu einer schnellen, hochseetüchtigen Luxusyacht umgebaut worden, die mit ihren beiden 4000 PS starken Dieselmotoren mehr als 35 Knoten schaffte.

»Na, die entspricht meinem Geschmack schon eher«, stellte Summer fest, als sie an Deck gebracht und in einer kleinen, aber nobel ausgestatteten Innenkabine eingeschlossen wurden.

»Diesmal haben wir kein Fenster. Ich nehme an, unserem Gastgeber hat dein Spruch von wegen Inchon nicht gefallen«, fügte Summer hinzu, als sie sich, immer noch mit gefesselten Händen, in einen kleinen Sessel kuschelte.

»Ich und mein großes Mundwerk«, erwiderte Dirk. »Wenigstens wissen wir jetzt ungefähr, wo wir sind.«

»Ja… mitten im Kimchi-Land. Tja, wenn wir schon abtreten müssen, dann treten wir wenigstens erster Klasse ab«, sagte sie und bewunderte die Walnusstäfelung und die teuren Kunstwerke an den Wänden. »Für eine zweitklassige Terrorgruppe haben diese Typen ziemlich viel Kohle.«

»Allem Anschein nach haben sie ein paar Freunde bei Kang Enterprises.«

»Der Reederei?«

»Ein großer Konzern. Ihre Frachter fallen uns schon seit Jahren auf. Aber die Firma ist auch an ein paar Hightech-Unternehmen beteiligt, obwohl ich nur über die Reederei Näheres weiß. Ich habe mal in einer Bar einen Typen kennen gelernt, der als Schmierer auf einem ihrer Schiffe gearbeitet hat. Er hat mir von der abgeschotteten Werft- und Lageranlage in Inchon erzählt. So was habe ich noch nie gesehen. Vermutlich ist auf der anderen Seite ein Trockendock, und der ganze Laden steckt voller hochmoderner Geräte. Der Kabelleger hatte den blauen Blitz am Schornstein, das Firmenzeichen von Kang Enterprises. Das hier muss diese Anlage sein.«

»Wie schön, dass deine Sauftouren auch mal für was gut sind«, versetzte Summer schnippisch.

»Recherchen. Reine Recherchen«, erwiderte er lächelnd.

Summer wurde mit einem Mal ernst. »Warum sollte sich ein südkoreanischer Industrieller mit der JRA einlassen? Und was wollen die von uns?«

Sie wurde von einem heiseren Röhren unterbrochen, als hinter ihrer Kabine die Dieselmotoren des Katamarans angeworfen wurden.

»Ich nehme an, das werden wir bald erfahren.«

Sobald sich Tongju an Bord des Katamarans begeben hatte, wurden die Leinen losgeworfen, und das schnelle Boot tuckerte mit langsamer Fahrt am Kai entlang. Als das mächtige Hangartor aufglitt und der Katamaran aus der überdachten Hafenanlage stieß, warf Tongju einen Blick zurück auf den Kabelleger, der hinter ihm aufragte.

Eine Heerschar von Arbeitern wuselte bereits wie ein Bienenschwarm auf der *Baekje* herum. Ein schwerer Kran entfernte die riesige Kabeltrommel vom Achterdeck, während Anstreicher die oberen Decks umspritzten. An den Aufbauten waren Bautrupps mit Schneidbrennern zugange, trennten hier eine Wand heraus und schweißten dort neue Schotten und Schanzkleider ein. Etliche Arbeiter hatten sich am Hecküberhang abgeseilt und übermalten den Schiffsnamen, während ein anderer Trupp den Schornstein goldgelb anstrich. In wenigen Stunden würde das Schiff ganz anders aussehen und selbst für das geübte Auge nicht mehr wiederzuerkennen sein. So als hätte es die *Baekje* nie gegeben.

31

Der kleine Kerl marschierte so zielstrebig und energisch durch die Chefetage in der NUMA-Zentrale, als ob ihm der Laden gehörte, was genau genommen auch der Fall war. Admiral James Sandecker wurde im ganzen Haus hoch verehrt, immerhin hatte er die Meeresforschungsbehörde etliche Jahrzehnte zuvor mit einer Hand voll Wissenschaftler und Ingenieure gegründet. Er mochte zwar nicht der Größte sein, doch die funkelnden blauen Augen und die leuchtend roten Haare samt dem dazu passenden Spitzbart kündeten von seiner unbändigen Entschlossenheit und nimmermüden Einsatzbereitschaft.

»Hallo, Darla, Sie sehen heute wieder hinreißend aus«, sagte er zu der etwa vierzigjährigen Sekretärin, die an ihrem Computer saß. »Ist Rudi im Konferenzraum?«

»Schön, Sie zu sehen, Admiral«, erwiderte die Frau strahlend, während ihr Blick zu den beiden Agenten des Secret Service schweifte, die alle Mühe hatten, mit ihrem flinken Chef Schritt zu halten. »Ja, Mr. Gunn erwartet Sie drin. Gehen Sie bitte gleich rein.«

Obwohl er von seinen Kollegen bei der NUMA nach wie vor mit Admiral angesprochen wurde, kannte ihn die ganze übrige Welt als Vizepräsident Sandecker. Trotz seiner lebenslangen Abneigung gegen die Intrigen und Winkelzüge der Politik hatte sich Sandecker von Präsident Ward dazu überreden lassen, die Vizepräsidentschaft zu übernehmen, als der gewählte Amtsinhaber unverhofft gestorben war. Sandecker wusste, dass der Präsident ein Ehrenmann war, der seinen Stellvertreter nicht dazu zwingen würde, sich im Hintergrund zu halten. Der energische Admiral, der keine Lust hatte, hauptsächlich als Repräsentationsfigur und Abgesandter bei Staatsbegräbnissen zu fungieren, krempelte sein Amt unverzüglich um und hatte mittlerweile eine starke Position in der Regierung inne. Er engagierte sich mit ganzer Kraft für eine gründliche Reform des Verteidigungs- und Sicherheitsapparates, sorgte für eine Aufstockung der staatlichen Fördermittel für Wissenschaft und Forschung und machte sich für allerlei Umweltinitiativen und den Schutz der Meere stark. Auf sein Drängen hin setzte die Regierung ein weltweites Walfangverbot durch, das von allen Industrienationen mitgetragen wurde, und führte strenge Strafen und Sanktionen für jede Art von Meeresverschmutzung ein.

Die leitenden Mitarbeiter der NUMA, die gerade über den

Verlust der *Sea Rover* debattiert hatten, verstummten augenblicklich, als Sandecker in den Konferenzraum stürmte.

»Danke, dass Sie vorbeigekommen sind, Admiral«, sagte Gunn, der aufsprang und seinen langjährigen Vorgesetzten zum Kopfende des Tisches geleitete.

»Wie lauten die neuesten Informationen?«, fragte Sandecker, ohne sich lange mit Höflichkeitsfloskeln aufzuhalten.

»Wir haben die Bestätigung erhalten, dass die *Sea Rover* tatsächlich versenkt wurde, nachdem eine kleine Gruppe Bewaffneter sie im Ostchinesischen Meer überfallen und in ihre Gewalt gebracht hatte. Wenige Minuten, bevor das Schiff unterging, konnte sich die im Frachtraum eingeschlossene Besatzung wie durch ein Wunder befreien. Sie brachte sich in den Rettungsbooten in Sicherheit und wurde später von einem Suchflugzeug der Air Force entdeckt. Die Piloten verständigten daraufhin einen Frachter, der sich in der Nähe aufhielt und sie mittlerweile an Bord genommen hat. Im Moment ist der Frachter mit unseren Leuten nach Nagasaki unterwegs. Bis auf zwei Mann ist die gesamte Besatzung in Sicherheit.«

»Wurde die *Sea Rover* geentert?«

»Ein Kommandotrupp schlich sich mitten in der Nacht an Bord und brachte das Schiff in seine Gewalt.«

»Das ist doch Bob Morgans Schiff, nicht wahr?«

»Ja. Der alte Sturkopf hat sich zur Wehr gesetzt und dabei eine Schussverletzung am Bein erlitten. Ich habe mit Ryan gesprochen, seinem Ersten Offizier, der mir berichtete, dass er es aller Voraussicht nach gut überstehen wird. Nach Aussage von Ryan behaupteten die Enterer, sie wären von der Japanischen Roten Armee. Sie flüchteten mit einem Kabelleger, der unter japanischer Flagge fuhr.«

»Ein komisches Piratenschiff«, sagte Sandecker nachdenklich. »Ich nehme an, sie haben sich mit den Bomben davongemacht, die aus der *I-411* geborgen wurden?«

»Ryan hat das bestätigt. Sie hatten die Bergungsaktion beinahe abgeschlossen, als der Angriff erfolgte. Die *Starfish* war verschwunden, als sich die Besatzung aus dem Frachtraum befreien konnte, und Ryan glaubt, dass sie auf das japanische Schiff gebracht wurde. Möglicherweise mit den vermissten Insassen des Tauchboots.«

»Ich werde im Außenministerium anrufen und veranlassen, dass man unverzüglich um eine Großfahndung von Seiten der japanischen Hafen- und Seefahrtsbehörden bittet.« Sandecker zog eine riesige, aus der Dominikanischen Republik stammende Zigarre aus der Brusttasche seines Sakkos, zündete den grünen Lungentorpedo an und blies eine dicke Qualmwolke zur Decke. »Sollte nicht allzu schwer sein, einen Kabelleger ausfindig zu machen, wenn er einen Hafen anläuft.«

»Ich habe bereits den Heimatschutz verständigt, wo man auf die gleiche Weise vorgehen will. Anscheinend glaubt man dort aber nicht, dass die Japanische Rote Armee eine Gefahr für unser Land darstellt, da sie nicht über die entsprechenden Mittel und Fähigkeiten verfügt. Aber im Moment untersucht man, ob möglicherweise eine Verbindung zu El Kaida oder einer anderen Terrorgruppe besteht.«

»Das würde ich nicht ausschließen«, erwiderte Sandecker trocken, während er die Zigarre zwischen Daumen und Zeigefinger drehte. »Ich werde heute Nachmittag den Präsidenten einweihen. Irgendjemand wird bitter dafür büßen müssen, dass er das Schiff einer amerikanischen Regierungsbehörde zerstört hat«, knurrte er mit funkelnden Augen.

Sämtliche Abteilungsleiter, die im Konferenzraum beisammensaßen, nickten einmütig. Obwohl sie eine große Behörde war, herrschte bei der NUMA eine ausgesprochen familiäre Atmosphäre, und wenn auf Kollegen, die draußen in der Welt im Einsatz waren, ein Terroranschlag verübt wurde, dann schlug das auch den Mitarbeitern in der Zentrale aufs Gemüt.

»Wir sind ganz Ihrer Meinung, Admiral«, erwiderte Gunn leise.

»Übrigens, wer sind die beiden vermissten Besatzungsmitglieder?«, fragte Sandecker.

Gunn schluckte. »Summer und Dirk Pitt. Vermutlich wurden sie mitsamt der *Starfish* entführt.«

Sandecker fuhr erschrocken auf. »Guter Gott, nicht die beiden. Weiß ihr Vater schon Bescheid?«

»Ja. Er ist mit Al Giordino auf den Philippinen und versucht, eine Umweltkatastrophe durch ein mit Giftstoffen beladenes Wrack zu verhindern. Ich habe mit ihm über Satellitentelefon gesprochen und ihm versichert, dass wir alles tun, was in unserer Macht steht.«

Sandecker lehnte sich in seinen Ledersessel zurück und blickte auf die Wolke aus blauem Zigarrenrauch, die über ihm trieb. Gnade Gott dem Narren, der den Sprösslingen dieses Mannes etwas zuleide tut, dachte er.

Siebentausend Meilen entfernt jagte der blaue Katamaran durch die westlichen Küstengewässer von Korea, wie ein Dragster auf Rekordjagd. Summer und Dirk wurden in ihrem Luxuskerker ein ums andere Mal durchgerüttelt, als die schnelle Yacht mit fast 40 Knoten durch die Dünung preschte. Zwei koreanische Fischer in einem wackligen Sampan fluchten lauthals, als der Katamaran gefährlich nahe vorbeirauschte und sein Kielwasser über die Bordwand ihres kleinen Bootes schwappte.

Nach zwei Stunden schneller Fahrt nahm der Katamaran Kurs auf die Küste und wurde langsamer, als er sich seinen Weg zwischen einer Reihe kleiner Inseln in der Mündung des Han bahnte. Der Rudergänger steuerte das Boot eine weitere Stunde lang flussaufwärts, bis er die halb versteckte Fahrrinne ausmachte, die sich zu Kangs Refugium auf der Insel Kyodongdo schlängelte. Nachdem er die Zufahrt passiert hatte, die, wie er wusste, von verborgenen Videokameras überwacht wurde, lotste er den Katamaran über die Lagune zu dem schwimmenden Anlegesteg am Fuße des auf einer steilen Felsklippe thronenden Anwesens. Dort wurde das Schiff hinter Kangs weiß schimmernder Benetti-Yacht vertäut.

Dirk und Summer blieben in ihrer Kabine eingeschlossen, als Tongju das Boot verließ und mit dem Aufzug hinauf zu Kangs Herrensitz fuhr. Kang saß in seinem mit Kirschholz getäfelten Büro und studierte gemeinsam mit Kwan die Finanzdaten eines

Radiokomponentenherstellers, den er per feindlicher Übernahme in seinen Besitz bringen wollte. Langsam blickte er auf, als Tongju eintrat und sich verbeugte.

»Kapitän Lee von der *Baekje* hat mir mitgeteilt, dass Ihr Auftrag ein Erfolg war«, stellte Kang mit verkniffenem Mund fest, ohne sich seine Zufriedenheit anmerken zu lassen.

Tongju nickte knapp. »Wir haben die Waffen erbeutet, nachdem sie von dem amerikanischen Schiff geborgen worden waren. Zehn der Behälter waren intakt und wurden für verwendungsfähig befunden«, fuhr er fort, erwähnte aber nicht, dass Dirk die beiden anderen Bomben zerstört hatte.

»Diese Menge sollte mehr als genügen, um mit dem Unternehmen fortzufahren«, erwiderte Kang.

»Die Kampfstoffwissenschaftler an Bord der *Baekje* waren höchst erfreut. Die Behältnisse wurden unmittelbar nach unserer Ankunft in Inchon zum biologischen Forschungslabor gebracht. Der Laborchef bestätigte mir, dass die nötige Aufbereitung und Konservierung innerhalb von achtundvierzig Stunden abgeschlossen sein wird.«

»Ich darf mich doch darauf verlassen, dass bis dahin auch der Umbau der *Baekje* erfolgt ist?«

Tongju nickte. »Sie wird rechtzeitig zum Auslaufen bereit sein.«

»Der Zeitplan ist entscheidend«, fuhr Kang fort. »Das Unternehmen muss durchgeführt werden, bevor in der Nationalversammlung über das Referendum abgestimmt wird.«

»Wenn es bei der Verarbeitung des Kampfstoffes keine Verzögerungen gibt, werden wir fertig sein«, versicherte ihm Tongju. »Die Werftarbeiter waren bereits eifrig am Werk, als wir das Hafengelände verließen.«

»Wir dürfen uns keine Fehler mehr erlauben«, sagte Kang in kaltem Tonfall.

Tongju, der nicht genau wusste, was sein Boss meinte, kniff leicht die Augen zusammen. Ohne näher nachzufragen, fuhr er schließlich fort.

»Ich habe zwei Gefangene von dem amerikanischen Schiff

mitgebracht. Die beiden Insassen des Tauchboots. Einer davon ist der Mann, der für den Tod unserer beiden Agenten in Amerika verantwortlich ist. Ich dachte, Sie möchten sich vielleicht persönlich mit ihm unterhalten«, sagte er mit düsterer Betonung des letzten Worts.

»Ach ja, die vermissten Besatzungsmitglieder des NUMA-Schiffs.«

»Vermisste Besatzungsmitglieder?«

Kwan stand auf und drückte Tongju einen Zeitungsartikel, den er über das Internet bezogen hatte, in die Hand.

»Es kommt in sämtlichen Nachrichten«, sagte Kwan. »Forschungsschiff im Ostchinesischen Meer gesunken – Besatzung bis auf zwei Mann gerettet«, zitierte er aus der Schlagzeile der *Chosun Ilbo*, der größten koreanischen Zeitung.

Tongju wurde blass, verzog aber keine Miene. »Das ist unmöglich. Die Besatzung war im Frachtraum eingeschlossen, als wir das Schiff versenkten. Sie konnten nicht alle entkommen.«

»Das sind sie aber«, sagte Kang. »Ein vorbeifahrender Frachter hat die Besatzung aufgenommen und nach Japan gebracht. Haben Sie gesehen, wie das Schiff unterging?«

Tongju schüttelte den Kopf. »Wir wollten mit dem geborgenen Material so schnell wie möglich zurückkehren«, erwiderte er leise.

»Es wurde behauptet, dass an Bord des Schiffes ein Feuer ausbrach. Offenbar wollen die Amerikaner nicht, dass ein weiterer Terroranschlag publik wird«, sagte Kwan.

»Ebenso wenig wie sie den wahren Grund für ihre Anwesenheit im Ostchinesischen Meer preisgeben wollen«, fügte Kang hinzu. »Vielleicht behindert die mangelhafte Berichterstattung in den Medien auch ihre Ermittlungen wegen dieses Vorfalls.«

»Ich bin davon überzeugt, dass wir unsere Tarnung wahren konnten. Mein Enterkommando war aus verschiedenen Nationalitäten zusammengesetzt, und solange wir an Bord des amerikanischen Schiffes waren, wurde nur Englisch oder Japanisch gesprochen«, erwiderte Tongju.

»Vielleicht ist es gar nicht so schlecht, dass Sie die Besatzung nicht beseitigt haben«, stellte Kang mit funkelndem Blick fest. »Das wird die Japaner weiter in Verlegenheit bringen und dazu beitragen, dass sich die amerikanischen Nachrichtendienste noch mehr auf Japan konzentrieren. Sie werden natürlich Ausschau nach der *Baekje* halten. Je schneller sie wieder in See stechen kann, desto besser.«

»Ich werde dafür sorgen, dass uns die Werft ständig auf dem Laufenden hält«, versicherte Tongju. »Und was geschieht mit den beiden Amerikanern?«

Kang zog sein in Leder gebundenes Notizbuch zurate. »Ich fahre heute Abend zu einer Besprechung mit dem Minister für Wiedervereinigung nach Seoul und werde erst morgen zurückkehren. Lassen Sie sie bis dahin am Leben.«

»Ich werde ihnen ein letztes Abendessen servieren lassen«, erwiderte Tongju mit finsterer Miene.

Kang vertiefte sich wieder in seine Finanzpapiere, ohne auf die Bemerkung einzugehen. Der Killer verstand das Zeichen und zog sich lautlos aus dem Büro zurück.

32

Eine halbe Meile von der überdachten Kaianlage entfernt, in der die *Baekje* umgebaut wurde, umkreisten zwei Männer in einem schmutzigen Pick-up langsam ein Werftgebäude. Leere Paletten und rostende Tieflader standen auf dem Gelände rund um den fensterlosen Bau herum, über dessen Haupteingang ein Schild mit der verblichenen Aufschrift KANG SHIPPING COMPANY prangte. Die beiden Männer, die verschlissene Overalls und ölverschmierte Baseballkappen trugen, gehörten einer zwei Dutzend Mann starken, schwer bewaffneten Truppe an, die diese streng geheime Anlage rund um die Uhr unauffällig absicherte. Hinter der heruntergekommen wirkenden Fassade des Gebäudes verbarg sich ein Forschungs- und Entwicklungszentrum, das über die modernsten Superrechner verfügte. Im Erdgeschoss und in den oberen Etagen wurden die Hightech-Geräte für Kangs Satellitenkommunikationsunternehmen entworfen. Eine Reihe erstklassiger Ingenieure war hier damit beschäftigt, gut versteckte Abhör- und Ausspähvorrichtungen in herkömmliche Telekommunikationssatelliten einzubauen, die anschließend exportiert und im Auftrag von Regionalregierungen oder Privatfirmen in die Erdumlaufbahn geschossen wurden. Im Untergeschoss hingegen befand sich ein ebenso geheimes wie schwer bewachtes mikrobiologisches Laboratorium, von dessen Existenz nur wenige von Kangs Untergebenen wussten. Die kleine Gruppe von Wissenschaftlern, die hier arbeitete, war größtenteils aus Nordkorea eingeschleust worden. Da ihre Angehörigen nach wie vor in den nördlichen Provinzen lebten und man ihnen nachdrücklich klar gemacht hatte, dass sie im Auftrag ihres Vaterlandes handelten, blieb ihnen gar nichts anderes übrig, als die gefährliche Arbeit mit biologischen Kampfstoffen zu akzeptieren.

Die tödlichen Bomben aus der *I-411* waren heimlich in das Labor gebracht worden, wo ein Munitionsexperte den Biologen half, das Pockenvirenpulver den sechzig Jahre alten, in verschiedene Kammern unterteilten Behältnissen zu entnehmen. Die Viren waren von den Japanern gefriergetrocknet worden, damit sie gelagert werden konnten und während der Überfahrt des U-Bootes ihre tödliche Wirkung beibehielten, die sich erst entfalten sollte, wenn sie beim Abwurf mit Wasserstoff vermischt wurden. Über sechzig Jahre lang hatten die am Meeresgrund liegenden Bombenhüllen der zerstörerischen Kraft des Salzwassers getrotzt, sodass die Ladung noch genauso gefährlich war wie zu der Zeit, als sie abgefüllt worden war.

Jetzt gaben die Biologen Proben des cremefarbenen Pulvers in ein hermetisch verschlossenes Gefäß und leiteten durch die Beigabe eines sterilen, hauptsächlich aus Wasser bestehenden Verdünnungsmittels eine kontrollierte Wiederbelebung ein. Unter dem Mikroskop konnten sie verfolgen, wie die reglosen, miteinander verklumpten Mikroorganismen aus ihrer langen Erstarrung erwachten und sich gegenseitig abstießen wie Autoscooter, als sie ihre tödliche Wirkung zurückgewannen. Trotz der langen Ruhephase ließ sich nur ein kleiner Prozentsatz der Viren nicht wiederbeleben.

Das Forschungslabor wurde von einem hoch bezahlten ukrainischen Mikrobiologen namens Sarchow geleitet. Sarchow, der einst als Wissenschaftler für *Biopreparat* tätig gewesen war, eine Zivilbehörde der ehemaligen Sowjetunion, unter deren Deckmantel ein militärisches Forschungsprogramm zur Herstellung biologischer Waffen lief, hatte nach dem Zerfall der UdSSR sein Wissen um genmanipulierte Biokampfstoffe an den Meistbietenden verkauft. Zwar hatte er seine Heimat nicht verlassen wollen, doch der gute Ruf, den er als angehender wissenschaftlicher Leiter der Behörde genossen hatte, war beschädigt worden, als man ihn mit der Frau eines Politbüromitglieds im Bett ertappt hatte. Da er um sein Leben fürchtete, hatte er sich über die Ukraine nach Rumänien abgesetzt und in einer Hafenstadt am Schwarzen Meer an Bord eines Kangschen Frachters begeben. Dort hatte er den Kapitän bestochen und sich so Kontakte zur Führungsebene der Firma verschafft, wo man seine wissenschaftlichen Fähigkeiten sofort erkannte und sich zunutze machte.

Mit großzügigen Mitteln ausgestattet, baute Sarchow ein hochmodernes Forschungslabor auf, das mit allen Geräten und Apparaturen ausgestattet war, die ein geschickter Genetiker benötigte, um die DNA von Mikroorganismen zu isolieren, zu spalten und mit anderem Erbmaterial zu verbinden. In Sarchows Geheimlabor lagerte eine Vielzahl gefährlicher Bakterien- und Virenkulturen, die er hegte und pflegte wie Saatgut für einen Garten des Todes. Dennoch war er unzufrieden. Er hatte zwar eine ganze Reihe leicht erhältlicher Erreger zusammengetragen, wie das Hepatitis-B-Virus und Tuberkelbakterien, aus denen sich durchaus tödliche Kampfstoffe herstellen ließen, aber mit den potenten Ebola-, Pocken- und Marburg-Viren, mit denen er seinerzeit in dem sowjetischen Labor in Obolensk gearbeitet hatte, ließen sie sich nicht vergleichen. Sarchows fieberhafte Versuche, mit den ihm zur Verfügung stehenden Mitteln einen hochwirksamen Killerkampfstoff herzustellen, schlugen allesamt fehl. Er kam sich vor wie ein Boxer, dem man eine Hand auf den Rücken gefesselt hatte. Was er dringend brauchte, was er sich sehnlichst wünschte, war ein wahrhaft mörderisches Pathogen, etwas Erstklassiges.

Das Geschenk, das er für seine schwarzen Wissenschaften benötigte, kam schließlich aus unverhoffter Quelle. Ein nordkoreanischer Agent in Tokio hatte sich Zugang zu einer Regierungsbehörde verschafft, die für die Vernichtung aussortierter Akten zuständig war, und konnte ein Bündel als geheim gekennzeichneter japanischer Dokumente abfangen. Seine Führungsoffiziere in Pjöngjang, die einen wahren Schatz aktueller japanischer Geheimpapiere erwartet hatten, waren ungehalten, als sie feststellten, dass es sich um alte Unterlagen aus dem Zweiten Weltkrieg handelte. Unter der Beute befanden sich auch Berichte der kaiserlichen Armee über Versuche mit biologischen Waffen, Akten, die vernichtet werden sollten, weil die Regierung Unannehmlichkeiten befürchtete, falls ihr Inhalt bekannt werden sollte. Ein aufmerksamer Analytiker des nordkoreanischen Nachrichtendienstes stieß jedoch auf einen Hinweis, wonach die kaiserliche Armee ihren Beitrag zum letzten Einsatz der *I-403* und *I-411* geleistet hatte, und bald darauf sollte auch Sarchow an seine Ration von *Variola major* gelangen.

Per Genmanipulation gänzlich neue Organismen zu erzeugen, war für Biologen ebenso beängstigend und zugleich verlockend wie einst für einen Dr. Frankenstein. Doch die Mutation von Mikroorganismen mittels gezielter genetischer Eingriffe ist eine bereits seit den siebziger Jahren gängige Praxis. Im Labor entwickelte Feldfrüchte, die gegen Schädlinge, Pilzbefall oder Dürre resistent sind, sind eine der nützlichen Errungenschaften der Biotechnologie, auch wenn sie ebenso umstritten sind wie das so genannte Hochleistungsvieh vom Schlage einer eierlegenden Wollmilchsau. Aber die Genmanipulation hat seit jeher auch ihre Kehrseite, denn damit kann man auch neue, bislang unbekannte Viren- und Bakterienstämme herstellen – mit möglicherweise verheerenden Folgen.

Ein Mann mit Sarchows Fähigkeiten gab sich natürlich nicht damit zufrieden, seine Pockenviren lediglich zu regenerieren. Er hatte viel mehr vor. Mithilfe eines finnischen Assistenten besorgte er sich HIV-1, den am weitesten verbreiteten Aids-Erreger. Nach eingehender Untersuchung der viralen Beschaffenheit von HIV-1 gelang Sarchow die künstliche Herstellung eines genetischen Grundbausteins des Auslösers der tödlichen Immunschwächeerkrankung. Dann nahm er seine kurz zuvor wieder aufgefrischten Pockenviren und versuchte das hochgradig instabile HIV-1 einzubauen, um einen neuen, mutierten Erreger herzustellen. Mittels der synthetischen Grundbausteine ließ sich eine Vereinigung bewerkstelligen, und bald darauf verfügte er über eine Kultur mutierter Viren, die sich rasend schnell reproduzierten. Das Ergebnis war ein Mikroorganismus, der die Eigenschaften beider Pathogene in sich vereinte. Mikrobiologen bezeichnen das dabei entstandene Produkt mitunter als »Chimäre«. Sarchows Chimäre war ein wahrhaft mörderisches Virus – eine Verbindung aus dem hochgradig ansteckenden, für sich schon tödlichen Pockenerreger mit HIV-1, das die körpereigenen Abwehrkräfte zerstört.

Trotzdem war es ein mühseliger und zeitraubender Vorgang, eine große Menge mutierter Erreger herzustellen. Da er sich an Kangs Terminplan halten musste, tat er sein Bestes, um binnen kürzester Zeit möglichst viele Viren zu produzieren, die anschließend gefriergetrocknet wurden. Danach wurden die kristallisierten Superviren mit einer weitaus größeren Anzahl Pockenviren aus den Bomben gemischt, wodurch ein Kampfstoff mit vielfacher Effizienz entstand. Das Ganze wurde ein zweites Mal aufbereitet und mit Katalysatoren versetzt, die den Auffrischungsprozess beschleunigen sollten.

Die pulvrige Mixtur wurde anschließend in eine Reihe von Röhren abgefüllt, die in etwa so groß waren wie der Pappzylinder in einer Rolle Papierhandtücher. Danach wurden die Behälter mit dem Virengemisch auf einen Wagen verladen und nach oben gebracht, zur Montageabteilung für die Satellitennutzlasten. Dort setzte ein Trupp Ingenieure sie im gleißenden Licht der Deckenstrahler in Edelstahlzylinder ein, die einen Wasserstofftank mit dem entsprechenden Anschlussstück enthielten. Als fünf Zylinder bestückt und in Frachtkisten verstaut waren, fuhr ein Gabelstapler vor, der die Kisten in den gleichen weißen Kastenwagen verlud, der die Bomben angeliefert hatte und die jetzt weitaus tödlichere Munition zu dem abgeschotteten Hafengelände zurückbrachte.

Sarchow grinste trotz aller Erschöpfung übers ganze Gesicht, wusste er doch, dass ihm reicher Lohn bevorstand. Er und die anderen Wissenschaftler hatten ganze Arbeit geleistet. Sie hatten nicht nur festgestellt, dass die alten Pockenviren nach wie vor tödlich wirkten, sondern sie auch noch aufbereitet, sodass sie jetzt eine wahrhaft mörderische Effizienz besaßen. In knapp achtundvierzig Stunden hatten Sarchows Biologen aus sechzig Jahre alten Erregern ein neues Killervirus hergestellt, wie es die Welt noch nicht erlebt hatte.

33

»Das Schiff ist verschwunden? Was soll das heißen?«, rief Rudi Gunn unwirsch.

Der für Anti-Terroraktionen zuständige Abteilungsleiter des FBI, ein gedrungener Mann namens Tyle, öffnete einen Aktenordner auf seinem Schreibtisch und überflog die erste Seite, bevor er antwortete.

»Wir haben keinerlei Hinweise auf den Verbleib des Kabellegers *Baekje*. Die japanische Staatspolizei hat sämtliche Häfen des Landes überwacht und praktisch jedes Schiff überprüft, das auch nur annähernd der Beschreibung entspricht, die uns Ihre Besatzungsmitglieder geliefert haben. Bislang sind sie nicht fündig geworden.«

»Haben Sie auch andere asiatische Häfen überwachen lassen?«

»Wir haben eine dienstliche Benachrichtigung an Interpol

durchgegeben, und meines Wissens wurde auf Verlangen des Vizepräsidenten auch die CIA gebeten, ihre Erkenntnisse einzubringen. Bislang wurde dieses Schiff nirgendwo gesichtet. Es könnte wer weiß wo versteckt sein, Rudi, wenn es nicht sogar ebenfalls versenkt wurde.«

»Wie sieht's mit Satellitenfotos von der Untergangsstelle der *Sea Rover* aus?«

»Ungünstiger Zeitpunkt. Wegen der jüngsten Spannungen mit dem Iran hat das National Reconnaissance Office die Augen unserer mit hochauflösenden Kameras bestückten Himmelsspäher auf den Nahen und Mittleren Osten gerichtet. Das Ostchinesische Meer steht derzeit nicht im Blickpunkt und wird nur gelegentlich von Satelliten überwacht, die sich nicht auf einer festen Umlaufbahn befinden. Was wiederum heißt, dass die *Baekje* zwischen zwei Überflügen schon fünfhundert Meilen zurückgelegt haben könnte. Ich warte im Moment auf die Aufnahmen aus den letzten Tagen, aber man hat mir gesagt, dass ich mir davon nicht zu viel versprechen soll.«

Gunns Ärger ließ nach, als ihm klar wurde, dass der FBI-Mann mit der hohen Stirn und dem gestärkten weißen Hemd ein tüchtiger Mann war, der mit den ihm zur Verfügung stehenden Mitteln sein Bestes gab. »Irgendwelche Fortschritte, was die Herkunft des Schiffes angeht?«, fragte er.

»Hiram Yeager, Ihr Computerexperte, hat uns diesbezüglich einen guten Ansatzpunkt geliefert, nachdem er sämtliche weltweit registrierten Schiffe mithilfe seiner Datenbank überprüft hatte. Offenbar gibt es nur knapp vierzig Kabelleger von der Größe und dem Bautyp, den Ihre gerettete Besatzung beschrieben hat. Wir haben diese Anzahl auf zwölf eingegrenzt, die im asiatisch-pazifischen Raum im Einsatz waren, und dabei festgestellt, dass die *Baekje* anscheinend verschollen ist.« Der FBI-Mann hielt inne, blätterte in seinem Ordner und zog ein weißes Blatt hervor, über dessen Oberkante sich die für eine Faxkopie typischen Streifen zogen.

»Da haben wir's – die Schiffsdaten. Kabelleger *Baekje*, 133 Meter lang, 9500 Bruttoregistertonnen. 1998 von der Hyundai

Mipo Dockyard Company, Ltd., in Ulsan, Südkorea, gebaut. Von 1998 bis 2000 im Auftrag des Eigners eingesetzt, der Kang Shipping Enterprises in Inchon, Südkorea. Seit 2000 wurde das Schiff von der Nippon Telegraph and Telephone Corporation in Tokio, Japan, zum Kabelverlegen im und um das Japanische Meer geleast.«

Er legte den Ordner hin und schaute Gunn in die Augen.

»Der Leasingvertrag mit NTT lief vor sechs Monaten aus. Zu dieser Zeit lag die *Baekje* ungenutzt in Yokohama im Dock. Vor zwei Monaten handelten Vertreter der NTT einen einjährigen Leasingvertrag für das Schiff aus und übernahmen es mit einer von ihnen gestellten Besatzung. Aus den Hafenpapieren geht hervor, dass sie fünf Wochen lang mit unbekanntem Ziel und Auftrag unterwegs war und dann vor etwa drei Wochen wieder für kurze Zeit in Yokohama auftauchte. Angeblich wurde sie in Osaka gesichtet, von wo aus sie der *Sea Rover* offenbar ins Ostchinesische Meer folgte.«

»Wurde das Schiff von der NTT eingesetzt?«

»Nein. Die Geschäftsleitung von NTT war entsetzt, als sie erfuhr, dass ihr Firmenname auf dem neuen Leasingvertrag stand, da von ihrer Firma keine weiteren Glasfaserkabel verlegt werden sollten. Die Männer, die sich als Vertreter von NTT ausgaben, waren in Wahrheit Betrüger, die die Agenten von Kang Shipping Enterprises täuschten. Für die Leute, die die Papiere ausstellten, sah alles rechtens aus, auch wenn es seinerzeit ein Mitarbeiter sonderbar fand, dass NTT eine eigene Besatzung stellen wollte, was sie vorher nie gemacht hatten. Die Leute von Kang Shipping Enterprises sind derzeit offenbar darum bemüht, bei der Versicherung einen Schadensanspruch für das Schiff geltend zu machen.«

»Klingt so, als ob da irgendwo interne Informationen geflossen sind. Weiß man, ob irgendeine Verbindung zwischen der Japanischen Roten Armee und der Nippon Telegraph and Telephone besteht?«

»Nachweisen konnten wir nichts, aber wir kümmern uns weiter darum. Das Management von NTT war sehr entgegenkommend und ist allem Anschein um eine umfassende Aufklärung bemüht. Eine offizielle Unterstützung von Seiten der Firma ist unwahrscheinlich, daher konzentrieren sich die japanischen Behörden darauf, ob sich möglicherweise irgendwo innerhalb des Unternehmens eine radikale Gruppe von Arbeitnehmern gebildet hat.«

Gunn schüttelte entmutigt den Kopf. »Wir haben es also mit einem über hundertdreißig Meter langen Kabelleger zu tun, der sich anscheinend in Luft aufgelöst hat, sowie einem Schiff der US-Regierung, das versenkt wurde, und wir haben nicht den geringsten Anhaltspunkt, wer dahinterstecken könnte. Zwei meiner Leute wurden gekidnappt, möglicherweise ermordet, und wir wissen nicht mal, wo wir nach ihnen suchen sollen.«

»Wir sind ebenfalls unzufrieden, Rudi, aber wir werden sie kriegen. Manchmal dauert so was einfach eine gewisse Zeit.«

Zeit, dachte Gunn. Aber wie viel Zeit blieb Dirk und Summer noch, wenn überhaupt.

Die heiße Dusche war wunderbar. Summer ließ das dampfende Wasser mehr als zwanzig Minuten lang über ihren Körper rinnen, bevor sie die Dusche abstellte und nach einem Handtuch griff. Seit vier Tagen hatte sie sich nicht waschen können, rechnete sie nach, während sie die Ereignisse noch einmal Revue passieren ließ. Dann stieg sie aus der mit Marmorkacheln gefliesten Duschkabine, trocknete sich mit dem flauschigen Handtuch ab, schlang es dann um ihren Leib und steckte es unter der Achsel fest. Sie stellte sich vor die riesige Marmorkonsole mit den beiden Waschbecken und den glänzenden goldenen Armaturen, über denen sich ein schräger Spiegel bis an die hohe Decke erstreckte. Eins muss man diesen Schlägertypen lassen, dachte sie. Irgendjemand hat hier Geschmack.

Nach einer ungemütlichen Nacht auf der Motoryacht, auf der sie und ihr Bruder abwechselnd mit auf den Rücken gefesselten Händen geschlafen hatten, waren sie morgens von drei bewaffneten Wachposten an Land gebracht worden. »Erinnert einen ein bisschen an den Berghof, nicht wahr?«, hatte Dirk mit einem

Blick auf das protzige Herrenhaus bemerkt, das hoch auf der Felsklippe thronte. Der steinerne Bau mit Blick auf den Han hatte in der Tat eine entfernte Ähnlichkeit mit Hitlers Domizil in den deutschen Alpen. Die schwarz gekleideten Wachtposten ringsum trugen ein Übriges zu diesem Eindruck bei.

Anschließend waren sie zu einem in die Felsen gehauenen Aufzug geführt worden und zu einem Korridor hochgefahren, der eine Etage unter den Wohnräumen lag. Dort brachte man sie in zwei Gästezimmer. »Sie vorbereiten auf Essen mit Mr. Kang um zwei Uhr«, hatte sie einer der Wachmänner in holprigem Englisch angeherrscht.

Während Summer duschte, sah sich Dirk in seinem elegant eingerichteten Zimmer nach einer Fluchtmöglichkeit um. Die beiden fensterlosen Zimmer waren in die Klippenwand gehauen, und der einzige Ausgang führte auf den Korridor, wo zwei bewaffnete Posten vor der offenen Tür Wache standen. Von hier aus, dachte er, konnten sie jedenfalls keinen Fluchtversuch unternehmen.

Während sich Summer die nassen Haare trocknete, ergab sie sich kurz dem Luxus und genoss ihre Umgebung. Sie schnupperte an den exotischen Körpercremes und Parfüms, die auf der Marmorkonsole aufgereiht waren, und entschied sich schließlich für eine Aloe-vera-Lotion und ein Eau de Toilette mit Lilienbukett. Ihr Blick fiel auf einen Ständer mit allerlei Seidenkleidern in der einen Ecke, ein verführerisches Angebot für weibliche Gäste. Als sie mit den Fingern über die leuchtend bunten Kleider und Kimonos streifte, die ihr alle viel zu klein waren, entdeckte sie ein feuerrotes Etuikleid mit dazu passender kurzer Jacke, die in etwa ihre Größe hatten. Sie schlüpfte in das Seidenkleid und betrachtete sich im Spiegel. Etwas eng um den Busen, aber ansonsten ganz das schnuckelige chinesische Püppchen, wenn auch rothaarig und ein bisschen groß geraten, dachte sie, als sie ihrem Spiegelbild zulächelte. Am Fuß des Kleiderständers stieß sie auf ein ganzes Sortiment Schuhe, ging etliche durch und fand schließlich ein Paar mit flachen Absätzen. Sie streifte die schwarzen Schuhe über, fluchte kurz, als sie die Ferse eines Strumpfes zurechtzupfen wollte und sich dabei den Daumennagel abbrach. Daraufhin kramte sie in den Schubladen herum, schob Bürsten und Kämme beiseite und stieß schließlich auf eines der wichtigsten weiblichen Accessoires: eine Nagelfeile. Nicht die billige Kartonraspel, sondern eine aus Metall, mit einem flachen Porzellangriff. Bewundernd betrachtete sie das kleine Handwerkszeug und steckte es dann geistesabwesend in die Jackentasche, nachdem sie ihren Daumennagel zurechtgefeilt hatte. Kurz darauf hämmerte jemand an die Badezimmertür. Die Zeit, in der sie sich allein dem Luxus hatte hingeben dürfen, war abgelaufen.

Dirk stand lässig im Flur, obwohl zwei Gewehre auf seinen Rücken gerichtet waren. Als er seine Schwester in dem hinreißenden Seidenkleid sah, stieß er einen kurzen Pfiff aus.

»Leider stehen uns heute Abend nur zwei Ratten als Geleit Eures Prunkwagens zur Verfügung, o Tausendschön«, flachste er und deutete mit dem Daumen auf die beiden Wachmänner hinter ihm.

»Wie ich sehe, hast du dich entschieden, weiter den wackeren Klempner zu geben«, konterte sie mit einem kurzen Blick auf den mit Öl- und Schweißflecken übersäten NUMA-Overall, den er schon anhatte, seit sie entführt worden waren.

»Die Herrenoberbekleidung, die man mir zur Verfügung stellte, war leider etwas kurz geraten«, sagte er und zog zur Betonung die Beine seines Overalls auf halbe Wadenlänge hoch. »Ich hatte noch nie was für Hochwasserhosen übrig.«

Die vier Wachmänner, die bei ihrem kurzen Wortwechsel zusehends ungehaltener wurden, trieben sie zum Aufzug und fuhren mit ihnen schweigend eine Etage höher. Als die Tür aufging, sahen sie Kangs prachtvollen Speiseraum vor sich, dahinter die Panoramafenster mit dem herrlichen Ausblick auf die schimmernde Flussmündung. Kang saß am Kopfende des Esstisches und las in einem ledergebundenen Ordner, während Tongju neben ihm stand. Der koreanische Magnat sah genauso aus, wie man sich einen Großindustriellen vorstellt. Er trug einen maßgeschneiderten marineblauen Anzug, von einem teuren Schneider in Hongkong gefertigt, dazu eine rotbraune Krawatte. Er wandte die stahlgrauen Augen kurz dem Fahrstuhl zu, dann widmete er sich wieder seinen Unterlagen, ohne eine Regung zu zeigen.

Dirk und Summer wurden zum Tisch geleitet. Sie betrachteten kurz die herrliche Flusslandschaft draußen vor dem Fenster, bevor sie sich ihrem Häscher und Gastgeber zuwandten. Beide bemerkten den schmalen, gewundenen Wasserlauf, der von der Lagune tief unter ihnen zu dem breiten Fluss in der Ferne führte. Summer lief es eiskalt über den Rücken, als sie vor dem Tisch stand und den anzüglichen Blick bemerkte, mit dem Tongju sie musterte, während Kang nur mit kühler Miene aufblickte. Ihre Freude darüber, dass sie endlich wieder sauber und schick gekleidet war, verflog jählings angesichts der abgrundtiefen Boshaftigkeit, die beide Männer ausstrahlten. Plötzlich kam sie sich töricht vor und faltete unwillkürlich die Hände vor dem Bauch. Doch ihre Beklommenheit legte sich, als sie einen kurzen Blick zu ihrem Bruder warf.

Wenn ihr Bruder Angst hatte, ließ er sie sich nicht anmerken. Dirk stand hoch aufgerichtet da, das Kinn trotzig vorgeschoben, wirkte dabei aber zutiefst gelangweilt. Anscheinend genoss er es, mit spöttischer Miene auf Tongju herabzublicken, der gut einen Kopf kleiner war. Der Killer wandte sich an seinen Boss, ohne ihm Beachtung zu schenken.

»Die Besatzung des Tauchboots von dem NUMA-Schiff«, sagte er mit leicht abfälligem Unterton.

»Dae-jong Kang«, warf Dirk ein, ohne Tongju eines Blickes zu würdigen. »Der Vorstandsvorsitzende von Kang Enterprises.«

Kang nickte leicht, dann bedeutete er Dirk und Summer mit einer knappen Geste, dass sie Platz nehmen sollten. Die Wachmänner zogen sich an die Seitenwand zurück, von wo aus sie die beiden Gefangenen im Auge behielten, während Tongju sich auf einen Stuhl gegenüber von Dirk sinken ließ.

»Mr. Pitt ist für den Tod unserer beiden Männer in Amerika verantwortlich«, sagte Tongju und musterte Dirk mit zusammengekniffenen Augen.

Dirk nickte stumm, aber sichtlich zufrieden. Es war so, wie er vermutet hatte. Der Mordversuch auf Vashon Island hatte etwas mit den japanischen U-Booten und der Bergung ihrer tödlichen Fracht zu tun.

»Die Welt ist klein«, erwiderte Kang.

»Zu klein für Massenmörder wie Sie«, zischte Summer, die ihre Wut nicht mehr zügeln konnte.

Kang ging nicht darauf ein. »Sehr bedauerlich. Die Männer in Seattle zählten zu Tongjus Topagenten.«

»Eigentlich war es ein tragischer Unglücksfall«, versetzte Dirk. »Sie sollten darauf achten, dass Ihre Untergebenen lernen, besser Auto zu fahren«, fügte er hinzu und warf Tongju einen kühlen Blick zu, den dieser mit eisiger Miene erwiderte.

»Eine glückliche Fügung allerdings, da wir ansonsten auf Ihre Hilfe bei der Bergung der Bomben von der *I-411* hätten verzichten müssen«, sagte Kang. »Ich würde gern erfahren, wie Sie auf die beiden U-Boote gestoßen sind.«

»Hauptsächlich durch Zufall. Ich habe herausgefunden, dass ein japanisches U-Boot einst ein paar mit Zyanid gefüllte Granaten auf die Küste von Oregon abgefeuert hat, und mich gefragt, ob jemand möglicherweise ähnliche Granaten geborgen und auf den Aleuten eingesetzt haben könnte. Aber erst als ich zur *I-403* getaucht bin und die Überreste der Biobomben entdeckt habe, wurde mir klar, dass es um mehr geht.«

»Ein Jammer, dass die Bomben beim Untergang des Schiffes beschädigt wurden«, sagte Kang. »Sie wären weitaus einfacher zu bergen gewesen als die von der *I-411*.«

»Aber Sie haben doch eine intakte Bombe geborgen, die Sie auf den Aleuten eingesetzt haben.«

Kang wirkte einen Moment lang überrascht. »Natürlich«, erwiderte er dann. »Ziemlich interessant, diese von den Japanern ersonnene Verbindung eines chemischen mit einem biologischen Kampfstoff in einer Waffe. Allerdings zeigte sich bei unserem Testeinsatz, dass die Wirkung des biologischen Kampfstoffes durch die Freisetzung der Chemikalie beeinträchtigt wurde, obgleich die wiederum stärker war, als wir erwartet hatten.«

»Stark genug, um zwei Männer der US-Küstenwache zu töten«, warf Summer ein.

Kang zuckte die Achseln. »Wie sind Sie auf die beiden Toten auf den Aleuten aufmerksam geworden? Waren Sie dort?«

Summer schüttelte schweigend den Kopf.

»Ich habe den Hubschrauber geflogen, den Ihr ›Fischtrawler‹ abgeschossen hat«, entgegnete Dirk.

Kang und Tongju warfen sich einen argwöhnischen Blick zu. »Sie sind offenbar ziemlich hart im Nehmen, Mr. Pitt«, stellte Kang schließlich fest.

Bevor Dirk darauf eingehen konnte, öffnete sich eine Seitentür, und zwei Männer in weißen Kellnerjacken kamen herein, brachten große Silbertabletts an den Tisch und bauten vor jedem Platz allerlei Fische und Meeresfrüchte samt Beilagen auf, dazu ein Glas Veuve Cliquot. Dirk und Summer, die seit Tagen keine anständige Mahlzeit bekommen hatten, fielen schweigend über die Speisen her, während das Sondierungsgespräch weiterging.

»Ihre Regierung… ist ziemlich unzufrieden mit den Japanern, nehme ich an«, hakte Kang nach.

»Die Tarnung, die Sie benutzt haben, war zugegebenermaßen klug gewählt, aber unsere Behörden haben schnell durchschaut, dass hinter diesen Umtrieben nicht die Japanische Rote Armee steckt. Außerdem hat man sofort festgestellt, dass es sich bei Ihren beiden Killern um Koreaner handelte«, log Dirk, während er Tongju angrinste. »Vermutlich klopft die Polizei jeden Moment an Ihrer Tür, Kang.«

Kang runzelte kurz die Stirn, dann wirkte er wieder so ungerührt wie eh und je. »Sie schlagen sich wacker. Tatsache ist aber, dass die beiden Männer gar nicht wussten, wer ihr Auftraggeber war. Nein, meiner Meinung nach haben Sie keine Ahnung, was wir vorhaben.«

»Dass Korea und Japan sich wegen der langen, brutalen Besetzung Ihres Landes nicht grün sind, ist allgemein bekannt«, sagte Dirk, der sich nicht aus dem Konzept bringen ließ. »Folglich wäre es nicht weiter verwunderlich, wenn irgendwelche

Wirrköpfe, die diese Waffen in ihren Besitz gebracht haben, sie gegen den vermeintlichen Erzfeind einsetzen, was in diesem Fall die Japaner wären.«

Kang rang sich ein schmales Lächeln ab und lehnte sich zurück. Sichtlich zufrieden, aber weniger wegen des Essens, als aufgrund von Dirks Worten.

»Gut geblufft, Mr. Pitt. Aber da Ihr NUMA-Schiff bei der Bergungsaktion keinen bewaffneten Geleitschutz hatte, gehe ich davon aus, dass sich die Regierung Ihres Landes bei der Entdeckung der *I-403* keine großen Gedanken gemacht hat. Und was Ihre Vermutung hinsichtlich des Einsatzes der biologischen Waffen angeht, liegen Sie weit daneben.«

»Wo bitte… wollen Sie die Waffen denn einsetzen?«, stammelte Summer.

»Vielleicht in Ihrem Land«, versetzte Kang spöttisch, während Summer kreidebleich wurde. »Vielleicht aber auch nicht. Das steht noch nicht fest.«

»In den Vereinigten Staaten stehen genügend Pockenschutzseren zur Verfügung, um die gesamte Bevölkerung binnen kürzester Zeit zu impfen«, versetzte Dirk. »Zehntausende von Angestellten im öffentlichen Gesundheitswesen sind bereits dagegen geimpft. Mit Ihren Pockenviren können Sie die Menschen allenfalls beunruhigen. Aber eine Epidemie können Sie damit bestimmt nicht auslösen.«

»Selbstverständlich würde ein Einsatz von *Variola major*, gemeinhin als Pocken bekannt, nur geringfügige Wirkung zeitigen. Aber gegen eine Chimäre könnten Sie mit Ihrem Impfschutz nichts ausrichten.«

»Eine ›Chimäre‹? Ein Monster aus der griechischen Sagenwelt?«

»So ist es. Ein Monster in der Tat, das beispielsweise durch die Verbindung zweier hochgradig ansteckender Erreger zu einem Kampfstoff entsteht, der die tödlichen Eigenschaften beider Komponenten in sich vereint. Eine biologische Waffe, gegen die Ihre Impfstoffe keinerlei Schutz bieten.«

»Aber warum, um Gottes willen?«, rief Summer.

Kang aß seelenruhig auf, faltete dann seine Serviette zusammen und legte sie auf den Tisch, bevor er antwortete.

»Wissen Sie, mein Land ist seit Ihrem Eingreifen in den fünfziger Jahren geteilt. Ihr Amerikaner seid euch einfach nicht darüber im Klaren, dass alle Koreaner den Tag herbeisehnen, an dem unser Land wieder vereint wird. Die ständige Einmischung ausländischer Mächte aber hindert uns daran, diesen Traum Wirklichkeit werden zu lassen. Solange fremde Truppen auf unserem Boden stationiert sind, wird dieser Tag in immer weitere Ferne rücken.«

»Die militärische Präsenz der Amerikaner in Südkorea ist der Garant dafür, dass die Wiedervereinigung vom Norden nicht mit dem Bajonett erzwungen wird«, entgegnete Dirk.

»Südkorea ist nicht mehr nach Kampf zumute, und die militärische Macht des Nordens verfügt über die notwendige Führungskraft und das Durchsetzungsvermögen, um während der Wiedervereinigung für Ruhe und Ordnung zu sorgen.«

»Ich fasse es nicht«, murmelte Summer Dirk zu. »Wir essen mit einer Kreuzung aus Pestmarie und Joseph Stalin.«

Kang, der den Einwurf nicht verstand, fuhr fort. »Die jungen Menschen in Südkorea haben die militärische Besetzung und die Misshandlungen unserer Bevölkerung satt. Sie fürchten sich nicht vor der Wiedervereinigung und werden das ihre dazu beitragen, um den Weg für eine rasche Lösung zu bereiten.«

»Mit anderen Worten, sobald das amerikanische Militär abgezogen ist, werden die nordkoreanischen Streitkräfte im Süden einmarschieren und das Land mit Waffengewalt wieder vereinigen.«

»Ohne Eingreifen der amerikanischen Truppen, so die Schätzungen der Militärs, können achtzig Prozent der südkoreanischen Halbinsel innerhalb von zweiundsiebzig Stunden überrannt werden. Opfer lassen sich natürlich nicht vermeiden, aber unser Land wird unter der Herrschaft der Arbeiterpartei vereint sein, bevor die Vereinigten Staaten, Japan oder irgendeine andere ausländische Macht reagieren können.«

Dirk und Summer saßen schweigend und wie vom Donner

gerührt da. Die Angst vor einem Terroranschlag mit Pockenviren war wohl begründet gewesen, aber sie hatten keine Ahnung vom Ausmaß der Bedrohung gehabt. Hier ging es um nichts Geringeres als die Unterwerfung der Republik Korea und den Tod von Millionen von Amerikanern.

»Ich glaube, Sie unterschätzen die Entschlossenheit der Vereinigten Staaten, vor allem angesichts eines Terroranschlags. Unser Präsident hat bewiesen, dass er vor schnellen und harten Vergeltungsmaßnahmen nicht zurückscheut«, sagte Dirk.

»Mag sein. Aber Vergeltungsmaßnahmen gegen wen? Der Ablauf der Ereignisse deutet nach wie vor auf eine japanische Urheberschaft hin ...«

»Schon wieder die Japanische Rote Armee«, warf Dirk ein.

»Die Japanische Rote Armee. Sehen Sie, es gibt einfach niemand anderen, der in Frage käme. Ihre Militärs, Ihre Nachrichtendienste und Politiker werden sich gänzlich auf Japan konzentrieren, während wir gleichzeitig über unsere Regierung den Abzug sämtlicher US-Truppen von der koreanischen Halbinsel innerhalb von dreißig Tagen verlangen werden. Ihre geistlosen Medien werden sich über die Opfer der Epidemie ereifern und so damit beschäftigt sein, die Schuldigen in Japan ausfindig zu machen, dass der Abzug des amerikanischen Militärs für sie nur von geringem Nachrichtenwert ist, bis wir vollendete Tatsachen geschaffen haben.«

»Letzten Endes werden die Nachrichtendienste die Tarnung mit der Roten Armee durchschauen und feststellen, dass Sie und Ihre kommunistischen Genossen im Norden hinter den Anschlägen stecken.«

»Mag sein. Aber wie lange wird das dauern? Wie lange hat es gedauert, bis Ihre Behörden 2001 die Anthrax-Anschläge in Ihrer Hauptstadt aufklären konnten? Wenn und falls der Tag kommen sollte, werden sich die Gemüter wieder beruhigt haben. Es wird eine rein akademische Frage sein, wie man bei Ihnen sagt.«

»Millionen Menschen umzubringen, ist für Sie eine rein akademische Angelegenheit?«, warf Summer ein. »Sie sind ja wahnsinnig.«

»Wie viele von meinen Landsleuten hat Ihr Land in den fünfziger Jahren getötet?«, entgegnete Kang mit wütendem Blick.

»Auch wir haben viele Opfer für Ihr Land gebracht«, erwiderte Summer und funkelte Kang an.

Dirk blickte über den Tisch hinweg zu Tongju, der Summer mit zusammengekniffenen Augen musterte. Der Killer war es offenbar nicht gewohnt, dass jemand in derart herausforderndem Ton mit Kang sprach, erst recht nicht eine Frau. Seine Miene war nach wie vor ausdruckslos, aber der Blick verriet seinen ganzen Unmut.

»Übersehen Sie dabei nicht Ihre geschäftlichen Interessen?«, sagte Dirk in versöhnlicherem Tonfall zu Kang. »Ihre Profite werden nicht mehr weiter steigen, wenn die allmächtige Arbeiterpartei die Zügel in die Hand nimmt.«

Kang lächelte leicht. »Ihr Amerikaner seid Kapitalisten durch und durch. Sei's drum, ich habe Vorsorge dafür getragen, dass die Hälfte meiner Anteile von einem französischen Konzern aufgekauft wird. Die Bezahlung erfolgt in Schweizer Franken. Und außerdem: Wer wäre besser dafür geeignet als ich, die staatliche Kontrolle über die südkoreanische Industrie zu übernehmen, wenn mein Heimatland wieder vereint ist«, sagte er mit arrogantem Tonfall.

»Ein sauberes Arrangement«, erwiderte Dirk. »Nur schade, dass kein Land bereit sein wird, die unrechtmäßig erworbenen Güter eines totalitären Regimes zu kaufen.«

»Sie vergessen China, Mr. Pitt. Für sich schon ein riesiger Markt, aber auch ein uns freundlich gesonnener Nachbar, über den man Waren auf den Weltmarkt schleusen kann. Natürlich wird es im Zuge des Machtwechsels zu wirtschaftlichen Einbrüchen kommen, aber die Produktion wird sich rasch davon erholen. Kostengünstige Qualitätsprodukte sind stets gefragt.«

»Klar«, sagte Dirk spöttisch. »Nennen Sie mir ein Qualitätsprodukt, das aus einem kommunistischen Land stammt. Ob Sie es einsehen oder nicht, Kang, aber in dieser neuen Weltordnung stehen Sie auf verlorenem Posten. Heutzutage ist kein Platz mehr für wirrköpfige Despoten, die wegen ihres eigenen Wohlergehens, aus militärischen Machtgelüsten oder schierem Größenwahn ihre eigenen Landsleute ausbeuten. Sie und Ihre Genossen im Norden haben vielleicht eine Zeit lang Ihren Spaß, aber letzten Endes werden Sie von einer Ihnen völlig fremden politischen Idee weggefegt werden, die sich ›Freiheit‹ nennt.«

Kang saß einen Moment lang wie erstarrt da, während seine Miene zusehends finsterer wurde. »Danke für diesen Staatsbürgerunterricht. Es war ein höchst erhellendes Mahl. Leben Sie wohl, Miss Pitt, leben Sie wohl, Mr. Pitt«, sagte er mit eisigem Tonfall.

Auf einen kurzen Seitenblick von Kang hin griffen die Wachmänner ein und zerrten sie auf die Beine. Dirk überlegte kurz, ob er sich ein Messer vom Tisch schnappen und auf die Wachen losgehen sollte, ließ es aber sein, als er sah, dass Tongju eine Glock auf seine Brust gerichtet hatte.

»Bringt sie in die Flusshöhle«, befahl Kang.

»Danke für die Gastfreundschaft«, murmelte Dirk Kang zu. »Ich hoffe doch, ich kann mich eines Tages dafür revanchieren.«

Kang sagte nichts, sondern nickte nur den Wachmännern zu, die die beiden gewaltsam zum Aufzug drängten. Dirk und Summer warfen sich einen wissenden Blick zu. Die Zeit wurde allmählich knapp. Wenn sie mit dem Leben davonkommen wollten, mussten sie bald etwas unternehmen.

Die größte Gefahr ging von Tongju mit seiner Glock 22 aus. Jeder Widerstand war zwecklos, solange der Killer seine Pistole auf sie gerichtet hatte. Tongju folgte den vier Wachmännern mit gezogener Waffe, als sie Dirk und Summer zum Fahrstuhl trieben. Sobald die Tür aufging, wurden sie von zwei Händepaaren an die Rückwand des Fahrstuhls gedrängt. Tongju rief irgendetwas auf Koreanisch, blieb dann aber zu Dirks Erleichterung mit einem der Wachmänner im Esszimmer zurück, nachdem er sie ein letztes Mal mit bedrohlich zufriedenem Blick gemustert hatte, bevor sich die Tür schloss.

Mit fünf Personen war der Aufzug gerammelt voll, was für die beiden von Vorteil war. Dirk warf Summer einen kurzen Blick zu und nickte kaum wahrnehmbar, worauf ihm seine

Schwester mit einem raschen Zwinkern bedeutete, dass sie verstanden hatte. Im nächsten Moment fasste sie sich an den Bauch, stöhnte auf und beugte sich vornüber, als müsste sie sich übergeben. Der Posten neben ihr, ein stämmiger Mann mit rasiertem Schädel, fiel darauf herein und beugte sich zu Summer vor. Wie eine Katze, die versehentlich auf eine heiße Herdplatte gesprungen ist, richtete sie sich jählings auf und rammte dem Mann mit aller Kraft das Knie in den Unterleib. Dem Posten traten fast die Augen aus den Höhlen, dann krümmte er sich vornüber und stieß einen Schmerzensschrei aus.

Summers Ablenkungsmanöver nutzte Dirk sofort, um Wachmann Nummer zwei auszuschalten. Als die drei Männer sich Summer zuwandten, landete er einen gewaltigen Haken, der den Mann an der Kinnlade erwischte und ihn fast aus den Schuhen hob. Dirk sah, wie der Posten die Augen verdrehte und besinnungslos zu Boden ging.

Wachmann Nummer drei wich einen kurzen Schritt zurück und versuchte sein Gewehr auf Dirk anzulegen. Summer reagierte sofort, packte den vornüber gekrümmten Mann, dem sie das Knie in den Unterleib gerammt hatte, an der Schulter und stieß ihn auf den stehenden Posten zu. Der Kahlköpfige, der noch immer stöhnte, prallte gegen seinen Komplizen und brachte ihn aus dem Gleichgewicht. Im nächsten Moment stieg Dirk über den am Boden liegenden Wachmann und landete mit der Linken einen Crossschlag, der die Schläfe des Postens streifte. Der leicht benommene Wachmann versuchte mit einem Karatekick zu kontern, aber Dirk kam ihm zuvor und verpasste ihm mit der Rechten einen wuchtigen Hieb auf den Kehlkopf. Der Wachmann lief blau an, rang nach Luft, sank in die Knie und griff mit beiden Händen an seinen Hals. Dirk schnappte sich sein Sturmgewehr, holte weit aus und drosch dem Posten, der mit Summer rangelte, den Kolben ins Gesicht. Der Schlag schleuderte den Mann an die Rückwand des Aufzugs, wo er besinnungslos zu Boden glitt.

»Gut gemacht, Eisenfaust«, lobte Summer.

»Die zweite Runde warten wir aber lieber nicht ab«, japste

Pitt, als der Fahrstuhl langsamer wurde. Er überzeugte sich davon, dass das Sturmgewehr entsichert war, und bereitete sich darauf vor, aus dem Aufzug zu springen, sobald die Tür aufging. Doch er kam nicht dazu.

Kaum glitt die Tür auf, als die Läufe von drei AK-74 in den Aufzug geschoben wurden, sodass die Mündungen unmittelbar vor ihren Gesichtern waren. Ein Wachmann, der vor einer Reihe von Bildschirmen saß, hatte über Video den Kampf im Aufzug mit angesehen und sofort einen Trupp losgeschickt.

»*Saw!*«, brüllten die Männer auf Koreanisch, aber die Bedeutung war völlig klar. Dirk und Summer erstarrten und fragten sich, wie empfindlich die Abzüge der auf sie gerichteten Sturmgewehre waren. Als Dirk seine Waffe behutsam auf den Boden legte, bemerkte er hinter sich eine Bewegung. Er fuhr herum und sah, wie der dritte Wachmann aus dem Fahrstuhl torkelte und ihm den Kolben seines Gewehrs über den Kopf ziehen wollte. Viel zu spät versuchte er sich zu ducken, wurde aber mit voller Wucht getroffen.

Im ersten Moment sah er ein blendend weißes Licht und flimmernde Sterne, dann fiel sein Blick wie durch einen Nebel auf Summers Füße. Kurz darauf wurde ihm schwarz vor Augen, und er sank zu Boden.

34

Der pochende Schmerz, der ihm von der Schädeldecke bis in die Zehenspitzen schoss, war der erste Hinweis, dass er noch am Leben war. Als er langsam wieder zu sich kam, versuchte Dirk in sich hineinzuhorchen und festzustellen, in welcher körperlichen Verfassung er war. Er bemerkte, dass etwas an seinen Handgelenken, Oberarmen und Schultern zog, als hingen schwere Gewichte daran, doch das war nichts gegen das tobende Stechen in seinem Schädel. Etwas verwirrender war das Gefühl, das er in den Füßen und Beinen hatte – als stünde er in einem Eimer Wasser. Als sich der Nebel allmählich lichtete, schlug er die Augen auf und sah, dass er sich in einer nassen, dunklen Höhle befand.

»Willkommen im Reich der Lebenden.« Summers Stimme hallte in der düsteren Kaverne wider.

»Du hast dir nicht zufällig die Autonummer von dem Laster gemerkt, der mich überfahren hat?«, sagte er benommen.

»Doch, aber ich bin mir ziemlich sicher, dass er nicht versichert war.«

»Wo, zum Teufel, sind wir?«, fragte Dirk, als sein Zeit- und Raumgefühl allmählich wiederkehrte.

»In einer Höhle neben Kangs schwimmendem Bootsanleger. Das kühle Wasser, das um deinen Nabel leckt, ist der Han.«

Der Wassereimer, in dem er zu stehen meinte, entpuppte sich als ein Kavernenboden voller Wasser, das stetig stieg. Nachdem sein Blick wieder klarer geworden war, sah Dirk im schummrigen Licht, dass Summer mit ausgebreiteten Armen an zwei große Lastkahnanker gekettet war. Eher schwere Gewichte als richtige Anker, waren sie doch nichts weiter als Betonwürfel mit knapp einem Meter Kantenlänge. Die grauen Quader, aus deren Oberseite ein rostiger Eisenring ragte, waren mit einer dicken Schicht glitschiger, hellgrüner Algen überzogen. Dirk stellte fest, dass in der Höhle fast ein Dutzend dieser Gewichte aufgereiht war. Er und Summer standen nebeneinander, die Arme ausgebreitet und mit Handschellen an jeweils zwei Blöcke gefesselt.

Dirk ließ den Blick durch die Höhle schweifen. Im fahlen Licht der Abenddämmerung, das durch den Höhleneingang drang, entdeckte er schließlich die Linie, nach der er Ausschau gehalten hatte. Es war die Hochwassermarke, die sich gut einen halben Meter über ihren Köpfen befand, wie er mit einem mulmigen Gefühl bemerkte.

»Langsamer Tod durch Ertrinken«, sagte er.

»Der Fu-Manchu-Typ, unser Freund Tongju, hat ausdrücklich darauf bestanden«, erwiderte Summer grimmig. »Er hat sogar einen Wachmann daran gehindert, dich zu erschießen, damit wir hier unten gemeinsam baden können.«

»Erinner mich dran, dass ich ihm ein Dankesschreiben schicke.« Dirk blickte nach unten und sah, dass das Wasser mittlerweile um seinen Brustkorb schwappte.

»Das Wasser steigt ziemlich schnell.«

»Wir sind in der Nähe der Hanmündung, daher herrscht hier ein ziemlich starker Tidenhub.« Summer warf ihrem Bruder einen bangen Blick zu. »Meiner Schätzung nach ist das Wasser in der letzten Stunde gut dreißig Zentimeter gestiegen.«

Auf den verzweifelten Blick seiner Schwester hin überlegte Dirk noch fieberhafter, wie sie entrinnen könnten. »Wir haben noch anderthalb Stunden Zeit, höchstens.«

»Mir ist gerade etwas eingefallen«, sagte Summer stirnrunzelnd. »Ich habe eine kleine Nagelfeile in der Tasche. Vielleicht nützt sie uns was, auch wenn es möglicherweise so ähnlich ist, als wollte man mit einer Fliegenklatsche einen Flugsaurier erschlagen.«

»Klar, schmeiß sie rüber«, erwiderte Dirk.

»Der eine Eisenring hier sieht ziemlich rostig aus«, sagte sie und zerrte an ihrer linken Handschelle. »Wenn ich wenigstens eine Hand frei bekäme.«

»Vielleicht kann ich dir helfen.« Dirk schob seine Füße auf Summer zu und stützte sich dabei gegen den Betonblock. Dann hob er ein Bein, bis er mit der Schuhsohle den Eisenring berührte, und stemmte sich mit aller Kraft dagegen.

Nichts tat sich.

Er schob den Fuß weiter vor, bis er den Ring unter seiner Ferse spürte, dann drückte er noch mal dagegen. Diesmal bog sich der Ring ein kleines Stück auf Summer zu. Jetzt warf er sich ein ums andere Mal mit seinem ganzen Körpergewicht gegen den Verankerungsbolzen, bis sich der Ring nach und nach um fast neunzig Grad verbog.

»Okay, du musst mir jetzt helfen, ihn wieder zurückzubiegen«, sagte er. »Bei drei geht's los.«

Er schob den Fuß unter die Rückseite des Rings, zählte bis drei und zog dann sein Bein an. Gleichzeitig zerrte Summer mit ihrer angeketteten Hand, bis der Ring wieder aufrecht stand.

»Na, das hat doch Spaß gemacht«, sagte Dirk, während er seinem Bein eine kurze Pause gönnte. »Versuchen wir's noch mal.«

Zwanzig Minuten lang bogen sie den Ring hin und her, und nach einer Weile, als das alte Eisen erste Ermüdungserscheinungen zeigte, ging es immer leichter. Als Dirk schließlich ein letztes Mal kräftig dagegen trat, brach der Ring ab, und Summers linker Arm war frei. Sofort griff sie in die Tasche ihrer Seidenjacke und holte die Nagelfeile mit dem Porzellangriff heraus.

»Ich habe die Feile. Soll ich mir die Handschelle oder den Ring vornehmen?«, fragte sie.

»Nimm den Ring. Er ist zwar dicker, lässt sich aber wahrscheinlich leichter durchfeilen als die Handschellen. Die sind nämlich aus gehärtetem Edelstahl.«

Summer setzte die kleine Feile wie eine Eisensäge an und raspelte am Fuß des Ringes herum. Im trüben Wasser und bei zusehends schwindendem Licht auch nur halbwegs genau zu arbeiten, wäre für die meisten Menschen ein Ding der Unmöglichkeit gewesen, aber Summer hatte aufgrund ihrer zahllosen Tauchgänge viel Erfahrung damit. Durch jahrelanges Erkunden und Bergen alter Schiffswracks unter schlechten Sichtverhältnissen hatte sie ihren Tastsinn so geschärft, dass sie manchmal mit den Händen eher erkennen konnte, womit sie es zu tun hatte, als mit den Augen.

Sie schöpfte neue Hoffnung, als sie spürte, dass die Feile ziemlich mühelos durch die äußere Rostschicht drang. Doch ihre Zuversicht schwand, als sie auf das harte Eisen stieß und nur noch im Schneckentempo vorankam. Das Wasser reichte auch ihr mittlerweile bis zur Brust, die Zeit drängte also, aber der Druck unter dem sie stand, verlieh ihr frische Kräfte. Ein ums andere Mal zog Summer die Feile vor und zurück, so schnell es unter Wasser ging, und arbeitete sich Millimeter um Millimeter vor. Zwischendurch legte sie kurze Pausen ein, schlang beide Hände um den Eisenring, zog daran und drückte dagegen, um das Metall zu ermüden. Immer weiter sägte sie, bis der Ring endlich nachgab und sie sich befreien konnte.

»Ich hab's geschafft«, rief sie triumphierend.

»Was dagegen, wenn ich mir die Feile ausborge?«, fragte Dirk, aber Summer war bereits zu ihm geschwommen und nahm sich den Ring vor, an den seine rechte Hand gekettet war. Ihrer Schätzung nach hatte es etwa eine halbe Stunde gedauert, bis sie den ersten Ring durchgefeilt hatte, und mittlerweile stand das Wasser fast auf Schulterhöhe. Es stieg schneller, als sie erwartet hatte. Wenn es so weiterging, war Dirks Kopf in knapp einer Stunde unter Wasser. Obwohl ihr sämtliche Finger wehtaten, raspelte sie wie wild an dem Eisen herum.

Dirk, der geduldig wartete, während Summer feilte, fing an, die alte, aus dem Jahr 1880 stammende Melodie von »While Strolling Through the Park One Day« zu pfeifen.

»Das bringt gar nichts«, japste Summer, dann lächelte sie. »Jetzt hab ich ständig dieses alberne Lied im Ohr.«

Zwar hörte er auf zu pfeifen, aber die Melodie ging ihr nicht mehr aus dem Kopf. Zu ihrer Überraschung stellte sie fest, dass es ein ausgezeichneter Song zum Sägen war, und stimmte ihn dann an wie ein Mantra, das ihr den Takt vorgab.

While strolling through the park one day,...

Bei jeder Silbe zog sie die Feile einmal über das Eisen und fand dadurch zu einem schwungvollen Sägerhythmus.

...in the merry merry month of May.
I was taken by surprise by a pair of roguish eyes.
In a moment my poor heart was stole away.

Das Wasser war mittlerweile bis über ihr Kinn gestiegen, sodass sie kurz Luft schnappen und dann tauchen musste, um die Feile an der gleichen Stelle anzusetzen. Dirk konnte sein Gesicht allmählich nur mehr mit Mühe über Wasser halten, während er den Ring hin und her zog, den Summer unermüdlich bearbeitete. Schließlich ertönte unter ihnen ein dumpfer metallischer Ton, als der Ring unter ihrem vereinten Druck nachgab.

»Drei hätten wir, bleibt noch einer«, japste Summer und holte tief Luft, nachdem sie mehrere Sekunden lang getaucht war.

»Gönn dir eine Verschnaufpause«, sagte Dirk und nahm ihr die Feile ab. Jetzt, da seine rechte Hand frei war, konnte er leichter atmen, aber um an den Ring zu kommen, musste er untertauchen. Er holte tief Luft, ging mit dem Kopf unter Wasser und begann so schnell wie möglich an dem Eisenring zu feilen, der seine linke Hand festhielt. Nach dreißig Sekunden reckte er den Kopf aus dem Wasser, holte Luft und tauchte wieder unter. Summer streckte ihre verkrampften Finger, schwamm links neben Dirk und wartete, bis er wieder nach oben kam. Wie ein Catcherpaar, das mit vereinten Kräften versucht, Hulk Hogan zu bezwingen, reichten sie einander abwechselnd die Feile, tauchten unter und attackierten wild entschlossen den Eisenring.

Doch von Minute zu Minute stieg das Wasser in der Kaverne immer höher. Jedes Mal, wenn Dirk auftauchte und Luft schnappte, musste er sich höher recken, um Mund und Nase über Wasser zu halten. Die linke Handschelle schnitt in sein Fleisch, als er unwillkürlich daran riss und zerrte, um von dem schweren Betonblock freizukommen.

»Schone deine Kraft, damit wenigstens du hier rauskommst«, sagte er zu seiner Schwester, als ihm klar wurde, dass sie nicht mehr viel Zeit hatten. Summer nahm ihm nur wortlos die Feile ab und tauchte unter. Dirk ließ sich mit zurückgelegtem Kopf treiben, konnte aber kaum das Gesicht über Wasser halten, um ein paar tiefe Atemzüge zu nehmen. Dann tauchte er erneut, packte Summers Unterarm, nahm ihr die Feile ab und sägte wie wild am Eisen herum. Zwischendurch tastete er mit dem Daumen die Kerbe ab und stellte fest, dass sie bislang allenfalls ein Drittel des Ringes durchgefeilt hatten. Es war nicht mehr zu schaffen.

Dirk kamen die Sekunden wie Stunden vor, als er sich ein letztes Mal loszureißen versuchte. Sein Herz hämmerte wie eine Basstrommel, während es mühsam Sauerstoff in sein Blut pumpte. Dann bemerkte er trotz des schummrigen Lichts, dass

Summer nicht mehr bei ihm war. Vielleicht hatte sie endlich auf ihn gehört und versuchte sich zu retten. Oder sie konnte es nicht ertragen, bei ihm zu sein, wenn er sein Leben aushauchte.

Er setzte die Feile kurz ab und warf sich mit seinem ganzen Körpergewicht gegen den Ring. Aber er brachte nicht genügend Hebelkraft zustande. Wieder machte er sich mit der Feile ans Werk und sägte mit dem schmalen Blatt am Eisen herum. Mittlerweile dröhnten seine Ohren bei jedem Herzschlag. Wie lange hielt er schon den Atem an? Eine Minute, zwei Minuten? Er wusste es nicht mehr.

Allmählich wurde ihm schwindlig, und er hatte rote Ringe vor den Augen. Er stieß die letzte Luft aus, die er noch in der Lunge hatte, und konnte nur mühsam der Versuchung widerstehen, den Mund aufzumachen und zu schlucken. Sein Herz hämmerte immer heftiger, und er musste seine ganze Willenskraft aufbieten, um nicht in Panik zu verfallen. Eine leichte Strömung schien ihn von dem Ring wegzuziehen, aber seine Hand hielt die Feile mit eiserner Kraft fest. Dann legte sich ein weißer Schleier über seine Augen, und eine Stimme tief in ihm sagte ihm, er solle sich seinem Schicksal überlassen. Als er seinen letzten Kampf gegen das leise Raunen ausfocht, meinte er einen dumpfen Schlag wahrzunehmen, dann lief ein sonderbares Beben durch seinen Arm und den ganzen Körper, und im nächsten Moment sank er in ein dunkles Loch.

35

Summer wusste, dass sie noch mindestens zwanzig Minuten brauchten, um den Eisenring durchzufeilen. Folglich musste sie sich etwas anderes einfallen lassen, um ihren Bruder zu befreien. Sie ließ Dirk allein, tauchte zum Höhlenboden hinab und suchte nach einem anderen Werkzeug, irgendetwas, mit dem sich die Fesseln sprengen ließen. Aber am flachen, sandigen Grund fand sie nichts als eine Reihe von Ankergewichten, eines hinter dem anderen. Als sie sich an den Blöcken entlang vorantastete, stieß sie auf ein Stück Beton, das abgebrochen war, als zwei Gewichte zu dicht nebeneinander abgesetzt worden waren. Sie glitt über die Trümmer hinweg, bis sie zum letzten Block kam, wo etwas Flaches, Glitschiges, das sich wie aufgeweichtes Leder anfühlte, unter ihrer Hand zerbröselte. Darunter befand sich ein hartes Stück, das schmal und geschwungen war – offenbar eine Stiefelsohle. Ein Stock lehnte daran, den sie zunächst ergreifen wollte, dann aber entsetzt losließ. Es war kein Stock, wie sie jetzt feststellte, sondern ein menschliches Schienbein, das noch immer im Stiefel steckte. Allem Anschein nach handelte es sich um ein weiteres Opfer von Kang, dessen Skelett noch immer an den Anker gekettet war. Sie fuhr zurück und wollte wieder zu Dirk schwimmen, als sie mit dem Kopf an den abgebrochenen Betonbrocken stieß. Es war nahezu viereckig und wog etwa vierzig Kilo. Sie betrachtete ihn, umfasste ihn mit den Händen, dann zögerte sie. Das könnte die Lösung sein, dachte sie. Jedenfalls fiel ihr im Moment nichts Besseres ein.

Sie kam kurz nach oben und holte Luft, tauchte dann wieder hinab und wuchtete den Betonbrocken hoch. Auf trockenem Boden hätte sie ihn nur mit Mühe heben können, aber unter Wasser war er leichter. Sie drückte ihn an ihre Brust, versuchte ihn halbwegs im Gleichgewicht zu halten und schleppte ihn so schnell wie möglich an der Reihe der Ankergewichte entlang zu ihrem Bruder. Sie ertastete Dirk eher, als dass sie ihn sah, drehte sich um und drückte ihn mit dem Rücken von dem Block weg, an den seine linke Hand gekettet war. Beklommen stellte sie fest, dass sein sonst so widerstandsfähiger Körper erschlafft war und sich mühelos zur Seite schieben ließ.

Dann stellte sie sich neben das Ankergewicht, trat einen Schritt vor und warf sich mitsamt dem Betonbrocken gegen den Eisenring. Einen Moment lang schwebte Summer wie in Zeitlupe durch das Wasser, bevor die Schwerkraft Wirkung zeigte. Aber ihr Timing war perfekt. Kurz bevor sie nach unten gezogen wurde, traf der Betonbrocken mit einem leisen, vom Wasser gedämpften Scheppern auf den Ring. Das rostige, bereits angesägte Eisen gab unter der Wucht des Schlages nach und barst.

Sofort ergriff Summer den Arm ihres Bruders und tastete nach dem jetzt freien Handgelenk. Dann stieß sie Dirk nach oben, holte selbst kurz Luft, schleppte seinen schlaffen Leib zu einem schmalen Felssims und zog ihn aus dem Wasser. Sie kniete sich neben ihn und wollte zu einer Herzmassage ansetzen, als er sich plötzlich regte und den Kopf zur Seite drehte. Stöhnend spie er einen Schwall Wasser aus und schnappte nach Luft. Mühsam stützte er sich auf die Ellbogen, wandte sich an Summer und japste: »Ich komme mir vor, als hätte ich den halben Fluss gesoffen. Erinner mich das nächste Mal dran, dass ich bei Mineralwasser bleiben sollte.«

Kaum hatte er die Worte hervorgebracht, beugte er sich vornüber und würgte ein zweites Mal, setzte sich dann auf und rieb sein linkes Handgelenk. Dann musterte er seine Schwester und stellte zufrieden fest, dass sie offenbar unverletzt und guter Dinge war.

»Danke, dass du mich rausgezogen hast«, sagte er. »Wie hast du den Ring losgekriegt?«

»Ich habe einen Betonbrocken gefunden und ihn dagegen geschmettert. Glücklicherweise habe ich dir dabei die Hand nicht abgeschlagen.«

»Dafür bin ich sehr verbunden«, grummelte er kopfschüttelnd.

Nachdem sie halbwegs wieder bei Puste waren, ruhten sie sich fast eine Stunde lang aus, bis sie langsam wieder zu Kräften kamen und Dirk das letzte Wasser herausgewürgt hatte, das er in den letzten Sekunden geschluckt hatte, bevor Summer den Eisenring zerschlug. Das wenige Licht war längst verschwunden, nachdem die Dämmerung angebrochen war, sodass sie jetzt fast in völliger Dunkelheit lagen.

»Weißt du, wo es hier rausgeht?«, fragte Dirk, sobald er das Gefühl hatte, sich wieder bewegen zu können.

»Der Eingang zur Höhle ist knapp fünfzig Meter entfernt«, sagte Summer. »Ein Stück weiter östlich ist Kangs Bootsanleger.«

»Wie sind wir überhaupt hierher gekommen?«, fragte er.

»In einem kleinen Ruderboot. Ich habe ganz vergessen, dass du die Kahnpartie verschlafen hast.«

»Schade, dass ich sie verpasst habe«, erwiderte Dirk und betastete die Platzwunde an seinem Schädel. »Wir müssen uns ein Boot von Kang borgen, wenn wir von hier weg wollen. Als wir hergekommen sind, war ein kleines Rennboot hinter seinem schwimmenden Palast vertäut. Vielleicht ist es noch da.«

»Wenn wir es unbemerkt losbinden und raus in die Lagune treiben lassen können, bevor wir den Motor starten, verschaffen wir uns einen kleinen Vorsprung.« Summer, die zu lange im kalten Wasser gewesen war, zitterte mit einem Mal.

»Wir müssen wieder schwimmen, fürchte ich. Du kennst den Weg nach draußen, also übernimmst du die Führung«, sagte Dirk.

Summer riss die Seitennaht des Seidenkleides auf, um mehr Bewegungsfreiheit zu haben, und glitt dann wieder in das kühle, trübe Wasser. Dirk hielt sich hinter ihr, als sie sich schwimmend durch die schmale, gewundene Höhle vortastete und auf den hellgrauen Lichtfleck zuhielt, der sich schwach in der Dunkelheit abzeichnete. Kurz vor dem Höhleneingang hielten sie inne, als sie in der Ferne Stimmengemurmel hörten. Hinter einer engen Biegung sahen sie durch die ovale Öffnung den Sternenhimmel und die gleißenden Lichter der Strahler von Kangs Anlegesteg, die sich auf dem Wasser spiegelten. Lautlos schwammen Dirk und Summer aus der Höhle und zu ein paar kleinen Felsen, die wenige Meter entfernt aufragten. Die glitschigen, mit Algen überzogenen Felsblöcke boten ihnen die nötige Deckung, von der aus sie den Bootsanleger und das umliegende Gelände einsehen konnten.

Mehrere Minuten lang hingen sie schweigend an den Felsen, suchten den Ufersaum ab und musterten die drei Boote, die an dem Steg vertäut waren. Das kleine, grüne Rennboot lag zwischen Kangs großer italienischer Luxusyacht und dem schnellen Katamaran, mit dem sie hergebracht worden waren. Auf keinem der drei Boote war ein Lebenszeichen zu erkennen, aber Dirk war sich darüber im Klaren, dass sich zumindest auf dem größeren Schiff eine Notbesatzung aufhielt.

Schließlich tauchte in der Ferne ein einsamer Wachposten auf, der langsam am Ufersaum entlanglief. Als er unter einem Flutlicht vorbeiging, konnte Dirk deutlich das schimmernde Sturmgewehr sehen, das er über der Schulter hängen hatte. Gemächlich schritt der Posten auf den Anlegesteg und an den drei Booten vorbei, dann blieb er ein paar Minuten nahe der großen Yacht stehen. Als es ihm langweilig wurde, begab er sich wieder an Land und lief einen langen, mit Steinen ausgelegten Fußweg in Richtung des Aufzugs, wo er sich in ein kleines Wachhaus am Fuß der Klippe zurückzog.

»Das ist unser Mann«, flüsterte Dirk. »Solange er in der Hütte bleibt, ist ihm durch die größeren Boote die Sicht auf das Rennboot verdeckt.«

»Dann wird's höchste Zeit, dass wir es klauen, bevor er seine nächste Runde dreht.«

Dirk nickte, worauf sich beide von den Felsen abstießen und lautlos zu dem Anlegesteg schwammen. Er behielt die Wachhütte im Auge, während er überschlug, wie lange es dauern dürfte, das Rennboot in der Dunkelheit kurzzuschließen, falls die Zündschlüssel nicht steckten.

Sie hielten sich ein Stück abseits vom Anleger, um keine Aufmerksamkeit zu erregen, bis sie in Höhe des Rennboots waren, und schwammen dann langsam darauf zu. Da sie noch immer Handschellen trugen, wirkten ihre Schwimmzüge etwas unbeholfen, aber sie achteten darauf, dass ihre Hände stets unter Wasser waren, und kamen auf diese Weise wenigstens lautlos voran.

Als sie sich dem Anlegesteg näherten, war ihnen eine Zeit lang die Sicht auf die Wachhütte versperrt, bis sie das Heck des Bootes erreichten. Von dort aus sahen sie, dass sich der Posten noch immer im Inneren aufhielt, wo er auf einem Stuhl saß und eine Illustrierte las.

Mit einer kurzen Handbewegung gab Dirk Summer zu verstehen, dass sie die Heckleine lösen sollte, während er nach vorn schwamm und die Bugleine übernahm. Als er sich am Bootsrumpf entlang nach vorn schob, ahnte er die Umrisse von Kangs hoch aufragender Yacht eher, als dass er sie sah. Er wollte sich gerade aus dem Wasser recken, um nach der Leine zu greifen und sich auf den Steg zu ziehen, als er plötzlich ein Klicken unmittelbar über sich hörte, worauf er mitten in der Bewegung erstarrte. Ein gelbes Licht flammte kurz auf, in dessen Schein er das vierschrötige Gesicht eines Postens sah, der sich am Heck von Kangs Yacht eine Zigarette anzündete, allenfalls drei Meter von ihm entfernt.

Dirk stützte sich mit einer Hand am Bug des Rennboots ab und rührte keinen Muskel. Geduldig sah er zu, wie die rote Glut der Zigarette aufleuchtete, wenn der Posten einen Zug nahm. Er stellte fest, dass er unwillkürlich die Luft anhielt, nicht seinetwegen, sondern weil er Angst hatte, Summer könnte entdeckt werden. Fast zehn Minuten lang genoss der Wachposten seine Zigarette in vollen Zügen, dann warf er sie über die Reling. Die brennende Kippe landete knapp dreißig Zentimeter neben Dirks Kopf im Wasser, wo sie zischend ausging.

Dirk wartete, bis er Schritte hörte, die sich von der Reling entfernten, tauchte dann unter und schwamm zum Heck des Rennboots. Unmittelbar hinter der Schraube tauchte er auf, wo Summer mit ungeduldiger Miene auf ihn wartete. Dirk schüttelte den Kopf, zog sich dann leise am Heck hoch und warf einen Blick ins Cockpit. In der Dunkelheit konnte er das Zündschloss kaum erkennen, aber er sah sofort, dass kein Schlüssel steckte. Er ließ sich wieder ins Wasser sinken, schaute Summer an und griff dann nach der Vertäuleine, die sie in der Hand hatte. Sie dachte zunächst, er wolle sie wieder am Anleger festmachen, aber zu ihrer Überraschung tauchte er unter, kam kurz darauf mit leeren Händen wieder nach oben und deutete nach draußen. Schweigend schwammen er und Summer von dem Boot weg. Als sie außer Hörweite waren, hielten sie inne und ruhten sich aus.

»Was sollte das?«, fragte Summer mit säuerlichem Unterton.

Dirk berichtete ihr von dem Wachposten am Heck von Kangs Yacht. »Ohne Zündschlüssel hat das keinen Sinn. Die Boote liegen so dicht beisammen, dass er mich sofort herumfuhrwerken hört, wenn ich die Zündung kurzschließe. Wahrscheinlich sind auf dem Katamaran ebenfalls ein, zwei Wachposten. Ich glaube, wir müssen das Skiff nehmen.«

Das kleine Ruderboot, mit dem Kangs Schläger Dirk und Summer in die Höhle gebracht hatten, lag unmittelbar neben dem Steg, war aber an Land gezogen.

»Das ist verdammt nahe an der Wachhütte«, stellte Summer fest.

Dirk blickte zur Klippe und sah, dass der Posten noch immer in seiner Hütte saß, etwa zwanzig Meter vom Skiff entfernt. »Heimlich, still und leise«, sagte er voller Zuversicht.

Sie machten kehrt, schwammen in weitem Bogen um die vertäuten Boote und näherten sich dem felsigen Strand von Osten her. Als ihre Füße den Boden berührten, ließ Dirk Summer im Wasser warten, während er langsam in Richtung Land vorrückte.

Als das Wasser seichter wurde, legte er sich auf den Bauch und robbte zu dem Boot, das gut einen halben Meter weiter zwischen zwei Felsbrocken eingeklemmt war. Er nutzte den Bootsrumpf als Deckung und kroch um das Skiff herum, bis er über die Bordwand blicken konnte. Eine aufgerollte Leine, die auf der vorderen Sitzbank lag und an einer kleinen Klampe am Bug festgemacht war, fiel ihm auf. Er beugte sich über die Bordwand, löste sie und drückte sich die Rolle an die Brust, dann kroch er rückwärts über den Kiesstrand zum Heck, das näher am Wasser lag. Er tastete das Heck ab und fand ein Loch zum Aufsetzen eines Außenbordmotors, zog die Leine hindurch und machte sie fest.

Dann robbte er zurück ins Wasser und zog die Leine hinter sich her, bis etwa fünfzehn Meter abgelaufen waren. Summer schwamm zu ihm, worauf sich beide ins knapp anderthalb Meter tiefe Wasser kauerten, sodass nur ihre Köpfe herausragten.

»Wir drillen es ran wie einen Marlin«, flüsterte Dirk. »Wenn jemand irgendwas spannt, verstecken wir uns hinter den Felsen bei der Höhle«, sagte er und deutete auf die aufragenden Blöcke.

Dann legte er Summers Hand auf die Leine, lehnte sich zurück und straffte sie. Summer packte fest zu und legte sich mit aller Kraft ins Zeug.

Das kleine Boot schrappte mit einem scheußlichen Scharren über den Blockierstein. Sofort ließen sie die Leine locker und starrten zum Wachhaus. Der Posten, der drin saß, war nach wie vor in seine Illustrierte vertieft, ohne den Lärm draußen wahrzunehmen. Leise strafften sie die Leine wieder und zogen das Boot Schritt für Schritt näher, ließen ab und zu locker und überzeugten sich davon, dass niemand auf sie aufmerksam geworden war. Summer hielt die Luft an, als der Rumpf die letzten Zentimeter über den Strand schabte, und atmete erst auf, als es im Wasser lag.

»Wir schleppen es ein bisschen weiter raus«, flüsterte Dirk, schlang sich die Leine um die Schulter und schwamm hinaus in die Lagune. Als sie etwa hundert Meter vom Strand entfernt waren, warf er die Leine ins Boot und zog sich über die Bordwand, ergriff dann Summers Hand und half ihr hinein.

»Nicht gerade ein Rennboot, aber ich glaube, das tut's auch«, sagte er, während er das Boot absuchte. Unter der Sitzbank entdeckte er zwei Ruder, die er sofort in die Dollen einlegte. Dann setzte er sich dem Heck zugewandt, hinter dem die Lichter von Kangs Anwesen schillerten, auf die Bank, tauchte die Ruderblätter ein und pullte das kleine Boot rasch in die Lagune hinaus.

»Durch die Fahrrinne ist es etwa eine Meile bis zum Fluss«, schätzte Summer. »Vielleicht stoßen wir dort auf ein Boot der koreanischen Marine oder Küstenwache.«

»Ich nehme auch einen Frachter.«

»Klar«, erwiderte Summer. »Solange nicht der Blitz von Kang Enterprises am Schornstein prangt.«

Dirk warf einen Blick in Richtung Strand, bemerkte, dass sich dort etwas tat, und kniff die Augen zusammen, um besser sehen zu können. Dann verzog er kurz das Gesicht.

»Ich fürchte aber, das erste Schiff, das uns auffischen will, ist kein Frachter«, sagte er und legte sich noch härter in die Ruder.

Irgendwann hatte die Illustrierte den Wachmann gelangweilt, worauf er sich dazu entschied, noch eine Runde zu den vertäuten Booten zu drehen. Auf Kangs Yacht war ein Kollege aus einer Nachbarprovinz postiert, den er immer damit aufzog, dass es in seiner Heimat angeblich keine reizvollen Mädchen gab. Als er zum Anlegesteg ging, fiel ihm zunächst gar nichts auf, doch dann geriet er an der Treppe ins Stolpern. Als er sich am Geländer festhielt, fiel sein Blick auf den Strand, wo er die Schleifspur des Bootes bemerkte. Doch das Boot war weg.

Der erschrockene Wachmann meldete sich sofort über Funk bei der Wachzentrale, und im nächsten Moment kamen zwei schwer bewaffnete Posten aus der Dunkelheit gestürmt. Nach einem kurzen, hitzigen Wortwechsel zückten sie ihre Taschenlampen, richteten die Lichtkegel auf die Felsen, ließen sie übers Wasser und den Himmel schweifen und hielten hektisch Ausschau nach dem fehlenden Skiff. Der Wachposten am Heck von Kangs Yacht aber war es schließlich, der die beiden Flüchtigen entdeckte. Er suchte mit einem starken Bordscheinwerfer das Wasser ab und erfasste das kleine weiße Boot.

»Die Festbeleuchtung hat uns grade noch gefehlt«, fluchte Summer, als die Strahlen des Suchscheinwerfers auf sie fielen. Im nächsten Moment hallte das Rattern eines Sturmgewehr übers Wasser, begleitet von einem Kugelhagel, der harmlos über ihre Köpfe hinwegpfiff.

»Leg dich auf den Boden«, befahl Dirk seiner Schwester und stemmte sich noch stärker in die Ruder. »Aus der Entfernung können sie nicht genau zielen, aber einen Glückstreffer könnten sie trotzdem landen.«

Das kleine Ruderboot befand sich jetzt mitten in der Lagune, wo Dirk und Summer für einen Schützen im Rennboot, das sie binnen weniger Sekunden einholen konnte, wie auf dem Präsentierteller saßen. Dirk konnte nur hoffen, dass niemand auf die Heckleine achtete, wenn sie die Verfolgung aufnahmen.

Unterdessen war einer der Wachmänner bereits in das grüne Rennboot gesprungen und hatte den Motor angelassen. Tongju, der von den Schüssen wach geworden war, stürmte aus der Kabine des Katamarans und herrschte einen der Posten an.

»Nehmt das Rennboot. Tötet sie, wenn es sein muss«, zischte er.

Einer der beiden anderen Wachmänner warf die Bugleine los und sprang mit seinem Kollegen ins Boot. Vor lauter Eile bemerkte keiner, dass die Heckleine neben dem Außenbordmotor ins Wasser hing. Der Rudergänger sah nur, dass das Boot nicht mehr vertäut war, steuerte vom Anlegesteg weg und schob dann den Gashebel bis zum Anschlag nach vorn.

Das grüne Boot schoss los, blieb aber im nächsten Moment liegen. Der hoch drehende Motor heulte fortgesetzt, doch das Boot trieb nur mehr träge dahin. Der verdutzte Rudergänger, der keine Ahnung hatte, weshalb er nicht mehr von der Stelle kam, nahm das Gas zurück.

»Idiot!«, schrie Tongju, der sich zu einem ungewöhnlichen Gefühlsausbruch hinreißen ließ, vom Deck des Katamarans aus. »Die Heckleine hat sich in der Schraube verheddert. Jemand muss aussteigen und sie kappen.«

Dirks Knotentrick – als er unter das Boot getaucht war, hatte er die Leine um die Schraubenwelle geschlungen – hatte sich gelohnt. Und weil der Rudergänger sofort Vollgas gab, hatte sie sich im Nu festgezurrt und heillos verheddert. Selbst ein Taucher hätte mindestens zwanzig Minuten gebraucht, um das Tau zu kappen und aus der Antriebswelle zu lösen.

Als Tongju klar wurde, dass das Rennboot festsaß, stürmte er in die Steuermannskabine des Katamarans.

»Werfen Sie die Maschinen an! Wir müssen sofort los«, brüllte er ihn an.

Der verschlafene Steuermann, der einen roten Seidenpyjama trug, nickte kurz und knapp und begab sich umgehend ins Ruderhaus.

Nach einer Dreiviertelmeile, gut zwölfhundert Metern, ächzte Dirk zum ersten Mal auf, als er die Ruder durchzog. Sein Herz hämmerte wie wild, Schultern und Arme brannten vom ständigen Pullen, selbst seine Oberschenkel schmerzten. Sein

Körper machte allmählich schlapp, aber er zwang sich dazu, mit aller Kraft weiterzurudern. Ein paar Minuten hatten sie durch das Lahmlegen des Rennboots gewonnen, aber Kangs Männern standen noch zwei weitere Boote zur Verfügung.

In der Ferne hörten sie ein tiefes, dumpfes Grollen, als die Maschinen des Katamarans angelassen und auf Touren gebracht wurden. Während Dirk stetig die Ruder durchzog, lotste Summer ihn in die Einfahrt des Kanals am anderen Ende der Lagune. Kangs Anwesen und der Bootsanleger verschwanden plötzlich, als sie um die erste der zahlreichen Biegungen kamen.

»Wir haben noch etwa fünf Minuten«, stieß er aus. »Bist du bereit zur nächsten Badetour?«

»Mit den Dingern kann ich zwar nicht wie Esther Willliams durchs Wasser gleiten«, sagte sie und hob die Arme, an denen noch immer die Handschellen hingen. »Aber Kangs Gastfreundschaft will ich mir mit Sicherheit nicht noch mal antun.« Dirk brauchte sie gar nicht erst zu fragen, ob er noch die Kraft zum Schwimmen hatte. Ihr Bruder war wie ein Fisch im Wasser, auch wenn er noch so erschöpft sein mochte. Immerhin waren sie in Hawaii aufgewachsen, wo sie von klein auf ständig in der Brandung herumgetollt waren. Außerdem war Dirk ein ausgezeichneter Langstreckenschwimmer, der regelmäßig seine fünf Meilen im Meer zurücklegte.

»Wenn wir es bis zum Fluss schaffen, haben wir vielleicht eine Chance«, sagte er.

Dunkelheit umgab sie jetzt, nachdem sie die erste Biegung hinter sich gelassen hatten und die Lichter von Kangs Anwesen durch die umliegenden Hügel verdeckt wurden. Lediglich das Geräusch der beiden Dieselmotoren des Katamarans, die jetzt hochgejagt wurden, hallte durch die ansonsten stille Nacht. In langen, gleichmäßigen Schlägen, kraftvoll und rhythmisch, als wäre er selbst eine Maschine, zog Dirk die Ruder durch das Wasser. Summer betätigte sich unterdessen als Bootsführerin, die ihren Bruder mit leichten Kurskorrekturen auf dem kürzest möglichen Weg durch den Kanal lotste und ihm gelegentlich ein paar aufmunternde Worte zuwarf.

»Wir kommen gleich zur zweiten Biegung«, sagte sie. »Halte dich rechts. Noch etwa dreißig Meter, dann haben wir die Fahrrinne hinter uns.«

Dirk pullte stetig weiter, hob aber das linke Ruder bei jedem dritten Schlag leicht an und steuerte das Boot um die Biegung. Das hämmernde Dröhnen der Maschinen wurde lauter, als der Katamaran mit hoher Geschwindigkeit durch die Lagune jagte. Obwohl Dirk sämtliche Gliedmaßen wehtaten, trieb er das Boot noch schneller durch das flache Wasser, als hätte ihm das Nahen ihres Gegners neue Kräfte verliehen.

Die tiefe Dunkelheit, die sie bislang umfangen hatte, lichtete sich etwas, als sie um die letzte Biegung der Fahrrinne ruderten und in das breite Flussbett des Han gelangten. Wie Sternbilder funkelten am Horizont die Lichter vereinzelter Ortschaften entlang des Flusses und in den Hügeln. Ihr schummriger Schein war der einzige Hinweis auf die gewaltigen Ausmaße des Stromes, der hier fast acht Kilometer breit war. Zu dieser späten Stunde herrschte so gut wie kein Schiffsverkehr. Etliche Meilen flussabwärts lagen einige Frachter, die über Nacht vor Anker gegangen waren und im ersten Tageslicht ihre Fahrt den Han hinauf, in Richtung Seoul, fortsetzen wollten. Ein hell erleuchteter Schwimmbagger schob sich fast gegenüber von Dirk und Summer, aber noch gut vier Meilen entfernt, langsam flussaufwärts.

Weiter oben sahen sie ein Schiff mit einer Reihe bunter Lichter, das offenbar mitten im Fluss mit gemächlicher Fahrt auf sie zuhielt.

»Ich sehe hier leider nirgendwo ein Wassertaxi«, sagte Summer, während sie den dunklen Horizont absuchte.

Als Dirk weiter in den Fluss hinausruderte, spürte er die Strömung, die durch die einsetzende Ebbe verstärkt wurde und sie flussabwärts zog, zur Mündung des Han ins Gelbe Meer. Er hob die Ruder kurz an und sondierte die Umgebung. Der Schwimmbagger wirkte verlockend, aber um den zu erreichen mussten sie sich quer durch die Strömung kämpfen, was so gut wie unmöglich war. Er blickte flussabwärts und sah am gegenüberliegenden Ufer eine Reihe kleiner, gelber Lichter, die verschwommen durch die feuchte Luft funkelten.

»Wir sehen zu, dass wir zu der Ortschaft dort kommen«, sagte er und deutete mit dem Ruder auf die Lichter, die etwa zwei Meilen flussabwärts funkelten. »Wenn wir quer über den Fluss schwimmen, müsste uns die Strömung ziemlich dicht rantragen.«

»Ich bin mit allem einverstanden, Hauptsache, ich muss nicht zu weit schwimmen.«

Sie hatten keine Ahnung, dass die koreanische Demarkationslinie genau durch diesen Abschnitt des Han-Deltas verlief. Die funkelnden Lichter flussabwärts waren keineswegs eine Ortschaft sondern ein stark bemannter nordkoreanischer Militärstützpunkt, in dem etliche Patrouillenboote stationiert waren.

Alle weiteren Fluchtpläne wurden zunichte gemacht, als der schnelle Katamaran mit laut aufröhrenden Maschinen aus dem Kanal schoss. Zwei helle Suchscheinwerfer links und rechts des Ruderhauses gleißten auf und tasteten mit ihren Strahlen das Wasser ab. Es war nur eine Frage von Sekunden, bis sie das kleine weiße Boot erfassten, das quer über den Fluss unterwegs war.

»Wird höchste Zeit, dass wir abtreten«, sagte Dirk und zog das Boot herum, sodass der Bug flussabwärts gerichtet war. Summer glitt rasch über die Bordwand. Dirk zögerte einen Moment, warf dann zwei Schwimmwesten aus dem Boot und rollte sich ebenfalls ins Wasser.

»Lass uns quer rüberschwimmen, aber leicht flussaufwärts, damit das Boot so weit wie möglich von uns wegtreibt«, sagte er.

»Gut. Bei dreißig tauchen wir wieder auf.«

Plötzlich drang das Rattern eines Maschinengewehrs durch die Nacht, und ein paar Meter vor ihnen spritzte eine Reihe kleiner Fontänen auf. Einer der Suchscheinwerfer hatte das Skiff erfasst, und ein Wachposten hatte das Feuer eröffnet, während der Katamaran darauf zuraste.

Wie auf Kommando tauchten Dirk und Summer knapp anderthalb Meter tief ab und schwammen dann schräg zu der Strömung, die so stark war, dass sie das Gefühl hatten, als kämen sie überhaupt nicht von der Stelle. Flussaufwärts machten sie keinen Meter Boden gut, aber sie wurden weitaus langsamer abgetrieben als das leere Ruderboot.

Das tiefe Dröhnen der Dieselmotoren hallte durch das Wasser, und sie konnten den Katamaran förmlich spüren, als er sich dem Skiff näherte. Dirk, der bei jedem Schwimmzug mitzählte, konnte nur hoffen, dass er und Summer in der Dunkelheit nicht getrennt wurden, konnten sie sich doch in den schwarzen Fluten nur anhand der Strömung orientieren. Als er fast bis dreißig gezählt hatte, tauchte er langsam und vorsichtig auf, sodass sich das Wasser kaum kräuselte.

Knapp drei Meter entfernt kam Summers Gesicht zum Vorschein, und Dirk hörte, wie sie tief durchatmete. Sie warfen einander einen kurzen Blick zu, dann einen weiteren in Richtung Skiff, atmeten tief durch, tauchten wieder unter und schwammen weitere dreißig Sekunden gegen die Strömung.

Der kurze Blick zum Boot hatte Dirk etwas beruhigt. Kangs Katamaran war aus allen Rohren feuernd auf das Skiff zugerast und schob sich jetzt langsam näher, damit die Besatzung den Schaden begutachten konnte. Offenbar hatte niemand an Bord den Fluss abgesucht, da alle davon ausgingen, dass Dirk und Summer noch im Boot waren. Sie wiederum hatten in der kurzen Zeit, die sie im Wasser waren, bereits gut hundert Meter Abstand zwischen sich und das Skiff gebracht.

Als sich der Katamaran dem treibenden Boot näherte, befahl Tongju seinen Schützen, das Feuer einzustellen. Doch die beiden Flüchtigen lagen nicht wie erwartet tot am Boden des von Kugeln durchsiebten Bootes. Tongju, der vom Oberdeck des Katamarans hinabblickte, fluchte vor sich hin, als sie längsseits gingen und das Skiff mit einem Scheinwerfer ausleuchteten. Das Boot war leer.

»Sucht das Wasser und die Uferstreifen ab«, befahl er barsch. Alle spähten gespannt in die Dunkelheit, während der Katamaran das Skiff umkreiste und die Scheinwerfer den Fluss abtasteten. Plötzlich schrie einer der Männer am Bug des Katamarans laut auf.

»Da drüben, im Wasser… dort treibt was!«, schrie er und deutete nach Backbord.

Tongju nickte kurz. Diesmal sind sie erledigt, dachte er zufrieden.

36

Nachdem sie vier Etappen unter Wasser zurückgelegt hatten, tauchten Dirk und Summer auf und ruhten sich einen Moment lang aus. Im steten Kampf gegen die Strömung hatten sie sich mittlerweile fast vierhundert Meter vom Boot entfernt.

»Vorerst können wir oben bleiben«, sagte Dirk, während er tief durchatmete. »Dann sehen wir wenigstens, was unsere Freunde treiben.«

Summer folgte dem Beispiel ihres Bruders und rollte sich ebenfalls auf den Rücken, sodass sie den Katamaran im Auge behalten konnten, während sie mit kräftigen Zügen über den Fluss schwammen. Kangs Boot tuckerte mit langsamer Fahrt um das Skiff und suchte mit seinen Scheinwerfern die unmittelbare Umgebung ab. Dann ertönten laute Rufe, und der Katamaran raste ein kurzes Stück flussabwärts. Wieder ratterten Schüsse, rissen dann aber jäh ab, als das Boot zum Stehen kam.

Tongju, der mit dem Katamaran zu der Stelle geprescht war, an der sein Ausguck etwas gesichtet hatte, sah mit verächtlicher Miene zu, wie seine Schützen die beiden Schwimmwesten zerballerten, die Dirk ins Wasser geworfen hatte. Das Boot tuckerte ein paar Minuten lang in der Nähe der Westen, während die Männer abwarteten, ob die Flüchtigen auftauchten, falls sie sich unter Wasser versteckt hatten, dann nahmen sie die Suche wieder auf. Dirk und Summer, die sich unterdessen weiter in Richtung Flussmitte vorankämpften, sahen, wie der Katamaran einen weiten Kreis um Skiff und Schwimmwesten zog. Und mit jeder Runde holte der Steuermann weiter aus.

»Dauert nicht mehr lange, bis sie hier oben sind und uns ausfindig machen«, murmelte Summer.

Dirk suchte den Horizont ab. Sie waren jetzt etwa anderthalb Kilometer weit geschwommen, hatten aber erst ein knappes Viertel der Strecke bis zum anderen Ufer zurückgelegt. Sie konnten umkehren, aber damit würden sie den Kurs des näher kommenden Katamarans kreuzen. Oder sie schlugen sich zu den Lichtern auf der anderen Seite durch. Aber das kalte Höhlenwasser hatte an ihren Kräften gezehrt, und jetzt wurden sie zusehends müder. Fünfeinhalb bis sechs Kilometer lagen noch vor ihnen, eine ziemlich happige Strecke, zumal sie wahrscheinlich ein ums andere Mal abtauchen mussten, um nicht entdeckt zu werden. Aber ob sie Tongju und seinen Häschern letztlich entrinnen konnten, war mehr als ungewiss.

Doch es gab noch eine dritte Möglichkeit. Das kleine Schiff mit den bunten Lichtern, das ihnen vorhin aufgefallen war, näherte sich und war nur mehr einen knappen Kilometer entfernt. In der Dunkelheit konnte Dirk nichts Genaues erkennen, aber offenbar handelte es sich um ein hölzernes Segelschiff. Im weißen Lichtschein einer Mastlaterne sah er ein kleines, viereckiges rotes Segel, doch das Boot war allem Anschein nach kaum schneller als die Strömung.

Dirk schätzte seinen Kurs ab, schwamm hundert Meter weiter in den Fluss hinaus und hielt dann inne. Summer kraulte zunächst an ihm vorbei, ehe ihr klar wurde, dass er zurückgeblieben war.

»Was gibt's? Wir müssen weiter«, flüsterte sie, nachdem sie kehrtgemacht hatte.

Dirk deutete mit dem Kopf flussabwärts, zu dem Katamaran. Das schnittige Boot zog in weitem Bogen auf den Strom hinaus und drehte dann ab. Er überschlug kurz den Kurs, auf dem es bei dieser Runde zurückkommen würde.

»Wenn sie das nächste Mal flussaufwärts suchen, haben sie uns in Sichtweite«, sagte er leise.

Summer wusste, dass er Recht hatte. Bei der nächsten Runde konnten sie von den Suchscheinwerfern erfasst werden. Sie mussten also tauchen und mehrere Minuten unten bleiben, wenn sie nicht entdeckt werden wollten.

Dirk warf einen kurzen Blick flussaufwärts. »Schwesterherz, ich glaube, wir gehen zu Plan B über.«

»Plan B?«, fragte sie.

»Ja. Plan B. Daumen raus und trampen.«

Träge schipperte das hölzerne Segelboot, das mit seinem kleinen Hilfsmotor und dem Vorsegel kaum drei Knoten schneller war als die Strömung, den Fluss hinab. Als es näher kam, konnte Dirk erkennen, dass es sich um eine dreimastige Dschunke handelte, etwa fünfundzwanzig Meter lang. Doch im Gegensatz zu den meist ziemlich abgehalfterten Segelbooten, denen man in diesem Teil der Welt für gewöhnlich begegnete, schien die Dschunke in erstklassigem Zustand zu sein. Edles, hervorragend lackiertes Teakholz schimmerte im Schein der schwingenden, bunten chinesischen Lampions, die vom Bug bis zum Heck aufgezogen waren, als ob an Bord eine Party stattfände. Unter Deck lief offenbar eine Stereoanlage, denn Dirk hörte Orchestermusik, erkannte dann eine Gershwin-Melodie. Doch trotz der Festbeleuchtung war keine Menschenseele an Bord zu sehen.

»Ahoi! Wir sind im Wasser. Können Sie uns helfen?«

Niemand reagierte auf Dirks Rufe, als die Dschunke näher kam. Er rief erneut, wieder nur verhalten, um zu verhindern, dass die Männer in dem Katamaran, der jetzt wieder flussaufwärts steuerte, auf sie aufmerksam wurden. Als er ein Stück näher auf die Dschunke zuschwamm, meinte Dirk jemanden am Heck zu sehen, aber wieder antwortete niemand auf seine Hilferufe. Er versuchte es ein drittes Mal, ohne wahrzunehmen, dass der leise tuckernde Dschunkenmotor höher drehte.

Ein kunstvoll geschnitzter Drache am Bug der Dschunke beäugte mit boshaftem Blick die beiden Wesen, die an Steuerbord, keine drei Meter neben ihm, im Wasser trieben, dann glitt der golden schimmernde Teakholzrumpf an Dirk und Summer vorbei, als ob sie einem Geisterschiff begegnet wären, auf dem niemand ihre Hilferufe hören konnte. Als das Heck an ihnen vorbeizog, gab Dirk jede Hoffnung auf und fragte sich nur noch, ob der Bootsführer schlief oder besoffen war, vielleicht auch beides zugleich.

Mit bangem Blick spähte er auf den näher kommenden Katamaran, als plötzlich unmittelbar neben ihm das Wasser aufspritzte. Ein orangefarbener Plastikschwimmer, an einer Leine befestigt, die zum Heck der Dschunke führte, trieb in den Fluten.

»Halte dich gut fest«, sagte er zu seiner Schwester und überzeugte sich davon, dass Summer das Tau zu fassen bekam, bevor er selbst zupackte. Unterdessen machte die Dschunke deutlich mehr Fahrt, und als sich die Leine straffte, wurden sie zunächst unter Wasser gezogen, dann pflügten sie mit dem Gesicht voran durch den Fluss, wie gestürzte Wasserskifahrer, die das Zugseil nicht loslassen wollten. Dirk hangelte sich langsam an der Leine entlang, kletterte dann über das hohe Heck der Dschunke bis zur Reling hinauf. Ein Händepaar tauchte vor ihm in der Dunkelheit auf, dann wurde er am Kragen gepackt und an Bord gezogen.

»Danke«, murmelte Dirk, der den Mann, der neben ihm im Halbdunkel stand, kaum beachtete. »Meine Schwester hängt noch an der Leine«, rief er und zog an dem Tau. Der Mann trat hinter ihn, ergriff das Seil und legte sich mit aller Kraft ins Zeug. Gemeinsam zogen sie Summer am Heck empor und über die Reling, bis sie wie eine gestrandete Flunder an Deck landete. Im nächsten Moment ertönte ein helles Kläffen, dann kam ein kleiner, schwarzbrauner Dackel angestürmt und leckte Summers Gesicht ab.

»Ein bisschen dunkel zum Baden, finden Sie nicht?«, sagte der Fremde auf Englisch.

»Sie sind Amerikaner«, stellte Dirk überrascht fest.

»Im Lande Lincolns geboren und aufgewachsen«, lautete die Antwort.

Dirk musterte den Mann zum ersten Mal. Er war etwa eins

neunzig, fast so groß wie er, brachte aber gut zehn Kilo mehr auf die Waage. Den welligen weißen Haaren und dem dazu passenden Kinnbart nach zu schließen, war er mindestens vierzig Jahre älter als er. Die blaugrünen Augen, die im Laternenschein schelmisch zu funkeln schienen, kamen ihm seltsam bekannt vor. Fast so, als stünde er seinem Vater gegenüber, stellte er schließlich fest, nur dass der Mann ein paar Semester älter war.

»Wir sind in Lebensgefahr«, warf Summer ein und stand auf. Sie nahm den kleinen Hund auf den Arm und kraulte ihn hinter den Ohren, worauf er wie wild mit dem Schwanz wedelte. »Unser Forschungsschiff wurde von dieser Mörderbande versenkt. Die wollen auch uns umbringen«, sagte sie und deutete mit dem Kopf flussabwärts, auf den Katamaran, der in weitem Bogen auf sie zuhielt.

»Ich habe das Maschinengewehrfeuer gehört«, erwiderte der Mann.

»Die haben einen weiteren Angriff vor. Sie müssen die Behörden verständigen«, bat Summer.

»Tausende von Menschenleben sind in Gefahr«, fügte Dirk hinzu.

Der weißhaarige Mann musterte das seltsame Paar von oben bis unten. Summer, die klatschnass war, aber in ihrem zerrissenen Seidenkleid dennoch elegant wirkte; und Dirk, der in seinem zerfledderten blauen Overall ziemlich mitgenommen und angeschlagen aussah. Keiner von beiden versuchte die Handschellen zu verbergen, die sie nach wie vor trugen.

Der Mann grinste leicht. »Ich glaube, ich nehm's euch ab. Ihr solltet euch lieber unter Deck verstecken, bis wir an dem Kat vorbei sind. Ihr könnt in Mausers Kabine bleiben.«

»Mauser? Wie viele Leute sind denn an Bord?«, fragte Dirk.

»Nur ich und der Bursche, der gerade Ihre Schwester küsst«, erwiderte er. Dirk drehte sich um und sah, wie der kleine Dackel fröhlich Summers Gesicht abschleckte.

Der Eigner der Dschunke führte sie rasch durch eine Tür und einen Niedergang hinab, der in eine geschmackvoll eingerichtete Kabine führte.

»Im Badezimmer sind Handtücher, im Schrank trockene Kleider. Und hier, das wird euch aufwärmen.« Er nahm eine Flasche, die auf einem Beistelltisch stand, und goss beiden ein Glas mit einer klaren Flüssigkeit ein. Dirk trank einen Schluck von dem bitter schmeckenden, aber trotzdem weichen Getränk, das offenbar einen hohen Alkoholgehalt hatte.

»Soju«, sagte der Mann. »Ein einheimischer Reisschnaps. Bedient euch. Ich sehe unterdessen zu, dass wir an euren Freunden in dem Kat vorbeikommen.«

»Danke für Ihre Hilfe«, erwiderte Summer. »Übrigens, ich heiße Summer Pitt, und das ist mein Bruder Dirk.«

»Freut mich, eure Bekanntschaft zu machen. Clive Cussler ist mein Name.«

Cussler begab sich wieder ans Ruderrad und kuppelte den Motor ein, gab etwas mehr Gas und steuerte die Dschunke weiter in Richtung Flussmitte. Es dauerte nur ein paar Minuten, bis der Katamaran näher kam, längsseits ging und die Dschunke mit seinen Scheinwerfern in gleißendes Licht tauchte. Cussler stülpte sich einen Bauernhut aus Stroh auf den Kopf und beugte sich über das Ruderrad.

Im blendenden Licht der Suchscheinwerfer sah er, dass etliche Männer Schnellfeuergewehre auf ihn gerichtet hatten. Als der Katamaran nur mehr wenige Zentimeter von der Backbordwand entfernt war, brüllte ihm jemand, den er nicht sehen konnte, über die Bordsprechanlage eine Frage zu. Cussler schüttelte den Kopf. Ein weiterer Befehl ertönte vom Katamaran, während die Strahlen der Suchscheinwerfer über die Dschunke hinweghuschten. Wieder schüttelte Cussler den Kopf, fragte sich aber gleichzeitig, ob jemand die tropfnasse Taurolle und die Fußabdrücke auf den Decksplanken bemerken würde. Mehrere Minuten lang blieb der Katamaran neben der Dschunke liegen, als überlegten die Männer, ob sie an Bord gehen sollten. Dann heulten die Maschinen auf, der Katamaran jagte in Richtung Ufer davon und nahm die Suche wieder auf.

Cussler steuerte die Dschunke den Unterlauf des Han hinab

bis zur Mündung ins Gelbe Meer. Als er in die offene See stieß, wo ihm keine Flussschiffe mehr nahe kommen konnten, drückte er auf ein paar Knöpfe am Ruderstand. Elektrische Winden surrten los, zogen Rahen auf und setzten die für eine Dschunke typischen roten, viereckigen Luggersegel an Besan- und Großmast. Cussler machte die Ausholer los und stellte den kleinen Dieselmotor ab. Nur noch von Wind und Segeln getrieben, schnitt die Dschunke jetzt elegant durch die Wogen.

»Ein herrliches Boot haben Sie da«, sagte Dirk, als er in Jeans und Polohemd nach oben kam. Summer, die einen etwas zu groß geratenen Overall und ein Arbeitshemd trug, folgte ihm an Deck.

»Das übliche chinesische Handelsschiff, das es schon seit fast zweitausend Jahren gibt«, erwiderte Cussler. »Das hier wurde 1907 für einen wohlhabenden Teehändler in Schanghai gebaut. Es besteht ausschließlich aus einem harten Teakholz, das ›Takien Tang‹ genannt wird. Es ist praktisch unverwüstlich und erstaunlich seetüchtig.«

»Wo haben Sie es gefunden?«, fragte Summer.

»Ein Freund von mir hat es auf einer malaysischen Abwrackwerft entdeckt und beschlossen, es zu überholen. Hat sechs Jahre gedauert, bis er damit fertig war. Als ihn das Segeln gelangweilt hat, hab ich's ihm für ein paar Oldtimer abgehandelt. Ich will damit einen Pazifiktörn machen. Habe in Japan angefangen und will bis runter nach Wellington segeln.«

»Segeln Sie allein?«, fragte Summer.

»Das Boot ist mit einem starken Dieselmotor und elektrischen Winden für die Luggersegel ausgerüstet. Alles per Autopilot gesteuert. Lässt sich mühelos handhaben, und ich kann es tatsächlich allein segeln.«

»Haben Sie ein Satellitentelefon an Bord?«, fragte Dirk.

»Leider nein. Ich kann Ihnen allenfalls ein Schiffsfunkgerät bieten. Ich wollte auf diesem Törn nicht von Telefonanrufen oder Internet-Nachrichten behelligt werden.«

»Verständlich. Wohin sind Sie unterwegs, und wo befinden wir uns im Moment?«, fragte er.

Cussler holte eine Seekarte heraus und hielt sie unter das schwache Licht der Steuerkonsole. »Wir laufen gerade ins Gelbe Meer ein, etwa vierzig Meilen nordwestlich von Seoul. Ich nehme an, ihr wollt nicht bis Wellington an Bord bleiben«, sagte er grinsend, während er mit dem Zeigefinger über die Karte fuhr. »Wie wär's mit Inchon?«, fragte er und tippte auf die Karte. »Ich kann euch in etwa acht Stunden dort absetzen. Ich glaube, irgendwo in der Nähe ist ein Stützpunkt der US Air Force.«

»Das wäre großartig. Ich muss ein Telefon auftreiben und mit jemandem in der NUMA-Zentrale sprechen.«

»Die NUMA«, sagte Cussler versonnen. »Ihr seid nicht zufällig auf dem NUMA-Schiff gewesen, das südwestlich von Japan gesunken ist?«

»Die *Sea Rover*. Doch, sind wir. Woher wissen Sie darüber Bescheid?«, fragte Summer.

»Es kam über CNN. Ich habe ein Interview mit dem Kapitän gesehen. Er hat berichtet, dass die Besatzung nach einer Explosion im Maschinenraum von einem japanischen Frachter gerettet wurde.«

Dirk und Summer schauten sich ungläubig an.

»Captain Morgan und die Besatzung sind am Leben?«, stieß sie schließlich aus.

»Ja, genauso hieß er. Ich glaube, er hat gesagt, dass die ganze Besatzung gerettet wurde.«

Summer berichtete ihm von dem Angriff auf das Schiff, ihrer Entführung durch Kangs Männer und der Angst, die sie um die Besatzung der *Sea Rover* ausgestanden hatten.

»Ich nehme an, da draußen sind noch ein paar Leute, die euch ans Leder wollen«, sagte Cussler. »Vorerst seid ihr hier in Sicherheit. In der Kombüse sind ein paar Sandwiches und Bier. Nehmt einen Happen zu euch und ruht euch ein bisschen aus. Ich wecke euch, wenn wir in Inchon sind.«

»Danke. Das lass ich mir nicht zweimal sagen«, erwiderte Summer und ging unter Deck.

Dirk blieb noch einen Moment an der Reling stehen und betrachtete den Horizont, wo sich das erste Morgenrot zeigte.

Während er über die Ereignisse der letzten drei Tage nachdachte, fasste er einen Entschluss. Die Besatzung der *Sea Rover* hatte den Untergang des Forschungsschiffes wie durch ein Wunder überlebt. Aber dennoch hatte Kang Blut an den Händen, und außerdem wusste er jetzt, dass noch viel mehr auf dem Spiel stand. Wenn das, was Kang ihnen erzählt hatte, zutraf, schwebten Millionen Menschen in Lebensgefahr. Diesem Wahnsinnigen musste Einhalt geboten werden, und zwar schleunigst.

DRITTER TEIL

Startversuche

Sea-Launch-Plattform Odyssey und
NUMA-Luftschiff Icarus

16. Juni 2007
Long Beach, Kalifornien

37

Obwohl es in Südkalifornien an diesem Morgen kühl und feucht war, spürte Danny Stamp, wie ihm der Schweiß über die Unterarme lief. Der altgediente Ingenieur war nervös wie ein Teenager beim Tanzstunden-Abschlussball. Aber alle, die ihn kannten, konnten bestätigen, dass es ihm immer so ging, wenn sein Baby unterwegs war.

Sein Baby war nicht etwa ein in Windeln gewickelter Säugling, sondern eine 64 Meter lange Flüssigbrennstoff-Rakete vom Typ Zenit-3SL, die gerade zur Abschussrampe transportiert wurde. Der rundliche Raketentechniker mit dem Glatzenansatz spähte gespannt über die Reling der Schiffsaufbauten, als die 90 Millionen Dollar teure Rakete, für die er verantwortlich war, unter ihm in Sicht kam. Als der riesige weiße Zylinder auf einem vielrädrigen Tieflader aus der Montagehalle rollte, fiel Stamps Blick auf die großen blauen Lettern, die auf der Raketenhülle prangten: SEA LAUNCH.

Die vor rund zehn Jahren gegründete Firma Sea Launch war ein multinationales Unternehmen, das im Privatauftrag Raketen startete und kommerzielle Telekommunikationssatelliten in die Erdumlaufbahn brachte. Der amerikanische Luft- und Raumfahrtgigant Boeing war der Hauptfinanzier der Firma, die sich vertraglich dazu verpflichtete, nicht nur die Raketen ins All zu schießen, sondern auch für den Einbau der Satelliten zu sorgen. Zwei russische Unternehmen, die aus Schwertern Rubel machen wollten, schlossen sich dem Konsortium an und lieferten die Raketen, beziehungsweise die »Launch Vehicles«, wie sie unter Fachleuten genannt wurden. Die Zenit, ehemals militärisch genutzte Raketen, die Atomsprengköpfe tragen konnten, waren bestens erprobt und für den zivilen Einsatz geeignet. Doch es war eine norwegische Firma namens Kvaerner, die den vermutlich wichtigsten Beitrag zu dem Unternehmen leistete. Auf der Basis einer Nordsee-Bohrinsel konstruierte die in Oslo ansässige Firma eine schwimmende Abschussrampe mit eigenem Antrieb, die in nahezu allen Ozeanen der Welt in Startposition gebracht werden konnte.

Bei Verkaufsgesprächen mag das zwar ein interessantes Argument sein, in der Praxis aber gibt es nur eine Region in der Welt, von der aus sich Raketenstarts lohnen, und das ist der Äquator. Von dort aus kann man einen geosynchronen Satelliten, der in einer festen Position in der Erdumlaufbahn bleibt, auf kürzestem Weg ins All schießen. Da man dabei weniger Raketenbrennstoff verbraucht, kann man eine größere Nutzlast einsetzen. Satellitenbetreiber, die möglichst hohe Erträge für ihre viele Millionen Dollar teuren Investitionen herausholen wollen, bietet sich dadurch die Möglichkeit, leistungsfähigere Satelliten zu verwenden oder ihnen mehr Brennstoff mitzugeben und somit ihre Lebensdauer zu verlängern. Der Einbau der Satelliten in Long Beach und der anschließende Transport der Rakete zu ihrer Startposition am Äquator hatten sich von einer faszinierenden Idee zu einem einträglichen Geschäft im hochriskanten, aber nicht minder profitablen Gewerbe der zivilen Raumfahrt entwickelt.

Ein an Stamps Gürtel befestigtes Motorola-Funkgerät knisterte plötzlich. »Rollout beendet. Bereit zum Anhaken«, meldete sich eine Stimme. Stamp wartete einen Moment und musterte die Zenit-Rakete, die wie ein Wespenstachel über das Heck des Schiffes ragte. Denn das Team von Sea Launch hatte seinen Kunden noch mehr zu bieten – es setzte die Rakete und ihre Nutzlast auch im Innern eines eigens dazu umgebauten Schiffes zusammen, der *Sea Launch Commander*. Das offiziell so genannte »Montage- und Kommandoschiff«, ursprünglich ein 200 Meter langer Frachter, hatte eine mit zahllosen Computern bestückte Kommandozentrale auf dem Oberdeck, von der aus der Start auf See geleitet wurde. Im Unterdeck befand sich eine riesige Montagehalle, in der die Bauteile der Zenit-Rakete lagerten. Hier setzte eine Heerschar von Technikern und Ingenieuren, alle in weißen Kitteln, mithilfe einer Gleisanlage, die sich fast über die gesamte Schiffslänge erstreckte, die einzelnen Stufen der russischen Rakete zusammen. Sobald die Rakete fertig war, wurde der Satellit in die oberste Stufe eingebaut und das ganze Launch Vehicle anschließend waagerecht und im Schneckentempo aufs Achterschiff der *Sea Launch Commander* gerollt.

»Nehmt sie an die Haken. Umladen, wenn ihr bereit seid«, antwortete Stamp mit einem leicht nach Mittelwesten klingenden Akzent über Funk. Er warf einen Blick auf den mächtigen Kran, der am Rand der hohen Startrampe stand. Zwei schräge M-förmige Ausleger, von denen etliche dicke Trossen hingen, ragten über die Plattform hinaus. Die schwimmende Startrampe, auf den Namen *Odyssey* getauft, lag dicht hinter der *Sea Launch Commander*, sodass sich die Kranarme genau über der Rakete befanden. Nahezu lautlos wurden die Zugseile herabgelassen und von etlichen Ingenieuren und Technikern an einer Reihe von Schlingen befestigt, die über die ganze Länge der Rakete verteilt waren.

»*Sea Launch Commander*, hier *Odyssey*«, meldete sich eine neue Stimme über Stamps Funkgerät. »Sind bereit zum Umladen.«

Stamp nickte einem kleinen, bärtigen Mann zu, der neben ihm stand. Er hieß Christiano und war der Kapitän der *Sea Launch Commander*. Christiano sprach in sein Funkgerät.

»Hier *Commander*. Ihr könnt sie jederzeit umladen. Viel Glück, *Odyssey*.«

Kurz darauf strafften sich die Zugseile, und die waagerecht liegende Rakete wurde langsam vom Tieflader gehoben. Stamp hielt die Luft an, als die Zenit hochgehievt wurde und über der *Commander* hing. Die noch nicht betankte Rakete wog nur einen Bruchteil ihres Startgewichts, daher ging das Ganze wie geschmiert, so als transportierte man eine leere Bierdose. Trotzdem war Stamp nervös, als er die über ihm hängende Rakete betrachtete.

Nachdem sie quälend langsam zu der Startrampe gehievt worden war, betätigten die Kranführer die Winden und zogen die Rakete waagerecht in einen klimatisierten Hangar auf dem hohen Deck der *Odyssey*. Sobald die Raketenspitze das Tor passiert hatte, wurde das Launch Vehicle vorsichtig auf einen vielrädrigen Tieflader abgelassen. Wenn die schwimmende Startrampe die Abschussstelle erreichte, wurde die Rakete auf dem Tieflader aus dem Hangar gerollt und am Startturm aufgerichtet.

»Launch Vehicle ist gesichert. Gut gemacht, meine Herren. Das Bier heute Abend geht auf mich. *Odyssey* Ende.«

Stamp entspannte sich sichtlich und grinste übers ganze Gesicht. »Ein Kinderspiel«, sagte er zu Christiano, als hätte er nie daran gezweifelt, dass es klappen würde.

»Sieht so aus, als ob wir doch noch den vorgesehenen Starttermin in siebzehn Tagen einhalten können«, erwiderte Christiano, während er zusah, wie der leere Tieflader, auf dem die Rakete gelegen hatte, wieder in die Montagehalle rollte. »Der Langzeitwetterbericht sieht immer noch günstig aus. Nach dem Betanken und ein paar letzten Checks kann die *Odyssey* in vier Tagen auslaufen, und wir folgen ihr mit der *Sea Launch Commander* achtundvierzig Stunden später, sobald wir weitere Ersatzteile und Proviant an Bord genommen haben. Wir holen sie locker ein, bevor sie die Abschussstelle erreicht.«

»Ist auch gut so«, sagte Stamp erleichtert. »Laut Vertrag wird eine mörderische Strafe fällig, wenn wir sie zu spät starten.«

»Niemand konnte vorhersehen, dass sich die Lieferung der Raketenbauteile durch den Hafenarbeiterstreik um fünfzehn Tage verzögert«, sagte Christiano kopfschüttelnd.

»Der Montagetrupp hat eine Höllenarbeit geleistet, um die verlorene Zeit wieder gutzumachen. An die Kosten für die Überstunden darf ich gar nicht denken, aber das Team muss einen neuen Rekord aufgestellt haben. Und das trotz der Heimlichtuerei unseres Kunden hinsichtlich der Nutzlast.«

»Was ist denn an einem Fernsehsatelliten so furchtbar geheimnisvoll?«

»Frag mich nicht«, sagte Stamp achselzuckend. »Die typisch asiatische Verschwiegenheit, nehme ich an. Für mich macht das ganze Unternehmen sowieso keinen Sinn. Die haben einen relativ leichten Satelliten, den sie jederzeit mit einer chinesischen Rakete hätten hochschießen können, was ein paar Millionen billiger gewesen wäre.«

»Angst vor den Chinesen ist im Fernen Osten nichts Ungewöhnliches.«

»Stimmt, aber wenn's um Dollar und Cent geht, wird sie schnell überwunden. Vielleicht hat es was mit dem Chef der Telekommunikationsfirma zu tun. Anscheinend ist er ein richtiger Sonderling.«

»Ihm gehört das Unternehmen, nicht wahr?«, fragte Christiano, während er zum Himmel blickte und sich zu erinnern versuchte.

»Jawohl«, erwiderte Stamp. »Dae-jong Kang ist ein reicher und mächtiger Mann.«

Kang lehnte sich in den Ledersessel in seinem mit Kirschholz getäfelten Arbeitszimmer zurück und hörte gespannt dem technischen Vortrag zweier Ingenieure aus seiner Niederlassung in Inchon zu. Tongju saß schweigend im hinteren Teil des Raumes und musterte die Männer unverwandt mit seinen dunklen Augen. Einer der Ingenieure, ein schmächtiger, ungepflegt wirkender Mann mit Brille und hoher Stirn, wandte sich mit rauer Stimme an Kang.

»Wie Sie wissen, wurde der Satellit Koreasat 2 vor etwa drei Wochen an das mit dem Start betraute Unternehmen geliefert, wo er in die Ladebucht an der Spitze der Zenit-Rakete eingebaut wurde. Mittlerweile wurde die Rakete auf die schwimmende Abschussrampe verladen, die zurzeit für die Fahrt zum Äquator vorbereitet wird.«

»Und es gab keine Sicherheitslücken?«, fragte Kang, der Tongju einen kalten Blick zuwarf.

Der Ingenieur schüttelte den Kopf. »Wir hatten unser eigenes Sicherheitsteam, das den Satelliten rund um die Uhr abschirmte. Die Leute von Sea Launch ahnen nicht das Geringste. Rein äußerlich sieht er aus wie jeder andere Fernsehsatellit. Und jetzt, da er eingebaut ist, besteht kaum noch Gefahr, dass jemand Verdacht schöpft.« Der Ingenieur griff zu einer randvoll gefüllten Kaffeetasse, trank einen Schluck und verschüttete dabei ein paar Tropfen, die auf dem abgewetzten Ärmel seines karierten Sportsakkos landeten. Zuvor hatte bereits seine Krawatte etliche Spritzer abbekommen.

»Die Sprühvorrichtung... wurde ihre Einsatzfähigkeit überprüft?«, fragte Kang.

»Ja. Wie Sie wissen, haben wir im Vergleich zu dem Modell, das bei den Aleuten erprobt wurde, ein paar Veränderungen vorgenommen. Wir haben es nicht mehr mit zwei Kampfstoffen zu tun, da wir auf die Zyanidbeimengung verzichten. Zudem verfügt das System jetzt über auswechselbare Behälter, was uns die Möglichkeit gibt, die Zuladung mit dem Biokampfstoff nur wenige Stunden vor dem Start anzubringen. Und natürlich ist das Fassungsvermögen weitaus höher. Das vor den Aleuten erprobte Modell enthielt, wie Sie sich vielleicht erinnern, nur fünf Kilogramm der biochemischen Verbindung. Der Satellit hingegen wird nach der Hydrierung 325 Kilogramm des Chimärenkampfstoffs freisetzen. Bevor der Satellit von Sea Launch eingebaut wurde, haben wir spätnachts einen letzten Test unter sicheren Bedingungen vorgenommen. Die Testergebnisse waren einwandfrei. Wir sind davon überzeugt, dass unser Sprühsystem über dem Zielgebiet wie geplant funktionieren wird.«

»Ich erwarte, dass unsere Technik fehlerlos arbeitet«, stellte Kang fest.

»Der Start ist die kritischste Phase des Unternehmens«, fuhr der Ingenieur mit der rauen Stimme fort. »Lee-Wook, verfügen wir über die nötigen Befehls- und Steuerungsdaten, um den Start eigenhändig durchzuführen?«

Der zweite Ingenieur, ein jüngerer Mann mit fettigen Haaren

und breiter Nase, wirkte im Beisein von Kang sichtlich eingeschüchtert.

»Beim Start gilt es vor allem zweierlei zu berücksichtigen«, erwiderte Lee-Wook leicht stotternd. »Zunächst muss die schwimmende Abschussrampe in Position gebracht und stabilisiert werden, dann wird die Rakete aufgerichtet, betankt und für den Start vorbereitet. Wir haben uns die üblichen Ablaufpläne von Sea Launch besorgt«, sagte er, ohne zu erwähnen, wieviel Schmiergeld dabei geflossen war. »Mittlerweile haben unsere Leute die einzelnen Schritte eingehend studiert und gründlich eingeübt. Darüber hinaus haben wir uns der Dienste zweier ukrainischer Startspezialisten versichert, die ehemals bei Juschnoje beschäftigt waren, dem Hersteller der Zenit-Rakete. Sie helfen uns bei der Berechnung der Treibstoffmenge und der Flugbahn und werden uns auch bei den technischen Vorbereitungen zur Hand gehen.«

»Ja, ich weiß sehr wohl, welche Anreize dazu erforderlich waren«, entgegnete Kang verächtlich. »Ich glaube, was Erpressung angeht, könnten die Russen dem Westen noch das eine oder andere beibringen.«

Lee-Wook, der sein Stottern allmählich in den Griff bekam, fuhr fort, ohne auf die Bemerkung einzugehen. »Der zweite kritische Punkt ist der eigentliche Start und die Flugkontrolle. Bei einem herkömmlichen Seestart ist das Montage- und Kommandoschiff von Sea Launch dafür zuständig. Bei unserem Start übernimmt die *Baekje* diese Aufgabe. Wir haben das Schiff mit den nötigen Kommunikationsgeräten und Computern ausgestattet, die für die Start- und Flugkontrolle erforderlich sind«, sagte Lee-Wook, der jetzt fast flüsterte. »Und zuletzt haben wir die Software eingegeben, mit der die Rakete überwacht, kontrolliert und gesteuert wird. Der Softwarekode für die Zündphase, die Telemetrie und Flugkontrolle umfasst mehrere Millionen Zeilen.«

»Haben wir die für unseren Einsatz nötige Software erstellt?«

»Die Software eigenhändig zu schreiben und zu erproben, hätte viele Monate in Anspruch genommen. Aber glücklicherweise waren all diese Software-Programme in den Dateien des Montage- und Kommandoschiffes enthalten. Und da wir die Kunden sind, hatten unsere Leute fast drei Wochen lang uneingeschränkten Zugang zu dem Schiff, während Koreasat 2 in die Rakete eingebaut wurde. Und als sich unsere Spezialisten erst einmal an Bord befanden, stellten sie fest, dass sie mühelos in die Großrechner des Schiffes eindringen und den Softwarekode in ihren Besitz bringen konnten. Wir haben die Kopien der Software heruntergeladen, ohne dass deren Computerexperten etwas bemerkten, und den Kode innerhalb von vier Tagen per Satellit von dem Sea-Launch-Schiff an unser Labor in Inchon übermittelt.«

»Aber mir wurde mitgeteilt, dass die *Baekje* – beziehungsweise die *Koguryo*, wie sie jetzt heißt – vor einem Tag ausgelaufen ist.«

»Wir haben bereits einen Teil des Programms in die Bordcomputer eingespeist und werden die übrige Software via Satellit herunterladen, wenn das Schiff sein Ziel anläuft.«

»Haben Sie schon eine Flugbahn für den optimalen Einsatz des Kampfstoffes errechnet?«, fragte Kang.

»Theoretisch können wir die Rakete bis zu viertausend Kilometer vom Zielgebiet entfernt starten. Allerdings ist dann die Wahrscheinlichkeit, dass wir zielgenau treffen, ziemlich gering. Es gibt kein Leitsystem für suborbitale Nutzlasten, daher sind wir von Windrichtung und -geschwindigkeit, Schubkraft und Startposition abhängig. Unsere ukrainischen Ingenieure haben anhand der für gewöhnlich im Pazifik herrschenden Windbedingungen errechnet, dass die maximale Zielgenauigkeit bei einer Entfernung von etwa vierhundert Kilometern erreicht wird. Wenn man die zum Zeitpunkt des Starts vorherrschenden Witterungsbedingungen einbezieht, können wir damit rechnen, dass die Zuladung in einem Umkreis von etwa fünf Kilometern zur Erde fällt.«

»Aber die Sprühvorrichtung wird lange vorher aktiviert«, warf der erste Ingenieur ein.

»Richtig. Das Sprüh- oder Zuladungssystem wird in einer Höhe von sechstausend Metern aktiviert. Dies geschieht, kurz nachdem die Verkleidung an der Spitze der Rakete abgeworfen wird. Beim Rücksturz zur Erde wird das Zuladungssystem pro Kilometer Höhenverlust nahezu acht Kilometer Entfernung zurücklegen. Folglich wird der Kampfstoff über einem etwa achtundvierzig Kilometer langen Korridor ausgestreut.«

»Mir wäre es lieber gewesen, wenn der Start nicht so nahe am nordamerikanischen Festland erfolgen würde«, sagte Kang stirnrunzelnd. »Aber wenn es die Zielgenauigkeit erfordert, dann soll es so sein. Die Flugbahn wird durch den Raketenantrieb bestimmt?«

»Genau. Die Zenit-4SL ist eine dreistufige Rakete zur Beförderung schwerer Nutzlasten in die Erdumlaufbahn. Aber die von uns gewünschte Maximalhöhe liegt bei knapp fünfzig Kilometern, daher werden wir die zweite und dritte Stufe gar nicht und die erste nur teilweise betanken. Wir können den Antrieb jederzeit stilllegen und werden ihn auch dahingehend programmieren, dass er sich nach etwas über einer Flugminute automatisch abschaltet. Wenn die Rakete in den Sinkflug in Richtung Osten übergeht, sprengen wir den vorderen Teil ab und lösen die Ummantelung um die Nutzlast. Der falsche Satellit schaltet dann automatisch die Sprühvorrichtung ein, die den Kampfstoff bis zum Aufschlag freisetzt.«

»Und wir sind uns absolut sicher, dass die amerikanische Raketenabwehr keine Gefahr darstellt?«

»Das amerikanische Raketenabwehrsystem steckt noch in den Kinderschuhen. Außerdem ist es für Interkontinentalraketen angelegt, die über tausende von Meilen anfliegen. Sie werden gar keine Zeit haben zu reagieren. Und selbst wenn, würde das Abfanggeschoss erst nach der Absprengung einschlagen. Damit ließe sich bestenfalls die Trägerrakete zerstören. Nein, Sir, sobald wir die Rakete gestartet haben, lässt sich der Einsatz der Zuladung nicht mehr verhindern.«

»Ich erwarte, dass der Countdown stattfindet, wenn sich die Führer der sogenannten G 8, der acht wirtschaftlich stärksten Nationen der Welt, im Zielgebiet aufhalten«, versetzte Kang kurz und barsch.

»Der Start wird, wenn es die Witterungsbedingungen zulassen, beim Empfang zum Auftakt des Gipfeltreffens erfolgen«, sagte der Ingenieur nervös.

»Soweit ich weiß, wollen Sie die ganze Sache von Inchon aus beaufsichtigen?«

»Das Telekommunikationslabor steht in ständiger Verbindung mit der *Koguryo* und wird den Start in Echtzeit verfolgen. Natürlich werden wir der Schiffsbesatzung bei den Vorbereitungen zum Countdown beratend zur Seite stehen. Ich darf doch annehmen, dass Sie uns beim Start Gesellschaft leisten?«

Kang nickte. »Wenn es mein Zeitplan zulässt. Sie haben hervorragende Arbeit geleistet. Bringen Sie dieses Unternehmen zu einem erfolgreichen Abschluss, dann erweisen Sie dem Zentralen Volkskomitee einen großen Ehrendienst.«

Kang nickte erneut und gab damit zu verstehen, dass die Besprechung vorüber war. Die beiden Ingenieure warfen sich einen kurzen Blick zu, verbeugten sich dann vor Kang und schlurften lautlos aus dem Arbeitszimmer. Tongju erhob sich von seinem Stuhl und trat vor den ausladenden Mahagonischreibtisch.

»Steht Ihr Kampftrupp bereit?«, fragte Kang seinen Killer.

»Ja, meine Männer sind in Inchon auf dem Schiff geblieben. Mit Ihrem Einverständnis werde ich mit einem Firmenjet zu einem verlassenen japanischen Flugplatz auf den Ogasawara-Inseln fliegen, von wo aus ich mich für die Dauer des Einsatzes wieder aufs Schiff begeben werde.«

»Ja, ich möchte, dass Sie bei der Angriffsphase die Führung übernehmen.« Kang schwieg einen Moment. »Die Umsetzung unseres Vorhabens ist jetzt so weit gediehen, dass wir uns keinen Fehlschlag mehr leisten dürfen«, sagte er streng. »Sie sind mir dafür verantwortlich, dass unser Unternehmen auch weiterhin absolut geheim bleibt.«

»Die beiden Amerikaner … die sind bestimmt im Fluss ertrunken«, erwiderte Tongju leise, wusste er doch genau, worauf Kang anspielte.

»Sie wissen nur wenig und haben keinerlei Beweise, selbst wenn sie überlebt haben sollten. Weitaus schwieriger wird es, die Tarnung aufrechtzuerhalten, wenn das Unternehmen gelingt. Die Japaner müssen als die Verantwortlichen hingestellt werden, ausschließlich.«

»Wenn der Angriff erst erfolgt ist, befinden sich die einzigen Beweise an Bord der *Koguryo*.«

»Genau. Deshalb muss das Schiff nach dem Abschuss vernichtet werden«, sagte Kang beiläufig.

Tongju zog eine Augenbraue hoch. »Wird mein Kampftrupp an Bord des Schiffes sein?«, fragte er. »Und Ihre Fachleute für Telekommunikation und Satellitentechnologie ebenfalls?«

»Bedauerlicherweise ist Ihr Trupp entbehrlich. Und ich habe bereits veranlasst, dass meine Topingenieure während des Unternehmens in Inchon bleiben. Es muss sein, Tongju«, sagte Kang, der ausnahmsweise eine Spur Mitgefühl zeigte.

»Ich werde dafür sorgen.«

»Nehmen Sie diese Koordinaten«, sagte Kang und schob einen Briefumschlag über den Schreibtisch. »Einer meiner Frachter, der sich auf dem Weg nach Chile befindet, wird an dieser Position warten. Sobald der Start erfolgt ist, sagen Sie dem Kapitän, er soll die *Koguryo* in Sichtweite des Frachters bringen und sie versenken. Nehmen Sie den Kapitän und zwei, drei Männer mit, wenn Sie wollen, und begeben Sie sich auf den Frachter. Aber die *Koguryo* und ihre Besatzung dürfen auf keinen Fall überleben.«

Tongju nickte schweigend und akzeptierte ohne weitere Frage seinen mörderischen Auftrag.

»Viel Glück«, sagte Kang, erhob sich und geleitete ihn zur Tür. »Unser Vaterland verlässt sich auf Sie.«

Als er gegangen war, kehrte Kang an seinen Schreibtisch zurück und starrte eine Zeit lang die Decke an. Jetzt war das Räderwerk in Gang gesetzt, jetzt konnte er nur noch abwarten. Nach einer Weile zog er einen Ordner mit Bilanzberichten heraus und berechnete den voraussichtlichen Gewinn für das kommende Quartal.

38

Das Gipfeltreffen der G 8 ist eine 1975 vom damaligen französischen Staatspräsidenten Giscard d'Estaing ins Leben gerufene informelle Gesprächsrunde, bei der die Oberhäupter der großen Industrienationen zusammenkommen und aktuelle Themen der Weltwirtschaft diskutieren. Weder Berater noch andere Mitarbeiter haben Zugang zu diesem einmal im Jahr stattfindenden Treffen, an dem nur Regierungschefs teilnehmen dürfen. Bei diesen Konferenzen kommt manchmal zwar nicht mehr heraus als ein gemeinsames Foto, doch im Lauf der Jahre wurde die Agenda über die bloße Wirtschaftspolitik hinaus auch auf andere Themen ausgedehnt, darunter Gesundheits- und Umweltfragen sowie der Kampf gegen den Terror.

Da er unlängst ein umfangreiches Gesetzespaket verabschiedet hatte, um der globalen Erwärmung Einhalt zu gebieten, wollte der Präsident der Vereinigten Staaten als Gastgeber des nächsten Gipfeltreffens für seine Initiativen zum Schutz der Umwelt werben. In Anlehnung an einen von früheren Gastgebern praktizierten Brauch hatte Präsident Ward das malerische und abgeschiedene Yosemite Valley als Tagungsort auserkoren. Die abgelegene Gegend, so wusste er, würde einen Großteil der städtischen Demonstranten abschrecken. Aber in einer für ihn untypischen Verbeugung vor der weltweiten Schwärmerei für Hollywood hatte er sich bereit erklärt, den Empfang am Vortag des Gipfels in einem eleganten Hotel in Beverly Hills im Beisein der führenden Filmstars, Regisseure und Studiobosse auszurichten. Wie zu erwarten, wurde die Einladung von den führenden Staatsmännern Japans, Italiens, Frankreichs, Deutschlands, Russlands, Kanadas und Großbritanniens angenommen.

Der Präsident und seine Sicherheitsberater konnten nicht einmal ahnen, dass Beverly Hills sich mitten im Zielgebiet von Kangs Terroranschlag befand.

Widrige Witterungsbedingungen, unvorhersehbare technische Probleme, tausenderlei andere Sachen konnten den Zeitplan über den Haufen werfen, das wusste Kang. Aber das Ziel war gesteckt. Ein erfolgreicher Schlag gegen die versammelten Regierungschefs der größten Industrienationen würde unermesslichen Schaden anrichten. Selbst wenn die Führer der G-8-Nationen nicht betroffen wären, würde das Entsetzen über den Anschlag die Welt erschüttern.

Der draußen im Pazifischen Ozean gestartete Satellit, der sich in weitem Bogen über den Himmel nähern würde, war so programmiert, dass beim Überqueren der Küste die Sprühvorrichtung aktiviert wurde. Über dem Strand von Santa Monica würde er die ersten Kampfstoffe freisetzen, dann eine tödliche Spur über das nördliche Los Angeles, die schicken Anwesen in Beverly Hills, die Filmstudios von Hollywood und anschließend über die Vorortbezirke von Glendale und Pasadena ziehen. Über der Rose Bowl dürften sich die Behälter mit den Viren geleert haben, worauf er irgendwo in den San Gabriel Mountains aufschlagen und bis zur Unkenntlichkeit zerstört werden würde.

Die Menschen auf den Straßen würden den leichten Dunst, der sich am Boden ausbreitete, für harmlos halten. Doch die versprühten Viren würden vierundzwanzig Stunden lang überleben, und sie waren hochgradig ansteckend, selbst bei niedriger Dosierung. In dem allgemeinen Trubel und Gedränge, das in Los Angeles herrschte, würden die unsichtbaren Viren ungezählte ahnungslose Opfer befallen, Männer, Frauen und Kinder gleichermaßen. Sobald das Virus in den Wirtskörper eingedrungen war, würde es dessen Zellen angreifen. Doch es wirkte wie eine heimlich tickende Zeitbombe. In der anschließenden zweiwöchigen Inkubationszeit würden keinerlei Anzeichen oder Symptome einer Infektion auftreten. Danach aber würde es Angst und Schrecken verbreiten.

Anfangs würden es nur die Hausärzte wahrnehmen, zu denen sich zusehends mehr Patienten schleppten, die über Fieber und Gliederschmerzen klagten. Binnen kürzester Zeit aber würden es so viele sein, dass sämtliche Notaufnahmestationen im Bezirk Los Angeles überlastet wären. Da die Seuche seit über dreißig

Jahren als ausgerottet galt, würde es eine Zeit lang dauern, bis man die Ursache der Erkrankung erkannte. Wenn man schließlich feststellte, dass es sich um Pocken handelte und das wahre Ausmaß der Epidemie begriff, würde das reinste Chaos ausbrechen. Zumal die Massenmedien mit ihrer Sensationsgier die allgemeine Hysterie weiter schüren würden, wenn mehr und mehr Fälle bekannt wurden. Ganze Bezirkskrankenhäuser würden lahm gelegt, weil jeder Hypochonder, der Kopfschmerzen oder leicht erhöhte Temperatur hatte, einen Arzt sprechen wollte. Aber für die Gesundheitsbehörden wäre das nur die Spitze des Eisbergs. Da man auf tausende Pockenkranker nicht vorbereitet war, konnten die Kliniken und Krankenhäuser auch nicht die vordringlichste Schutzmaßnahme bei der Behandlung anwenden: absolute Quarantäne. Aber wenn man die eindeutigen Fälle nicht isolieren konnte, würde sich die Epidemie weiter ausbreiten.

Kangs Wissenschaftler gingen selbst bei vorsichtigen Schätzungen davon aus, dass rund zwanzig Prozent der Menschen, die dem tödlichen Dunst ausgesetzt waren, der Krankheit erliegen würden. Selbst wenn die Ladung nur auf einer schmalen Flugbahn über dem Großraum Los Angeles mit seinen mehr als achtzehn Millionen Einwohnern zum Einsatz kam, wären über zweihunderttausend Menschen betroffen, von denen sich rund vierzigtausend anstecken würden. Das wahre Ausmaß der Seuche aber würde sich erst zwei Wochen später offenbaren, wenn die bereits Angesteckten, die in den ersten Tagen keinerlei Anzeichen einer Erkrankung verspürten, den Erreger ahnungslos weiter verbreiteten. Den Berechnungen medizinischer Fachleute zufolge steckt jeder Erstinfizierte zehn weitere Menschen an. Das hieße, dass binnen eines Monats eine halbe Million Menschen mit dem Tod ringen würden.

Die Angst allerdings würde schneller um sich greifen als die Epidemie, denn die Menschen wären schockiert von der Vorstellung, dass der Präsident und die anderen Regierungschefs der G 8 mit einer tödlichen Krankheit ringen könnten. Wenn das Ausmaß der Seuche weiter zunahm, würde die Bundesregierung binnen kurzer Zeit mit Hilferufen der Bürger, der Beschäftigten im Gesundheitswesen und der Medien bombardiert. Die Bundesbehörden würden dem Volk versichern, dass man alles im Griff habe, da genügend Impfstoff vorhanden sei, um die gesamte Bevölkerung gegen Pocken zu schützen. Die Zentrale zur Seuchenbekämpfung würde die örtlichen Gesundheitsämter so schnell wie möglich mit Impfstoffen versorgen, um ein weiteres Ausbreiten der Epidemie zu verhindern. Doch für diejenigen, die sich bereits angesteckt hatten, würde jede Hilfe zu spät kommen. Und bei vielen, die geimpft wurden, würde sich die Maßnahme als nutzlos erweisen.

Denn zum Entsetzen der Ärzte und Gesundheitsämter käme mit einem Mal die wahrhaft mörderische Eigenschaft des Chimärenvirus zum Tragen. Da es über die vereinte Kraft zweier Viren verfügte, würde sich der tödliche Erreger als weitgehend immun gegen die in den USA eingelagerten Pockenimpfstoffe erweisen. Während immer mehr Menschen starben, würden sich zutiefst besorgte Seuchenbekämpfer und Wissenschaftler in aller Eile um die Entwicklung eines wirksamen Impfstoffes bemühen, der sich in großen Mengen herstellen ließe. Doch das würde Monate dauern. Unterdessen würde die Viruserkrankung wie eine Flutwelle über das ganze Land hinwegfegen. Touristen und Reisende aus Los Angeles würden das Virus unwissentlich in sämtliche Ecken und Winkel der Nation schleppen und in tausenden von Städten neue Infektionsherde entstehen lassen. Da sämtliche Impfstoffe unwirksam waren, würden die Behörden die letzte zu Gebot stehende Maßnahme ergreifen, um der Epidemie Einhalt zu gebieten: eine Massenquarantäne. In einem verzweifelten Versuch, den Virensturm einzudämmen, würden sämtliche öffentlichen Versammlungen und Zusammenkünfte verboten werden. Flughäfen würden geschlossen, U-Bahnen und Busse stillgelegt und gleichzeitig strenge Reisebeschränkungen erlassen werden. Man würde die Betriebe dazu zwingen, ihre Angestellten in Urlaub zu schicken, während öffentliche Ämter und Regierungsstellen ihre Dienste einschränken müssten, um nicht noch mehr Mitarbeiter zu verlieren.

Rockkonzerte, Baseballspiele, ja sogar Gottesdienste würden aus Angst vor neuen Ansteckungen abgesagt werden. Nur mit Gummihandschuhen und Mundschutz würden sich die Menschen noch auf die Straße wagen, um Nahrungsmittel und Medikamente zu besorgen.

Die wirtschaftlichen Auswirkungen wären verheerend. Ganze Industriezweige müssten über Nacht ihre Betriebe schließen. Aufgrund der zahllosen beurlaubten und freigestellten Mitarbeiter wäre die Arbeitslosenrate doppelt so hoch wie zur Zeit der Weltwirtschaftskrise. Das Land würde an den Rand des Staatsbankrotts geraten, da die Steuereinnahmen drastisch zurückgehen würden, während die Ausgaben für Nahrungsmittel, Medikamente und Sozialdienste explodierten. Binnen weniger Wochen würde das nationale Produktionsaufkommen auf das Niveau eines Entwicklungslandes sinken.

Die nächste Krise würde auf dem Fuß folgen, wenn die nationale Sicherheit nicht mehr gewährleistet war. Die hochgradig ansteckende Krankheit würde auch die Streitkräfte erfassen und auf tausende von Soldaten und Seeleuten übergreifen, die in engen Unterkünften wohnten. Ganze Divisonen, Kampfflugzeuggeschwader, ja sogar Flotten wären nicht mehr einsatzbereit – aus der Supermacht würde ein Papiertiger. Zum ersten Mal seit fast zweihundert Jahren geriete die Verteidigungsfähigkeit des Landes in Gefahr.

Die Zivilbevölkerung, die Kliniken, Krankenhäuser, Arztpraxen und Leichenhallen wären völlig überfordert. In kürzester Zeit würde die Anzahl der Toten und Kranken zu einer kritischen Masse ansteigen, die man mit den vorhandenen Mitteln nicht mehr bewältigen konnte. Obwohl sie rund um die Uhr arbeiteten, würden sämtliche Krematorien des Landes mit Toten überflutet werden. Leichenberge würden auf den Straßen liegen bleiben, wie einst in Tenochtitlan, als es von Cortés erobert wurde. In aller Eile würde man provisorische Verbrennungsstätten schaffen und Scheiterhaufen auftürmen wie in alter Zeit.

Aus Angst vor einer Ansteckung würden die Menschen nicht mehr mit Nachbarn, Freunden oder gar nahen Verwandten verkehren, sondern sich in ihren Häusern und Wohnungen einschließen. Den Landbewohnern erginge es noch am besten, aber in den großen Städten blieben wohl nur wenige Familien von der Krankheit verschont. Die Betroffenen würden unter Quarantäne gestellt werden, während ihre Angehörigen Bettzeug, Handtücher, Kleidung, Möbel und alles andere verbrannten, in dem sich Erreger eingenistet haben könnten.

Das tödliche Virus würde ohne Rücksicht auf Alter, Klassen- oder Rassenzugehörigkeit wüten. Am schlimmsten aber träfe es die berufstätigen Erwachsenen, die sich einer größeren Ansteckungsgefahr aussetzen müssten, um ihre Familien mit Nahrungsmitteln zu versorgen. Die unmittelbare Folge wäre eine riesige Schar von Waisenkindern im ganzen Land. Wie einst in Westeuropa nach dem Ersten Weltkrieg würde binnen weniger Monate eine ganze Generation dahingerafft werden. Und nur wenn man nach den ersten Krankheitsfällen alle Infizierten an der Ausreise hinderte, wie beim SARS-Erreger geschehen, ließe sich verhindern, dass die Seuche auch andere Länder heimsuchte.

Die Infizierten indessen müssten nach kurzer Zeit immer entsetzlichere Qualen erdulden. Nach der zweiwöchigen Inkubationszeit setzt Fieber ein, gefolgt von einem brennenden Ausschlag, zunächst im Mund, der sich aber bald über Gesicht und Körper ausbreitet. In diesem Stadium sind die Betroffenen hochgradig ansteckend – durch persönlichen Kontakt, aber auch über Kleidung und Bettzeug wird die Seuche weiter übertragen. Im Laufe der nächsten drei, vier Tage entwickelt sich der Ausschlag zu schmerzhaften Pusteln, die scheußlich aussehen und sich anfühlen, als hielte einem jemand eine brennende Fackel an die Haut, bis sie allmählich austrocknen und Schorf bilden, so genannte Borken. Zwei, drei Wochen lang ringt der Betroffene mit dieser Krankheit, die seinen ganzen Körper verunstaltet, bis die letzten Borken abgefallen sind und keinerlei Ansteckungsgefahr mehr besteht. Und die ganze Zeit über muss er allein dagegen ankämpfen, da es kein Heilmittel gibt.

Die Überlebenden behalten, wenn sie Glück haben, scheußliche Narben, die sie ein Leben lang an ihr Leiden erinnern. Die weniger Glücklichen erblinden. Und ein Drittel der Infizierten stirbt eines qualvollen Todes, wenn aufgrund des Virenbefalls Lunge und Nieren versagen.

Doch damit war das Grauen noch lange nicht zu Ende. Denn in den Pockenerregern waren auch HIV-Bausteine verborgen. Durch die besonderen Eigenschaften dieses Virus, das langsamer wirkt und schwerer feststellbar, aber umso tödlicher ist, wurden die Chimärenviren nicht nur resistent gegen Pockenimpfstoff, sie wüteten anschließend unter den überlebenden Opfern weiter. Da deren Immunsystem bereits geschwächt ist, kann sich das Virus im »Wirt« rasend schnell vermehren, in sein Zellmaterial einschmuggeln und es verändern. Während jedoch normalerweise die meisten HIV-Infizierten innerhalb eines Jahrzehnts an den Folgen der Immunschwächeerkrankung sterben, würde die Chimäre in nur zwei, drei Jahren ihre tödliche Wirkung entfalten. Wie eine apokalyptische Achterbahn würde eine weitere Sterbewelle über das Land hinwegfegen und die armen Menschen treffen, die die Pocken überstanden hatten. Bei den Pocken betrug die Sterblichkeit dreißig Prozent, beim HI-Virus hingegen läge sie bei fast neunzig Prozent. Das bereits schockierte und fassungslose Volk würde mit Opferzahlen konfrontiert, wie es sie in seiner ganzen Geschichte noch nicht erlebt hatte.

Zig Millionen Menschen würden in den USA sterben, wenn das Chimären-Virus wütete, und ungezählte weitere in aller Welt. Nicht eine Familie bliebe von seinem Pesthauch verschont, jeder hätte fortan Angst, dass auch er vom Schatten des Todes heimgesucht werden könnte. Sobald die Seuche erst einmal ausgebrochen war, würden nur mehr wenige auf das politische Weltgeschehen achten. Und wenn auf der anderen Seite des Globus der alte Verbündete Südkorea von seinem totalitären Nachbarn im Norden überrannt wurde, könnte ein darniederliegendes Amerika bis auf einen ohnmächtigen Protestschrei nur wenig dagegen unternehmen.

39

Inmitten der modernen Frachter und Containerschiffe, die sich im Hafen von Inchon tummelten, wirkte die chinesische Dschunke wie eine Antiquität. Vorsichtig steuerte Cussler das Segelschiff vom hohen Achterdeck aus durch das Gewusel der Handelsschiffe und dann in einen kleinen, privaten Yachthafen, der zwischen zwei großen Verladekais lag. Eine seltsame Mischung aus abgehalfterten Sampans und teuren Wochenend-Segelbooten war rundum vertäut, als er die Teakholzdschunke unter Motorkraft zu einem Anleger für Transitreisende lotste und festmachte. Er klopfte kurz an die Tür der Gästekabine, um die schlafenden Bewohner zu wecken, dann setzte er in der Kombüse eine Kanne Kaffee auf, während ein Hafenangestellter die Dschunke mit Diesel betankte.

Summer, die den Dackel auf dem Arm hatte, torkelte in den Sonnenschein auf dem Achterdeck, gefolgt von Dirk, der ein Gähnen unterdrückte. Cussler drückte jedem eine Tasse Kaffee in die Hand, verschwand dann unter Deck und kehrte kurz darauf mit einer Eisensäge zurück.

»Wäre vielleicht nicht schlecht, wenn wir die Handschellen abnehmen, bevor ihr an Land geht?«, sagte er grinsend.

»Die Armbänder würde ich nur zu gern loswerden«, pflichtete Summer bei und rieb sich die Handgelenke.

Dirk warf einen Blick auf die benachbarten Boote, dann wandte er sich an Cussler. »Ist uns jemand gefolgt?«, fragte er.

»Nein, ich bin mir ziemlich sicher, dass wir allein waren, als wir hier eingelaufen sind. Ich habe genau aufgepasst und bin zur Sicherheit ein paar Mal Zickzackkurs gefahren. Ich hatte nicht den Eindruck, dass uns jemand folgt. Jede Wette, dass die Jungs immer noch auf dem Han herumkurven und euch suchen«, sagte er lachend.

»Das will ich doch hoffen«, sagte Summer, erschauderte leicht und kraulte den kleinen Hund, als suchte sie bei ihm Trost.

Dirk nahm die Eisensäge und machte sich über Summers

linke Handschelle her. »Sie haben uns das Leben gerettet. Können wir das irgendwie wieder gutmachen?«, fragte er, während er das Sägeblatt ruhig über die Kante der Handschelle zog.

»Ihr schuldet mir gar nichts«, erwiderte er. »Haltet euch weiteren Ärger vom Hals und überlasst diese Ganoven der Regierung.«

»Wird gemacht«, erwiderte Dirk. Nachdem er auch Summers andere Handschelle durchgesägt hatte, ruhte er sich aus, während sie und Cussler sich bei der Arbeit an seinen ablösten. Als die letzte Schelle aufgesägt war, setzte er sich auf und trank den restlichen Schluck Kaffee.

»Im Restaurant des Yachthafens gibt's ein Telefon, mit dem ihr die amerikanische Botschaft anrufen könnt, wenn ihr wollt. Hier, nehmt ein paar koreanische Won. Damit könnt ihr telefonieren und euch eine Schale Kimchi kaufen«, sagte Cussler und reichte Summer ein paar Geldscheine in der hiesigen Währung.

»Danke, Mr. Cussler. Und viel Glück auf Ihrer Reise«, sagte Dirk und schüttelte ihm die Hand. Summer beugte sich zu dem alten Segler und küsste ihn auf die Wange. »Sie sind ungemein liebenswürdig«, säuselte sie, dann tätschelte sie den Hund zum Abschied.

»Passt auf euch auf. Man sieht sich.«

Dirk und Summer standen am Anlegesteg und winkten ein letztes Mal, als die Dschunke auslief, lächelten dann, als Mauser am Bug einen Abschiedsgruß bellte. Dann stiegen sie eine Reihe ausgetretener Betonstufen hinauf und betraten ein verblichenes gelbes Gebäude, das eine Mischung aus Yachthafenbüro, Kramladen und Restaurant war. An den Wänden hingen die üblichen Hummerfallen und Fischernetze, mit denen tausende Fischrestaurants in aller Welt dekoriert sind. Nur dass es hier so roch, als ob die Netze noch mit Seewasser getränkt wären.

Dirk entdeckte an der hinteren Wand ein Münztelefon, und nach mehreren Fehlversuchen bekam er eine Verbindung mit der NUMA-Zentrale in Washington. Trotz der späten Stunde an der Ostküste musste er kaum große Überredungskünste aufbieten, damit ihn der NUMA-Telefonist mit Rudi Gunns Privatanschluss verband. Gunn hatte sich gerade schlafen gelegt, nahm aber beim zweiten Läuten ab und wäre fast aus dem Bett gefallen, als er Dirks Stimme hörte. Nachdem sie sich mehrere Minuten lang angeregt miteinander unterhalten hatten, hängte Dirk den Hörer ein.

»Nun?«, fragte Summer.

Dirk blickte sich mit abenteuerlustiger Miene in dem stinkenden Restaurant um. »Ich fürchte, wir müssen den Mann beim Wort nehmen und uns etwas Kimchi besorgen, während wir auf ein Auto warten«, erwiderte er und rieb sich den Bauch.

Das hungrige Paar verdrückte ein koreanisches Frühstück, das aus einer heißen Suppe, Reis, mit trockenem Seetang gewürztem Tofu und Kimchi bestand, der allgegenwärtigen Beilage aus eingelegtem Chinakohl, der so scharf war, dass sie beinahe Feuer spien. Als sie die letzten Bissen zu sich nahmen, kamen zwei stämmige Militärpolizisten strammen Schrittes ins Lokal. Summer winkte den beiden Männern zu, worauf der Ranghöhere die Vorstellung übernahm.

»Ich bin First Sergeant Bimson. Security Forces, Einundfünfzigstes Kampfgeschwader. Das ist Staff Sergeant Rodgers«, fuhr er fort und nickte seinem Begleiter zu. »Wir haben den Befehl, Sie unverzüglich zur Osan Air Base zu geleiten.«

»Von Herzen gern«, versicherte ihm Summer, dann standen sie auf, verließen das Restaurant und folgten den beiden Fliegern zu einem draußen bereitstehenden Dienstwagen.

Seoul lag zwar näher an Inchon als die Osan Air Force Base, aber Gunn wollte kein Risiko eingehen und hatte angeordnet, dass sie zum nächsten Militärstützpunkt gebracht werden sollten. Die beiden MPs fuhren von Inchon aus nach Süden, auf einer kurvenreichen Straße durch bergiges Hügelland und an überfluteten Reisfeldern vorbei, bevor sie zu der weitläufigen Anlage in Osan kamen, die anfangs ein schlichter Flugplatz gewesen war, den man während des Koreakrieges gebaut hatte. Auf dem heutigen Stützpunkt war eine große Zahl Kampfjets vom Typ F-16 und A-10 Thunderbolt II stationiert, Bodenkampfflugzeuge für die Verteidigung von Südkorea.

Nachdem sie das Tor passiert hatten, fuhren sie ein kurzes Stück bis zum Stützpunkthospital, wo Dirk und Summer von einem Colonel begrüßt wurden, der viel zu schnell redete und sie anschließend in ein Sprechzimmer brachte. Nachdem man sie kurz untersucht und Dirks Wunden versorgt hatte, durften sie duschen und bekamen frische Kleidung. Summer lachte, als sie in den weiten Kampfanzug stieg, der ihre Figur überhaupt nicht zur Geltung brachte.

»Wie sieht's mit dem Weiterflug aus?«, fragte Dirk den Colonel.

»In ein paar Stunden fliegt eine C-141 vom Air Mobility Command, in der ich zwei Sitze in der ersten Klasse reserviert habe, zur McChord Air Force Base. Ihre NUMA-Leute stellen eine Regierungsmaschine bereit, die Sie nach Ihrer Ankunft von McChord nach Washington, D.C., bringt. In der Zwischenzeit dürfen Sie sich hier gern ein bisschen ausruhen, und danach bringe ich Sie in den Offiziersclub, wo Sie eine warme Mahlzeit zu sich nehmen können, bevor Sie den vierundzwanzigstündigen Flug in die Staaten antreten.«

»Colonel, wenn die Zeit reicht, würde ich mich gern mit einer der im Land stationierten Spezialeinheiten in Verbindung setzen, vorzugsweise mit einer von der Navy, wenn das möglich wäre. Und ich würde gern in Washington anrufen.«

Der Colonel der Air Force zog eine abfällige Miene, als Dirk um einen Kontakt zur Marine bat. »Es gibt nur einen Navy-Stützpunkt im Land, und das ist bloß eine kleine Versorgungsbasis in Chinhae, in der Nähe von Pusan. Ich schicke einen Captain von unseren Spezialtruppen vorbei. Wenn ich's recht bedenke, gehen hier ständig SEALs und UDTs ein und aus. Er müsste Ihnen weiterhelfen können.«

Zwei Stunden später begaben sich Dirk und Summer an Bord einer grauen C-141B Starlifter voller GIs, die auf dem Weg in die Heimat waren. Als sie sich in der fensterlosen Transportmaschine auf ihren Sitzen niedergelassen hatten, fand Dirk in der

Tasche an der Rückenlehne vor ihm eine Schlafmaske und ein Paar Ohrstöpsel, die er sofort einsetzte. Dann wandte er sich an Summer und sagte: »Weck mich bitte nicht, bevor wir wieder über festem Land sind. Vorzugsweise über einem Land, in dem man zum Frühstück keinen Seetang vorgesetzt kriegt.«

Dann zog er die Schlafmaske herunter, streckte sich in dem Sitz aus und war sofort eingeschlafen.

40

Es war nur ein kleines Feuer, das kaum zwanzig Minuten brannte, bis man es unter Kontrolle hatte. Doch es war vorsätzlich gelegt, genau an der Stelle, wo es den beabsichtigten Schaden anrichten konnte.

Es war zwei Uhr morgens, als an Bord der *Sea Launch Commander* der Feueralarm losschellte und Christiano, der in der Kapitänskajüte lag, aus tiefem Schlaf riss. Im nächsten Moment war er hellwach, stürmte auf die Brücke und warf einen Blick auf die Brandmelderanlage. In dem Display blinkte ein rotes Licht, das einen Brand auf dem Hauptdeck anzeigte.

»Der Schaltraum am Schutzdeck, unmittelbar vor der Startkontrollzentrale«, meldete ein dunkelhaariges Besatzungsmitglied von der Brückenwache. »Automatische Löschanlage läuft.«

»Stellen Sie sämtlichen Strom in diesem Teil des Schiffes ab, mit Ausnahme der Notstrombeleuchtung«, befahl Christiano. »Verständigen Sie die Hafenfeuerwehr, dass wir Hilfe brauchen.«

»Ja, Sir. Ich habe schon zwei Mann zum Schaltraum geschickt und warte auf ihre Rückmeldung.«

Wenn die *Commander* im Hafen lag, war nachts nur eine Rumpfmannschaft an Bord, die wenig Erfahrung in der Brandbekämpfung hatte. Bei einem sich rasch ausbreitenden Feuer, darüber war sich Christiano im Klaren, konnte das Schiff leicht ausbrennen, bevor Hilfe eintraf. Der Kapitän blickte aus dem

Brückenfenster und erwartete fast, Rauch und Flammen aus dem Schiff schlagen zu sehen, aber da war nichts. Die einzigen Hinweise darauf, dass es irgendwo brannte, waren der stechende Geruch nach brennendem Isoliermaterial, der ihm in die Nase drang, und das ferne Sirenenschrillen eines Hafenfeuerwehrwagens, der in Richtung Pier raste. Er wandte sich wieder dem Walkie-Talkie zu, das am Gürtel des dunkelhaarigen Mannes hing, als eine tiefe Stimme durch die Brücke hallte.

»Briggs hier«, krächzte es aus dem Funkgerät. »Es brennt im Schaltraum, aber das Feuer hat sich offenbar nicht weiter ausgebreitet. Die Computer-Hardware ist okay, und die FM-200-Gasanlage wurde aktiviert, um ein Übergreifen zu verhindern. Die Sprinkleranlage im Schaltraum wurde anscheinend nicht ausgelöst, aber wenn wir ein paar Feuerlöscher herschaffen, bevor es sich ausbreitet, können wir es meiner Meinung nach eindämmen.«

Christiano griff zum Funkgerät. »Tun Sie, was Sie können, Briggs. Hilfe ist unterwegs. Brücke Ende.«

Briggs und ein Kollege, den dieser zur Brandbekämpfung mitgenommen hatte, stießen auf dichten Qualm, der aus dem Schaltraum quoll. In dem Raum, der kaum größer als ein begehbarer Wandschrank war, befanden sich die Transformatoren, Verteiler und Verbindungen zwischen dem Stromgenerator des Schiffes und den zahllosen Computern, die für den Raketenstart und das Aussetzen des Satelliten nötig waren. Briggs beugte sich hinein und leerte rasch zwei Feuerlöscher, dann trat er kurz zurück, um festzustellen, ob der Rauch dünner würde. Eine Wolke aus blauem Dunst, dessen giftige Dämpfe durch Briggs' Atemmaske drangen, waberte aus dem Raum. Sein Begleiter reichte ihm einen dritten Feuerlöscher, und dieses Mal stürmte Briggs in den brennenden Raum und richtete den Kohlendioxidstrahl direkt auf die letzten Flammen, die er inmitten des schwarzen Qualms aufzüngeln sah. Als der Feuerlöscher leer war, zog er sich rasch aus dem Raum zurück und atmete tief durch, bevor er wieder einen Blick hineinwarf. In dem Raum war es pechschwarz, und der Schein seiner Taschenlampe fiel nur auf dichte Rauchwolken. Nachdem er sich davon überzeugt hatte, dass sämtliche Flammen erstickt waren und nicht wieder aufflackern würden, trat er in einen Seitengang und meldete sich per Funk auf der Brücke.

»Das Feuer ist gelöscht. Briggs Ende.«

Das Feuer war zwar gelöscht, doch es hatte erheblichen Schaden angerichtet. Zwei Stunden würde es noch dauern, bis die zusammengeschmolzene Masse aus Drähten, Kabeln und Anschlüssen aufhörte zu schwelen und die Hafenfeuerwehr von Long Beach das Schiff wieder für sicher erklärte. Der stechende Geruch nach verbranntem Kunststoff hing wie eine Wolke über dem Schiff und sollte sich tagelang nicht verziehen. Danny Stamp, der von Christiano verständigt worden war, traf kurz nach dem Abrücken der Feuerwehr auf dem Schiff ein. Er saß mit dem Kapitän im angrenzenden Startkontrollraum und hörte kopfschüttelnd zu, als der leitende Computerexperte seinen Schadensbericht vortrug.

»Eine schlimmere Stelle für einen Brand hätte man sich kaum aussuchen können«, erklärte der Systemmanager mit rot angelaufenem Gesicht. »Die Verbindungen zu sämtlichen für den Start nötigen Computern laufen über diesen Raum, außerdem die zu den meisten Monitoren für Tests und Flugkontrolle. Wir müssen sämtliche Kabel neu verlegen. Es ist der reinste Albtraum«, sagte er kopfschüttelnd.

»Was ist mit der Hardware?«, fragte Stamp.

»Tja, unsere Hardware hat keinerlei Schaden erlitten, wenn Sie das als gute Nachricht bezeichnen wollen. Ich hatte mir Sorgen wegen eventueller Wasserschäden gemacht, aber Gott sei Dank haben unsere Leute die Flammen erstickt, bevor die Feuerwehr ihre Schläuche auslegen musste.«

»Wir müssen also nur die Hardware neu anschließen, damit alles wieder betriebsbereit ist. Wie lange wird das dauern?«

»O Mann. Wir müssen den Schaltraum in Ordnung bringen, gut drei Kilometer Kabel bestellen, darunter etliche Spezialanfertigungen, und alles neu verlegen. Unter normalen Umständen dauert das mindestens drei bis vier Wochen.«

»Wir müssen den Starttermin einhalten, sonst wird eine happige Verzögerungsstrafe fällig. Sie haben acht Tage Zeit«, erwiderte Stamp und schaute dem Computerexperten eindringlich in die Augen.

Der sichtlich mitgenommene Mann nickte bedächtig, dann stand er auf. »Ich glaube, ich muss ein paar Leute aus dem Bett holen«, murmelte er und verzog sich durch eine Seitentür.

»Meinen Sie, er schafft es?«, fragte Christiano, sobald die Tür wieder geschlossen war.

»Wenn es sich irgendwie machen lässt, wird er es schaffen.«

»Was ist mit der *Odyssey*? Halten wir sie im Hafen zurück, bis der Schaden auf der *Commander* behoben ist?«

»Nein«, sagte Stamp nach kurzem Nachdenken. »Die Zenit ist an Bord der *Odyssey* verladen und sicher vertäut. Folglich schicken wir sie wie geplant los. Die *Commander* braucht nur halb so lange bis zum Äquator. Außerdem kann es nichts schaden, wenn die *Odyssey* vor Ort ein bisschen warten muss, bis wir dort sind. Die Besatzung kann dann schon mal den Start vorbereiten.«

Christiano nickte nachdenklich, dann saß er schweigend da.

»Ich werde den Kunden von der Planänderung verständigen«, fuhr Stamp fort. »Wahrscheinlich muss ich einen Kabuki-Tanz hinlegen, um ihn zu beruhigen. Wissen wir schon, was die Brandursache war?«

»Der Brandinspektor will sich die Sache morgen früh anschauen. Alles deutet auf einen Kurzschluss hin, vermutlich durch irgendwelche defekten Kabelverbindungen.«

Stamp nickte schweigend. Was kommt als Nächstes?, fragte er sich.

Der Brandinspektor von Long Beach fand sich um Punkt acht Uhr auf der *Sea Launch Commander* ein. Nach einem kurzen Blick in den ausgebrannten Schaltraum befragte er die beiden Brandbekämpfer und die anderen Besatzungsmitglieder, die bei Ausbruch des Feuers Dienst hatten. Anschließend kehrte er an den Brandherd zurück und untersuchte eingehend den Schaden, fotografierte die geschwärzte Kammer und machte sich Notizen. Fast eine Stunde lang nahm er sich systematisch sämtliche verkohlten Kabel und geschmolzenen Anschlüsse vor, fand aber keinerlei Hinweise auf eine Brandstiftung.

Nur eine peinlich genaue Überprüfung des Bodens hätte einen Beweis zutage gefördert. Unter seinen mit Ruß verschmierten Stiefeln lagen die winzigen Überreste eines Orangensaftbehälters. Eine chemische Untersuchung des Behälters wiederum hätte ergeben, dass er mit einer Mischung aus Benzin und Styroporklumpen gefüllt gewesen war. Die kleine Bombe, die einer von Kangs Männern vor Tagen hier versteckt hatte und dann per Zeitzünder ausgelöst worden war, hatte die brennende Masse im ganzen Raum verteilt, worauf die Flammen sofort auf sämtliche Leitungen und Anschlüsse übergegriffen hatten. Da die Sprinkleranlage so sabotiert war, dass es aussah, als wäre sie ausgefallen, wurde genau der beabsichtigte Schaden angerichtet. Genug Schaden, um das Auslaufen der *Sea Launch Commander* um etliche Tage zu verzögern, aber nicht so schwer, dass irgendjemand auf den Verdacht hätte kommen können, es habe sich nicht um einen Unfall gehandelt.

Der Inspektor stieg über die verkohlten und nicht mehr erkennbaren Überreste des Saftbehälters hinweg, blieb vor dem Schaltraum stehen und beendete seine Untersuchung. »Kurzschluss aufgrund schadhafter Kabel oder falscher Erdung«, schrieb er in ein kleines Notizbuch, dann steckte er seinen Stift in die Brusttasche seines Hemds und verließ das Schiff, als gerade ein Bautrupp an Bord ging.

41

Ein leichter Nieselregen fiel, als die C-141 nach ihrem Transpazifikflug zur Landung auf der südlich von Tacoma gelegenen McChord Air Force Base einschwebte. Mit quietschenden Reifen setzte der große Jet auf der Landebahn auf und rollte dann zu einem Transitterminal, wo die Triebwerke abgestellt wurden und die große Frachtluke am Heck heruntergeklappt wurde.

Wie angekündigt, hatte Dirk fast den ganzen Flug über geschlafen; jetzt stieg er ausgeruht, wenn auch hungrig die Rampe herab. Summer, die in der lauten Maschine kaum zur Ruhe gekommen war, folgte ihm leicht benommen. Ein Lieutenant vom Air Transit entdeckte die beiden und geleitete sie zum Offiziersclub des Stützpunkts, wo sie vor dem Weiterflug rasch einen Hamburger vertilgten. Als Dirk ein Münztelefon sah, stürmte er hin und wählte eine Ortsverbindung.

»Dirk, ist mit dir alles in Ordnung?«, meldete sich Sarah hörbar erleichtert.

»Ich bin nach wie vor quicklebendig«, erwiderte er.

»Captain Burch hat mir berichtet, dass du an Bord des NUMA-Schiffes warst, das im Ostchinesischen Meer gesunken ist. Ich war außer mir vor Sorge.«

Dirk lächelte vor sich hin, dann berichtete er in aller Kürze, was sich seit seinem Abflug nach Japan ereignet hatte.

»Meine Güte, die Leute, die das Zyanid vor den Aleuten freigesetzt haben, wollen einen größeren Anschlag durchführen?«

»Sieht ganz so aus. Wenn wir nach Washington kommen, erfahren wir hoffentlich mehr.«

»Tja, halte deine Freunde bei der Seuchenbekämpfungszentrale auf dem Laufenden. Wir haben einen schnellen Eingreiftrupp bereitstehen, der bei einem Terroranschlag mit Chemikalien oder Biowaffen sofort eingesetzt werden kann.«

»Du bist die Erste, die ich anrufen werde. Übrigens, was macht das Bein?«

»Dem geht's gut, auch wenn ich mich erst noch an diese verdammten Krücken gewöhnen muss. Wann gibst du mir ein Autogramm auf meinen Gips?«

Dirk bemerkte, dass Summer ihn zu einem kleinen Jet winkte, der auf dem Vorfeld stand.

»Wenn ich dich zum Essen ausführe.«

»Ich bin ab morgen eine Woche lang in Los Angeles, wo ich an einer Konferenz über Umweltgifte teilnehme«, sagte sie mit leicht enttäuschtem Unterton. »Wir müssen es also auf übernächste Woche verschieben.«

»Dann notier's dir schon mal.«

Danach sprintete Dirk zu einem Gulfstream V, der bereits die Triebwerke warmlaufen ließ. Als er sich an Bord begab, stellte er missmutig fest, dass Summer von einer Gruppe von Generälen und Colonels aus dem Pentagon umlagert wurde, die auf dem Weg zur Andrews Air Force Base waren.

Der Privatjet schwebte über das Jefferson Memorial hinweg, als er am nächsten Morgen um sechs Uhr zur Landung auf dem südwestlich von Washington gelegenen Luftwaffenstützpunkt ansetzte. Ein Kleinbus der NUMA erwartete die beiden und brachte sie durch den leichten frühmorgendlichen Verkehr zur Zentrale, wo Rudi Gunn sie in seinem Büro begrüßte.

»Gott sei Dank, dass ihr in Sicherheit seid«, rief Gunn. »Wir haben auf der Suche nach euch und dem Kabelleger ganz Japan auf den Kopf gestellt.«

»Gute Idee, aber das falsche Land«, versetzte Summer spitz.

»Hier sind ein paar Leute, die gern aus erster Hand erfahren möchten, wie es euch ergangen ist«, fuhr Gunn fort, ohne Dirk und Summer etwas Ruhe zu gönnen. »Gehen wir ins Büro des Admirals.«

Sie folgten Gunn, als er sie zu einem großen Eckbüro mit Blick auf den Potomac führte. Admiral Sandecker war zwar nicht mehr Direktor der NUMA, aber Gunn hatte sich noch immer nicht ganz daran gewöhnt. Die Tür zu dem Büro war offen, und sie gingen hinein.

Zwei Männer saßen auf der Couch und sprachen über Fragen der Hafensicherheit, während der stellvertretende Abteilungsleiter Webster vom Ministerium für Heimatschutz ihnen auf einem Sessel gegenüber Platz genommen hatte und in einen Aktenordner vertieft war.

»Dirk, Summer, ihr erinnert euch sicher an Jim Webster vom Heimatschutz. Das sind Special Agent Peterson und Special Agent Burroughs von der Anti-Terrorabteilung des FBI«, sagte

Gunn und deutete zu den beiden Männern auf der Couch. »Sie haben bereits mit Bob Morgan gesprochen und möchten gern wissen, wie es euch ergangen ist, nachdem die *Sea Rover* versenkt wurde.«

Dirk und Summer ließen sich auf zwei Armsesseln nieder und schilderten den ganzen Ablauf der Ereignisse, angefangen von ihrer Entführung bis zu ihrer Flucht auf der Dschunke. Als sie geendet hatten, stellte Summer mit einem kurzen Blick auf die alte Schiffsuhr an der Wand erstaunt fest, dass drei Stunden vergangen waren. Der stellvertretende Abteilungsleiter vom Heimatschutzministerium war im Laufe ihres Berichts zusehends blasser geworden.

»Ich kann es einfach nicht fassen«, murmelte er schließlich. »Alle Beweise, die wir hatten, deuteten auf Japan hin. Unsere sämtlichen Ermittlungen waren auf Japan konzentriert«, sagte er kopfschüttelnd.

»Ein mit Bedacht geplantes Täuschungsmanöver«, stellte Dirk fest. »Kang ist ein mächtiger Mann, der über beträchtliche Mittel verfügt. Man sollte ihn nicht unterschätzen.«

»Sind Sie sicher, dass er einen Biowaffenanschlag auf die Vereinigten Staaten beabsichtigt?«, fragte Peterson.

»Er hat es angedeutet, und ich glaube nicht, dass er geblufft hat. Bei dem Vorfall auf den Aleuten sollte anscheinend die Technologie zum Freisetzen des Biokampfstoffes erprobt werden. Aber inzwischen haben sie ein Virus erzeugt, das weitaus stärker ist als die Pocken.«

»So was Ähnliches habe ich schon mal gehört. Angeblich sollen die Russen in den neunziger Jahren Pockenviren geschaffen haben, die gegen Impfstoffe resistent sind«, warf Gunn ein.

»Nur dass es sich in diesem Fall um eine Chimäre handelt. Eine Verbindung aus mehreren Viren, in der die tödlichen Eigenschaften eines jeden einzelnen vereint sind«, sagte Summer.

»Wenn dieser Erreger immun gegen unsere Impfstoffe ist, könnten Millionen Menschen daran sterben«, versetzte Peterson kopfschüttelnd. Danach herrschte eine Zeit lang nachdenkliches, betretenes Schweigen.

»Der Anschlag vor den Aleuten zeigt, dass sie über Mittel und Möglichkeiten verfügen, dieses Virus einzusetzen. Fragt sich nur, wo sie zuschlagen könnten«, sagte Gunn.

»Wenn wir sie aufhalten können, bevor sie zuschlagen, spielt das keine Rolle. Wir sollten uns seinen Palast vornehmen, seine Werftanlagen und all die anderen Scheinfirmen durchsuchen«, sagte Summer und schlug sich zur Betonung aufs Bein.

»Sie hat Recht«, warf Dirk ein. »Es könnte ja sein, dass sich die Waffen noch an Bord des Schiffes befinden, das im Hafen von Inchon liegt. Damit wäre die Sache beendet.«

»Wir müssen weitere Beweise zusammentragen«, sagte der Mann vom Heimatschutz abwiegelnd. »Bevor wir eine Ermittlungsgruppe losschicken können, müssen wir erst die koreanischen Behörden von der Gefahr überzeugen.«

Gunn räusperte sich leise. »Möglicherweise können wir Ihnen die nötigen Beweise demnächst liefern«, sagte er, als ihm alle den Blick zuwandten. »Dirk und Summer haben sich in weiser Voraussicht mit den Special Forces der Navy in Verbindung gesetzt, bevor sie Korea verließen, und sie auf Kangs abgeschottete Kaianlagen in Inchon hingewiesen.«

»Wir konnten sie natürlich nicht in Marsch setzen, aber Rudi konnte sie zumindest dazu bewegen, dass sie uns zuhören«, sagte Summer und grinste Gunn kurz zu.

»Mittlerweile sind wir schon weiter«, erklärte Gunn. »Nach eurem Abflug aus Osan haben wir offiziell um eine Erkundung durch Kampftaucher gebeten. Vizepräsident Sandecker hat sich weit aus dem Fenster gelehnt und um Erlaubnis von höchster Stelle ersucht, in der Hoffnung, dass wir möglicherweise einen schlagenden Beweis finden. Aufgrund der Krawalle um die Stationierung unserer Truppen in Korea ist es derzeit leider eine etwas heikle Angelegenheit, wenn wir im Hinterhof unserer Verbündeten herumschnüffeln.«

»Die müssen bloß ein Foto von der *Baekje* schießen, die an Kangs Kai liegt, dann haben wir den Beweis«, sagte Dirk.

»Das würde uns einen guten Schritt weiterbringen. Wann dringen sie ein?«, fragte Webster.

Gunn blickte auf seine Uhr, dann kalkulierte er die vierzehn Stunden Zeitunterschied zwischen Washington und Seoul ein. »Der Erkundungstrupp wird in etwa zwei Stunden aufbrechen. Bis zum frühen Abend sollten wir mehr wissen.«

Webster sammelte schweigend seine Papiere ein, dann stand er auf. »Ich komme nach dem Abendessen zu einer abschließenden Besprechung«, grummelte er und ging zur Tür. Die anderen hörten, wie er ein ums andere Mal »Korea« vor sich hinmurmelte, als er das Zimmer verließ.

42

Commander Bruce McCasland blickte zum Nachthimmel über Korea auf und verzog das Gesicht. Vorhin war es noch klar gewesen, aber jetzt zogen schwere, tief hängende Regenwolken über Inchon auf. Und die Wolken reflektierten das Licht der zahllosen Straßenlaternen im Hafen, der Häuser und Neonreklamen rundum, brachen es und erzeugten zu dieser Mitternachtsstunde einen schillernd verschwommenen Schein, der über dem ganzen Gelände hing. Für einen Mann, dessen Leben von einer möglichst guten Tarnung abhing, war eine dunkle Nacht der beste Freund, aufziehende Wolken hingegen waren ein Fluch. Vielleicht regnet es noch, dachte er, denn das würde ihnen mehr Deckung bieten. Doch die dunklen Wolken zogen nur über ihn dahin, ohne einen Tropfen abzuladen.

Der Navy-SEAL aus Bend, Oregon, duckte sich tief in den wackligen Sampan und warf einen Blick auf die drei Männer, die neben ihm an der Bordwand lagen. Genau wie McCasland trugen auch sie schwarze Tauchanzüge mit entsprechenden Flossen, Brillen und Atemgeräten. Da sie zu einer Erkundung unterwegs waren, hatte jeder nur eine MP5K für den Nahkampf dabei, eine 9-mm-Maschinenpistole von Heckler & Koch. An ihren Westen hing eine Reihe von Fotoapparaten und Videokameras sowie Nachtsichtgeräte.

Der tuckernde Außenbordmotor zog eine blaue Rauchfahne hinter sich her, als sie mit dem verwitterten Boot an den Frachtkais von Inchon vorbeischipperten. Oberflächlich betrachtet wirkte der Sampan wie tausend andere, die in den Küstengewässern Koreas von Händlern und Fischern als alltägliches Transportmittel benutzt wurden. Hinter dem künstlich auf alt getrimmten Äußeren verbarg sich indes ein Sturmboot mit Glasfiberrumpf und einem starken Innenbordmotor, das eigens für Einsatz und Bergung kleiner Kampftauchertrupps konstruiert worden war.

Der Sampan schlängelte sich durch das nördliche Hafenbecken und näherte sich bis auf hundert Meter der Fahrrinne, die zu Kang Marine Services führte. Wie auf ein Stichwort stotterte und hustete der Außenborder des sechseinhalb Meter langen Bootes mehrmals und ging dann aus. Zwei SEALs, die wie arme Fischer gekleidet waren, beschimpften einander lauthals auf Koreanisch. Während der eine an der Starterschnur zerrte, um den Motor wieder anzuwerfen, schnappte sich der andere fluchend ein Ruder, tauchte es unbeholfen ein und versuchte in Richtung Land zu paddeln.

McCasland spähte mit einem Nachtsichtgerät über die Bordwand hinweg auf den Wachposten an der Einmündung der Fahrrinne. Zwei Männer blickten aus dem Wachhäuschen, machten aber keinerlei Anstalten, sich zu dem Rennboot zu begeben, das ein paar Meter weiter vertäut lag. Nachdem er sich davon überzeugt hatte, dass die Wachen zu faul waren, um der Sache weiter nachzugehen, wandte er sich leise an die drei Männer, die bei ihm waren.

»Ins Wasser. Sofort.«

Elegant wie Katzen ließen sich die drei Männer lautlos über die Bordwand ins Wasser gleiten. McCasland rückte seine Brille zurecht und gab den beiden »Fischern« mit hochgerecktem Daumen sein Okay, dann folgte er den anderen Froschmännern. Das kühle Wasser fühlte sich erfrischend an, denn im Boot war es ihm in dem isolierten Tauchanzug unangenehm warm geworden. Er nahm den Druckausgleich vor und tauchte auf fünf

Meter Tiefe, hielt dann inne und blickte sich in der Dunkelheit um. In dem schmutzigen Hafenwasser herrschte schon tagsüber schlechte Sicht, bei Nacht und ohne Lampe jedoch war überhaupt nichts zu erkennen. Ohne auf die äußeren Bedingungen zu achten, sprach McCasland in das Mikrofon des in die Vollgesichtsbrille integrierten Unterwasserfunkgeräts.

»Audio- und Navigationscheck«, befahl er.

»Hier Bravo. Navigation bestätigt. Ende«, meldete sich einer der Taucher.

»Hier Charlie. Navigation bestätigt. Ende«, antwortete ein zweiter, diesmal mit einem leichten Georgia-Akzent.

»Hier Delta. Navigation bestätigt. Ende«, teilte der dritte mit.

»Roger, bereithalten«, erwiderte McCasland.

Die beiden Navy-SEALs über ihnen hatten den Sampan unterdessen neben einem verlassenen und heruntergekommenen Pier in Sichtweite von Kangs Wachmännern an Land gezogen. Sie taten so, als wollten sie das Boot reparieren, klapperten laut fluchend mit allerhand Werkzeug herum und machten sich am Motor zu schaffen, während die vier Männer im Wasser ihren Auftrag ausführten.

McCasland schaltete sein Satelliten-Navigationsgerät ein, einen Miniature Underwater GPS Reciever (MUGR) oder »Mugger«, wie er genannt wurde. Das Gerät, das nicht größer als eine Stoppuhr war, orientierte sich anhand des Global Positioning System oder GPS. McCasland stieg kurz auf drei Meter Tiefe hoch, wo der Unterwasserempfänger die GPS-Signale erfassen konnte, und legte einen Ausgangspunkt fest. Ein mattgrünes Display leuchtete auf und zeigte eine vorgegebene Route, die im Zickzack um allerlei Hindernisse herumführte. Anhand von Luftaufklärungsfotos und der Beschreibung von Dirk und Summer hatte McCasland etliche GPS-Zwischenstationen in den Mugger eingegeben, eine Reihe von Navigationspunkten, die einen Weg zu der überdachten Dockanlage darstellten und an denen er sich orientieren konnte, ohne auftauchen zu müssen. Jeder der vier Taucher hatte dieses Gerät dabei, auf dem außerdem durch ein kleines Blinklicht die eigene Position angezeigt wurde.

Dadurch konnten sie selbst bei völliger Dunkelheit stets dicht beisammen bleiben.

»Okay, los geht's«, sprach er in sein Mikrofon, nachdem er wieder tiefer gegangen war.

Mit kräftigen Flossenschlägen bewegte sich McCasland durch das tintenschwarze Wasser, den Blick stets auf den elektronischen Kompass und den Tiefenmesser geheftet, der ihm sofort anzeigte, wenn er von der Fünf-Meter-Marke abkam. Als er die Einfahrt in den privaten Kanal erreichte, bog er ab und drang fast unmittelbar unter dem schaukelnden Rennboot der Wachen in die schmale Fahrrinne vor. Die drei anderen SEALs folgten in Keilformation dichtauf.

Da die vier SEALs spezielle Atemgeräte trugen, konnte man sie praktisch nicht entdecken, weder am Tag noch bei Nacht. Die Kampftaucher der Navy verwendeten statt der üblichen Pressluftflaschen, aus denen Luftblasen aufsteigen, ein VIPER-System von Carlton Technologies. Bei diesen Geräten wird die verbrauchte Atemluft in einem geschlossenen System über Kalkpatronen gereinigt und über eine Stauerstoffflasche, die in einem stromlinienförmigen Gehäuse verstaut ist, mit reinem Sauerstoff angereichert. Damit konnten die Taucher notfalls bis zu vier Stunden unter Wasser bleiben, ohne sich durch eine Blasenspur zu verraten.

Die vier Taucher, die sich an die vorgegebene Route des Mugger hielten, schwammen durch das schwarze Wasser der gewundenen Fahrrinne, bis sie sich dem Zugang zu dem abgeschotteten Dockgelände näherten. Die meisten Sporttaucher wären nach der rund vierhundert Meter langen Strecke erschöpft gewesen, doch den in jahrelanger, anspruchsvoller Ausbildung abgehärteten SEALs kam es vor, als hätten sie lediglich die Straße überquert. Ihr Herz schlug nur knapp über dem Ruhepuls, als sie sich vor dem wuchtigen Tor sammelten. Anschließend schwamm McCasland mehrmals im Kreis, bis er eine Pylone ertastete, die die eine Seite des Zugangs abstützte. Er strich mit der Hand an der Pylone entlang und stieg langsam auf, bis er auf die untere Kante des Schiebetors stieß, die sich knapp einen Meter unter der Wasseroberfläche befand. Nachdem er sich davon überzeugt hatte, dass er sich an der richtigen Stelle befand, tauchte er wieder zu den drei anderen SEALs ab.

»Wir erkunden jetzt. Sammeln in drei-null an dieser Position. Ende.«

Von dieser Stelle aus musste jeder Taucher einer anderen Route ins Innere der überdachten Dockanlage folgen. Dirk und Summer hatten aus dem Gedächtnis einen Lageplan gezeichnet, anhand dessen jedem Taucher ein Erkundungspunkt zugewiesen worden war. McCasland hatte den schwierigsten und gefährlichsten Auftrag – er sollte zur Landseite schwimmen und die ganze Anlage von vorn aufnehmen. Die beiden anderen sollten das Hauptdock auskundschaften, feststellen, ob dort die *Baekje* lag, und sie filmen, während der vierte in der Nähe des Tors blieb und sicherte.

Unter dem gleißenden Licht der Deckenlampen, das durch die oberen Wasserschichten drang, warfen die Betonstützen des Kais dunkle Schatten. McCasland stellte fest, dass er in einer Tiefe von viereinhalb Metern die Umrisse der Pfeiler vor sich erkennen konnte. Er drückte den Mugger an die Brust und schwamm mit kräftigen Flossenschlägen auf Sicht am ganzen Kai entlang. Nachdem er Dutzende von Stützen passiert hatte, ragte plötzlich eine Betonmauer vor ihm auf – er hatte das Ende des Piers erreicht. Er lehnte sich an eine Pylone, machte einen digitalen Camcorder klar und bereitete sich zum Auftauchen vor. Aber er hatte ein mulmiges Gefühl. Die Anlage war ihm eigenartig leer vorgekommen, als er am Pier entlang geschwommen war.

Als er lautlos am Rand des Docks auftauchte und sich umsah, wurde das Gefühl bestätigt. Die riesige, überdachte Halle war leer. Vor ihm war kein 130 Meter langer Kabelleger vertäut. An dem großen Kai tat sich genau genommen überhaupt nichts. McCasland suchte die ganze Anlage ab, filmte sie und stellte fest, dass sich hier nur ein einziges Schiff befand, ein ramponierter Schlepper, der in einem Trockendock lag. In der Nähe spielte eine Gruppe gelangweilter Hafenarbeiter der Nachtschicht um einen Gabelstapler Fangen – weit und breit das einzige Lebenszeichen.

Als er alles aufgenommen hatte, tauchte McCasland wieder und schwamm am Kai entlang zum Tor. An der Pylone angekommen, warf er einen Blick auf den Mugger und sah, dass die drei anderen Taucher bereits zurück waren und auf ihn warteten.

»Auftrag ausgeführt«, sagte er kurz und knapp, dann schwamm er in die Fahrrinne.

Die vier SEALs kehrten zu dem an Land gezogenen Sampan zurück und krochen leise hinein, worauf die falschen Fischer den Außenborder binnen kurzer Zeit wieder in Gang brachten. Unter weiteren Flüchen fuhren sie an der Zufahrt zu Kangs Kanal vorbei und tuckerten in die Nacht.

Sobald sie außer Sicht waren, setzte sich McCasland auf und nahm die Vollgesichtsbrille ab, atmete die feuchte Hafenluft ein und betrachtete die funkelnden Lichter an den Kais. Ein Regentropfen schlug ihm ins Gesicht, dann noch einer. Kopfschüttelnd saß er inmitten seiner schweigenden Männer, als ein wahrer Wolkenbruch auf den frustrierten Trupp niederging.

43

Webster, Peterson und Burroughs fanden sich um Punkt 18 Uhr wieder in der NUMA-Zentrale ein, doch in Rudi Gunns Büro herrschte eine ziemlich gedämpfte Stimmung. Kurz zuvor war die Meldung des Erkundungstrupps eingegangen, und jetzt saßen Gunn, Dirk und Summer missmutig da und sprachen über den Bericht.

»Enttäuschende Nachrichten, fürchte ich«, sagte Gunn. »Der Kabelleger war nicht da.«

»Wie konnte der denn auslaufen, ohne dass ihn jemand gesehen hat?«, fragte Webster. »Wir haben Interpol und sämtliche Hafenbehörden im ganzen asiatisch-pazifischen Raum gebeten, nach ihm Ausschau zu halten.«

»Vielleicht hat Kang den einen oder anderen geschmiert«, sagte Summer.

Webster tat den Einwand mit einer unwirschen Handbewegung ab. »Wissen wir genau, dass sich der Erkundungstrupp nicht geirrt hat?«

»Im Moment wird uns eine Videoaufnahme des Erkundungstrupps per Satellit übermittelt. Wie können sie uns im Zimmer des Admirals ansehen«, erwiderte Gunn.

Zum zweiten Mal an diesem Tag führte er den Trupp zum ehemaligen Büro des Admirals. Als er sich der Ecksuite näherte, hörte er zu seinem Erstaunen ein Lachen, das er nur zu gut kannte, und eine Rauchwolke drang ihm aus der offenen Tür entgegen.

Erschrocken blieb er auf der Schwelle stehen, als er Al Giordino auf der Couch sitzen sah. Der frisch ernannte NUMA-Direktor für Unterwassertechnologie hatte die Füße auf den Kaffeetisch gelegt und eine dicke Zigarre in den Mund geklemmt. Mit seinem widerspenstigen dunklen Lockenhaar und dem abgetragenen NUMA-Overall sah er aus, als wäre er gerade vom Boot gestiegen.

»Rudi, mein Junge, zu später Stunde die Mannschaft noch ein bisschen triezen, was?«, sagte Giordino und blies dann eine Qualmwolke in Richtung Decke.

»Jemand muss doch den Laden hier zusammenhalten, wenn ihr euch an tropischen Stränden aalt.«

Dirk und Summer grinsten, als sie das Zimmer betraten und Giordino sahen, der für sie eine Art Lieblingsonkel war. Ihren Vater, der an der gegenüberliegenden Fensterfront des Büros stand und die Lichter auf der anderen Seite des Potomac betrachtete, bemerkten sie zunächst gar nicht. Er wirkte noch immer jugendlich schlank und muskulös. Lediglich die grau melierten Schläfen und ein paar leichte Falten um die Augen deuteten auf sein Alter hin. Das wettergegerbte, braun gebrannte Gesicht von Dirk Pitt, dem legendären Direktor für Spezialprojekte und jetzigen Leiter der NUMA, verzog sich beim Anblick seiner Kinder zu einem breiten Grinsen.

»Dirk, Summer«, sagte er, und seine funkelnden grünen Augen leuchteten auf, als er sie in die Arme schloss.

»Dad, wir dachten du und Al wärt noch auf den Philippinen«, sagte Summer, nachdem sie ihren Vater umarmt und auf die Wange geküsst hatte.

»Soll das ein Witz sein?«, mischte sich Giordino ein. »Dein alter Herr ist praktisch quer durch den Pazifik geschwommen, als er gehört hat, dass ihr verschollen seid.«

Der ältere Pitt lächelte. »Ich war bloß eifersüchtig, weil ihr zwei ohne mich durch Ostasien getourt seid«, sagte er grinsend.

»Wir haben uns ein paar Orte notiert, die man lieber meiden sollte«, erwiderte Dirk lachend.

Pitt taute im Beisein seiner Kinder sichtlich auf. Der erfahrene Ingenieur für Meerestechnologie strahlte eine Ruhe und Gelassenheit aus, die neu an ihm waren. Sein Leben hatte sich von Grund auf geändert, als vor ein paar Jahren plötzlich zwei erwachsene Kinder bei ihm aufgetaucht waren, von deren Existenz er überhaupt nichts gewusst hatte. Doch sie verstanden einander prächtig und waren schon nach kurzer Zeit unzertrennlich, sowohl beruflich, bei der Arbeit unter Wasser, als auch im Privatleben mit seiner neuen Frau. Die plötzliche Verantwortung hatte ihn dazu bewogen, gründlich über sein Leben nachzudenken, worauf er endlich seine langjährige Geliebte geheiratet hatte, die Kongressabgeordnete Loren Smith aus Colorado. Doch damit nicht genug, auch beruflich gab es einige Veränderungen. Als Admiral Sandecker unverhofft die Vizepräsidentschaft übernommen hatte, war Pitt plötzlich an die Spitze der NUMA gerückt. Als Direktor für Spezialprojekte hatte er sämtliche Winkel dieser Welt kennen gelernt, so viele Herausforderungen und Abenteuer erlebt, dass sie für mehr als ein Menschenleben reichten. Doch mit der Zeit hatte dieses Dasein seinen Tribut gefordert, sowohl körperlich als auch geistig, daher war er jetzt froh, dass er es ein bisschen ruhiger angehen und sich seinen Führungsaufgaben widmen konnte. Als Direktor der NUMA musste er sich manchmal mehr um Verwaltungsarbeit und politische Verpflichtungen kümmern, als ihm lieb war, doch er sorgte dafür, dass er und Al so oft wie möglich rauskamen, neue Geräte testeten, Meeresschutzgebiete erkundeten oder einfach neue persönliche Tauchrekorde aufstellten. Tief in seinem Inneren loderte nach wie vor die alte Leidenschaft, wenn es galt, das Unbekannte zu erforschen oder uralte Rätsel zu lösen, und auch sein mitunter etwas altmodisch anmutender Sinn für Anstand und Moral hatte sich nicht im Geringsten verändert. Die Entführung seiner Kinder und das Versenken der *Sea Rover* hatten ihn so aufgebracht, dass die altvertraute Entschlossenheit, für Recht und Gerechtigkeit auf der Welt zu sorgen, wieder erwacht war.

»Dad, wie sieht es mit dem japanischen Frachter vor den Philippinen aus?«, fragte Dirk. »Meines Wissens haben austretende chemische Kampfstoffe das Riffsterben verursacht.«

»Ganz recht, eine Mischung aus Senfgas und Lewisit. Gefährliche Restmunition aus dem Zweiten Weltkrieg. Aber wir haben das Leck geflickt. Da sich niemand freiwillig dazu bereit erklärt hat, die tödliche Fracht zu bergen und zu beseitigen, haben wir das Nächstbeste getan. Wir haben sie verbuddelt.«

»Zu unserem Glück befand sich gleich daneben eine Unterwassersandbank«, erklärte Giordino. »Wir haben einfach eine Wasserpumpe angeworfen, den Frachtraum mit Sand gefüllt und ihn dann dicht gemacht. Solange keiner da unten rumwühlt, dürfte kein Gift mehr austreten, und in paar Jahren müsste sich das Riff wieder erholt haben.«

Eine Verwaltungsangestellte steckte den Kopf durch die Tür und wandte sich an Gunn. »Sir, das Videomaterial aus dem Pentagon liegt jetzt vor«, sagte sie und zogs sich flugs wieder zurück.

Gunn nutzte die Gelegenheit und stellte Pitt und Giordino die Vertreter von FBI und Heimatschutz vor, dann dirigierte er alle zu einem großen Flachbildschirm, der sonst hinter der Wandtäfelung verborgen war. Er gab ein paar kurze Befehle in ein Keyboard ein, worauf mit einem Mal eine große, geschlossene Hafenanlage zu sehen war. Die Kamera schwenkte rundum über eine Reihe verlassener Kais. Nach knapp einer Minute war das Video zu Ende, und der Bildschirm wurde schwarz.

»Das ist eindeutig Kangs Anlage. Aber die *Baekje* ist nirgendwo zu sehen«, sagte Dirk.

»Im Bericht der Navy heißt es, dass man auf Kangs Firmengelände lediglich einen kleinen Schlepper und ein Rennboot vorfand«, sagte Gunn. »Die *Baekje* ist offenbar ausgeflogen wie weiland Elvis.«

Webster räusperte sich. »Ich habe mir von Interpol und der koreanischen Nationalpolizei bestätigen lassen, dass sämtlicher Schiffsverkehr im Hafen von Inchon überwacht wird, seit die Besatzung der *Sea Rover* gerettet wurde und wir die entsprechende Benachrichtigung herausgegeben haben. Kein Schiff, auf das die Beschreibung der *Baekje* zutrifft, ist seither ein- oder ausgelaufen.«

»Jemand hält da die Hand auf«, versetzte Giordino feixend.

Webster warf ihm einen indignierten Blick zu. »Möglich, aber nicht wahrscheinlich. Trotz des starken Schiffsverkehrs ist Inchon kein besonders großer Hafen. Irgendjemand hätte ihr Auslaufen melden müssen.«

»Möglicherweise hat sie sich heimlich davongemacht, kurz nachdem Dirk und Summer von Bord gegangen sind«, mutmaßte Gunn. »Noch bevor Interpol verständigt wurde.«

»Es gibt noch eine andere Möglichkeit«, wandte Pitt ein. »Vielleicht wurde das Schiff getarnt oder umgebaut. Möglicherweise ist es bei hellem Tageslicht ausgelaufen, weil es mittlerweile aussieht wie ein gewöhnlicher Trampdampfer.«

»Oder das *Traumschiff*«, versetzte Giordino.

»Wie auch immer, Tatsache ist, dass wir ohne das Schiff nicht genügend Beweise haben, um gemeinsam mit den koreanischen Behörden gegen Kang vorzugehen«, sagte Webster.

»Was ist mit Dirk und Summer«, erwiderte Pitt, der zusehends ungehaltener wurde. »Meinen Sie etwa, die sind an Bord der *Queen Mary* nach Korea gereist?«

»Die Beweise gegen Kang müssen hieb- und stichfest sein«, entgegnete Webster mit gequälter Miene. »Die politischen Beziehungen zu Korea sind im Moment etwas belastet. Unsere Leute im Außenministerium haben weiche Knie, und selbst im

Pentagon ist man ziemlich nervös. Es besteht durchaus die Möglichkeit, dass wir unsere Militärstützpunkte in Korea verlieren, und im Moment möchte niemand, dass sich die Situation noch weiter zuspitzt.«

»Sie trauen sich also nicht, die Koreaner darum zu bitten, gegen Kang zu ermitteln?«, fragte Pitt.

»Das geht von höchster Stelle aus. Wir halten uns in Korea aus allem raus, bis die Nationalversammlung über den Abzug unserer Streitkräfte abgestimmt hat.«

»Was sagt der Admiral dazu?«, wollte Pitt von Gunn wissen.

Gunn schüttelte den Kopf. »Wie Admiral, äh, Vizepräsident Sandecker mir mitteilte, will der Präsident auf Anraten des Außenministeriums vorerst keinerlei Maßnahmen wegen der Versenkung der *Sea Rover* ergreifen. Die von Dirk und Summer vorgebrachten Anschuldigungen gegen Kang haben letztlich sogar zu der Anweisung geführt, die Jim gerade angesprochen hat. Alle sollen sich bis zur Abstimmung in der Nationalversammlung zurückhalten. Aus den Berichten unserer Nachrichtendienste geht offenbar hervor, dass zwischen Kang und dem Präsidenten von Südkorea geschäftliche Verbindungen bestehen, die weit über eine freundschaftliche Beziehung hinausgehen. Der Präsident befürchtet, dass er in der Nationalversammlung jeden Rückhalt verlieren könnte, wenn es zu peinlichen Ermittlungen käme.«

»Ist er sich denn nicht über das Ausmaß der Gefahr im Klaren, die von Kangs Kampfstoffen ausgeht?«, fragte Summer ungläubig.

Gunn nickte. »Der Präsident hat wiederholt, dass er die koreanischen Behörden um unverzügliche und umfassende Ermittlungen wegen Kangs Rolle bei der Versenkung der *Sea Rover* und seiner möglichen Beziehungen zu Nordkorea ersuchen wird, sobald die Nationalversammlung über die Resolution abgestimmt hat. Unterdessen hat er das Ministerium für Heimatschutz ermächtigt, eine erhöhte Alarmbereitschaft anzuordnen, vor allem im Hinblick auf Flugzeuge und Schiffe aus Japan und Südkorea.«

Der jüngere Pitt war aufgestanden und ging unruhig auf und ab. »Das ist zu wenig, und es kommt zu spät«, sagte er schließlich leise. »Die Forderung nach einem Abzug der US-Truppen aus Südkorea ist ein Teil von Kangs Strategie, und die mutmaßliche Terrorgefahr aus Japan dient ihm als Täuschungsmanöver. Seht ihr das denn nicht? Wenn er einen Anschlag auf die USA unternimmt, dann wird er vor der Abstimmung in der Nationalversammlung erfolgen.«

»Die in zehn Tagen stattfinden wird«, sagte Gunn.

»Dann müssen wir Kang eben zuvorkommen«, warf Pitt ruhig und bedacht ein. »Wir wissen, dass er eine große Reederei betreibt und daher über die amerikanischen Häfen gut Bescheid weiß. Ich könnte mir vorstellen, dass er die Waffen auf einem Frachter ins Land schaffen will, und zwar höchstwahrscheinlich zur Westküste.«

»Viel einfacher, als sie mit einem Flugzeug einzuschmuggeln«, pflichtete Giordino bei. »Vermutlich schickt er sie mit einem Frachter unter japanischer Flagge rüber.«

»Vielleicht auch mit der angeblich nicht auffindbaren *Baekje*«, wandte Dirk ein.

»Yaeger befasst sich gerade damit, wie diese biologischen Waffen aussehen könnten und wie sie verstaut sind«, sagte Gunn. »Ich werde mich darum kümmern, dass der Zoll entsprechend informiert wird.«

»Trotzdem könnte es zu spät sein«, erwiderte Pitt. »Sie könnten den Kampfstoff beim Einlaufen in den Hafen freisetzen und die ganze Region verseuchen, bevor sie anlegen. Denkt nur mal an die San Francisco Bay, zum Beispiel.«

»Oder noch vor dem Einlaufen, wenn der Wind günstig steht. Auf den Aleuten haben sie das Zeug offenbar von einem Boot aus eingesetzt, das vor Yunaska lag. Es wäre also durchaus möglich, dass sie losschlagen, ohne einen Hafen anzusteuern.«

»Die Küstenwache ist vom Ministerium für Heimatschutz mit der Sicherung der Häfen betraut und überprüft derzeit sämtliche Schiffe, bevor sie irgendwo einlaufen«, stellte Webster fest.

»Aber überprüfen sie auch Handelsschiffe, die keinen unserer Häfen anlaufen?«, fragte Dirk.

»Ich glaube nicht, dass die Küstenwache über die entsprechenden Möglichkeiten verfügt, um auch diese Aufgabe wahrzunehmen. Sie wurde zwar eigens zur Überwachung des Seeraums verstärkt, aber wir haben nach wie vor nur eine begrenzte Anzahl von hochseetüchtigen Schiffen. Eine umfassende Abschirmung der gesamten Westküste übersteigt ihre Möglichkeiten bei weitem.«

»Was ist mit der Navy?«, fragte Summer. »Kann man nicht ein paar Schiffe der Pazifikflotte dazu heranziehen? Wenn es um die nationale Sicherheit geht, müsste man doch meiner Meinung nach jedes verfügbare Kriegsschiff zum Blockadedienst verpflichten können.«

»Eine gute Frage, die aber nicht so leicht zu beantworten ist«, erwiderte Gunn. »Es handelt sich gewissermaßen um eine Art Grauzone, was den Auftrag der Navy angeht. Bei der Unterstützung der Küstenwache hat sie noch nie eine große Rolle gespielt. Im Marinestab wird man auf eine entsprechende Bitte hin erst mal abwiegeln, bis der Verteidigungsminister oder das Weiße Haus Druck ausüben. Ich werde den Vizepräsidenten darauf ansprechen, aber wir müssen davon ausgehen, dass es mindestens eine Woche dauert, bis die entsprechenden Schiffe zur Verfügung stehen. Und bis dahin könnte es schon zu spät sein.«

»Es gibt noch eine andere Möglichkeit«, sagte Pitt, der in eine Schreibtischschublade griff und einen Tagesbericht mit den Einsatzorten der NUMA-Forschungsschiffe herausholte. »Mal sehen, die *Pacific Encounter* ist soeben in Vancouver eingetroffen, die *Blue Gill* führt an der Drake's Bay nördlich von San Francisco Vermessungen durch, und die *Deep Encounter* testet in San Diego ein Tauchboot. Es ist zwar kein Kampfgeschwader, aber ich kann dafür sorgen, dass innerhalb von zwei Tagen drei meiner Forschungsschiffe zur Unterstützung der Küstenwache vor den großen Hafenstädten an der Westküste in Position gehen.«

»Das wäre eine erhebliche Verstärkung für die zu unserer

Verfügung stehenden Kräfte. Und ich bin davon überzeugt, dass die Küstenwache für die Unterstützung dankbar wäre«, sagte Webster.

»Bezeichnen wir es als vorübergehende Leihgabe«, sagte Pitt. »Zumindest, bis Rudi eine Möglichkeit findet, wie er die Kosten in Rechnung stellen kann.«

»Wir können uns sicherlich über eine Aufwandsentschädigung für unseren Beitrag einigen«, sagte Gunn, während er Webster mit einem Haifischgrinsen musterte.

»Dann ist es also beschlossen. Die NUMA-Flotte an der Westküste wird ab sofort das Bombenschnüffeln üben. Aber da wäre noch was«, sagte Pitt mit scharfem Unterton an Webster gewandt. »Kang hat bereits eins meiner Schiffe versenkt. Ich möchte nicht noch eins verlieren. Daher bestehe ich darauf, dass sich ständig ein bewaffnetes Boot der Küstenwache in der Nähe meiner Schiffe aufhält.«

»Einverstanden. Die Mannschaften werden ausdrücklich darauf hingewiesen, dass es zu einer bewaffneten Auseinandersetzung kommen könnte.«

»Gut. Unsere Leute werden sich mit den regionalen Einheiten der Küstenwache abstimmen. Rudi, du musst dich von der Zentrale losreißen. Ich möchte, dass du nach San Francisco fliegst und dafür sorgst, dass die *Blue Gill* zur dortigen Küstenwache stößt, desgleichen die *Pacific Explorer* im Raum Seattle/ Vancouver. Dirk und Summer, ihr begebt euch in San Diego an Bord der *Deep Endeavor* und helft bei der Überwachung von Südkalifornien«, wies Pitt an.

»Was ist mit mir, Boss?«, fragte Giordino mit beleidigtem Unterton. »Krieg ich keinen Bootsinspektorausweis?«

»O nein«, erwiderte Pitt mit einem schelmischen Grinsen. »Für dich habe ich eine bessere Aufgabe.«

44

Es gab kein großes Trara, als zwei rostige Schlepper die Sea-Launch-Plattform *Odyssey* von ihrem Heimatkai wegbugsierten. Im Laufe der Jahre hatte die Aufregung, die mit einem Raketenstart verbunden war, so weit nachgelassen, dass nur mehr eine Hand voll Angehörige, Freunde und leitende Angestellte der Firma der Besatzung zum Abschied zuwinkte, zumal diese deutlich kleiner war als sonst. Nur zweiundvierzig Männer befanden sich auf der schwimmenden Startrampe, rund zwanzig weniger als üblich, da Startdirektor Stamp viele Ingenieure zurückhielt, die bei der Reparatur der Brandschäden auf dem Versorgungsschiff aushelfen sollten. Nervös verfolgte Kapitän Christiano von der Brücke der *Sea Launch Commander* aus, wie die schwimmende Startrampe langsam vom Kai ablegte, dann verabschiedete er die Besatzung mit einem langen Tuten des Schiffshorns. Mehrere Decks tiefer arbeitete eine Schar Elektriker und Computerspezialisten fieberhaft rund um die Uhr an der Behebung der Schäden im Schaltraum, damit das Kommandoschiff in drei, vier Tagen hoffentlich ebenfalls auslaufen konnte.

Christianos Gruß wurde von einem kurzen Hornstoß der *Odyssey* erwidert, der aus den Wolken zu kommen schien, lag doch das Hauptdeck der Plattform fast dreißig Meter über dem Wasser. Die schwimmende Startrampe war zwar seetüchtig und besaß einen eigenen Antrieb, mit dem sie punktgenau in Position gebracht werden konnte, doch beim Ein- und Auslaufen war sie auf Schlepper angewiesen, da kleine Boote und eventuelle Hindernisse im Hafen von dem hoch gelegenen Ruderhaus aus nur schwer zu erkennen waren.

Langsam schob sich die mächtige Konstruktion an der Mole der Hafeneinfahrt vorbei, wie eine Riesentarantel, die über das ruhige Wasser kroch. Die umgebaute Bohrinsel wurde auf jeder Seite von fünf dicken Stützpfeilern getragen, die ihrerseits auf zwei riesigen, rund 120 Meter langen Pontons ruhten. Am Heck eines jeden Pontons befanden sich zwei vierblättrige Schiffsschrauben, die das unbeholfen wirkende Wasserfahrzeug mit einer Geschwindigkeit von bis zu zwölf Knoten antrieben. Mit einer Wasserverdrängung von mehr als dreißigtausend Tonnen war die *Odyssey* der größte und mit Sicherheit auch eindrucksvollste Katamaran der Welt. Nachem sie die Hafeneinfahrt von Long Beach passiert hatte, glitt die schwimmende Startrampe noch zwei Meilen weiter aufs Meer hinaus, ehe die Schlepper ihre Maschinen stoppten.

»Bereithalten zum Aufnehmen der Schlepptrossen«, befahl der Kommandant der *Odyssey*, ein ehemaliger Tankerkapitän namens Hennessey.

Die Schlepper lösten die Trossen, die von der Besatzung der *Odyssey* rasch eingeholt wurden. Als die Schlepper abdrehten, wurden die vier jeweils dreitausend PS starken Gleichstrommotoren angeworfen, worauf sich die *Odyssey* schwankend wie ein Wolkenkratzer bei einem Sturm aus eigener Kraft vorwärts bewegte. Der Zenit-Rakete, die waagerecht in ihrem Hangar vertäut war, konnte das sanfte Schaukeln nichts anhaben. Als die Küste von Kalifornien allmählich zurückfiel und schließlich völlig verschwand, widmete sich die erfahrene Besatzung ihren Aufgaben, aber die Männer an Bord ließen es auf der langsamen Fahrt zur Abschussstelle eher ruhig angehen. Behutsam gab Hennessey mehr Gas, bis die Plattform mit neun Knoten durch die See stampfte, dann steckte er einen Kurs in Richtung Südwesten ab, zu der vorgesehenen Abschussstelle, die fünfzehnhundert Meilen südlich von Hawaii am Äquator lag. Keiner ahnte, dass sie das Ziel niemals erreichen würden.

Fünfzehnhundert Meilen weiter westlich preschte die *Koguryo* über den Pazifik, wie ein Windhund, der einen Hasen hetzt. Seit dem Auslaufen aus Inchon hatte sie nur einmal langsamere Fahrt gemacht, als sie die Ogasawara-Inseln angelaufen hatte, um Tongju an Bord zu nehmen. Nachdem das Schiff westlich von Midway einer Sturmfront ausweichen musste, war es bei ruhiger See und starkem achterlichem Wind mit Höchstgeschwindigkeit gen Osten gedampft. Ohne die sperrige Kabellegevorrichtung und die schweren kilometerlangen Kabel, die normalerweise unter Deck verstaut waren, lag die *Koguryo* fast drei Meter höher im Wasser als üblich. Ihre vier Dieselmotoren trieben sie mit flotten 23 Knoten an, sodass das Schiff fast sechshundert Meilen pro Tag zurücklegte.

An Bord bereitete sich unterdessen ein großer Trupp Ingenieure und Techniker auf den bevorstehenden Start der Zenit vor. Auf einem der unteren Decks war eine Startkontrollzentrale, die fast genauso aussah wie der Kontrollraum auf der *Sea Launch Commander*, eingerichtet worden, in der hektisches Treiben herrschte. Mittlerweile war der letzte Rest der Startsoftware aus Inchon eingetroffen, und die Computerspezialisten hatten für das Kontrollteam eine Reihe von Startsimulationen eingespeist. Jeden Tag gingen die Männer mehrere Probestarts durch, bis nach etwa einer Woche alles einwandfrei klappte. Das Team, dem man nur mitgeteilt hatte, dass es von einer schwimmenden Startrampe aus einen von Kangs Satelliten in die Erdumlaufbahn bringen sollte, hatte keine Ahnung von seiner eigentlichen Aufgabe und freute sich auf den Abschuss der Rakete.

Tongju nutzte die Zeit auf See, um eine Taktik für den Angriff auf die *Odyssey* auszutüfteln. Er und sein Kommandotrupp studierten die Baupläne der schwimmenden Abschussrampe, legten Angriffspositionen fest und stimmten ihr Vorrücken ab, bis sie einen minutiösen Angriffsplan ausgearbeitet hatten. Die Kämpfer prägten sich ihre Aufgaben ein, reinigten ihre Waffen und hielten sich von den anderen Besatzungsmitgliedern fern, während sich das Schiff seinem Ziel allmählich näherte. Nach einem Abendessen mit dem Kampftrupp bat Tongju seinen Stellvertreter Kim in seine Kabine. Sobald sie allein waren, berichtete er ihm von Kangs Befehl, die *Koguryo* zu versenken.

»Ich habe Kapitän Lee die Koordinaten des Seegebiets übergeben, in dem uns der Frachter erwartet. Ich habe ihm allerdings nur mitgeteilt, dass seine Besatzung aus Sicherheitsgründen übersetzen soll, nicht jedoch, dass sein Schiff versenkt wird.«

»Trauen Sie ihm etwa nicht?«, fragte Kim, der sich anscheinend nicht im Geringsten daran störte, dass zweihundert seiner Bordkameraden ermordet werden sollten.

»Nein, das wäre auch nicht klug. Kein Kapitän lässt seine Besatzung im Stich und versenkt sein eigenes Schiff. Wir werden uns ohne ihn absetzen.«

»Wie soll das Schiff versenkt werden?«

Tongju griff unter seine Koje und holte einen kleinen Koffer heraus, den er Kim reichte.

»Semtex-Plastiksprengstoff mit Funkzündern. Ich werde sie auslösen, wenn das Schiff wieder Fahrt aufgenommen hat.«

Er ging zu einer Wand und deutete auf einen dort angehefteten Plan, auf dem die *Koguryo* im Längsschnitt dargestellt war.

»Wenn man in Bug und Vorschiff eine Reihe von Löchern sprengt, laufen die unteren Decks eines Schiffes, das sich in voller Fahrt befindet, in kürzester Zeit voll. Bevor die Besatzung reagieren kann, sinkt es wie ein Unterseeboot auf den Meeresgrund.«

»Dennoch könnten sich ein paar Mann in den Rettungsbooten in Sicherheit bringen«, entgegnete Kim.

Tongju schüttelte den Kopf. »Ich habe die Davits der Rettungsboote mit Sekundenkleber blockiert. Die Männer werden ihre liebe Mühe haben, wenn sie ein Boot zu Wasser lassen wollen.«

»Und was ist mit uns?«, fragte Kim, der jetzt leicht unsicher klang.

»Sie und zwei andere Männer setzen sich mit mir im Sturmboot ab. Ich werde Lee davon überzeugen, dass wir zunächst eine Erkundung vornehmen müssen, sobald der Frachter von unserem Radar erfasst wird. Wenn die *Koguryo* wieder Fahrt aufgenommen hat, zünden wir die Ladungen.«

Kim stieß leise die Luft aus und nickte. »Es wird mir nicht leicht fallen, meinen Kampftrupp im Stich zu lassen«, sagte er.

»Lauter tüchtige Männer, aber sie sind entbehrlich. Sie dürfen die beiden Männer aussuchen, die mit uns kommen. Aber zunächst müssen wir den Sprengstoff anbringen. Nehmen Sie Hyun, Ihren Sprengmeister, und bringen Sie die Ladungen in den Bugbereichen E, F und G an. Aber achten Sie darauf, dass Sie von keinem Besatzungsmitglied gesehen werden.«

Kim ergriff den Koffer und nickte erneut. »Ich werde dafür sorgen«, sagte er, dann verließ er die Kabine.

Nachdem er gegangen war, betrachtete Tongju mehrere Minuten lang die Pläne des Schiffes. Das ganze Unternehmen steckte voller Tücken, Unwägbarkeiten und Gefahren. Aber genau das gefiel ihm dabei.

45

Die *Odyssey*, die eine zehn Meilen lange Schaumspur hinter sich herzog, als sie sich mit langsamer Fahrt immer weiter von Long Beach entfernte, fuhr geradewegs ins Unheil. Nachdem sie die Insel San Clemente passiert hatte, lag sie kurz vor Mitternacht westlich von San Diego und verließ bald darauf die Hoheitsgewässer der Vereinigten Staaten. Die Fischerboote und Vergnügungsdampfer, die bislang am Horizont zu sehen waren, verschwanden allmählich, als die schwimmende Abschussrampe westlich der Baja California weiter in den endlosen Pazifik vordrang. Als der dritte Tag zur Neige ging, war sie siebenhundert Meilen vom nächsten Festland entfernt und teilte sich den weiten Ozean nurmehr mit einem winzigen Punkt, der im Nordosten am Horizont stand.

Kapitän Hennessey war dennoch leicht verwundert, als der Punkt in weiter Ferne allmählich größer wurde und auf sie zuhielt. Als er sich bis auf fünf Meilen genähert hatte, richtete er sein Fernglas darauf und stellte fest, dass es sich um ein robust gebautes blaues Schiff mit gelbem Schornstein handelte. Im schwindenden Abendlicht wirkte es nicht wie ein Frachter, eher wie ein Forschungsschiff oder irgendeine Spezialanfertigung. Unwirsch stellte er fest, dass sich das Schiff derzeit auf Kollisionskurs mit der *Odyssey* befand. Hennessey blieb die nächste Stunde über am Ruder und ließ das andere Schiff nicht aus den

Augen, das immer näher kam, knapp eine Meile steuerbords vorbeizog und dann offenbar langsamer wurde und auf Südwestkurs ging.

»Er dreht bei und will unser Kielwasser kreuzen«, sagte Hennessey zum Rudergänger und setzte das Fernglas ab. »Da hat er den ganzen Pazifischen Ozean für sich, aber ausgerechnet uns muss er in die Quere kommen«, grummelte er kopfschüttelnd.

Er kam gar nicht auf den Gedanken, dass die Begegnung alles andere als zufällig war. Und er ahnte auch nicht, dass ein Besatzungsmitglied – einer der Männer, die in Kangs Auftrag als Raketentechniker an Bord waren – ihre Position mithilfe eines einfachen GPS-Empfängers und eines tragbaren Funkgeräts an das andere Schiff durchgegeben hatte. Nachdem die *Koguryo* den Pazifik überquert hatte, hatte sie vierundzwanzig Stunden zuvor den Funkspruch empfangen und auf die *Odyssey* zugehalten wie eine Taube auf ihren Schlag.

Als die Lichter des unbekannten Schiffes achteraus an Backbord in der Dunkelheit verschwanden, verschwendete Hennessey keinen weiteren Gedanken mehr darauf und konzentrierte sich auf die weite schwarze See, die vor ihm lag. Bis zum Äquator waren es noch fast fünf Tage, und keiner konnte wissen, was ihnen noch alles in die Quere kam.

Das Enterkommando nahte rasch, mitten in der Nacht, als niemand damit rechnete. Nachdem sie die *Odyssey* den ganzen Abend lang beschattet hatte, stoppte die *Koguryo* ihre Maschinen und ließ die schwimmende Startrampe davonziehen. Der Steuermann und der wachhabende Offizier, die im Ruderhaus der *Odyssey* Nachtschicht schoben, ließen es etwas lockerer angehen, als die Lichter des anderen Schiffes zurückfielen. Da die *Odyssey* per Autopilot gesteuert wurde, mussten sie lediglich auf Radar und Wetterbericht achten. Aber in tiefster Nacht mitten auf dem Pazifik gab es kaum einen Grund zur Besorgnis. Die Aufmerksamkeit der beiden Männer ließ denn auch nach, als sie auf der Brücke auf und ab gingen und endlos über Fußball diskutierten, statt auf die Monitore rundum zu achten.

Hätte einer der beiden Männer einen genaueren Blick auf das Radarsichtgerät geworfen, hätten sie vielleicht bemerkt, was auf sie zukam.

Auf der *Koguryo* standen weder Reparaturen an, noch wollte der Kapitän den Kurs ändern – er hatte lediglich die Maschinen gestoppt, um die schnelle Barkasse zu Wasser zu lassen. Das neun Meter lange, offene Boot war mit Lederpolstern ausgestattet und bot reichlich Platz für Tongju, Kim und die zwölf anderen Männer, die schwarze Kampfanzüge trugen und mit Sturmgewehren bewaffnet waren. Zwar eignete das Boot sich nicht unbedingt für ein heimliches Anschleichen, aber es war so stabil und leistungsstark, dass es als Sturmboot auf hoher See eingesetzt und einen starken Kampftrupp zu der schwimmenden Abschussrampe befördern konnte.

Die Barkasse pflügte in der Dunkelheit durch die Wogen und raste unter dem Sternenhimmel dahin, der sich ringsum bis zum Horizont erstreckte. Rasch schloss das schnelle Boot zu der schwimmenden Plattform auf, die sich hell erleuchtet wie eine Neonreklame am Nachthimmel abzeichnete. Als er sich den Schatten näherte, die der Koloss warf, hielt der Steuermann der Barkasse genau auf die Mitte der Plattform zu und lenkte das Boot zwischen die beiden mächtigen Schwimmkörper. Mit unverminderter Geschwindigkeit schoss es an den dicken Stützpfeilern vorbei, knapp unter den Kreuz- und Querstreben hindurch, schweren Dreikantträgern, die sich in nur dreieinhalb Meter Höhe über das Wasser spannten. Dann drosselte er das Tempo, um sich der Fahrt der *Odyssey* anzupassen, und steuerte langsam zum vorderen Steuerbordpfeiler, an dem eine mit Salz verkrustete Stahltreppe nach oben führte. Als sich das Boot unmittelbar daneben befand, sprang einer der Männer vom Bug aus hinüber und band eine Leine am Treppengeländer fest. Dann sprangen die Kämpfer nacheinander auf die Stufen und kletterten zu der Plattform hinauf. Oben angekommen, hielten sie kurz inne, bis sie wieder zu Atem gekommen waren, formierten sich und rückten dann auf Tongjus Nicken hin vor. Sie huschten durch die Tür, die einer von Kangs Männern, die bereits an Bord waren, offen gelassen hatte, und schwärmten über das Deck aus.

Obwohl Tongju Fotos und Baupläne der *Odyssey* studiert hatte, war er nach wie vor von den gewaltigen Ausmaßen des Hauptdecks überwältigt, das länger als ein Fußballplatz war. Im hinteren Teil ragte der Startturm auf, durch das weite, offene Deck vom Hangar getrennt, in dem die Rakete lagerte. An der abgeschrägten Steuerbordseite waren die mächtigen Brennstofftanks montiert, aus denen die Rakete kurz vor dem Start betankt wurde. Zu beiden Seiten des Hangars standen zwei kleinere Gebäude, in denen sich die Unterkünfte für die Besatzung, die Messe und die Krankenstation befanden. Das war ihr erstes Ziel.

Wie einstudiert, rückte das Enterkommando gleichzeitig vor – fünf Mann zum Hangar, drei zur Brücke, der Rest zu den Mannschaftsunterkünften. Da ein Großteil der zweiundvierzigköpfigen Besatzung der *Odyssey* kaum beschäftigt war, bis die Plattform die Abschussstelle erreichte, vertrieben sie sich die Zeit mit Lesen und Kartenspielen oder sahen sich Filme an. Um drei Uhr morgens war nur noch eine Hand voll Männer wach, hauptsächlich Matrosen, die mit dem laufenden Betrieb beschäftigt waren, aber auch ein paar Techniker, die die Rakete überwachten. Als das Enterkommando die Mannschaftsunterkünfte stürmte, waren die Seeleute, Techniker und Ingenieure viel zu verdutzt, um reagieren zu können. Grelle Lichter und grobe Stöße mit den Mündungen der AK-74 rissen die Männer aus dem Schlaf; anschließend wurden sie mit den Sturmgewehren in Schach gehalten. Zwei Männer, die in der Messe Karten spielten, dachten zunächst, es handle sich um eine Art Äquatortaufe, bis einer mit dem Gewehrkolben zu Boden geschlagen wurde. Der erschreckte Chefkoch ließ beim Anblick der Bewaffneten einen Stapel Pfannen fallen und weckte damit weitere Besatzungsmitglieder.

Im Hangar sah es nicht anders aus. Im Nu stürmte der kleine Kampftrupp das klimatisierte Gebäude, in dem die Zenit-Rakete lagerte, und trieb eine Hand voll Ingenieure zusammen, bevor sie Widerstand leisten konnten. Die beiden Männer, die auf der

Brücke hoch über dem Hangar Wache schoben, trauten ihren Augen kaum, als Tongju hereinkam und seine Glock auf das Ohr des Offiziers vom Dienst richtete. In knapp zehn Minuten hatten Tongjus Männer die ganze Plattform in ihre Gewalt gebracht, ohne dass ein Schuss gefallen war.

Überrascht stellten die Angreifer fest, dass ein Großteil der Seeleute Filipinos waren, die Raketenspezialisten hingegen sowohl Amerikaner als auch Russen und Ukrainer. Die multinationale Crew wurde in die Messe getrieben und mit Sturmgewehren in Schach gehalten, desgleichen Kapitän Hennessey, der sichtlich unter Schock stand, nachdem er von einem der Männer überwältigt und gefesselt worden war. Verschont wurden nur die von Kang eingeschleusten Besatzungsmitglieder und Satellitentechniker, die Steuerung und Betrieb der schwimmenden Abschussrampe übernahmen.

Von der Brücke aus meldete sich Tongju über Funk bei der *Koguryo* und teilte mit, dass die Plattform ohne Widerstand eingenommen worden war. Nachdem er kurz eine Seekarte studiert hatte, die auf einem Tisch ausgebreitet war, wandte er sich an den Rudergänger, einen von Kangs Männern.

»Gehen Sie auf fünfzehn Grad Nordnordost. Wir laufen eine andere Startposition an.«

Als die Morgendämmerung anbrach, schob sich die *Koguryo* neben die durch anderthalb Meter hohe Wogen in Richtung Norden stampfende *Odyssey* und drosselte ihre Fahrt. Kapitän Lee lotste sein Schiff bis auf fünf Meter an die *Odyssey* heran und hielt es dann genau parallel zu deren Steuerbordseite. Ein nervöser Rudergänger auf der Brücke der *Odyssey* überzeugte sich davon, dass der Autopilot eingeschaltet war, als der ehemalige Kabelleger längsseits ging.

Tongju verfolgte vom Hangardach aus, wie ein großer Drehkran ausgebracht wurde. Einen Moment lang pendelte der schwere Haken wie wild hin und her, bevor er zum Achterdeck der *Koguryo* herabgelassen wurde. Als über Schiffsfunk durchgegeben wurde, dass alles klar sei, hievte der Kran einen viereckigen, etwa sofagroßen Metallcontainer auf das Hauptdeck der Plattform. In ihm befanden sich Spezialbehälter mit den gefriergetrockneten Chimärenkulturen, die in die Sprühvorrichtung eingebaut werden sollten, die so genannte Nutzlast der Rakete.

Während die tödlichen Viren an Bord der *Odyssey* gebracht wurden, setzten über ein Dutzend Raketen- und Satellitentechniker mit der Barkasse der *Koguryo* über, begaben sich unverzüglich in den Hangar und montierten die Verkleidung des Nutzlastraums der Zenit ab. Mit ihnen kamen weitere Männer, die Tongjus Enterkommando verstärkten.

Tongju kehrte auf die Brücke zurück und blickte durch die dicke Verglasung auf die fünfzig Meter unter ihm wogende See. Die Plattform schwankte dennoch nur leicht, da die Schwimmkörper tief im Wasser lagen und die langen Stützpfeiler die Schaukelbewegungen dämpften. Dann wandte er sich nach rechts und sah, dass die *Koguryo*, die ihre Aufgabe vorerst verrichtet hatte, von der *Odyssey* abdrehte.

»Gehen Sie auf volle Fahrt voraus«, sagte er zum Rudergänger.

Der nervöse Filipino beschleunigte und sah dann zu, wie die digitale Geschwindigkeitsanzeige langsam höher kroch.

»Zwölf Knoten, Sir. Höchstgeschwindigkeit«, rief der Rudergänger, dessen Blick ständig hin und her zuckte.

Tongju nickte zufrieden, griff dann zu dem Funkgerät über ihm und meldete sich bei Kapitän Lee auf der *Koguryo*.

»Alles läuft planmäßig. Verständigen Sie bitte Inchon, dass wir die Startrampe in unsere Gewalt gebracht haben und in etwa dreißig Stunden mit dem Countdown beginnen. Ende.«

Der Rudergänger starrte ängstlich nach vorn, als wolle er jeden Blickkontakt vermeiden. Doch Tongjus wahre Absichten überstiegen selbst seine schlimmsten Befürchtungen.

46

Es dauerte nur knapp vierundzwanzig Stunden, bis die Raketentechniker die Nutzlast der Zenit zu einer Massenvernichtungswaffe umgebaut hatten. Wie Chirurgen bei einer Herztransplantation entfernten die Ingenieure zunächst mehrere Teile der Laderaumverkleidung und nahmen sich dann das Innenleben des falschen Satelliten vor. Nur zum Schein eingebaute Komponenten, Transponder zum Beispiel und andere Kommunikationstechnologie, wurden demontiert und durch kleine elektrische Pumpen ersetzt, die das Sprühsystem antreiben sollten. Allerlei Leitungen und Anschlüsse wurden an den Solarzellenauslegern angebracht, die sich öffneten, sobald der Satellit ausgesetzt wurde, und so die tödlichen Viren in einem breiten Dunstschweif am kalifornischen Himmel verteilen konnten.

Danach überprüften die Techniker, die in weißen Schutzanzügen steckten, wie sie in sterilen Räumen getragen werden, ein letztes Mal die Sprühvorrichtung und überzeugten sich davon, dass sie tadellos funktionierte. Jetzt kam der abschließende Schritt: das Munitionieren. Vorsichtig wurden die aus Inchon gelieferten Behälter mit den gefriergetrockneten Chimäreviren in den Satelliten eingebaut und die mit Stahldraht ummantelten Leitungen der Hydriertanks an die Sprühvorrichtung angeschlossen. Wenn das computergestützte System aktiviert wurde, versetzte es die pudrige Substanz mit destilliertem Wasser und verspritzte die tödliche Mischung mittels Zerstäuber in die Atmosphäre.

Als der teuflische Cocktail verstaut war, wurde die Verkleidung des Nutzlastraums wieder angebracht, samt der Treibladung, mit der sie zum vorgesehenen Zeitpunkt abgesprengt werden konnte. Als das letzte Stück montiert war, beglückwünschten die erschöpften Techniker einander kurz und zogen sich dann in die Unterkünfte zurück. Mehr als ein paar Stunden Schlaf waren ihnen nicht vergönnt, bevor sie den Countdown einleiten mussten.

Ohne in aller Öffentlichkeit die durch einen Farbkode gekennzeichnete Alarmbereitschaft zu erhöhen, ordnete das Ministerium für Heimatschutz in aller Stille eine Verschärfung der Sicherheitsvorkehrungen für alle Häfen und Flughäfen an. Sämtliche Flugzeuge und Schiffe aus Asien wurden genau überwacht und stichprobenmäßig vor allem nach biologischen und chemischen Kampfstoffen durchsucht. Auf Vizepräsident Sandeckers Verlangen hin wurde die Küstenwache dazu angehalten, sämtliche unter japanischer oder koreanischer Flagge fahrenden Schiffe, die das amerikanische Festland anliefen, anzuhalten, an Bord zu gehen und mit Unterstützung bewaffneter Sicherheitskräfte zu durchsuchen. Alle verfügbaren Boote der Küstenwache wurden zur Westküste beordert, wo sie sich vor allem auf die Handelszentren Seattle, San Francisco und Los Angeles konzentrieren sollten.

In San Francisco stimmte Rudi Gunn den unterstützenden Einsatz der NUMA-Schiffe mit dem dortigen Kommandeur der Küstenwache ab. Als das Forschungsschiff *Blue Gill* aus Monterey eintraf, wurde es von Rudi Gunn sofort zum Postendienst zehn Meilen vor der Golden Gate Bridge geschickt. Danach begab er sich unverzüglich nach Seattle, wo er die NUMA-Kräfte vor Ort zur Überwachung der Küsten einteilte und anschließend die kanadische Küstenwache in Vancouver überreden konnte, sämtliche Schiffe, die nach British Columbia unterwegs waren, zu durchsuchen.

Dirk und Summer flogen nach San Diego, wo milde zweiundzwanzig Grad Celsius herrschten. Nachdem sie mit dem Taxi die kurze Strecke vom Lindbergh Field des San Diego International Airport nach Shelter Island zurückgelegt hatten, entdeckten sie binnen weniger Minuten die *Deep Endeavor*, die an einem großen kommunalen Kai vertäut war. Als sie näher kamen, fiel Dirk das sonderbare, mit orange-rotem Metalliclack gespritzte Tauchboot auf dem Achterdeck des Schiffes auf.

»Na, wenn das nicht die Gefangenen von Zenda sind«, rief Jack Dahlgren von der Brückennock, als er die beiden sah. Dirks

Freund sprang eine Treppe herab und empfing sie oben an der Gangway.

»Ich habe gehört, dass ihr eine Kreuzfahrt entlang der koreanischen Halbinsel gemacht habt«, sagte Dahlgren lachend, während er Dirk die Hand schüttelte und anschließend Summer umarmte.

»Ja, aber irgendwie sind uns die tollen Sehenswürdigkeiten entgangen«, erwiderte Summer grinsend.

»Moment mal, der Törn entlang der entmilitarisierten Zone war doch ganz spannend«, versetzte Dirk mit gespieltem Ernst. Dann wandte er sich an Dahlgren und fragte: »Wie sieht's aus, seid ihr bereit für den Wach- und Blockadedienst?«

»Jawohl. Vor einer Stunde ist ein Team der Küstenwache zu uns gestoßen. Wir können also jederzeit auslaufen.«

»Gut. Dann nichts wie los.«

Dahlgren begleitete Dirk und Summer auf die Brücke, wo sie von Leo Delgado und Kapitän Burch begrüßt und anschließend einem uniformierten Sea Marshal der Küstenwache vorgestellt wurden, einem gewissen Aimes.

»Wie wollen wir vorgehen, Lieutenant?«, fragte Dirk, als er die Rangabzeichen an Aimes' Uniform bemerkte.

»Sie dürfen mich Bill nennen«, erwiderte Aimes, ein gewissenhafter Mann mit kurzen blonden Haaren, der seine Aufgabe ernst nahm, aber überflüssige Formalitäten nicht ausstehen konnte. »Wir unterstützen die Küstenwache in dieser Region, wenn der Schiffsverkehr deutlich zunimmt. Ansonsten sind wir zur Erkundung und gelegentlichen Beobachtung da. Wir sind von Rechts wegen dazu befugt, sämtliche Schiffe, die amerikanische Häfen anlaufen, innerhalb der Zwölf-Meilen Zone anzuhalten und uns an Bord zu begeben. Als Vertreter der Küstenwache sind meine Männer und ich für die Durchsuchung zuständig, aber eine Reihe Ihrer Besatzungsmitglieder, die einen kurzen Ausbildungskurs mitgemacht haben, werden uns dabei unterstützen.«

»Wie stehen denn die Chancen, dass wir auf einem großen Containerschiff ein Waffenlager oder eine Bombe finden?«, fragte Summer.

»Besser, als Sie vielleicht meinen«, erwiderte Aimes. »Wie Sie wissen, arbeiten wir auf Geheiß des Heimatschutzministeriums eng mit der Zollbehörde zusammen. Unsere Zöllner, die in sämtlichen großen Hafenstädten der Welt sitzen, überprüfen und versiegeln jeden Container, bevor er verschifft werden darf. Bei der Ankunft in einem amerikanischen Hafen überzeugen sich die hiesigen Zöllner davon, dass sich niemand an dem Siegel zu schaffen gemacht oder die Container geöffnet hat. Die Küstenwache sorgt dafür, dass das Schiff und die Container überprüft werden, bevor sie in den Hafen einlaufen dürfen.«

»Aber neben den Containern gibt es auf einem Schiff auch jede Menge andere Stellen, an denen man eine Bombe verstecken könnte«, warf Dahlgren ein.

»Das ist der Haken an der Sache, aber hier kommen die Hunde ins Spiel«, erwiderte Aimes und deutete mit dem Kopf zur anderen Seite der Brücke. Erst jetzt bemerkte Dirk die beiden gelben Labrador-Retriever, die an einem Handlauf festgebunden waren und schliefen. Im nächsten Moment war Summer bei ihnen und kraulte sie hinter den Ohren.

»Die Hunde sind dazu ausgebildet, alle möglichen Sprengstoffe zu riechen, die normalerweise zur Bombenherstellung verwendet werden. Vor allem aber können sie in kürzester Zeit ein ganzes Schiff absuchen. Wenn eine Biobombe in einem Containerschiff versteckt ist, besteht durchaus die Chance, dass die Jungs hier den Spengstoff wittern, mit dem sie gezündet wird.«

»Genau danach suchen wir«, sagte Dirk. »Wir werden also vor San Diego eingesetzt?«

»Nein«, erwiderte Aimes kopfschüttelnd. »Mit den wenigen Handelsschiffen, die San Diego anlaufen, kommt die hiesige Küstenwache klar. Uns hat man einen Quadranten südwestlich des Hafens von Los Angeles zugewiesen, wo wir die Küstenwache von L. A. und Long Beach unterstützen sollen. Sobald wir vor Ort sind, sprechen wir mit der *Icarus* unsere Position und Patrouillenroute ab.«

»*Icarus*?«, fragte Dahlgren.

»Unser Auge am Himmel, dem nichts entgeht«, sagte Dirk mit wissendem Lächeln.

Als die *Deep Endeavor* in den Pazifik auslief, vorbei an Coronado Island und einem Flugzeugträger, der aus dem Indischen Ozean zurückkehrte, gingen Dirk und Summer nach achtern und nahmen das seltsame Tauchboot in Augenschein, das wie ein mit Anabolika gemästeter Regenwurm aussah. Die kugelrunde Zelle war in unregelmäßigen Abständen mit einer Reihe sonderbarer Propeller und Schrauben bestückt, als hätte jemand aufs Geratewohl Ventilatoren auf den Rumpf geklebt. Unter dem Bug ragte ein gut drei Meter langer Bohrer hervor, nach oben gerichtet wie das Horn eines Einhorns. Und die orangerote Metalliclackierung erinnerte Summer an Insektenmonster aus alten Horrorfilmen.

»Woher stammt dieses Gerät?«, fragte sie Dahlgren.

»Hat dir dein Vater noch nie was von *Badger* erzählt? Es ist ein Prototyp, den er in Auftrag gegeben hat. Deswegen waren wir doch in San Diego. Weil unsere Ingenieure gemeinsam mit den Leuten vom Scripps Institute an dieser heißen Kiste gebastelt haben. Ein Tiefseetauchboot, das Bohrproben vom Meeresboden holen soll. Die Sedimente und organischen Ablagerungen rund um die Vulkanschlote in dreitausend Meter Tiefe und mehr interessieren die Wissenschaftler zusehends.«

»Und was sollen die vielen Propeller?«, fragte Dirk.

»Damit man möglichst schnell runterkommt. Das ist ein richtig flotter Flitzer. Das Ding wird nicht mehr von Gewichten nach unten gezogen, sondern hat einen Brennstoffzellenantrieb, mit dem es ruckzuck zum Meeresgrund tauchen kann. Du kannst also runtergehen, deine Bohrprobe sammeln und wieder auftauchen, ohne den ganzen Tag Däumchen drehen zu müssen. Je weniger Zeit fürs Auf- und Abtauchen draufgeht, desto mehr Bohrkerne kannst du für die Geologen holen.«

»Und die Jungs am Scripps wollen dich wirklich ans Steuer lassen?«, fragte Summer lachend.

»Die wissen nicht, wie viele Strafzettel ich schon wegen Geschwindigkeitsübertretung gekriegt habe, und freiwillig hab ich's ihnen nicht verraten«, erwiderte Dahlgren, der so tat, als könnte er kein Wässerchen trüben.

»Die haben ja keine Ahnung«, sagte Dirk grinsend, »dass sie ihre nagelneue Harley-Davidson einem Evel Knievel anvertraut haben.«

Die *Deep Endeavor* dampfte drei Stunden lang an der Küste von Kalifornien entlang nach Norden und stieß kurz vor Einbruch der Dunkelheit auf die offene See hinaus. Dirk stand auf der Brücke und verfolgte auf einer farbigen Navigationskarte an einem Deckenmonitor das Vorankommen des Schiffes. Als die Küste hinter ihnen zurückfiel, sah er auf der Karte die Insel San Clemente auftauchen, die westlich des von ihnen abgesteckten Kurses lag. Er studierte die Karte einen Moment lang, dann wandte er sich an Aimes, der in der Nähe stand und das Radarsichtgerät betrachtete.

»Ich dachte, Sie dürfen nur Schiffe innerhalb der Zwölf-Meilen-Zone anhalten? Wir halten auf San Clemente zu. Die Insel ist mehr als fünfzig Meilen vom Festland entfernt.«

»Normalerweise gilt für die Küstenwache die Zwölf-Meilen-Zone vom Festland aus. Die Channel-Inseln gehören aber streng genommen zu Kalifornien, daher sind sie von Rechts wegen unser eigentlicher Orientierungspunkt. Bei diesem Einsatz haben wir die Erlaubnis, unsere normale Überwachungszone vorübergehend auszudehnen, ausgehend von den Channel-Inseln. Wir gehen etwa zehn Meilen westlich von Santa Catalina in Position und überwachen von dort aus den Schiffsverkehr.«

Zwei Stunden später hatten sie die große Insel Santa Catalina passiert, worauf die Maschinen gedrosselt wurden, als sie sich ihrem Stationierungspunkt näherten. Mit langsamer Fahrt patrouillierte die *Deep Endeavor* westlich der Insel in einer weiten Schleife von Nord nach Süd und suchte mit ihren Radaraugen die See ab. Doch alles, was sie entdeckten, waren ein paar vereinzelte Vergnügungs- und Fischerboote sowie ein Boot der Küstenwache, das ganz in der Nähe auf Patrouillenfahrt in Richtung Norden unterwegs war.

»Wir befinden uns ein gutes Stück südlich der Hauptschifffahrtsstraßen nach L. A., sodass wir bei Nacht in diesem Quadranten wahrscheinlich kein hohes Verkehrsaufkommen haben«, sagte Aimes. »Aber morgen werden wir uns ins Getümmel stürzen, wenn *Icarus* aufkreuzt. Ich schlage vor, dass wir unterdessen einander ablösen und zusehen, dass wir ein bisschen Schlaf kriegen.«

Dirk hatte nichts dagegen einzuwenden. Er ging hinaus auf die Brückennock und atmete die Seeluft ein. Es war eine ruhige, feuchte Nacht, und die See war flach wie ein Pfannkuchen. Während er in der Dunkelheit stand, kreisten seine Gedanken einmal mehr um seine Begegnung mit Kang und dessen kaum verhohlene Drohung gegenüber Summer und ihm. Noch eine Woche, dann war die Abstimmung in der südkoreanischen Nationalversammlung vorüber, und die Behörden konnten Kang mit der ganzen Strenge des Gesetzes verfolgen. Mehr Zeit brauchten sie nicht. Nur eine Woche, ohne dass etwas geschah. Er starrte auf die See, als ihm eine jähe kalte Bö ins Gesicht blies und ebenso plötzlich wieder abflaute, worauf wieder trügerische Ruhe einkehrte.

47

Gegen 21 Uhr hatte die *Odyssey* rund dreihundert Meilen zurückgelegt und näherte sich nun der in Inchon errechneten Startposition. Tongju, der in Kapitän Hennesseys Kabine etwas Schlaf nachholte, fuhr hoch, als jemand mehrmals an die Tür hämmerte. Ein bewaffneter Kämpfer kam herein und verbeugte sich vor Tongju, als dieser sich aufsetzte und seine Stiefel anzog.

»Entschuldigen Sie die Störung«, sagte er. »Es geht um Kapitän Lee. Er bittet darum, dass Sie sofort auf die *Koguryo* zurückkehren. Anscheinend gibt es Streit mit den russischen Raketeningenieuren.«

Tongju nickte, rieb sich die Augen und begab sich ins Ruderhaus, wo er sich davon überzeugte, dass die schwimmende Abschussrampe noch immer mit zwölf Knoten auf Kurs Nordnordost lief. Dann meldete er sich per Funk bei der Barkasse der *Koguryo*, stieg die hohe Treppe am vorderen Stützpfeiler hinab und sprang in das bereitstehende Boot. Kurz darauf war er beim Begleitschiff, wo ihn Kapitän Lee bereits erwartete.

»Kommen Sie mit in die Startkontrollzentrale. Es sind diese verdammten Ukrainer«, fluchte der Kapitän. »Sie können sich nicht darauf einigen, wo wir die Plattform in Stellung bringen sollen. Ich glaube, die bringen einander noch um.«

Die beiden Männer stiegen eine Treppe hinab und gingen einen Gang entlang zu der geräumigen Startkontrollzentrale. Als Lee eine Seitentür öffnete, schlug ihnen lautes Stimmengewirr entgegen, offenbar Beschimpfungen in einer fremden Sprache. Mitten im Raum drängte sich eine Gruppe von Ingenieuren um zwei ukrainische Raketenspezialisten, die einander gegenüberstanden, mit den Armen herumfuchtelten und sich heftig stritten. Die Ingenieure gaben den Weg frei, als Tongju und Lee nahten, doch die Ukrainer scherten sich keinen Deut darum. Tongju musterte sie angewidert, drehte sich um und ergriff einen gepolsterten Stuhl, hob ihn dann hoch und schleuderte ihn auf die beiden Streithähne. Die Zuschauer keuchten kurz auf, als der Stuhl die beiden Männer an Kopf und Brust traf und dann mit einem lauten Krachen am Boden landete. Die verdutzten Ukrainer verstummten auf der Stelle und wandten sich den beiden Neuankömmlingen zu.

»Was ist hier los?«, knurrte Tongju.

Einer der Ukrainer, ein Mann mit zottligen grauen Haaren und Kinnbart, räusperte sich, bevor er antwortete.

»Es geht um das Wetter. Die Hochdruckfront über dem östlichen Pazifik, genauer gesagt, vor der nordamerikanischen Küste, wurde durch ein Tiefdruckgebiet von Süden aufgehalten.«

»Und was bedeutet das?«

»Der normalerweise in großer Höhe vorherrschende Westwind hat sich gedreht, sodass wir es jetzt mit einem starken Gegenwind zu tun haben. Das hat erhebliche Auswirkungen auf unsere Flugplanung.« Er wühlte in einem Stapel Unterlagen herum und zog ein von Hand beschriftetes Blatt mit zahlreichen Berechnungen und Flugbahndarstellungen heraus.

»Unser ursprünglicher Plan sieht vor, dass die erste Stufe der Zenit-Rakete mit fünfzig Prozent ihres Fassungsvermögens betankt wird, was für eine Flugstrecke von 350 Kilometern reichen würde. Etwa fünfzig Kilometer dieser Strecke führen über das Zielgebiet, wo die Nutzlast aktiviert wird. Infolgedessen lag die geplante Startposition dreihundert Kilometer westlich von Los Angeles, da wir von normalen Witterungsbedingungen ausgingen. Unter den jetzigen Verhältnissen aber haben wir zwei Möglichkeiten. Entweder warten wir, bis sich das Tiefdruckgebiet abschwächt und der Wind wieder in Richtung Osten weht, oder wir bringen die Plattform näher ans Zielgebiet.«

»Es gibt noch eine dritte Möglichkeit«, grummelte der andere Ukrainer gereizt. »Wir können die Brennstoffmenge der Zenit erhöhen, damit sie das Zielgebiet auch von der ursprünglichen Startposition aus erreicht.« Sein Widersacher quittierte das mit einem stummen Kopfschütteln.

»Welche Gefahr sehen Sie dabei?«, fragte ihn Tongju.

»Sergej hat insofern Recht, dass wir die Brennstoffmenge anpassen können, um das Ziel auch von der ursprünglichen Startposition aus zu erreichen. Allerdings habe ich große Zweifel, was die Genauigkeit angeht. Wir wissen nicht, welche Windbedingungen während der gesamten Flugdauer herrschen. In Anbetracht der ungewöhnlichen Witterungsverhältnisse können die Windbedingungen während des Fluges erheblich von unseren derzeitigen Messungen abweichen. Die Rakete könnte sowohl nach Norden als auch nach Süden vom Kurs abkommen. Möglicherweise schießen wir auch um zehn oder mehr Kilometer übers Ziel hinaus, oder wir erreichen es gar nicht. Bei einem derart langen Flug gibt es einfach zu viele Unwägbarkeiten.«

»Wie lange wird es dauern, bis wieder die üblichen Witterungsbedingungen herrschen?«, fragte Tongju.

»Das Tiefdruckgebiet schwächt sich bereits ab. Wir erwarten, dass es sich im Lauf der nächsten anderthalb Tage auflöst. In etwa zweiundsiebzig Stunden dürfte dann wieder Hochdruck herrschen.«

Tongju dachte einen Moment lang schweigend über die Argumente nach, dann traf er eine Entscheidung.

»Wir müssen den Zeitplan einhalten. Wir können es uns nicht leisten, herumzusitzen und zu warten, bis sich das Wetter ändert. Ebenso wenig aber können wir uns ein Abweichen von der Flugbahn leisten. Wir werden die Plattform näher ans Zielgebiet bringen und sobald wie möglich mit dem Countdown beginnen. Wie weit müssen wir sie bewegen, um die Witterungsbedingungen auszugleichen?«

»Die Flugbahn muss kürzer werden, um die Auswirkungen des Gegenwindes zu vermindern. Aufgrund unserer jüngsten Windmessungen müssen wir sie etwa hier in Stellung bringen«, sagte der bärtige Ukrainer und deutete auf eine Karte der nordamerikanischen Küstenregion. »Hundertfünf Kilometer vor dem Festland.«

Schweigend musterte Tongju einen Moment lang die Position, während er die Strecke überschlug, die sie zurücklegen mussten. Die vorgeschlagene Stelle befand sich gefährlich nahe an der Küste, stellte er fest, als er ein paar Inseln in dem betreffenden Seegebiet bemerkte. Aber sie könnten innerhalb des von Kang vorgegebenen Zeitplans dort hingelangen und die Rakete starten. Alle hatten sich ihm zugewandt und warteten auf seinen Befehl, als er sich schließlich umdrehte und Lee zunickte. »Ändern Sie sofort den Kurs. Wir bringen beide Schiffe vor der Morgendämmerung in die neue Position und beginnen bei Tagesanbruch mit dem Countdown.«

48

»Ein Blimp? Du willst mich wohl veräppeln?«

Giordino kratzte sich am Kinn, dann wandte er sich kopfschüttelnd an Pitt. »Wegen eines Flugs in einem Blimp hast du mich quer durchs ganze Land geschleppt?«

»Ich glaube, die gängige Bezeichnung lautet *Luftschiff*«, sagte Pitt und blickte seinen Partner mit gespielter Empörung an.

»Ein *Gasbeutel*, mit anderen Worten.«

Giordino hatte sich gefragt, was Pitt in der Hinterhand hatte, als sie um zwei Uhr morgens mit einem Nachtflug von Washington in Los Angeles eingetroffen waren. Statt nach Süden zu fahren, zum Hafen von Los Angeles und dem regionalen Oberkommando der Küstenwache, hatte Pitt den Mietwagen nach Norden gesteuert. Giordino war prompt eingeschlafen, als der Leiter der NUMA die Stadtgrenze von Los Angeles passierte. Als er später aufwachte und Erdbeerfelder am Fenster vorbeiziehen sah, rieb er sich einen Moment lang verdutzt die Augen, dann bog Pitt auf den kleinen Oxnard Airport ein und hielt in der Nähe eines großen Zeppelins, der an einem hohen, auf einem Lastwagen verankerten Mast hing.

»Ich dachte, der Super Bowl findet erst in ein paar Monaten statt«, witzelte Giordino, als er den Blimp sah.

Der 68 Meter lange Sentinel 1000 von Airship Management Services war genau genommen viel größer als die üblichen Reklameblimps, die man über Football-Stadien oder Golfplätzen schweben sieht. Mit seinen zehntausend Kubikmetern Gasfüllung konnte der Sentinel 1000, eine größere Version des beliebten Skyship 600, eine Nutzlast von fast drei Tonnen befördern. Im Gegensatz zu den mit einem starren Gerippe versehenen Zeppelinen der zwanziger und dreißiger Jahre des 20. Jahrhunderts, die mit leicht brennbarem Wasserstoff gefüllt waren, war der Sentinel 1000 ein so genanntes Pralluftschiff ohne Spanten und Streben, ein echter Blimp also, der mit dem weitaus sichereren Helium flog.

»Sieht aus wie ein zu kurz geratener Neffe der *Hindenburg*«, ächzte Giordino, während er argwöhnisch die silberne Hülle des Luftschiffs beäugte.

»Du hast es hier mit dem Allermodernsten zu tun, was es technologisch in Sachen Überwachung und Aufklärung gibt«, sagte Pitt. »Er ist mit einem LASH-System ausgestattet. Die NUMA prüft gerade, ob er sich zur Beobachtung von Korallenriffen und für Tidenstudien eignet. Bei der Verfolgung wandernder Wale hat sich das System bereits bewährt.«

»Was ist ein LASH-System?«

»Das steht für ›Littoral Airborne Sensor-Hyperspectral‹. Ein optisches Gerät, mit dem du aus der Luft mittels Hyperspektralsensoren die Küste überwachst; es erfasst und verfolgt Ziele, die man mit bloßem Auge nicht erkennen kann. Im Heimatschutzministerium überlegt man, ob man es zur Grenzüberwachung einsetzen soll; die Navy will es eventuell zum Aufspüren von U-Booten anschaffen.«

»Wenn wir einen Testflug über Malibu Beach machen, bin ich dabei.«

Ein Mann vom Bodenpersonal, der einen NUMA-Ausweis an sein Hemd geklemmt hatte, stieg aus der Gondel, als sich Pitt und Giordino dem Luftschiff näherten.

»Mr. Pitt? Wir haben das Funkgerät eingebaut, das die Küstenwache geschickt hat, damit Sie eine sichere Verbindung zu deren Schiffen haben. Die *Icarus* ist auf ein Landegleichgewicht von plus einhundert Kilogramm ausgelegt, wenn nur mehr fünf Prozent Treibstoff vorhanden sind, also achten Sie darauf, dass Sie nicht den ganzen Tankinhalt verbrauchen. Außerdem können Sie im Notfall Wasserballast und Treibstoff ablassen, falls Sie schnell aufsteigen müssen.«

»Wie lange können wir in der Luft bleiben?«, fragte Giordino, während er zwei Propeller musterte, die links und rechts am hinteren Teil der Gondel angebracht waren.

»Acht bis zehn Stunden, wenn Sie behutsam mit dem Gas umgehen. Genießen Sie Ihren Flug, es ist das reinste Vergnügen«, sagte er und verbeugte sich leicht.

Pitt und Giordino stiegen in die geräumige Kabine, die mit acht Sitzen ausgestattet war. Sie gingen nach vorn und zwängten sich durch eine Öffnung ins Cockpit, wo Pitt den Platz des Piloten einnahm, während sich Giordino auf dem Kopilotensitz niederließ. Pitt betätigte den Starter, worauf die beiden luftgekühlten Turbomotoren vom Typ Porsche 930, die seitlich am Heck der Gondel montiert waren, mit dumpfem Röhren zum Leben erwachten. Während sie warm liefen, bat Pitt beim Tower um Starterlaubnis und wandte sich dann an Giordino.

»Bereit zum Start, Wilbur?«

»Wenn du bereit bist, Orville.«

Der Start eines Blimp war ein nicht ganz einfaches Manöver, bei dem die Piloten die Unterstützung eines gut eingespielten Bodenpersonals benötigten. Die Crew der *Icarus*, insgesamt neun Mann, die alle rote Hemden trugen, baute sich rund um die Gondel auf. Dann zogen drei Mann die beiden Leinen links und rechts am Bug straff, während vier weitere Männer die Stangen ergriffen, die sich seitlich über die ganze Länge der Gondel zogen. Unmittelbar vor dem breiten Cockpitfenster, das fast bis zum Boden reichte, sah Pitt den Chef des Bodentrupps am Fuß des fahrbaren Ankermasts stehen. Auf Pitts Befehl hin gab er einem weiteren Crewmitglied, das oben am Mast stand, das Zeichen, die Bugleinen zu lösen. Dann zog der Bodentrupp den leichtgewichtigen Blimp mit vereinten Kräften etliche Meter von dem Mast weg, damit er ungehindert aufsteigen konnte.

Pitt winkte dem Leiter des Bodentrupps mit hochgerecktem Daumen zu, beugte sich vor und zog zwei Gasregler herunter, die aus der Mittelkonsole ragten. Als das Bodenpersonal die Haltestangen losließ und sich entfernte, zog er einen vor seinem Sitz angebrachten Knüppel zurück, mit dem er die Motorgehäuse samt der Propeller schwenken konnte. Sofort stieg der Blimp mit hochgerecktem Bug auf und bewegte sich langsam, beinahe schwerelos voran, sodass die Bewegung kaum zu spüren war. Fröhlich winkte Giordino dem Bodenpersonal, das rasch kleiner wurde, aus dem Seitenfenster zu.

Trotz Giordinos Bitte um einen Tiefflug über Malibu steuerte

Pitt das Luftschiff von Oxnard aus direkt auf die See hinaus, nachdem er auf 550 Meter Höhe gegangen war. Aquamarinblau spiegelte sich der Pazifische Ozean im strahlenden Sonnenschein, sodass die beiden Männer mühelos die nördlichen Channel-Inseln Santa Cruz, Santa Rosa und San Miguel erkennen konnten. Während sie gen Westen schwebten, bemerkte Pitt, dass Tautropfen vom Blimp fielen, als die Morgensonne die Hülle aufwärmte. Er warf einen Blick auf die Heliumdruckanzeige und stellte fest, dass sich das Gas aufgrund der Wärme und der Flughöhe leicht ausgedehnt hatte. Ein automatisches Sicherheitsventil würde überschüssiges Gas ablassen, wenn der Druck zu stark anstieg, aber Pitt wollte kein Helium verschwenden und achtete darauf, dass er unter dem Drucklimit blieb.

Die Steuerung des Sentinel 1000 war ziemlich schwerfällig, mehr wie bei einer zwanzig Meter langen Rennyacht als bei einem Flugzeug. Man musste einige Kraft aufwenden, um die Höhen- und Seitenruder zu bedienen, und danach dauerte es einen Moment, bis der Blimp reagierte. Während er den Kurs korrigierte, betrachtete Pitt geistesabwesend die hin und her pendelnden Leinen, die vom Bug des Luftschiffes hingen. Dann tauchte unter ihnen ein Boot auf, ein Charterboot für Hochseeangler, wie er feststellte. Die beiden winzigen Männer, die am Heck saßen, winkten ihnen begeistert zu. Ein Luftschiff hatte etwas Besonderes an sich, das die Menschen nach wie vor berührte. Es erweckt gewisse romantische Gefühle, dachte Pitt, weil es an eine Zeit erinnert, als Fliegen noch etwas Außergewöhnliches, etwas Neues war. Selbst er, der den Blimp steuerte, war gegen solche nostalgischen Anwandlungen nicht gefeit. Während sie gemächlich über dem Wasser dahinschwebten, fühlte er sich in die dreißiger Jahre zurückversetzt, als sich fliegende Giganten wie die *Graf Zeppelin* und die *Hindenburg* den Himmel mit den mächtigen Luftschiffen der Navy teilten, der *Acron* und der *Macon*. Wie die luxuriösen Ozeandampfer jener Ära besaßen sie etwas Majestätisches, waren der Inbegriff eines geruhsamen, luxuriösen Reisens, das es heute einfach nicht mehr gab.

Als sie dreißig Meilen vor der Küste waren, ging Pitt auf Südkurs und flog in weitem Bogen ihr Suchgebiet vor Los Angeles ab. Giordino schaltete das mit einem Laptop verbundene LASH-System ein, mit dem er einlaufende Schiffe aus fünfunddreißig Meilen Entfernung ausmachen konnte. Auf dieser Route verkehrten ununterbrochen Frachter und Containerschiffe, die Los Angeles und Long Beach ansteuerten, Schiffe, die aus exotischen Heimathäfen kamen, von Mumbai bis Jakarta, doch der Großteil stammte aus China, Japan und Taiwan. Mehr als dreitausend Schiffe pro Jahr liefen die beiden benachbarten Häfen an, ein steter Verkehrsstrom, der über den Pazifik in Richtung Amerika kroch. Nach einem Blick auf den Monitor seines Laptops meldete Giordino, dass er in der Ferne zwei einlaufende Schiffe entdeckt habe, vermutlich Handelsschiffe. Pitt spähte mit zusammengekniffenen Augen aus dem Cockpitfenster, konnte aber nur das vordere Schiff am Horizont erkennen.

»Die schaun wir uns mal an«, sagte Pitt und steuerte den Blimp auf die nahenden Schiffe zu. Gleichzeitig drückte er auf die Sendetaste des frisch eingebauten Funkgeräts der Küstenwache und sprach in sein Mikrofon.

»Küstenwachboot *Halibut*, hier Luftschiff *Icarus*. Wir sind auf Station und überprüfen zwei einlaufende Schiffe etwa fünfundvierzig Meilen westlich von Long Beach, Ende.«

»Roger, *Icarus*«, meldete sich eine tiefe Stimme. »Wir sind froh, dass unser Auge am Himmel da ist. Wir haben derzeit drei Schiffe im Überwachungseinsatz. Wir erwarten von euch Meldung über alle nahenden Schiffe. Ende.«

»Auge am Himmel«, grummelte Giordino. »Ein Sofa unterm Hintern wär mir lieber«, fügte er hinzu und fragte sich mit einem Mal, ob man ihnen ein Proviantpaket mitgegeben hatte.

Die ganze Nacht hindurch war die *Odyssey* in Richtung Osten gedampft, immer näher an die kalifornische Küste, von der sie erst vor wenigen Tagen aufgebrochen war. Tongju kehrte auf die Plattform zurück, nachdem er den Streit um die Startposition geschlichtet hatte, und gönnte sich in der Kapitänskajüte ein paar Stunden Schlaf, bevor er bei Anbruch der Morgendämmerung wieder aufstand. Im ersten Tageslicht blickte er von der Brücke aus zur *Koguryo*, in deren Kielwasser sich die Plattform hielt, und bemerkte in der Ferne an Steuerbord voraus die Umrisse einer größeren Insel. Es war San Nicolas, ein trockenes, vom Wind umtostes Felseneiland, die am weitesten von der Küste entfernte Channel-Insel, die im Besitz der Navy war und hauptsächlich für Landungsmanöver genutzt wurde. Sie fuhren eine weitere Stunde in Richtung Osten, bevor sich Kapitän Lee über Funk meldete.

»Wir nähern uns der Stelle, die die ukrainischen Ingenieure genannt haben. Lassen Sie Vorbereitungen zum Stoppen der Maschinen treffen, wir gehen südöstlich von Ihnen in Position. Auf Ihre Anweisung hin beginnen wir mit dem Countdown.«

»Bestätigt«, erwiderte Tongju. »Wir gehen in Position und fluten die Ballasttanks. Haltet euch in der Nähe bereit.«

Tongju wandte sich um und nickte einem von Kangs Männern zu, der die *Odyssey* steuerte. Ebenso gekonnt wie selbstbewusst drosselte er die Elektromotoren der schwimmenden Abschussrampe und schaltete dann die per Computer gesteuerten Strahlruder ein, mit denen die *Odyssey* mithilfe des GPS-Systems punktgenau in Position gebracht wurde.

»Positionskontrolle aktiviert«, meldete der Rudergänger in forschem Kasernenhofton. »Flute jetzt Ballasttanks«, fuhr er fort und drückte eine Reihe von Knöpfen an einer Leuchtkonsole.

Fünfzig Meter unter dem Ruderhaus wurde eine Reihe von Ventilen an beiden Pontons geöffnet, und ein halbes Dutzend computergesteuerter Pumpen flutete die hohlen Stahlrümpfe so gleichmäßig, dass man oben am Hauptdeck nichts davon spürte. Tongju stand auf der Brücke und betrachtete an einem Monitor eine dreidimensionale Computerdarstellung der *Odyssey*, deren Schwimmkörper und untere Stützpfeiler sich hellblau färbten, als das Seewasser einströmte. Sechzig Minuten dauerte es, bis sich die Plattform um fünfzehn Meter abgesenkt hatte und die Schwimmer zwanzig Meter tief im Wasser lagen. Tongju stellte fest, dass die Plattform nicht mehr schwankte. Durch das Fluten war sie so stabil geworden, dass man eine vierhundertfünfzig Tonnen schwere Rakete von ihr abschießen konnte.

Als das blaue Wasser bis zu einer waagerechten roten Linie am Monitor gestiegen war, ertönte ein Summer und zeigte an, dass die notwendige Tiefe erreicht war. Der Rudergänger drückte wieder ein paar Knöpfe und trat dann von der Konsole zurück.

»Ballasttanks geflutet. Plattform für Start stabilisiert«, meldete er.

»Sichert die Brücke«, sagte Tongju und deutete mit dem Kopf auf einen Filipino, der vor dem Radarsichtgerät stand. Ein Wachmann, der an der Tür postiert war, ging hin und führte den Filipino wortlos von der Brücke. Tongju begab sich zum hinteren Teil der Brücke und stieg in einen Aufzug, mit dem er in den Hangar hinabfuhr. Ein gutes Dutzend Ingenieure drängte sich um die waagerecht liegende Rakete und überprüfte zahlreiche Computeranschlüsse an der Außenhaut. Tongju wandte sich an Ling, den Leiter des Startteams, einen Mann mit dichten, dunklen Haaren und einer runden Brille. Bevor Tongju etwas sagen konnte, ergriff Ling das Wort.

»Wir haben abschließende Tests an der Nutzlast durchgeführt, die erfolgreich verlaufen sind. Die Rakete wurde ebenfalls überprüft, und sämtliche elektromechanischen Systeme sind funktionstüchtig.«

»Gut. Die Plattform ist in Position gebracht und für den Start geflutet. Ist die Rakete bereit für den Transport zum Startturm?«

Ling nickte nachdrücklich. »Wir haben nur auf Ihre Anweisung gewartet. Wir können jederzeit mit dem Transport und dem Aufrichten der Rakete beginnen.«

»Dann sollten wir nicht länger herumtrödeln. Fangen Sie sofort damit an. Verständigen Sie mich, wenn Sie bereit sind, die Plattform zu verlassen.«

»Ja, natürlich«, erwiderte Ling, dann eilte er zu einer Gruppe von Ingenieuren und redete hektisch auf sie ein. Wie eine Schar aufgeschreckter Kaninchen schwärmten sie auseinander und begaben sich auf ihre Posten. Tongju blieb stehen und sah zu, wie sich das Hangartor öffnete, hinter dem ein Gleis zum Vorschein kam, das über das Deck zum Startturm auf der anderen Seite der Plattform führte. Dann wurde eine Reihe von Elektromotoren angeworfen, deren Surren von den Hangarwänden widerhallte. Tongju ging zu einer Schaltkonsole und blickte Ling über die Schulter, als der Leiter des Startteams etliche Regler und Knöpfe betätigte. Eine Reihe grüner Lämpchen leuchtete auf. Ling gab einem anderen Ingenieur ein Zeichen, der daraufhin das Transportfahrzeug aktivierte.

Langsam rollte die 64 Meter lange Rakete auf ihrem fahrbaren Untersatz, einem Tieflader, der mit seinen zahllosen Rädern wie ein Tausendfüßler wirkte, auf das Hangartor zu. Mit den Triebwerken voran schob sie sich in die Morgensonne, die sich auf dem weiß glänzenden Lack spiegelte. Tongju schlenderte an der rollenden Rakete entlang, bewunderte die Kraft, die in ihr steckte, und staunte über den Umfang. Am Oberdeck der *Koguryo*, die mehrere hundert Meter entfernt lag, drängten sich unterdessen Besatzungsmitglieder und Ingenieure und reckten den Kopf, um einen Blick auf die liegende Zenit zu werfen.

Als er das offene Deck überquert hatte, blieb der Tieflader am Fuß des Startturms stehen, worauf über der Raketenspitze, die noch ein Stück in den Hangar ragte, ein Teil des Daches aufglitt. Dann wurde das Transportfahrzeug am Deck verzurrt und die Hydraulik aktiviert, mit der die Rakete langsam und vorsichtig aufgerichtet wurde, bis sie senkrecht am Startturm stand. Mithilfe einer Reihe von mechanischen Armen wurde die Rakete fixiert, dann wurden etliche Treibstoff-, Kühlungs- und Belüftungsschläuche angebracht und überprüft. Ein Trupp Techniker schloss die Telemetriekabel an, mit denen die Ingenieure auf der *Koguryo* die Daten der zahlreichen elektronischen Sensoren abrufen konnten, die sich unter der Hülle der Rakete befanden. Mit leisem hydraulischem Zischen senkte sich der Aufleger, auf dem die Rakete geruht hatte, langsam wieder in die Ausgangsposition, worauf der Transporter in den Hangar zurückrollte, wo er vor der Hitze geschützt war, die sich beim Start entwickelte.

Ling sprach über Funk aufgeregt mit der Startkontrollzentrale auf der *Koguryo* und kam dann zu Tongju gestürmt.

»Ein paar Daten weichen geringfügig von der Norm ab, aber alles in allem ist die Rakete startbereit.«

Tongju blickte zu der hoch aufragenden Zenit empor, in deren Spitze die Nutzlast aus tödlichen Viren lagerte, die auf Millionen unschuldiger Menschen herabregnen sollten. Das unsägliche Leid und die zahllosen Opfer, die sie verursachen würden, waren ihm gleichgültig, denn Mitgefühl kannte er schon seit Jahrzehnten nicht mehr. Für ihn zählte nur die Macht, die er in diesem Moment verspürte, eine Macht, die großartiger war als alles, was er je erlebt hatte, und daher genoss er diesen Augenblick. Langsam ließ er den Blick von der Raketenspitze abwärts bis zu den Triebwerken wandern und dann über die ganze Breite des Decks schweifen, bevor er sich an Ling wandte. Der Ingenieur stand ungeduldig da und wartete auf eine Antwort. Tongju ließ ihn noch einen Moment lang schmoren, bevor er ihn mit entschiedenem Tonfall ansprach.

»Sehr gut«, sagte er. »Beginnen Sie mit dem Countdown.«

49

Die Besatzung der *Deep Endeavor* stellte rasch fest, dass der Küstenwachdienst eine langweilige und eintönige Aufgabe war. Seit zwei Tagen waren sie bereits auf dem Posten, hatten bislang aber erst ein Schiff angehalten und durchsucht, einen Frachter von den Philippinen, der Hartholz geladen hatte. Von Südwesten aus hatten nur vereinzelte Handelsschiffe Los Angeles angelaufen, und mit denen war die *Narwhal* fertig geworden, ein Boot der Küstenwache, das sich in ihrer Nähe hielt. Der Besatzung des *NUMA*-Schiffes aber wäre es lieber gewesen, sie hätte etwas zu tun gehabt, statt ziellos im Kreis zu fahren und insgeheim darauf zu hoffen, dass der Schiffsverkehr in ihrem Quadranten zunahm.

Dirk saß mit Summer in der Messe und trank eine Tasse Kaffee, während sie einen Bericht über das Korallensterben am Großen Barriereriff las, als ein Besatzungsmitglied hereinkam und ihnen mitteilte, dass man sie auf der Brücke zu sprechen wünschte.

»Wir haben einen Funkspruch der *Narwhal* erhalten«, meldete Delgado. »Sie durchsuchen gerade ein Containerschiff und haben uns gebeten, ein Schiff zu identifizieren, das sich westlich von Catalina nähert, und uns für eine Überprüfung bereitzuhalten.«

»Noch keine Identifizierung von unserem Auge am Himmel?«, fragte Dirk.

»Dein Vater und Al sind heute Morgen mit der *Icarus* gestartet. Sie arbeiten sich von Norden aus vor und überfliegen diesen Quadranten vermutlich erst in zwei, drei Stunden.«

Summer blickte durch das Brückenfenster nach Norden und entdeckte die *Narwhal*, die neben einem offenbar schwer beladenen und tief im Wasser liegenden Containerschiff in der Dünung schaukelte. Weiter westlich sah sie einen roten Punkt, der sich vom Horizont aus näherte. Der Rudergänger der *Deep Endeavor* ging bereits auf Abfangkurs.

»Ist es das?«, fragte Summer und deutete mit dem Finger hin.

»Ja«, erwiderte Delgado. »Die *Narwhal* hat sie bereits über Funk aufgefordert, die Maschinen zu stoppen. Wenn wir sie abfangen, dürfte sie also schon langsamer fahren. Laut Rückmeldung handelt es sich um die *Maru Santo* aus Osaka.«

Eine Stunde später ging die *Deep Endeavor* längsseits der *Maru Santo*, eines verhältnismäßig kleinen Frachters. Aimes und seine Männer sowie Summer, Dahlgren und drei weitere Besatzungsmitglieder des NUMA-Schiffes stiegen in die kleine Barkasse, tuckerten zu dem Frachter und vertäuten ihr Boot an einem rostigen Fallreep, das über die Bordwand herabgelassen wurde. Summer, die sich mittlerweile mit den Sprengstoffspürhunden angefreundet hatte, ergriff rasch die Leine des einen Retrievers. Während Aimes und Dahlgren mit dem Kapitän sprachen und um Einsicht in die Frachtpapiere baten, durchsuchten die anderen das Schiff von vorn bis hinten. Mithilfe der Hunde durchkämmte der Suchtrupp die Frachträume, überprüfte die Siegel an den Containern und den Inhalt der Stückgutkisten, hauptsächlich Laufschuhe und Sportkleidung, hergestellt in Taiwan. Ein schmuddlig wirkender malaysischer Seemann blickte einen Moment lang gelangweilt auf, als die gelben Labrador-Retriever in den schummrigen Mannschaftsunterkünften herumschnüffelten.

Dirk stand auf der Brücke der *Deep Endeavor* und musterte den japanischen Frachter. Zwei Besatzungsmitglieder standen an Deck und blickten zu dem NUMA-Schiff. Dirk winkte ihnen freundlich zu, als sich die Männer in ihrer abgerissenen Kleidung lässig an die Reling lehnten, Zigaretten rauchten und offenbar herumflachsten.

»Von dem Schiff geht keine Gefahr aus«, sagte er an Kapitän Burch gewandt.

»Woher wollen Sie das so genau wissen?«

»Die Besatzung ist zu lax. Die Männer auf Kangs Schiff waren ausgebuffte Profis, ganz und gar nicht so wie diese zerlumpten, leutseligen Typen. Außerdem würde dann ein aufgescheuchter Haufen getarnter Kämpfer da drüben rumlaufen«, fügte er in Gedanken an Tongju und seine Männer hinzu.

»Auch wenn nichts dabei rausspringt, ist es eine gute Übung für die Jungs. Und außerdem habe ich Dahlgren wenigstens ein paar Minuten von der Brücke«, sagte der Kapitän lächelnd.

»Wir müssen alle überprüfen. Auf See gibt es einfach zu viele Versteckmöglichkeiten«, murmelte Dirk.

Als der Suchtrupp an Deck auftauchte, setzte Burch sein Fernglas an und suchte den Horizont ab. Im Südwesten bemerkte er zwei winzige Punkte, dann wandte er sich gen Norden, der *Narwhal* zu, die gerade von dem Containerschiff ablegte. Burch wollte das Glas schon wieder absetzen, als ihm ein Glitzern auffiel. Er setzte es wieder an, stellte die Schärfe ein und wandte sich dann mit breitem Grinsen an Dirk.

»Ich glaube, jetzt gibt's ein paar Verstecke weniger, weil nämlich unsere ruhmreichen Helden der Tiefsee von hoher Warte Ausschau halten.«

Sechshundert Meter über der sanft wogenden Dünung des Pazifik glitt die *Icarus* mit rund sechzig Stundenkilometern elegant am Himmel dahin. Während Pitt den Blimp steuerte, drehte Giordino an einer Reihe von Reglern unter einem Flachbildschirm herum. Eine WESCAM-Kamera mit extremer Brennweite, die zusätzlich zu dem LASH-System seitlich an der Gondel angebracht war, lieferte über den Farbmonitor gestochen scharfe Bilder. Pitt warf einen kurzen Blick auf den Monitor, auf dem in Nahaufnahme zwei Grazien im Bikini zu sehen waren, die am Heck eines kleinen Bootes in der Sonne lagen.

»Ich kann nur hoffen, dass deine Freundin nichts von deiner Spannerei spitzkriegt«, sagte Pitt lachend.

»Ich probiere doch bloß die Auflösung aus«, erwiderte Giordino treuherzig, während er zwischen den Hintern der beiden Frauen hin und her zoomte.

»Ein Ansel Adams bist du jedenfalls nicht. Mal sehen, was die Kiste im Ernstfall bringt«, sagte Pitt und drehte das Luftschiff gen Westen, auf ein auslaufendes Schiff zu, das ein paar Meilen entfernt war. Dann ging er hundert Meter tiefer, zog die *Icarus* nach Steuerbord und gab Gas, bis sie langsam zu dem Schiff aufschlossen. Als sie noch fast achthundert Meter entfernt waren, richtete Giordino die Zoomlinse der Kamera auf das schwarz gestrichene Heck des Frachters und las den Schiffsnamen und den Heimathafen ab: »*Jasmine Star*… Madras.« Er richtete die Kamera auf das Deck, wo eine Reihe von Containern gestapelt war, und dann auf den Brückenmast, an dem die indische Flagge im Wind knatterte.

»Allererste Sahne«, sagte Giordino.

Pitt warf einen Blick auf den LASH-Laptop, auf dem vor dem indischen Frachter weit und breit kein Schiff zu sehen war. »Auf den Hauptschifffahrtsstraßen kommt im Moment nichts rein. Ich gehe weiter südlich, dort scheint mehr los zu sein«, sagte er, als er mehrere Punkte am rechten Rand des Monitors bemerkte.

Er steuerte in Richtung Süden, flog bald darauf über die *Narwhal* und das Containerschiff hinweg, das gerade durchsucht wurde, und ließ dann die Insel Catalina hinter sich. Plötzlich deutete Giordino nach vorn, auf ein türkisfarbenes Schiff in der Ferne.

»Das ist die *Deep Endeavor*«, sagte er. Dann bemerkte er den Frachter, der neben ihr lag. »Sieht so aus, als ob sie ebenfalls im Einsatz ist.«

Pitt richtete den Blimp auf das NUMA-Schiff aus und meldete sich über Funk.

»*Icarus* an *Deep Endeavor*. Was machen die Fische da drunten?«

»Hier beißt kaum einer an«, erwiderte Burch. »Wie ergeht's euch bei eurem Rundflug?«

»Ausgezeichnet, abgesehen davon, dass Al ständig Kaviar futtert und mich beim Filmgucken stört. Mal sehen, ob wir euch ein bisschen Arbeit beschaffen können.«

»Roger, dafür wären wir euch sehr dankbar.«

Giordino stellte das LASH-System ein und hielt Ausschau nach Zielen.

»Sieht so aus, als ob wir auf der Hauptschifffahrtsroute etwa zwoundzwanzig Meilen nordwestlich ein einlaufendes Schiff haben, dazu zwei Ziele etwa achtzehn Meilen westlich von uns, die sich anscheinend nicht von der Stelle bewegen«, sagte er und deutete auf ein paar grau-weiße Flecken, die sich vor dem blauen Hintergrund des Ozeans abzeichneten.

Pitt schaute auf den Laptop, dann warf er einen Blick auf seine Uhr. »Das Schiff im Nordwesten können wir uns auf dem Rückflug vornehmen. Erst sehen wir uns mal an, was da draußen parkt«, erwiderte er und steuerte den Blimp nach Westen, auf die beiden großen Flecke am Bildschirm zu, die sich noch immer nicht bewegten.

50

Einem Raketenstart von der Sea-Launch-Plattform geht normalerweise ein zweiundsiebzigstündiger Countdown voraus. In dieser dreitägigen Vorbereitungsphase werden Dutzende von Tests durchgeführt, um sicherzugehen, dass alle mechanischen und elektronischen Systeme funktionsfähig sind und den gewaltigen Kräften standhalten, die beim Start entfesselt werden. Fünfzehn Stunden vor dem Abschuss, wenn die letzte Phase des Countdowns anbricht, werden die Ingenieure und ein Großteil der Besatzung von der Plattform evakuiert. Anschließend wird das Montage- und Kommandoschiff von der Plattform weggesteuert und vier Meilen entfernt in sicherem Abstand in Position gebracht.

Fünf Stunden vor dem Start werden die letzten Besatzungsmitglieder per Hubschrauber evakuiert, und ab jetzt werden alle weiteren Vorbereitungen vom Begleitschiff aus per Fernsteuerung durchgeführt. Unter anderem auch das Betanken knapp drei Stunden vor Ablauf des Countdowns, ein gefährlicher Vorgang, bei dem Kerosin und flüssiger Sauerstoff aus den großen Tanks auf der Plattform in die Rakete gepumpt werden. Anschließend entscheiden die Ingenieure auf dem Begleitschiff, wann sie die Rakete abschießen.

Da die Zeit knapp war, hatten Lings Ingenieure die Startvorbereitungen auf ein Minimum reduziert. Ihrer Meinung nach überflüssige oder nicht unbedingt notwendige Tests wurden gestrichen, eingebaute Startverzögerungen ausgeschaltet, das Betanken aufgrund der kürzeren Flugstrecke beschleunigt. Nach Ansicht der Ingenieure konnte die Zenit nur acht Stunden nach dem Fluten der Ballasttanks starten.

Tongju stand am Fuß des Startturms und blickte auf die große Digitaluhr am Hangardach, deren rote Leuchtziffern die verrinnenden Sekunden anzeigten. Im Augenblick stand sie bei 03:32:17. Noch drei Stunden und zweiunddreißig Minuten bis zum Start. Wenn keine ernsthaften technischen Schwierigkeiten auftraten, ließ sich der Countdown nicht mehr aufhalten. Nach Tongjus Ansicht musste die Rakete nur noch betankt und gezündet werden.

Doch bevor der entsprechende Knopf gedrückt werden konnte, mussten die Ingenieure und Techniker auf der *Koguryo* die Kontrolle über den ganzen Startvorgang übernehmen. Ling und seine Leute stellten zunächst eine Funkverbindung zum automatisierten Startkontrollsystem her, das vom Kontrollraum auf der *Koguryo* aus getestet wurde. Danach wurde das Kommandosystem der *Odyssey* auf das Begleitschiff gebracht – eine wie ein Spielzeug aussehende Fernsteuerung, mit der die Plattform angehoben, abgesenkt und von der Stelle bewegt werden konnte, nachdem sämtliches Personal evakuiert worden war. Sobald das geschehen war, begab sich Ling zu Tongju.

»Meine Arbeit hier ist erledigt. Alle Systeme werden jetzt von der *Koguryo* aus kontrolliert. Meine Männer und ich müssen zum Begleitschiff übersetzen und den Countdown überwachen.«

Tongju warf einen weiteren Blick auf die Digitaluhr. »Mein Kompliment. Sie sind dem Zeitplan voraus. Ich werde das Beiboot der *Koguryo* anfordern, dann können Sie und Ihre Leute die Plattform verlassen.«

»Kommen Sie nicht mit?«, fragte Ling.

»Ich muss die Gefangenen einschließen, danach wird Ihnen mein Kampftrupp folgen. Ich möchte die Plattform als Letzter verlassen«, sagte Tongju. »Von den Männern einmal abgesehen, die hier bleiben«, fügte er mit einem finsteren Lächeln hinzu.

»Hier sollte sich eigentlich keine Bohrinsel befinden.«

Giordinos Blick wanderte von dem Koloss, der vor ihnen im Wasser lag, zu der Seekarte, die er auf dem Schoß liegen hatte. »In dieser Gegend ist nichts dergleichen verzeichnet. Und ich glaube, die Naturschützer wären alles andere als begeistert, wenn sie erfahren, dass jemand so nah vor der Küste heimlich nach Öl bohrt.«

»Die werden noch mehr beunruhigt sein, wenn du ihnen sagst, dass die Bohrinsel eine Rakete an Bord hat«, erwiderte Pitt.

Giordino spähte mit zusammengekniffenen Augen durch die Cockpitverglasung auf die näher kommende Bohrinsel. »Ich auch. Gebt dem Mann mit den Adleraugen einen Glückskeks.«

Pitt zog den Blimp herum, als sie sich näherten, flog in einer weiten Schleife um die Bohrinsel und das Begleitschiff und achtete darauf, dass er nicht in den Luftraum über ihnen geriet.

»Sea Launch?«, fragte Giordino.

»Muss es wohl sein. Ich hätte nicht gedacht, dass sie mit einer aufrecht stehenden Rakete in der Gegend rumfahren.«

»Ich glaube, die liegen hier fest«, erwiderte Giordino, der feststellte, dass das Begleitschiff keinerlei Kielwasser aufwühlte. »Meinst du, die wollen hier eine Rakete starten?«

»Nie und nimmer. Die Dinger werden am Äquator abgeschossen. Und selbst wenn sie in der Gegend eine starten wollten, würden sie es zumindest weiter nördlich machen, außer Reichweite von Vandenberg. Vermutlich handelt es sich um irgendeinen Test, aber wir erkundigen uns lieber.«

Pitt drückte auf einen Schalter am Schiffsfunkgerät und peilte die Plattform an.

»Luftschiff *Icarus* an Sea-Launch-Plattform. Over.«

Zunächst rührte sich niemand, worauf Pitt den Anruf wiederholte. Wieder herrschte eine Zeit lang Schweigen, dann meldete sich jemand mit starkem Akzent.

»Hier Sea-Launch-Plattform *Odyssey*. Over.«

»*Odyssey*, was machen Sie hier? Brauchen Sie Hilfe? Over.«

Wieder eine lange Pause. »Negativ.«

»Ich wiederhole, was machen Sie hier?«

Erneutes Schweigen. »Wer will das wissen?«

»Freundliche Kerle, nicht wahr?«, sagte Giordino zu Pitt.

Pitt schüttelte kurz den Kopf und sprach dann wieder in sein Mikrofon. »Hier Luftschiff *Icarus*. Wir unterstützen die Küstenwache. Nennen Sie bitte den Grund für Ihren Aufenthalt. Over.«

»Hier *Odyssey*. Wir führen Systemtests durch. Halten Sie bitte Abstand. Over und Ende.«

»Der Typ ist ja der reinste Wonneproppen«, sagte Giordino.

»Willst du dich weiter hier rumtreiben? Wir müssen zurück nach Norden, wenn wir das einlaufende Schiff abfangen wollen«, fügte er hinzu und deutete auf den Bildschirm.

»Ich glaube, von hier aus können wir nicht viel ausrichten. Okay, nehmen wir uns das nächste Schiff vor. Aber einer von den Jungs da unten soll die Sache überprüfen«, sagte Pitt und steuerte das Luftschiff gen Norden.

Giordino gab die Nachricht an die Küstenwache durch, während Pitt auf Abfangkurs zu dem einlaufenden Handelsschiff ging. »Die *Deep Endeavor* und die *Narwhal* sind in dieser Region im Einsatz. Die *Deep Endeavor* ist noch mit der Durchsuchung eines japanischen Frachters beschäftigt, aber die *Narwhal* ist im Moment frei. Der Kommandant sagt allerdings, die Plattform ist außerhalb der Zwölf-Meilen-Zone.«

»Sie sollen ja nicht an Bord gehen. Nur die Sache näher in Augenschein nehmen und bei der Geschäftsleitung von Sea Launch nachfragen.«

Giordino sprach wieder in das Funkgerät, dann wandte er sich an Pitt. »Die *Narwhal* bestätigt und ist schon unterwegs.«

»Gut«, erwiderte Pitt und warf einen letzten Blick zu der Plattform, die hinter ihnen in der Ferne verschwamm. Aber er hatte ein ungutes Gefühl. Irgendetwas ließ ihm keine Ruhe, sagte ihm, dass er etwas übersehen hatte. Etwas Wichtiges.

Kim und Tongju standen auf der Brücke der *Odyssey* und sahen zu, wie der Blimp nach Norden abdrehte.

»Sie haben sich nicht lange aufgehalten. Meinen Sie, die ahnen etwas?«, fragte Kim.

»Ich weiß es nicht«, erwiderte Tongju, dessen Blick von dem Blimp zu einer Wanduhr wanderte. »Der Start erfolgt in rund zwei Stunden. Jetzt darf uns nichts mehr dazwischenkommen. Begeben Sie sich auf die *Koguryo* und bleiben Sie bei Kapitän Lee. Wenn es irgendwelche Störmanöver geben sollte, werden Sie sie mit aller Entschiedenheit unterbinden. Haben Sie verstanden?«

Kim schaute seinem Vorgesetzten in die Augen und nickte. »Absolut.«

51

Dirk und Kapitän Burch hörten am Funkgerät der *Deep Endeavor* mit, als Giordino die *Narwhal* darum bat, die Sea-Launch-Plattform und das Begleitschiff in Augenschein zu nehmen. Kurz darauf meldete sich die *Narwhal* bei dem NUMA-Schiff.

»*Deep Endeavor*, wir sind mit der Inspektion des Containerschiffes *Andaman Star* fertig und überprüfen jetzt eine schwimmende Bohrinsel. Im Augenblick ist in unserem Quadranten kein einlaufendes Schiff in Sicht, deshalb dürfen Sie uns begleiten, wenn Sie möchten. Over.«

»Wollen wir mal einen Blick darauf werfen?«, fragte Kapitän Burch.

»Warum nicht? Hier ist eh nichts los. Sobald wir hier fertig sind, können wir uns ranhängen.«

Burch warf einen Blick zu dem japanischen Frachter und stellte fest, dass Aimes und der Suchtrupp an der Reling standen. Offenbar waren sie mit ihrer Inspektion fertig.

»Bestätigt, *Narwhal*«, teilte Burch dem Boot der Küstenwache über Funk mit. »Wir folgen Ihnen in fünf bis zehn Minuten, sobald wir mit unserer derzeitigen Inspektion fertig sind. Ende.«

»Was ist meinem alten Herrn da draußen bloß aufgefallen?«, fragte Dirk, während er und Burch den Horizont nach der schwimmenden Bohrinsel absuchten.

Die drei Meilen von ihnen entfernte *Narwhal* hatte ihre beiden Dieselmotoren voll aufgedreht und jagte mit 15 Knoten über die Wogen. Das sechsundzwanzig Meter lange Schiff war eines der neueren Patrouillenboote aus der Barrakuda-Klasse, die von der Küstenwache hauptsächlich in kleineren Häfen stationiert wurden. Da das Boot mit seiner zehnköpfigen Besatzung hauptsächlich zum Inspektions- und Seenotrettungsdienst eingesetzt wurde, war es nur mit einem 12,7-mm-Zwillingsmaschinengewehr am Bug bewaffnet.

Lieutenant Bruce Carr Smith stützte sich auf der engen Brücke an einem Schott ab, als das weiß-orange gestrichene Boot über einen Wellenkamm schoss und in einer Gischtwolke wieder aufschlug.

»Lieutenant, ich habe das Hauptquartier angefunkt. Die Einsatzzentrale setzt sich mit dem Hafenbüro von Sea Launch in Verbindung, um festzustellen, was mit ihrer Startrampe los ist«, meldete der rothaarige Funker der *Narwhal* aus der anderen Ecke.

Smith nickte und wandte sich dann an den jungenhaft wirkenden Rudergänger. »Halten Sie drauf zu«, sagte er.

Die beiden Punkte am Horizont wurden allmählich größer, bis sich die unverkennbaren Umrisse einer Bohrinsel und eines Versorgungsschiffs abzeichneten. Das Begleitschiff lag nicht mehr neben der Plattform, sondern entfernte sich eindeutig. Smith warf einen kurzen Blick nach hinten und sah, dass die *Deep Endeavor* mit der Inspektion des Frachters fertig war. Das türkisfarbene Schiff drehte ab und folgte ihnen offenbar.

»Sir, soll ich die Bohrinsel oder das Schiff ansteuern?«, fragte der Rudergänger, als sie näher kamen.

»Bringen Sie uns zunächst mal längsseits neben die Plattform, danach sehen wir uns das Schiff an«, erwiderte Smith.

Das kleine Patrouillenboot wurde langsamer, als es sich der Plattform näherte, die jetzt mit gefluteten Ballasttanks vierzehn Meter tiefer im Wasser lag. Staunend blickte Smith zu der riesigen Zenit-Rakete auf, die an ihrem Startturm an der hinteren Kante der Plattform stand. Dann setzte er das Fernglas an und suchte das Deck ab, sah aber keinerlei Lebenszeichen. Anschließend richtete er das Glas nach vorn und bemerkte die Countdown-Uhr, die jetzt bei 01:32:00 stand. Noch eine Stunde und zweiunddreißig Minuten.

»Was zum Teufel?«, murmelte Smith, als er die ablaufende Sekundenanzeige sah. Er griff zum Mikrofon des Schiffsfunkgeräts und preite die *Odyssey* an.

»Sea-Launch-Plattform, hier ist die *Narwhal* von der Küstenwache. Over.« Nach einer kurzen Pause versuchte er es erneut. Aber wieder meldete sich niemand.

»Sea Launch, Abteilung für Öffentlichkeitsarbeit, womit kann ich Ihnen behilflich sein«, meldete sich eine samtweiche Frauenstimme am Telefon.

»Hier ist die Einsatzzentrale des elften Distrikts der US-Küstenwache, Meeressicherungsgruppe Los Angeles. Wir bitten um eine Auskunft über den Auftrag und die derzeitige Position der Sea-Launch-Schiffe *Odyssey* und *Sea Launch Commander.*«

»Einen Moment«, erwiderte die Leiterin der Abteilung für Öffentlichkeitsarbeit und blätterte in etlichen Papieren auf ihrem Schreibtisch.

»Da haben wir's«, fuhr sie fort. »Die schwimmende Startrampe *Odyssey* ist unterwegs zu ihrer Abschussstelle im westlichen Pazifik, nahe dem Äquator. Laut ihrer letzten Positionsmeldung, die heute Morgen um acht Uhr einging, befand sie sich auf ungefähr 18 Grad nördlicher Breite und 132 Grad westlicher Länge, also rund siebzehnhundert Meilen ost-südöstlich von Honululu. Das Montage- und Kommandoschiff *Sea Launch Commander* liegt derzeit im Hafen von Long Beach, wo ein paar kleinere Reparaturen vorgenommen werden. Es wird morgen früh auslaufen und sich mit der *Odyssey* am Äquator treffen, um in acht Tagen den Satelliten Koreasat 2 in die Erdumlaufbahn zu schießen.«

»Keines der Schiffe liegt also derzeit vor der Küste von Südkalifornien?«

»O nein, natürlich nicht.«

»Besten Dank für Ihre Auskunft, Ma'am.«

»Keine Ursache«, erwiderte die Direktorin und legte auf. Aber sie fragte sich, wieso die Küstenwache auf die Idee kam, die Plattform liege vor der kalifornischen Küste.

Smith war zu ungeduldig, um auf die Rückmeldung der Küstenwachgruppe in Los Angeles zu warten, und brachte sein Boot näher an die Plattform. Außerdem ärgerte sich der Lieutenant der Küstenwache, weil die *Odyssey* trotz wiederholter Aufforderung auf keinen Funkspruch reagierte. Schließlich wandte er sich dem Begleitschiff zu, das vierhundert Meter entfernt lag. Auch dieses Schiff hatte bislang keinen Funkspruch beantwortet.

»Sir, es fährt unter japanischer Flagge«, stellte der Rudergänger fest, als die *Narwhal* auf das Schiff zusteuerte.

»Das ist kein Grund, den Schiffsfunk zu ignorieren. Gehen Sie längsseits, damit ich sie per Lautsprecher anpreien kann«, befahl Smith.

Als die *Narwhal* aus dem Schatten der schwimmenden Abschussrampe kam, meldete sich die Einsatzzentrale der Küstenwache und teilte mit, dass die *Odyssey* nach Auskunft von Sea Launch tausend Meilen von der kalifornischen Küste entfernt sei und ihr Begleitschiff im Hafen von Long Beach liege. Unterdessen schob eine Hand voll Besatzungsmitglieder auf der *Koguryo* eine Verkleidung am Unterdeck beiseite, hinter der eine Reihe langer Rohre zum Vorschein kam, die auf die *Narwhal* gerichtet waren. Smith traute seinen Augen kaum, doch er reagierte augenblicklich und erteilte eine Reihe von Befehlen, ohne lange nachzudenken.

»Hart nach Backbord! Volle Kraft voraus! Fahren Sie Ausweichmanöver!«

Doch es war zu spät. Der Rudergänger konnte die *Narwhal* gerade noch herumziehen, sodass ihre Breitseite der *Koguryo* zugewandt war, als an deren Unterdeck eine weiße Rauchwolke aufstieg, gefolgt von einem grellen Lichtblitz. Dann schoß eine chinesische Boden-Boden-Rakete vom Typ CSS-N-4 Sardine aus dem in Qualm gehüllten Startrohr und hielt auf sie zu. Smith, der von der Brücke aus wie gebannt zusah, hatte das Gefühl, als fliege ein Pfeil genau auf seine Augen zu. Die Spitze der Rakete schien ihm kurz zuzugrinsen, bevor sie unmittelbar neben ihm in die Brücke einschlug.

Die mit 165 Kilogramm Sprengstoff bestückte chinesische Rakete hatte so viel Zerstörungskraft, dass sie auch einen Kreuzer versenken konnte. Das aus nächster Nähe getroffene Boot hatte keine Chance. Das knapp sechs Meter lange Geschoss bohrte sich in die *Narwhal*, explodierte in einem mächtigen Feuerball und zerriss das Schiff der Küstenwache samt seiner

Besatzung. Glimmende Fetzen flogen durch die Luft, und eine schwarze Rauchwolke stieg auf, die wie ein Grabstein über dem zerstörten Boot stand. Nur der qualmende weiße Rumpf war übrig und trieb noch fünfzehn Minuten lang inmitten des lodernden Trümmerfeldes. Dann versank auch er in einer zischenden Dampfsäule.

52

»Mein Gott, sie haben eine Rakete auf die *Narwhal* abgefeuert«, rief Kapitän Burch, als er sah, wie das Boot der Küstenwache zwei Meilen vor der *Deep Endeavor* in einer Rauchwolke verschwand. Delgado versuchte die *Narwhal* sofort über Schiffsfunk zu erreichen, während die anderen fassungslos durch das Brückenfenster spähten. Summer schnappte sich ein starkes Fernglas, konnte aber durch den dichten Qualm, der die zerfetzten Überreste der *Narwhal* einhüllte, kaum etwas erkennen. Dann richtete sie das Glas auf die Plattform und das etwas abseits liegende Begleitschiff.

»Keine Reaktion«, sagte Delgado leise, nachdem er mehrmals vergeblich versucht hatte, mit dem Boot der Küstenwache Kontakt aufzunehmen.

»Möglicherweise gibt es Überlebende, die im Wasser treiben«, stieß Aimes aus, der sichtlich betroffen war von der Zerstörung des Bootes, dessen Besatzung er gut kannte.

»Ich traue mich nicht näher ran«, erwiderte Kapitän Burch. »Wir sind völlig unbewaffnet, und vielleicht haben sie ihre nächste Rakete schon auf uns gerichtet.« Dann drehte sich Burch um und befahl seinem Rudergänger, die Maschinen zu stoppen.

Delgado wandte sich an Aimes. »Der Captain hat Recht. Wir rufen Hilfe. Aber wir dürfen unsere Besatzung nicht in Gefahr bringen. Wir wissen ja nicht mal, mit wem wir es zu tun haben.«

»Das sind Kangs Männer«, sagte Summer und reichte ihrem Bruder das Fernglas.

»Sind Sie sich sicher?«, fragte Aimes.

Sie nickte schweigend und erschauderte kurz, während Dirk das Glas auf das Begleitschiff richtete.

»Sie hat Recht«, sagte er. »Das Begleitschiff kenne ich. Es ist dasselbe Schiff, das die *Sea Rover* versenkt hat. Es fährt sogar unter japanischer Flagge. Sie haben es umgebaut und neu gestrichen, aber ich wette mein nächstes Monatsgehalt, dass es sich um dasselbe Schiff handelt.«

»Aber warum liegen sie hier draußen bei der Plattform?«, fragte Aimes mit verständnisloser Miene.

»Dafür kann es nur einen Grund geben. Sie bereiten einen Anschlag mit einer Sea-Launch-Rakete vor.«

Betretenes Schweigen kehrte auf der Brücke ein, als allen der Ernst der Lage klar wurde. Aimes riss sie schließlich aus ihren Gedanken.

»Aber was ist mit der *Narwhal*? Wir müssen feststellen, ob noch jemand am Leben ist.«

»Aimes, Sie müssen Hilfe holen, und zwar sofort«, versetzte Dirk schroff. »Ich sehe nach, ob es Überlebende gibt.«

Delgado schaute Dirk mit gerunzelter Stirn an. »Aber wir dürfen mit der *Deep Endeavor* nicht näher rangehen«, warnte er.

»Das habe ich auch nicht vor«, erwiderte Dirk und verließ ohne eine weitere Erklärung die Brücke.

Schweigend blickte Tongju von der Brücke der *Odyssey* auf die schwelenden Trümmer der *Narwhal*. Die Männer auf der *Koguryo* hatten keine andere Wahl gehabt, als gegen das Boot der Küstenwache vorzugehen. Er selbst hatte Kim den entsprechenden Befehl erteilt. Aber sie lagen so weit vor der Küste, dass man sie eigentlich gar nicht hätte entdecken dürfen. Jetzt wurde ihm klar, dass die Besatzung des Luftschiffes Verdacht geschöpft hatte. Insgeheim verfluchte er die ukrainischen Ingenieure dafür, dass sie die Abschussrampe näher ans Festland verlagert hatten, ohne zu bedenken, dass letztlich er die Entscheidung getroffen hatte.

Als er ungeduldig auf der Brücke der *Odyssey* auf und ab ging, stellte er fest, dass die Countdown-Uhr bei 01:10:00 stand. Noch eine Stunde und zehn Minuten. Ein Funkspruch von der *Koguryo* riss ihn aus seinen Gedanken.

»Hier Lee. Wir haben das feindliche Schiff zerstört, wie von Ihnen befohlen. In etwa zweitausend Metern Entfernung ist ein weiteres Schiff. Sollen wir es ebenfalls vernichten?«

»Ist es ein weiteres Boot der Küstenwache? Over«, fragte Tongju, während er von der Brücke aus in die Ferne spähte.

»Nein. Unserer Ansicht nach ist es ein Forschungsschiff.«

»Dann sparen Sie Ihre Munition. Vielleicht brauchen wir sie noch.«

»Wie Sie wünschen. Ling meldet, dass sein Startteam an Bord der *Koguryo* ist. Sind Sie bereit, die Plattform zu räumen?«

»Ja. Schicken Sie das Beiboot her. Meine restlichen Männer werden die Plattform in Kürze verlassen. Ende.«

Tongju stellte das Funkgerät ab, dann wandte er sich an einen seiner Kämpfer, der im hinteren Teil der Brücke stand.

»Bringen Sie die Gefangenen in kleinen Gruppen in den Hangar und sperren Sie sie in den Lagerraum. Anschließend sammeln Sie den Kampftrupp zum Abtransport auf die *Koguryo.*«

»Befürchten Sie nicht, dass die Besatzung der Plattform den Start im Hangar überleben könnte?«, fragte der Kämpfer.

»Die bei der Zündung entstehenden Gase werden sie töten. Aber mir ist es egal, ob sie leben oder sterben, solange sie uns beim Start nicht stören können.«

Der Kämpfer nickte und verließ die Brücke durch die Hintertür. Tongju ging langsam durch das Ruderhaus und betrachtete die elektronischen Geräte, die in den Fahr- und Kommandostand eingebaut waren. Als er die Konsole entdeckte, in der sich die Automatikabschaltung befand, zog er ein Kampfmesser, stieß die Klinge in eine Ritze an der Seite und hebelte die Abdeckung auf. Dann ergriff er eine Hand voll Drähte im Inneren, setzte den gezahnten Messerrücken an und kappte sie. Anschließend setzte er seinen Rundgang über die Brücke fort, sammelte ein halbes Dutzend Keyboards ein, die an diverse Navigations- und Positionscomputer angeschlossen waren, und warf sie aus dem offenen Fenster ins Meer. Kurz darauf flogen drei Laptops hinterher. Sicherheitshalber zog er seine Glock und jagte etliche Kugeln in die Elektronik am Fahr- und Kommandostand. Da Ling auf seinen Befehl hin bereits sämtliche Startkontrollcomputer im Hangar zerstört hatte, konnten die Plattform und die Rakete nur mehr von der *Koguryo* aus gesteuert werden. Ab jetzt, eine knappe Stunde vor dem Start, konnte niemand mehr eingreifen.

»Lass mich mitkommen«, sagte Summer. »Du weißt doch, dass ich jedes Tauchboot steuern kann.«

»Es ist nur ein Zweisitzer, und Jack ist der Einzige, der Erfahrung mit dem Ding hat. Es ist besser, wenn wir zwei das übernehmen«, erwiderte Dirk und deutete mit dem Kopf auf Dahlgren, der das Tauchboot zum Ausbringen vorbereitete. Dann ergriff er die Hand seiner Schwester und schaute ihr in die perlgrauen Augen.

»Sieh zu, dass du Dad erreichst, und berichte ihm, was vorgefallen ist. Sag ihm, dass wir sofort Hilfe brauchen.«

Er umarmte seine Schwester kurz und fügte leise hinzu: »Sorg dafür, dass Burch mit der *Endeavor* in sicherem Abstand bleibt, auch wenn uns etwas zustoßen sollte.«

»Sei vorsichtig«, sagte sie, bevor er in das Tauchboot stieg und die Luke hinter sich schloss. Als er sich auf den Pilotensitz neben Dahlgren zwängte, sah er, dass das Tauchboot schon startbereit war.

»Dreißig Knoten?«, fragte Dirk skeptisch.

»Das steht jedenfalls in der Betriebsanleitung«, erwiderte Jack Dahlgren, dann drehte er sich um und winkte mit hochgerecktem Daumen durch das Sichtfenster. Der Kranführer am Achterdeck der *Deep Endeavor* nickte, hievte das orange-rote Tauchboot an, brachte es über die Bordwand aus und ließ es zu Wasser. Die beiden Männer sahen noch, wie Summer ihnen zuwinkte, bevor sie im grünen Ozean versanken. Da der Bug des NUMA-Schiffes auf die Plattform gerichtet war, versperrten die

Aufbauten die Sicht aufs Achterdeck, sodass niemand mitbekam, wie sie ausgebracht wurden. Dann löste ein Taucher den Kranhaken und gab ihnen mit einem Klopfzeichen zu verstehen, dass sie frei waren.

»Mal sehen, was das Ding zu bieten hat«, sagte Dirk, schaltete die sechs Strahlruder ein und schob die Geschwindigkeitsregler bis zum Anschlag nach vorn.

Mit aufheulenden Elektromotoren schoss das zigarrenförmige Tauchboot durch das rauschende Wasser. Dirk kippte die beiden Tiefenruder leicht an, bis sie rund sechs Meter unter Wasser waren, und steuerte dann auf direktem Kurs das Wrack der *Narwhal* an.

Er hatte das Gefühl, als wäre er in einem Staubsauger unterwegs. Das Tauchboot schlingerte und schaukelte in der Strömung und bewegte sich wie durch dicken Sirup. Doch das Surren der Strahlruder verriet, wie schnell es war. Auch ohne Geschwindigkeitsanzeige erkannte Dirk anhand des am Sichtfenster vorbeiströmenden Wassers, dass sie flott unterwegs waren.

»Ich hab dir doch gesagt, dass es das reinste Vollblut ist«, sagte Dahlgren grinsend und warf einen kurzen Blick auf die Uhr am Armaturenbrett. Dann wurde er ernst und fügte hinzu: »In etwa sechzig Sekunden nähern wir uns der letzten Position der *Narwhal.*«

Kurz darauf nahm Dirk das Gas zurück und ließ die *Badger* treiben. Dahlgren blies vorsichtig die Ballasttanks an, damit sie beim Auftauchen möglichst tief im Wasser lagen und nur schwer entdeckt werden konnten. Gekonnt lotste er dann das Tauchboot nach oben, bis die Oberkante knapp dreißig Zentimeter aus dem Ozean ragte.

Ein paar Meter vor ihnen sahen sie den qualmenden Rumpf der *Narwhal*, deren Heck schräg in die Luft ragte. Dirk und Dahlgren hatten kaum einen Blick darauf geworfen, als sich das Heck noch steiler aufstellte und der ganze Bootskörper im Meer versank. Rundum trieben Trümmer, darunter einige, die noch schwelten, aber keines war größer als eine Türmatte. Dirk steuerte die *Badger* in einem engen Kreis um das Trümmerfeld, sah aber nirgendwo ein Lebenszeichen. Dahlgren funkte Aimes auf der *Deep Endeavor* an und berichtete ihm, dass offenbar alle Mann an Bord bei der Explosion umgekommen waren.

»Captain Burch bittet darum, dass wir sofort zur *Deep Endeavor* zurückkehren«, fügte Dahlgren hinzu.

Dirk tat so, als hätte er nichts gehört, und steuerte das Tauchboot näher zur Plattform. Von ihrem Blickwinkel aus konnten sie außer der Zenit und dem oberen Teil des Hangars nichts erkennen. Aber plötzlich stoppte er die *Badger* und deutete mit dem Finger an der Rakete vorbei.

»Schau dir das an.«

Dahlgren schaute an der Rakete vorbei, sah aber nur das Hangardach und einen leeren Hubschrauberlandeplatz. Er kniff die Augen zusammen und senkte den Blick ein Stück. Dann sah er es. Die große Digitaluhr stand bei 00:52:00. Noch zweiundfünfzig Minuten.

»Das Ding wird in knapp einer Stunde gezündet!«, rief er, während er zusah, wie die Sekunden verrannen.

»Wir müssen es verhindern«, sagte Dirk aufgebracht.

»Dann müssen wir rauf, und zwar schnell. Ich weiß zwar nicht, wie es bei dir aussieht, Partner, aber ich habe keine Ahnung von Raketen oder Abschussrampen.«

»Kann doch nicht mehr als ein bisschen Raketentechnik sein«, erwiderte Dirk grinsend, dann schob er die Geschwindigkeitsregler des Tauchboots nach vorn und schoss mit der *Badger* auf die Plattform zu.

53

Das orange-rote Boot tauchte am hinteren Teil der Plattform auf, fast genau unter dem Startturm und der Zenit-Rakete. Dirk und Dahlgren blickten zu einer Reihe mächtiger Stahlplatten auf, die unmittelbar unter der Rakete aus der Plattform ragten.

Es war ein Flammendeflektor, der dazu diente, den Feuerschweif, der beim Zünden der Rakete entstand, in den Ozean abzuleiten. Gleichzeitig wurden Sekunden vor dem Start tausende Liter Wasser in den Feuergraben gepumpt, um die der stärksten Hitze ausgesetzten Teile der Plattform zu kühlen.

»Erinnere mich daran, dass wir hier nicht parken sollten, wenn die Lunte gezündet wird«, sagte Dahlgren, als ihm klar wurde, welches Inferno hier unten herrschte, sobald die Rakete abhob.

»Das musst du mir nicht zweimal sagen«, erwiderte Dirk.

Dann wandten sie sich den dicken Stützpfeilern der Plattform zu und suchten einen Weg zum Oberdeck. Dahlgren entdeckte die Barkasse der *Koguryo* zuerst, die auf der anderen Seite der Plattform vertäut war.

»Ich glaube, ich sehe da vorn an der Säule eine Treppe. Da, wo das Boot vertäut ist«, sagte er.

Dirk prägte sich kurz die Richtung ein, tauchte dann ab und steuerte die *Badger* zwischen den tief im Wasser liegenden Pontons zum vorderen Teil der Plattform. Unmittelbar hinter dem Heck der Barkasse tauchte er wieder auf und ließ die *Badger* treiben, während sie das Beiboot musterten.

»Ich glaube, da ist niemand«, sagte Dirk, nachdem er sich davon überzeugt hatte, dass das Boot leer war. »Was dagegen, wenn wir anlegen?«

Bevor er eine Antwort erhielt, hatte Dahlgren bereits die Dachluke des Tauchboots geöffnet und stieg aus. Dirk pumpte sämtliches Seewasser aus den Ballasttanks der *Badger* und steuerte sie bis an das Heck der Barkasse. Im nächsten Moment sprang Dahlgren auf das Beiboot und von dort auf die Treppe. Dirk schaltete die Elektromotoren des Tauchboots ab und stieg ebenfalls auf die Plattform, wo Dahlgren gerade eine Belegleine festmachte.

»Hier lang geht's zum Penthouse«, sagte Dahlgren mit weltmännischem Tonfall und deutete die Treppe hinauf. Rasch kletterten die beiden Männer die Eisenstufen hinauf, achteten aber darauf, möglichst wenig Lärm zu machen. Am obersten Absatz angelangt, hielten sie einen Moment inne, bis sie wieder bei Atem waren, und traten dann auf das Außendeck.

Von der vorderen Ecke der Plattform aus sahen sie zwei riesige, zigarrenförmige Brennstofftanks, die von zahllosen Schläuchen und Leitungen umgeben waren. Die mächtigen weißen Tanks enthielten das Kerosin und den flüssigen Sauerstoff, mit denen die Zenit angetrieben wurde. Hinter den Tanks, am anderen Ende der Plattform, sahen sie die Rakete, die wie ein Monolith vom offenen Deck aufragte. Sie blieben einen Moment lang stehen, waren wie gebannt von der schieren Größe der Zenit und der Kraft, die sie ausstrahlte, ohne an ihre tödliche Fracht zu denken. Dann wandte sich Pitt dem Hangar neben ihnen zu und blickte zu dem Hubschrauberlandeplatz auf dem Dach empor.

»Ich bin mir ziemlich sicher, dass die Brücke über dem Hangar ist. Genau da müssen wir hin.«

Dahlgren musterte die Aufbauten. »Sieht so aus, als ob wir dazu durch den Hangar müssen.«

Ohne ein weiteres Wort setzten sich die Männer in Trab, achteten darauf, dass sie nicht gesehen wurden, und stürmten dann zum anderen Ende des Hangars. Neben dem offenen Tor blieb Dirk stehen, beugte sich herum und warf einen kurzen Blick ins Innere. Der lange, schmale Hangar wirkte ohne die Zenit, die normalerweise in ihm lag, wie eine große, leere Kaverne. Dahlgren folgte ihm auf dem Fuß, als er um die Tür huschte, im Hangar verschwand und leise zu einem großen Generator lief, der an die Wand montiert war. Plötzlich hallten Stimmen durch die leere Halle, worauf die beiden Männer jäh verharrten.

Auf halber Länge der gegenüberliegenden Wand wurde eine Tür aufgestoßen, dann verstummten die Stimmen. Drei ausgemergelt wirkende Männer in Sea-Launch-Overalls torkelten durch die Tür, gefolgt von zwei bewaffneten Wächtern. Dirk fielen sofort die schwarzen Kampfanzüge und die Sturmgewehre vom Typ AK-74 auf, die er bereits beim Angriff auf die *Sea Rover* gesehen hatte. Er und Dahlgren verfolgten, wie die drei Männer zu einem Lagerraum im hinteren Teil des Hangars gebracht wurden. Dort standen zwei weitere Posten, die die Männer von Sea Launch hineintrieben und die Tür hinter ihnen verriegelten.

»Die Crew von Sea Launch weiß garantiert, wie man den Start verhindern kann«, sagte Dirk leise. »Wir müssen nur an sie rankommen.«

»Richtig. Mit den beiden werden wir fertig, wenn ihre Freunde abgerückt sind«, erwiderte Dahlgren und deutete auf die beiden Posten beim Lagerraum.

Sie krochen zu dem Tieflader, auf dem die Rakete transportiert wurde, und beobachteten von dort aus die Wachen, die noch kurz miteinander plauderten. Dann zogen die beiden Männer, die die Gefangenen gebracht hatten, durch die Seitentür wieder ab. Tief geduckt und durch eine Reihe elektronischer Geräte und Werkzeugschränke gedeckt, die die Seitenwand des Hangars säumten, schlichen Dirk und Dahlgren näher an den Lagerraum. Als sie an einem Regal mit der Aufschrift HYDRAULIKINGENIEUR vorbeikamen, hielt Dirk kurz inne und schnappte sich einen Holzhammer mit langem Griff, während Dahlgren vorsichtshalber einen schweren Ringschlüssel mitnahm. Dann rückten sie zum Heck des Tiefladers vor und huschten hinter eine Hebebühne, die rund dreißig Meter von dem Lagerraum entfernt war.

»Was nun, Maestro?«, flüsterte Dahlgren, als er sah, dass es zwischen ihnen und dem Lagerraum keinerlei Deckung gab.

Dirk kauerte neben einem Rad der Hebebühne und blickte zu den Wachen. Die beiden Männer waren ins Gespräch vertieft und achteten kaum auf den Hangar. Anschließend musterte er die Hebebühne, hinter der sie sich versteckten. Es war eine fahrbare Bühne, die für Arbeiten an der Oberseite der knapp vier Meter durchmessenden Rakete diente. Dirk tippte an das Rad neben ihm und schaute Dahlgren mit einem schiefen Grinsen an.

»Jack«, flüsterte er, »ich glaube, du fährst durch die Vordertür, und ich komme von hinten anmarschiert.«

Im nächsten Moment schlich Dirk an der Seitenwand des

Hangars entlang, hielt mehrmals inne und überzeugte sich davon, dass ihm die Wachen den Rücken zukehrten. Mit mehreren kurzen Sprints erreichte er die Rückseite, an der er sich in Richtung Stauraum vorbeistahl. Solange die Wachen vor dem Lagerraum auf Posten blieben, konnte er sich ihnen unbemerkt von hinten nähern.

Dahlgren fiel der schwierigere Teil der Offensive zu. Er stieg auf die fahrbare Hebebühne, schnappte sich den Steuerungskasten und legte sich flach auf den Boden, dann zog er eine teilweise aufgerollte Segeltuchplane über sich. Nachdem er sich mit einem kurzen Blick durch einen Riss davon überzeugt hatte, dass ihm die Wachen den Rücken zugekehrt hatten, drückte er auf einen mit HEBEN beschrifteten Knopf. Mit einem kaum hörbaren Surren hob sich die Arbeitsbühne rund zwanzig Zentimeter, ohne dass die Wachen etwas davon mitbekamen. Dahlgren wartete wieder einen Moment, dann betätigte er den Knopf erneut, ließ ihn diesmal aber nicht los. Er hielt die Luft an und wartete, bis die Bühne viereinhalb Meter über dem Boden war, dann nahm er den Finger vom Knopf. Dahlgren blickte kurz nach unten und sah, dass die Wachen nichts bemerkt hatten.

»Jetzt wird's lustig«, murmelte er vor sich hin.

Er drückte auf VORWÄRTS, worauf sich die vierrädrige Hebebühne in Bewegung setzte und langsam voranrollte. Mithilfe der Fernsteuerung richtete Dahlgren das Gefährt genau auf den Lagerraum und die beiden Wachen aus, dann kroch er wieder unter die Plane und rührte sich nicht mehr.

Wie ein Roboter rollte das Gefährt mit der hoch aufragenden Arbeitsbühne durch den halben Hangar, ehe die Wachen die Bewegung bemerkten. Dahlgren hörte aufgeregtes Geplapper, aber gottlob fiel kein Schuss. Ein lautes »*Saw!*« ertönte, das kurz darauf wiederholt wurde – offenbar wollten die verdutzten Wachen dem Gefährt Einhalt gebieten. Ohne darauf zu achten, rollte Dahlgren weiter. Er spähte erneut durch den Riss in der Plane, sah den Türsturz des Lagerraums und wusste, dass er ganz in der Nähe der Wachen war. Er wartete, bis die Hebebühne nur mehr anderthalb Meter vor dem Lager war, und drückte dann auf STOP. Die verdutzten Wachen verstummten, als das Vehikel plötzlich stehen blieb.

Dahlgren konnte ihre Anspannung förmlich spüren, doch er wollte sie noch weiter auf die Folter spannen. Nervös starrten die beiden Wachen auf die rätselhafte Arbeitsbühne, legten dann die schweißnassen Finger um den Abzug ihrer Sturmgewehre und traten einen Schritt näher, um das sonderbare Vehikel genauer in Augenschein zu nehmen. Doch bis auf eine Plane und eine Seilrolle sahen sie nichts. Vielleicht hatte sich die Hebebühne aufgrund eines technischen Fehlers von allein in Bewegung gesetzt.

Dahlgren, der unter der Plane versteckt war, hielt die Luft an, dann betätigte er einen weiteren Knopf.

Wie von Geisterhand gelenkt, senkte sich die Arbeitsbühne mit einem Mal. Die beiden Wachen sprangen zurück, als sich der Arm langsam zusammenfaltete. Dann, in rund einem Meter achtzig Höhe, blieb die Arbeitsbühne plötzlich stehen. Da sie die beiden Männer um gut fünfzehn Zentimeter überragte, traten sie noch ein paar Schritte zurück und versuchten festzustellen, wer das Ding bediente. Schließlich näherte sich einer der Wachen auf Zehenspitzen und stieß den Lauf seines Gewehres in die Segeltuchrolle, während sein Begleiter stehen blieb und argwöhnisch den Hangar absuchte.

Dahlgren, der genau wusste, dass er nur eine Chance hatte, den Posten auszuschalten, hob vorsichtig den rechten Arm und bereitete sich auf den Angriff vor. Er spürte, wie sich der Posten näher tastete, bis die Mündung schließlich seinen Schenkel traf. Der verblüffte Wachmann zögerte einen Moment, bevor er die Waffe zurückzog, um abzudrücken. Doch das genügte Dahlgren. Er riss den schweren Ringschlüssel unter der Plane hervor, holte weit aus und hieb mit aller Kraft nach dem Kopf des Mannes. Mit einem dumpfen Schlag traf das Werkzeug dessen Kinnlade, zerschmetterte aber wie durch ein Wunder nicht den Knochen. Doch der Mann war so schwer getroffen, dass er sofort das Bewusstsein verlor und zu Boden sackte, ohne einen Schuss abzugeben.

Der zweite Wachmann fuhr herum, sah seinen Partner reglos am Boden liegen und bemerkte dann Dahlgren, der beim Zuschlagen die Plane weggestoßen hatte. Hilflos starrte Dahlgren, den blutigen Ringschlüssel in der Hand, den Posten an. Ohne zu zögern richtete der Wachmann sein AK-74 auf Dahlgren und drückte ab. Doch im gleichen Moment kam etwas von hinten durch die Luft gewirbelt, traf seinen Hinterkopf und streckte ihn nieder. Der Mann konnte noch einen kurzen Feuerstoß abgeben, doch er hatte bereits den Lauf seiner Waffe verrissen, sodass die Kugeln unter Dahlgrens Hochsitz hindurchzischten. Erst als der Posten zu Boden ging, sah Dahlgren Dirk, der mit wild entschlossener Miene fünf Meter weiter hinten stand. Im verzweifelten Versuch, seinem Freund das Leben zu retten, hatte Dirk den Holzhammer wie ein Wurfbeil geschleudert und den Wachmann prompt am Kopf getroffen.

Der Mann war allerdings nur betäubt; er kam benommen auf die Knie und wollte nach seinem Gewehr greifen. Im Nu sprang Dahlgren von der Arbeitsbühne und holte mit dem Ringschlüssel weit aus, als plötzlich Schüsse fielen. Dahlgren erstarrte, als etliche Kugeln nur Zentimeter neben seinem Kopf in den Stützarm der Hebebühne schlugen. Im nächsten Moment hallte das Scheppern ausgeworfener Patronenhülsen durch den Hangar.

»Auch Ihnen kann ich nur raten, sich nicht zu bewegen, Mr. Pitt«, rief Tongju, der unter der Seitentür stand und eine Maschinenpistole im Anschlag hatte.

54

Dirk und Dahlgren wurden mit Waffengewalt in Schach gehalten, während Tongju und sein Kampftrupp die übrigen Besatzungsmitglieder der *Odyssey* in den Lagerraum trieben. Als auch Kapitän Christiano hineingeführt worden war, wandte sich einer der Wachmänner an Tongju.

»Die zwei ebenfalls?«, fragte er und deutete mit dem Kopf auf die beiden Männer von der NUMA.

Tongju schüttelte lächelnd den Kopf. Anschließend stieß der Wachmann die schwere Eisentür des Lagerraums zu, schlang eine Kette um den Griff und sicherte sie mit einem Vorhängeschloss. Die dreißig Besatzungsmitglieder der *Odyssey*, die sich in dem dunklen, fensterlosen Gelass drängten, konnten nicht mehr entrinnen.

Sobald die Tür verriegelt war, ging Tongju zu der Hangarwand, an der Dirk und Dahlgren standen und auf die beiden Gewehrläufe starrten, die auf ihre Rippen gerichtet waren. Tongju betrachtete Dirk mit einer Mischung aus Respekt und Abscheu.

»Sie scheinen der reinste Überlebenskünstler zu sein, Mr. Pitt, was an sich schon ärgerlich ist, aber darüber hinaus sind Sie auch ein unbelehrbarer Störenfried.«

»Ich bin eben ein Tunichtgut«, erwiderte Dirk.

»Da Sie sich offenbar so brennend für unser Unternehmen interessieren, haben Sie sicherlich nichts dagegen, wenn Sie beim Start sozusagen in der ersten Reihe sitzen dürfen«, sagte Tongju und nickte drei Wachmännern zu.

Ehe Dirk etwas entgegnen konnte, stießen ihnen die Wachmänner die Mündungen ihrer Gewehre in den Rücken und trieben sie auf das offene Hangartor zu. Einer der Männer griff auf Dahlgrens Arbeitsbühne und schnappte sich die Seilrolle, die neben der Segeltuchplane lag. Tongju hielt sich noch kurz bei seinen anderen Kämpfern auf und befahl ihnen, sich in das Beiboot zu begeben, dann kam er hinterher. Die beiden Gefangenen warfen sich verstohlene Blicke zu und dachten fieberhaft über eine Fluchtmöglichkeit nach. Doch es sah schlecht aus. Tongju würde sie auf der Stelle töten, ohne auch nur einen Moment zu zögern.

Tongju holte sie ein, als sie aus dem Hangar auf das in gleißenden Sonnenschein getauchte offene Deck traten.

»Sie sind sich natürlich darüber im Klaren, dass in diesem Moment Militäreinheiten auf dem Weg zur Plattform sind«, sagte Dirk zu dem Killer, und insgeheim hoffte er auch, dass es stimmte. »Der Start wird verhindert werden. Und Sie und Ihre Männer werden dingfest gemacht werden, vielleicht auch getötet.«

Tongju warf einen Blick auf die Countdown-Uhr, dann wandte er sich an Dirk, grinste übers ganze Gesicht und zeigte ihm seine gelblich schimmernden Zähne.

»Sie werden nicht rechtzeitig hier sein. Und falls doch, ändert das auch nichts mehr. Das amerikanische Militär ist verweichlicht. Es wird nicht auf die Plattform schießen, aus Angst, die unschuldigen Arbeiter zu töten, die an Bord sind. Der Countdown lässt sich jetzt nicht mehr aufhalten. Die Rakete wird gestartet werden, Mr. Pitt, und Ihren wie auch den Umtrieben Ihrer Landsleute ein Ende bereiten.«

»Sie werden niemals lebend davonkommen.«

»Sie auch nicht, fürchte ich.«

Dirk und Dahlgren verstummten, als sie über das offene Deck geführt wurden; sie kamen sich vor wie auf dem Weg zum Schafott. Als sie sich dem Startturm näherten, blickten alle unwillkürlich zu der schimmernden weißen Rakete empor, die über ihnen aufragte. Dann wurden die Gefangenen an den Fuß des Turms geschafft, unmittelbar unter die Triebwerke der Zenit. Dirk und Dahlgren wurden an eine Turmstrebe gestoßen, dann befahl man ihnen, still zu stehen, während ein Wachmann das Seil mit einem Sägemesser in einzelne Stücke zerschnitt.

Tongju baute sich vor ihnen auf, zog lässig seine Glock und richtete sie auf Dirks Kehle, worauf der Wachmann seinen Arm um die Turmstrebe bog und ihm Handgelenke und Ellbogen fesselte. Nachdem er seine Knöchel festgebunden hatte, nahm er sich Dahlgren vor und fesselte ihn ebenfalls.

»Genießen Sie den Start, meine Herren«, zischte Tongju, wandte sich ab und ging weg.

»Na klar, wo wir doch wissen, dass Sie nicht mehr lange leben werden«, versetzte Dirk.

Er und Dahlgren blickten Tongju und seinen Männern schweigend hinterher, als sie über das offene Deck zum vorderen Stützpfeiler trabten und die Treppe hinabstiegen. Ein paar Minuten später sahen sie, wie das Beiboot auf die *Koguryo* zuraste, die jetzt fast zwei Meilen von der *Odyssey* entfernt war. Von ihrem Marterpfahl aus hatten sie freie Sicht auf die Countdown-Uhr, die jetzt bei 00:26:00 stand. Noch sechsundzwanzig Minuten. Dirk schaute nach oben und musterte die mächtigen Triebwerke der Zenit, die sich knapp zweieinhalb Meter über seinem Kopf befanden. Nach der Zündung würden sie achthundert Tonnen Schubkraft entfesseln – ein wahrer Feuersturm, der ihre Leiber zu Asche verbrennen würde. Wenigstens ein schneller Tod, dachte er.

»Ich glaube, das war endgültig das letzte Mal, dass ich mich von dir dazu habe überreden lassen, uneingeladen bei einer Party reinzuschneien«, sagte Dahlgren, um ihn etwas aufzumuntern.

»Sorry, ich glaube, wir sind nicht entsprechend gekleidet«, erwiderte Dirk düster. Er zog und zerrte an den Fesseln, suchte nach einer Fluchtmöglichkeit, aber er konnte kaum die Hände bewegen.

»Kannst du die Seile vielleicht abstreifen?«, fragte er Dahlgren.

»Leider nein. Der Typ ist eindeutig Weltmeister im Knotenbinden«, sagte Dahlgren, während er an seinen Fesseln zerrte.

Ein lautes Scheppern auf der anderen Seite der Plattform schreckte sie auf, gefolgt von einem dumpfen Grollen unter ihren Füßen. Dann ertönte ein lautes Rauschen aus den Leitungen, die hinter und über ihnen in den Startturm eingebaut waren. Rohre ächzten und knarrten, als Kerosin und der auf minus 183 Grad gekühlte Flüssigsauerstoff in die Zenit gepumpt wurden.

»Sie betanken die Rakete«, stellte Dirk fest. »Zu gefährlich, solange die Besatzung an Bord ist, deshalb warten sie bis kurz vor dem Start, wenn die Plattform geräumt ist.«

»Da geht's einem doch gleich viel besser. Hoffentlich passt der Typ an der Zapfpistole auf, damit der Tank nicht überläuft.«

Beide warfen einen bangen Blick nach oben, wussten sie doch, dass sich jeder Tropfen Flüssigsauerstoff sofort durch ihre Haut brennen würde. Die Rakete knarrte und knisterte, als hätte sie jemand mit einer Infusion zum Leben erweckt. Pumpen und Motoren surrten über ihnen, als der Treibstoff in die Brennkammer gepumpt wurde. Die beiden Männer starrten schweigend auf die Raketentriebwerke, aus denen demnächst ein flammendes Inferno über sie hereinbrechen würde. Dirk dachte an Sarah, und mit einem Mal wurde ihm schmerzlich bewusst, dass er sie nie wieder sehen würde. Und schlimmer noch – ihm fiel ein, dass sie in Los Angeles war. Auch sie könnte der tödlichen Fracht dieser Rakete zum Opfer fallen, einer Rakete, deren Start er nicht hatte verhindern können. Dann kamen ihm seine Schwester und sein Vater in den Sinn. Schade, dachte er, dass sie nie erfahren werden, wo ich abgeblieben bin. Denn sterbliche Überreste fanden sie bestimmt nicht. Ein leises Zischen riss ihn aus seinen Gedanken. Er blickte nach oben und sah, dass aus etlichen Sicherheitsventilen an der Außenhaut der Zenit weißer Dampf austrat – verdunstender Flüssigsauerstoff, der sich in der Sonne erwärmte. Wie zum Hohn schien sich in ihren letzten Minuten der Himmel zu verdunkeln, als brauten sich dichte Wolken zusammen. Aber mit einem Mal schlug Dirks Herz einen Takt schneller, als ihm plötzlich klar wurde, dass sich der Schatten bewegte und langsam über das Deck kroch.

Selbst von hoch oben wirkten die Sea-Launch-Plattform und die Zenit-Rakete mehr als eindrucksvoll. Doch den Männern in der *Icarus* stand der Sinn nicht nach Sightseeing. Diesmal flogen sie auch keinen weiten Bogen, sondern hielten mit dem Blimp direkt auf die Plattform zu.

»Da ist die *Badger*. Sie ist am vorderen Stützpfeiler vertäut«, sagte Giordino und deutete zu der Plattform hinab, an deren Fuß das orange-rote Tauchboot in der Dünung schaukelte.

Als Summer von der *Deep Endeavor* aus per Funk vom Angriff auf die *Narwhal* berichtet hatte, war Pitt umgekehrt und hatte die Porsche-Motoren voll aufgedreht, bis sie das Luftschiff mit 50 Knoten gen Süden trieben. Am Horizont sahen er und

Giordino gerade noch die schwarze Rauchfahne, die vom schwelenden Rumpf der *Narwhal* aufstieg, bevor das Boot unterging. Pitt steuerte den Blimp auf das Trümmerfeld zu, während Giordino die Kamera darauf richtete. Als sie näher kamen, stellten sie fest, dass sich die *Koguryo* noch weiter von der Plattform entfernt hatte. Aber sie entdeckten kaum noch Überreste vom Boot der Küstenwache.

»Vielleicht solltest du lieber nicht zu nah an das Begleitschiff rangehen«, warnte Giordino, nachdem sie mehrmals über die Trümmer der *Narwhal* geflogen waren, ohne einen Überlebenden zu sehen.

»Meinst du etwa, die haben SAM-Raketen?«, fragte Pitt.

»Gut möglich. Immerhin haben sie die *Narwhal* mit einer Boden-Boden-Rakete erwischt.«

»Ich sehe zu, dass die Plattform zwischen uns liegt. Dann schießen sie garantiert nicht auf uns, und du brauchst keine Angst zu haben, dass wir so enden wie einst die *Hindenburg*.«

Pitt ging bis auf fünfhundert Meter runter und nahm das Gas zurück, als sie sich der Plattform näherten. Giordino richtete unterdessen die WESCOM-Kamera auf die *Koguryo* und achtete auf jedes Anzeichen, das auf einen Angriff hindeutete. Plötzlich kam auf dem Monitor das Beiboot in Sicht, das am Schiff anlegte. Pitt und Giordino sahen, wie Tongju und seine Männer an Bord gingen. Aber Pitt stellte auch fest, dass Jack und sein Sohn nicht dabei waren.

»Die letzten Ratten verlassen die Plattform«, sagte Giordino.

»Schon möglich. Sieht nicht so aus, als ob sie die Barkasse zurückschicken. Mal sehen, ob wir jemand finden, der sich um den Laden kümmert.«

Der Blimp schwebte über das Heck der Plattform, dann lotste Pitt ihn an der Backbordseite entlang nach vorn. Unten auf dem Deck war keine Menschenseele zu sehen. Giordino deutete auf die Uhr am Hangar, die bei 00:27:00 stand. Noch siebenundzwanzig Minuten. Als sie über die vordere Kante schwebten, drehte Pitt bei, flog über den Bug der *Odyssey* und dann an der Brücke vorbei. Giordino drehte die Kamera herum, bis sie auf die Fenster des Ruderhauses gerichtet war. Auf dem Monitor konnten sie die Brücke deutlich erkennen, sahen aber auch dort keinerlei Lebenszeichen.

»Hier sieht's aus wie auf dem Geisterschiff *Mary Celeste*«, sagte Giordino.

»Eins steht fest. Die bereiten die Zündung vor.«

Wieder zog Pitt den Blimp herum, flog an der Steuerbordseite entlang und umkreiste die Zenit-Rakete. Verdunstender Flüssigsauerstoff strömte aus den Überdruckventilen an der Rakete und bildete weiße Dampfwolken. Giordino suchte die Zenit mit der Kamera von oben bis unten ab.

»Sieht so aus, als ob sie betankt ist und jede Minute abhebt.«

»In sechsundzwanzig Minuten, genauer gesagt«, erwiderte Pitt mit einem Blick auf die Countdown-Uhr.

Giordino stieß einen leisen Pfiff aus, als er zu der Uhr schaute. Dann meinte er am Monitor eine Bewegung bemerkt zu haben und wandte sich wieder der Rakete zu. Neugierig geworden, stellte er das Zoom schärfer und schwenkte die Kamera nach unten, bis er plötzlich zwei Männer entdeckte, die am Fuß des Startturms standen.

»Das sind Dirk und Jack! Sie sind an den Turm gefesselt.«

Pitt starrte einen Moment lang mit zusammengekniffenen Augen auf den Monitor. Dann suchte er die Plattform nach einer Stelle ab, an der er den Blimp runterbringen konnte. Auf dem weiten Deck zwischen Hangar und Startturm war zwar genügend Platz, aber ein langer, nach innen geschwenkter Kranausleger behinderte sie beim Anflug. Wenn sie ihn streiften, könnte die Hülle des Luftschiffs zerreißen.

»Nett von denen, dass sie uns den Dosenöffner dagelassen haben«, sagte Giordino, während er den hohen Kran musterte.

»Macht nichts. Wir müssen einfach so tun, als hätten wir einen Hubschrauber.«

Pitt steuerte den runden Hubschrauberlandeplatz auf dem Hangardach an und ging rasch tiefer. Dann ließ er ihn mit viel Fingerspitzengefühl absacken, bis die Gondel federweich aufsetzte.

»Kann ich mich drauf verlassen, dass du nicht ohne mich auf Rundflug gehst?«, fragte Pitt, als er vom Pilotensitz aufstand.

»Großes Ehrenwort.«

»Lass mir zehn Minuten Zeit. Wenn ich bis dahin nicht zurück bin, haust du schleunigst ab, bevor sie das Ding zünden.«

»Ich lass die Uhr laufen«, erwiderte Giordino und warf Pitt einen aufmunternden Blick zu.

Im nächsten Moment sprang Pitt aus der Gondel und stürmte quer über den Landeplatz. Als er in einem Treppenschacht verschwand, blickte Giordino auf seine Uhr und zählte bang die Sekunden mit.

55

Tongju begab sich an Bord der *Koguryo* und stürmte unverzüglich auf die Brücke, wo Kapitän Lee und Kim standen und zur *Odyssey* blickten.

»Das war ein ziemlich knapper Abgang«, stellte Lee fest. »Man hat bereits mit dem Betanken der Rakete begonnen.«

»Eine kurze Verzögerung wegen einer unerwarteten Störung«, erwiderte Tongju. Er suchte den Horizont ab und bemerkte das Luftschiff, das langsam auf die Plattform zuschwebte. »Haben Sie irgendwelche näher kommenden Schiffe entdeckt?«

Das Kapitän schüttelte den Kopf. »Nein, bislang nicht. Außer dem Luftschiff ist nur das Forschungsschiff in der Nähe, das dem Boot der Küstenwache folgte«, sagte er und deutete auf einen Radarblip in Richtung Küste. »Bislang hat es seine Position zwei Meilen nordöstlich der Plattform gehalten.«

»Und hat zweifellos per Funk um Unterstützung gebeten. Diese verdammten Ukrainer«, stieß er aus. »Sie haben uns zu nahe an die Küste gelotst und das ganze Unternehmen in Gefahr gebracht. Kapitän, wir müssen uns unmittelbar nach dem Start absetzen. Steuern Sie mit voller Kraft nach Süden, in mexikanische Gewässer, und stecken Sie dann einen Kurs zu unserem Treffpunkt ab.«

»Was ist mit dem Luftschiff?«, fragte Kim. »Es muss zerstört werden, sonst kann es uns verfolgen.«

Tongju musterte den silbernen Blimp, der über dem Hubschrauberlandeplatz der *Odyssey* schwebte.

»Wir können nicht auf sie schießen, solange sie in der Nähe der Plattform sind. Aber sie können jetzt keinen Schaden mehr anrichten. Vielleicht verbrennen sie beim Start. Kommen Sie, genießen wir den Abschuss. Mit denen werden wir uns später befassen.«

Tongju und Kim verließen die Brücke und begaben sich rasch nach hinten, in die Kontrollzentrale. Der hell erleuchtete Raum war voller Ingenieure in weißen Kitteln, die an ihren zu einem großen Hufeisen zusammengestellten Workstations saßen. An der Vorderwand befand sich ein großer Flachbildschirm, auf dem der Startturm mit der Zenit-Rakete zu sehen war, aus deren Hülle Dunstwolken quollen. Tongju trat zu Ling, der sich über einen Monitor gebeugt hatte und sich mit einem Techniker unterhielt.

»Ling, wie weit sind die Startvorbereitungen gediehen?«, fragte Tongju.

Der rundliche Ingenieur blinzelte Tongju durch seine Brillengläser an.

»In zwei Minuten ist das Betanken abgeschlossen. Einer der Backup-Computer für die Flugkontrolle reagiert nicht, der Druck in einer Kühlleitung ist zu niedrig, und laut der Anzeige der Hilfsturbopumpe Nummer zwei tritt dort Brennstoff aus.«

»Wie wirkt sich das auf den Start aus?«, fragte Tongju, der mit einem Mal ungewöhnlich erregt wirkte.

»Keine dieser Störungen hat auch nur die geringsten Auswirkungen. Alle anderen Systeme laufen normal. Der Start wird planmäßig erfolgen«, sagte er und warf einen Blick auf die Digitaluhr unter dem Bildschirm. »Und zwar in genau dreiundzwanzig Minuten und siebenundvierzig Sekunden.«

Dreiundzwanzig Minuten und sechsundvierzig Sekunden vor Ablauf des Countdowns blickte Jack Dahlgren von der tickenden Uhr der *Odyssey* zur *Icarus*, die allem Anschein nach über dem Hubschrauberlandeplatz schwebte. Er wusste, dass man sie von der Gondel aus nicht entdeckt haben konnte, dennoch fragte er sich, ob Pitt und Giordino in der Lage wären, den Start irgendwie zu verhindern. Mühsam drehte er sich zu Dirk um, erwartete, dass sein Freund gespannt auf den Blimp blickte. Aber Dirk nahm das Luftschiff überhaupt nicht wahr, sondern versuchte nach wie vor seine Fesseln zu lösen. Jack wollte ihn darauf aufmerksam machen, doch dann erstarrte er, als er eine Bewegung im Hangar bemerkte. Er blinzelte kurz und schaute noch mal hin. Na klar, es war ein Mann, der durch den Hangar auf sie zurannte.

»Dirk, da kommt jemand. Ist das der, für den ich ihn halte?«

Dirk warf einen Blick zum Hangar, während er weiter an den Fesseln zerrte. Mit zusammengekniffenen Augen schaute er zu dem Mann, der aus dem Hangar stürmte, quer über das Deck rannte und etwas in der Hand hatte, das wie ein langer Stock aussah. Er war groß und schlank, hatte dunkle, wellige Haare. Mit einem Mal gab Dirk seinen Kampf gegen die Seile auf.

»Ich kann mich nicht entsinnen, dass ich meinen Vater schon mal so schnell habe laufen sehen«, sagte er zu Dahlgren und grinste übers ganze Gesicht.

Als der Leiter der NUMA näher kam, erkannten sie, dass er ein Feuerwehrbeil in der rechten Hand hatte. Der ältere Pitt sprintete zum Turm und lächelte erleichtert, als er sah, dass die beiden Männer unverletzt waren.

»Ich dachte, ich hätte euch gesagt, dass ihr euch nicht von Fremden mitnehmen lassen sollt«, rief er und schlug seinem Sohn auf die Schulter, während er die Fesseln untersuchte.

»Tut mir Leid, Dad, aber sie haben uns das Blaue vom Himmel versprochen«, erwiderte Dirk grinsend und fügte dann hinzu: »Danke, dass du vorbeigekommen bist.«

»Mein Taxi wartet. Lasst uns schleunigst verschwinden, bevor sie das Ding zünden.«

Er richtete den Blick auf das Seil, holte weit aus und kappte die Fesseln an Dirks Ellbogen. Mit einem weiteren Hieb, bei dem das Axtblatt mit lautem Scheppern auf die Turmstrebe schlug, durchtrennte er das Tau um Dirks Hände. Während Dirk die Stricke an seinen Knöcheln löste, machte sich Pitt nach bester Holzfällermanier an Dahlgrens Fesseln zu schaffen, dann warf er das Beil weg.

»Dad, die Männer von Sea Launch sind im Hangar eingesperrt. Wir müssen sie rausholen.«

Pitt nickte. »Ich dachte doch, ich hätte da drin ein Klopfen gehört. Geh vor.«

Gemeinsam stürmten die drei Männer über das offene Deck, wussten sie doch, dass es jetzt auf jede Minute ankam. Dirk warf einen kurzen Blick auf die Countdown-Uhr. Nur noch einundzwanzig Minuten und sechsunddreißig Sekunden, bis die Plattform zu einem flammenden Inferno wurde. Im nächsten Moment vernahm er ein Surren aus dem Hangar. Auf einen elektronischen Befehl der Startkontroll-Software hin schlossen sich die beiden Flügel des Schiebetors, bevor die Rakete gezündet wurde.

»Das Tor geht zu«, rief Dahlgren. »Wir müssen uns sputen.«

Wie drei Sprinter bei den Olympischen Spielen stürmten die Männer auf die schmaler werdende Lücke zwischen den beiden Torflügeln zu. Obwohl er noch gut mithalten konnte, fiel Pitt etwas zurück, als sie sich dem Hangar näherten, und ließ Dirk und Dahlgren den Vortritt. Dann drehte er sich um und schlüpfte seitwärts durch den Spalt, bevor sich das Tor schloss.

Von der Rückseite des Hangars hörten sie gedämpfte Stimmen und metallisches Hämmern – offenbar versuchten die dort eingesperrten Männer, die Eisentür aufzubrechen. Dirk, Dahlgren und Pitt rannten zum Lagerraum und musterten die mit Kette und Vorhängeschloss verriegelte Tür.

»Die Kette kriegen wir nicht klein, aber vielleicht können wir die Tür aus den Angeln hebeln… wenn wir hier irgendwo eine Brechstange finden«, sagte Dahlgren, während er sich nach einem geeigneten Werkzeug umsah.

Pitt warf einen Blick auf die rollende Hebebühne, mit der Jack die Wachen attackiert hatte, griff nach oben und schnappte sich die Steuerung, die vom Geländer des Korbes herunterhing.

»Ich glaube, hier haben wir unsere Brechstange«, sagte er, senkte die Arbeitsbühne ab und lotste das Vehikel dicht vor die Tür. Dirk und Dahlgren sahen, wie er das eine Ende der Kette ergriff und um das Geländer des Korbes schlang, dann rief er den Männern im Lagerraum zu: »Tretet von der Tür zurück.«

Er wartete kurz, drückte dann auf HEBEN, worauf die Bühne sich langsam hob und die Kette sich straffte. Der Hydraulikarm ächzte und knarrte, und einen Moment lang neigte sich das ganze Vehikel gefährlich nach vorn. Dann wurde die Tür mit lautem Knall aus den Angeln gerissen, flog nach oben, prallte gegen die Bühne und schwang dann an der Kette hängend aus. Pitt setzte das Vehikel rasch zurück, als die Besatzung der *Odyssey* aus dem engen Gelass drängte.

Die Männer hatten kaum etwas zu essen bekommen, seit die *Odyssey* gekapert worden war, und dementsprechend schwach und ausgemergelt wirkten sie. Aber sie wurden von einer unbändigen Wut getrieben, waren sie doch allesamt altgediente Profis, die sich nicht so leicht damit abfinden wollten, dass sie ihre Plattform und die Rakete hatten preisgeben müssen.

»Sind der Kapitän und der leitende Ingenieur hier?«, schrie Pitt, um die Dankesrufe der befreiten Crew zu übertönen.

Kapitän Christiano, der ziemlich mitgenommen aussah, drängte sich durch das Getümmel. Ein hagerer, vornehm wirkender Mann mit Kinnbart folgte ihm.

»Ich bin Christiano, der Captain der *Odyssey*. Das ist Larry Ohlrogge, der leitende Startingenieur der Plattform«, sagte er und deutete mit dem Kopf auf den Mann neben ihm. »Haben Sie das Gesindel überwältigt?«

Pitt schüttelte den Kopf. »Sie haben die Plattform geräumt und werden die Rakete demnächst starten. Wir haben nicht viel Zeit.«

Ohlrogge bemerkte, dass der Transporter wieder im Hangar stand und das Tor geschlossen war.

»Es geht um Minuten«, stieß er aufgeregt aus.

»Etwa achtzehn, um genau zu sein. Captain, bringen Sie Ihre Besatzung zum Hubschrauberlandeplatz«, sagte Pitt. »Dort steht ein Luftschiff bereit, das alle Mann evakuieren kann, wenn wir uns beeilen.«

Dann wandte er sich an Ohlrogge und fügte hinzu: »Gibt es irgendeine Möglichkeit, den Start zu verhindern?«

»Der Start erfolgt völlig automatisch und wird vom Montage- und Kommandoschiff aus eingeleitet. Vermutlich haben diese Terroristen alles Notwendige kopiert und ihr Schiff dementsprechend umgerüstet.«

»Wir können das Betanken der Rakete mechanisch stoppen«, warf Christiano ein.

»Dafür ist es zu spät«, sagte Ohlrogge kopfschüttelnd. »Aber auf der Brücke gibt es eine Automatikabschaltung. Das ist die einzige Möglichkeit, die uns jetzt noch bleibt«, fügte er grimmig hinzu.

»Dann nichts wie hin«, erwiderte Pitt.

Sofort rannte der ganze Trupp zum Aufzug und drängte sich um die Lifttür.

»Da passen nicht alle rein«, stellte Christiano fest, dann besann er sich auf seine Pflichten als Kapitän und teilte die Männer in drei Gruppen auf. »Wir müssen mehrmals fahren. Erst ihr acht, dann diese Gruppe und danach die zehn Mann da drüben«, befahl er.

»Jack, du gehst mit der ersten Gruppe und hilfst ihnen beim Einstieg in die *Icarus*. Sag Al Bescheid, dass noch mehr kommen«, ordnete Pitt an. »Dirk, du bringst die letzte Gruppe hoch. Sorg dafür, dass alle wegkommen. Captain, wir müssen sofort auf die Brücke«, sagte er an Christiano gewandt.

Christiano, Ohlrogge, Dahlgren und Pitt drängten sich mit den anderen acht Männern in den Aufzug und warteten ungeduldig, bis sie endlich oben auf der Brücke waren. Dahlgren bemerkte eine Treppe, die zum Hubschrauberlandeplatz auf dem Hangardach führte, und lotste die Männer rasch hinab.

Wie versprochen schwebte das Luftschiff rund zweieinhalb

Meter über der Plattform. Giordino, der am Steuer saß und eine dicke Zigarre schmauchte, kippte im Nu die schwenkbaren Propeller und setzte mit der Gondel sanft auf, als Jack auf ihn zurannte.

»Hi, Seemann. Können Sie ein paar Mädels ein Stück mitnehmen?«, fragte er und steckte den Kopf durch die Tür.

»Selbstverständlich«, erwiderte Giordino. »Wie viele sind's denn?«

»Um die dreißig«, sagte Dahlgren und sah sich argwöhnisch in der Gondel um.

»Schieb sie rein, wir bringen sie schon unter. Aber wir sollten lieber alles überflüssige Gewicht abwerfen, wenn wir hochkommen wollen. Macht schnell, ich habe keine Lust, lebendigen Leibes gebraten zu werden.«

»Ich ebenso wenig«, erwiderte Dahlgren und schickte die ersten Männer an Bord.

Das hinter dem Cockpit gelegene Passagierabteil der Gondel verfügte über acht schwere Ledersitze. Dahlgren sah sich um und verzog das Gesicht. Hier passen nie und nimmer alle rein, dachte er. Als sich die ersten Männer an Bord begaben, untersuchte er die Verankerung der Sitze und stellte fest, dass sie sich mit einem Handgriff lösen ließen. Binnen kürzester Zeit hatte er fünf Sitze abmontiert und warf sie mithilfe eines russischen Ingenieurs aus der Tür der Gondel.

»Alle Mann in den Bus«, rief er. »Es gibt aber nur Stehplätze.«

Als sich der letzte Mann aus seiner Gruppe in die Gondel zwängte, wandte sich Dahlgren an Giordino.

»Wie viel Zeit haben wir noch?«

»Etwa fünfzehn Minuten, wenn ich mich nicht verrechnet habe.«

Die nächste Gruppe stieg die Treppe herab und rannte über den Landeplatz. Dahlgren atmete einmal tief durch. Sie hatten genug Zeit, wenn auch nicht unbedingt den nötigen Platz, um alle Mann an Bord des Blimps zu schaffen, bevor die Rakete gezündet wurde. Aber reicht die Zeit auch, um den Abschuss zu verhindern, fragte er sich mit einem Blick auf die Zenit, die betankt und startbereit auf der anderen Seite der Plattform stand.

56

Kapitän Christiano wurde blass und schüttelte schweigend den Kopf, als er die von Kugeln durchsiebten Computer und den mit Splittern übersäten Boden auf der Brücke der *Odyssey* sah. Er ging zu einer Navigationsstation und betrachtete eine Computermaus, die an ihrem Kabel herunterhing, doch das dazugehörige Keyboard war nirgendwo zu sehen. Ohlrogge stellte fest, dass das Laufwerk unbeschädigt war.

»Ich habe unten Dutzende von Computern. Wir könnten einen anschließen und die Steuerung der Plattform aktivieren«, schlug er vor.

»Die haben die automatische Steuerung bestimmt gesichert«, erwiderte Christiano und deutete mit dem Daumen nach hinten, zum Fenster. Pitt blickte in die Richtung und sah die *Koguryo*, die sich noch nicht von der Stelle gerührt hatte. Als er sich wieder dem Kapitän zuwandte, bemerkte er die *Badger*, die immer noch tief unter ihm an der vorderen Steuerbordstützsäule vertäut war.

»Wir haben keine Zeit. Es könnte Stunden dauern, bis wir das überbrückt haben«, fuhr Christiano fort, der mit verzweifelter Miene vor den Kommandostand trat.

»Sie sagten, auf der Brücke gäbe es eine Automatikabschaltung?«, fragte Pitt.

Christiano wusste von vornherein, was ihn erwartete, noch bevor er den Blick auf die Konsole geworfen hatte. Das Enterkommando hatte einfach zu viel gewusst. Wie man die Plattform steuerte, die Ballasttanks flutete, wie man die Zenit betankte, wie sie die Rakete von ihrem Begleitschiff aus starten und steuern konnten. Diese Terroristen kannten sich zu genau aus, sie hatten bestimmt auch die Automatikabschaltung sabotiert. Seine

Enttäuschung hielt sich denn auch in Grenzen, als er auf das Gewirr aus gekappten Kabeln und die zertrümmerten Regler blickte, mit denen auch die letzte Hoffnung schwand, dass sie den Start verhindern konnten.

»Hier haben Sie Ihre Automatikabschaltung«, knurrte er, ergriff fluchend ein Bündel durchtrennter Kabel und schmiss es quer durch die Brücke. Die drei Männer standen einen langen Moment schweigend da. Dann wurde die Tür zur Brücke aufgerissen, und Dirk steckte den Kopf herein. An den Mienen der Männer erkannte er, dass ihr Versuch, den Start zu verhindern, fehlgeschlagen war.

»Alle Besatzungsmitglieder sind an Bord des Luftschiffs. Ich würde vorschlagen, dass wir die Plattform verlassen, und zwar sofort.«

Als die letzten vier Mann, die sich noch auf der Plattform befanden, die Treppe zu dem am Hubschrauberlandeplatz wartenden Luftschiff hinabstiegen, hielt Pitt inne und ergriff seinen Sohn an der Schulter.

»Bring den Kapitän an Bord des Blimps und sag Al, er soll ohne mich starten. Sorg dafür, dass das Luftschiff weit genug von der Plattform entfernt ist, bevor die Rakete gezündet wird.«

»Aber die haben doch gesagt, die automatische Startkontrolle lässt sich nicht abschalten«, wandte der jüngere Pitt ein.

»Den Start der Rakete kann ich möglicherweise nicht verhindern, aber vielleicht kann ich ihre Flugrichtung verändern.«

»Dad, du kannst nicht auf der Plattform bleiben. Das ist zu gefährlich.«

»Mach dir um mich keine Sorgen. Ich habe nicht vor, mich lange hier aufzuhalten«, erwiderte Pitt und gab seinem Sohn einen leichten Schubs. »Und jetzt hau ab.«

Dirk schaute seinem Vater in die Augen. Er hatte viele Geschichten über dessen tollkühne Einsätze in Notsituationen gehört, und jetzt erlebte er einen aus erster Hand. Aber aus seinem Blick sprach noch etwas anderes. Er wirkte ruhig, selbstsicher. Dirk ging zur Treppe, drehte sich dann noch einmal um und wollte seinem Vater alles Gute wünschen, doch der war bereits im Aufzug verschwunden.

Der jüngere Pitt nahm zwei Stufen auf einmal, als er die Treppe hinunterrannte, sprang dann auf den Hubschrauberlandeplatz und blickte ungläubig zu dem wartenden Blimp. In der Gondel ging es zu wie in einer Sardinenbüchse. Die gesamte Besatzung der *Odyssey* hatte sich hineingequetscht und nahm jeden Zentimeter Platz in Beschlag. Den schwächsten Männern hatte man die drei Sitze überlassen, die Dahlgren nicht ausgebaut hatte, während sich die übrigen Schulter an Schulter zusammendrängten. Etliche steckten den Kopf aus dem Fenster, und zwei oder drei hatten sich sogar in die kleine Toilette am Heck der Gondel gezwängt. Im Vergleich dazu wirkte die New Yorker U-Bahn selbst zur Stoßzeit halb leer.

Dirk rannte zur Gondel, zwängte sich durch die Tür und hörte irgendwo Dahlgrens Stimme, der ihm inmitten des Getümmels zurief, dass der Kopilotensitz frei sei. Halb kriechend drängelte er sich ins Cockpit und übernahm den freien Platz neben Giordino, der auf den Pilotensitz gewechselt war.

»Wo ist dein Vater? Wir müssen von diesem Grill weg, und zwar pronto.«

»Er bleibt da. Er hat noch ein Ass im Ärmel, nehme ich an. Er hat gesagt, du sollst den Blimp so weit wie möglich von der Plattform wegsteuern. Er trifft sich hinterher mit dir auf einen Tequila on the Rocks.«

»Hoffentlich gibt er ihn aus«, erwiderte Giordino, dann kippte er die Propeller um fünfundvierzig Grad und gab Gas. Die Gondel ruckelte nach vorn, aber statt sich anmutig in die Luft zu schwingen, schrappte sie mit dumpfem Knirschen übers Deck.

»Wir sind zu schwer«, stellte Dirk fest.

»Komm schon, Baby, komm schon«, grummelte Giordino, als wollte er dem Luftschiff gut zureden.

Die Gondel scharrte weiter über den Landeplatz in Richtung Kante, von der es fünfzig Meter tief ins Meer hinunterging. Als sie sich dem Rand näherten, stellte Giordino die Propeller noch steiler und schob die Gasregler bis zum Anschlag vor, doch die Gondel scharrte weiter übers Deck. Im nächsten Moment hielten alle die Luft an, sodass eine geradezu unheimliche Stille einkehrte, als die Gondel über die Kante der Plattform glitt.

Mit einem Mal sackte die Gondel gut drei Meter durch, und alle wurden nach vorn geschleudert, als das Heck des Blimps auf den Hubschrauberlandeplatz prallte und die Nase des mit Helium gefüllten Tragkörpers steil nach unten kippte. Dann schrammte der hintere Teil der Kunststoffhülle über den Rand der Plattform, und der gesamte Blimp stürzte auf die See zu.

Im Bruchteil einer Sekunde musste Giordino eine Entscheidung treffen, wenn er das Luftschiff retten wollte. Er konnte die Propeller senkrecht schwenken und darauf hoffen, dass er den heillos überladenen Blimp mit dem Auftrieb der Motoren in der Luft halten konnte. Er konnte aber auch das glatte Gegenteil machen: die Propeller waagerecht kippen und zusehen, dass der Blimp durch den Vortrieb genügend Geschwindigkeit aufnahm und sich hochziehen ließ. Er starrte auf den dräuenden Ozean tief unten, entschied sich dann aufgrund der Trägheit des Luftschiffes dafür, Vollgas zu geben, und ging in den Sturzflug über.

Aufgeregte Schreie drangen aus der Kabine, als es so aussah, als stieße Giordino absichtlich auf die See hinab. Ohne darauf zu achten, wandte er sich an Dirk.

»Über deinem Kopf ist der Schalter zum Abwerfen des Wasserballasts. Auf mein Kommando betätigst du ihn.«

Während Dirk nach dem Knopf an der Dachkonsole suchte, hatte Giordino den Blick auf den Höhenmesser gerichtet. Der Zeiger drehte sich wie wild rückwärts, als sie aus fünfzig Meter Höhe in die Tiefe stürzten. Giordino wartete, bis die Anzeige die Zwanzig-Meter-Marke erreichte, dann rief er: »Jetzt!«

Während Giordino den Propellerhebel zurückzog, drückte Dirk auf den Ballasttankknopf, worauf sofort eine halbe Tonne Wasser abgeworfen wurde, das unter der Gondel verstaut war. Trotzdem reagierte der Blimp nicht gleich. Das mächtige Luftschiff sackte weiter durch, und einen Moment lang dachte Giordino, er hätte zu spät reagiert. Doch als das Meer bereits das ganze Cockpitfenster ausfüllte, hob sich die Nase des Blimps allmählich. Giordino korrigierte die Propellereinstellung, um das Luftschiff, dessen Bug sich quälend langsam aufrichtete, in den Horizontalflug zu bringen. Die Gondel erbebte jäh, als ihr Boden das Wasser streifte, aber Giordino hatte den Sturzflug jetzt abgefangen, und das Luftschiff zog allmählich wieder hoch. In den nächsten Sekunden hielten alle die Luft an, bis klar wurde, dass es Giordino geschafft hatte. Er hatte zwar alles riskiert, aber durch die Beschleunigung beim Sturzflug und den Abwurf des Wasserballastes hatte er so viel Auftrieb gewonnen, dass sie in der Luft blieben.

Die erleichterten Männer in der Passagierkabine stießen laute Jubelrufe aus, als Giordino den Blimp behutsam auf dreißig Meter Höhe brachte und das große Luftschiff mit ruhiger Hand ausrichtete.

»Ich glaube, du hast gezeigt, dass du ein wahrer Luftschiffkapitän bist«, sagte Dirk.

»Yeah, und um ein Haar Kommandant eines U-Boots«, erwiderte Giordino, während er den Blimp in Richtung Osten steuerte, weg von der Plattform.

»Weg von der Küste und raus aufs offene Meer will ich bei der Höhe nicht unbedingt fliegen«, fügte er hinzu, während er durch das Backbordfenster einen Blick auf die *Koguryo* warf. »Ich habe der *Deep Endeavor* gefunkt, dass sie sich aus der Flugbahn der Rakete entfernen sollen, also fahren sie vermutlich in weitem Bogen nach Norden. Wir sollten zusehen, dass wir in Sicht bleiben, falls wir notwassern müssen.«

Dirk suchte den Horizont ab, behielt aber auch die schwimmende Abschussrampe im Auge. Weit im Südwesten entdeckte er die Insel San Nicolas. Dann spähte er nach Nordost und sah einen kleinen, blauen Punkt. Das musste die *Deep Endeavor* sein. Und nördlich des NUMA-Schiffes bemerkte er etwas Braunes, das sich aus dem Meer erhob.

»Vor uns ist Land. Ich erinnere mich, dass ich auf der Seekarte eine kleine Channel-Insel namens Santa Barbara gesehen habe. Das muss sie sein. Warum steuern wir sie nicht an? Wir können die Besatzung dort absetzen und von der *Deep Endeavor* auflesen lassen, bevor wir noch mehr Schwierigkeiten kriegen.«

»Und anschließend fliegen wir zurück und suchen deinen Vater«, sagte Giordino, der Dirks Gedanken zu Ende brachte. Dirk schaute unschlüssig zur Plattform zurück.

»Lange kann es nicht mehr dauern«, murmelte er.

»Etwa zehn Minuten noch«, erwiderte Giordino, der sich ebenso wie Dirk fragte, was Pitt in so kurzer Zeit noch ausrichten wollte.

57

Kein Mensch konnte einen Start an Bord der *Odyssey* überleben. Wenn die Rakete gezündet wurde, bekam die Plattform die gesamte Schubkraft ab. Die *Odyssey* allerdings war als wieder verwendbare Abschussrampe konstruiert und hatte bereits mehr als ein Dutzend Starts überstanden. Deck, Hangar, Mannschaftsunterkünfte und Ruderhaus waren so gebaut, dass sie der beim Start einer Rakete entstehenden Hitze und den Druckwellen standhielten. Die giftigen Dämpfe jedoch, die dabei freigesetzt wurden, konnte ein Mensch nicht überleben. Denn nach dem Start war die *Odyssey* mehrere Minuten lang in eine gewaltige Wolke aus verbranntem Kerosin und Flüssigsauerstoff gehüllt, die sämtliche Atemluft in der näheren Umgebung der Plattform verzehrte.

Doch darüber machte sich Pitt kaum Gedanken, als er aus dem Aufzug sprang und durch die Hintertür des Hangars stürmte. Er hatte nicht vor, sich auf der Plattform aufzuhalten, wenn die Zenit gezündet wurde. Er wollte vielmehr schleunigst zu dem orange-roten Tauchboot, das er vom Brückenfenster aus im Wasser hatte schaukeln sehen. Wie ein Hindernisläufer sprang und sprintete Pitt quer über das Deck zum vorderen Stützpfeiler und stürmte die Treppe hinab. Tongju und seine Männer hatten es beim Verlassen der Plattform vor lauter Eile nicht für nötig gehalten, das NUMA-Tauchboot loszubinden. Umso dankbarer war Pitt, als er unten ankam und feststellte, dass es noch immer an der Treppe vertäut war.

Er löste die Leine und sprang an Bord, zwängte sich durch die Einstiegsluke und schloss sie hinter sich. In Sekundenschnelle hatte er die elektrische Anlage eingeschaltet und die Ballasttanks geflutet. Dann aktivierte er die Strahlruder, lotste die *Badger* vom Stützpfeiler weg, steuerte sie zwischen den Schwimmkörpern nach hinten und brachte sie in Position. Er schaltete die Bohrvorrichtung am Bug ein und betete darum, dass sein aberwitziges Vorhaben in den wenigen Minuten, die ihm noch blieben, gelingen möge.

Das koreanische Startteam an Bord der *Koguryo* schaute gespannt auf den Bildschirm, als der silberne Blimp am Hubschrauberlandeplatz der *Odyssey* aufsetzte und die Besatzung der schwimmenden Abschussrampe zur Gondel drängte. Kim verzog missmutig das Gesicht, stellte aber fest, dass Tongju völlig ruhig blieb.

»Wir hätten die Besatzung töten und das Luftschiff zerstören sollen, als wir die Gelegenheit dazu hatten«, zischte Kim, als sie sahen, wie die *Icarus* von der Plattform kippte. Im nächsten Moment wurde auf eine zweite Videokamera umgeschaltet, und sie sahen, wie der Blimp allmählich Höhe gewann und sich über die See davonschleppte. Tongju nickte selbstsicher zum Bildschirm hin.

»Es ist überladen und langsam. Nach dem Start können wir es mühelos einholen und vernichten«, sagte er leise zu Kim.

Dann wandte er sich wieder den lautstark debattierenden Ingenieuren in der Kontrollzentrale zu. In dem Raum herrschte in den letzten Minuten vor dem Start hektisches Durcheinander. Ling stand in der Nähe und überflog die von den Messgeräten an der Rakete übermittelten Ausdrucke. Obwohl es in dem klimatisierten Raum eher kühl war, rannen ihm vor Anspannung Schweißtropfen über die Stirn.

Ling war aus vielerlei Gründen nervös. Er wusste nur zu gut, dass die Ausfallquote in der unbemannten Raumfahrt nach wie vor erstaunlich hoch war. Einer von rund zehn Satellitenstarts schlug fehl, und jeder Fehlschlag hatte tausend und eine Ursache. Manchmal versagte die Rakete schon beim Start, zumeist aber lag es daran, dass der Satellit nicht in die richtige Umlaufbahn gebracht wurde. Da es sich in diesem Fall um einen kurzen suborbitalen Flug handelte, konnte man die eine oder andere Schwierigkeit von vornherein ausklammern, aber gegen einen verhängnisvollen Fehler beim Start war man nie gefeit.

Ling atmete tief durch, als er die neuesten telemetrischen Daten durchging. Alle Systeme funktionierten offenbar. Nichts deutete darauf hin, dass die für ihre Zuverlässigkeit gerühmte Zenit bei der Zündung Zicken machen könnte. Noch fünf Minuten bis zum Start. Sichtlich selbstbewusster wandte er sich an Tongju.

»Der Countdown verläuft problemlos. Ein Fehlstart steht nicht zu befürchten.«

Sie wandten sich wieder dem Bildschirm zu, auf dem jetzt, wenige Minuten vor dem Abschuss, nur noch die von einer Weitwinkelkamera aufgenommene Rakete zu sehen war. Obwohl alle die Augen der Abschussrampe zugewandt hatten, bemerkte niemand die kleine Gestalt am unteren rechten Bildrand. Einen schwarzhaarigen Mann, der zum vorderen Stützpfeiler rannte und die Treppe hinabstieg.

Pitt war sich darüber im Klaren, dass er sich an der denkbar ungünstigsten Stelle befand, wenn droben die Rakete gezündet wurde. Denn unmittelbar über ihm befand sich der Flammendeflektor, durch den der gewaltige Feuerschweif der Zenit ins Meer abgeleitet wurde.

Trotzdem zog er das Tauchboot herum, bis der Bug auf den Pfeiler ausgerichtet war, setzte dann zurück und ging auf viereinhalb Meter Tiefe.

Danach fuhr er den Bohrer am Bug aus, bis er nach vorn gerichtet war wie die Turnierlanze eines alten Ritters. »Okay, *Badger*, zeig, was du drauf hast«, murmelte er vor sich hin, stützte sich mit beiden Beinen am Boden ab und gab vollen Schub voraus.

Das orange-rote Tauchboot schoss förmlich durch das Wasser und wurde immer schneller. Mit voller Wucht rammte es den Bohraufsatz in die mächtige Stahlsäule. Pitt hielt die Luft an, als er nach vorn geschleudert wurde, ließ aber nicht locker. Sofort schaltete er die Strahlruder auf Rückschub um und sah inmitten des Blasenstroms, wie das Tauchboot zurücksetzte. Mit einem schrillen Knirschen löste sich der Bohrer aus dem Metall. Er warf einen kurzen Blick durch das trübe, aufgewühlte Wasser nach vorn, überzeugte sich davon, dass das Bohrgestänge nicht beschädigt war, und atmete erleichtert auf. Zumal er das gut zwanzig Zentimeter durchmessende Loch sah, das der Bohrkopf in die Stahlstütze gefräst hatte.

Pitt kam sich vor wie weiland Ezra Lee auf der *Turtle*. Der hatte sich im Unabhängigkeitskrieg freiwillig für das Himmelfahrtskommando auf einem von David Bushnell entworfenen hölzernen Unterseeboot gemeldet, das mittels eines Bohrers eine Sprengladung an einem britischen Kriegsschiff anbringen sollte. Das Unternehmen schlug fehl, aber die *Turtle* ging trotzdem in die Geschichte ein, war sie doch das erste U-Boot der Welt, das im Kampf eingesetzt wurde.

Pitt stieß mit der *Badger* zehn Meter zurück, korrigierte kurz die Tauchtiefe, gab dann Vollgas und hielt wieder auf den Stützpfeiler zu. Einmal mehr drang der Bohrer durch den Stahl und hinterließ ein Loch, durch das Seewasser einströmte.

Pitts Plan war denkbar einfach, aber trotz allen Irrsinns wohl überlegt. Den Start der Rakete, so nahm er an, konnte er vermutlich nicht verhindern, aber vielleicht konnte er sie vom Kurs abbringen. Wenn er die Plattform aus dem Gleichgewicht brachte und dadurch den Startwinkel veränderte, konnte das Leitsystem der Rakete bei einem derart kurzen Flug keine Korrektur mehr vornehmen, und sie würde ihr Ziel um Meilen verfehlen. Und die Achillesferse der schwimmenden Abschussrampe waren eindeutig die hinteren Stützpfeiler. Da die Rakete senkrecht am äußersten Rand stand, musste die *Odyssey* sorgfältig ausbalanciert werden, damit die beim Start freigesetzte Kraft gleichmäßig auf die ganze Plattform verteilt wurde. Eine automatische Trimmung mit Ballasttanks und sechs starken Pumpen in Stützen und Schwimmkörpern sorgte für die entsprechende Stabilisierung. Wenn es ihm gelang, die hinteren Pfeiler zu fluten, konnte er die Abschussrampe vielleicht destabilisieren. Das hieß allerdings, dass er sich einem Wettlauf mit den Pumpen stellen musste.

Pitt kam sich vor wie in einem Autoscooter, so heftig wurde er durchgerüttelt, als er den Stützpfeiler ein ums andere Mal rammte. Elektronische Geräte wurde aus ihrer Verankerung gerissen und knallten auf den Boden. Der Bug der *Badger* war binnen kurzer Zeit eingedellt, und durch die beschädigten Schweißnähte drangen Salzwasserrinnsale ins Innere. Doch Pitt achtete nicht darauf. Die Gefahr, in die er sich und das Tauchboot brachte, war jetzt, da die letzten Sekunden des Countdowns liefen, seine geringste Sorge. Ein weiteres Mal steuerte er die *Badger* mit voller Wucht gegen den Stützpfeiler und stieß wie ein wild gewordener Moskito den Bohrer durch den Stahl.

Nachdem er die Steuerbordstütze über ein Dutzend Mal gerammt hatte, zog er die leckende *Badger* herum und hielt auf die Backbordsäule zu. Er warf einen kurzen Blick auf seine Doxa-Taucheruhr. Seiner Schätzung nach waren es allenfalls noch zwei Minuten bis zum Start der Rakete. Mit donnerndem Krachen prallte er gegen den anderen Stützpfeiler, trieb den Bohrer tief in den Fuß und verbeulte den Bug des Tauchboots noch mehr. Ohne auf das eindringende Salzwasser zu achten, das bereits um seine Füße schwappte, schaltete er die Strahlruder auf Schubumkehr und setzte zurück. Trotzdem fragte er sich, ob nicht alle Bemühungen vergeblich waren, ob er sich nicht aufführte wie ein Don Quichotte unter Wasser, der gegen Windmühlen anrannte.

Ohne dass Pitt etwas davon ahnte, hatte bereits sein erster Stoß gegen die Steuerbordstütze eine der Ballasttankpumpen aktiviert, und als durch immer neue Löcher immer mehr Wasser einströmte, schaltete sich eine Pumpe nach der anderen ein, bis alle sechs auf vollen Touren liefen. Die Pumpen befanden sich am Fuß der Stützpfeiler, die bereits einige Meter unter Wasser lagen. Die automatische Trimmung sorgte zwar dafür, dass die Schwimmkörper zu beiden Seiten stets auf gleicher Höhe waren, doch die Balance zwischen Vorder- und Hinterseite der Plattform konnte sie nur in begrenztem Umfang wahren. Als das Wasser immer rascher durch die Bohrlöcher einströmte, waren die Ballasttankpumpen nach kurzer Zeit überfordert. Zudem stellte der absackende hintere Teil der Plattform die automatische Trimmung auf eine schwere Probe. Unter normalen Umständen wäre die Hecklastigkeit durch ein Fluten der vorderen Ballasttanks und ein weiteres Absenken der gesamten Plattform ausgeglichen worden, doch die *Odyssey* war bereits für den bevorstehenden Start geflutet worden. Wenn der Computer die Plattform aber noch tiefer absenkte, bestand die Gefahr, dass der Flammendeflektor beschädigt wurde. In wenigen Nanosekunden suchte der Rechner sein Programm nach einer vorgegebenen Maßnahme ab. Das Ergebnis war eindeutig. Wenn der Countdown lief, hatte die Einhaltung der für den Start errechneten Absenktiefe absoluten Vorrang. Das Absacken der hinteren Stützpfeiler wurde ignoriert.

58

Zwei Minuten vor Ablauf des Countdowns blinkte im Kontrollraum ein rotes Warnlicht auf. Einer der Ingenieure schob seine Brille zurecht und musterte einen Moment lang die von der Plattform übermittelten Werte, machte sich ein paar Notizen und ging dann zu Ling.

»Mr. Ling, wir haben eine Stabilisierungswarnung vorliegen«, berichtete er.

»Wie groß ist die Abweichung?«, fragte Ling rasch.

»Eine Hecklastigkeit von drei Grad.«

»Das hat keine Auswirkungen«, erwiderte er und wimmelte

den Ingenieur ab. Dann wandte er sich an Tongju, der neben ihm stand, und sagte: »Bei einer Neigung von bis zu fünf Grad müssen wir uns keine Gedanken machen.«

Tongju konnte seine Vorfreude kaum noch bezähmen. Jetzt gab es kein Zurück mehr.

»Halten Sie den Countdown unter keinen Umständen an«, zischte er Ling mit tiefer Stimme an. Der Chefingenieur biss die Zähne zusammen und nickte, dann starrte er nervös auf die schimmernde Rakete am Bildschirm.

Am Boden der *Badger* flogen bei jedem Ruck Werkzeuge, Computerteile und Trümmer der Innenverkleidung hin und her. Ohne das Chaos auch nur wahrzunehmen, setzte Pitt zu einem weiteren Rammstoß an. Das Seewasser schwappte bereits um seine Waden, als er sich vor dem nächsten Aufprall abstützte und auf das Scheppern des Bohrers horchte, wenn er sich in die Stahlwand des Stützpfeilers grub. Wieder wurde er heftig nach vorn geschleudert, und anschließend stellte er fest, dass es nach verbrannten Kabeln roch. Vermutlich hatte das eindringende Wasser einen Kurzschluss verursacht. Das einst so schmucke Tauchboot war mittlerweile nur mehr ein Wrack. Der abgerundete Bug war platt gedrückt, der orange-rot glänzende Lack abgesplittert. Der Bohrer, verbogen und verwunden wie eine Lakritzstange, hing nur mehr an zwei verzogenen Streben. Das Licht in der Kabine flackerte, das Wasser stieg immer höher, und ein Strahlruder nach dem anderen fiel aus. Pitt konnte förmlich spüren, wie das Tauchboot allmählich den Geist aufgab, während er auf das Ächzen und Glucksen der geschundenen Apparaturen horchte. Als er ein weiteres Mal auf Schubumkehr schalten und zurücksetzen wollte, drang ein neuer Laut an seine Ohren. Es war ein tiefes Rauschen, das von weit oben kam.

Für den beiläufigen Beobachter ist das donnernde Rauschen des Wassers, das in das Flutungssystem der Sea-Launch-Plattform gepumpt wird, das erste Anzeichen dafür, dass ein Raketenstart unmittelbar bevorsteht. Fünf Sekunden vor Ablauf des Countdowns wird eine Unmenge Löschwasser in den Flammengraben unmittelbar unter der Abschussrampe geleitet, das die Plattform vor der beim Zünden entfesselten Feuersbrunst schützen, vor allem aber die Schallwellen und Erschütterungen dämpfen soll, durch die ansonsten die Nutzlast beschädigt werden könnte.

Drei Sekunden vor dem Start ächzt und knarrt die Rakete, als erwache sie zum Leben, wenn der Flüssigbrennstoff von einer Turbopumpe durch eine Düse in die Brennkammern der vier Raketentriebwerke gespritzt wird. Anschließend wird in jeder Kammer ein Zünder aktiviert, mit dem das hochbrisante Treibstoffgemisch zu einer kontrollierten Explosion gebracht wird. Die dabei entstehende Druckwelle sucht sich den Weg des geringsten Widerstands und entweicht durch die Schubdüsen am Heck der Rakete und erzeugt so die nötige Kraft, die es der Zenit ermöglicht, von der Abschussrampe aufzusteigen.

Doch die letzten drei Sekunden des Countdowns sind entscheidend für das Gelingen des Fluges. In dieser kurzen Zeit überwachen Computersysteme an Bord der Rakete die Funktionsfähigkeit der Triebwerke, das Brennstoffgemisch, die Durchflussgeschwindigkeit, die Zündtemperatur und eine Vielzahl anderer Daten. Wenn irgendeine Fehlerquelle festgestellt wird, greift das automatische Kontrollsystem ein und schaltet die Triebwerke ab. In diesem Fall wird der Start abgebrochen und muss neu angesetzt werden, was bis zu fünf Tage dauern kann.

Ling achtete nicht auf den Bildschirm mit der am Startturm stehenden Zenit, sondern starrte auf die telemetrischen Daten an seinem Computermonitor, als die letzten Sekunden des Countdowns verrannen. Eine Sekunde vor der Zündung flackerte eine Reihe grüner Lichter am Bildschirm auf, worauf Ling erleichtert durchatmete.

»Haupttriebwerke werden hochgefahren!«, rief er laut, als er am Monitor sah, dass die Computer die RD-171-Triebwerke auf volle Schubkraft brachten. Alle Umstehenden wandten sich dem Bildschirm zu, während sich der Treibstoffstrom in die Brennkammern ergoss. Einen Moment lang stand die Rakete regungslos auf der Abschussrampe, während Flammen aus den Düsen schlugen und auf das Löschwasser trafen, aus dem eine dichte Dampfwolke aufstieg. Dann lösten sich die Arme des Startturms, und die Zenit hob, von ihren achthundert Tonnen Schubkraft getrieben, von der Abschussrampe ab und stieg mit einem lodernden Feuerschweif und unter ohrenbetäubendem Donnern zum Himmel auf.

Lauter Jubel hallte durch die Kontrollzentrale, als die Ingenieure sahen, wie die Zenit startete. Ling lächelte übers ganze Gesicht, als die Rakete immer höher stieg, und grinste Tongju zu. Tongju nickte ihm lediglich zufrieden zu.

Der Ingenieur mit der Brille, der auf der anderen Seite des Raums die Plattform überwachte, schaute wie gebannt auf den Bildschirm, auf dem die in den strahlend blauen Himmel aufsteigende Rakete zu sehen war. Die Daten auf seinem Monitor, die anzeigten, dass sich die Plattform in den letzten Sekunden vor dem Start um über fünfzehn Grad geneigt hatte, nahm er überhaupt nicht wahr.

Selbst in viereinhalb Metern Tiefe hatte Pitt das Gefühl, als platzten ihm die Trommelfelle. Das anfängliche Grollen, das wie ein näher kommender Güterzug geklungen hatte, steigerte sich zu einem Donnerhall, der wie tausend Vulkanausbrüche dröhnte, als die Triebwerke der Zenit ihre volle Schubkraft entfalteten. Aber Pitt wusste, dass der ohrenbetäubende Lärm nur ein Vorgeschmack auf die Urgewalten darstellte, die demnächst entfesselt wurden. Die Feuerlohe, die aus den Düsen schlug, wurde in den Flammengraben geleitet, wo tausende Liter Wasser in dem Inferno verkochten. Doch die Druckwelle wurde dadurch kaum gedämpft, sondern fauchte mit geballter Wucht wie eine lodernde Dampfwolke durch den Deflektor nach unten und traf auf die Wasseroberfläche.

Die *Badger*, die sich genau unter der Abschussrampe befand, wurde in einem Dampf- und Blasenschwall fünf Meter tiefer gerissen und umhergewirbelt wie ein Spielzeugboot. Pitt kam sich vor, als säße er in einer Waschmaschine. Die Schweißnähte des

Bootes ächzten und knirschten, die Innenbeleuchtung begann zu flackern, fiel kurz aus und ging wieder an. Eine aus der Halterung gerissene Batterie traf ihn am Kopf und fügte ihm eine Platzwunde an der Schläfe zu, als das Tauchboot um ein Haar kieloben gegangen wäre. Er steckte den Schlag weg, musste aber kurz darauf feststellen, dass ihm neues Ungemach drohte, als er sich beim nächsten Überschlag an der Wand abstützen wollte. Das Metall war kochend heiß. Rasch zog er die Hand weg und schüttelte sie fluchend. Ein scheußlicher Gedanke schoss ihm durch den Kopf, als er spürte, dass ihm der Schweiß in Strömen von der Stirn rann und das Wasser, das um seine Füße schwappte, immer wärmer wurde. Der Feuerschweif der Rakete heizte das Wasser rundum derart auf, dass er womöglich bei lebendigem Leib gekocht wurde, ehe die Rakete in der Luft war.

Eine zweite, noch gewaltigere Druckwelle erfasste das Tauchboot, als die Rakete ihre volle Schubkraft entfaltete. Die *Badger* wurde auf die Seite gedrückt und schräg durchs Wasser gewirbelt. Pitt, der sich krampfhaft am Steuer festhielt, konnte in dem aufgewirbelten Wasser nicht das Geringste sehen, sich nicht abstützen, selbst wenn er eine Ahnung gehabt hätte, wohin das Tauchboot trudelte. Aber der Aufprall erfolgte unverhofft.

Die *Badger*, die herumgewirbelt wurde wie ein Wildwasserfloß, prallte frontal auf den gefluteten Backbordponton der *Odyssey*. Ein dumpfes Scheppern hallte durchs Wasser, dann wurde Pitt aus dem Sitz gehebelt und in einem Hagel aus allerlei Elektronikteilen gegen das Vorschott geschleudert, das Licht fiel aus und rundum zischte und knisterte es. Das Knirschen, das von draußen hereindrang, verriet Pitt, dass die *Badger* am Ponton entlangschrappte, dann schepperte es erneut, worauf das Tauchboot auf die Seite kippte und liegen blieb. Als Pitt wieder halbwegs bei Sinnen war, wurde ihm klar, dass sich das Tauchboot irgendwie an einem der Schwimmkörper der Plattform verkeilt haben musste, möglicherweise an einer Schraube hängen geblieben war. Da es schräg an dem mächtigen Ponton lag, konnte Pitt die Ausstiegsluke nicht öffnen, selbst wenn er das Wagnis hätte auf sich nehmen wollen. Und allmählich wurde ihm klar, dass er hier entweder lebendigen Leibes gesotten wurde oder demnächst in einem leckenden Tauchboot ertrank.

59

Tongju wandte den Blick nicht vom Bildschirm, als die Zenit mit einem Donnerhall, der selbst die Kontrollzentrale der *Koguryo* erbeben ließ, zum Himmel aufstieg. Noch immer brandete vereinzelter Applaus auf, und gelegentlich wurden auch Jubelrufe angesichts des gelungenen Starts laut. Ling lächelte einmal mehr, als er die telemetrischen Daten der Triebwerke sah, die mit voller Schubkraft liefen. Er warf einen Blick zu Tongju, der den Mund zusammengekniffen hatte, ihm aber beifällig zunickte.

»Das Unternehmen ist noch längst nicht gelaufen«, sagte Ling, der sichtlich erleichtert wirkte, seit die Rakete in der Luft war. Die heikelste Phase war vorbei. Aber wenn die Rakete erst einmal gezündet war, hatte er kaum noch Einfluss auf den weiteren Verlauf. Deshalb war ihm noch ein bisschen mulmig zumute, als er sich hinsetzte und den weiteren Verlauf des Fluges verfolgte.

Kang, der sich sechstausend Meilen weiter westlich die Satellitenübertragung ansah, lächelte leicht, als die Rakete vom Deck der *Odyssey* abhob.

»Wir haben den Geist aus der Flasche gelassen«, sagte er leise zu Kwan, der ihm am Schreibtisch gegenübersaß. »Wollen wir hoffen, dass er seinem Gebieter gehorcht.«

Giordino hatte das überladene Luftschiff zu einer halbwegs baumlosen Hochebene auf der Insel Santa Barbara gelotst, wo die Besatzung der *Odyssey* kurzerhand aus der Gondel sprang. Kapitän Christiano zögerte einen Moment, dann kam er zur Cockpittür, um sich zu verabschieden.

»Besten Dank, dass Sie meine Männer gerettet haben«, sagte er mit grimmiger Miene, immer noch sichtlich aufgebracht, weil man ihm das Kommando über sein Schiff entrissen hatte.

»Sobald wir wieder in der Luft sind, sorgen wir dafür, dass sie nicht entkommen«, erwiderte Dirk, der nicht minder sauer war. Dann deutete er durch das Cockpitfenster nach vorn, auf einen blauen Punkt, der sich am Horizont abzeichnete und langsam näher kam.

»Die *Deep Endeavor* ist hierher unterwegs. Bringen Sie Ihre Männer runter zum Strand, damit Sie sich sofort an Bord begeben können.«

Christiano nickte und sprang aus der Gondel, in deren Passagierkabine jetzt nur noch Dahlgren saß, der es sich auf einem der Ledersitze bequem gemacht hatte.

»Alle Mann an Land«, rief er durch die Cockpittür.

»Dann wollen wir den Gasbeutel doch mal wieder nach oben bringen«, grummelte Giordino, kippte die Propeller nach unten und gab Gas. Mühelos schwang sich der um gut dreieinhalb Tonnen leichtere Blimp in die Lüfte. Als Giordino mit dem Luftschiff wieder auf die *Odyssey* zusteuerte, sahen sie die ersten Flammen aus den Triebwerken der Zenit schlagen. Die Rakete war gezündet worden.

Im nächsten Moment wurde die Plattform in eine weiße Dampfwolke gehüllt, als die Feuerstrahlen in den Flammengraben schlugen. Minutenlang, so jedenfalls kam es ihnen vor, stand die Zenit reglos am Startturm. Die Männer im Luftschiff schöpften bereits neue Hoffnung, denn offenbar war der Start fehlgeschlagen. Doch dann stieg die weiße Rakete langsam auf, getrieben von einem gleißenden Feuerball. Selbst aus gut fünf Meilen Entfernung hörten sie das donnernde Fauchen der Triebwerke übers Wasser hallen.

Es war ein herrlicher, ein geradezu überwältigender Anblick, aber Dirk war mehr als unwohl zumute, als er die Rakete aufsteigen sah. Die weiß glänzende Zenit trug tausendfachen Tod an Bord – mit ihr wurde der schlimmste Terroranschlag verübt, den die Welt je erlebt hatte. Und er hatte es nicht verhindern können. Hinzu kam – als wäre er damit nicht schon genug geschlagen –, dass sich Sarah irgendwo im Großraum von Los Angeles aufhielt und durchaus eines der ersten Opfer werden konnte. Außerdem musste er ständig an seinen Vater denken. Er warf einen kurzen Blick zu Giordino, der seltsam in sich gekehrt wirkte, offenbar gar nicht wütend auf die Terroristen war, sondern eher besorgt um einen Freund, den er schon von Kindesbeinen an kannte. Und obwohl er es ein ums andere Mal verdrängen wollte, war er sich doch darüber im Klaren, dass sein Vater sich irgendwo da drüben auf der Plattform befand.

Auch Summer verging fast vor Angst. Dirk hatte sich per Funk auf der *Deep Endeavor* gemeldet und mitgeteilt, dass die Besatzung der *Odyssey* gerettet worden war, ihr Vater aber noch irgendwo auf der Plattform sei. Als Delgado bemerkte, dass die Rakete gezündet wurde, dachte sie im ersten Moment, ihre Beine gäben nach. Sie hielt sich am Kapitänsstuhl fest und starrte mit versteinerter Miene zu der Plattform, während ihr die Tränen in die Augen traten. Alle Mann auf der Brücke verstummten und sahen fassungslos zu, wie die Rakete von der Abschussrampe aufstieg. Ihre Gedanken galten dem Leiter der NUMA, der sich irgendwo in dieser weißen Rauchwolke da drüben aufhielt.

»Das darf nicht wahr sein«, murmelte Burch erschrocken. »Es darf einfach nicht wahr sein.«

60

Die Temperatur in der *Badger* war schier unerträglich. Die erhitzte Metallhaut erzeugte in Verbindung mit dem eindringenden Wasser eine saunaähnliche Atmosphäre. Pitt befürchtete, jeden Moment in Ohnmacht zu fallen, als er sich zu dem umgekippten Pilotensitz zurückkämpfte. Am Armaturenbrett blinkten noch einige Lichter, die anzeigten, dass die Lebenserhaltungssysteme nach wie vor Strom hatten, doch der Antrieb lief schon lange nicht mehr. Körperlich mochte er stark geschwächt sein, aber sein Verstand funktionierte noch, und ihm war klar, dass er nur eine Chance hatte, von dem Ponton freizukommen. Er wischte sich den Schweiß aus den Augen, beugte sich vor und drückte auf einen mit »Ballasttank« gekennzeichneten Knopf. Dann ergriff er den Steuerknüppel, warf sich im steigenden Wasser nach hinten und versuchte mit vollem Körpereinsatz und aller Kraft, die er noch aufbieten konnte, das Ruder gegen die starke Strömung zu stellen. Zunächst rührte sich das Ruderblatt nicht von der Stelle, dann schwang es langsam herum. Pitt hatte rote Ringe vor den Augen, sämtliche Muskeln taten ihm weh und er kämpfte fortwährend gegen die drohende Ohnmacht an, doch er klammerte sich verzweifelt an den Steuerknüppel. Eine Sekunde lang tat sich gar nichts. Pitt hörte lediglich das brodelnde Wasser, das um das Tauchboot rauschte, während die Temperatur weiter anstieg. Dann drang ein kaum wahrnehmbares Knirschen an seine Ohren. Allmählich wurde das Geräusch lauter, ähnelte dem, das er kurz nach dem Aufprall vernommen hatte. Pitt verzog den Mund zu einem leichten Lächeln. Halt durch, sagte er sich und fasste den Knüppel fester. Halt einfach durch.

Ein Flugingenieur, der inmitten seiner sprachlosen Kollegen von Sea Launch auf einem felsigen Hügel der Insel Santa Barbara stand, bemerkte es als Erster. Ein leichtes, kaum wahrnehmbares Pendeln des Raketenhecks, als sie sich vom Startturm löste.

»Sie oszilliert«, sagte er laut.

Die übrigen Besatzungsmitglieder, erschöpft und wie benommen von den Strapazen, beachteten ihn nicht, sondern sahen wütend und fassungslos zu, wie die Terroristen ihre Rakete starteten. Doch als die Zenit höher stieg, bemerkten ein paar weitere erfahrene Raketentechniker, dass mit der Flugbahn irgendetwas nicht stimmte. Zunächst gab es nur ein leises Gemurmel, dann wurden die Männer zusehends aufgeregter, als stünden sie unter

Strom. Einer brüllte los, verfluchte die vermaledeite Rakete, die jeden Moment explodieren würde, dann stimmten andere ein. Binnen kurzer Zeit sprang die ganze Besatzung auf und ab, schrie und johlte wie eine Horde Pferdenarren, die ihren letzten Dollar auf einen chancenlosen Klepper gesetzt hatten.

An Bord der *Koguryo* war man noch immer über den gelungenen Start begeistert, als sich ein Flugingenieur an Ling wandte. »Sir, die Daten der Triebwerke von Stufe eins deuten auf Gegensteuerbewegungen hin, die über den üblichen Rahmen hinausgehen«, sagte er.

Im Flug wurde die Zenit-3SL wie die meisten Raketen mittels Schubkraft und Ausrichtung der Triebwerke gesteuert. Ling wusste aber, dass in der ersten Startphase keine Regulierung nötig war, bis sich die Rakete im ruhigen Steigflug befand. Dann nahm das automatische Navigationssystem leichte Richtungsanpassungen vor, um die Rakete zu ihrem Ziel zu lenken. Nur ein unbemerktes Ungleichgewicht konnte zu Gegensteuerungsbewegungen beim Start führen.

Ling ging zum Arbeitsplatz des Ingenieurs und warf einen Blick auf dessen Monitor. Ungläubig sperrte er den Mund auf, als er sah, dass die Triebwerke auf maximalem Steuerungsausgleich liefen. Schweigend verfolgte er, wie sie kurz darauf wieder auf Normalschub umschalteten, dann in Gegenrichtung liefen. Kurz darauf fing das Ganze wieder von vorne an. Ling ahnte sofort, was die Ursache war.

»Choi, wie war der Neigungswinkel der Abschussrampe bei der Zündung?«, rief er dem für die Plattform verantwortlichen Ingenieur zu.

Der Ingenieur warf Ling einen betretenen Blick zu. »Fünfzehn Grad«, erwiderte er dann so leise, dass es kaum hörbar war.

»Nein!«, stieß Ling mit rauer Stimme aus und schloss entsetzt die Augen. Im nächsten Moment wurde er kreidebleich und musste sich am Monitor festhalten. Von düsterer Vorahnung heimgesucht, schlug er langsam die Augen wieder auf, starrte auf die Rakete am Monitor und wartete auf die Katastrophe.

Pitt hatte keine Ahnung, was er mit seinem hektischen Bohren bewirkt hatte. Aber mit dem durch die zahllosen Löcher eingedrungenen Wasser wurden die Ballasttankpumpen der *Odyssey* nicht mehr fertig, sodass die hinteren Stützsäulen tiefer sanken. Da aber die Plattform bereits zum Start abgesenkt war, konnte die automatische Trimmung die Schräglage nicht mehr ausgleichen. Daher startete die Zenit nicht wie vorgesehen senkrecht, sondern mit einem Neigungswinkel von fünfzehn Grad, was sofort dazu führte, dass das automatische Leitsystem gegensteuerte. Aufgrund der niedrigen Startgeschwindigkeit zeigte die Korrektur keine Wirkung, daher erteilte der Computer den Befehl zu starkem Gegensteuern. Während die Rakete beschleunigte, erwies sich die Korrektur jedoch als übertrieben, worauf der Navigationscomputer auf Schubausgleich umschaltete. Unter normalen Umständen hätte sich die Rakete mit ein paar wenigen Justierungen von selbst stabilisiert. Doch bei diesem Flug war der Tank der Zenit nur halb voll, sodass der flüssige Brennstoff bei den Kurskorrekturen hin und her schwappen konnte und für ein weiteres Ungleichgewicht sorgte. Das überforderte Leitsystem versuchte vergebens auszugleichen, verschlimmerte die Sache aber nur, worauf die Rakete ins Schlingern geriet.

Fünfhundert Augenpaare verfolgten am Bildschirm, aber auch vom Cockpit eines Luftschiffes und einer öden Felseninsel im Pazifischen Ozean aus, wie sich die Rakete langsam um die eigene Achse drehte. Was mit einer leichten Pendelbewegung beim Start begonnen hatte, wuchs sich zu einem fortwährenden Schlingern und Rollen aus, bis die Rakete kreiselnd und schwankend wie eine ausgeflippte Bauchtänzerin zu den Wolken emporschoss. Wenn Sea Launch für den Start zuständig gewesen wäre, hätte man die Rakete mit einer automatischen Sicherungsschaltung zur Explosion gebracht, sobald sie außer Kontrolle geriet. Doch Kangs Männer hatten den Abbruchbefehl aus der Software gelöscht, sodass die Zenit ihren unsteten Totentanz fortsetzte.

Die Zuschauer trauten ihren Augen kaum, als die mächtige Rakete immer wilder schlingerte, bis sie schließlich auseinander brach und buchstäblich in zwei Stücke zerfiel. Die erste Stufe verglühte augenblicklich in einem gewaltigen Feuerball, der alles in weitem Umkreis verschlang, als die Brennstofftanks explodierten. Trümmer und Einzelteile der Triebwerke, die nicht verglüht waren, regneten auf die See hinab, während sich hoch am Himmel eine Pilzwolke ausbreitete.

Die Spitze und die obere Stufe der Rakete hingegen flogen, eine lange Rauchfahne hinter sich herziehend, zunächst weiter, getrieben vom eigenen Schwung. Doch allmählich neigte sich die Nase nach unten, und in einem eleganten parabelförmigen Bogen hielt die Zenit auf den Ozean zu, wo sie in einer gewaltigen Gischtsäule aufschlug und in tausend Trümmer zerbarst. Als sich über dem Wasser wieder Stille ausbreitete, starrten die Zuschauer sprachlos auf die Rauchfahne, die sich wie ein Regenbogen über den Himmel spannte.

61

Ein See-Elefant, der an einem felsigen Strand der Insel Santa Barbara vor sich hingedöst hatte, wachte kurz auf und spitzte die Ohren. Sonderbares Gegröle hallte von einem Hügel herab, auf dem sich rund dreißig Männer versammelt hatten. Verdutzt blickte die große Robbe zu der zerzausten Schar, dann legte sie sich wieder lang und schlief weiter.

Zum ersten Mal in ihrem Leben freuten sich die Ingenieure und Techniker von Sea Launch über einen fehlgeschlagenen Raketenstart. Etliche Männer johlten und pfiffen, andere reckten die Fäuste hoch, als wollten sie einen Sieg feiern. Als die Zenit am Himmel zerbarst und Ohlrogge, der leitende Ingenieur, ihm auf den Rücken schlug, grinste sogar Christiano und atmete erleichtert auf.

»Jemand war uns gnädig gesonnen«, sagte Ohlrogge.

»Gott sei Dank. Diese Mistkerle hatten mit der Rakete bestimmt nichts Gutes im Sinn.«

»Einer meiner Flugingenieure hat gleich nach dem Start ein leichtes Schlingern bemerkt. Vermutlich hat die Triebwerkssteuerung nicht funktioniert, oder die Plattform war nicht richtig getrimmt.«

Christiano dachte an Pitt und dessen Bemerkung, bevor sie die *Odyssey* verlassen hatten. »Vielleicht hatte der Typ von der NUMA einen Zaubertrick auf Lager.«

»Wenn ja, hat er bei uns was gut.«

»Ja. Aber ich habe auch noch was gut«, erwiderte Christiano.

Ohlrogge schaute ihn fragend an.

»Da draußen ist gerade eine Rakete im Wert von neunzig Millionen Dollar in Flammen aufgegangen. Das wird verdammt teuer, wenn wir der Versicherung die Rechnung präsentieren«, sagte der Kapitän und lachte endlich ebenfalls.

Kang zuckte zusammen, als er über Satellit mit ansah, wie die Zenit auseinander brach. Während die Kamera die herabfallenden Trümmer einfing, griff er schweigend zur Fernbedienung und schaltete den Fernseher ab.

»Auch wenn der Angriff fehlgeschlagen ist, wird der Nachhall beträchtlich sein«, versicherte Kwan seinem Chef. »Die amerikanische Öffentlichkeit wird sehr, sehr ungehalten sein, und Japan wird die Folgen deutlich zu spüren bekommen.«

»Ja, dafür sollten schon unsere gezielten Indiskretionen gegenüber der Presse sorgen«, sagte Kang, der seinen Ärger über den Fehlschlag nur mühsam unterdrücken konnte. »Dennoch müssen die *Koguryo* und das Startteam verschwinden. Wenn sie gefasst werden, würde ein Großteil der Arbeit, die wir bislang geleistet haben, zunichte gemacht.«

»Tongju wird seinen Auftrag erfüllen. So wie immer«, erwiderte Kwan.

Kang starrte einen Moment lang auf den dunklen Bildschirm, dann nickte er bedächtig.

Die Hochstimmung in der Kontrollzentrale der *Koguryo* schlug binnen kürzester Zeit in helles Entsetzen und schließlich in tiefe

Enttäuschung um. Die Techniker und Ingenieure, die von einem Moment zum anderen ihrer Pflichten entbunden waren, setzten sich schweigend an ihre Computerstationen und starrten auf die Bildschirme, über die keinerlei Daten mehr eingingen. Manche tuschelten miteinander, aber keiner schien recht zu wissen, was er tun sollte.

Tongju warf Ling einen langen, eisigen Blick zu, dann verließ er die Kontrollzentrale. Auf dem Weg zur Brücke meldete er sich per Walkie-Talkie bei Kim und wechselte leise ein paar kurze Worte mit ihm. Er traf Kapitän Lee auf der Brücke an, der aus dem Steuerbordfenster auf den weißen Rauchstreifen am blauen Himmel blickte.

»Sie ist auseinander gebrochen«, sagte er fassungslos, dann schaute er Tongju in die Augen.

»Ein Problem mit der Plattform«, erwiderte Tongju. »Wir müssen uns unverzüglich absetzen. Können wir sofort Fahrt aufnehmen?«

»Wir sind bereit. Wir müssen nur noch das Beiboot einholen, dann können wir losfahren.«

»Dazu ist keine Zeit«, zischte Tongju. »Die amerikanische Küstenwache und Marine hält womöglich schon nach uns Ausschau. Gehen Sie sofort auf volle Fahrt voraus. Ich werde die Barkasse persönlich losbinden.«

Lee warf Tongju einen argwöhnischen Blick zu, dann nickte er.

»Wie Sie wünschen. Unser Kurs ist bereits festgelegt. Wir werden zunächst mexikanische Gewässer anlaufen und uns dann im Schutz der Dunkelheit zu unserem Treffpunkt begeben.«

Tongju ging zur Tür, dann blieb er plötzlich stehen und schaute durch das Vorderfenster auf die in Qualm gehüllte *Odyssey*. Ein silberner Blimp hielt von Nordwesten her in gut hundert Meter Höhe auf die Plattform zu. Tongju deutete auf die *Icarus*.

»Alarmieren Sie Ihren Luftabwehrtrupp. Schießen Sie das Luftschiff sofort mit Boden-Luft-Raketen ab«, rief er und verschwand.

Als sich die beiden vierblättrigen Schrauben der *Koguryo* in Bewegung setzten, begab sich Tongju mit raschen Schritten zu dem Fallreep, das an der Backbordwand nach unten zu dem in der Dünung schaukelnden Beiboot führte, das mit einer Leine an der Reling vertäut war. Die Rauchwolken am Heck verrieten ihm, dass der Motor lief. Rasch machte er die Leine los, rollte sie auf und wartete, bis das Beiboot von der nächsten Welle an die Bordwand gedrückt wurde. Mit einem kurzen Satz sprang er hinüber, landete am Bug, wo er das aufgerollte Seil in einen Eimer warf, und ging dann zur Kabine. Drinnen erwarteten ihn Kim und zwei seiner Kämpfer, die am Ruderrad standen.

»Alles an Bord?«, fragte Tongju.

Kim nickte. »Als alle Mann mit dem Start beschäftigt waren, haben wir Waffen und Proviant an Bord gebracht. Und wir haben sogar zusätzlichen Treibstoff besorgt, ohne dass uns jemand gestört hat.« Kim deutete mit dem Kopf aufs offene Deck, wo vier Zweihundertfünfzig-Liter-Fässer Benzin an der Bordwand vertäut waren.

»Wir treiben noch kurz hinter dem Heck des Schiffes, dann laufen wir Ensenada an. Wann gehen die Sprengladungen hoch?«

Kim warf einen Blick auf seine Uhr. »In fünfundzwanzig Minuten.«

»Dann hat der Flugabwehrtrupp ja noch genügend Zeit, um das Luftschiff zu zerstören.«

Die *Koguryo* entfernte sich schnell von dem kleinen Beiboot, das weiter in der Dünung trieb. Als der ehemalige Kabelleger rund vierhundert Meter vor ihnen lag, gab Kim langsam Gas und steuerte das Boot in Richtung Südosten. Bald schon müssten sie seiner Meinung nach wie ein ganz gewöhnliches Fischerboot auf der Heimfahrt nach San Diego wirken.

Noch lange nachdem die Zenit zum Himmel aufgestiegen und explodiert war, hing eine weiße Qualmwolke wie eine Nebelbank über der *Odyssey*. Nur langsam riss der Seewind hier und da ein Loch in den Dunst, durch das gelegentlich die Umrisse der schwimmenden Abschussrampe zu erkennen waren.

»Sieht aus wie ein Topf Fischsuppe«, sagte Giordino, als er die *Icarus* über die Plattform steuerte. Während Giordino und Dahlgren mit bloßem Auge nach Pitt Ausschau hielten, aktivierte Dirk das LASH-System und suchte die Plattform mit optischen Hilfsmitteln ab.

»Nagelt mich nicht drauf fest, aber ich glaube, das Ding sinkt«, sagte Dahlgren, als sie über den hinteren Rand der Plattform schwebten und freie Sicht bis aufs Wasser hatten. Die Männer in der Gondel konnten erkennen, dass die hinteren Stützpfeiler deutlich tiefer im Wasser lagen als die vorderen.

»Das Heck senkt sich offenbar«, rief Dirk.

»Ich frage mich, ob dein alter Herr dahintersteckt. Womöglich muss sich seinetwegen jemand eine neue Rakete kaufen«, sagte Giordino.

»Und vielleicht auch eine neue Abschussrampe«, warf Dahlgren ein.

»Aber wo ist er?«, fragte Dirk. Auf der Plattform war keine Spur von ihm zu sehen.

»Der Rauch verzieht sich allmählich. Sobald es über dem Hubschrauberlandeplatz aufklart, sehen wir uns die Sache mal von nahem an«, erwiderte Giordino.

Als sie zurück zur Vorderseite der Plattform schwebten, blickte Dahlgren hinab und verzog das Gesicht.

»Verdammt. Die *Badger* ist auch verschwunden. Muss beim Start gesunken sein.«

Die drei verstummten und setzten sich schweigend damit auseinander, dass sie womöglich weit mehr als nur ein Tauchboot verloren hatten.

Drei Meilen weiter südlich gab ein Besatzungsmitglied der *Koguryo* die per Radar ermittelten Koordinaten des Blimps in ein chinesisches Flugabwehrraketen-Leitsystem vom Typ CSA-4 ein. Das langsame Luftschiff stellte ein Ziel dar, von dem ein guter Richtschütze nur träumen konnte. Aus dieser geringen Entfernung war der Blimp praktisch nicht zu verfehlen.

In einem geschlossenen Raum, der an den Zwillingsraketencontainer angrenzte, stand ein Waffensystemspezialist an einer Konsole, an der eine Reihe grüner Lichter aufblinkte – ein Zeichen dafür, dass das in die Rakete eingebaute Zielradar den Blimp erfasst hatte. Der Mann griff sofort zum Bordtelefon und meldete sich auf der Brücke.

»Ziel erfasst und Rakete scharf gemacht«, teilte er Kapitän Lee mit. »Warte auf Feuerbefehl.«

Lee blickte aus dem Brückenfenster auf den über der Plattform schwebenden Blimp. Das gibt ein Feuerwerk, dachte er, wenn die Rakete in dem Luftschiff explodiert. Vielleicht sollten sie das türkisfarbene Schiff, das sich da draußen herumtrieb und von ihrem Radar gerade noch erfasst wurde, ebenfalls vernichten und sich dann absetzen. Aber eins nach dem anderen. Er griff zum Telefon und wollte gerade den Feuerbefehl erteilen, als er jäh erstarrte. Er hatte zwei dunkle Punkte entdeckt, die hinter dem Luftschiff am Himmel auftauchten. Reglos stand er da und starrte auf die beiden Objekte, die rasch näher kamen und sich als zwei tief fliegende Militärmaschinen entpuppten.

Die Kampfjets vom Typ F-16D Falcon waren, wenige Minuten nachdem ein NORAD-Satellit den Start der Zenit-Rakete entdeckt hatte, vom Fliegerhorst der National Air Guard in Fresno aufgestiegen. Als sie die Abschussstelle erreichten, wurden sie – nach dem von der *Deep Endeavor* abgesetzten Notruf – von der Küstenwache zur *Koguryo* dirigiert. Die schnittigen grauen Jets flogen tief über dem Wasser und donnerten in rund 50 Meter Höhe über die Brücke hinweg. Lee, der mit entsetzter Miene am Brückenfenster stand, sah ihre Schatten übers Deck huschen, und im nächsten Moment klirrten die Scheiben unter dem Röhren der Düsentriebwerke.

»Nicht feuern! Abtreten und Batterie sichern!«, brüllte er ins Telefon. Als die SAM-Rakete verstaut war, sah Lee, wie die beiden Kampfjets höher stiegen und um das schnell fahrende Schiff kreisten.

»Du da!«, herrschte er ein in der Nähe stehendes Besatzungsmitglied an. »Such Tongju und bring ihn auf die Brücke… sofort.«

Die Männer im Blimp strahlten erleichtert, als sie die über der *Koguryo* kreisenden Jets sahen, hatten aber keine Ahnung, wie knapp sie einem Abschuss durch die SAM-Batterie des Schiffes entronnen waren. Sie wussten, dass etliche Schiffe der Navy auf dem Weg waren und die *Koguryo* kaum mehr entkommen konnte. Sie wandten sich wieder der in Rauch gehüllten Plattform zu.

»Der Qualm über dem Hubschrauberlandeplatz verzieht sich«, stellte Giordino fest. »Ich geh runter, wenn ihr abspringen und euch umsehen wollt.«

»Unbedingt«, erwiderte Dirk. »Jack, wir fangen auf der Brücke an und rücken dann zum Hangar vor, wenn sich die Luft atmen lässt.«

»Ich würde in der Messe anfangen«, sagte Giordino, der sie ein bisschen aufheitern wollte. »Wenn ihm nichts fehlt, mixt er sich meiner Meinung nach einen Martini und vertilgt sämtliche Brezeln an Bord.«

Giordino drehte von der Plattform ab, zog das Luftschiff dann herum und brachte es in den Wind. Als er den Hubschrauberlandeplatz ansteuerte und tiefer ging, steckte Dahlgren den Kopf durch die Cockpittür und deutete aus dem Seitenfenster.

»Schaut mal da rüber«, sagte er.

Rund fünfzig Meter neben der Plattform sahen sie Blasen aufsteigen. Kurz darauf tauchte etwas auf, das aussah wie ein grau gesprenkeltes Stück Schrott.

»Raketentrümmer?«, fragte Dahlgren.

»Nein, das ist die *Badger*!«, rief Giordino.

Als er das Luftschiff hinlotste, sahen die drei Männer, dass es sich tatsächlich um das Tauchboot der NUMA handelte, das tief im Wasser lag. Der orange-rote Metalliclack war in der Gluthitze beim Start der Rakete verbrannt, und nur die blanke, stellenweise mit Grundierung gesprenkelte Metallhülle war übrig geblieben. Der Bug war eingedrückt und voller Dellen, als hätte die *Badger* einen Frontalzusammenstoß hinter sich. Wie sich das Ding überhaupt noch über Wasser hielt, war ihnen allen ein

Rätsel, aber es handelte sich eindeutig um das experimentelle Tauchboot, mit dem Dirk und Dahlgren zur Plattform gefahren waren.

Als Giordino mit dem Blimp tiefer ging, um das Ding näher in Augenschein zu nehmen, wurde plötzlich die Ausstiegsluke hochgeklappt. Verdutzt blickten sie auf die Dampfwolke, die aus der Öffnung quoll. Sekundenlang starrten sie wie gebannt auf die Luke. Schließlich sahen sie, wie zwei Füße, in Socken steckend, herausgereckt wurden. Kurz darauf tauchte ein schwarzer Haarschopf auf, und mit einem Mal wurde ihnen klar, dass die vermeintlichen Füße ein Händepaar in Socken gewesen waren. Dann stemmte sich eine hagere, sichtlich mitgenommene Gestalt, die sich zum Schutz vor dem heißen Metall Socken über die Hände gezogen hatte, aus dem Brutofen.

»Es ist Dad! Ihm ist nichts passiert!«, rief Dirk erleichtert.

Pitt richtete sich auf, stand schwankend auf dem schaukelnden Tauchboot und atmete in tiefen Zügen die kühle Seeluft ein. Er war blutig und verschwitzt, die Kleidung klebte förmlich an seinem Leib. Aber die Augen strahlten, als er zum Himmel blickte und den drei Männern in der Gondel munter zuwinkte.

»Ich gehe runter«, rief Giordino und ließ den Blimp weiter sinken, bis die Gondel nur noch wenige Zentimeter über den Wogen schwebte. Mit sicherer Hand lotste er das Luftschiff dann neben das Tauchboot. Pitt bückte sich und schloss die Luke der *Badger*, torkelte dann zur offenen Tür der Gondel, wo Dirk und Dahlgren ihn unter den Armen fassten und an Bord hievten.

»Ich glaube«, sagte er mit trockener, wie ausgedörrt klingender Stimme zu Giordino, »jetzt nehme ich doch einen Drink.«

Pitt ließ sich in den Kopilotensitz des Blimps sinken und trank eine Flasche Mineralwasser, während Giordino, Dirk und Dahlgren ihm von der Explosion der Zenit berichteten. Pitt musterte die Rauchspur am Himmel, warf dann einen Blick zu der fliehenden *Koguryo* und erzählte seinerseits von den Bohrerattacken auf die Stützpfeiler der *Odyssey* und dem Mahlstrom, in den er beim Zünden der Raketentriebwerke geraten war.

»Und ich wäre jede Wette eingegangen, dass du in der Messe der *Odyssey* hockst und dir einen Martini genehmigst«, grummelte Giordino.

»Ich war derjenige, der geschüttelt und gerührt wurde«, versetzte Pitt lachend. »Beinahe wäre ich lebendigen Leibes gesotten worden, als sich die *Badger* an einem Ponton verkantet hat. Aber ich konnte das Ruder von Hand gegen die Strömung drehen, sodass ich mich losreißen und in kühleres Wasser treiben lassen konnte. Trotz ausgeblasener Ballasttanks hat es eine Weile gedauert, bis ich die Lenzpumpe in Gang gebracht hatte und auftauchen konnte. Da drin schwappt immer noch eine Menge Wasser rum, aber sie müsste sich noch eine Weile über Wasser halten.«

»Ich funke der *Deep Endeavor*, dass sie die *Badger* rausfischen soll, sobald sie die Besatzung der Plattform auf Santa Barbara abgeholt hat«, sagte Giordino.

»Meine Schwester wird fuchsteufelswild, wenn du ihr nicht Bescheid sagst, dass du in Sicherheit bist«, warf Dirk ein.

Summer wäre fast umgekippt, als die Stimme ihres Vaters, der ein Bier und ein Sandwich mit Erdnussbutter orderte, aus dem Funkgerät der *Deep Endeavor* drang.

»Wir haben schon das Schlimmste befürchtet«, stieß sie aus. »Was, um alles auf der Welt, hast du getrieben?«

»Das ist eine lange Geschichte. Begnügen wir uns vorerst damit, dass man am Scripps Institute nicht besonders begeistert über meinen Umgang mit dem Tauchboot sein wird«, sagte er, womit er alle Mann auf der Brücke der *Deep Endeavor* ins Grübeln brachte.

Als Giordino das Luftschiff wieder hochzog, bemerkte Pitt die um die flüchtende *Koguryo* kreisenden F-16.

»Ist die Kavallerie endlich eingetroffen?«, fragte er.

»Erst vor kurzem. Die Navy hat ebenfalls eine Armada hierher in Marsch gesetzt. Die entkommt nicht.«

»Das Beiboot hat es aber mächtig eilig«, sagte Pitt und deutete mit dem Kopf auf einen weißen Punkt im Süden.

Als alle abgelenkt waren, hatte sich die Barkasse der *Koguryo* heimlich vom Mutterschiff entfernt und fuhr jetzt mit hoher Geschwindigkeit in Richtung Süden.

»Woher willst du wissen, dass es das Beiboot ist?«, fragte Giordino, während er mit zusammengekniffenen Augen zum Horizont blickte.

»Daher«, erwiderte Pitt und tippte auf den WESCAM-Monitor. Er hatte mit dem Zoom herumgespielt, als sie sich unterhielten, und zufällig das schnelle Boot vorbeihuschen sehen. Es war deutlich zu erkennen, dass es sich um die Barkasse der *Koguryo* handelte.

»Die Jets verfolgen sie jedenfalls nicht«, sagte Dirk, der feststellte, dass die F-16 weiter um die gen Westen fahrende *Koguryo* kreisten.

»Wir bleiben dran«, sagte Pitt.

»Gegen unser fliegendes Kampfgeschwader haben die null Chancen«, grummelte Giordino, schob die Gasregler bis zum Anschlag vor und sah, wie der Fahrtmesser langsam auf 50 Knoten stieg.

62

»Warum haben sie nicht auf die Flugzeuge geschossen? Oder auf dieses verdammte Luftschiff?«, fluchte Tongju, während er ein Fernglas auf die *Koguryo* richtete. Doch die Barkasse schwankte so heftig, als sie mit vollen Touren durch die Wogen schnitt, dass er das Glas kaum ruhig halten konnte und es schließlich wütend in eine Luke feuerte.

»Die Flugzeuge haben Lee eingeschüchtert«, sagte Kim nach hinten gewandt, während er das Ruder festhielt. »In etwa zwei Minuten wird er dafür mit dem Leben bezahlen.«

Die *Koguryo* wurde zusehends kleiner, als das Beiboot weiter gen Süden raste. Dennoch waren die aufspritzenden Wasserfontänen entlang des Rumpfs deutlich zu erkennen, als die Sprengladungen hochgingen.

Kapitän Lee, der auf der Brücke stand, dachte zunächst, die F-16 hätten ihn unter Beschuss genommen. Doch die Kampfflugzeuge kreisten nach wie vor hoch oben am Himmel, und nichts deutete darauf hin, dass sie eine Rakete abgefeuert hatten. Als man ihm berichtete, dass der Rumpf an mehreren Stellen unterhalb der Wasserlinie beschädigt sei, wurde Lee sofort klar, wer dahintersteckte. Vor wenigen Minuten hatte ihm ein Besatzungsmitglied gemeldet, dass er gesehen habe, wie Kim und Tongju sich an Bord des Beibootes begeben hatten und mittlerweile mit hoher Fahrt in Richtung Süden unterwegs waren. Mit einem Mal wurde Lee klar, dass man ihn verraten und verkauft hatte, dass man ihn und sein Schiff für entbehrlich hielt.

Doch eine Fehleinschätzung sollte sie retten. Kims Sprengkommando hatte so viele Ladungen angebracht, dass jedem normalen Schiff von der Größe der *Koguryo* der ganze Rumpf aufgerissen worden wäre. Aber eine bauliche Besonderheit des Kabellegers hatten sie nicht bedacht: Er hatte einen doppelten Rumpf. Die Ladungen rissen die innere Hülle auf, verbeulten aber die Stahlplatten an der Außenwand meist nur. Seewasser strömte in die unteren Frachträume, aber lediglich an wenigen Stellen und nicht in solchen Massen, dass das Schiff unterging, so wie Tongju sich das vorgestellt hatte. Lee ließ sofort die Maschinen stoppen und tragbare Pumpen in die betroffenen Laderäume bringen, dann schloss er die wasserdichten Schotts zu den am schwersten beschädigten Sektionen. Das Schiff geriet womöglich ins Krängen und konnte keine schnelle Fahrt mehr machen, aber kentern würde es nicht.

Sobald der Wassereinbruch gestoppt war, griff der Kapitän zum Fernglas und richtete es auf das Beiboot, das sich mit hoher Fahrt immer weiter entfernte. Lee war sich darüber im Klaren, dass er sein Leben verpfuscht hatte. Als Kapitän eines Schiffes, das eine Rakete auf die Vereinigten Staaten abgeschossen hatte, würde man ihn zuallererst zur Verantwortung ziehen, wenn er gefasst wurde. Und selbst wenn er irgendwie entkommen oder freigelassen werden sollte, konnte niemand wissen, welchen Empfang ihm Kang bereiten würde. Nachdem er sich davon überzeugt hatte, dass das Schiff gerettet war, empfahl sich Lee auf der Brücke und zog sich in seine Kabine zurück. Dort holte er eine in China hergestellte Makarow aus einer Schublade, in der er seine frisch gebügelten Hemden aufbewahrte, legte sich auf seine Koje, hielt sich die Mündung ans Ohr und drückte ab.

Während sie die flüchtende Barkasse verfolgten, bemerkten die Männer in der *Icarus* die Wasserfontänen, die entlang des Rumpfes der *Koguryo* aufspritzten.

»Wollen diese Spinner etwa ihr eigenes Schiff mit Mann und Maus versenken?«, fragte Dahlgren.

Mehrere Minuten lang blickten sie auf das Schiff, stellten fest, dass es langsamer wurde, aber offenbar nicht sank. Pitt sah etliche Besatzungsmitglieder, die an der Reling standen und zu den über ihnen kreisenden Düsenjägern aufblickten, aber niemand stürmte zu den Rettungsbooten. Er musterte die Wasserlinie, konnte aber außer einem leichten Krängen nichts erkennen.

»Die verschwindet nicht so schnell«, sagte er. »Halten wir uns lieber an das Beiboot.«

Giordino warf einen Blick auf die LASH-Anzeige an seinem Laptop und entdeckte mehrere graue Flecken im Südosten, etwa dreißig Meilen entfernt.

»Unsere Freunde von der Navy sind schon unterwegs«, sagte er und tippte auf den Bildschirm. »Lange sind sie nicht mehr allein.«

Das um fast 20 Knoten schnellere Luftschiff schloss mühelos zu dem flüchtenden weißen Boot auf. Giordino hatte die *Icarus* lediglich auf hundertfünfzig Meter Höhe gebracht und dann sofort die Verfolgung aufgenommen, ohne weiter aufzusteigen. Geschmeidig und mit flotter Fahrt glitt der Blimp auf das Kielwasser der Barkasse zu. Als das Luftschiff näher kam, richtete Pitt die hochauflösende Kamera auf die Kabine und das offene

Deck, konnte aber wegen einer Segeltuchplane über der Tür nur vage mehrere Gestalten am Ruder erkennen.

»Ich habe vier Mann gezählt«, sagte er.

»Allem Anschein nach lauter handverlesene Gäste, aber keine Massenflucht«, versetzte Giordino.

Pitt suchte mit der Kamera das Deck ab und stellte erleichtert fest, dass nirgendwo schwere Waffen zu sehen waren. Aber er bemerkte auch die Benzinfässer am Heck.

»Ziemlich viel Sprit für eine Flucht nach Mexiko«, sagte er.

»Ich glaube, unsere Freunde von der Küstenwache in San Diego hätten was dagegen einzuwenden«, erwiderte Giordino, während er weiter auf das Boot zuhielt.

Tongju und seine Männer hatten ihr ganzes Augenmerk auf die *Koguryo* gerichtet, aber schließlich bemerkte einer der Kämpfer den nahenden Blimp. Während Kim das Ruder übernahm, traten die drei anderen Männer ans Heck, um das Luftschiff genauer beobachten zu können. Pitt richtete die Kamera auf die Männer und zoomte sie heran, bis ihre Gesichter deutlich zu erkennen waren.

»Kennt ihr einen von diesen Typen?«, fragte er an Dirk und Dahlgren gewandt.

Der jüngere Pitt blickte einen Moment lang auf den Bildschirm, dann knirschte er mit den Zähnen. Doch im nächsten Moment hatte er seine Wut bezähmt und grinste zufrieden.

»Der Fu-Manchu-Typ, der in der Mitte steht. Er heißt Tongju. Er ist Kangs Zeremonienmeister in Sachen Folter und Meuchelmord. Ich hatte den Eindruck, dass er auf der *Odyssey* das Sagen hatte.«

»Wäre doch irgendwie schade, wenn man so einem netten Kerl den Urlaub in Mexiko verhunzt«, wandte Giordino ein.

Im gleichen Moment drückte er die Nase des Blimps nach unten und hielt auf das Wasser zu. Als es so aussah, als steuere er das Luftschiff geradewegs in den Ozean, zog Giordino den Steuerknüppel behutsam zurück und fing die Gondel knapp fünfzehn Meter über dem Wasser ab. Durch den Sturzflug hatte die *Icarus* zu dem Boot aufgeschlossen, und Giordino lotste das Luftschiff backbords neben die Barkasse.

»Willst du etwa aussteigen und mit den Typen ein Bier trinken?«, fragte Pitt, während er den Mann betrachtete, der nur ein paar Dutzend Schritte entfernt auf dem Boot stand.

»Nein, ich will ihnen bloß zeigen, dass sie den irren Al mit seinem Zaubergasbeutel nicht abhängen können«, versetzte er grinsend.

Giordino nahm Gas weg, passte sein Tempo an, bis er sah, dass der Schatten des Blimps stetig auf das Boot fiel. Inmitten des Lärms, der durch das Röhren der beiden Innenbordmotoren des Bootes und das Surren der Luftschiffpropeller erzeugt wurde, hörten sie plötzlich ein verdächtiges Rattern. Pitt warf einen Blick zur Barkasse und sah, dass Tongju und die beiden Kämpfer mit Schnellfeuergewehren am Achterdeck des Bootes standen und wie wild auf den Blimp ballerten.

»Ich sag's ja nur ungern, aber die schießen Löcher in deinen Gasbeutel, irrer Al«, sagte Pitt.

»Diese neidischen Nichtsnutze«, rief Giordino und gab mehr Gas.

Vor dem Start in Oxnard hatte man ihnen erklärt, dass der Tragkörper eine ganze Menge Löcher und Risse aushalten könnte, ohne dass der Auftrieb verloren ging. Tongju und seine Männer müssten eine ganze Kiste Munition verballern, wenn sie den mit Helium gefüllten Blimp vom Himmel holen wollten. Aber in der Gondel könnte es gefährlich werden. Und prompt drangen nach einer kurzen Feuerpause Geschosse durch den Boden der Kabine, als die Schützen ein neues Ziel gefunden hatten.

»Alle runter!«, brüllte Pitt, als ein Feuerstoß das Seitenfenster des Cockpits zertrümmerte und etliche Kugeln knapp über seinen Kopf hinwegpfiffen. Unmittelbar neben Dirk und Dahlgren, die sich flach hingeworfen hatten, als die ersten Glassplitter durch die Kabine flogen, bohrten sich etliche Kugeln durch den Boden und schlugen in die Decke ein. Giordino stieß die Gasregler nach vorn und zog, während er ungeduldig darauf wartete, dass der Blimp endlich schneller wurde, den Steuerknüppel nach Backbord.

»Nein«, brüllte Pitt ihm zu. »Dreh bei und flieg drüber.«

Giordino wusste, dass er sich auf Pitts Urteil verlassen konnte, stieß das Ruder in die Gegenrichtung und zog die *Icarus* wieder auf die Barkasse zu. Er warf einen kurzen Blick zu Pitt und sah, wie er das Boot mit hochgezogenen Augenbrauen musterte. Weitere Kugeln schlugen rundum ein, dann aber riss das Feuer jäh ab, als Giordino die Gondel vor das Kabinendach der Barkasse steuerte, sodass die Männer an Bord einen Moment lang kein freies Schussfeld hatten.

Erst jetzt, als das Rattern der Schnellfeuerwaffen erstarb, hörten sie das Spucken und Husten des Steuerbordmotors. Giordino warf einen Blick auf die Instrumente und schüttelte den Kopf.

»Öldruck fällt, Temperatur steigt. Mit einem Bein können wir den Typen nur schwer davonlaufen.«

Pitt spähte auf das Deck der Barkasse hinab und sah, wie Tongju und die beiden Schützen zum Heck des Bootes rannten und ihre Waffen nachluden.

»Al, halte die Position«, sagte er. »Und leih mir deine Zigarre.«

»Das ist eine von Sandeckers besten«, erwiderte er und zögerte einen Moment, bevor er Pitt den mit Speichel getränkten grünen Stumpen reichte.

»Ich kauf dir 'ne Kiste. Halte das Schiff zehn Sekunden lang ruhig, geh dann hart nach Backbord und bring uns schleunigst von dem Boot weg.«

»Du hast doch nicht das vor, was ich denke?«, fragte Giordino.

Pitt warf ihm nur einen kurzen, verschmitzten Blick zu, griff dann zu einer Reißleine an der Decke und drehte einen mit TREIBSTOFFBALLAST gekennzeichneten Regler auf. Dann zog er an der Leine, zählte leise bis acht, ließ sie wieder los und stellte den Regler zurück. Prompt öffnete sich am Treibstofftank im Heck der Gondel ein Notventil, durch das ein Schwall Sprit abgelassen wurde.

Binnen kürzester Zeit schossen 350 Liter Benzin aus dem Tank der Gondel und ergossen sich auf das Achterdeck der Barkasse. Pitt blickte nach unten und sah den Treibstoff an der Bordwand entlangschwappen, als das Boot durch die Wogen pflügte. Tongju und die beiden Schützen schlugen die Hand vors Gesicht und stürmten unter die Segeltuchplane, kehrten aber kurz darauf zurück und hoben die Waffen, um den Blimp endgültig zu erledigen. Pitt stellte fest, dass sie mit den Füßen in einer Benzinlache standen, bemerkte aber auch, dass sich der Treibstoff über einige Liegestühle, eine Bank und die vier an der Bordwand vertäuten 250-Liter-Fässer ergossen hatte. Er zog ein paar Mal an der Zigarre, bis die Glut hell aufleuchtete, und reckte dann den Kopf aus dem zertrümmerten Cockpitfenster. Pitt blickte zu Tongju, der nur ein paar Meter entfernt war, und lächelte, als der Killer zu ihm aufblickte und sein Sturmgewehr auf ihn anlegte. Im gleichen Moment spürte er, wie Giordino den Blimp zur Seite zog. Seelenruhig zog er ein letztes Mal an der Zigarre und warf sie dann lässig auf das Heck der Barkasse.

Eine Welle erfasste das Boot, und Tongju musste sich kurz an der Reling festhalten, während er den Kolben des AK-74 an die Schulter riss. Den kleinen grünen Stumpen, der neben ihm am Deck landete, nahm er kaum wahr, als er auf Pitts Kopf zielte. Er legte gerade den Finger um den Abzug, als eine Stichflamme aufloderte.

Die glühende Asche hatte die Benzindämpfe entzündet, die vom Deck aufstiegen, und innerhalb weniger Sekunden war das ganze Heck des Bootes in Flammen gehüllt. Einer der Kämpfer, dessen Kleidung mit Benzin getränkt war, wurde vom Feuer erfasst. Panisch ließ er seine Waffe fallen, hüpfte hektisch auf dem Deck umher, ruderte mit den Armen und schlug auf seine brennenden Sachen ein. Unter Schmerzensschreien rannte er schließlich zur Reling und stürzte sich ins Meer. Kim sah vom Ruder aus zu, wie der Mann vom Boot sprang, machte aber keine Anstalten, beizudrehen und seinen Kameraden zu retten.

Auch Tongju war einen Moment lang in Flammen gehüllt, senkte wütend das Gewehr, ohne einen Schuss abzugeben, sprang unter die Segeltuchplane, wo er die Flammen ersticken konnte, die auf seine Schuhe und Hosenbeine übergegriffen hatten. Kim warf einen erschrockenen Blick zum lodernden Heck und schaute dann zu Tongju.

»Fahr weiter«, schrie Tongju, »die Flammen gehen von selbst aus.«

Der Wind und die aufspritzende Gischt hatten tatsächlich schon einige kleinere Brandherde am Rand gelöscht, aber noch immer schwappten lodernde Benzinlachen über das Deck, und die dichten schwarzen Rauchwolken verrieten, dass nicht nur der Treibstoff brannte.

»Aber die Fässer!«, rief Kim, als er sah, wie die Flammen an ihnen emporzüngelten.

Tongju hatte die am Achterdeck vertäuten Benzinfässer vergessen. Noch hatte das Feuer nicht auf sie übergegriffen, aber auf den Treibstofflachen rundum loderten Flammen auf. Tongju blickte sich kurz im Ruderhaus um und entdeckte einen kleinen Feuerlöscher, der an der Seitenwand hing. Er sprang hin, ergriff ihn, zog die Sicherungsnadel und sprintete aufs Achterdeck, um die Fässer zu retten. Doch er kam zu spät.

Einer der Schraubverschlüsse saß nicht ganz fest, sodass Benzindämpfe entweichen konnten, die sich durch das ständige Schaukeln und Stampfen des Bootes gebildet und unter der Hitze weiter ausgedehnt hatten. Als das Feuer die Dämpfe entzündete, explodierte die unter Druck stehende Tonne wie ein Pulverfass. Kurz darauf gingen auch die drei anderen Fässer hoch.

Als sich der Blimp vom Boot entfernte, sahen Pitt und die anderen, wie Tongju, der unmittelbar vor der explodierenden Tonne stand, von einem umherfliegenden Eisenstück getroffen wurde, das sich wie ein Schrapnell in seine Brust bohrte und ein faustgroßes Loch riss. Mit verdutzter Miene sank der Killer in die Knie. Dann blickte er zu dem Blimp auf und verzog trotzig das Gesicht, bevor er von dem flammenden Inferno verschlungen wurde.

Die anschließenden Explosionen zerfetzten die Kabine, die in einer Wolke aus Holz- und Glassplittern zerbarst. Dann stieg ein gewaltiger Feuerball auf, und das Heck wurde aus dem Wasser gehoben, als die Innentanks hochgingen und ein klaffendes Loch in den Rumpf rissen, durch das sofort Wasser eindrang. In einer Wolke aus Rauch und Dampf ging das Boot unter und zog die Leichen von Tongju, Kim und dem zweiten Kämpfer mit auf den Meeresgrund.

Giordino hatte sofort von dem explodierenden Boot abgedreht, aber das Luftschiff wurde trotzdem von umherfliegenden Trümmern getroffen, die ein paar weitere Löcher in den Tragkörper schlugen. Die Hülle der *Icarus* war mit gut hundert Rissen, Schlitzen und Einschusslöchern übersät, durch die Helium entwich, doch das Luftschiff hielt sich trotz aller Schäden in der Luft, wie ein Boxer, der zwar angeschlagen, aber noch lange nicht k.o. ist.

Die Männer in der Gondel sahen sich um. Über ihnen hing noch immer eine dichte weiße Rauchwolke am Himmel, wo die Zenit auseinander gebrochen war. In Richtung Nordwesten sahen sie eine Fregatte und einen Zerstörer der Navy, die auf die *Koguryo* zuhielten, über der die Kampfjets kreisten. Und unter ihnen trieben brennende Holzstücke im Wasser und markierten die Stelle, an der Tongju ein nasses Grab gefunden hatte.

»Ich glaube, wir haben deinem Freund ganz schön eingeheizt«, sagte Giordino zu Dirk, als er den Kopf durch die Cockpittür steckte.

»Ich hoffe, er wird in der Hölle schmoren.«

»Ist bei dir und Jack alles in Ordnung?«

»Nur ein paar Kratzer. Wir sind einfach um die fliegenden Kugeln rumgetanzt.«

»Aber schau dir an, was sie meinem Luftschiff angetan haben«, grummelte Giordino mit gespieltem Schmerz und deutete in die Kabine.

»Wenigstens sind alle wichtigen Teile heil geblieben. Trotz der Einschusslöcher in der Hülle hält der Heliumdruck, und wir haben noch zweihundert Liter Sprit, mit denen wir locker zur Küste kommen«, versetzte Pitt mit einem Blick auf die Instrumente und stellte dann den beschädigten Motor ab. »Bring uns heim, irrer Al.«

»Wie Ihr wünscht«, erwiderte Giordino und zog die *Icarus* in Richtung Osten. Während er das ramponierte Luftschiff mit einem Motor langsam zum Festland steuerte, wandte er sich an Pitt und sagte: »Tja, was die Zigarren angeht…«

63

Beim bloßen Anblick der Fregatte und des Zerstörers der US-Navy warf die führerlose Besatzung der *Koguryo* das Handtuch. Als immer mehr Kampfjets am Himmel auftauchten, wurde allen klar, dass jeder weitere Fluchtversuch zur Vernichtung des Schiffes führen würde. Zumal sie mit dem beschädigten Rumpf niemanden abhängen konnten. Als die Navy-Schiffe nahten, meldete sich der Erste Offizier über Funk und ergab sich. Innerhalb weniger Minuten traf ein Enterkommando des Zerstörers USS *Benfold* ein und übernahm das Schiff. Ein Reparaturtrupp wurde an Bord geschickt, um beim Abdichten des Rumpfes zu helfen, und danach wurde das unter japanischer Flagge fahrende Schiff nach San Diego gebracht.

Bei der Ankunft am nächsten Morgen spielten die Medien verrückt. Als sich herumsprach, dass ein Raketenanschlag auf Los Angeles in letzter Sekunde vereitelt worden war, kurvten zahllose kleine Boote mit Reportern und Kamerateams im Hafen herum und versuchten einen genaueren Blick auf das Terroristenschiff und seine Besatzung zu werfen. Die Seeleute und Techniker an Bord der *Koguryo* wiederum blickten teils verständnislos, teils belustigt auf die umherschwärmende Pressemeute. Weniger angenehm war der Empfang in der San Diego Naval Station, wo sie von einem Trupp Sicherheits- und Nachrichtendienstoffiziere in schwer bewachte Busse geschafft und zur eingehenden Vernehmung an einen geheimen Ort gebracht wurden.

Unterdessen durchkämmten Ermittler das ganze Schiff, nahmen die Startkontrolldaten in Beschlag und sicherten die Flugabwehr- und Boden-Boden-Raketensysteme. Schiffsbauingenieure untersuchten die Schäden am Rumpf und stellten fest, dass sie mit Sicherheit durch innen angebrachte Sprengladungen verursacht worden waren. Es sollte noch einige Tage dauern, bis Nachrichtendienstanalytiker herausfanden, dass sämtliche Daten, die sich auf die Flugbahn und die Nutzlast der Rakete bezogen, vor dem Aufbringen des Schiffes systematisch vernichtet worden waren.

Auch die Vernehmung der Besatzung erwies sich als wenig ergiebig. Ein Großteil der Matrosen und Raketentechniker hatte gemeint, dass sie tatsächlich einen Fernsehsatelliten in die Umlaufbahn schießen sollten, ohne auch nur zu ahnen, wie nahe sie dem amerikanischen Festland waren. Diejenigen, die Bescheid wussten, verweigerten die Aussage. Doch die Ermittler fanden rasch heraus, dass Ling und die beiden Ukrainer federführend bei dem Unternehmen gewesen waren, sosehr sie es auch leugneten.

In der Öffentlichkeit sorgte die Nachricht von dem Raketenstart für einen ungeheuren Wirbel, der noch zunahm, als durchsickerte, dass sich Pockenviren an Bord befunden hatten. Die Japanische Rote Armee stecke hinter dem Anschlag, hieß es in Fernseh- und Zeitungsberichten, ausgelöst durch die von Kangs Helfershelfern gezielt lancierten Falschmeldungen. Vonseiten der Regierung, die ihrerseits Beweise sammelte, gab es keinerlei Dementi, was den allgemeinen Zorn auf Japan weiter schürte. Der Anschlag war zwar missglückt, aber Kang schien dennoch das gewünschte Ziel zu erreichen. Die Medien befassten sich eingehend mit dem Vorfall. Aber die Berichterstattung konzentrierte sich nur auf den Fortgang der Ermittlungen und mögliche Vergeltungsmaßnahmen gegen eine mysteriöse japanische Terrorgruppe. Das Thema Südkorea, wo in der Nationalversammlung eine Abstimmung über den Abzug der amerikanischen Truppen anstand, ging dabei unter.

Als den Medien nichts Neues zum Raketenanschlag einfiel, widmeten sie sich der Heldenverehrung. Die Besatzung der Sea-

Launch-Plattform wäre von den Reportern beinahe niedergetrampelt worden, als sie in Long Beach von Bord der *Deep Endeavor* ging. Viele der todmüden Männer konnten sich nur ein paar Stunden ausruhen und wurden dann per Helikopter zurück zur *Odyssey* geflogen, um die Löcher zu flicken, die Pitt in die Stützkonstruktion gebohrt hatte, und die krängende Plattform in den Hafen zu bringen. Alle, die vom Arbeitsdienst verschont blieben, wurden ständig zu Interviews gedrängt, sollten Hintergrundinformationen über das Aufbringen der Plattform, ihre Gefangenschaft und ihre Rettung durch Pitt und Giordino liefern. Die Männer der NUMA wurden zu Helden hochstilisiert, und sämtliche Nachrichtenagenturen waren hinter ihnen her. Aber sie waren nicht auffindbar.

Nachdem sie mit dem durchsiebten Blimp auf einer ungenutzten Rollbahn des Flughafens von Los Angeles gelandet waren, rasten die Männer nach Long Beach, wo sie auf die einlaufende *Deep Endeavor* warteten. Als die Besatzung der *Odyssey* an Land ging, stahlen sie sich heimlich an Bord, wo sie von Summer und der Schiffsbesatzung in Empfang genommen wurden. Dahlgren stellte zufrieden fest, dass die ramponierte *Badger* aufrecht am Achterdeck stand.

»Kermit, wir haben eine weitere Suchaktion vor uns«, sagte Pitt zu Burch. »Wann können wir auslaufen?«

»Sobald Dirk und Summer an Land sind. Tut mir Leid, mein Junge«, sagte er an den jüngeren Pitt gewandt, »aber Rudi hat angerufen. Er versucht euch vier schon seit zwei Stunden zu erreichen. Er sagt, ein paar hohe Tiere wollen mit Ihnen und Summer sprechen. Ihr sollt ihnen nähere Erkenntnisse zu den Gaunern liefern, und zwar sofort.«

»Manche Leute haben das Glück mit Löffeln gefressen«, sagte Giordino und grinste Dirk an, der sichtlich sauer wirkte.

»Anscheinend haben wir nie Zeit füreinander«, sagte Summer stirnrunzelnd zu ihrem Vater.

»Demnächst gehen wir gemeinsam tauchen«, sagte Pitt und legte seinen Kindern die Arme um die Schultern. »Ich verspreche es.«

»Ich verlasse mich darauf«, erwiderte Summer und küsste ihren Vater auf die Wange.

»Ich auch«, sagte Dirk. »Und besten Dank für den Blimpflug, irrer Al. Das nächste Mal übernehme ich die Verfolgung.«

»Wir sind wohl ein bisschen hochnäsig, was?«, erwiderte Giordino kopfschüttelnd.

Dirk und Summer verabschiedeten sich kurz von Dahlgren und den anderen Männern auf der Brücke und gingen von Bord. Eigentlich hätten sie halbwegs mit sich zufrieden sein können, aber Dirk kochte innerlich noch immer vor Wut. Der tödliche Virenanschlag war verhindert worden, die *Koguryo* aufgebracht, und Tongju war tot. Vor allem aber war Sarah wohlbehalten. Andererseits aber weilte Kang nach wie vor unter den Lebenden. Als sie den Kai entlanggingen, spürte er, wie Summer neben ihm zögerte; er drehte sich um und blieb stehen, damit sie dem Schiff zuwinken konnte. Auch er winkte, aber in Gedanken war er ganz woanders. Gemeinsam standen sie da und blickten eine ganze Weile hinter dem auslaufenden NUMA-Schiff her, das sich langsam in Richtung Westen entfernte.

Lange bevor die Ermittler des Ministeriums für Heimatschutz auf die Idee kamen, sämtliche verfügbaren Such- und Bergungsschiffe zusammenzuziehen und den Meeresboden nach untergegangenen Raketentrümmern abzukämmen, brachte die *Deep Endeavor* bereits ihr Sidescan-Sonar aus und suchte nach den Überresten des Satelliten. Kapitän Burch hatte die bevorstehende Bergungsaktion vorausgesehen und wusste genau, wo sie mit der Suche anfangen mussten. Als er am Deck der *Deep Endeavor* stand und zusah, wie die Zenit zerbrach, hatte er die Flugbahn des vorderen Teiles weiter verfolgt und auf einer Seekarte die ungefähre Aufschlagstelle der Raketenspitze eingezeichnet.

»Wenn der Satellit intakt geblieben ist, müsste er irgendwo hier sein«, sagte er zu Pitt, als sie wieder in See stachen, und deutete auf ein neun Quadratmeilen großes Suchgebiet, das er auf der Karte abgesteckt hatte. »Allerdings haben wir es vermutlich eher mit einem Feld aus weit verstreuten Trümmern zu tun.«

»Die Überreste liegen erst seit wenigen Stunden am Meeresboden, also können wir uns zumindest einen ersten Eindruck verschaffen«, sagte Pitt, während er die Karte studierte.

Burch steuerte die *Deep Endeavor* an den äußersten Rand des Suchgebiets, das sie anschließend Bahn um Bahn von Nord nach Süd und wieder zurück abfuhren. Nach zwei Stunden erkannte Pitt erste Trümmer am vorüberziehenden Meeresboden. Er deutete auf den Monitor des Sonars, auf dem eine Reihe scharfkantiger Objekte zu sehen waren.

»Wir haben eine Reihe künstlicher Objekte, die sich fast gradlinig nach Osten zieht«, sagte er.

»Entweder hat hier ein einheimischer Schrottkahn einen Haufen Alteisen abgeladen, oder wir haben es mit Raketentrümmern zu tun«, versetzte Giordino mit einem Blick auf das Sichtgerät.

»Kermit, brechen wir hier ab und gehen auf Ostkurs. Mal sehen, ob wir der Trümmerspur folgen und feststellen können, wohin sie führt.«

Burch ließ das Schiff beidrehen, dann folgten sie mehrere Minuten lang der Spur, bis nurmehr spärliche Überreste zu sehen waren. Allem Anschein nach war keines der Trümmer größer als einen bis anderthalb Meter.

»Da muss aber jemand ein Höllenpuzzle zusammensetzen«, sagte Burch, als die letzten Trümmer am Bildschirm vorüberzogen. »Sollen wir wieder auf Suchbahn gehen?«, fragte er Pitt.

Pitt dachte einen Moment lang nach. »Nein. Wir bleiben auf Kurs. Da draußen muss noch mehr liegen.«

Die jahrelange Erfahrung bei der Suche nach versunkenen Schiffen und Schätzen hatte Pitts Sinne so weit geschärft, dass er manchmal regelrecht riechen konnte, wo es etwas zu finden gab. Er spürte förmlich, dass da draußen noch mehr Überreste der Zenit lagen.

Als ein ums andere Mal der flache Meeresboden am Sonar vorüberzog, wurden die Männer auf der Brücke allmählich unsicher. Aber rund vierhundert Meter weiter tauchten wieder kleine, gezackte Überreste auf. Dann füllte plötzlich ein großer, rechteckiger Gegenstand, der senkrecht inmitten des Trümmerfelds aufragte, den Monitor aus. Im nächsten Moment zog ein Schatten durchs Bild, der Schatten eines hohen, zylindrischen Objekts.

»Boss, ich glaube, du hast das Ding gefunden«, sagte Giordino grinsend.

Pitt musterte das Bild nickend und erwiderte: »Dann wollen wir's uns doch mal vornehmen.«

Wenige Minuten später wurde die *Deep Endeavor* von den Seitenstrahlrudern in Position gehalten, und ein kleiner Tauchroboter wurde über die Steuerbordwand ausgebracht. Langsam rollte das Stromkabel von der Winde ab, als das ROV 270 Meter tief zum Meeresgrund sank. Pitt saß auf dem Kapitänsstuhl im schummrigen Kontrollraum unter dem Ruderhaus und steuerte den von Strahlrudern getriebenen Tauchroboter mithilfe zweier Joysticks. Auf einer Reihe von Bildschirmen vor ihm waren Ausschnitte des sandigen Bodens zu sehen, die von den sechs Digitalkameras des ROV übermittelt wurden.

Pitt ließ das ROV etwa anderthalb Meter über dem Grund schweben und lotste es dann behutsam zu zwei dunklen Objekten. Die Kameras zeigten schließlich zwei ausgezackte weiße Metallstücke, jedes etwa einen bis anderthalb Meter lang, bei denen es sich eindeutig um Teile der Raketenhülle handelte. Pitt steuerte das ROV weiter über das Trümmerfeld, bis im trüben Wasser die beiden Gegenstände auftauchten, die das Sonar erfasst hatte – offenkundig Teile der Zenit, die vom Sandboden aufragten. Als das ROV näher kam, sahen Pitt und Giordino, dass das erste Stück fast viereinhalb Meter lang und ebenso hoch, auf der einen Seite aber platt gedrückt war. Offenbar war das Raketenteil der Länge nach auf dem Wasser aufgeschlagen. Als er das ROV zum einen Ende steuerte, erfassten die Kameras eine große Schubdüse, die aus einem Wirrwarr von Rohren, Leitungen und Metallteilen ragte, Überresten des Raketentriebwerks.

»Ein Triebwerk der zweiten Stufe?«, fragte Giordino, während er den Bildschirm betrachtete.

»Vermutlich das Triebwerk der dritten Stufe, die normalerweise den Satelliten in die Erdumlaufbahn bringt.«

Das ganze Stück war offenbar bei der Explosion der Zenit von der darunter liegenden zweiten Raketenstufe abgebrochen. Die Spitze allerdings, in der die Nutzlast verstaut war, fehlte, doch ein paar Meter entfernt ragte ein großes, weißes Objekt auf.

»Schluss mit dem Vorgeplänkel. Gucken wir uns mal den großen Brocken an«, sagte Giordino und deutete auf den Rand des einen Monitors.

Pitt lotste das ROV zu dem Objekt, das kurz darauf den ganzen Bildschirm ausfüllte. Es war eindeutig ein weiteres Stück der Zenit und offenbar weniger beschädigt als die dritte Raketenstufe. Pitts Schätzung nach war es etwa sechs Meter lang und im Durchmesser etwas größer. Der untere Teil war aufgeplatzt und nach innen gebogen, als wäre er von einem riesigen Vorschlaghammer getroffen worden. Pitt steuerte das ROV ins Innere, konnte allerdings außer zerfetztem Metall kaum etwas erkennen.

»Das muss der Nutzlastraum sein«, stellte Pitt fest. »Anscheinend ist er mit dem Hinterteil aufs Wasser geprallt.«

»Vielleicht kann man auf der anderen Seite was sehen«, sagte Giordino.

Pitt lotste das ROV an dem am Meeresboden liegenden Raketenstück vorbei und steuerte es dann in weitem Bogen zur anderen Seite. Im Scheinwerferlicht des Tauchroboters bemerkte Pitt zunächst einen sich nach innen erweiternden Ring. Offenbar war hier die schmalere dritte Raketenstufe angekoppelt gewesen. Als das ROV näher kam, sahen sie, dass ein Stück der Verkleidung abgerissen war. Pitt zog den Tauchroboter hoch, bis er unmittelbar über dem Raketenteil schwebte, und steuerte ihn dann an der aufgerissenen Schweißnaht entlang, sodass die Kameras ins Innere gerichtet waren. Zunächst sahen sie nur einen Wirrwarr aus Leitungen und Drähten, dann aber hielt Pitt das ROV an, als plötzlich eine flache Tafel auftauchte, die im Licht der starken Scheinwerfer glänzte. Im nächsten Moment grinste er übers ganze Gesicht.

»Ich glaube, das ist ein Solarzellenausleger«, sagte er.

»Gut gemacht, Dr. von Braun«, erwiderte Giordino nickend.

Als sich das ROV langsam vorwärts bewegte, konnten sie durch die aufgeplatzte Schweißnaht eindeutig die zusammengefalteten Flügel der Solarzellenausleger und das zylindrische Gehäuse des falschen Satelliten erkennen. Die Spitze der Rakete war zwar beim Aufprall zermalmt worden, aber der Satellit im Nutzlastraum war offenbar unversehrt – und mit ihm seine tödliche Virenfracht.

Nachdem sie das ganze Teilstück der Zenit per Videokamera genau erkundet hatten, holte Pitt das ROV wieder ein und bereitete die *Deep Endeavor* auf die Bergungsaktion vor. Obwohl sie hauptsächlich als Forschungsschiff eingesetzt wurde, konnte sie mit ihren Tauchbooten auch leichtere Gegenstände bergen. Da die *Badger* beschädigt war, setzten sie ein Ersatztauchboot ein, mit dem sie eine Trosse um das Raketenteil schlangen und es mithilfe großer, mit Pressluft gefüllter Ballons hoben. Pitt und Giordino musterten das Stück, als es im Schutz der Dunkelheit an Bord gehievt, vertäut und mit einer Plane abgedeckt wurde.

»Damit haben die Jungs vom Geheimdienst eine Weile zu tun«, sagte Giordino.

»Das beweist bestimmt, dass der Anschlag nicht von einer Gruppe von Amateurterroristen durchgeführt wurde. Wenn die Öffentlichkeit erst erfährt, welch tödliche Ladung der Satellit enthielt, wird sich Mr. Kang wünschen, er wäre nie geboren.«

Giordino deutete auf den schwachen Lichtschein am östlichen Horizont. »Wenn man's recht bedenkt, würde ich sagen, dass uns die Bewohner von Los Angeles mindestens ein Bier schulden, weil wir ihre Stadt beschützt haben … vielleicht sogar die Schlüssel zur Playboy-Villa.«

»Sie können sich bei Dirk und Summer bedanken.«

»Schade, dass sie nicht dabei waren, als wir das Ding gehoben haben.«

»Ich habe immer noch nichts von den beiden gehört, seit wir sie abgesetzt haben.«

»Vermutlich machen sie das Gleiche, was ihr alter Herr auch gemacht hätte«, versetzte Giordino grinsend. »Sie sind vor der Vernehmung durch die Geheimdienstler ausgebüchst und zum Surfen an den Manhattan Beach gefahren.«

Pitt lachte kurz, dann blickte er versonnen auf die dunkle See hinaus. Nein, dachte er, dafür war jetzt keine Zeit.

64

Dirk saß auf dem engen Sitz eines regierungseigenen Jets, der in 12000 Meter Höhe über dem Pazifik flog, und versuchte zu schlafen. Aber er war noch immer so überdreht, dass er kein Auge zutun konnte, während sich die Maschine Südkorea näherte. Erst vor wenigen Stunden waren er und Summer von Bord der *Deep Endeavor* zitiert worden, um dem FBI und Geheimdienstvertretern des Verteidigungsministeriums über ihre Begegnung mit Kang zu berichten und dessen befestigtes Anwesen in allen Einzelheiten zu beschreiben.

Sie erfuhren, dass Sandecker den Präsidenten letztlich überzeugt hatte, worauf das Weiße Haus den Befehl erteilte, Kang umgehend dingfest zu machen, ohne die südkoreanische Regierung zu verständigen. Daraufhin waren Pläne für einen Angriff auf mehrere Niederlassungen von Kang ausgearbeitet worden, darunter auch auf die Werft in Inchon. Da bislang nur wenige Ausländer in Kangs Refugium eingeladen worden waren, war Dirks und Summers Ortskenntnis wichtig.

»Wir können Ihnen einen Lageplan mit allen Zugängen und Wegen liefern, dazu die Position der Überwachungstechnologie und die Stellen, wo die Wachmannschaften postiert sind«, bot Dirk den begeisterten Geheimagenten an. »Aber ich erwarte auch von Ihrer Seite ein Entgegenkommen«, fügte er hinzu. »Und zwar möchte ich dabei sein.«

Dirk lächelte, als er sah, wie alle kreidebleich wurden. Nach einer Reihe von Einwänden und mehreren Anrufen in Washington ließ man ihm seinen Willen. Außerdem waren sich alle darüber im Klaren, dass es durchaus nützlich sein konnte, wenn er den Sturmtrupp begleitete. Summer hingegen hielt ihn für verrückt.

»Du willst wirklich in dieses Horrorkabinett zurück?«, fragte sie ungläubig, als die Agenten den Raum verlassen hatten.

»Na klar«, erwiderte er. »Ich will in der ersten Reihe sitzen, wenn sie Kang die Schlinge um den Hals legen.«

»Mir hat schon das erste Mal gereicht. Sei bitte vorsichtig, Dirk. Überlass den Profis den Angriff. Ich hätte heute beinahe dich und Dad verloren«, sagte sie besorgt.

»Keine Angst. Ich werde mich schön zurückhalten und den Kopf einziehen«, versprach er.

Nach einer zweistündigen, gründlichen Einweisung wurde er zum Flughafen von Los Angeles gebracht und nach Korea geflogen. Unmittelbar nach der Landung auf der Osan Air Base nahm er an einer Einsatzbesprechung mit den Eliteeinheiten teil, die den Sturmangriff durchführen sollten. Dirk beschrieb ihnen Kangs Refugium in allen Einzelheiten, an die er sich noch erinnern konnte. Dann lehnte er sich zurück und hörte aufmerksam zu, als der Angriffsplan vorgetragen wurde. Zwei Special-Operations-Teams der Army sollten in Kangs Werft und das nahe gelegene Telekommunikationszentrum in Inchon eindringen, während ein Trupp Navy-SEALs sein Anwesen stürmen würde. Die Einsätze sollten gleichzeitig erfolgen und von Reserveeinheiten unterstützt werden, die bei weiteren Unterschlupfmöglichkeiten in Stellung gingen, falls sich Kang nicht an einem der drei Hauptangriffsziele aufhielt. Nach der Besprechung wandte sich ein Captain der Navy, der für die Angriffsplanung der SEALs zuständig war, an Dirk.

»Sie können sich fünf Stunden ausruhen, bevor wir uns sammeln. Sie sind Commander Gutierrez' Trupp zugeteilt. Ich sorge dafür, dass Paul Sie rechtzeitig ausrüstet. Eine Schusswaffe können wir Ihnen leider nicht geben. Befehl von oben.«

»Ist mir klar. Ich bin schon dankbar, dass ich überhaupt dabei sein darf.«

Dirk aß rasch etwas, legte sich in den Offiziersunterkünften kurz aufs Ohr und traf sich dann mit dem SEAL-Team, wo man ihm einen schwarzen Kampfanzug, eine kugelsichere Weste und ein Nachtsichtgerät aushändigte. Nach einer abschließenden Besprechung stiegen die Männer in zwei Kastenwagen, die sie zu einem kleinen Kai in Inchon brachten. Im Schutz der Dunkelheit begab sich das vierundzwanzigköpfige SEAL-Team an Bord einer unscheinbaren Barkasse, mit der sie durch das Gelbe Meer in Richtung Norden fuhren, zur Insel Kyodongdo. Während das Boot über die offene See raste, überprüften die hervorragend ausgebildeten Einzelkämpfer in der abgedunkelten Kabine ein letztes Mal ihre Waffen. Commander Gutierrez, ein kleiner, aber kräftiger Mann mit einem dünnen Schnurrbart, wandte sich an Dirk, als sie sich der Mündung des Han näherten.

»Sie steigen mit meinem Trupp in Boot Nummer zwo«, sagte er. »Bleiben Sie in meiner Nähe und folgen Sie mir, wenn wir landen. Mit etwas Glück sind wir wieder weg, ohne dass ein Schuss fällt. Aber für alle Fälle«, sagte er, stockte kurz und reichte Dirk eine kleine Tasche.

Dirk öffnete den Reißverschluss und holte eine 9-mm-Pistole vom Typ SIG Sauer P226 und mehrere Reservemagazine heraus.

»Besten Dank. Ich hatte schon befürchtet, dass man mich unbewaffnet ins Gefecht ziehen lässt«, erwiderte Dirk.

»Die Kevlar-Weste wird Sie schützen, aber das hier ist eine zusätzliche Lebensversicherung. Sie dürfen bloß niemandem verraten, woher Sie die Waffe haben«, sagte Gutierrez mit einem kurzen Augenzwinkern, drehte sich dann um und begab sich ins Ruderhaus, um festzustellen, wo sie waren.

Eine halbe Stunde später passierte die Barkasse die Fahrrinne, die zu Kangs Anwesen führte, und fuhr noch zwei Meilen weiter flussaufwärts, wo der Motor abgestellt wurde. Während das Boot von der Strömung wieder flussabwärts getragen wurde, brachten die Männer rasch drei schwarze Zodiacs aus, stiegen lautlos ein und paddelten von der Barkasse weg. Die drei Schlauchboote, die in der Dunkelheit nahezu unsichtbar waren, ließen sich ein Stück treiben und drangen dann in die Fahrrinne zu Kangs Anwesen ein.

Die Lichter der Anlage spiegelten sich am bewölkten Himmel, als die drei Boote die letzte Biegung hinter sich ließen und in die Lagune vorstießen. Dirk, der im zweiten Boot saß, ergriff sein Paddel fester und ruderte schweigend und im Takt mit den schwer bewaffneten SEALs. Der Jetlag und die Erschöpfung, die ihm nach der Rettung von der *Odyssey* in den Knochen gesteckt hatten, waren beim Anblick von Kangs Felsenfestung schlagartig verflogen.

In der Mitte der Lagune teilten sich die Boote auf – zwei steuerten nach links, auf den Sandstrand beim Bootsanleger zu, während sich das dritte rechts hielt. Seine Insassen, die Taucheranzüge trugen, sollten zuerst an Land schwimmen und sich hinter die Felsen auf der anderen Seite des Landestegs schleichen. Dirk, der in einem der Boote zum Sandstrand saß, fragte sich, ob die Vorhut sämtliche Überwachungskameras ausgeschaltet hatte, die Kang entlang der Fahrrinne hatte anbringen lassen.

Als sie sich dem Land näherten, stellte Dirk fest, dass dieselben Boote am Steg vertäut waren wie seinerzeit, als er mit Summer von hier geflüchtet war. Kangs große Benetti-Yacht und der blaue Katamaran lagen nebeneinander, dazwischen das kleine Speedboot. Die Männer in Dirks Schlauchboot richteten ihr Augenmerk sofort auf die Yacht und den Katamaran, die sie in ihre Gewalt bringen sollten, während die beiden anderen SEAL-Teams das Anwesen stürmten.

Sie warteten ein paar Minuten, während die SEALS in den Taucheranzügen auf der anderen Seite an Land gingen. Dirk sah, wie eine Reihe schwarzer Gestalten lautlos aus dem Wasser kroch und entlang des felsigen Strandabschnittes vorrückte. Dann schlichen zwei Mann zu dem Wachhaus und überwältigten den Dienst habenden Posten, der in eine Zeitung vertieft war.

Commander Gutierrez, der am Bug von Dirks Boot kauerte, hob kurz die Hand, worauf die Männer die Paddel ins Wasser tauchten und das Boot mit wenigen kräftigen Schlägen zum Strand ruderten. Kaum schleifte der Boden über den Sand, als die Insassen auch schon heraussprangen und zum Bootsanleger sprinteten. Noch immer herrschte rundum Stille, als der zweite Trupp, gedeckt von der Vorhut, zum Eingang unterhalb der Klippenwand stürmte.

Dirk folgte den acht Männern seines Teams, als sie die Rampe zum Bootsanleger hinaufrannten und sich dann aufteilten. Vier Männer sprangen an Bord des Katamarans, während Commander Gutierrez und drei weitere Männer auf die Benetti zuhielten. Dirk stürmte am Katamaran vorbei und war nur mehr zwanzig Meter von der Yacht entfernt, als plötzlich gelbes Mündungsfeuer auf deren Achterdeck aufblitzte. Im nächsten Moment wurde die Stille der Nacht vom Rattern eines AK-74 zerrissen, gefolgt von einer Reihe scheußlich dumpfer Schläge, als die beiden Männer vor ihm getroffen wurden. Dirk ging hinter einer Tonne in Deckung, riss die SIG Sauer aus dem Seitenholster und gab in rascher Folge zehn Schüsse auf die Stelle ab, wo er das Mündungsfeuer gesehen hatte. Auch Gutierrez, der ein paar Meter vor ihm war, gab mit seiner MP5K-Maschinenpistole von Heckler & Koch einen Feuerstoß auf das Heck der Yacht ab. Gemeinsam brachten sie den unsichtbaren Schützen in einem Hagel aus Holz- und Glassplittern zum Schweigen.

Die Feuerstöße aber hatten offenbar die ganze Insel aufgeweckt, denn überall auf dem Gelände fielen jetzt Schüsse. Zwei Männer stürmten wild um sich feuernd aus der Kabine des Katamarans, wurden aber sofort von den dort postierten SEALs niedergemäht. Ein Posten in der Überwachungszentrale sah auf einem Monitor seinen toten Kollegen am Strand liegen und alarmierte sämtliche Wachmannschaften. Prompt wurden die vorrückenden SEALs von einem halben Dutzend Sicherheitskräfte unter Beschuss genommen.

Unterdessen beugte sich Dirk über die beiden vor ihm am Boden liegenden Männer. Erschrocken stellte er fest, dass der erste Mann tot war, von mehreren Kugeln an Hals und Schlüsselbein getroffen. Der andere Mann krümmte sich und keuchte vor Schmerz. Die Kevlar-Weste hatte ihm das Leben gerettet, aber trotzdem hatte es ihn an Hüfte und Oberschenkel erwischt.

»Ist nicht so schlimm«, schnaubte der SEAL, als Dirk seine Wunden untersuchte. »Mach weiter.«

Im gleichen Moment wurden die starken Maschinen der Benetti-Yacht angeworfen. Dirk blickte auf und sah wieder Mündungsblitze, diesmal an der dem Anleger zugewandten Bordwand, wo ein Besatzungsmitglied die Vertäuleinen kappte, während ihm ein Kollege Feuerschutz gab.

»Wir kriegen sie«, sagte Dirk zu dem Verletzten und tätschelte ihm die Schulter. Er zögerte einen Moment, richtete sich dann auf und sprintete auf die Yacht zu, deren Motoren jetzt laut aufröhrten, während unter dem Heck weiße Gischt brodelte, als der Kapitän Vollgas gab und die Schrauben das Wasser verwirbelten.

Dirk stürmte an Gutierrez und dem anderen SEAL vorbei, die ebenfalls auf die ablegende Yacht zurannten. Irgendwo vor ihm fielen Pistolenschüsse, und Dirk hörte das Jaulen der Kugeln, die knapp über seinen Kopf hinwegpfiffen. Ein dumpfer Schlag ertönte hinter ihm, und jemand schrie: »Mich hat's erwischt!«, als Dirk sprang.

Die fliehende Yacht war erst anderthalb Meter vom Steg entfernt, sodass er die Reling mühelos zu fassen bekam, sich im nächsten Moment an Bord zog und flach auf das Achterdeck warf. Kurz darauf hörte er, dass noch jemand auf das Boot sprang, dann sah er die Umrisse eines Mannes im schwarzen Kampfanzug, der sich über die Reling zog und ein paar Schritte hinter ihm zu Boden hechtete.

»Pitt hier«, flüsterte er in die Dunkelheit, damit er nicht aus Versehen unter Beschuss geriet. »Wer da?«

»Gutierrez«, meldete sich die raue Stimme des SEAL-Kommandeurs. »Wir müssen ins Ruderhaus und das Boot stoppen.«

Gutierrez wollte bereits aufstehen und vorrücken, als Dirk die Hand hob und ihn zurückhielt. Beide Männer erstarrten, spitzten die Ohren und schauten nach Backbord, wo ein Niedergang von einem offenen Peildeck nach unten führte. Als die Yacht in die Lagune hinausschoss, fiel der Lichtschein vom Anlegesteg auf das Achterdeck, und Dirk meinte im Schatten des Niedergangs eine leichte Bewegung wahrzunehmen. Langsam zog er die SIG Sauer, nahm Ziel und wartete. Als er eine schattenhafte Gestalt sah, die offenbar eine Stufe tiefer stieg, drückte er zweimal ab.

Ein helles Scheppern ertönte, als eine Schusswaffe auf das Deck fiel, dann stürzte ein Mann im schwarzen Kampfanzug den Niedergang herab und blieb am Fuß der Treppe liegen.

»Guter Schuss«, grummelte Gutierrez. »Los jetzt.«

Dirk folgte dem vorrückenden Einzelkämpfer, wäre aber an einer Stelle beinahe ausgerutscht. Er warf einen Blick zu Boden und sah, dass er in einer Blutlache stand, die von dem Schützen stammte, den Gutierrez vom Bootssteg aus erledigt hatte. Er lag mit dem Gesicht nach unten neben einer Teakholzbar und hatte noch eine abgeknickte Zigarette zwischen die Lippen geklemmt.

Die Yacht hatte sich mittlerweile ein ganzes Stück vom hell erleuchteten Anlegesteg entfernt und war in tiefe Dunkelheit gehüllt, als sie mit hoher Fahrt durch die Lagune raste. Bis auf ein paar heruntergedimmte Lampen in den Innenräumen waren alle Bootslichter gelöscht. Die beiden Männer tasteten sich zur Hauptkabine vor, in der sich der Speisesalon befand, und begaben sich dann nach Steuerbord. Plötzlich hob Gutierrez die Hand, blieb stehen und trat einen Schritt zurück, in Richtung Salon.

»Auf den seitlichen Laufgängen haben wir so gut wie keine Deckung. Wir sollten uns lieber aufteilen. Sehen Sie zu, dass Sie über Backbord vorrücken. Ich übernehme die Steuerbordseite«, sagte Gutierrez, der davon ausging, dass wahrscheinlich an der nächsten Ecke ein weiterer Bewaffneter wartete. »Wir sollten uns lieber sputen, bevor wir auf der falschen Seite der EMZ landen.«

Dirk nickte. »Wir treffen uns auf der Brücke«, flüsterte er und huschte dann über das Achterdeck. Er lauschte kurz, drückte sich dann um die Ecke und trat auf den mit Teakholzplanken belegten Laufgang, der auf der Backbordseite nach vorn führte. Vom Strand her hallten Schüsse, die das Dröhnen der Maschinen übertönten, aber Dirk achtete nur auf die Geräusche auf dem Boot. Leise rückte er vor, bis der Laufgang an einer Treppe endete. Die Brücke war jetzt fast in Reichweite, nur ein Deck höher und knapp zehn Meter entfernt. Als er hinaufblickte, ratterte eine Schnellfeuerwaffe los. Einen Moment lang stockte ihm der Atem, dann aber wurde ihm klar, dass die Schüsse auf der anderen Seite der Yacht fielen.

Gutierrez hatte nur auf diesen Feuerstoß gewartet. Tief geduckt hatte er sich an Steuerbord nach vorn geschlichen, stets auf einen lauernden Schützen gefasst. Am Aufgang war er die ersten Stufen lautlos wie eine Katze hochgestiegen, rechnete jeden Moment damit, unter Beschuss genommen zu werden. Es dauerte nicht lange. Der SEAL hatte kaum den ersten Absatz betreten, als ein Kugelhagel über seinen Kopf hinwegpfiff. Ein schwarz gekleideter Schütze hatte sich auf der Brückennock verborgen und deckte ihn mit seinem AK-74 ein.

Gutierrez entkam den ersten Kugeln mit knapper Not. Der Schütze verriss bei seinem Feuerstoß die Waffe, als die Yacht plötzlich langsamer wurde und in die schmale Fahrrinne einbog. Gutierrez hechtete in den Niedergang, rutschte mehrere Stufen hinab, drehte sich dann um und richtete seine MP5K nach oben. Er wartete ein paar Sekunden, bis er oben wieder Mündungsfeuer aufblitzen sah. Die Kugeln schlugen nur wenige Zentimeter neben seinem Kopf in die Decksplanken ein und schleuderten ihm Teakholzsplitter ins Gesicht. Gutierrez zielte in aller Ruhe und gab dann mit seiner Heckler & Koch einen langen Feuerstoß in die Dunkelheit ab. Ein kurzer, dumpfer Schrei ertönte, dann blitzte erneut Mündungsfeuer auf. Aber diesmal schlug die gelben Flammenzungen in Richtung Himmel und rissen dann ab, als der tödlich getroffene Schütze umkippte.

Dirk hörte, wie das Feuer auf der anderen Seite der Yacht verstummte, und fragte sich, ob Gutierrez den Schusswechsel überlebt hatte. Er stieg die beiden untersten Stufen der Treppe hinauf, erstarrte dann, als er hinter sich ein leises Klicken hörte. Er warf einen kurzen Blick zurück und stellte fest, dass das Geräusch aus einer Kabinentür am Fuß der Treppe drang. Dirk schlich wieder hinab und blieb vor der Tür stehen. Mit der rechten Hand brachte er die SIG Sauer in Anschlag, die linke legte er um den Messingknauf und drehte ihn vorsichtig bis zum Anschlag um. Dann zögerte er einen Moment, atmete tief durch, stieß die Tür auf und stürmte hinein.

Er hatte damit gerechnet, dass die Tür ganz aufflog, aber sie wurde mit einem Mal blockiert. Dirk, der durch den unverhofften Widerstand kurz das Gleichgewicht verlor, sah plötzlich einen hünenhaften Wachmann vor sich stehen, der ihn mit verdutzter Miene anstarrte. Er hatte eine L-förmige Narbe am Kinn und eine schiefe Nase, die er sich offenbar mindestens einmal gebrochen hatte. In der Hand hatte er ein AK-74, das er gerade nachladen wollte. Die Mündung war zu Boden gerichtet, während er das Magazin austauschte, aber er riss die Waffe sofort hoch und hieb mit dem Kolben nach Dirks rechter Seite. Dirk sprang zurück und wollte die SIG Sauer auf ihn anlegen, doch bevor er zielen konnte, wurde er von dem Gewehr getroffen, und die Kugel schlug in die Wand ein. Gleichzeitig wirbelte Dirk rechts herum, sodass ihn der Kolben nur streifte, ballte die linke Faust und landete einen jähen Schwinger, der den Mann an der Kinnlade erwischte. Der Bewaffnete torkelte zurück, stolperte über einen Wäschekorb und ging zu Boden.

Erst jetzt bemerkte Dirk, dass diese Kabine offenbar eine kleine Wäschekammer war. An der hinteren Wand standen eine Waschmaschine und ein Trockner, unmittelbar neben der Tür ein aufgeklapptes Bügelbrett. Sobald er sich wieder gefangen hatte, richtete er die SIG Sauer auf die Brust des Wachmanns und drückte ab.

Er hörte weder einen Schuss, noch spürte er den Rückschlag. Lediglich ein metallisches Klicken ertönte, als der Schlagbolzen auf die leere Kammer traf. Dirk verzog das Gesicht, als ihm klar wurde, dass er alle dreizehn Patronen im Magazin verschossen hatte. Kangs Wachmann grinste angesichts der ungeladenen Waffe und richtete sich auf. In der rechten Hand hatte er noch immer das volle Reservemagazin, das er mit einem Griff einsetzte. Dirk wusste, dass er die SIG Sauer nicht rechtzeitig nachladen konnte, aber er sah bereits einen Ausweg. Kaum hatte er aus den Augenwinkeln den glänzenden Gegenstand wahrgenommen, als er auch schon danach griff.

Das Bügeleisen, das auf dem Brett stand, war nicht heiß und nicht einmal angeschlossen. Aber es gab ein gefährliches Wurfgeschoss ab. Mit einem Schwung, der einem John Elway alle Ehre gemacht hätte, packte Dirk das Eisen und feuerte es auf den Bewaffneten. Der Wachmann, der gerade die geladene Waffe auf Dirk richtete, duckte sich nicht einmal. Wie ein Hammer traf die flache Unterseite des Bügeleisens seinen Kopf. Der Wachmann ließ zuerst das Sturmgewehr fallen, dann verdrehte er die Augen und kippte um.

Mit einem Mal spürte Dirk, wie die Bootsmotoren unter seinen Füßen wieder lauter grollten. Die Yacht hatte die Fahrrinne hinter sich gelassen und hielt auf die Mitte des Han zu. Die vor dem Kanal stationierte Barkasse der SEALs konnte sie mühelos abhängen. Wenn er und Gutierrez sie aufhalten wollten, mussten sie sich beeilen. Aber wie viele Bewaffnete waren noch an Bord? Und wo war Gutierrez?

65

Gutierrez kniete oben an der Steuerbordtreppe, spähte den Gang entlang und hielt Ausschau nach weiteren Schattengestalten. Der schwarz gekleidete Wachmann, den er erledigt hatte, lag reglos auf der Brückennock. Rundum sah er keinerlei Bewegung, und niemand schoss auf ihn, im Moment jedenfalls nicht. Auf Verstärkung zu warten bringt nichts, dachte er. Er sprang die letzten Stufen hoch, rannte den Laufgang entlang auf die Brückennock, setzte über den toten Wachmann hinweg und stürmte durch die offene Tür auf die Brücke.

Er rechnete fast damit, dass ihn eine Schar bewaffneter Wachmänner mit angelegten Schnellfeuergewehren erwartete, aber dem war nicht so. Ein stämmiger, wettergegerbter Mann, offensichtlich der Kapitän, stand am Ruder und steuerte die Yacht in den Han hinaus. Neben der Backbordtür lehnte ein missmutig wirkender Wachmann, der ein Sturmgewehr in der Hand hatte und den SEAL erwartungsvoll anfunkelte. Und auf einem erhöhten Kapitänssessel im hinteren Teil der Brücke saß niemand anders als Kang persönlich, der ihn mit verächtlicher Miene musterte. Der Mogul, den Gutierrez anhand eines Fotos von der Einsatzbesprechung her erkannte, trug einen burgunderroten Seidenmorgenmantel, da er vorsichtshalber auf der Yacht geschlafen hatte, falls er Hals über Kopf das Weite suchen musste.

Alle vier starrten einander einen Moment lang an, aber Gutierrez schaltete am schnellsten. Der SEAL richtete seine Waffe auf den Wachmann und gab einen kurzen Feuerstoß ab, bevor der andere Mann auch nur reagieren konnte. Der verzog verdutzt das Gesicht, als er von drei Kugeln in die Brust getroffen und gegen das Schott geschleudert wurde. Aber instinktiv krümmte er den Finger um den Abzug, bevor er tot zu Boden sank. Ohne eingreifen zu können, musste Gutierrez mit ansehen, wie der Boden von dem Feuerstoß zerfetzt wurde, der ihm gegolten hatte.

Der SEAL wusste sofort, dass er nicht ungeschoren davongekommen war. Eine der Kugeln hatte ihn eindeutig am Oberschenkel erwischt. Er spürte, wie ein warmer Blutstrom an seinem Bein hinablief und sich in seinem Stiefel sammelte. Ein weiterer Schuss hätte ihn am Unterleib getroffen, war aber an seiner Maschinenpistole abgeprallt. Allerdings, so wurde ihm klar, hatte die Kugel den Verschluss seiner MP5K getroffen und die Waffe unbrauchbar gemacht.

Die anderen Männer auf der Brücke bemerkten es ebenfalls. Der stämmige Kapitän, der nur ein paar Schritte von Gutierrez entfernt stand, ließ das Ruderrad los und stürzte sich auf den verwundeten SEAL. Gutierrez, durch seine Verletzung etwas wacklig auf den Beinen, stand reglos da, als der Kapitän ihn mit voller Wucht anrempelte, die Arme um ihn schlang und ihn gegen das Ruder rammte. Gutierrez, der kaum noch Luft bekam, hatte das Gefühl, als würden ihm sämtliche Rippen gebrochen. Aber noch hatte er die MP5 in der rechten Hand, die er hochriss und dem Kapitän von hinten an den Schädel drosch. Doch der zeigte keinerlei Wirkung. Er drückte eher fester zu, bis Gutierrez nur noch bunte Sterne sah, die vor seinen Augen tanzten. Stechende Schmerzen strahlten von seiner Beinwunde aus, und seine Schläfen hämmerten, als schlüge jemand mit der Axt darauf ein. Wieder drosch er den Kolben der MP an den Kopf seines Widersachers, und wieder kam es ihm vor, als drückte der nur umso fester zu. Der SEAL wurde zusehends verzweifelter, als ihm klar wurde, dass er jeden Moment die Besinnung verlieren würde, und hieb wie wild mit der Waffe auf den Kopf des Mannes ein. Dann spürte er, wie er zu Boden ging, und meinte ohnmächtig zu werden. Aber plötzlich kam er wieder zu sich, als etwas Schweres auf ihn prallte.

Der Kapitän war durch die unentwegten Hiebe k. o. gegangen und hatte Gutierrez mit zu Boden gerissen, ohne seinen Klammergriff zu lösen. Der SEAL schnappte nach Luft, als der Mann endlich erschlaffte, rappelte sich auf die Knie und atmete tief durch.

»Eine eindrucksvolle Vorstellung. Aber bedauerlicherweise war das Ihre letzte.« Kangs Stimme strotzte vor Gift und Galle. Während Gutierrez mit dem Kapitän der Yacht gekämpft hatte, war Kang neben ihn getreten und hatte eine Glock auf seinen Kopf gerichtet. Verzweifelt blickte sich der SEAL um, suchte etwas, mit dem er sich wehren könnte, aber da war nichts. Das AK-47 lag unter dem toten Wachmann auf der anderen Seite der Brücke, und seine Maschinenpistole, die er noch immer in der Hand hatte, war nutzlos. Von der Schussverletzung und dem Kampf mit dem Kapitän geschwächt, hielt er sich mit Mühe und Not auf den Knien, ohne etwas ausrichten zu können. Mit trotziger Miene blickte er zu Kang auf, der mit der Glock aus nächster Nähe auf sein Gesicht zielte.

Wie ein Donnerschlag hallte der Schuss durch die Brücke. Gutierrez spürte nichts, war aber umso erstaunter, als er Kangs verdutzten Blick sah. Dann wurde ihm klar, dass die Hand des

Koreaners, mit der er die Pistole gehalten hatte, in einer roten Wolke verschwunden war. Zwei weitere Schüsse krachten, und Blut spritzte aus Kangs rechtem Oberschenkel und dem linken Knie. Mit einem erstickten Schrei sank Kang zu Boden, umklammerte die Überreste seiner blutenden Hand und krümmte sich vor Schmerz. Als er fiel, blickte Gutierrez zur anderen Seite der Brücke, woher die Schüsse gekommen waren.

Dirk stand unter der Backbordtür, hatte ein AK-74 angelegt und den rauchenden Lauf noch immer auf den am Boden liegenden Kang gerichtet. Er wirkte zutiefst erleichtert, als er sah, dass der SEAL noch am Leben war.

Dirk ging quer über die Brücke und stellte fest, dass die Yacht noch immer mit fast 40 Knoten quer über den Han raste. An Steuerbord sah er die Barkasse der SEALs, die sich darum bemühte, mit der Yacht mitzuhalten, aber rasch zurückfiel. Auf der anderen Seite des Flusses, aber jetzt unmittelbar voraus, hob der hell erleuchtete Schwimmbagger, der ihm schon einmal aufgefallen war, eine Fahrrinne vor dem gegenüberliegenden Ufer aus. Dirk starrte einen Moment auf den Bagger, dachte an den toten SEAL am Bootssteg und die beiden Männer der Küstenwache, die in Alaska umgekommen waren. Dann drehte er sich um und trat neben Kang, der blutend und zusammengekrümmt am Boden lag.

»Das Spiel ist aus, Kang. Viel Spaß in der Hölle.«

Kang blickte wütend zu Dirk auf und stieß einen Fluch aus, aber Dirk wandte sich ab. Er trat ans Ruder, bückte sich und half Gutierrez auf die Beine.

»Gut gemacht, Partner, aber warum haben Sie so lange gebraucht?«, krächzte Gutierrez.

»Ich musste noch ein paar Sachen ausbügeln«, erwiderte Dirk, während er den SEAL zur Reling schleppte.

»Wir sollten das Schiff jetzt lieber stoppen«, knurrte Gutierrez. »Ich hatte nicht damit gerechnet, dass der Großmufti an Bord ist. Unsere Geheimdienste können es wahrscheinlich kaum abwarten, ihn in die Finger zu kriegen.«

»Ich fürchte, Kang hat einen Termin mit dem Sensenmann«,

sagte Dirk, schnappte sich einen am Schott hängenden Rettungsring und warf ihn Gutierrez über Kopf und Schulter.

»Ich habe den Befehl, ihn lebend zu ergreifen«, protestierte Gutierrez. Aber noch ehe er weitere Einwände vorbringen konnte, packte Dirk ihn am Revers seines Kampfanzuges und rollte sich mit ihm über die Reling. Er achtete darauf, dass er den Großteil des Aufpralls abfing, als sie mit voller Wucht im Wasser aufschlugen, und hatte das Gefühl, als würde ihm beim Absprung aus dem schnellen Boot sämtliche Luft aus dem Leib gepresst. Sie gingen kurz unter, tauchten dann wieder auf. Dirk nahm Gutierrez in den Achselgriff und hielt ihn über Wasser, als die Yacht an ihnen vorbeiraste.

Die Besatzung der Barkasse sah, wie sie über Bord gingen, und nahm sofort die Verfolgung auf, um sie herauszufischen. Aber Dirk und Gutierrez hatten den Blick auf Kangs Yacht gerichtet, als sie im Wasser trieben. Die Benetti blieb auf Kurs, als sie die Flussmitte hinter sich hatte, und hielt unverwandt auf die andere Seite zu. Als sie sich dem gegenüberliegenden Ufer näherte, wurde allen klar, dass sie genau auf den Bagger zusteuerte. Der Baggerführer betätigte die Pfeife, als er die heranrasende Yacht sah, doch die kam stetig näher.

Mit ohrenbetäubendem Kreischen bohrte sich der Bug der leuchtend weißen Yacht mittschiffs in den rostigen Rumpf des Schwimmbaggers. Das mit Höchstgeschwindigkeit aufprallende Boot verschwand in einer weißen Rauchwolke, dann stieg ein Feuerball auf, als die Treibstofftanks barsten, und ein Hagelschauer aus Holz- und Metallsplittern regnete auf den Bagger und das Wasser nieder. Einen Moment lang waren dic beiden Schiffe ineinander verkeilt, dann lösten sich die zerfetzten Überreste des Stahlrumpfes und versanken in den Fluten des Han. Als sich der Rauch und die Flammen verzogen hatten, kündete nur mehr ein Trümmerfeld von der einstmals so stolzen Yacht.

Dirk und Gutierrez schauten immer noch wie gebannt auf die Unfallstelle, als ein von der Barkasse ausgebrachtes Rettungsboot auf sie zuhielt.

»Womöglich muss ich bitter dafür büßen, dass ich ihn nicht lebend gefasst habe«, sagte Gutierrez.

Dirk schüttelte grimmig den Kopf. »Damit er den Rest seiner Tage in einem Luxusknast zubringt? Nein danke.«

»Da kann ich Ihnen nicht widersprechen. Ich glaube, wir haben der Menschheit einen Riesengefallen getan. Aber sein Tod könnte unangenehme Folgen nach sich ziehen. Meine Vorgesetzten werden alles andere als begeistert sein, wenn es durch diesen Zwischenfall zu Spannungen mit Korea kommt.«

»Wenn die Wahrheit ans Tageslicht kommt, wird niemand auch nur eine Träne um Kang und seine Mörderbande weinen. Außerdem war er noch am Leben, als wir die Yacht verlassen haben. Meiner Ansicht war das ein Bootsunglück.«

Gutierrez dachte einen Moment lang nach. »Ein Bootsunglück«, wiederholte er, als wollte er sich selbst davon überzeugen. »Klar, das könnte hinhauen.«

Dirk sah, wie der letzte Rauch von der Unfallstelle über den Fluss davontrieb, dann grinste er Gutierrez müde zu, als das Rettungsboot nahte und sie aus dem Wasser zog.

Abstimmung

1. Juli 2007

66

Mit Kang ging auch sein Imperium unter. Die SEAL-Truppen, die sein Anwesen durchkämmten, nahmen Kwan im Büro seines Arbeitgebers fest, wo er verzweifelt versuchte, belastende Unterlagen zu vernichten. Weitere Spezialeinheiten stürmten Kangs Werftgelände in Inchon und die benachbarte Telekommunikationsfabrik. Durch den heftigen Widerstand der Wachmannschaften wurde man argwöhnisch, worauf die Anlage von etlichen Agenten des Nachrichtendienstes durchsucht wurde. Binnen kurzer Zeit entdeckten sie das geheime biologische Forschungslabor im Keller und stellten fest, dass ein Großteil des dort beschäftigten Personals aus Nordkorea stammte. Unter der Last der Beweise brach Kwan zusammen und legte ein umfassendes Geständnis ab, um seinen eigenen Kopf zu retten.

In den Vereinigten Staaten löste die Nachricht von »Kangs tödlichem Unfall, als er sich dem Zugriff der Behörden entziehen wollte«, bei Ling und seinen leitenden Ingenieuren eine ähnliche Reaktion aus. Als ihnen klar wurde, dass sie mit einer Anklage wegen versuchten Massenmordes rechnen mussten, erklärten sie sich zu einer Zusammenarbeit mit den Behörden bereit, beriefen sich aber darauf, dass sie lediglich Befehle befolgt hätten. Nur die ukrainischen Ingenieure verweigerten jede Aussage und büßten dafür mit langjährigen Haftstrafen in einem Bundesgefängnis.

Die Ermittlungsbehörden der Regierung hielten sich unterdessen gegenüber der Öffentlichkeit bedeckt, bis auch die letzten belastenden Beweise sichergestellt waren. Die Überreste des von Pitt und Giordino geborgenen Satelliten wurden unter strengster Geheimhaltung zu der nördlich von Los Angeles gelegenen Vandenberg Air Force Base gebracht. Dort nahmen ihn Raumfahrtingenieure in einem von der Außenwelt abgeschotteten Hangar auseinander, stellten fest, dass es sich um eine Attrappe handelte, und entdeckten die Behälter mit den Viren und die Sprühvorrichtung. Epidemiologen der Army und des Zentrums für Seuchenbekämpfung bauten die Kanister aus und entdeckten zu ihrem Entsetzen, dass sie die tödlichen Chimäre-Viren enthielten, eine Verbindung aus Pocken- und HI-Erregern. Bei einem Vergleich mit Proben aus dem Labor in Inchon bestätigte sich der Verdacht, dass das Teufelszeug dort hergestellt worden war. Obwohl sich die Army für eine Aufbewahrung der Proben aussprach, wurden sämtliche Virenkulturen auf Anordnung des Präsidenten vernichtet. Dennoch ging noch eine Zeit lang die Angst um, dass noch irgendwo Proben der von Kangs Wissenschaftlern hergestellten Chimäre versteckt sein könnten, eine Befürchtung, die sich später als gegenstandslos erwies.

Als eindeutig nachgewiesen werden konnte, dass die *Koguryo* und ihre Besatzung in Diensten von Kang Enterprises standen und Kang enge Kontakte zu Nordkorea unterhielt, gingen Vertreter des Ministeriums für Heimatschutz schließlich an die Öffentlichkeit. Weltweit überboten sich die Medien mit Horrormeldungen, als sämtliche Einzelheiten des tödlichsten Anschlags, der jemals auf US-Territorium unternommen werden sollte, bekannt wurden. Und als zudem herauskam, dass Kang auch hinter den Mordanschlägen auf ausländische Diplomaten steckte, verlagerte sich das Augenmerk der internationalen Presse von Japan auf Nordkorea. Der fehlgeschlagene Raketenanschlag löste allgemeine Empörung über das totalitäre Regime aus, auch wenn die koreanische Arbeiterpartei jegliche Beteiligung schlichtweg leugnete. Die wenigen Handelspartner, zu denen Nordkorea bis dahin noch Beziehungen unterhielt, unterwarfen sich noch strengeren Ein- und Ausfuhrbeschränkungen. Selbst China schloss sich den Sanktionen an und brach jegliche Wirtschaftsbeziehungen zu dem international geächteten Regime ab. Und insgeheim zweifelten selbst die hungernden Bauern des Nordens einmal mehr an den Fähigkeiten ihrer diktatorischen Führung, die durch schieren Nepotismus an die Macht gelangt war.

In Seoul schlug die Nachricht von den eindeutigen Beweisen gegen Kang und seine Komplizen wie eine Bombe ein. Die anfängliche Verärgerung der südkoreanischen Regierung über das eigenmächtige Vorgehen des amerikanischen Militärs verflog angesichts des weltweiten Aufschreis rasch. Die Stimmung in Südkorea schlug von Entsetzen in Unglauben und schließlich in Wut und Empörung darüber um, dass sich das Land von Kang derart hatte täuschen lassen und beinahe in die Knechtschaft des Nordens geraten wäre. Die Folgen ließen nicht lange auf sich warten. Politische Handlanger und Verbündete, die Kang unterstützt hatten, wurden öffentlich bloßgestellt. Eine Welle von Rücktritten bis hinauf in die engsten Beraterkreise des Präsidenten erschütterte die Nationalversammlung. Und selbst das Staatsoberhaupt musste sein Amt niederlegen, als seine engen persönlichen Beziehungen zu Kang aufgedeckt wurden.

Die landesweite Bestürzung und Wut führten dazu, dass die Regierung umgehend sämtliche Liegenschaften von Kang Enterprises verstaatlichte. Zunächst wurden seine Yachten und Hubschrauber veräußert, dann wandelte man seine Felsenfestung in eine Denkfabrik um, die sich mit Studien über die Eigenständigkeit Südkoreas befassen sollte. Sein Name wurde aus sämtlichen Büchern seines Konzerns getilgt, der aufgespalten und im Lauf der Zeit an Konkurrenten verkauft wurde. Schon nach kurzer Zeit war nichts mehr von seinem Imperium übrig, und kaum etwas erinnerte noch an ihn.

Die Aufdeckung von Kangs engen Banden mit dem Norden wirkte sich auf die gesamte südkoreanische Gesellschaft aus. Die Studentendemonstrationen für eine Wiedervereinigung des Landes ließen spürbar nach, als der Bevölkerung wieder bewusst wurde, dass man dem Nachbarn im Norden nicht trauen durfte. Niemand wollte jetzt noch gutgläubig über die gewaltige Präsenz des nordkoreanischen Militärs auf der anderen Seite der Grenze hinwegsehen. Die Wiedervereinigung blieb auch weiterhin ein nationales Ziel, aber sie musste zu den Bedingungen des Südens erfolgen. Als es rund achtzehn Jahre später tatsächlich dazu kam, war die koreanische Arbeiterpartei eine der treibenden Kräfte. Angesichts der Verlockungen des Kapitalismus, aber auch um dem Wunsch der Bevölkerung nach persönlicher Freiheit nachzukommen, entledigte sich die Partei der diktatorischen Herrscherfamilie, löste den Großteil der Streitkräfte auf und schickte die Soldaten in die Produktion.

Doch bevor es dazu kommen konnte, musste die Nationalversammlung über die Gesetzesvorlage 188256 abstimmen, eine Resolution, in der der Abzug aller amerikanischen Streitkräfte von der koreanischen Halbinsel gefordert wurde. In einer zuvor nur selten erlebten Eintracht lehnten beide Parteien den Antrag ohne Gegenstimme ab.

In Kunsan, Korea, wurde Sergant Keith Catana kurz vor der Morgendämmerung ohne großes Aufsehen aus seiner schmuddligen Zelle im städtischen Gefängnis geführt und der Obhut eines an der amerikanischen Botschaft stationierten Colonels der Air Force übergeben. Da man der Meinung war, dass Catana die Zusammenhänge ohnehin nicht begreifen würde, teilte man ihm den Grund für seine Freilassung nicht mit. Er sollte nie erfahren, dass er in eine Falle gelockt worden war, dass man ihm den Mord an einer minderjährigen Prostituierten in die Schuhe schieben wollte, um dadurch die Öffentlichkeit gegen die Stationierung amerikanischer Truppen in Korea aufzubringen. Und er erfuhr auch nicht, dass Kangs persönlicher Assistent Kwan alle Einzelheiten über diesen Mord verraten hatte. Kwan hatte die Verschwörung bereitwillig gestanden, wälzte aber alle Schuld auf Tongju ab, den toten Killer, der seinen Aussagen zufolge auch für die beiden Attentate in Tokio verantwortlich war. Dem verdutzten Flieger war das mehr oder weniger egal, als er in einen Militärjet gesetzt und in die USA ausgeflogen wurde. Er war nur zu gern bereit, sich an den Befehl des Colonels zu halten und nie wieder einen Fuß auf koreanischen Boden zu setzen.

In der NUMA-Zentrale in Washington, D.C., herrschte nur kurze Zeit Hochstimmung darüber, dass man den Start der Rakete entscheidend gestört und dadurch verhindert hatte, dass Los Angeles mit tödlichen Viren verseucht wurde. Doch mit Kangs Tod und der öffentlichen Bekanntgabe, dass er für den Anschlag verantwortlich war, gerieten Pitts und Giordinos Heldentaten rasch in Vergessenheit. Das Augenmerk der Öffentlichkeit wandte sich jetzt den Beratungen und Untersuchungen im Kongress zu, wo manch einer lautstark für einen Krieg gegen Nordkorea eintrat. Doch mit der Zeit beruhigten sich die Gemüter wieder. Man überließ die Sache den Diplomaten und widmete sich allmählich der weitaus wichtigeren Frage, wie man den Heimatschutz verstärken und ausbauen könnte, damit sich so ein Vorfall nicht wiederholen konnte.

Der Leiter der NUMA ergriff die Gelegenheit beim Schopf und beantragte beim Kongress zusätzliche Finanzmittel zur Beschaffung eines neuen Hubschraubers, eines Forschungsschiffes und zweier Tauchboote, weil man dringend Ersatz für das von Kangs Männern beschädigte und zerstörte Gerät brauchte. Aus lauter Dankbarkeit und patriotischem Überschwang bewilligte der Kongress die Vorlage auf Anhieb, und wenige Tage später stimmte auch der Senat zu.

Zu Giordinos Leidwesen wurde auch ein weiterer Sonderposten genehmigt, den Pitt klammheimlich in die Rechnung eingeschmuggelt hatte – ein »mobiles Forschungsgerät zur Wetterbeobachtung im küstennahen Bereich«. Es war ein so genannter Blimp.

67

In Seattle war es an diesem Nachmittag sonnig und klar, wenn auch ein paar Grad zu frisch. Die hohen Kiefern auf dem Fircrest-Campus warfen in der untergehenden Sonne lange Schatten, als Sarah aus dem Haupteingang des Laborgebäudes der Gesundheitsbehörde des Staates Washington humpelte. Noch hatte sie einen dicken Gipsverband am rechten Bein, aber sie war guten Mutes, dass er in ein paar Tagen abgenommen werden würde.

Sie zuckte leicht zusammen, als sie sich auf die beiden Aluminiumkrücken stützte, die seit ein paar Wochen ihre Arme malträtierten, blickte dann zu Boden und stieg vorsichtig die Vortreppe hinab. Als sie endlich unten war, wäre sie um ein Haar gegen das Auto geprallt, das mitten im Halteverbot halb auf dem Gehsteig stand. Sie blickte auf und traute im ersten Moment ihren Augen kaum.

Vor ihr stand Dirks 1958er Chrysler 300-D Kabrio. Der Wagen war offenbar überholt worden, aber bei weitem noch nicht fertig. Die zerfetzten Ledersitze waren notdürftig mit Klebeband geflickt, die Einschusslöcher in der Karosserie verspachtelt, und hier und dort war der türkisfarbene Lack mit grauer Grundierung gesprenkelt, sodass die Karre aussah wie ein Mantarochen mit Tarnanstrich.

»Ich verspreche dir, dass du dir nicht noch ein Bein brichst.«

Sarah drehte sich um und sah Dirk, der einen Strauß weißer Lilien in der Hand hatte und sie mit einem schelmischen Grinsen bedachte. Vor lauter Begeisterung ließ sie die Krücken fallen und schlang die Arme um ihn.

»Ich hatte mir schon Sorgen gemacht. Seit dem Raketenanschlag habe ich nichts mehr von dir gehört.«

»Ich war auf Dienstreise in Korea. Zu einem Abschiedstörn auf Dae-jong Kangs Yacht.«

»Das Virus, das sie dort zusammengebaut haben … das ist der reinste Wahnsinn«, sagte sie kopfschüttelnd.

»Darüber brauchst du dir keine Gedanken mehr zu machen. Alle sind davon überzeugt, dass sämtliche Kulturen beschlagnahmt und vernichtet wurden. Ich gehe davon aus, dass dieser Erreger nie wieder auftauchen wird.«

»Irgendwo gibt es immer ein paar Irre, die aus Geldgier oder um des Ruhmes willen biogenetische Experimente anstellen und bereit sind, die Büchse der Pandora ein weiteres Mal zu öffnen.«

»Apropos Irre, wie geht's Irvin?«

Sarah lachte. »Der dürfte der Letzte auf der Welt sein, der sich mit Pockenerregern infiziert hat. Er müsste bald wieder gesund sein.«

»Das freut mich. Er ist ein feiner Kerl.«

»Dein Wagen sieht so aus, als ob er auch wieder halbwegs fahrtüchtig ist«, sagte sie und deutete auf den Chrysler.

»Das ist 'ne zähe alte Kiste. Ich habe Motor und Getriebe überholen lassen, während ich weg war, aber zu Karosserie und Innenausstattung bin ich noch nicht gekommen.«

Dirk wandte sich um und warf Sarah einen zärtlichen Blick zu. »Ich schulde dir noch immer ein Krabbenessen.«

Sarah schaute ihm tief in die Augen und nickte. Dirk beugte sich kurzerhand vor, nahm Sarah auf die Arme und setzte sie vorsichtig auf dem Beifahrersitz ab, drückte ihr dann die Lilien in die Hand und küsste sie kurz auf die Wange. Dann warf er ihre Krücken auf den Rücksitz, setzte sich ans Steuer und startete den Wagen. Der Motor sprang auf Anhieb an und schnurrte im Leerlauf vor sich hin.

»Keine Fähre?«, fragte Sarah und kuschelte sich an Dirk.

»Keine Fähre«, versetzte er lachend und legte den Arm um sie. Dann tippte er das Gaspedal an, ließ den Motor des alten Kabrios kurz aufgrollen und fuhr mit ihr in den lachsroten Sonnenuntergang.

Danksagung

Unsere Wertschätzung und Dankbarkeit gelten Scott Dannecker, Mike Fitzpatrick, Mike Hance und George Spyrou, Airship Management Services, die uns an der großartigen Welt des Luftschiffflugeses teilhaben ließen.

Dank auch an Sheldon Harris, dessen Buch *Factories of Death* einen Eindruck von den Schrecken der biologischen und chemischen Kriegführung im Zweiten Weltkrieg und den tausenden vergessenen Opfern vermittelte.